내추럴셀렉션

Natural Selection

내추럴셀렉션

데이브 프리드먼 지음 | 김윤택 · 김유진 옮김

: 제이슨 올드리지

34세, 키 175센티미터로 성격이 깐깐하다. 쥐가오리의 생태를 연구하는 해양생물 연구조사팀의 팀장이며, 연구에만 집중하는 일 중독자이다.

: 리사 바턴

29세. 여성 해양영양학자이며, 팀원 중에서 가장 젊다. 자기주장이 강하고 학구파로 독자적 연구를 수행한다.

: 대릴 홀리스

인디언 혈통이 섞인 30대 초반의 흑인 연구원. ROTC로 군에서 근무한 경험이 있다. 모니크 홀리스의 남편이다. 건장한 체구와 강직한 성격 탓에 대원들로부터 '큰곰 씨' 라는 애칭으로 불린다.

: 모니크 홀리스

30대 초반의 여성 연구원으로, 대릴 홀리스의 부인이다. 남편과 ROTC로 군에서 근무한 경험이 있다.

: 크레이그 서머스

30대 초반의 뚱뚱하고 깔끔하지 않은 백인 연구원. 홀리스 부부와 함께 ROTC 훈련을 받은 동기로, 세 사람은 3인조로 불릴 만큼 단짝이다.

:필 마르티노

땅딸막한 34세의 연구보조원 겸 사진사. 제이슨 올드리지와는 같은 대학에서 해양생물학 수업을 들으면서 친구가 되었다. 팀원 중 유일하게 어류학 박사학위가 없지만, 제이슨의 추천으로 연구조사팀에 합류했다.

:해리 애커먼

인터넷 사업으로 짧은 시간에 큰돈을 모은 야심찬 졸부 사업가. '만타 월드'라는 해양수족관 놀이공원을 기획하고, 제이슨 올드리지 팀의 쥐가오리 생태 연구의 재정을 지원한다.

:반다르 비샤커라트니

스리랑카 출신의 프린스턴대학교 교수. 저명한 신경생물학자이며, 프린스턴대학교의 신경과학연구소 소장이다. 친한 사람들만이 비시라는 애칭으로 부른다.

:앨런 마이어

레너드 주립공원의 순찰대원이다.

:로라 마이어

앨런 마이어의 아내로, 남편과 함께 레너드 주립공원의 순찰대원이다.

가 장 무 서 운 포 식 자 의 진 화 가 시 작 되 었 다

괴물은 실제로 존재하지 않는다. ……그렇지 않을까?

머나먼 우주, 유독성 방사능 오염지역, 미친 과학자의 실험실. 괴물들은 주로 이런 장소에서 나온다. 이것은 누구나 아는 사실이다.

사실 공룡이나 악어, 사자와 상어도 괴물이 아닐까? 물론 괴물이다. 바로 이 지구에서 생겨난 괴물이며, 진화의 과정을 거쳐 태어난 괴물이다.

그렇다면 진화는 또 다른 괴물을 낳지 않을까? 오늘날에도…….

어떤 사람들에게는 상상하기 어려운 일인지도 모른다. 지금까지 진화는 따로 논할 필요도 없이 지구 역사에서 가장 강력한 힘으로 작용해왔지만, 역설적이게도 사람들의 일상생활과는 그다지 관련이 없었다. 적자생존이라는 말은 지금도 사용하지만, 그 의미로는 사용되지 않는다. 인류의 경우, 강한 자들은 살아남고 약한 자들은 죽는, 삶과 죽음을 넘나드는 진정한 싸움과 경쟁은 이미 오래전에 사라졌기 때문이다.

그러나 자연은 그렇지 않다. 자연 세계에서는 쉽게 얻을 수 있는 먹이란 존재하지 않는다. 야생동물은 배가 고프면 먹잇감을 찾아야 하고, 무언가를 잡아먹지 않으면 자신이 죽음의 위험에 놓이게 된다. 이러한 가혹하고 잔인한 현실은 매일같이 반복되지만, 이것은 진화에 따른 적응으로 자연스러운 결과다. 이러한 적응의 예는 지난 100년 동안에 알려진 것만 해도 수천 가지가 넘는다. 예를 들자면, 갈라파고스제도의 핀치 새는 부리가 더 길어지고, 브라질 숲 속에 사는 병정개미들은 몸무게가 두 배가량 늘어나고, 눈먼 구라미 물고기들은 눈 대신에 더듬이 지느러미를 사용하여 환경에 적응해 왔다.

하지만 이것은 모두 진화를 통한 작은 변화일 뿐이다. 그렇다면 대규모 변화는 어떤 것일까? 그것도 아니면 놀라운 변화는 어떤 것일까? 우리는 진정한 '진화의 도약'을, 즉 바다에서 기어 나온 최초의 양서류나 새 혹은 날아다니는 작은 공룡에 견줄 만한 놀라운 진화를 실제로 볼 수 있을까?

어쩌면 볼 수 있을지도 모른다. 대신, 이제 진화하는 종은 도롱뇽이나 새가 아니다. 그것은 포식자이다. 이것들은 이제까지 알려진 그 어떤 포식자와도 비교할 수 없을 만큼 굉장히 위험한 존재이다. 지금까지 이 동물 종은 인간의 발길이 닿을 수 없는 지구상의 유일한 장소에 머물러 있었다. 하지만 이제 일련의 격변을 거쳐 그들만의 세상에서 벗어나 인류와 강렬한 첫 대면을 할 것이다.

진화의 적응 과정은 서서히 차례대로 일어난다. 처음에는 한 동물, 혹은 작은 무리의 동물만이 변화하고, 뒤를 이어 다른 동물도 변화하겠지만, 얼마간 인간 사회는 거의 영향을 받지 않을 것이다.

하지만 이제 곧 몇몇의 남녀가 생생한 악몽과 맞닥뜨리면, 그들 중 회의를 품은 자는 깨닫게 될 것이다. 괴물은 실제로 존재할 뿐만 아니라 진화가 무시무시한 괴물을 이제 막 만들어냈다는 것을.

■ 일러두기
본문 중 * 표시는 책의 맨 끝에 별도로 부가 설명을 해두었습니다.

......

갑자기 무슨 소리가 들렸다.

놈은 알 수 없는 소리를 냈고,

그녀는 호기심에 머리를 갸우뚱거렸다.

'대체 무슨 소리지?'

채드는 불안해졌다.

아내의 얼굴이 놈과 점점 가까워졌다.

......

1

채드 톰킨스는 신선한 바다 공기를 들이마셨다. 그래 바로 이
거야! 그는 이런 자유를 만끽하기 위해서 자신이 변호사가 된 거
라고 생각했다. 그는 한 번 더 깊게 숨을 들이마시고 천천히 길게
내쉬었다.

서른두 살의 채드는 얼마 전에 12미터짜리 요트를 한 척 샀다.
그는 화창한 6월 아침에 아내와 친구 데이브 펠리그로 그리고 데
이브의 새 여자 친구와 함께 새로 산 요트를 타고 로스앤젤레스
해변에서 조금 떨어진 클라리타 섬으로 가는 중이었다. 뉴포트
비치에서 1시간 걸리는 거리로, 시간은 45분을 지나고 있었다.

이따금 작은 파도가 일기도 했지만 바다는 잔잔했고 목적지에
곧 도착할 참이었다. 유명한 카타리나 섬을 막 지나쳤을 때 채드
는 저 멀리 목적지를 바라보았다. 선탠을 한 뒤에 점심을 먹을 예
정이었으나 채드는 벌써 배가 고파왔다.

"개비, 샌드위치 하나만 줄래?"

플라스틱 의자에 앉아 있던 아내가 '난 당신 하녀가 아니에
요' 라는 눈빛으로 채드를 흘겨보았다. 그렇지만 결국에는 비닐
랩으로 싼 칠면조와 마요네즈가 든 샌드위치를 건네주었다.

"여기 있나이다, 폐하."

"고마워, 개비."

그는 낄낄 웃었다.

"멋지지 않아요?"

데이브 펠리그로가 여자 친구인 테레사 랜더스에게 말했다.

11

몸에 꽉 끼는 하늘색 웃옷에 흰색 반바지 차림으로 화장을 짙게 한 테레사는 바다를 바라보고 있었다.

"아름다워요."

그녀는 배 주인을 쳐다보았다.

"채드, 초대해줘서 고마워요."

"나야말로 고맙지요. 만약 아내하고만 왔더라면 분명 지루했을걸요."

테레사는 고개를 저었다.

그녀는 채드가 그다지 마음에 들지 않았다. 그는 빨간 폴로 티셔츠를 입고, 선글라스도 쓰지 않은 거만한 샌님이었다. 하지만 이 배는 채드의 것이고, 그녀는 클라리타 섬에서 점심을 먹어본 적이 없었다. 테레사는 빨리 섬에 도착하기를 바랐다.

레스토랑, 부두 그리고 비치 바가 있는 작은 관광 구역을 제외하면, 클라리타 섬은 거의 개발이 되지 않아 관목과 잡목만 무성한 곳이었다. 게다가 서쪽 해안은 대부분 톱니 같은 울퉁불퉁하고 검은 돌뿐이라 황량하기 짝이 없었다. 섬 동쪽에서 들려오는 떠들썩한 사람들 소리로부터 수 킬로미터나 떨어진 이곳은 사람을 찾아보기 힘들었다. 유일하게 들리는 소리라고는 바람 소리와 부서지는 파도 소리뿐이었다.

숲 뒤편에서 갈매기 한 마리가 바람을 타고 날아올랐다. 갈매기는 짙은 녹색 바다 위를 60미터 정도 높이로 날며 먹잇감을 찾고 있었다.

갈매기는 아무것도 보지 못했다.

분명 무언가가 있었지만 알아채지 못했다. 그것은 수면 아래에서 꼼짝도 하지 않은 채 갈매기를 관찰하고 있었다. 이윽고 무언가를 발견한 갈매기가 재빨리 아래로 내려 꽂혔다. 그러나 녹갈색의 긴 해초 줄기를 물고기로 착각한 갈매기는 그대로 물 위를 스치듯이 지나갔다. 그런데 갈매기는 자신도 모르는 사이에 한 쌍의 검은 눈 위를 지나쳤다. 그리고 계속해서 또 다른 검은 눈 한 쌍을 지나쳤다. 그다음엔 수백 개의 검은 눈을 지나쳐 갔다. 하지만 움직이는 것은 아무것도 없었다. 정체를 알 수 없는 눈들은 깃털로 덮인 작은 갈매기가 지나가자 그 움직임을 단순히 좇을 뿐이었다. 그 눈들은 모두 갈매기를 바라보았다.

채드 톰킨스가 시동을 끄자, 잠시 물결이 출렁이며 배가 흔들렸다. 그들은 클라리타 부두에서 수백 미터 떨어진 곳에 있었다. 부두에는 방금 도착한 클라리타 연락선이 관광객들을 차례로 내려놓았다. 관광객들은 대부분 장난꾸러기 꼬마가 있는 가족들이었다.

채드는 부두의 오른쪽에, 폭이 슈퍼마켓 통로보다 약간 넓은 해변에 볼품없는 몸매를 드러내놓고 일광욕을 하는 사람들을 바라보았다. 정말 밥맛 떨어지는 광경이었다.

"당신들도 여기에 배를 대고 싶진 않지, 그치?"

개비, 데이브 그리고 테레사는 모두 고개를 흔들었다.

채드가 고개를 끄덕였다.

"나 역시 동감이야."

채드는 사람들로 북적이는 것이 싫었다. 다시 배에 시동을 걸면서 채드는 인적이 거의 없는 클라리타 섬의 서쪽 해안에서 즐길 수 있기를 기대했다.

그놈들은 더 있었다. 또 다른 백여 마리가 위로 올라와 갈매기를 관찰하던 놈들과 합류했다. 그놈들은 여전히 움직이지 않았다. 단지 수면 위를 날아가는 갈매기를 바라볼 뿐이었다.

그러더니 그놈들의 눈이 움직였다. 숲 뒤편에서 스물대여섯 마리의 갈매기들이 날아오르더니, 역시 바다 위를 날아가며 물고기를 찾았다.

수면을 내려다보던 갈매기들은 바다 이외에는 아무것도 보지 못했다.

그때 바다 밑에 서식하는 동물들 중 하나가 움직였다. 수심 3미터쯤 되는 곳에서 수면을 향해 헤엄쳤다. 그것은 날개가 달린 가오리로, 새들처럼 날개를 파닥거렸다. 두 번째 가오리가 올라오더니 곧 세 번째 가오리가 올라왔다. 곧이어 백여 마리가 뒤따라 올라왔다.

그들은 모두 한꺼번에 빠르게 올라와 바다 위로 뛰어올랐다. 그러고는 공중에서 몸뚱이를 필사적으로 파닥였다.

떼 지어 있었기 때문에 생김새를 제대로 알아보기 어려웠다. 그놈들은 몸이 작고 살집이 있었지만 갈매기보다는 컸고, 등은 새까맣고 배는 반짝이는 하얀색이었다. 물속에서보다 공중에서 훨씬 빠르게 날개를 파닥였지만 날갯짓의 박자는 어긋났다. 뛰어오르는 높이는 모두 달랐으나 어느 놈도 3미터를 넘지 못한 채 다시 바다로 빠졌다. 그러다가 다시 뛰어오르고 또다시 뛰어올랐다.

이 무리를 바라보는 갈매기들의 작은 심장은 평소보다 빠르게 뛰었다. 갈매기는 조류이고, 그래서 새 머리지만 갈매기들이 바라본 광경은 그들을 본능적으로 불안하게 만들었다. 바다에서 튀어나온 이상한 생명체들은 새처럼 날려고 했다.

"대체 어디야?"

채드 톰킨스는 예전에 클라리타의 서쪽 끝에 와본 적이 있었
지만, 눈에 익은 튀어나온 바위는 좀처럼 보이지 않았다.

데이브 펠리그로는 여자 친구에게 미소를 지어 보였다.

"곧 도착할 거예요."

테레사는 고개를 끄덕이며 나무들이 늘어선 해변을 바라보았
다.

"급할 것도 없는데요, 뭐."

하지만 데이브는 서둘러야 했다. 적어도 그의 위장은 그랬다.
개비가 특별히 자신을 위해서 만들어준 살라미 소시지, 햄 그리
고 치즈가 든 샌드위치가 너무나 먹고 싶었다.

데이브는 값나가는 선글라스를 낀 채, 눈을 가늘게 뜨고 서쪽
끝을 보려 애를 썼다.

"저기, 저기 같은데."

검은 바위들과 그곳에서 좀 떨어진 갈매기 떼가 있는 바로 옆
이었다.

하지만 데이브는 곧 다른 것도 보았다. 뭔가가 바다 위로 뛰어
오르더니 다시 바다에 빠졌다. 한 마리 동물이었다. 그는 다시
눈을 가늘게 뜨고 보았다. 대체 그게 뭐였지? 물고기가 뛰어오른
건가? 그는 뱃머리로 가서 선글라스를 벗었다. 그곳엔 갈매기들
밖에 없었다. 그는 굳이 다른 사람들에게 이야기할 것까지는 없
다고 생각했다.

배가 섬 가까이로 다가가자, 개비는 갈매기들을 보았다.

15

"채드, 저기 새들 쪽으로는 가지 마. 녀석들이 귀찮게 하는 게 싫어."

"그래, 총이 있으면 좋았을 텐데."

이 아마추어 요트 항해사의 마음은 진심이었다. 망할 놈의 갈매기들이 그가 배를 대고 싶어 하는 바로 그곳에 몰려 있었다.

하지만 그들이 가까이 다가가자, 새들은 흩어져 날아가 버렸고 채드는 그 이유에 대해서는 생각하지 않았다.

"어이, 데이브, 닻 좀 내려줘."

"와우, 배가 꽉 찼어."

그들은 방금 전에 점심을 먹었다. 데이브 펠리그로는 배불리 먹고 나니 기분이 좋았다. 그는 채드 옆에 서서, 비키니를 입은 채 배 뒤편의 안락의자에 누워 있는 개비와 테레사를 곁눈질로 쳐다보았다.

"나도 선탠을 좀 해야겠는걸."

채드는 고개를 끄덕였다.

"어서 가봐. 좀 이따 나도 갈게."

그는 선탠을 할 기분이 아니었다. 데이브가 여자들에게 가는 동안 채드는 가드레일 너머로 몸을 기울여 바다를 바라보았다. 사무실에서 벗어나니 정말 기분이 좋았다. 그는 크게 숨을 내쉬고는 하얗게 부서지는 물결을 바라보았다. 그는 바람이 조금 거세지는 것을 알아차리지 못했다.

날개가 달린 가오리는 배 아래쪽 4미터 50센티미터쯤에 있었고, 뿔이 달린 놈의 머리는 똑바로 위를 향해 있었다. 놈은 두 눈을 활짝 뜨고 있었지만 채드를 보지 못했다. 놈은 요트조차도 보지 못했다. 그놈은 눈이 멀어 있었다. 사람에게도 간혹 나타나듯이, 돌연변이 유전자로 인한 장애였다.

그 가오리는 지금 혼자였다. 동족들은 모두 1000여 미터 떨어진 곳에 있었다. 이놈은 조금 전 바다에서 뛰어오르지 않았는데, 그건 놈이 뛰어오를 수가 없었기 때문이다. 다른 놈들이 소란을 부리는 통에 이놈은 어느 쪽이 위쪽인지조차 알지 못했다. 하지만 놈은 이제 방향 감각을 어느 정도 되찾아 바람을 느낄 수 있었다. 놈은 서서히 올라오기 시작했다. 처음에는 천천히, 그러다 훨씬 더 빨리.

바람이 가라앉았으면 좋겠는데. 바람에 옷깃이 날리자 채드가 잔물결을 보며 생각했다. 그는 갑자기 눈을 가늘게 떴다. 저게 뭐지? 수면 아래 3미터쯤에 무언가가 보였다. 그는 더 자세히 보기 위해 가드레일 너머로 몸을 기울였다.

그것은 마치 맥주병 두 개가 가라앉은 것처럼 보였다. 이런 곳에 쓰레기를 버리다니, 몰상식한 사람들이라고 그는 생각했다. 그런데 맥주병들이 떠오르는 것이 보였다. 꽤나 빨랐다. 잠깐, 저건 병이 아니잖아. 하느님 맙소사, 저건 눈이잖아!

그는 황급히 뒤로 물러섰다.

뭔가 이상하다고 생각한 개비가 의자에서 일어났다.

"여보, 무슨 일이에요?"

데이브도 일어섰다.

"어이 채드, 괜찮아?"

채드는 재빨리 뒷걸음질 쳤다. 그 순간, 두꺼운 몸통에 날개가

17

달린 가오리 한 마리가 바다에서 튀어 올랐다. 그놈은 한순간에 바람을 일으키더니 중심을 잃고는 곧장 채드를 향해 날아들었다.

채드는 그놈으로부터 벗어나려고 빠르게 뒷걸음질 쳤지만 발이 걸려 넘어지고 말았다.

그놈이 더 가까이 다가왔다.

채드는 일어나려 했지만 일어날 수가 없었다.

그놈은 채드를 향해 떨어지고 있었다.

그리고 정말로 떨어졌다. 채드의 팔이 놈의 몸과 갑판 사이에 끼고 말았다.

"맙소사!"

채드는 급히 팔을 빼내고는 자신이 멀쩡하다는 사실을 알아차렸다. 거친 숨을 몰아쉬면서 그는 놈을 살폈다.

모두가 그놈을 쳐다보았다.

2

데이브 펠리그로는 그놈이 매우 멋지게 생긴 동물이라고 생각했다. 몸 전체―뿔 달린 머리, 몸통 그리고 양 날개―는 공기역학적으로 완벽해 보였다. 하얀 파이버글라스 갑판 위에 납작 누워 있는 모습은 그가 사진에서 봤던 검은 군용기와 흡사했다. 그, 뭐더라, 스텔스 폭격기라고 부르던가? 머리에 돋아난 양주잔만 한 뿔 두 개만 없었다면 거의 스텔스 폭격기의 축소 형태라 해도 될 성싶었다. 그놈은 마치 두툼한 일요일자 신문처럼도 생겼는데,

가운데 부분은 신문만큼 두꺼웠고, 날개는 너비가 가장 길었으며, 날개의 가장자리 부분은 판지 두께 정도로 얇았다.

그놈은 결이 있는 흰 파이버글라스 위에 누워 꼼작도 하지 않았다.

데이브는 이제껏 이런 것을 본 적이 없었다.

"대체 저게 뭐야?"

채드는 팔에 묻은 점액을 닦아냈다.

"저게 뭔지 무슨 상관이야? 빨리 저걸 내 배에서 치워버리라고."

"난 만지고 싶지 않은데."

그들은 모두 그놈과 3미터쯤 거리를 두고 빙 둘러 모였다. 개비는 더 가까이 다가가서 내려다보았다. 그것은 작지만 튼튼해 보였고, 단단한 근육질에 무게는 10킬로그램쯤 나갈 듯했다. 개비는 몸 전체를 훑어보다가 놈의 두 눈을 보았다. 크기는 골프공만 했고, 냉혹해 보이는 검은 빛을 띠었으며, 뿔 아래에 있는 깊숙한 구멍 속에 박혀 있었다. 너무나 무시무시한 눈이었다.

어째서 움직이지 않는 거지? 그녀는 어리둥절해했다. 죽었나? 개비는 몸을 더 가까이 기울여 놈의 피부를 자세히 살펴보았다. 마치 젖은 비닐처럼 새까맣고 매끄러웠다.

"꽤 멋있게 생겼는데, 안 그래요?"

갑자기 무슨 소리가 들렸다. 놈은 알 수 없는 소리를 냈고, 그녀는 호기심에 머리를 갸우뚱거렸다.

'대체 무슨 소리지?

채드는 불안해졌다. 아내의 얼굴이 놈과 점점 가까워졌다. 채드는 아내의 팔을 천천히 잡아당겼다.

"개비, 저놈에게서 떨어져."

그런데 갑자기 데이브가 몸을 숙였다.

"나도 들리는 거 같은데."

그는 가까이 다가가서 가만히 소리를 들었다. 놈은 힘겨워하면서도 느리고 일정하게 쌕쌕거리는 소리를 배 쪽에서 냈다. 데이브는 팔굽혀펴기를 하는 듯한 자세로 엎드리더니 그 동물을 여러 각도에서 살펴보았다. 그 작은 몸뚱이가 부드럽게 오르내렸다. 데이브는 한참 동안 놈을 관찰하더니, 몹시 놀란 얼굴로 일어섰다.

"이런 맙소사!"

채드가 짜증난다는 듯이 돌아보았다.

"뭔데?"

"확실하진 않지만…… 이놈이 지금 숨을 쉬는 것 같아."

"죽지도 않았잖아. 숨 쉬는 게 당연한 거 아냐?"

데이브는 한심하다는 듯이 쳐다보았다.

"채드, 물고기는 공기 중에서는 숨을 쉬지 못한다고."

"어쩌면 아직 아가미 속에 남은 물에서 산소를 빼내는지도 모르죠."

데이브는 테레사의 유식한 설명에 놀라 그녀를 돌아보았다.

"뭐라고요?"

테레사는 가까이 다가서더니 매우 신중히 동물을 관찰했다.

"내가 보기엔 가오리의 일종 같은데요."

테레사는 함께 배에 탄 일행 중 가장 젊었다. 대학을 졸업한 지 몇 해 되지 않은 그녀는 남캘리포니아대학교에서 '해양학 및 어류학 개론' 이라는 과목을 수강한 적이 있었다. 해양학은 바다의 자연 지리학을 공부하는 것이고, 어류학은 물고기에 대한 연구

20

를 하는 학문이다. 테레사는 하얀 파이버글라스 위에 엎어져 있는 이 동물이 분명 어떤 종의 가오리라는 걸 알았다. 가오리*는 상어의 사촌쯤 되는 동물이다. 전기가오리*와 노랑가오리*를 제외한 대부분의 가오리는 유순했다. 하지만 테레사는 이 동물은 그 둘 중 어느 것도 아니라고 확신했다. 놈에게서는 가시가 달린 꼬리가 보이지 않았다. 많은 가오리가 원반이나 자그마한 비행접시 모양처럼 생겼고, 몸통의 두께는 종에 따라 천차만별이었다. 가오리는 크기도 매우 다양했다. 어떤 것은 아주 거대해서 작은 비행기만큼 몸통이 큰 반면에 다른 것들은 사람의 손바닥보다 더 작았다.

내 기억력도 꽤 괜찮은걸. 테레사는 스스로 만족스러웠다. 그녀는 이 특별한 가오리가 어떤 종인지 바로 알아보지 못했다. 사실 가오리 종은 무수히 많다. 이놈은 그중에서도 특히 몸통이 두꺼운 편이었다. 그녀는 뿔을 살펴보았다. 어린아이의 장난감 악마 가면에서 보았던 뿔과는 달리, 이 뿔은 납작한 머리에서 솟아나온 모양이 아니었다. 이 가오리의 뿔은 머리와 평행으로 나 있으며, 완전한 몸통 모양의 일부가 되어 갑판에 납작하게 널브러졌다. 뿔 모양이 어디선가 본 듯했지만, 테레사는 기억해내지 못했다. 그녀는 이 동물에게는 꼬리가 없다는 사실에 주목하여 확실히 노랑가오리가 아니라는 결론을 내렸다. 설마 위험하기야 하겠어?

"그냥 바다에 다시 던져 넣으면 안 될까요?"

채드는 하마터면 웃을 뻔했다.

"얼마든지요."

테레사는 어깨를 으쓱했다.

21

"내 생각엔 별로 걱정할 필요는 없을 것 같은데요."

데이브와 개비는 서로 얼굴을 쳐다보았다. 맞아, 테레사는 맛이 간 여자야.

"대부분의 가오리는 유순하죠."

맛이 간 여자가 말했다.

"분명 괜찮을 거예요."

그녀는 놈의 뒤로 돌아가 등 쪽으로 손을 뻗었다.

데이브는 걱정스런 눈으로 그녀를 쳐다보았다.

"정말 그렇게 해도 괜찮을까?"

그녀는 더 가까이 손을 내밀었다.

"곧 알겠죠."

그녀의 손톱이 놈의 몸에 거의 닿았다.

갑자기 가오리가 몸을 휙 틀더니 입을 쩍 하고 벌렸다가 순식간에 다시 다물었다.

"이런 맙소사!"

데이브가 소리쳤다.

"오, 세상에."

테레사는 믿을 수가 없었다. 가오리가 너무나 빨리 움직였던 것이다. 쑹! 테레사는 가오리가 그렇게 빨리 움직일 줄은 몰랐다. 놈은 다시 죽은 듯이 가만히 있었고, 그녀는 좀 전에 미처 보지 못한 놈의 입을 자세히 관찰했다. 입 구멍은 스테이플러 크기의 틈새 모양으로, 몸에 비해 매우 큰 편이었다. 그리고 입을 다물 때의 모습은 사나울 뿐만 아니라 강력했다. 테레사는 이빨을 보지는 못했지만 대부분의 가오리에게는 이빨이 없다는 사실을 기억해냈다. 하지만 이빨이 없다손 치더라도 놈의 무는 힘은 손

22

락을 부러뜨릴 수 있을 만큼 강력했다.

개비가 그녀의 손을 보았다.

"괜찮아요?"

테레사는 그녀의 다섯 손가락이 모두 붙어 있는지 확인했다.

"네, 괜찮아요."

갑자기 가오리가 공중으로 튀어 올랐다.

"세상에!"

개비는 너무 세게 가드레일로 뒷걸음질 친 나머지 하마터면 넘어질 뻔했다.

하지만 가오리는 철퍼덕 소리를 내며 다시 갑판에 떨어지고 말았다.

등을 밑으로 하고 있는 놈의 배는 파이버글라스보다도 더 하얀빛이었다.

데이브 펠리그로는 가오리를 다시 살펴보았다. 입의 갈라진 틈새는 정말로 커 보였다. 스테이플러보다도 더 클 것 같았다. 그리고 배는 쌕쌕거리는 소리에 맞춰 서서히 위아래로 움직였다. 내가 보기엔 망할 녀석이 숨 쉬는 것 같은데. 펠리그로는 생각했다.

갑자기 가오리가 또다시 위로 튀어 올랐다. 놈은 공중에서 재빨리 몸을 뒤집어 똑바로 떨어지더니 움직이지 않고 가만히 있었다.

데이브, 테레사와 개비는 녀석이 다음엔 무슨 짓을 할지 불안해하며 쳐다볼 뿐이었다.

채드는 다른 반응을 보였다.

"이젠 더 못 참겠어. 이 망할 놈을 죽여버리겠어……."

그는 녀석을 내려치는 데 쓸 물건을 찾으려고 뱃머리로 향했다. 그러더니 갑자기 멈춰 섰다. 대체 저놈이 이제 뭘 하려는 거지?

가오리가 급하게 날갯짓을 했다. 두 날개가 드릴이 돌아가는 것 같은 소음을 내며 갑판에 세게 부딪치고 있었다.

데이브는 놀라서 바라보기만 했다. 맙소사, 망할 녀석이 날려고 하잖아.

그러나 놈은 실패하고 말았다. 몸이 뜰 기미가 조금도 보이지 않았다.

그놈 역시 그 사실을 깨달았는지 갑자기 날갯짓을 멈추었다.

녀석이 물 밖으로 나온 지 10분, 적어도 5분은 지났다고 테레사 랜더스는 생각했다. 그런데 어떻게 살아 있지? 어떻게 날개를 그렇게 빠르게 움직였지? 테레사는 가오리들이 헤엄치는 것을 전에도 본 적이 있었지만 언제나 느린 동작으로 날아가는 새들처럼 매우 천천히 움직였었다. 그녀는 물속이 아닌 공기 중에서 날개를 움직인다면 훨씬 빨리 움직일 것이라고 생각했다.

가오리가 다시 움직이는 듯이 보였다. 녀석의 등의 왼쪽 근육들이 갑자기 빠르게 수축하는 듯했고, 테레사는 그 근육을 쳐다보았다. 우와. 그녀는 마치 초고속 물결이라도 되는 것처럼 이토록 빠르게 움직이는 근육을 본 적이 없었다. 야, 굉장히 빠른걸! 왼쪽 근육이 멈추고 이번에는 오른쪽 근육이 움직이기 시작했다. 이 과정이 계속 반복되었다. 테레사는 그 움직임에 매료되어 멍하니 바라보기만 했다.

움직이던 근육들은 매우 빠르게 경직되고 뿔 달린 머리가 완전히 직각이 될 때까지 몸의 앞부분이 갑판에서 위로 들렸다. 그러더니 몸의 뒤쪽 반은 여전히 흰 파이버글라스에 납작 붙이고 앞쪽 반은 공중으로 들린 채 30센티미터 정도를 꼿꼿하게 일어섰다.

녀석은 꽤나 사나워 보였고 테레사는 재빨리 녀석에게서 떨어졌다.

하지만 가오리는 움직이지 않았다. 놈은 그 자리에 마치 똑바로 선 물개나 뚜껑을 열면 튀어나오는 뻣뻣한 장난감이라도 되는 것처럼 제자리에 가만히 있었다. 그놈을 내려다보던 테레사는 많은 가오리 종이 척추가 없다는 사실을 기억해냈다. 가오리의 몸은 연골로 이뤄졌기 때문에 매우 유연하다. 정말로 뻣뻣한 장난감 같은 놈이로군.

바람이 갑자기 세차게 불기 시작했고, 뿔 달린 머리가 천천히 돌아갔다.

'대체 뭘 하는 거지?'

테레사는 잠시 생각에 빠졌다. 확실하진 않았지만 마치……
바람을 느끼는 게 아닐까?

움직이던 머리가 멈추더니, 순식간에 일이 벌어졌다.

놈은 놀랍도록 유연한 연속 동작으로 갑판에서 대각선 방향으로 뛰어오르더니, 날갯짓을 하고는 운 좋게 바람을 타고 날았다. 다급하게 퍼덕거리며 몸을 주체하지도 못한 채 놈은 가드레일을 향해 정면으로 날더니 세게 부딪치고는 바다로 굴러 떨어졌다.

모두 놈을 보려고 가드레일 쪽으로 달려갔다.

하지만 보이는 건 어두운 물뿐, 놈은 이미 사라지고 없었다.

갑자기 데이브가 눈살을 찌푸렸다. 다른 녀석을 본 건가? 아니, 그런 것 같지는 않았다. 그는 몹시 놀란 듯한 테레사를 천천히 올려다보았다.

"방금 우리가 본 게 믿어지세요?"

테레사는 대답하지 않았다. 그녀는 바다를 바라볼 뿐이었다.

하지만 데이브는 매우 놀랐다.

"하느님 맙소사, 저놈이 날았다고요!"

테레사가 놀란 얼굴로 그를 돌아보았다.

"그래요. 정말로 날았어요."

"와우."

개비가 탄성을 질렀다.

채드는 뱃머리 쪽으로 걸어갔다.

"그래, 정말로 놀랍군. 뛰어오른 물고기가 공중에 거의 일 초 동안이나 떠 있었다고. 다들 자크 쿠스토를 부르든지……. 난 당장 여길 떠나야겠어."

채드가 엔진 시동을 거는 동안, 테레사는 정말로 자크 쿠스토(프랑스의 해양학자이자 해양탐험가로, 해양개발과 레저 발전에 지대한 공헌을 하였다—옮긴이)에게 전화를 해야 하는 게 아닐까 생각했다. 아니면 적어도 그와 비슷한 곳에라도. 18개월 전, 그녀는 이제 막 문을 연 샌디에이고 쥐가오리* 수족관을 방문했었다. 그 방문은 대단히 실망스러웠지만—거기엔 쥐가오리가 없었다—만일 그곳이 아직도 문을 닫지 않았다면 그녀는 오늘 오후에 일어난 일을 그곳 사람과 상의해봐야 하지 않을까 생각했다. 그녀는 바로 결정을 내렸다. 가기로 한 것이다. 테레사는 수수께끼를 좋아했고, 당장이라도 이 수수께끼에 대한 답이 알고 싶었다.

대체 그들은 무엇을 본 것일까?

3

"그러면 제가 본 것이 중요한 일인가요, 애커먼 씨?"

쉰두 살의 깡마른 해리 애커먼은 메모가 가득히 적힌 노트에서 시선을 옮겨 작은 갈색 나무 탁자 건너편에 앉은 테레사 랜더스를 쳐다보았다. 테레사가 만타 월드(Manta World)라고 알려진 이 거대한 복합 수족관에 찾아온 건 그녀가 클라리타 섬 연안에서 보았던 가오리에 대한 이야기를 해주기 위해서였다. 테레사의 이야기를 건성으로 듣던 애커먼이 제대로 들으려 하자, 여름 방학 동안 아르바이트를 하는 캘리포니아대학교 샌디에이고 캠퍼스 여학생이 지루한 표정으로 풍선껌을 씹다가 테레사의 이야기를 받아 적기 시작했다.

애커먼은 사람들의 이야기를 듣고 질문하는 데에는 전문가였다. 그는 한 번도 테레사의 말을 끊지 않았다. 그는 테레사가 이야기를 하게 내버려두고는 그녀가 말한 모든 사실을 적어 내려갔다. 그는 날아다녔다든지, 숨을 쉬는 것처럼 보였다든지 같은 황당한 일들은 과장으로 여겼다. 사람들은 흔히 자신을 흥분시킨 이야기를 다시 해보라고 하면 과장하기 마련이다.

사실 애커먼은—겉으로 내보이지는 않았지만—그 자신도 매우 흥분해 있었다. 해리 애커먼이 무엇인가에 흥분하는 일은 좀처럼 드물었다. 사실 흥분한다는 것은 그의 성격과 맞지 않았다. 여러 개의 로마 숫자가 새겨진 6500만 원짜리 명품 파테크 필리프 손목시계를 제외하면, 그는 전혀 억만장자처럼 보이지 않았다.

그가 테레사의 이야기를 받아 적기 시작한 건 지루했기 때문이었다. 테레사는 매력적인 젊은 여성으로, 지나치게 꽉 끼는 하얀 옷차림에 아주 진한 화장을 했다. 하지만 겉모습은 제쳐두고라도, 애커먼은 그녀가 단지 미친 사람일 뿐이라고 생각했다. 그런 사람들은 흔히 해양시설에 들어와서는 물고기가 날았다느니, 물고기가 공기 중에서 숨을 쉬었다느니 또는 바다 괴물이 카드놀이 하는 것을 보았다는 등의 이야기를 늘어놓았다. 그들의 이야기는 늘 황당하고 우스꽝스러웠다. 그래서 애커먼도 테레사와 이야기를 나눈 것이다. 그는 이제 막 채무 계약서를 읽으면서 만타 월드의 임대업자들을 합법적으로 버리고 도망갈 구멍을 찾으려다가 뭔가 기분전환이 필요했다. 실제로 테레사는 그에게 즐거움을 주었다. 적어도 날아다녔다든지, 숨을 쉬었다든지 하는 이야기에서는. 하지만 곧 재미난 일이 벌어졌다. 테레사의 이야기를 들을수록 그 이야기는 정말로 그럴 듯했다. 애커먼은 전문가는 아니었지만 테레사가 상세히 설명하는 동물은 왠지 중요할수도 있다는 생각이 들었다.

"네, 확실히 중요한 일입니다, 테레사. 괜찮다면 몇 가지 질문을 하고 싶습니다만."

테레사는 고개를 끄덕였다. 그녀는 아직 해리 애커먼이 무슨일을 하는 사람인지 확신하지 못했다. 그의 목소리는 친절했지만 문제는 그게 아니었다. 그의 옷차림도 아니었다. 카키색 바지와 단추 달린 셔츠, 그런 것이 문제될 리 없었다. 바로 애커먼의눈이었다. 그의 두 눈은 차가웠고, 마치 죽은 사람의 눈처럼 보였다—심지어는 그녀를 보며 조용히 웃을 때조차도. 물론 그는 소리 내어 웃지 않았지만 테레사는 그가 자신의 이야기에 흥미 있어 한다는 사실을 알았다. 테레사가 그에게 한 이야기를 생각해볼 때 충분히 그럴 수 있지만 지금 그는 웃고 있지 않았다. 심지어는 소리 없는 웃음조차 보이지 않았지만 테레사는 알아차렸다. 그녀의 이야기 중 어떤 부분이 애커먼의 관심을 끈 것이다. 테레사는 애커먼이 해양생물학자라기보다는 사업가 같았지만, 자신이 알고 있어야 하는 것은 모두 알고 있는 듯했다.

"말씀하세요."

"방금 그 동물이 윗부분은 검고 아랫부분은 하얗다고 말했죠?"

"네."

"완전히 새까맣고 완전히 새하얀 우윳빛 말입니다. 확실합니까?"

테레사는 잠시 생각해보았다.

"네."

"갈색이나 회색 빛깔은 없었나요?"

"예, 없었습니다."

"줄무늬나 점박이, 또는 다른 얼룩도 없었고요?"

"아니요. 그런 건 전혀 없었어요."

이 여자가 이야기를 바꾸지는 않는군. 애커먼은 속으로 생각했다. 그는 테레사에게 같은 질문을 여러 번 물어보았고, 그녀는 매번 같은 대답을 했다. 그녀는 기억력이 좋았고 이야기도 지어내지 않았다. 과장은 좀 있을지 모르지만, 완전히 상상해낸 이야기는 아니었다. 대체 그녀가 본 것은 무엇일까? 그녀가 설명한 색깔은 잘 알려진 쥐가오리의 생김새 그대로였다. 신체 특성 또한 들어맞았다. 하지만 세부적으로 들어맞지 않는 것이 몇 가지 있었다. 그녀는 그 동물이 꼬리가 없다고 말했는데 쥐가오리들은 거의 모두 꼬리를 가지고 있었다. 그밖에도 다른 여러 신체적 특징이 맞지 않았다.

해리 애커먼은 깨끗하게 면도한 자신의 턱을 쓰다듬었다. 그는 신비스런 사건을 좋아하지 않았다. 그는 모든 것이 깔끔하고 명확하게 정의되고 들어맞는 것을 좋아했다. 살짝 짜증이 일자, 그는 갑자기 아래를 내려다보았다.

대체 뭘 보는 거지? 테레사는 궁금증이 일었다. 그녀는 책상 아래에 있는 무언가를 보았다. 그것은 마치…….

"애커먼 씨, 혹시 해양생물학자이신가요?"

그가 눈을 치켜뜨자 눈빛이 더욱 차가워 보였다.

"사실 저는 변호사입니다. 이제……."

"변호사라고요? 어쩌다 이 일을 하게 되었죠?"

"이사회의 일원이거든요."

어떤 면에서는 사실이었다.

테레사는 고개를 끄덕이더니 주변을 둘러보았다. 그들은 현재 만타 월드의 거대한 동편 물림간에 앉아 있었다. 그녀는 쇼핑센터가 무색할 정도로 넓은 공간과 높다란 천장의 그곳 크기를 믿을 수가 없었다. 두 사람과 건너편 작은 책상에서 전화로 수다를 떨고 있는, 지루해하던 여대생을 제외하면, 이곳은 텅 빈 장소였다. 심지어 문 앞쪽에는 아무런 간판도 붙어 있지 않았다. 이제는 쥐가오리들도 없는 것이 분명했다. 테레사는 그녀가 지금까지 본 것 중에서 가장 큰 어항을 보았다. 그것은 축구장만큼 기다랗고 3층 건물만큼 높았는데, 청록빛 물 말고는 아무것도 담겨 있지 않았다.

"모두 죽어버렸죠."

그녀가 돌아보았다.

"예?"

"쥐가오리들 말입니다. 모두 죽었다고요. 그 이유는 아직도 알 수가 없습니다. 그놈들을 오래 살려둘 수가 없더군요."

"아."

테레사는 다시금 어항을 쳐다보았다.

"매우 유감스럽네요."

"예, 매우 슬픈 일입니다."

그건 해리 애커먼의 진심이었다. 그는 만타 월드의 이사회의 일원이 아니라, 정확히 말하자면 그 자신이 이사회였다. 애커먼은 본래 변리사였지만, 90년대 후반에 인터넷 회사가 한창 번창할 때, 그도 다른 사람들처럼 휩쓸렸다. 그는 종이 냅킨에 사업계획을 써 내려갔고, 인터넷 회사를 하나 차린 다음 그 회사를 공개했다. 사업 목적은 온라인 청약 서비스로, 전국의 변호사들에게 사건에 대한 정보를 공유하는 법률사무 시장을 창출하는 것이었다. 회사는 1조 8000억 원의 주식을 공개했고, 9개월 만에 회사가 파산하는 동안 투자은행은 보수를 챙겼고, 애커먼은 세금을 제하고도 5000억 원이라는 엄청난 거액을 손에 넣었다. 그는 그 돈으로 프로 농구팀이나 요트팀을 사는 대신 모조리 투자했으나 그리 현명한 투자는 아니었다. 투자액의 상당액을 당시에 유망하다던 하이테크 벤처 회사에 투자했는데, 그중에는 만타 월드 말고도 광섬유 회사도 있었다. 어느 것 하나 결과는 좋지 않았다.

하지만 애커먼은 돈을 버는 것뿐만 아니라 쉽사리 다른 사람을 존중하려 하지 않는 한 무리의 사람들로부터 존경을 받고 싶었다. 성공을 했음에도 그와 아내가 가입한 10여 곳의 자선 단체와 골프 클럽의 사람들 중 어느 누구도 그에게 관심을 보이지 않았다. 전문경영자, 부동산 거물, 연예사업 CEO 그리고 헤지 펀드 매니저로 구성된 이 엘리트 그룹은 그에게 말조차 걸지 않았다. 그들 눈에는 해리 애커먼이 단지 운 좋은 인터넷 사업 멍청이들 중 하나에 불과했다. 그들은 항상 애커먼이 경멸하는 전형적 CEO처럼, 예의 바르지만 쌀쌀맞은 태도로 그를 대했다. 그것이 전하는 메시지는 분명했다. 애커먼이 자선 단체든 골프 클럽이든 어디에 가입하든지 상관없지만, 그들의 일원은 될 수 없다는 뜻이었다.

애커먼은 그들의 일원이 될 날을 기다려왔다. 그는 아내와 함께 한 끼 식사에 백만 원이나 하는, 모두가 턱시도를 차려입은 자선 무도회에 별 생각 없이 갔을 때 모두가 자신을 향해 조용히 고개를 돌릴 그날을 별러왔다. 저 사람 해리 애커먼 아냐? 그다음엔 입장이 바뀌어 멋있는 척하던 그 모든 사람이 앞을 다투어 나를 만나려 하겠지. 그러고는 저녁식사에 초대하거나 투자에 관해 내게 조언을 구하고, 내가 가장 좋아하는 아이스크림 맛까지 물어볼 거야.

만타 월드 프로젝트는 시작부터 엉망이었다. 5년이 지났지만 아직도 현재 진행형이고, 비록 애커먼이 계약을 빌미로 몇 명의 해양생물학자들을 붙잡아두었지만 그들 역시 이미 실패한 프로젝트로 여겼다. 그들은 현재 열대 멕시코의 대양에 나와 있었지만 아직도 모든 것을 제대로 돌아가게 하자는 목적으로 일하고 있었다. 애커먼은 여러 달 동안 망해가는 프로젝트의 자산 수습에 나섰지만, 어쩌면 이 여자가 모든 일을 다른 방향으로 끌고 갈지도 모를 일이었다. 그는 확신을 가져야 했다.

"꼬리가 없었다고 이야기하셨죠."

"그렇습니다."

"꼬리가 정말 없었습니까? 뭉툭한 밑동 같은 것이라도?"

"아뇨, 없었어요."

애커먼은 고개를 끄덕였다. 여전히 여자의 이야기에 귀 기울인 채.

"그리고 날개 너비는 30센티미터를 넘지 않았다고요?"

그녀는 고개를 끄덕였다.

"확실합니까? 말하자면 90~120센티미터 정도 되지 않았나요?"

"아뇨, 확실하게 기억나요. 너비가 전화번호부 길이 정도였어요."

역시, 아까 했던 이야기와 일치했다.

"그리고 그것이 땅딸막하다고 하셨던가요?"

"네, 매우요. 그리고 근육도 발달했어요."

"흐음."

이건 들어맞지 않는 얘기였다. 쥐가오리들은 땅딸막하다고 할 수 있겠지만, 그건 놈들이 완전히 자랐을 때 이야기다. 아직 다 자라지 않은 경우에 쥐가오리들은 아주 얇고 연약했다. 땅딸막하고 근육질인 것과는 분명 거리가 멀었다. 들어맞지 않았다.

테레사는 애커먼을 자세히 보았다. 처음으로 그는 어리둥절해하는 것처럼 보였다. 애커먼은 부끄러운 기색도 없이 아까 자신이 눈치채지 못하게 보던 것을 꺼내 들었다. 그것은 『열대지방에 사는 세계의 가오리들』이라는 큰 책이었다. 그는 책을 탁자 위에 놓고 펼쳤다. 테레사는 그가 알록달록하고 번들거리는 책장을 넘기다 쥐가오리에 관한 내용이 있는 페이지에서 멈추는 것을 보았다. 테레사는 잠수부와 함께 있는 쥐가오리의 사진을 보고는 눈을 크게 떴다. 엄청나게 크구나! 거의 비행기만큼 크잖아! 와, 정말 엄청 자라는구나!

애커먼이 그녀를 쳐다보았다.

"눈들이 컸다고 하셨나요?"

"네, 아주요."

"얼마나 컸죠?"

"골프공 크기만 했어요."

"골프공 크기요?"

그는 사진들을 다시 보았다.

"그리고 머리에 뿔이 돋아 있었다고요?"

"네."

"흐음."

애커먼은 자신이 고용한 생물학자들만큼 가오리에 대해 잘 알지는 못했지만, 그래도 최근 몇 년 동안 가오리에 대해 많은 것을 배웠다. 뿔 달린 머리는 매우 독특한 특징이었다. 극소수의 가오리 종들만이 그런 특징이 있는데, 애커먼은 그런 종 가운데 두 종을 알고 있었다. 그 두 종은 쥐가오리와 매가오리*로, 그는 아까부터 계속 이 둘을 생각했다. 하지만 커다란 눈은 그 가오리가 둘 중 어디에도 해당되지 않는다는 것을 뜻한다. 애커먼은 고개를 저었다. 대체 테레사가 무엇을 보았을까? 그는 책장을 다시 넘기더니 색가오리*를 자세히 보았다. 색가오리들은 의심할 여지없이 둥글게 생겼다. 하지만 테레사는 그 가오리가 마치 스텔스 폭격기처럼 생겼다고 했다. 전형적인 쥐가오리의 모양이었다. 그는 책장을 다시 넘겼다. 노랑가오리도 아니었다. 노랑가오리는 모두 다 볼 수 있는 꼬리가 있고, 그 꼬리에는 가시가 선명하게 드러나 있었다.

그는 고개를 저었다. 그렇다면 가능성은 한 가지뿐이었다. 새로운 종. 만일 테레사가 실제로 새로운 종을 본 것이라면…….

"와주셔서 감사합니다, 테레사."

"아, 네."

테레사는 잠시 머뭇거리다가 꼬고 있던 다리를 풀었다. 이제 나가달라는 말을 들은 셈이었다. 그녀가 일어섰다.

자신의 무례함에 머쓱해하며 애커먼 역시 일어섰다.

"죄송합니다. 이렇게 찾아와주셔서 매우 감사드립니다. 저희에게는 많은 도움이 될 수 있거든요. 두고 보면 알겠죠."

그는 온화하게 웃으며 테레사와 악수를 나누었다.

"별말씀을요."

애커먼은 전화기를 들었다. 그는 지금 당장 전문가의 의견이 필요했다. 그가 전화를 거는 동안, 테레사는 수첩에서 무언가를 찾는 척했다. 그녀는 애커먼이 매우 긴 일련의 숫자들을 누르는 것을 지켜보았다. 곧 치직거리는 소리가 났고, 그녀는 국제전화라는 것을 짐작했다.

"모니크, 안녕하시오? 해리 애커먼인데, 제이슨 좀 바꿔주겠소. 아, 방금 어떤 사람이 왔는데 아무래도 이 사람이 새로운 종을 본 것 같아서 말입니다. 제이슨과 통화할 수 있겠소?"

테레사는 방을 나가면서 제이슨이 누구인지 궁금했다. 혹시 해양생물학자일까? 만타 월드의 거대하고 텅 빈 주차장에 들어서면서, 그녀는 그 가오리가 보인 근육의 매우 묘한 움직임에 대해 이야기하지 못했다는 사실을 깨달았다. 뭐, 이젠 상관없지. 그녀는 차를 몰고 가버렸다.

얼마 뒤, 애커먼은 전화를 끊었다. 그는 전율을 느끼고 있었다. 세계에서 제일가는 가오리 전문가 중 한 사람으로부터 그는 방금 엄청난 말을 들었다. 여자가 무엇을 보았는지 도통 종잡을 수 없다는 얘기였다.

뭐, 그들이 곧 알아내겠지. 애커먼은 다시 전화기를 들었다.

"차 좀 준비해주게. 당장."

4

"대체 저 사람이 여기서 뭘 하는 거지?

리사 바턴은 쌍안경으로 흘러내린 자신의 검은 머리카락 한 올을 쓸어냈다.

열대의 바다 한가운데에서 맞이하는, 아름다운 햇살이 비치는 날이었다. 리사가 멀리서 다가오는 보트 엔진 소리를 들은 것은, 하얀 파이버글라스 요트 머리에서 혼자 안락의자에 누워 선탠을 하던 도중이었다. 스물아홉 살의 리사는 매우 예뻤다. 그녀는 앳된 얼굴에 갈색의 큰 눈, 자외선 차단 지수 30짜리 로션을 많이 바른 덕분에 검게 그을리지 않은 희고 부드러운 살결을 가지고 있었다. 많은 사람이 그녀가 마치 만화에 나오는, 영웅에게 구출되는 위험에 빠진 여인처럼 보인다고 말했다. 사실 리사 바턴은 그런 위험에 빠진 여인과는 거리가 멀었다. 그녀는 자기주장이 강했고, 필요에 따라 거친 말도 할 줄 알았다. 또한 해양영양학 분야에서 정상급 전문가였다.

그녀는 손으로 머리칼을 잡고서 쌍안경을 계속 들여다보았다. 그녀의 보스의 보스이자 그들에게 돈을 대주는 해리 애커먼이었다. 여기에 왜 온 거지? 애커먼은 사업가였고 잡담이나 늘어놓으러 올 사람이 아니었다. 그들은 현재 열대 멕시코의 캘리포니아 만에 있는 코르테스 해에 있었다. 애커먼의 요트에서 시동 소리가 멈추자, 리사는 그가 주변 경치를 둘러보기 위해 왔으리라고 짐작했다.

비키니를 입은 그녀는 연둣빛 티셔츠와 카키색 반바지를 입고 나서야 둘 다 구겨진 것을 알아차렸다. 제기랄! 옷을 좋아하는 리사는 부랑자처럼 추레하게 사는 데에는 진저리가 날 지경이었다. 그녀는 이렇게 지내려고 온 것이 아니었다. 원래 만타 월드는 육지에서 진행될 프로젝트였기에 바다에서 할 일이 없었다. 일이 계획대로 진행되지 않은 것이다. 수족관 프로젝트는 크게 실패했고, 이제 그들 여섯, 남자 넷과 여자 둘은 바다 위에서 살고 있었다. 그것은 그들이 배 아래쪽에 있는 조그마한 다섯 개의 침실에서 지내든, 하룻밤 숙박에 아침식사까지 챙겨주고 4만 원을 받는 지저분한 바닷가 모텔에서 지내든 변함없는 사실이었다.

사실 그들이 탄 엑스페디션호는 그다지 나쁘지 않았다. 래커 칠을 한 나무로 악센트를 준 하얀 파이버글라스와 대충 깎은 듯한 티크나무로 된 갑판 길이가 27미터에 이르는 이 요트는 떠다니는 연구소로 개조되었다. 갑판 앞뒤의 넉넉한 공간에는 작은 거실, 그보다 작은 부엌, 흔히 비행기에서 볼 수 있는 화장실 3개 그리고 텔레비전, 전화와 데이터 교환을 위한 위성통신 시설이 갖춰져 있었다.

바다에 나온 지 18개월째였다. 그동안 그들은 특별히 설계된 샌디에이고 수족관에서 왜 쥐가오리들이 죽었는지 그 이유를 파악하는 일 말고는 아무 일도 하지 않았다. 그들은 모든 가능성—영양, 수온, 염도, 자연광과 인공광의 양—을 검토했다. 하지만 도무지 알아낼 수 없었다. 그것은 매우 짜증나고 풀 수 없는 수수께끼였고, 대장인 제이슨 올드리지만 빼고 모두 그렇게 생각했다.

하지만 그런 좌절감을 한쪽으로 밀쳐두면, 적어도 그들에겐 직장이 있었고, 리사는 외부의 방해를 받지 않으며 일하는 데에도 어느 정도 익숙해져 있었다. 그녀는 현재 자신의 핵심 연구에 집중해 있었고, 놀랄 만한 일은 좋아하지 않았다. 리사는 가죽 샌들을 신으며 다시 생각했다. 애커먼이 여기에 왜 왔지? 그녀는 고개를 돌려 멀리 배의 맨 뒤편에 서 있는 두 남자들을 향해 소리 질렀다.

"대릴! 크레이그! 혹시 애커먼이 여기 뭐 하러 왔는지 알아요?!"

"뭐라고? 잠깐만 기다려, 극성 엄마!"

리사는 고개를 흔들었다. 극성 엄마라고? 이 별명은 대릴 홀리스가 지어준 것인데, 그는 리사가 배를 떠나 결혼한다면 분명 극성 엄마가 될 거라고 확신했다. 리사는 대릴을 좋아하긴 했지만 그가 지금 하고 있는 클레이 사격에는 아무 관심이 없었다. 그녀는 클레이 사격을 아주 싫어했다. 대릴과 크레이그는 항상 무기를 다루는 데 매우 조심했지만, 그래도 리사는 배 뒤편에서 화살과 총알이 날아갈 때마다 불안해했다. 하지만 달리 무얼 하겠는가? 그들 역시 지루하기는 마찬가지였다. 대학에서 취득한 전문 학위는 아무 쓸모도 없었기에 그들은 무언가를 해야만 했다. 그렇다고 낚싯바늘 끝이나 바라볼 생각은 조금도 없었다. 그 두 사람과 대릴의 아내 모니크는 예전에 ROTC 동기로, 현역으로 복무할 때 시코르스키 헬리콥터 조종술과 라이플총 사격술 훈련 중에 만난 사이였다. 하지만 전혀 군인 타입이 아닌, 재미를 찾아다니는, 호감이 가는 파티광들이었다. 대릴은 키가 크고 옷차림이 단정한 흑인으로, 단단한 체격을 갖고 있었다. 반면 크레이그는 옷차림이 단정하지 않은 백인으로, 술배가 나왔으며, 갑판 아래의 세탁기를 돌려 빨래하는 일이 없었다. 이 두 사람이 매우 친하다는 것은 모두가 아는 사실이었다.

리사가 가까이 다가가는 사이에 크레이그는 갑자기 작동하지 않는 클레이 사격 기계를 보며 고개를 흔들었다.

대릴은 그녀를 보자 치아를 드러내며 환한 미소를 지었다.

"내가 말했었지? 당신 애들한테는 나쁜 판정을 내리지 않겠다고 한 거 말이야."

리사가 멈췄다.

"난 애들이 없거든요, 대릴."

"언젠가는 있을 거 아냐. 그리고 만일 내가 심판이면, 바턴네 집 애들한테는 나쁜 판정을 못하지."

"바턴이라고요? 그래서 그 애들이 내 성을 따를 거란 말이에요?"

대릴이 고개를 끄덕였다.

"그리고 당신 남편도 그렇게 될걸."

크레이그가 인상을 찌푸린 채 고개를 들었다.

"이봐 잠깐만. 난 그런 일에 꽤나 보수적이야. 리사, 그건 결혼식 전에 한번 얘기해봐야겠는걸."

리사가 웃었다. 크레이그 서머스는 일 년째 리사를 쫓아다니고 있었다.

대릴이 계속 말했다.

"당신 애들이 홀리스 집안 애들을 상대로 한판 벌여도 여전히 잘 대해줄 거야."

리사가 웃음을 멈췄다.

"홀리스 집안 애들이라고요? 그럼 당신이랑 모니크랑 곧 애를 낳을 거란 말이에요?"

"계획이 그렇다는 것뿐이야, 리사. 위대한 사람들은 항상 계획을 짜잖아."

그는 크레이그 쪽을 쳐다보았다.

"어이 엉망진창 씨, 그쪽 일은 어떻게 돼가고 있어?"

짙은 녹색 반바지에 얼룩이 묻은 흰 러닝셔츠 차림인 크레이그는 클레이 사격 기계를 세게 쳤다.

"엄청 잘돼 가고 있지."

리사는 다시 쌍안경을 눈에 갖다 댔다.

"그럼 너희는 애커먼이 왜 여길 왔는지 모르는 거야?"

"됐다!"

갑자기 크레이그가 말했다.

"리사, 잠깐만 기다려."

대릴은 갑판에서 사냥용 활을 들어 올렸고, 리사는 쌍안경을 내려놓고 구경했다. 그녀에게 무기는 무시무시한 것이었지만 대릴의 활쏘기 실력은 정말 대단했다. 그녀는 활을 자세히 보았다.

그것은 빈약하고 평범한 활이 아닌 무시무시한 무기였다. 중심 부는 야구방망이만큼 두껍고, 광이 나는 단단한 벚나무로 만들었고, 줄을 완전히 팼을 때 길이가 1.2미터였다. 대릴은 자신의 넓은 어깨 위에 활을 멨다. 대릴은 8분의 1가량이 아메리카 인디언 혈통이 흐르는 사람이었다. 어릴 때 노스캐롤라이나 주의 호크 카운티에 있는 림블 부족이 소유한 할아버지의 인디언 보호 구역에서 열한 번의 여름을 지낸 적이 있었는데, 그때 그는 활과 화살로 사냥할 기회가 많았다. 리사는 대릴을 만나기 전까지만 해도 활과 화살을 고대의 유물쯤으로 여겼고, 어찌 보면 귀여운 도구라는 생각마저 했다. 하지만 언젠가 대릴로부터 사냥 이야기를 들었을 때, 그녀는 달려드는 멧돼지의 가슴팍에 시속 240킬로미터로 들어박히는 70센티미터 길이의 화살이 조금도 귀엽지 않다는 것을 알았다. 리사는 이제 활과 화살 역시 무서운 무기라는 사실을 알고 있었다. 대릴은 거만한 자세로 그녀에게 활과 화살이 총보다 더 위험하고 총알보다 단위면적당 훨씬 더 많은 운동에너지를 가지고 있다고 말했다. 그런데 총들이 왜 그렇게 인기가 있냐고? 멍청이라도 쏠 수 있으니까. 심지어 크레이그 서머스도 총은 쏠 줄 안다고.

"좋아, 표적 좀 띄워줘, 크레이그."

"예예, 나으리."

크레이그는 기계를 옆의 벽에 갖다 대고는 바다를 향해 각을 맞추었다.

대릴은 리사를 쳐다보며 고개를 저었다.

"요즘엔 쏠 만한 사람 찾기가 너무나 어렵단 말이야."

크레이그는 화난 듯한 얼굴로 고개를 들었다.

"준비됐냐?"

대릴은 여전히 리사를 쳐다보았다.

"당근이지."

쓩! 표적 하나가 바다 위로 날아갔다. 그러더니 쓩! 쓩! 두 개가 더 날아갔다.

대릴은 아주 유연한 동작으로 몸을 돌리면서 화살을 세 개 날렸다. 쌩! 쌩! 쌩! 화살들이 연속해서 정말 무시무시한 속도로 날아갔다. 딱! 표적 하나가 맞았다. 딱! 두 번째도. 딱! 세 번째도.

"맙소사."

청록빛 바다 위로 떨어지는 하얀 세라믹 조각들을 바라보며 리사가 조용히 말했다.

대릴이 태연하게 고개를 끄덕였다.

"큰곰 씨를 함부로 건드리지 말라고."

"안 건드리죠. 그럼 당신들은 애커먼이 왜 왔는지 모르는 거예요?"

두 남자는 어깨를 으쓱했다.

"어쩌면 아까 제이슨과 하던 그 얘기를 마저 하려는 건지도 모르지."

그들은 돌아보았다. 모델 못지않게 예쁜 대릴의 아내 모니크 홀리스가 짧게 자른 카키색 바지와 감색 티셔츠 차림으로 갑판 아래에서 올라왔다. 모니크는 30대 초반으로, 매우 명랑하고, 키가 크고 기품 있으며, 시골 사람 같은 여유로움을 갖고 있어서 싫어하려고 해도 싫어할 수 없는 사람이었다.

리사는 고개를 끄덕였다.

"그 얘기가 뭐에 대한 건데요?"

모니크는 어깨를 으쓱했다.

"누군가가 와서는 새로운 종을 발견한 것 같다고 했대."

"정말?"

보통 때 같으면 리사는 새로운 종의 발견에 대해 그다지 신경을 쓰지 않았을 것이다. 하지만 지금, 세계 여러 바다에서 이상한 일들이 벌어지고 있었다. 특히 플랑크톤 수치가 이상했는데, 리사와 해양영양학을 연구하는 동료들은 도무지 그 이유를 알 수 없었다. 플랑크톤은 현미경으로만 볼 수 있는 아주 자그마한 식물이나 동물로, 큰 무리를 지어 바다 표면을 떠다닌다. UCLA에서 해양영양학으로 박사학위를 받은 리사 바턴은 줄곧 플랑크톤을 연구해왔다. 최근 몇 주 동안 엑스페디션호에 있는 플랑크톤 측정계를 통해 그녀는 플랑크톤 수치가 위험할 정도로 감소했음을 알았다. 일반적으로 플랑크톤 무리는 얕은 곳의 따뜻한 물과 깊은 곳의 찬물이 만나 급격한 온도 변화가 일어나는 수온약층*주변에 모여든다. 하지만 최근 들어 리사가 직접 샘플을 채취한 몇몇 수온약층의 플랑크톤 수치는 정상보다 62퍼센트 정도 낮았다. 게다가 혼탁도, 전도성, 수온 그리고 광합성 복사 수치도 정상 수치에서 많이 벗어나 있었다.

서로 연결된 광대한 바다의 생태계에서 플랑크톤은 먹이사슬의 맨 아래에 존재한다. 플랑크톤에 문제가 생기면 보통 다른 곳에서 문제가 터졌다. 리사는 이 문제가 연관됐는지 잘 알지 못했지만, 최근에 캘리포니아 만의 중간 깊이에 사는 물고기들—노랑씬벵이, 파랑쥐치 등—이 꽤 얕은 곳으로 이동한다는 보고서를 읽은 적이 있었다. 그리고 6개월 전에 정부가 해마다 실시하는 해양탐사에서, 알 수 없는 이유로 캘리포니아 만의 해양 생물,

특히 불가사리와 같은 계열인 바다나리와 산호의 일종인 부채산호가 눈에 띄게 감소한 사실이 밝혀졌다.

바닷속에서 뭔가 중요한 일이 벌어지고 있는 것이 틀림없었다. 그 일은 다른 여러 동물에게 영향을 끼쳤고, 리사는 그것이 더 많은 동물에게 영향을 줄지 궁금했다. 그녀는 잠시 멈추었다. 아니, 이미 영향을 미친 걸까? 그녀는 갑자기 모니크를 돌아보았다.

"어떤 새로운 종이라는데요?"

5

모니크 홀리스는 헛기침을 했다.

"로스앤젤레스 근해에서 발견됐다는 거 같아."

"뭐였대요?"

"그냥 이야기 중간밖에 못 들어서 말이야. 내 생각엔 무슨 날아다니는 물고기와 관련된 것 같던데."

"아."

리사가 피식 웃었다.

"그런 얘기였어요."

그녀는 가능성을 더 심각하게 고려해보았다.

"진짜로 나는 물고기였단 말이죠. 아니면 단지 뭔가가 물 밖으로 튀어나왔다는 거예요?"

"그 여잔 진짜 날아다니는 물고기라고 생각했다는데."

"아니, 북태평양에서 말이에요?"

이른바 '진짜로 날아다니는 물고기'는 50종이 알려져 있고, 모두 날치과에 속했다. 이들은 거의 모두 열대지방에서 보였는데, 많은 수가 바베이도스(서인도제도 남쪽 끝에 있는 카리브 해의 섬나라—옮긴이)에서 발견되었다. 날치과의 물고기는 쉽게 말해서 흔히 볼 수 있는 물고기로, 굉장히 큰 가슴지느러미를 펼쳐 날개로 쓸 수 있다. 리사는 다람쥐, 도마뱀 그리고 뱀처럼 몇몇 종들도 똑같은 원리로 난다는 사실을 기억해냈다. 보통 날치*는 주로 포식자로부터 벗어나기 위해서 수면 바로 위를 수십 미터나 미끄러지듯 날았다. 하지만 날치과 어류는 북태평양 근처에는 살지 않았다.

리사는 눈을 가늘게 떴다.

"그 여자 말이야, 어떤 종인지 대충 말해줬대요?"

"내 생각엔 무슨 가오리라고 했던 것 같아."

"가오리라고요? 정말?"

가오리는 날치과 어류와는 아무런 관련이 없는 동물이었다.

"그럼 제이슨은 뭐라고 했대요?"

"뭐라고 할 수 있겠어? 애커먼한테 공손하게 굴긴 했지만, 제이슨이 어떤지는 너도 알잖아."

리사는 고개를 흔들었다. 그랬다. 그녀는 제이슨이 어떤 사람인지 잘 알고 있었다.

"왜 애커먼이 그런 일에 신경 쓸까요?"

"내 생각엔 만일 애커먼이 정말로 그게 새로운 종이라고 생각한다면, 우리 보고 그걸 찾으러 가라고 할지도 모르지. 우린 이동네에서 거의 아무 일도 하는 게 없고, 또 그 사람의 피고용인이

45

잖아."

리사는 고개를 저었다. 그녀는 애커먼이 그들에게 무슨 헛수고나 시키지 않기를 바랐다.

"혹시 알아요? 공기를 좀 쐬고 싶은 작은 박쥐가오리일지……."

대릴이 어깨를 으쓱했다.

"그게 뭐였는지 뭔 상관이야."

크레이그는 머리 위로 내리쬐는 태양을 바라보았다.

"맞아."

"근데 말이야."

대릴이 갑자기 흥분해서 말했다.

"만일 애커먼이 우리한테 돈만 더 준다면, 난 기꺼이 새로운 종을 찾으러 가겠어."

모니크는 남편을 서글픈 눈으로 쳐다보았다.

"대릴, 그 사람은 돈을 더 주지 않을 거야."

"그래."

대릴은 갑자기 침울해졌다.

"그렇겠지."

극성 엄마에 대한 우스갯소리는 접어두고, 홀리스 부부는 앞으로 2년 안에 아이가 생기길 바랐고, 그에 따르는 돈이라는 주제는 꽤나 골치 아픈 문제였다. 아이를 키우는 데에는 돈이 많이 들었다.

두 사람이 갑자기 너무나 우울해하자, 크레이그는 그들을 부드러운 눈길로 바라보았다.

"이봐, 기운 내라고."

대릴과 모니크는 거의 복종하듯이 동시에 고개를 끄덕였다.

리사는 조용히 미소를 지었다. 홀리스 부부와 크레이그 서머스는 좀 별나긴 해도 꽤 훌륭한 3인조 팀이었다. 리사는 그들이 서로 아끼는 것을 부러워했고, 그러한 팀의 한 사람이기를 소망했다.

그녀는 청록빛 바닷물을 바라보며 문득 제이슨이 어디에 있는지 궁금했다.

"제이슨이 너무 오랫동안 내려가 있네. 당신들 생각엔……."

그녀는 갑자기 뭔가 크고 검은 것이 물속 깊은 곳에서부터 솟구쳐 올라오는 것을 보았다. 그녀는 불안한 마음에 뒤로 물러섰다. 그것은 계속 위로 올라오더니 깊이 3미터 정도 되는 곳에서 펄럭이며 되돌아 가버렸다. 그녀는 숨을 내쉬었다. 단지 쥐가오리일 뿐이잖아. 바로 뒤에 잠수부 한 명이 떠오르더니 급히 배 위로 올라왔다.

물갈퀴를 신은 제이슨 올드리지는 175센티미터 키에, 강렬한 눈빛과 검은 머리카락을 가지고 있었다. 그는 잠수복을 입은 야망의 남자 그 자체였고, 무기를 발사한다든지, 선탠을 한다든지 그 밖의 다른 모든 일에는 아무런 관심이 없었다. 서른네 살의 호리호리한 체구를 가진 제이슨은 한 가지 일에만 집중하는 일 중독자이며, 매일, 매시간 바빠야 행복하고 그렇지 않으면 안절부절못하는 사람이었다. 우울증이 있었지만 눈에 띌 정도는 아니었다.

노란 수중 카메라를 목에 두른 두 번째 잠수부가 물에서 나왔을 때는 아무도 돌아보지 않았다. 역시 서른네 살의 약간 땅딸막한 이 사람의 이름은 필 마르티노였다. 그는 기분 좋게 배에 오르더니 수건으로 검은 곱슬머리를 털어 말렸다.

"어이, 여러분."

아무도 반응을 보이지 않았다. 제이슨을 제외하면, 어느 누구도 필 마르티노를 좋아하지 않았다. 그는 여섯 명 중 유일하게 어류학 박사학위가 없었다. 하지만 그가 인기 없는 이유는 다른 사람들의 지적 속물근성 때문만은 아니었다. 실제 이유는 그가 아무런 목적의식이 없다는 데 있었다. 대릴이 언젠가 말했듯 그는 항상 '뒷전에서 어정거리는 짜증나는 친구'였다. 필이 이 그룹에 들어온 것은 제이슨을 통해서였다. 두 사람은 샌디에이고에 있는 캘리포니아대학교에서 해양생물학 개론을 수강하면서 알게 되었다. 필은 나중에 그 과목에서 펑크가 나긴 했지만 그와 제이슨은 계속해서 소식을 주고받았다. 대학 시절부터 필은 여러 직업을 경험했고, 그중에는 전문 사진사로 일한 경력도 있었다. 그래서 제이슨의 부추김에 애커먼은 필을 채용하여 쥐가오리 수족관의 진척 상황을 사진으로 기록하는 일을 맡겼다. 그때 이후로 필 마르티노는 늘 팀의 일원이었다.

리사는 갑판에 앉아 있는 제이슨을 돌아보았다.

"제이슨, 말해줄 게 있는데, 애커먼이 여기 왔어요."

그는 리사의 말을 듣지 못한 것 같았다. 그는 화난 표정으로 물갈퀴를 벗었다.

"그 해파리 샘플을 채취하러 내려온다고 한 줄 알았는데."

"아."

리사가 멈칫했다.

"그러려고 했는데, 그때 애커먼을 만났지 뭐예요."

"그 전에 내려왔어야지."

"뭐, 상관없잖아요."

제이슨이 일어섰다.

"아니, 상관있어, 리사. 어쨌든 당신은 선탠도 잘 하지 않잖아. 그리고 우리는 샘플이 필요했다고."

그녀는 물러서지 않고 제이슨을 정면으로 바라보았다.

"그래요. 그게 왜 또다시 필요한 건데요?"

"요즘 이 쥐가오리들이 유일하게 먹는 거라곤 해파리뿐이니까."

"그래서요?"

"만일 이 녀석들이 여기서 해파리를 먹는 게 안전하다고 생각한다면 녀석들이 수족관에서 먹어도 안전할 거고……."

"어쩌라고요? 수족관을 다시 채워서 모든 걸 제대로 돌아가게 또다시 시도하자는 거예요?"

제이슨은 리사를 멍하게 바라보았다.

"그래."

"이 단계에서 애커먼이 거기에다 돈을 댈 거라고 믿는 거예요?"

"만일 우리가 뭔가 희망을 보여준다면……. 그래, 그럴 거 같아."

그녀는 고개를 흔들었다.

"제이슨, 우리 계약 기간은 5개월 남았어요. 그 뒤엔 우린 가고 없다고요. 무슨 말인지 알아요? 우린 없다고요."

"당신이 그걸 알 수는 없지. 아무도 알 수 없는 일이야."

"당신 말고는 다들 알고 있어요. 취업난이 그렇게 끔찍하지만 않았더라도 이미 새 직장을 찾았을 거라고요."

제이슨은 머뭇거리며 다른 사람들을 바라보았다.

"새 직장을 구하고들 있었어?"

리사는 멈칫했다.

"나는 그랬어요. 다른 사람들은 어떤지 모르지만."

"그럼 그건 당신 일이지. 그건 만타 월드가 제대로 돌아갈 수 없다는 뜻이 아니라고."

"당신은 현실을 제대로 몰라요."

"난 그렇게 생각하지 않아."

"당신이 어떻게 생각하는지는 중요하지 않아요. 애커먼이 어떻게 생각하는지가 중요하지."

"그래도 내 생각엔 여전히······."

"제이슨, 만타 월드는 끝장났어요! 아직도 모르겠어요? 끝장났다고요!"

그는 머뭇거리며 다른 사람들을 바라보았다. 그들은 제이슨의 시선을 피했고, 제이슨은 그들이 모두 리사와 똑같은 생각인지 궁금했다. 하지만 신경 쓰지 않았다.

"우리는 아직 할 일이 있어. 그리고 먹이 샘플을 채취하는 건 매우 중요한 일이야."

"그렇게 중요하다면 당신이 직접 했어야죠."

"리사, 영양 전문가는 당신이잖아!"

"그런데 당신은 항상 내가 일을 제대로 하는지 어깨너머로 훔쳐보잖아요!"

"당신은 일을 스스로 안 하잖아! 한다 하더라도 팀의 일이 아니라 당신 개인 일정을 따르는 거잖아!"

이번엔 리사가 나머지 팀원들을 조심스레 쳐다보았다. 제이슨의 '개인 일정' 이란 말에 한 방 먹은 것이다. 하지만 그녀 역시 거칠게 행동할 줄은 알았다.

"당신이 항상 날 감시하는 이유는 당신이 통제광이라서 누구에게도 믿고 맡길 수 없기 때문이야."

"난 일이 제대로 돌아가는지 확실히 해두는 걸 좋아할 뿐이야."

제이슨의 목소리는 굳어 있었다.

리사는 고개를 저을 뿐이었다. 배에 있는 사람들 모두 제이슨이 통제광이라고 생각했다. 제이슨은 수시로 그들의 일을 모든 면에서 검토하고 또 검토했다. 하지만 리사에게도 죄책감이 없지는 않았다. 제이슨은 나쁜 사람이 아니었고, 실제로 해파리 샘플을 채취하는 것은 그녀의 일 가운데 하나였다.

"알았어요. 애커먼이 가고 나면 샘플을 채취할게요. 됐죠?"

"그럴 필요 없어. 이젠 없으니까."

그녀는 크게 놀랐다.

"해파리들이 모두 사라지고 없단 말이에요?"

"쥐가오리들이 엄청 배가 고팠나 봐."

이럴 수가. 전날만 해도 리사는 수만 마리나 되는 해파리를 봤다. 원래 그 정도라면 작은 무리의 쥐가오리들이 한 주 동안은 넉넉히 먹을 수 있는 양이었다.

제이슨은 호기심 어린 눈으로 리사를 쳐다보았다.

"어떻게 생각해?"

"당신이 말한 것처럼 녀석들이 엄청 배가 고팠나 보죠."

"혹시 낮은 플랑크톤 수치와 관련 있다고 생각하지 않아?"

대릴이 갑자기 돌아보았다.

"그 수치는 다시 올라갔다고 하지 않았던가?"

리사가 고개를 저었다.

"아니, 그건 잠깐 동안뿐이었어요. 사실 그 수치는 더 악화됐어요. 제이슨, 아직도 쥐가오리들이 평소보다 더 자주 뛰어오르고 있어요?"

제이슨은 조용히 고개를 끄덕였다.

"사실, 훨씬 더 자주 뛰어오르고 있어."

"그게 혹시…… 걱정되지는 않아요?"

"그 때문에 걱정된다고 할 순 없지. 다만 좀……."

"이상하다고요?"

"그래. 이상하게 느껴질 뿐이야."

가오리 종들 중에서도 쥐가오리들은 주기적으로 바다 위로 뛰어올랐다. 최근 몇 번의 실패에도 이 거대한 동물에 관한 10대 전문가 중 한 사람으로 인정받는 제이슨조차도 그 이유를 알지 못했다. 물론 다음과 같은 가설이 제기되었다. 기생충들을 떼어내려고, 또는 포식자들을 피해서, 심지어는 단순히 재미 때문이라는 가설도 있었지만 어찌 됐든 이 가오리들은 평소보다 훨씬 더 자주 뛰어올랐다. 지난 2개월 동안 캘리포니아 만의 쥐가오리들은 날개가 달린 1800킬로그램짜리 몸뚱이로, 많게는 일곱 차례나 매일 바다 위로 뛰어오르는 것이 관찰되었다. 이 통계는 일반적으로 매주 세 번 관찰되던 것과 비교할 때 그 횟수가 훨씬 많았다.

세계의 여러 바다에서 일어나는 기묘한 일이 하나 더 있었군 그래. 리사가 생각했다. 그녀는 멀리서 들려오는 엔진 소리에 다시 쌍안경을 눈에 댔다.

"애커먼 도착 5분 전이에요."

크레이그는 탐욕스런 얼굴로 입맛을 다셨다.

"저 친구 배 옆에서 돈 가방이 떨어질지도 모르니 잘 보고 있자고."

다른 사람들은 모두 껄껄 웃었지만 제이슨은 황급히 필을 돌아보았다.

"잠깐만 네 노트북 좀 빌려도 돼?"

"메모해두려고? 물론."

필이 아래층으로 내려가는 것을 보고 리사는 두리번거렸다. 제이슨은 몇 달째 필의 노트북에 매일 자신의 메모들을 정리해두었다. 메모를 해두는 것은 해양생물학자가 해야 할 중요한 일이었다. 하지만 그가 하는 다른 모든 일에서와 마찬가지로 제이슨은 꼼꼼한 정도를 넘어서 결벽증이 있는 듯 행동했다. 필은 그에게 검은색의 두께가 얇은 IBM 노트북을 내주었다. 이 노트북은 배 위에서 엑스페디션호의 위성 데이터 연결에 설정된 유일한 컴퓨터였다. 여전히 잠수복을 입은 채 제이슨이 문서를 작성하기 시작했다.

몇 분 후 거대한 40미터짜리 요트 한 척이 달팽이처럼 느리게 다가왔다. 카키색 반바지에 25만 원이나 하는 실크 골프 셔츠를 입은 해리 애커먼이 거대한 타륜 옆에 서 있었다.

"안녕하시오, 여러분!"

그들은 최대한 기분 좋은 표정을 지었다.

"안녕하세요, 해리!"

"안녕하세요, 애커먼 씨!"

필이 기분 좋은 목소리로 외쳤다.

"이것 좀 묶어주게."

애커먼이 작은 배에 오르며 꼬여 있는 흰 나일론 밧줄을 필에게 건네주었다.

"아, 그리고 이것도 좀 들어주게."

가죽으로 된 낡은 일일계획표였다.

"안녕하세요, 모니크."

"안녕하세요, 애커먼 씨. 잘 지내셨지요?"

모니크는 그가 왜 노란색 노트를 들고 있는지 궁금했다.

"잘 지내고 있지."

애커먼은 태평한 성격의 모니크 홀리스를 좋아했다.

리사 바턴 역시 호감이 가긴 했으나 상당히 거친 면이 있었다. 애커먼의 무표정한 시선은 대릴과 크레이그를 훑어본 후 제이슨에게 머물렀다.

"해리, 이렇게 갑작스럽게 찾아올 줄은 몰랐습니다."

"제이슨 오랜만일세."

그들은 악수를 나눴다. 애커먼은 의자 위에 놓인 필의 노트북을 눈여겨보았다. 애커먼은 속으로 미소를 지었다. 보나마나 제이슨은 잠수복을 벗기도 전에 자신의 메모들을 작성했을 거야. 애커먼은 제이슨의 결벽성을 좋아했다. 너무나 열심히 일한단 말이지. 하지만 제이슨은 애커먼이 여기에 온 이유를 반기지 않을 것이 분명했다.

"클라리타 섬 근처에서 목격된 그 동물에 대해 좀 더 자세히 의논하고 싶어 왔네. 그 일에 대해서 생각해둔 게 있는가?"

제이슨은 바로 대답하지 않았다. 그는 시선을 다른 곳으로 돌렸다. 하지만 겉보기에는 무언가 생각해둔 것처럼 보였다.

6

제이슨 올드리지는 쉽사리 생각의 방향을 바꾸는 사람이 아니었다. 그는 집중력이 대단했고, 한 가지 주제를 분석하는 데에도 뛰어났지만, 그에게 변화란 항상 문제를 의미했다. 만타 월드를 위해 지난 5년간 그가 쏟은 노력은 그의 삶 전부였고, 그것이 실패로 끝날 수도 있다는 생각은 해본 적이 없었다. 그래서 그는 해리 애커먼의 질문에 아무런 반응을 보이지 않았다. 그는 똑똑하고 열정적이지만, 대답이 내포하는 의미는 그가 이해할 수 있는 범위를 넘어서는 것이었다.

애커먼은 헛기침을 했다.

"묻지 않았는가. 클라리타 섬 근처에서 발견된 것에 대해 이야기하고 싶다고. 자네 생각은 어떤가?"

더운 열대의 공기 속에서 두 번째 질문이 울렸다. 리사 바턴, 필 마르티노 그리고 3인방은 대답을 기다렸다. 제이슨은 잠수복을 입은 채 텅 빈 바다를 바라보기만 했다. 그의 강렬한 눈동자가 살짝 움직였다.

"아직 생각 중입니다."

애커먼이 씩 웃었다.

"아직도 생각한다고? 지금 겉 다르고 속 다르게 말하는 거 같은데."

그는 필 마르티노를 돌아보았다.

"자네도 그렇게 생각하나, 필?"

"네, 그렇습니다, 애커먼 씨."

애커먼은 더 크게 미소 지었다. 그는 필 마르티노의 모습에서 막 태어난 강아지가 떠올랐다. 자기 형제들 중 가장 덜떨어진 녀석을. 대릴과 크레이그는 믿을 수 없다는 듯이 고개를 흔들었다. 애커먼이 말을 계속했다.

"이봐, 제이슨, 이번에도 나를 좀 도와주게. 자네는 전문가야. 그리고 난 이 일을 이해하려고 애쓰는 중이라고. 자네는 새로운 가오리 종일 수도 있다는 견해에 대해 어떻게 생각하나?"

제이슨은 정중하게, 하지만 겁먹지 않은 눈으로 애커먼의 눈을 똑바로 쳐다보았다. 일 중독자다운 성향이 그에게 성공이나 부를 가져다주지는 못했지만 자신감만은 심어주었다. 그는 어느 누구도 두려워하지 않았다.

"전 별일 아니라고 생각합니다."

애커먼은 고개를 끄덕였다. 그는 항상 제이슨의 솔직함 그리고 겁이 없다는 사실을 좋아했다. 물론 수족관의 실패 이후 제이슨을 두고 실패자라고 하는 이들도 있지만 애커먼은 항상 제이슨이 용기 있는 사람이라고 생각했다. 하지만 지금 이 순간, 애커먼은 그런 것엔 신경 쓰지 않았다.

"내 말이 틀렸다면 고쳐주게. 자네하고 나는 이 가오리의 생김새를 아주 자세히 되짚어보지 않았나. 자네는 이게 어떤 가오리인지 알 수 없다고 했어. 내 말이 맞나?"

애커먼은 자신의 노란색 노트를 들어 올렸다.

"자네가 다시 생각해보고 싶다면 여기, 내 메모들을 봐도 좋네."

"아니, 괜찮습니다."

제이슨은 메모를 볼 필요가 없었다. 그는 가오리의 생김새를 선명하게 기억했다. 그건 너무나 생소했기 때문이다. 스텔스 폭격기처럼 생겼고, 몸은 매우 두껍고, 몸의 한쪽은 검고 반대쪽은 희고, 커다란 검은 눈에, 입이 크며, 양 입가에 돌기가 있었다. 게다가 공격성도 빼놓을 수 없다. 듣기로는 가오리가 누군가를 물려고 했다는 것이다.

제이슨은 그것이 새로운 종일 것이라고 생각하지 않았다. 그럼에도 만일 생김새에 대한 묘사가 정확하다면, 대체 어떤 종에 속하는 것인지 그는 도저히 감을 잡을 수가 없었다. 애커먼은 몇몇 종들을 후보에서 정확하게 제외시켰고, 제이슨 역시 큰점박이홍어*와 태평양 전기가오리*를 포함한 6종을 더 빼버렸다. 또 다른 가능성이 있긴 했지만 모두 미미한 정도에 지나지 않았다.

"혹시 말이야, 제이슨. 막 깨어난 새끼 쥐가오리일 수도 있지 않을까?"

크레이그 서머스가 물었다.

"클라리타 섬 근처에서? 가능성이 매우 낮은데."

제이슨은 다시 바다를 바라보았다. 하지만 이상하지 않은가? 왜냐하면 묘사된 특징 중 뿔 달린 머리, 넓은 입 그리고 위는 검고 아래는 희다는 것 등은 모두 쥐가오리의 두드러진 특징이기 때문이다. 하지만 쥐가오리는 훨씬 몸통이 얇을 뿐만 아니라, 열대 어류로, 적도 근처의 따뜻한 바다에서만 살았다. 물론 그놈들은 여름에는 온도가 더 낮은 바다로 이동했으며, 길을 잃은 쥐가오리 한 마리가 헤매다가 멕시코에서 남캘리포니아 근해로 왔을 가능성도 높았다. 하지만 어디까지나 녀석이 다 자란 놈일 경우에만 해당되는 얘기다. 막 태어난 가오리가 그렇게 멀리까지 떠돌아올 수는 없는 일이었다. 하지만 만일……. 그는 대릴과 모니크를 돌아보았다.

"알을 밴 다 큰 가오리가 멕시코에서 올라올 수도 있을까?"

대릴은 셔츠의 옷깃을 바로잡았다.

"클라리타에서 알을 낳으려고?"

"응."

"혼자서 말이야?"

제이슨은 어깨를 으쓱했다.

"아마도 그렇다면."

"가능성이 매우 낮은데."

제이슨은 고개를 끄덕였다.

"모니크, 당신은 어떻게 생각해?"

"알 밴 동물이 알을 낳으려고 익숙한 환경에서 그렇게나 멀리 온다고? 말도 안 되지."

"그렇다면 알 밴 쥐가오리가 한 무리라면? 한꺼번에 북쪽으로 이동할 가능성도 있을까?"

모니크는 눈썹을 추켜세웠다.

"이론적으론 가능하지만 난 별로 믿음이 안 가는데."

제이슨 역시 같은 생각이었다. 쥐가오리는 주기적으로 무리지어 알을 낳긴 했지만, 낯선 장소에서 알을 낳는다는 얘기는 들어본 적이 없었다. 제이슨은 한 손으로 자신의 검은 머리를 뒤로 쓸었다. 도대체 그 여자가 클라리타 섬 근처에서 본 것은 뭘까? 그는 다시 밖의 바닷물을 바라보았다. 만일 동물의 몸을 설명한 것이 맞다면 새로운 종일지도 모르지. 그런데 그게 뭐가 어쨌다는 거야? 아니, 대체 새로운 종이면 종이지, 내 쥐가오리들과 무슨 상관이라는 거야?

애커먼이 냉정하게 제이슨을 쳐다보았다.

"그러니까 새로운 종일 수도 있다는 건가?"

"가능합니다."

"가능합니다는 가능성이 높다는 의미인가?"

제이슨의 눈빛에 순간적으로 성난 기색이 스쳐 지나갔다. 그에게는 아직 할 일이 남아 있었다. 그들은 수족관에서 생존할 수 있는 쥐가오리 무리를 찾아야만 했다. 찾은 후 그것들을 샌디에이고로 수송하고, 수족관을 준비하고, 그다음엔 다섯 달은 족히 걸릴 셀 수 없이 많은 작업을 해야 했다. 그는 시간이 없었다.

"제이슨, 가능하다는 건 가능성이 높다는 의미인가?"

"가능하다는 건 가능하다는 걸 의미합니다."

"뭐, 그 정도면 내겐 충분해. 내 생각엔 자네들이 클라리타 섬으로 가서 정말로 새로운 종인지 아닌지 확실히 알아봐야 할 것 같네."

"예? 왜요?"

"우리는 뭔가를 해야 하기 때문이지. 우리는 뭔가 진척을 보여야 한단 말일세."

"해리, 우리는 진척을 보이고 있습니다."

"내가 정의하는 방식으로는 절대 그렇지 않은데."

"어떻게 정의하시기에 그렇게 말씀하십니까?"

애커먼의 눈빛은 더욱 차갑게 변했다.

"돈 이야기를 해보지. 나는 이번 일에 수십억 원을 날렸다고. 자네들이 그걸 이해하겠나? 이 모든 프로젝트는 애초부터 참사였어."

"해리, 우리는 아직 그 수족관을 쥐가오리로 채울 수 있습니다. 약속드릴게요. 우린 할 수 있어요."

"아니, 할 수 없어."

"제 말 좀 들어보세요. 정말로 우리는……."

"난 참고 기다렸네. 자네가 알지 않는가. 내가 얼마나 참고 기다렸는지."

"예, 그건 정말 감사드립니다. 하지만 만약 당신이 우리에게 단지……."

"제이슨, 만타 월드는 끝장났어."

이 말은 아무런 감정 없이, 이미 정해진 사실을 말하는 듯이 자연스레 나왔다.

"난 이제 이 프로젝트에 자금을 댈 능력이 없네. 그뿐이야. 나도 이런 결과를 원치 않았다는 건 자네도 알지 않는가."

제이슨은 움직이지 않았다. 내리쬐는 태양 아래에서 잠수복을 입은 그는 갑자기 현기증을 느껴 바다에 빠져버릴 듯한 기분이었다. 그는 티크나무 갑판 위에 서 있는 자신의 발을 뒤늦게 깨닫고 가드레일에 기대었다.

"그렇군요."

그가 간신히 말했다. 그는 믿을 수가 없었다. 그저 멍할 뿐이었다.

리사는 속으로 한숨을 쉬었다. 완전히 동감하지는 않았지만 제이슨이 안쓰러웠다. 철저하게 노력하는 성격의 사람에게는 변화에 적응하는 일이 항상 고통스러울 것이다. 그는 다른 사람들이 맡은 일을 제대로 하는지 믿지 못했을 뿐만 아니라, 어떤 일이 제대로 돌아가지 않으면 잠자코 바라보지 못하는 사람이었다. 그에게는 꺼짐 스위치가 없었다. 하지만 아무리 제이슨이라도 이번만큼은 무시할 수 없는 노릇이었다. 전원 플러그는 뽑혔고, 한때 '차세대 자크 쿠스토'라 불리던 사람도 이제는 다음 단계로 넘어갈 때가 된 것이다.

리사는 고개를 흔들었다. 차세대 자크 쿠스토. 그녀는 제이슨을 만나기도 전에 그 별명을 들었다. 6년 전《어류학 학회지》에 쥐가오리만을 주제로 다룬 호에서 그에 관한 표지 기사가 실렸다. 멋진 사진들과 함께 제이슨이 어릴 때부터 가오리에게 보인 소년다운 집착에서부터 캘리포니아대학교 샌디에이고 캠퍼스에서 받은 어류학 박사학위 그리고 당시에 세계 제일의 쥐가오리 전문가로 인정받기까지 그 모든 과정이 기사로 실렸다. 그 모든 일이 엄청난 선전효과가 되어 전문가로서의 제이슨에 대한 사람들의 기대는 하늘을 찔렀다. 그러던 중에 애커먼이 연락을 해온 것이다.

수족관을 만들자는 아이디어는 원래 애커먼이 제안했다. 자신의 주식 공개 이후 갑자기 주체할 수 없을 만큼 많은 돈이 생기자 애커먼은 컨설팅 회사를 하나 고용했다. 그 회사는 샌디에이고에 새로운 쥐가오리 수족관이 들어서면 그 주변에 있는 유명한 해양 유원지(Sea World)를 찾는 입장객 수보다 세 배는 더 끌어들일 수 있다는 결론을 내렸다. 그런 예측이 나온 이유는 그와 같은 수족관을 그 어디에서도 볼 수 없었기 때문이었다. 지금 있는 해양 수족관에서도 작은 가오리 종들을 전시하지만, 어떤 곳도 대형 창고만 한 수족관에서 비행기만큼 큰 생물이 헤엄치는 장관과는 견줄 수가 없었다. 아이들은 쥐가오리들을 좋아하고 사랑했다. 전 세계 부모들은 자기 아이들이 쥐가오리를 볼 수만 있다면 돈은 얼마든지 낼 태세였다. 컨설턴트들은 만일 '적절한' 수족관만 건설되면, 세계적 볼거리가 될 거라고 판단했다. 애커먼이 그토록 바라던 존경을 가져다줄 수 있는 볼거리가, 억만장자들의 집단에 들어갈 수 있는 볼거리가 될 터였다.

쥐가오리 수족관은 또한 잠재적 연구의 가능성이라는 면에서도 꽤나 구미가 당기는 일이었다. 어류학자들뿐만 아니라, 동물을 연구하는 모든 과학자는 연구 대상을 되도록 그 고유의 자연 환경에서 분석하려고 했지만, 실제로 넓고도 넓은 바다에서 자유로이 헤엄치는 커다란 야생동물을 연구하기란 매우 어려웠다. 하지만 포획된 동물은 오랜 시간 동안 광범위하게 연구할 수 있었다. 실제로 현재 돌고래—지구에서 가장 많이 연구되고 알려진 바다 동물이다—에 대해 알려진 거의 모든 사실은 수족관에 갇힌 돌고래들을 연구해서 밝힌 것이다. 바로 그것이 수족관의 연구 목표였다. 즉, 제이슨 올드리지와 동료들에게 돌고래가 연구되어온 만큼 쥐가오리들을 충분히 연구할 수 있게 해주는 것이었다.

제이슨이 직접 설계한 수족관 건설은 2년 만에 끝났다. 재정 전문가들의 보고서에 따르면 건설비로 들어간 천억 원은 18개월이면 모조리 벌어들일 수 있다고 예측했다. 수족관 개관에 대한 사람들의 기대는 대단했다. 하지만 개관은 연기되었고, 네 차례나 일정 조정을 거친 끝에 끝내 취소되고 말았다. 3년이 넘는 시간 동안 불운이 연이어 찾아왔다. 하지만 어떤 일이 일어나도, 심지어 자기 체면이 깎였음에도 제이슨은 내내 낙관적이었다. 그는 결코 포기하지 않는 혼자만의 환상을 안고 싸우는 투사였다.

가장 큰 문제는 바로 쥐가오리들이었다. 32개월 동안 47마리가 죽었다. 제이슨도 그리고 제이슨을 지원하기 위해 고용된 전문가들도 그 이유를 파악하지 못했다. 쥐가오리를 살리기 위해 모든 수단과 방법을 가리지 않았지만 그 어떤 것도 소용이 없었다.

마침내 애커먼은 자기 분야에서 간신히 10위권에 드는 제이슨과 그리고 여전히 고용 기간이 남은 몇 안 되는 팀원들에게 수족관이 제대로 돌아가게 하자는 미명하에 다시 야생 쥐가오리들을 잡으라고 지시했다. 그날 이후로 그들은 멕시코의 열대 바다에 머물렀다.

애커먼이 어깨를 으쓱했다.

"뭐, 어찌 됐든 그걸로 됐네. 만일 다른 일이 일어나지만 않는다면, 수족관은 범고래들이 살 곳으로 바꿀 걸세."

제이슨은 리사를 흘끗 보더니, 자신이 한없이 초라해지는 걸 느끼면서 대답했다.

"그렇군요."

"그리고 정말이지 이러고 싶지는 않네만, 난 이미 변호사들과 이야기를 끝냈어. 내겐 지금 당장 자네들과 계약을 해지할 법적인 권리가 있네. 하지만 자네들이 이 일을 한번 조사해볼 수도 있어. 나는 다만 나중 방법을 통해서 뭔가 중요한 것이 밝혀지길 바랄 뿐이네."

제이슨은 티크나무 갑판의 골이 진 무늬들을 쳐다보았다. 아직도 믿을 수가 없었다. 모든 게 끝났다. 단 한 마디의 말로. 얼굴에 얼음물을 뒤집어쓴 느낌이었다. 자기 인생에서 5년을 허송세월했다는 판정을 이제 막 받은 것이다. 그는 머릿속에 아무런 생각도 떠오르지 않았다. 하지만 그는 어떻게든 애커먼의 제안을 고려해보았다. 큰 눈을 가진 땅딸막한 쥐가오리라고? 새로운 종일 수도 있다고? 알게 뭐야. 제이슨은 지난 몇 년간 취업 시장은 쳐다보지도 않았다. 문득 캘리포니아대학교 샌디에이고 캠퍼스에서 새로운 연구지원금이 있는지 걱정되었다. 아니면 다른 대학에는 있을지도 모르지. 그는 이제 애커먼의 허망한 시도를 위해 시간을 낭비하고 싶지 않았다.

제이슨은 저 멀리 열대의 드넓고 푸른 대양을 바라보았다. 보고 싶을 것이다. 그러다 문득 모니크가 보였다. 그녀는…… 뭔가 달라보였다. 조금도 태평해 보이지 않았다. 눈엔 눈물이 가득했고, 옷깃에는 검은 마스카라 가루가 떨어진 채 그녀는 남편의 손을 꼭 잡고 있었다. 이런 제기랄! 제이슨은 한 번도 돈을 첫째 목표로 일한 적이 없었다. 하지만 그의 동료들은 그렇지 않았다. 그들은 지불해야 할 고지서가 있고, 쓰지도 않는 자동차와 집세를 내야 했다. 그리고 홀리스 부부는 곧 아이가 생기기를 바라고 있었다. 가족이란 개념이 제이슨에게는 낯선 것이지만—그는 여자 친구조차도 없었다—모니크와 대릴은 계획을 세우는 사람들로, 입금된 급여는 대부분 저축해서 미래의 자기 아이들을 위해 쓰려고 했다. 두 사람 모두 남캘리포니아대학교에서 해양 동물들의 이주에 대한 연구로 박사학위를 받았다. 하지만 만일 리사의 말이 옳다면……. 만일 취업난이 그렇게 나쁜 상태에서 둘 다 갑자기 직장을 잃게 된다면…….

대릴이 크레이그를 보며 능글맞게 웃었다.

"여기 바하(Baja, 캘리포니아 반도 북쪽에 있는 멕시코 북부의 주)에는 미국인 실업자 구제사무소는 없냐?"

크레이그가 농을 맞받아치려는 순간에 모니크가 눈물 고인 눈으로 그를 노려보았다. 그는 얼른 입을 다물었다. 대릴도 마찬가지였다.

제이슨은 한숨을 내쉬었다. 그는 이 새로운 프로젝트에는 조금도 관여하고 싶지 않았다. 손가락 하나도 까딱하기가 싫었다. 하지만 홀리스 부부는 그에게 있어 친구였다.

"모니크, 당신은 어떻게 하고 싶어?"

"아."

모니크는 눈물을 닦고는 스스로를 진정시켰다.

"눈물을 보여서 미안해요. 음, 나는 당신이 원하는 대로 할게요, 제이슨. 그건 이미 알고 있으리라고 봐요. 하지만 우리가 클라리타 근처에서 이 새로운 종을 찾아야 하는 것이 애커먼 씨 생각이라면 우린 심각하게 고려해봐야 한다고 생각해요."

"나도 그렇게 생각해."

크레이그의 목소리였다. 제이슨이 지금까지 보아온 크레이그의 표정 중 가장 단호했다. 그 표정에는 '내 친구들을 엿 먹이지 마' 라고 쓰여 있는 듯했다. 그때 크레이그의 핸드폰이 울렸다.

제이슨이 돌아보았다.

"그럼 너도 동감이지, 대릴?"

"그래."

대릴은 평소의 쾌활함은 어디로 갔는지 멍한 얼굴로 대답했다.

"리사도?"

"물론."

애커먼은 즐거워하는 강아지를 쳐다보았다.

"자네는 어떤가, 필?"

"아, 물론 가야죠, 애커먼 씨. 기꺼이 가겠습니다."

그들은 모두 제이슨을 쳐다보았다.

제이슨은 그 자리에서 비명을 지르고 싶었다. 하나의 묵직한 고통이 또 다른 묵직한 고통으로 바뀌려는 순간이었다. 그는 콘크리트 벽처럼 무표정하게 고개를 끄덕였다.

"그럼 당장 시작하죠."

그때 크레이그가 전화를 끊었다. 제이슨은 순간적으로 그가 어리벙벙해 있다는 사실을 알아차렸다.

"무슨 일이야, 크레이그?"

"클라리타 섬 근해에서 또 발견했다는데."

"뭘 발견했는데?"

"날려고 하는 작은 가오리들. 그런데 수천 마리나 된대."

7

"수천 마리라고?"

크레이그 서머스가 고개를 끄덕였다.

"산타크루스에서 일하는 동료 몇 명이 지금 거기서 갑각류의 번식 습성을 조사하는 프로젝트를 진행하고 있거든. 유럽에서 온 노부부가 그걸 봤다고 했다는군."

제이슨이 눈을 가늘게 떴다.

"가오리들이 날아간다고 했다고?"

"날려고 한다고. 어쨌든 바닷물 위로 뛰어오른대."

제이슨은 멈칫했다. 이건 아무래도 제이슨 자신이 이곳 멕시코에서 본 것과는 다른 형태인 듯 들렸다.

"어떻게 생겼대?"

"그냥 작은 가오리들이라고만 말했대. 멀리서 쌍안경으로 봤대."

"그 사람들과 얘기해볼 수 있을까?"

"그 노부부는 오늘 떠났고, 내 친구들은 그 사람들 이름을 적어두지 않았다는군."

리사가 어깨를 으쓱했다.

"아마도 똑같은 박쥐가오리 무리겠지."

그럴 수밖에 없어. 제이슨이 생각했다. 하지만 그는 그렇게 많은 박쥐가오리가 한꺼번에 바다에서 뛰어오른다는 소리는 들어본 적이 없었다. 수천 마리라고?

"어쨌든 그것이 무엇이든 간에 뭔가 있을 것처럼 들리는데."

애커먼이 돌아보았다.

"그래서 당장 일을 시작할 건가, 제이슨?"

제이슨이 멍한 눈빛으로 대답했다.

"물론이죠."

"좋아."

애커먼은 그곳에 단지 박쥐가오리만 있을지 궁금했다. 하지만 만일 그것이 다른 무엇이라면 신종 발견을 후원하는 것은 매우 중요할 수도 있다. 명예의 관점에서 볼 때, 그것은 매우 값진 명예일 것이다. 예를 들자면, 아메리카 컵(최고의 요트 챔피언십 경기로, 근대 올림픽보다 45년이나 앞서 1851년에 시작된 국제 스포츠 경기 중 가장 오랜 전통을 지닌 경기—옮긴이) 경기에서 우승한 후 돈을 주고 데려온 프로 요트선수들과 함께 값비싼 샴페인을 바다에 쏟아붓는 축하 의식보다 훨씬 더 값진 명예일 것이다. 신종 발견을 후원

한 사람. 그건 대단한 장식이 될 것이다.

"신종일 거라는 희망을 꿈꿔봅시다. 어디 한번 볼까요. 필, 여기 나 좀 도와주겠나?"

얼마 뒤 돈 많은 부자 나리는 가고 없었다.

"젠장."

필 마르티노는 여전히 가죽 표지의 일일계획표를 손에 들고 있었다.

"이봐, 제이슨, 애커먼이 이걸 놓고 갔어."

제이슨은 멍하게 고개를 끄덕였다.

"가지고 있어. 대릴, 너하고 모니크는 클라리타로 갈 항로를 좀 짜줘. 어두워지면 출발하자고."

그는 갑판 아래로 내려가려고 돌아섰다.

"대장, 내가 아까 잠깐 이성을 잃어서 미안해."

모니크가 그를 안아주었다.

"당신이 이 일을 하고 싶지 않았다는 거 알아. 너무 고마워, 제이슨."

"별거 아냐. 우리가 이런 일을 겪어야 한다는 게 안타까울 뿐이지."

그는 포옹에서 벗어났다.

"편하게 생각해, 응?"

그가 내려가려는 찰나, 대릴이 그의 등을 토닥였다.

"미래의 홀리스 가문 후손도 너한테 감사할 거야."

부부는 웃었지만 제이슨은 아래층으로 내려가자마자 그들과 같은 안도감에 집중할 수가 없었다. 그가 지난 5년 동안 늘 꿈꾸어온 모든 것이 한순간에 끝나버렸다. 실패는 철학으로 정당화

하라고. 그는 스스로에게 말했다. 왜 있잖아. '원래 그럴 일이 아니었다든지' 또는 '무슨 일이 일어나는 데엔 다 그럴 만한 이유가 있다'든지 같은 말들 말이야. 그는 그 자리에서 울고 싶었다. 정말로 이런 일이 일어나는 데엔 그럴 만한 이유가 있는 것일까? 어쩌면 정말로 거기에 새로운 종이 있을지도 모르지. 어쩌면 그게 중요한 종일지도……. 그래, 맞아. 그는 갑판 아래로 내려갔다.

"이봐, 너희는 빌어먹을 항로를 짜놓긴 한 거야?"

기울어가는 노란 태양이 수평선 가까이로 다가가자 크레이그 서머스는 빨리 출발하고 싶어 몸이 근질거렸다.

플라스틱 의자에 앉아서 지도를 보던 모니크는 어이없다는 표정을 한 채 고개를 들었다. 전통적 방식으로 항로를 짜는 것은 10분 정도밖에 걸리지 않았지만, 제이슨이 모두 자는 밤에 이동하자고 했기 때문에 홀리스 부부는 기다리고 있었다. 그래도 모니크는 크레이그가 자신은 아무 일도 안 하면서 그들을 성가시게 한다는 것을 참을 수 없었다.

"이제 하려던 참이야, 크레이그. 넌 서두르지 말고 맥주나 더 마시지그래?"

크레이그는 들고 있던 캔 맥주를 싹 비우면서 모니크의 비꼬는 말을 곧이곧대로 알아듣는 척했다.

"그거 좋은 생각인걸. 하나 마실래, 대릴?"

"그거 좋지, 나도……."

"아니, 됐어. 안 마셔도 돼."

모니크가 상냥하게 말하며 돌아보았다.

"안 그래요, 사랑하는 남편님?"

대릴은 주저했다.

"어, 그래, 여보, 안 마실래. 난 스트레스 받는 걸 좋아해. 크레이그, 난 그냥 생수나 한 병 줘."

크레이그는 껄껄 웃었다. 결혼 안 하길 천만다행이군. 아내가 아무리 모니크처럼 멋진 여자라도 매일 뭘 마실지, 뭘 입을지 잔소리를 한단 말이야. 결혼은 좀 더 기다렸다 하면 되지. 어쩌면 영원히. 그는 계단을 내려가려다가 필 옆에 앉아서 노란색의 작은 스프링 노트에 메모를 하는 리사를 보았다.

"당신은 항상 적포도주만 마시지, 안 그래, 리사?"

그녀는 고개를 들었다.

"오늘은 맥주도 마실 수 있겠는데요. 생각해줘서 고마워요, 크레이그."

그녀는 다시 노트에 뭔가를 썼지만, 크레이그는 한 발짝도 움직이지 않았다.

"맥주는 리사 바턴에게 너무 싸구려인 줄 알았는데? 어때, 괜찮아?"

그녀는 계속 쓰고 있었다.

"그럼, 물론이죠!"

크레이그는 움직이지 않았다. 그는 리사를 잘 알았다. 그녀는 무언가로 인해 열 받아 있었고, 만약 그 이유가 그가 생각한 이유라면, 그녀의 행동은 정말이지 뻔뻔스러운 것이었다.

"캘리포니아로 올라가는 것 말이야, 정말 괜찮은 거야? 내 말은 당신이 하고 싶은 개인적인 조사도 거기서 할 수 있잖아, 안 그래?"

그녀는 화난 얼굴로 그를 쏘아보았다.

"그래, 그렇겠지요. 그리고 말이에요, 개인적인 조사 좀 하는 게 어때서요, 크레이그? 이봐요, 날 좀 그만 괴롭힐래요? 하루 종일 당신과 대릴은 맥주나 마시고 클레이 사격이나 하고, 모니크는 책만 읽고, 제이슨은 자기 환상 속에서 살고, 필은 사진이나 찍고, 나만 일하잖아요. 그래서 내가 책임을 회피한단 말이에요?"

크레이그는 자기 손에 들려 있는 구겨진 버드와이저 맥주 캔을 바라보았다.

"바턴 양, 무슨 의미인지 확실히 알았어. 맥주나 갖다주도록 하지."

"그럴 필요 없어요, 크레이그. 이젠 마시고 싶지 않아요."

"아."

크레이그는 필 마르티노를 보고는 여태까지 보지 못한 것처럼 놀란 척했다.

"필, 거기 있는 걸 못 봤네. 너도 마시고 싶지 않다고? 알았어."

그는 리사 쪽을 보며 고개를 저었다. 솔직히 누가 필 마르티노에게 신경을 쓰기라도 했던가? 크레이그는 리사의 노트에 곁눈질을 하고는 밑줄 친 큰 글자에 GDV-4라고 쓰인 것을 보았다.

"리사, 내가 가장 좋아하는 바이러스에 대해 조사하던 중이었어?"

"혹시 플랑크톤 수치가 감소한 원인이 이것 때문이 아닌지 궁금해하던 참이에요."

크레이그 서머스는 그녀를 의심스럽다는 듯이 쳐다보았다. GDV-4는 해양 전염병으로, 회색 디스템퍼 바이러스의 네 번째 변종으로 일어난다.

"그럴 리 없어. GDV-4는 다 자란 큰 물고기와 포유류만 감염시킨다고. 먹이사슬의 가장 높은 단계에 있는 동물들 말이야. 그게 플랑크톤을 감염시킬 리 없어."

"정말 확실해? 왜냐하면 우리도 같은 가능성을 놓고 궁금해했거든."

크레이그가 돌아보았다. 목소리의 주인공은 저쪽에서 모니크와 나란히 서 있던 대릴이었다.

그러더니 다른 방향에서 또 다른 목소리가 들려왔다.

"나도 궁금해했어. 정말로 불가능하다는 게 확실해?"

크레이그 서머스는 또 한 번 돌아보았다. 이번에는 계단 밑에서 빨간 반바지와 샌들 차림으로 서 있던 제이슨이었다.

"뭐야, 다 숨어서 날 기다리고 있던 거야? 확실하다고. GDV-4는 플랑크톤을 건드리지 않았어."

"정말 확실한 거예요?"

리사가 다시 물었다.

"내가 누군 줄 몰라서 계속 묻는 거야, 리사? 당연히 확실하지. 그 바이러스는 대서양 밖에서는 한 번도 발견된 적이 없어. 그 바이러스는 이 주변엔 없고, 행여나 어떤 믿을 수 없는 일이 일어나서 여기 있다고 하더라도, 절대 당신이 사랑하는 플랑크톤을 감염시킬 만큼 먹이사슬 밑으로 내려가지는 않을 거야."

"혹시 그 바이러스에 관한 업데이트는 없어요? 그게 퍼지고 있다거나 하는 거 말이에요."

"퍼지지 않았어. 사실대로 말하자면, 또다시 사라졌다는군. 아무 데서도 찾을 수가 없대. 심지어 대서양에서도."

"조사는 여기서도 계속하잖아요."

"일주일에 세 번씩 하고 있어. 내가 맥주 마시고 총 쏘는 것 말고는 아무것도 안 하는 줄 알아?"

"그래요?"

크레이그는 웃지 않았다. 그는 리사의 눈을 똑바로 쳐다보았다.

"이봐, GDV-4가 여기서부터 1600킬로미터 이내에 있을지도 모른다는 생각엔 아무런 과학적 근거가 없다고."

리사는 고개를 끄덕였다. 때 묻은 속옷과 맥주로 늘어진 뱃살에도, 크레이그는 자신이 원한다면 대단히 설득력 있게 말할 수 있었다.

제이슨이 계단을 올라왔다.

"GDV-4는 엄격히 따지면 해수면 바이러스이지. 내 말이 맞아?"

"지금까지 알려진 모든 감염 사례에서는 그랬지."

"그리고 그건 완전히 다 자란 물고기와 포유류만을 감염시킨다고?"

"그렇지."

"하지만 그것만 가지고는 이 바이러스가 더 깊은 곳에 존재할 수 없다는 것을 증명할 수는 없잖아, 안 그래? 먹이사슬 더 아래에 있는 생물은 감염시킬 수 없다는 것도.

"제이슨, 내 말을 가지고 걸고넘어지지 마."

"크레이그, 난 걸고넘어지는 게 아냐. 단지 묻는 것뿐이야. 바이러스한테 돌연변이가 일어날 수도 있잖아."

"물론 바이러스에서 돌연변이가 생길 수도 있지. 맞아, 언젠가 이 바이러스는 먹이사슬 더 아래에 있는 생물을 감염시킬 수도 있고, 태평양에 나타나거나 더 깊은 물로 침투해 들어갈 수도 있어. 이봐, 이건 까다로운 바이러스라니까."

제이슨은 고개를 끄덕였다. 물론 까다로운 바이러스였다.

일반 대중에게는 잘 알려지지 않은 사실이지만, 회색 디스템 퍼 바이러스의 네 번째 변종은 개들에게서 간혹 발견되는 개 디스템퍼 바이러스의 먼 친척이었고, 해양학계에서 악명을 떨치는 존재였다. '회색(gray)' 이라는 명칭은 이 바이러스가 7년 전 프랑스 북부 해변에서 죽은 귀신고래(gray whale)*들의 몸에서 처음으로 발견되었기 때문에 붙여졌다. 최근 들어 GDV-4는 훨씬 더 심각한 문제가 되었고, 감염된 생물에게 극심한 피해를 주기 때문에 '바다의 에이즈' 라는 별명까지 붙었다. 그에 대한 우려는 과학자들에 따라 달랐다. 일부 과학자는 이것이 재앙을 예고하며 이 바이러스는 20년 이내에 해양 생태계를 완전히 초토화시킬 수 있다고 주장하는 한편, 대부분의 과학자는 크게 걱정하지 않았다. 사실 GDV-4는 세계에서 가장 큰 대양 중 하나인 대서양에서만 미세한 존재감을 나타낼 뿐이었다. 그리고 거기에서도 대부분의 해양 생물은 아무런 영향을 받지 않았다. 심지어는 어업도 아무런 손해를 보지 않았다. 캘리포니아대학교 산타크루스 캠퍼스에서 해양 바이러스 연구로 박사학위를 받은 크레이그 서머스는 대세를 따랐다. 그는 GDV-4는 언젠가는 저절로 소멸해 버릴 것이라고 생각했다. 어쩌면 조만간에.

하지만 다른 사람들은 만일 그것이 소멸하지 않는다면 어떤 일이 벌어질지 걱정되었다. 만일 바이러스가 퍼져서 대서양 깊숙이 침투한다면? 만일 인도양으로 퍼진다면? 아니면 광대한 태평양으로 들어온다면? 그럼 어떤 다른 생물을 감염시키게 될까?

크레이그는 화난 얼굴로 모두를 쳐다보았다.

"새로운 정보가 들어오면 알려줄게."

모니크는 고개를 끄덕였다. 리사가 옳았다. 바다에서 벌어지는 또 다른 이상한 일이었다. 어쩌면 모든 것—바이러스, 낮은 플랑크톤 수치, 동물들의 이상한 이주—이 연관 있을지도 모른다.

"혹시 알아? 클라리타 근처에 정말로 새로운 종이 있는지."

모두가 가능성을 생각하는 동안 여태껏 듣고만 있던 필 마르티노가 헛기침을 했다.

"잠깐 실례할게. 가서 내 사진들을 다운로드해야겠어."

아무도 말을 하지 않았다. 3인조와 리사는 필 마르티노가 사진을 다운로드하든 바다로 뛰어내리든 아무 관심이 없었다.

제이슨은 인심 좋게 고개를 끄덕였다.

"알았어, 필. 좋은 생각이야."

필이 갑판 아래로 내려가자, 대릴이 고개를 돌렸다.

"제이슨, 우리가 항로를 짜놨어. 말만 하면 언제든 출발할 수 있지."

제이슨은 하늘을 올려다보았다. 이미 밤이 깊었다. 그들은 떠날 준비를 마쳤다. 그는 부디 새로 발견된 동물이 새로운 종이 아니라는 것을 그들이 빨리 알아내기를 바랄 뿐이었다. 그러면 자기 삶을 원하는 대로 다시 살 수 있을 것이다.

"좋아, 가자고."

클라리타 섬에 도착하기까지 이틀이 걸렸다. 제이슨이 자신의 패배를 받아들이고 마음을 가다듬는 동안 다른 사람들은 그들이 지금까지 해오던 대로 똑같이 행동했다. 즉, 일은 최소한으로 하고 오랜 시간 휴식을 취했다. 리사는 선탠을 했고, 모니크는 재미

도 없는 책을 읽었고, 대릴과 크레이그는 맥주를 마시고, 클레이
사격을 했다. 필과 제이슨은 대학 시절 이야기와 필의 골치 아픈
애정 문제를 이야기했다. 필은 최근에 여자 친구와 헤어졌는데
그 이유를 알아내야만 했다. 그는 제이슨의 조언을 듣고 두 가지
이유를 깨달았다. 그 이유란 쉴 틈 없는 필의 여행 스케줄과 엉성
한 그의 성격 때문이었다.

제이슨에겐 여자 친구 문제가 없었는데, 그건 몇 년째 여자 친
구를 사귀지 않았기 때문이다. 제이슨에게는 자기 자신이 믿지
못하면 다른 이들을 믿게 할 수도 없다는 상투적 표현이 딱 맞았
다. 제이슨은 대단한 투사이긴 했지만, 현실을 보면 만타 월드와
관련된 끊임없는 실패가 그에게 영향을 끼쳤음이 분명했다. 정
확히 말하자면, 그 실패는 소리 없이 그의 영혼을 뭉개버린 것이
다. 오랫동안 그는 자신의 능력을 믿지 못했다. 다른 사람들처럼
제이슨 역시 언젠가는 아내와 가족이 생기길 바랐지만 지금 당
장은 아니었다. 지금은 혼자가 더 편했다.

그들은 좋은 시간을 보내며, 바하를 지나 샌디에이고 근처 바
다에 다다랐고, 얼마 뒤엔 오렌지카운티를 지나 클라리타 섬에
도착했다. 그들이 클라리타의 주 부두를 지날 때 특히 주의를 기
울인 사람은 대릴뿐이었다. 엑스페디션호가 섬의 외딴 곳인 서
쪽 해안의 낯익은 돌무더기에 다가가자 그는 눈을 가늘게 떴다.
이유는 알 수 없지만 그곳에 뭔가가 있다는 것을 느꼈다.

"다 왔다."

8

리사 바턴은 파도가 이는 어두운 바다를 내려다보는 제이슨을 바라보았다. 그들은 이제 열대의 멕시코 바다에 있지 않았다. 지금은 해가 지기 한 시간 전이고, 그들은 클라리타에 닻을 내렸다. 대릴 홀리스를 제외한 모두가 검은 네오프렌으로 된 고무 잠수복을 입고 있었다. 노란 그물 천으로 된 반바지에 검은 탱크톱 차림의 대릴이 배 위에서 망을 볼 동안 나머지 다섯 명은 물 아래를 조사해보기로 했다. 그들은 잠수하기 전에 점검 목록을 급히 넘겨보며 조절기, 잠수용 전등 등 여러 장비가 제대로 작동하는지 확인했다. 그들이 뛰어 들어가려는 순간 모니크가 바다로 뛰어드는 갈매기 한 마리를 보았다.

"오늘은 고기가 잘 잡히나?"

얼마 뒤 갈매기는 꿈틀거리는 물고기 한 마리를 부리에 문 채 물에서 날아올랐다.

"꽤 잘 잡히는 거 같은데."

그들은 차가운 물의 온도를 몸으로 느끼며 천천히 내려갔다. 가시도가 좋군. 필이 잠시 멈춰서 목에 걸린 카메라 줄을 점검하며 생각했다.

그보다 아래쪽에서 제이슨은 주변을 둘러보았다. 해저 지도를 보고 그는 이 장소를 신중하게 골랐다. 이곳에 오는 항로는 대릴과 모니크가 짰지만, 제이슨은 그들에게 잠수를 할 정확한 장소를 고르는 일은 맡기지 않았다. 이 일은 정밀함이 필요했다. 이곳은 깊은 바다와 매우 가까웠다. 그런 심해는 잠수복뿐만 아니라 온갖 방법을 동원한다 해도 다다를 수 없는 곳이다. 적어도 인간이 만든 것으로는. 하지만 바로 발아래 지역은 단지 45미터 깊이일 뿐이었다. 그곳엔 커다란 10층짜리 사무실 건물 크기의 갈색 바위가 있었는데, 어떻게 보면 물속의 광산처럼 생겼다. 그 오른쪽에서 제이슨은 모니크의 뒤를 따라 헤엄쳤고 크레이그는 바위를 향해 헤엄쳤다.

모니크가 거대한 바위를 따라 헤엄치는 동안, 그것은 점점 커지는 것처럼 보이더니 마침내 작은 산이 되었다. 얼마 후 그녀는 길이가 1미터 정도 되는 켈프* 줄기들을 지나치면서 왼쪽으로 3미터 정도 되는 거리에 두 번째 산이 나타나 좁은 계곡을 만든다는 사실을 알게 되었다. 그녀는 손전등을 켜고는 그 계곡 안으로 헤엄쳐 갔고, 얼마 지나지 않아 어두운 그림자가 그녀를 둘러쌌다. 멀리 밑에 있는 모래 바닥을 보고서 그녀는 그곳에 어떤 비밀들이 숨어 있지나 않을까 하는 궁금증이 일었다. 그러다 시야 언저리에서 뭔가가 움직이는 것을 보고는 그 자리에 멈추었다. 그녀는 곧 옆에 있는, 가로로 된 깊숙한 틈새에 뭔가가 있다는 것을 알아차렸다. 제이슨이 그녀 옆으로 헤엄쳐 왔고, 두 사람은 틈새 안으로 손전등을 비추었다. 그건 서른 마리쯤 되는 한 무리의 대구로, 손전등 빛이 그놈들의 어두운 녹색 몸을 비추고 지나갔다. 또 다른 중간 깊이의 바다에 사는 물고기였다. 비록 소리 내어 서로 묻지는 않았지만 제이슨과 모니크는 둘 다 왜 대구가 이렇게까지 위로 올라왔는지 의아했다. 필이 그들 옆으로 헤엄쳐 오더니 사진을 한 장 찍었다. 그들은 더 멀리 잠수해 들어갔다. 바닥으로부터 약 3층 건물 높이쯤 되는 곳에서 양쪽 벽이 갑자기 벌어지더니 그 사이에 공간이 넓어졌다. 모래에 다다르자 그들은 몸을 뒤집은 다음, 거실 크기만 한 벽 쪽에 얼룩 갈색 돌로 된 공간 안으로 들어갔다.

모니크는 오른쪽에서 벽의 바닥 부분에 틈새가 있는 것을 발견했다. 그녀는 고개를 숙여서 틈새 안에 있는 모래를 비추었다. 무언가가 그 모래를 건드린 흔적이 보였다. 물결에 휩쓸린 곡선 무늬가 없는 것으로 봐서 해류는 아니었다. 어떤 동물이 만들어 놓은 듯했다. 그녀는 누워서 더 자세히 보려고 했다. 더 안쪽을 보니 모래는 무언가가 휘저어놓은 듯이 보였다. 그녀는 그 안으로 비집고 들어가려 했지만 산소통이 걸려서 그럴 수 없었다. 모니크는 틈새 안으로 손을 뻗었다. 거의 손에 닿을 듯했다.

그녀는 움직임을 멈췄다. 저 안에 아직 뭔가가 있나? 그녀는 손을 빼냈다. 아니, 그럴 것 같지 않았다. 그녀는 리사가 근처의 다른 틈새 옆에 엎드려 있는 것을 보고는 그쪽으로 헤엄쳐 갔다. 리사는 틈새 바로 안쪽에서 떠다니던 켈프 조각을 보고 있었다. 둘은 마스크를 통해 시선을 교환했다. 켈프는 수면 근처에서 사는 해초였다. 근처에 켈프 숲도 없었다. 있다고 하더라도 이렇게 깊은 물에서 켈프가 발견되는 것은 매우 이상한 일이었다. 무언가가 켈프를 가져다놓은 것일까? 모니크는 켈프 조각을 집어 들고는 관찰하기 시작했다. 별로 특별한 게 없자, 그녀는 그것을 떨어뜨렸다. 바로 그 순간, 제이슨이 헤엄쳐 오더니 켈프 조각을 들고는 직접 관찰했다. 모니크와 리사는 고개를 저었다. 건너편의 벽에서는 필이 마스크를 쓴 채 크게 웃었다. 제이슨 녀석, 사람을 그렇게 못 믿어서야 원.

그들은 처음으로 계곡 밖으로 올라오면서 왼쪽에 있는 지형을 보았다. 해가 비춰서 그곳은 좀 전보다 훨씬 밝았다. 제이슨은 아까 자신이 놓친 무언가를 모래 위에서 발견했다. 작고 어두운 얼룩이었다. 자세히 보니 조그맣고 검은 기름 찌꺼기였다. 아마도 근처의 어부들이 불법으로 내다 버린 쓰레기에서 나온 듯했다. 그런데 덩어리 안에 무언가가 있었다. 그는 아래쪽으로 헤엄쳤다. 무슨 표시인 듯했다. 그것에 가까이 다가가자 어떤 자국이 드러났다. 그는 더 가까이 다가갔다. 날개 너비가 4.2미터에 길이가 3.6미터나 되는 거대한 자국이었다. 다른 사람들이 가까이 오자, 그는 마스크 안에서 고개를 흔들었다. 이거 엄청난데!

아니, 저 친군 무얼 하려고 작살을 들고 있는 거야? 제이슨은 물 밖으로 고개를 내밀자마자 바로 초조해졌다. 그리고 얼굴 표정은 또 왜 그래? 제이슨은 대릴 홀리스의 그런 표정을 한 번도 본 적이 없었다. 하지만 대릴은 그를 보지도 못한 듯이 어두운 바다를 둘러볼 뿐이었다.

"아래는 어땠어, 제이슨?"

뭐야, 나도 모르게 옆을 볼 수 있다는 건가?

"어이 대릴, 괜찮은 거야?"

"물론이지. 뭐 특별한 것 좀 봤어?"

제이슨은 마스크를 벗었다.

"그래. 그나저나 작살은 왜 들고 있어?"

마침내 대릴이 아래쪽을 보았다.

"석양만 보면 좀 불안해져서 말이지."

제이슨이 돌아보았다. 석양이라. 하늘은 자주색, 분홍색과 빨간색이 아름답게 어우러진 거대한 카펫 같았다. 제이슨은 남캘리포니아의 석양을 사랑했고, 그동안의 경험을 통해 이곳의 석양이 세계에서 가장 아름다운 것 중 하나라는 걸 알고 있었다.

모니크는 평소처럼 태평한 웃음을 지으며 물에서 튀어나왔다.

"여보, 잘 있었어?"

"모니크 물에서 나와."

"아니, 갑자기 왜 그래? 반갑지도 않아?"

대릴이 그녀를 정면으로 바라보았다.

"모니크, 물에서 나오라고."

모니크는 자기한테 이래라저래라 하지 말라고 말하려던 참에 그의 작살을 보았다. 대릴 홀리스는 자기의 무기를 가지고 장난을 치는 사람이 절대 아니었다. 그녀는 얼른 물 밖으로 나왔다.

"어이, 큰곰 씨, 무슨 일 있어?"

크레이그가 갑판 위로 올라오더니 대릴의 등을 치며 말했다.

"저기에 뭔가 크고 안 좋은 거라도 있는 거야?"

대릴은 멈칫했다. 이유는 알 수 없지만 갑자기 자신이 바보처럼 느껴졌다. 그는 다시 여기저기서 작은 파도가 이는 어두운 바다를 자세히 보았다. 그 작은 파도들이 마치 자신을 보고 웃는 듯했다.

"아니, 나 말고 크고 안 좋은 건 없지, 이 친구야."

크레이그는 모니크를 곁눈질했다. 그 둘은 대릴이 불안해하는 모습을 본 적이 있었다. 그것도 그들이 기억하는 것보다도 훨씬 더 많이. 그런 일은 위험한 전쟁이 벌어지던 사막의 한복판에서도, 카리브 해의 부드러운 모래 해변에서 보낸 휴가에서도, 잠수 중에도, 심지어는 그냥 밤이 되어 귀뚜라미가 울고 있을 때에도 일어났다. 때때로 그런 일에는 그럴 만한 이유가 있기도 했지만 대개는 아무런 이유가 없었다.

"켈프가 어떻게 그 아래까지 내려갔을까? 당신 생각은 어때?"

모니크는 제이슨을 쳐다보았다.

"사실 말이야, 잘 모르겠어, 대릴. 수심이 거의 60미터나 되는 지점에서 켈프를 봤어. 그리고 기름 찌꺼기에서 쥐가오리 자국도 봤고."

"쥐가오리가 만든 자국이 확실해?"

제이슨이 물었다.

"이 이야기는 나중에 하면 안 될까?"

크레이그가 수건으로 머리를 말리면서 말했다.

"내 말은, 오늘 할 일은 다 끝낸 셈 치자고, 응?"

제이슨이 짜증난다는 듯이 돌아보았다.

"그래, 물론이지."

크레이그 서머스는 선교 쪽으로 걸어갔다.

"메모할 시간 아니야, 제이슨?"

"아."

제이슨은 노트북 뚜껑을 연 채 들고 서 있는 필 마르티노를 돌아보았다.

"그래, 맞아. 말해줘서 고마워, 필."

그는 노트북을 받아 들었다.

필이 저쪽으로 걸어가 버리자, 제이슨은 메모할 일을 제외하면 다른 사람들은 사실상 '오늘 할 일은 다 끝낸 셈'이라는 걸 깨달았다. 그는 석양을 다시 바라보았다. 잠깐 서서 여유를 갖고 장미 향기를 맡아보라는 사람들의 말을 제이슨은 따라할 수는 없었지만 석양을 즐기는 것은 별개의 문제였다. 하늘은 너무나 아름다웠다. 그러다가 문득 대릴이 그 이상한 눈빛으로 바닷물을 노려보고 있음을 눈치챘다. 제이슨은 대릴이 조상으로부터 물려받은 인디언 기질을 언제나 존중했고, 대릴에게는 자연의 순리에 대한 특이한 직감이 있다고 생각했다. 게다가 대릴은 분별이 있는 사람이었기 때문에 만일 그가 무언가를 감지했다면, 제이슨은 그 무언가의 정체가 과연 무엇일지 궁금했다. 혹시 상어가 아닐까?

갑자기 대릴이 고개를 흔들었다. 내가 뭔가 헛것을 본 거야. 크레이그와 모니크는 한쪽에서 맥주를 마시고 있었고 대릴은 그들과 함께 어울렸다. 이윽고 리사와 필도 함께 술을 마셨다.

여전히 잠수복을 입은 채로 제이슨은 노트북을 무릎에 올려놓고 타자를 치기 시작했다. 그는 처음에 생각한 것보다 훨씬 많은 것을 보았다는 사실을 깨닫고 세세히 기록했다. 대구 떼, 켈프, 작은 기름 찌꺼기 그리고 자국. 자국이라……. 제이슨은 기록을 하면서도 자국에 대한 생각을 떨칠 수 없었다. 대체 어떤 동물의 자국일까? 쥐가오리? 아니면 다른 동물일까? 그때 크레이그가 배의 시동을 걸었고, 제이슨은 마지막으로 한 번 더 석양을 바라보았다. 숨 막힐 듯 아름다운 석양이었다.

엑스페디션호가 해변 쪽으로 향하는 동안, 제이슨은 그들이 감시당하고 있으리라고는 꿈에도 생각하지 못했다.

9

그놈들은 배의 진동을 느꼈다.

6킬로미터나 멀리 떨어져 있었지만 배의 진동을 선명하게 느끼고 있었다. 수심 1000미터, 사람들이 보기엔 엄청 깊다고 할 만한 바다 깊은 곳에서 그놈들은 미동조차 하지 않고 가만히 있었다. 일찍이, 그놈들 중 하나는 실수로 훨씬 더 얕은 곳으로 헤엄쳐 갔다가 기름 찌꺼기 위에 내려앉았지만 이제는 모두가 함께 있었다. 그놈들은 바다 밑바닥에 이리저리 흩어진 채 널리 퍼져 있었다. 앞은 볼 수 없었다. 이곳엔 빛이 존재하지 않았다. 지금도, 이전에도 없었다. 모든 빛은 수백 미터 위에서 걸러졌다.

그놈들은 거대한 동물이었고, 이곳을 편하게 느꼈다. 그놈들은 어둠을 잘 알았다. 하지만 어둠을 잘 아는, 자기들과 같은 종으로는 마지막 세대가 될지도 몰랐다. 그놈들보다 더 작은 동족들은 다른 곳에서 보내는 시간이 훨씬 더 많았다. 작은 동물들은 지금 그곳을 향해 헤엄쳐 가는 중이었다. 큰 동물들은 그 작은 놈들을 볼 수 있었다. 단지 눈을 사용하지 않았을 뿐.

이전보다 훨씬 더 많은 수의 작은 동물이 서서히 떠올랐다. 날개가 달린 작은 몸뚱이 수만 개가 끊임없이 파닥거리면서 떠올랐다. 물은 여전히 칠흑같이 어두웠지만, 그놈들은 곧 밝아지리라는 것을 알았다. 적어도 몇몇 놈들은 알고 있었다. 놈들이 수심 150미터쯤 되는 곳에 다다르자, 그들 중 절반은 다시 내려갔다. 수심 60미터 정도에 이르자 물 색이 어두운 회색으로 변했고,

또다시 많은 놈이 떨어져나갔다. 30미터 깊이에서 석양의 희미한 빛 자락이 보이자 또다시 멈추는 놈들이 있었다. 하지만 수천 마리나 되는 놈들은 계속 올라갔고, 아까 이 지점까지 올라온 놈들보다 두 배가 넘는 숫자였다.

하지만 눈이 먼 놈은 이들과 함께 있지 않았다. 배에서 굴러 떨어진 후, 그 작은 동물은 아래의 무리에 다시 합류했다. 그러나 그곳에서 환영받지 못했다. 그놈은 잔혹하게 죽음을 당했다. 큰 동물 하나가 그놈을 입 안에 넣고 짓뭉개버리고 만 것이다. 그놈은 생각 없이 행동하는 바람에 여러 차례 먹잇감을 겁주어 쫓아낸 적이 있었다. 다시는 그런 일이 없을 것이다. 바다에서 뛰어오르던 다른 녀석들 역시 마찬가지였다. 그놈들 역시 사라지고 없었다.

작은 동물들은 계속해서 떠올랐다. 그놈들이 수면 아래 3미터 정도에 이르렀을 때, 아름다운 석양빛이 물을 통해 그놈들의 검은 눈에 비쳤다. 하지만 그놈들은 석양을 보지 못했다. 단지 똑바로 위로 헤엄치며 속도를 올릴 뿐이었다.

처음에 한 마리가 물 위로 솟구쳐 나왔다. 그다음에 또 한 마리가. 그다음엔 모두가 뛰어올랐다.

공중에서 그놈들의 날개는 훨씬 빠르게 움직였다. 빠르게, 필사적으로 파닥거리면서 어떻게든 날려고 했다. 하지만 한 놈도 성공하지 못했다. 여기저기서 몸부림을 치던 몸뚱이들은 서로 부딪치더니 결국은 모조리 물에 빠지고 말았다.

그놈들은 계속해서 다시 뛰어올랐다. 약 15분쯤 지나자, 어떤 놈들은 좀 나아졌다. 한 떼의 동물들이 수직으로 뛰어오르지 않고 대각선으로 비스듬히 뛰어오른 후 파닥거렸다. 다른 한 떼는 아예 파닥거리지 않는 대신 공중을 활공하려고 했다. 방향에 맞춰 강한 바람을 타게 되면 매우 성공적으로 활공할 수 있었다. 똑같은 동작을 취하는 동물은 하나도 없었다. 그놈들은 저마다 다른 방법을 시도했다. 해가 완전히 저물어 하늘이 색을 잃어갈 무렵에는 수평선 위로 보이는 것이라고는 어색하게 움직이는 그놈들의 그림자뿐이었다. 그놈들은 하나씩 바다에서 뛰어올라 안간힘을 쓰며 날려고 하다가 도로 바다에 빠지고 또다시 뛰어오르는 행동을 되풀이했다.

그때 놈들은 멀리 아래쪽에서 무언가가 움직이는 것을 포착했다. 그건 놈들보다 훨씬 큰 놈들의 동족이었는데, 그놈들은 수면을 향해 움직이는 것이 아니라 어딘가 다른 곳으로 이동하고 있었다. 이놈들은 동족을 따라가겠지만 그건 준비가 된 다음의 일이었다. 하늘은 점점 캄캄해지고 있었지만 이놈들은 나는 연습을 멈추지 않았다.

10

"정말로 신종을 발견할지도 모르지."

그들은 클라리타의 주 부두 근처에 있는 한 선술집에 앉아 있었다. 그들이 자리 잡은 넓은 나무 칸막이 옆에 놓인 텔레비전에서는 LA 다저스의 야구 경기가 한창이었다. 그들은 모두 편한 옷차림으로 햄버거와 클럽샌드위치(샌드위치의 한 종류로, 보통 구운 빵 석 장 사이에 고기, 야채, 마요네즈 등을 넣어 만든 것—옮긴이)를 먹고 있었다. 처음엔 아무도 제이슨의 말에 반응을 보이지 않았다. 대릴과 크레이그는 이제 막 맥주잔을 비웠고, 웨이트리스를 불러서 새로 주문을 하려던 참이었다. 리사는 지루한 나머지 어린이용 접시받침 위에 낙서를 하고 있었다. 필 마르티노는 완전히 굶주린 것처럼 보였고, 말도 없이 햄버거를 먹는 데에만 열중했다. 오직 모니크만이 제이슨의 말을 듣고 있었다.

"나도 같은 생각이야, 제이슨. 뭔가 새로운 게 있을 거라는 예감이 들어."

"정말로?"

크레이그가 민감한 목소리로 말했다.

"어떻게 기름 찌꺼기에 있는 쥐가오리 자국이 새로운 종이 있다는 증거가 돼?"

"그 자국이 쥐가오리 자국인지는 확실치 않잖아."

"그럼 그게 뭐겠어?"

"어쩌면 그 여자가 본 동물 중에서 몸집이 더 큰 놈이 아닐까? 그 여잔 막 태어난 새끼를 봤고, 그 자국은 다 자란 큰 놈의 것이었는지도 모르지. 그리고 그 여자의 설명으로 볼 때, 그 동물은 절대로 쥐가오리일 수 없거든."

크레이그는 손에 조금 묻은 케첩을 바지의 넓적다리 부위에 닦았다.

"그럼, 아마도 그 여자가 잘못 설명했나 보지. 아니면 그 여자가 본 동물과 그 자국을 남긴 동물이 어쩌면 아무 관계가 없거나."

리사가 고개를 끄덕였다.

"자국을 남긴 건 쥐가오리이고, 그것과는 별개로 물 밖으로 뛰어오른 건 박쥐가오리들이란 말이죠."

햄버거를 먹던 필이 눈썹을 추켜세운 채 제이슨을 쳐다보았다.

"그것도 흥미로운 생각인데, 안 그래?"

제이슨은 먹다 만 샌드위치 접시를 밀어냈다.

"아니. 우연히 비슷하게 생긴 서로 다른 두 종이 태평양의 같은 지역에 동시에 살고 있다고? 그 둘은 같은 종이 분명해. 내가 볼 땐 뭔가 새로운 게 있을 거라고."

필은 아직도 햄버거를 먹으면서 돌아보았다.

"이건 어떻게 생각하는데?"

크레이그 서머스는 고개를 흔들었다. 갈색 곱슬머리에, 했던 말을 곱씹는 것으로 보아 필 마르티노는 멍청이일 뿐만 아니라 배짱도 없이 바람 부는 대로 떠다니는 해파리 같은 놈이었다.

"내 생각엔 한 떼의 쥐가오리가 여기 와서 알을 낳았고, 그다음엔 장난기 있는 막 깨어난 어린 새끼 몇 마리가 물 위로 뛰어올랐을 거야. 간단하게 설명되잖아."

"하지만 그건 좀 말이 안 돼."

대릴이 말했다.

크레이그가 돌아보았다.

"어째서?"

"왜냐하면 쥐가오리 떼가 단지 알을 낳기 위해 생판 모르는 장소로, 그것도 대규모로 이동하는 일은 없거든."

"아주 선례가 없지는 않잖아. 설마 너하고 모니크는 그런 경우를 한 번도 들어본 적이 없다는 거야?"

"난 없어."

대릴이 돌아보았다.

"모니크는?"

"어, 사실 말이야 대릴, 오스트레일리아에서 봤던 그 무리 기억나? 그레이트 배리어 리프*에서 멜버른(오스트레일리아의 남동쪽 해안에 위치한 항구 도시)까지 이동한 그 무리 말이야. 그 무리의 반 정도는 알을 밴 암놈들이었어."

"아 그래, 이제 기억난다."

크레이그는 거만하게 끄덕였다.

"그걸로 수수께끼는 풀렸군. 이유를 알 수 없는 제철 아닌 이동이라고. 그런데 말이야……."

그는 제이슨을 바라보았다.

"어째서 한 놈이 기름 찌꺼기 위에 내려앉았던 걸까?"

제이슨이 머리를 흔들었다.

"사실 나도 그걸 궁금해하던 참이야."

"이젠 못 참겠어."

대릴이 갑자기 벌떡 일어섰다.

"우리 웨이트리스께서는 외계인들한테 납치라도 당하셨나? 누구 맥주 마실 사람?"

크레이그가 손을 들었다.

"그럴 줄 알았어, 이 술꾼아. 다른 사람은 없어?"

필이 손을 들었고, 대릴은 마지못해 고개를 끄덕였다.

"다야?"

그는 카운터 쪽으로 걸어갔다.

"그럼 우리가 실제로 이놈들을 추적할 방법이 있긴 한 거야?"

필이 물었다.

제인슨만 빼고 모두가 어깨를 으쓱했다.

"물론 방법이 있지."

"어떻게?"

제이슨이 일어섰다.

"내가 말해줄게."

11

"켈프를 쓰면 되지."

잠시 동안 아무도 대꾸를 하지 않았고 제이슨의 말은 허공에서 맴돌 뿐이었다.

그러자 필이 인상을 찌푸리며 이해할 수 없다는 듯한 표정을 지었다.

"켈프를 쓴다고?"

제이슨이 고개를 끄덕였다.

"이따가 그 켈프 가닥을 현미경으로 좀 봐줄 거지?"

모니크 홀리스는 귀찮아서 고개를 흔들었다. 물론 켈프 가닥을 검사해볼 작정이었다. 때문에 굳이 그녀에게 다짐을 받아둘 필요는 없었다. 제이슨이 그 이야기를 한 것은 벌써 세 번째였다. 제이슨의 아이디어는 나름대로 가치 있는 것이었다. 만일 실제로 무언가가 그들이 켈프를 발견한 장소로 그 켈프 가닥을 갖다놓았다면, 맨눈으로는 볼 수 없는 깨문 자국이나 미세하게 패인 부분 등을 현미경을 통해 발견할 수 있을 것이다.

"그래, 제이슨, 그럴 계획이었어."

하지만 필은 여전히 이해하지 못했다.

"그럼, 켈프를 실제로 추적할 수 있다는 거야?"

"상황에 따라 다르지."

모니크는 황금빛 맥주가 든 잔 세 개를 들고 오는 대릴을 바라보았다.

"켈프를 추적할 수 있을까?"

대릴이 맥주잔들을 내려놓았다.

"상황에 따라 다르지."

추적은 말 그대로 동물들을 따라가는 것이 아니라, 동물들이 남긴 흔적을 따라가는 것이다. 그것은 매우 힘든 일이다. 추적을 하는 사람들은 어떤 경우에는 한 해안선 전체에 해당하는 만큼의 바다를 뒤지고 나서야 비로소 찾던 것을 발견하기도 했다. 반대로, 흔적을 찾아가는 것이 매우 쉬울 때도 있었다. 완전한 답이란 없는 법이다.

하지만 제이슨은 자신들이 켈프를 추적할 수 있을 거라고 생각했다. 그는 벽에 붙은 갈고리에 걸린 자신의 감색 재킷을 내린 뒤, 그 안에 든 플라스틱 봉지에서 기다란 켈프 가닥을 하나 꺼냈다.

"아, 다정도 해라. 리사한테 줄 선물을 가져왔잖아?"

크레이그 서머스가 정이 뚝뚝 떨어지는 목소리로 말했다.

모두 웃어댔고, 리사는 얼굴이 살짝 붉어졌다.

제이슨이 테이블 건너편에 섰다.

"내 생각엔 우리가 신종을 쫓고 있는 것 같아."

그는 긴 해초 조각을 만족스럽게 쳐다보았다.

"그리고 이것만 있으면 그놈을 찾을 수 있을 것도 같아."

"해리, 제이슨 올드리지입니다."

혼자 술집 밖으로 나온 제이슨이 멀리 달빛이 비치는 바다의 경치엔 신경도 쓰지 않고 작은 회색 핸드폰에 대고 말했다.

"목소리를 들어보니 자네 흥분했군그래."

애커먼은 700평이나 되는 자신의 라 호야 저택 서재의 널찍한 벚나무 책상 앞에 앉아서 말했다. 그는 기분을 언짢게 한 분기 재정 보고서를 책상 위에 내려놓았다.

"맞아요, 흥분해 있습니다. 과장할 생각은 없지만 우리가 찾는 게 어쩌면…… 어쩌면 말입니다…… 새로운 종일 수 있습니다."

"그래?"

애커먼의 입가에 희미한 미소가 떠올랐다.

"그럼 언제쯤 확실하게 말해줄 수 있겠나?"

"그건 지금으로서는 말하기 좀 어렵습니다. 만일 정말 신종이라면, 그저 찾아주기만을 가만히 앉아서 기다려주지는 않을 테니까요. 한 달이 걸릴지, 일 년이 걸릴지, 누가 알겠습니까."

"아주 흥미롭군그래. 내 생각엔 우리가 직접 확인해봐야겠네. 그나저나 자네들 현재 계약은…… 어디 보자, 5개월이면 끝이 나지?"

"예, 그렇습니다."

"내가 제안 하나 함세. 내가 일 년 동안 더 일할 수 있게 새 계약서를 써줄 테니, 만일 정말로 뭔가 새로운 것이라고 밝혀지면, 자네들이 그놈을 찾을 시간은 충분할 거야."

"그렇게 해주신다면 정말 고맙겠습니다, 해리."

애커먼은 재정과 관련된 문서들은 한쪽으로 밀어놓고 행복한 상상을 하기 시작했다. 해리 애커먼, 비즈니스의 개척자 겸 박물학자라.

"그리고 격려 차원에서 20퍼센트 봉급 인상을 해주겠네. 지금 즉시 유효하네."

그는 검은색 몽블랑 펜을 잡고는 포스트잇에 메모를 해두었다.

"다른 사람들한테도 다음번에 지급되는 봉급부터 인상될 거라고 말해주게."

제이슨은 멈칫했다. 애커먼의 목소리에 이처럼 열망이 실린 것은 정말 흔치 않은 일이었다.

"꼭 전하겠습니다, 해리."

"좋아. 그나저나, 자네 아직도 매일 메모해두고 있나?"

"물론이죠."

"그럼 자네들이 이 일을 해나갈 동안 그걸 좀 봐도 괜찮겠나?"

"본다고요?"

"방해만 안 된다면, 나한테도 일이 어떻게 돌아가는지 알려주게. 난 단지 관심이 많을 뿐이야. 그리고 그렇게 하는 게…… 현재의 진척 상황을 알 수 있는 효율적 방법이라고 생각하네."

제이슨은 멈칫했다. 그렇게 한다고 생각하니 마음이 편치 않았다.

"해리, 다른 방법으로 하면 안 될까요? 제가 전화로 주기적으로 상황을 보고드리는 건 어떨까요? 단지…… 그 메모는 제 개인적인 메모들이라…… 매우 간단하고 구어적으로 쓰여 있거든요. 그래서 만일 그걸 본다면 제 마음이 그리 편하지……."

"물론이네. 말로 상황을 알려줘도 괜찮네."

"정말 그래도 될까요?"

"당연하지. 이제 생각해보니 그게 모든 과학 전문용어를 이해하려고 애쓰는 것보다는 나을 듯싶군. 아, 또 하나 물어볼 게 있네. 내 일일계획표를 필 마르티노한테 맡기고 그냥 와버린 것 같은데, 그가 그런 얘기를 하던가?"

"죄송합니다. 예, 얘기하던데요. 내일 택배로 보내드리겠습니다."

"굳이 그럴 필요는 없네. 어차피 자네들에게 새 계약서를 줘야 할 테니까. 내가 직접 클라리타로 가도록 하지. 어디 보자, 부두에서 아침 일찍 만나는 걸로 할까?"

"그렇게 하지요."

제이슨은 문손잡이를 잡았다.

"그럼 해리, 내일 만나서 더 얘기하도록……."

"아 참, 제이슨. 내가 일일계획표에 적어놓은 숫자가 지금 몇 개 필요하다네. 필 좀 불러줄 수 있겠나?"

조금 뒤 필이 전화를 받으며 걸어 나가자, 제이슨은 테이블 옆에 서서 동료들에게 새로운 계약에 대해서 이야기했다. 흥분한 대릴이 눈을 반짝이며 조용히 물었다.

"그러니까 계약을 일 년 더 연장하고 거기에 봉급을 20퍼센트 인상한다고?"

"봉급 인상은 바로 적용돼. 그리고 만일 정말 신종이라고 밝혀지면, 그 순간 계약이 일 년 연장되니까 녀석들 찾을 시간은 충분할 거야."

대릴은 아내를 쳐다보았다. 그녀의 눈에 눈물이 어렸다. 봉급 인상에 일 년간 계약 연장이라니! 장차 태어날 홀리스 부부의 아이들의 통장은 이제 막 조금 더 커진 셈이었다.

그날 밤만은 그들도 배 위에서가 아닌 육지에서 보냈다. 클라리타 여관은 하룻밤 묵는 데 방 하나에 5만 원이었는데, 공짜로 케이블 텔레비전이 나오고 조잡하지만 수영장도 있었다. 다음 날 아침 그들은 아침식사를 마친 뒤 7시에 클라리타의 텅 빈 부두에서 애커먼을 만났다. 엑스페디션호 위에서 애커먼은 질 좋은 리넨지(아마 실이 들어간 펄프로 만든 고급 종이―옮긴이)에 인쇄된 스무 쪽짜리 계약서 여섯 부를 내밀었고, 그들은 거기에 각각 서명을 한 다음 날짜를 적고 이니셜을 썼다. 그런 뒤 애커먼은 자신의 일일계획표를 챙겨서 떠났다. 엑스페디션호가 부두를 빠져나오자 널따란 바다가 눈앞에 펼쳐졌다. 바다는 너무나도 광대하고 엄청난 수수께끼로 가득했다. 대체 저기서 그들은 무엇을 발견하게 될까?

12

홀리스 부부는 클라리타 주변의 바다에서 켈프를 찾는 데 따르는 조사를 체계적으로 진행했다. 배 위에서 쌍안경을 가지고 둘러보는 것만으로 끝낼 때도 있었지만, 대부분은 잠수복을 입고 바다에 뛰어들어 맨눈으로 직접 켈프 가닥들을 찾아야 했다. 힘든 일이었지만 최소한도로 제기하는 제이슨의 추정에 대릴과 크레이그의 재치 있는 입담이 어울려 일은 빠르게 진행되었다.

그들은 첫 주에 서쪽을 조사했고, 둘째 주에는 남쪽 그리고 셋째 주에는 동쪽을 조사했다. 아무것도 나타나지 않았다. 하지만 북쪽을 조사했을 때 드디어 행운을 잡을 수 있었다. 대릴은 섬에서 3킬로미터도 채 떨어지지 않은 지점에서 여러 개의 켈프 가닥을 찾아냈다. 믿기 어려운 일이지만 이것을 발견하기까지 한 달이라는 시간이 걸렸다. 원래 추적이란 시간이 많이 걸리는 일이고, 제이슨은 참을성 없이 조급해하는 애커먼에게 인내를 갖고 기다리라고 했다.

7월이 시작되면서 그들은 계속해서 북쪽으로 올라갔는데, 800미터도 채 지나지 않아 또 다른 켈프 가닥을 발견했다. 그들은 연이어 수백 개의 켈프 가닥을 찾았다. 분명 무엇이 지나간 흔적이었다. 근처에 켈프 숲이 없었기 때문에 무슨 일이 일어났는지 파악하는 데에 어류학 박사학위까지도 필요 없었다. 무언가가 남캘리포니아 해안으로부터 정확히 32킬로미터 떨어진 거리에서 북상하면서 켈프 가닥들을 뒤에 남겨둔 것이다.

제이슨은 끊임없이 생각했다. 그들이 추적하는 것이 쥐가오리든 아니든 간에, 한 달쯤 시간이 지난 이상 그 작은 동물들은 이제 그리 작지만은 않을 것이다. 이제는 아마 무게가 40킬로그램 가까이 나갈 것이고, 플랑크톤을 포식할 것이 분명했다. 하지만 리사 바턴이 이곳의 플랑크톤 수치 역시 매우 낮다고 말하자 제이슨은 크게 놀랐다. 그럼 대체 이 가오리들이 뭘 먹고 있다는 거지? 제이슨은 필의 노트북에 모든 것을 자세히 기록해두었다.

햇살이 비치는 아름다운 8월의 오후, 크레이그가 싸구려 플라스틱 의자 위에 다리를 뻗고 앉아 칠면조 고기에 양상추와 마요네즈를 얹은 샌드위치를 먹고 있을 때 대릴이 걸어왔다.

"힘든 하루지, 크레이그?"

"그래. 완전히 지쳤어."

대릴은 그의 땅딸막한 친구를 쳐다보다가 문득 그의 등과 팔뚝 부위가 보기에도 아파 보일 만큼 벌겋게 부어 있는 걸 보았다.

"아니, 대체 뭣 때문에 그렇게 지친 건데?"

크레이그는 손에 묻은 마요네즈를 바지에 닦아냈다.

"아주 중요하고 본질적인 문제를 생각하느라고."

대릴이 껄껄 웃었다.

"중요하고 본질적인 문제라."

"진지한 이야기야."

곧 다른 사람들이 주변으로 몰려들었고, 크레이그는 그들을 쳐다보았다.

"아주 중요하고 본질적인 문제가 하나 있는데. 왜 켈프지?"

대릴은 슬슬 짜증이 나서 고개를 흔들었다.

"대체 무슨 소리야, 이 바짝 탄 친구야?"

"간단한 질문이잖아. 어째서 켈프냐고? 우리가 쫓고 있는 게 무엇이든 간에 어째서 그놈들이 켈프를 뒤에 남기고 다니는 거냐고?"

대릴은 어깨를 으쓱했다. 모니크와 리사도 마찬가지였다.

크레이그가 돌아보았다.

"제이슨, 애초에 켈프를 추적하자고 한 건 너잖아. 무슨 이유라도 있는 거야?"

"그래, 이유가 있지. 내 생각엔 놈들이 이빨이 나는 것 같아."

"이빨이 나고 있다고?"

"막 태어난 쥐가오리들, 특히 바하마 제도와 카리브 해 등에서 갓 태어난 쥐가오리들은 작은 불가사리를 깨물어서 이빨이 빨리 나오게 하지. 너희도 알다시피, 태평양 북반구에는 불가사리가 많지 않다고. 하지만 그 대신 켈프가 도처에 널려 있지. 내 생각엔 이 가오리들이 불가사리 대신 켈프를 깨무는 것 같아."

"흐음."

크레이그는 깊은 인상을 받은 듯 자리에서 일어나 앉았다.

"그거 흥미로운 생각인데요, 제이슨."

리사 역시 깊은 인상을 받았다. 그녀 역시 크레이그처럼 이 새로운 종에 대해서는 처음부터 미심쩍었다. 그러나 그들이 따라간 흔적은 확실히 꾸며낸 것이 아니고, 지금 이 설명은 매우 논리적이었다.

크레이그가 어깨를 으쓱했다.

"그렇다고 이게 새로운 종이라는 건 아니잖아."

갑자기 제이슨이 끼어들었다.

"내기할까?"

모두가 멈칫했다. 지금 무슨 소리를 들은 건가? 제이슨 올드리지는 어떤 일에도 내기를 하지 않는 사람이었다.

크레이그 서머스는 불안한 듯 머뭇거렸다.

"아, 굳이 네 돈을 갖다주려고 하지 마, 제이슨."

제이슨은 지폐 석 장을 꺼내더니 크레이그의 의자 위에 올려놓았다. 그런 다음 손을 내밀었다.

"저 켈프 흔적이 적어도 일주일은 더 북상한다는 데 50달러 걸지."

크레이그는 제이슨의 손을 응시했다. 별로 내키지 않았다.

"좋아."

두 사람은 악수를 했고, 일주일 뒤 크레이그 서머스는 얼룩 묻은 20달러짜리 두 장과 대릴에게서 빌린 10달러짜리 한 장을 내놓아야 했다. 제이슨이 수표는 안 받겠다고 했다. 그들은 수면이

나 수면 가까이에 떠서 간간이 나타나는 켈프 흔적을 찾았고, 7일 동안 줄곧 그것을 쫓아갔다. 그런 과정에서 켈프 가닥들에 찍힌 자국들이 확실히 변하기 시작했다. 켈프는 점점 찢어지고, 뜯어지고, 톱니 모양으로 패인 모습이었다. 무언가가 켈프를 씹은 것이 분명했다.

그들은 계속 북쪽으로 올라갔다.

8월 중순의 어느 흐린 날 오후, 하늘은 해를 가리는 뭉게구름으로 가득했고, 그들은 롱비치에서 56킬로미터쯤 떨어진 북쪽에 있었다. 대릴은 쌍안경을 눈에 댄 채 눈을 찌푸렸다. 또 다른 켈프 가닥인가? 졸음이 쏟아져서 확실하지가 않았다. 그가 손가락으로 가리켰다.

"크레이그, 저쪽으로 좀 가봐."

크레이그 서머스는 배를 해안에 좀 더 가깝게 동쪽으로 몰았다. 북동쪽으로 향해 움직인 지 일주일이 넘었다. 그들은 원래 해안에서 32킬로미터쯤 떨어진 곳에서 출발했지만 이제는 겨우 8킬로미터 남짓 떨어져 있었다. 대릴은 배 위에서 손을 아래로 뻗더니 물이 뚝뚝 떨어지는 또 다른 켈프 가닥을 건져 올렸다. 켈프를 훑어보려는 순간, 필 마르티노가 뒤에서 사진을 한 장 찍었다. 대릴은 주먹을 한 방 날리고 싶었다. 그와 모니크가 눈코 뜰 새 없이 바빴던 만큼, 필도 쉴 새 없이 사진 촬영을 해댔다. 아니, 대체 어떻게 망할 놈의 해초 사진을 그렇게나 많이 찍을 수 있는 거야? 대릴은 눈이 너무나 피곤해서 켈프 가닥에 자국이 있는지 없는지도 구별할 수가 없었다. 그가 모니크에게 켈프 가닥을 내밀었지만 "내가 볼까?"라는 말 한마디와 함께 제이슨이 먼저 낚아챘다.

모니크는 옆에서 고개를 저었지만, 리사는 이들 모습에 완전히 무관심한 채 텅 빈 바다를 바라보았다. 지금은 켈프가 아닌 더 중요한 것을 걱정해야 할 때였다. 진짜 문제는 태평양에서 쌓여갔다. 열대 멕시코에서 그랬던 것처럼 이곳의 플랑크톤 수치들도 놀랄 만치 낮았다. 특히 수온약층 부근에서는 정상 수치보다 자그마치 75퍼센트나 낮았다.

리사는 뭔가 '대규모로' 일이 벌어질지도 모른다고 생각했다. 그녀는 그게 대체 무엇일지 전혀 종잡을 수 없었고, 크레이그 서머스도 마찬가지였다. 리사의 끊임없는 잔소리에 못 이겨 크레이그는 GDV-4 검사 빈도를 늘렸지만, 멕시코에서와 마찬가지로 바이러스는 흔적조차 발견되지 않았다. 대체 바다의 플랑크톤 수치가 왜 이상한 거지? 크레이그 역시 아무리 생각해봐도 알 수 없었다.

탐사를 할수록 제이슨에게는 여러 가지 다른 의문이 생겼다. 왜 이 신종으로 추정되는 놈이 북쪽으로 이동하는 걸까? 왜 갑자기 해변 가까이로 접근하는 걸까? 그리고 대체 이놈들은 뭘 먹고 사는 거지? 만약 이제 막 태어난 새끼들의 성장 속도가 표준이라면 그놈들이 다 자랐을 때엔 무게가 70킬로그램이 넘을 것이라고 제이슨은 추정했다. 어쩌면 대단한 자연 청소부여서 아무리 플랑크톤이 적더라도 찾아낼 수 있는 것인가. 엑스페디션호는 계속해서 흔적을 쫓아갔다.

8월이 지나면서 그들은 남캘리포니아 해안의 바로 위쪽 해안선에 매우 가깝게 접근한 채 로스앤젤레스, 옥스나드 그리고 벤추라를 지나 산타 바바라 바로 북쪽 바다에 도착했다. 가는 동안 대릴과 모니크는 강한 표면 해류 등 많은 장애물과 싸워야만 했다. 해류들은 쉽게 흔적을 없애버리고 켈프 가닥들을 여기저기로 흩어버릴 수 있었다. 흔적에 가까이 붙어 있는 것만이 그 흔적을 잃어버리지 않는 방법이었는데, 홀리스 부부는 그렇게 했다. 제이슨이 그들의 동작 하나하나에 이런저런 잔소리를 해대는 통에 그들은 한 달 내내 하루 종일 힘들게 일하며 끊임없이 켈프의 흔적을 찾아야 했다. 덕분에 대릴은 총을 한 번도 들어보지 못했고, 모니크 역시 책이나 잡지에 눈길 한 번 주지 못했다.

리사는 모니크의 일하는 모습에 놀라워했다. 이전까지만 해도 그녀는 모니크가 샌들을 신은 채 돌아다니고, 다이어트 콜라를 마시거나 책 읽는 것 말고는 다른 일을 하는 것을 본 적이 없었다. 리사는 모니크가 군인 출신이라는 것은 잘 알고 있었지만, 그 예쁜 손톱이 더러워질 만한 일을 하리라고는 한 번도 상상해본 적이 없었다. 하지만 이제 모니크 홀리스는 매일 잠수복을 입은 채 나타났다. 그녀는 지치지도 않고 불평 한마디 없이 일을 해왔다. 리사처럼, 그녀 역시 보기보다 훨씬 강했다.

9월로 접어들면서 엑스페디션호는 계속 북쪽을 향해 피스모 비치, 산루이스 오비스포 그리고 산시메온을 지났다. 제이슨은 여전히 메모 해두는 일을 열정적으로 해나갔고, 공식 보고서를 쓰기 위한 초안도 조금씩 잡아나갔다. 하지만 그는 동료들이 발견한 것을 글로 남겨놓지 않는다는 데 대해서 여전히 불만이었다. 대릴과 크레이그는 말 그대로 그들이 발견한 것에 대해 아무것도 적어두지 않았다. 보통 색깔 있는 작은 스프링 노트에 적어놓은 모니크와 리사의 메모들은 대부분 글씨를 알아볼 수가 없었다.

25도 정도의 기온에 구름 한 점 없는 9월의 어느 아름다운 날 오후, 필이 자신의 핸드폰을 들고 뱃머리 쪽으로 향했다.

"제이슨, 애커먼 씨 전화야."

"해리, 안녕하세요."

대화는 짧았다. 애커먼은 그것이 새로운 종인지 아닌지 알고 싶을 뿐이었다.

"아직 확실하게 단정할 수는 없습니다."

제이슨이 말했다.

"우리가 할 수 있는 일이라고는 계속 흔적을 쫓아가는 것밖엔 없습니다."

실제로 그랬다. 하지만 계속 북쪽으로 올라가는 동안 그들은 다른 어떤 사람의 흔적이 곧 끔찍한 최후로 다가올 것이라고는 전혀 알지 못했다.

13

세트 게티는 마흔다섯 살로, 정상 체중보다 14킬로그램가량 더 살이 붙었고, 최근에 이혼을 했다. 그는 로스앤젤레스와 샌프 란시스코 사이에 있는 넓은 로스 파드레스 국립공원 외곽의 초 라한 원룸 아파트에 살며, 한가한 시간에는 텔레비전에 나오는 끔찍한 시트콤들을 보며 지냈다. 오늘 그는 혼자서 바다로 나가 고 있다. 그의 동료가 병가를 내서 이번 일을 혼자하기로 결정한 것이다. 뭐, 혼자서 못할 것도 없지, 안 그래? 태양도 밝게 비치고 파도도 거의 없겠다, 그리고 10분이면 끝날 일인데 뭐. 세트의 직업은 전화 회사의 광섬유를 유지 관리하고 보수하는 일이다. 보통 이 일은 라우터(데이터를 전송할 때 가장 좋은 경로를 선택해주는 장치—옮긴이)와 텔레콤(TV, 전화, 오디오 장치의 사용을 최적화하는 FM 송신기—옮긴이) 스위치로 가득 찬 거대한 창고인 중앙 허브를 검사하는 것이지만, 한 달에 두 번 세트와 그의 동료는 그들이 맡은 구역을 지나는 회사의 심해 광섬유 케이블을 직접 점검해야 했다. 물론 케이블은 제대로 작동했지만 바다 밑으로 내려가는 목적은 점검을 확실히 해두기 위해서였다.

　세트는 해안에서 3킬로미터쯤 떨어진 지점에서 느긋하게 회사 보트를 타고 목적지를 향해 갔다. 아름다운 오후였다. 사람도 배도 보이지 않았다. 단지 물 위에 켈프 가닥만 무수히 떠 있을 뿐. 앞쪽을 바라보다가 수백 마리의 갈매기들이 활공하는 것을 보았다. 축구장 하나 길이만큼 떨어진 거리에서 갈매기들은 바다 위를 유유히 날아갔다. 그 광경을 보자 세트는 기분이 좋아졌다. 갈매기들에게 던져주려고 빵을 한 덩어리 가져온 보람이 있군그래. 갑자기 그는 눈을 가늘게 떴다. 저게 뭐지? 새들 바로 아래에서 조그마한 검은 물체 두 개가 물 위로 뛰어오르더니 다시 아래로 떨어졌다. 세트는 그곳을 계속 응시했지만, 가까이 다가가자 뭔지 모를 그 물체는 다시 나타나지 않았다. 그는 시동을 끈 뒤 넓은 회색 갑판 위 여기저기에 빵 조각들을 뿌렸다. 마치 독수리라도 되는 것처럼, 갈매기들은 잽싸게 내려오더니 모조리 먹어 치우겠다는 듯이 여기저기를 종종거리며 뛰어다녔다. 갑판이 갈매기들로 뒤덮일 지경이었지만 세트는 별로 신경 쓰지 않았다. 대신 몸에 꽉 끼는 잠수복이 마음에 걸린 그는 다이어트를 좀 해야겠다고 생각했다.

세트가 바다에 뛰어드는 동안에도 새들은 계속 먹어댔다.

세트는 수심 60미터까지 잠수한 뒤 케이블의 수치들을 조심스럽게 점검하고는 다시 올라왔다. 하지만 수심 30미터 정도에 다다랐을 때, 오른쪽에서 뭔가 시커면 것이 움직인다는 사실을 깨달았다. 세트는 그 자리에서 얼어붙어버렸다. 가시도가 매우 나빠 형태를 조금도 알아볼 수 없었지만 그것이 무엇이든 자기를 향해 헤엄쳐 오고 있다는 것을 느꼈다. 그는 위쪽을 다시 쳐다보았고, 아마도 저 멀리 수면 위에서 갈매기들이 햇빛 아래에 날아다니는 것을 본 것이라고 생각했다. 그는 다시 돌아보았다. 시커면 형체는 이제 훨씬 가까워졌다. 그런데 다른 방향에서도 뭔가가 움직이는 게 느껴졌다. 그를 향해 헤엄쳐 오는 시커면 형체가 또 하나 있었다. 그리고 또 하나가 보였다. 그리고 또 하나. 곧 수백 개가 보였다. 그것들은 사방에서 자신을 향해 몰려들었다.

순간적으로 세트 게티는 공포에 떨었다. 그는 급히 위로 헤엄쳐 올라왔다. 하지만 그는 곧 다시 얼어붙고 말았다. 그 형체들은 위에서도 내려오고 있었다.

"무슨 소리야? 정비사가 실종되었다고?"

엑스페디션호 뒤편에서 크레이그가 어깨를 으쓱했다.

"방금 해안경비대에서 주변에 있는 모든 배로 신호를 보냈어. 광섬유 케이블을 정비하던 친구라는데. 들은 바로는 바로 이 주변에서 사라져버렸다는데."

"위치가 정확히 어디쯤이었대?"

"여기서 16킬로미터 정도 되는 북쪽, 로스 파드레스 근처라는데."

제이슨이 멈칫했다.

"지금 이 켈프 흔적이 정확히 그리로 향하잖아. 혹시 말이야, 그러니까 내 생각엔……."

갑자기 그가 말을 멈췄다.

"뭐? 그 가오리들이 이 일과 연관되었다고 생각하는 거야?"

제이슨은 미소를 지었다.

"물론 아니지."

그건 말도 안 되는 소리였다. 일어날 수 없는 이야기였다.

"하지만 그 친구를 잡은 게 뭔지는 모르겠지만…… 혹시 가오리들도 잡을 수 있지 않을까 생각하던 참이야."

"이봐 제이슨, 엉뚱한 생각하지 말자고. 그 사람은 아마 그냥 익사한 다음에 해류에 떠내려갔을 거라고."

그렇지만 그들이 가오리들을 추적한 바로 그 장소에서 일어났다고?

"일단 그쪽으로 가서 직접 알아보자고."

그들은 그곳에 가보았지만 켈프가 더 많다는 사실 말고는 특이한 점이 없었다. 그들은 계속 북쪽으로 올라갔고, 9월 말쯤 되자 카멜, 페블비치 그리고 몬테레이 앞바다에 들어섰다. 이곳은 캘리포니아에서 정말 아름다운 곳으로, 뛰어난 전망과 톱니 모양의 바위 절벽들이 여기저기에 있었다. 하지만 아무도 경치를 구경하지 않았다.

플랑크톤 수치는 계속해서 떨어졌고, 리사 바턴은 여전히 그 이유를 알 수 없었다. 배 위의 플랑크톤 측정계는 수치만을 알려 줄 뿐 원인을 알려주지는 못했다. 그 답을 얻기 위해 리사는 온 나라에서 제일가는 해양 실험실만이 갖출 수 있는 장비들이 필요했다. 어느 날 아침, 그녀는 워싱턴주립대학교 옆에 있는 저명한 오케지 해양센터에 전화를 걸었다. 그리고 바닷물 속에 담긴 플랑크톤 샘플을 소포로 보냈다. 일주일도 채 지나지 않은 어느 무더운 날, 결과가 돌아왔다.

"리사, 당신한테 이메일이 왔는데."

그녀는 필 마르티노를 돌아보았다. 필의 컴퓨터가 엑스페디션 호의 위성 연결에 맞는 유일한 컴퓨터였기 때문에 그는 동료들이 받는 이메일을 모두 관리하고 있었다.

"오케지 센터에서 온 거예요?"

"음, 그런 거 같은데."

"잘됐네. 봐도 되죠, 필?"

리사는 갑판 아래로 내려갔지만 필이 그녀를 멈춰 세웠다.

"이미 프린트해놨어. 자……."

그는 리사에게 스테이플러로 철한 열 장짜리 서류를 건네주었다. 그녀는 표지를 훑어보더니 갑자기 눈이 휘둥그레졌다.

"이런, 하느님 맙소사."

14

리사는 그 자리에서 움직이지 않았다. 더운 햇볕 아래에서 느리고 조심스럽게 한 장씩 넘겨볼 뿐이었다. 보고서는 〈북태평양 해수 샘플에 기초한 플랑크톤 억제의 기전〉으로, 제목만 보아도 결코 쉬운 주제 같지 않았다. 그녀는 갑자기 고개를 치켜들었다.

"필, 제이슨 어디 있어요?"

"어……."

"제이슨은 대릴하고 크레이그랑 물속에 들어가서 아직 안 나왔어."

모니크가 꽉 끼는 흰색 원피스 수영복을 입은 채 물에서 나오며 말했다. 필이 옆에서 입을 헤벌린 채 그 모습을 바라봤지만 그녀는 알아차리지 못했다.

"아, 너무 더워."

그녀는 리사가 들고 있는 종이를 보았다.

"리사, 무슨 일 있어?"

"여기 태평양에서 플랑크톤 수치가 낮다는 걸 알아낸 게 나뿐이 아니에요. 플랑크톤 수치가 이상하다는 보고가 뉴질랜드에서 일본까지, 칠레의 남쪽 끝에서 여기까지 쭉 있었대요."

"맙소사."

태평양 전체에 걸쳐 문제가 발생하고 있다는 뜻이었다.

"왜 일어나는 거래?"

"아무도 모른대요. 하지만 1차 데이터는 정확한 거 같은데."

"1차 데이터로 뭐가 있는데?"

"태평양 전체에서 채취된 플랑크톤 샘플인데, 모두 엄청난 양의 DMSP가 들어 있대요."

"DMSP가 뭔데?"

리사는 다시 보고서를 읽기 시작했다.

"디메틸설포늄프로피온산."

"아, 그러셔."

보고서에 정신이 팔린 리사는 모니크의 빈정거리는 말투를 알아듣지 못하고 고개만 끄덕였다.

"리사, 대체 DMSP가 뭔데?"

"아, 미안해요."

리사가 고개를 들었다.

"플랑크톤이 만들어내는 방어 물질이에요."

"'방어'라면 그게 뭘 말하는 거지?"

"플랑크톤이 공격을 받을 것 같을 때 내뿜는 화학물질이에요."

"플랑크톤이 그렇게 머리가 좋을 줄 몰랐네."

"엄청 똑똑하다고요. 공격의 위협이 있을 때 또 뭘 하는지 알아요?"

"뭘 하는데?"

"자기 번식을 멈추는 거죠."

모니크는 깜짝 놀랐다.

"그래서 수치들이 그렇게 낮았던 거로구나. GDV-4와 싸우느라 그런 게 아닐까?"

"아니, 크레이그도 말했잖아요. 그에 대한 근거는 아직 없어요. 크레이그하고 얘기를 좀 해야겠어요. 지금 당장."

그녀는 급히 물갈퀴를 집어 들었다.

대릴과 제이슨은 머리를 아래로 둔 채 천천히 헤엄을 쳤다. 그들의 맨 등이 뜨거운 태양 아래에서 빛났다. 원래 해군 전용으로 개발된 확대경이 장착된 수프라 902 마스크의 도움으로 그들은

36미터 아래의 바닥까지도 모두 볼 수 있었다. 모래는 여기저기에 있었지만 켈프는 어디에도 없었다.

커다란 검은 튜브에 올라탄 채 한가로이 둥둥 떠 있던 크레이그는 하품을 했다.

"젠장, 지루해 죽겠군."

그때 대릴과 제이슨이 물에서 튀어나왔다.

"잠깐 쉬려고, 대릴?"

"물론이지. 솔직히 우리가 이 정도로 고생할 만큼 돈을 충분히 받는 것도 아니잖아."

"맞아. 우린 그 정도로 돈을 받지 않지."

대릴이 튜브 쪽을 쳐다보았다.

"우리라고?"

"나도 엉덩이 아파 죽겠다고."

대릴은 멍하게 크레이그 서머스를 쳐다보았다. 마치 테크노 밴드의 일원인 양 각진 은빛 선글라스를 쓴 크레이그도 잠시 마주 보더니 낄낄거리며 웃었다.

제이슨은 웃지 않았다. 척 봐도 짜증이 가득한 얼굴의 제이슨은 주변의 텅 빈 바닷물을 바라보고 있었다.

"그 가오리들은 이 주변 어딘가에 있어야 한다고. 안 그래?"

실제로 그들이 이 장소에 온 것은 결코 우연이 아니었다. 몬테레이 수족관 관장이 그들을 불렀는데, 한 석유 굴착 잠수부가 굴착기의 커다란 다리가 있는 바다 밑바닥에서 '꽤 커다란 새처럼 생긴 형체들'의 작은 무리를 목격했다고 보고했기 때문이다. 제이슨과 그의 동료들은 즉시 그 거대한 굴착기를 찾아갔다. 그들은 아무것도 보지 못했지만 목격한 근처에 와 있었고, 계속해서 북쪽으로 이동했다.

대릴이 해가 떠 있는 쪽을 잠깐 바라보았다.

"제이슨, 네 생각엔 그 잠수부가 대체 뭘 봤을 것 같니?"

"뭔 소리야? 당연히 가오리들을 봤지."

"그건 당연한 거 아냐? 내 말은 다 자란 놈들을 봤을까, 아니면 새끼들을 봤을까?"

"그 사람이 '꽤 크다'고 했어. 그러니까 다 자란 놈들은 아닐 거야. 만약 정말로 다 자란 놈을 봤다면 거대하다고 했을걸. 자동차보다도 더 크다고 말이야."

대릴이 고개를 끄덕였다.

"내가 말하려는 게 바로 그거야. 아마 새끼들을 보았겠지. 다만 이제 그놈들도 그냥 갓 깨어난 새끼가 아니라 어린 가오리들일 거라고. 이놈들 엄청 빨리 자란다, 안 그래?"

"뭐, 뽀족뒤쥐만큼은 아니지만 그래, 빠르긴 하다."

어떤 뽀족뒤쥐 종은 하루에 제 몸무게의 1.3배만큼의 먹이를 먹었다.

"무게가 90킬로그램은 거든히 나가겠는걸. 다만 내가 알고 싶은 건 대체 뭘 먹고 크느냐는 거지. 만일 플랑크톤을 먹는 게 아니라면, 대체 뭐야?"

"이놈들은 바다에 살잖아, 이 친구야. 당연히 물고기를 먹지 않겠어?"

"대릴, 쥐가오리들은 물고기를 못 잡아. 아무것도 잡지 못한다고. 너무 느리게 헤엄치거든. 그래서 그냥 떠다니는 것만 먹는 거야."

크레이그가 물속에 뛰어들었다.

"또 하나 내가 알고 싶은 건 대체 왜 여태껏 우리는 이놈들을 한 번도 보지 못했냐는 거지. 지금까지 한 마리도 보질 못했잖아."

대릴이 마스크를 물속에 담갔다.

"그게 그렇게 이상하다고 생각해?"

"그래. 쥐가오리들은 우호적이잖아, 안 그래? 자기 몸 보이길 좋아하고 놀기도 좋아한다고. 이놈들은 뭔지는 모르겠지만 그렇게 행동하지 않는다는 거야. 사실 어떻게 보면 숨어 다니는 것처럼 보이잖아."

"상황을 보면 오히려 그게 자연스러운 거 아닌가."

"무슨 상황?"

"한 번도 가본 적이 없는 경로를 따라 이동하는 것 말이야. 단지 조심스러워하는 것뿐이라고. 혹등고래를 봐. 새로운 이주 경로를 따라 움직일 때는 평소보다도 더 보기 힘들잖아? 내가 궁금한 건 대체 이놈들은 어디서 온 걸까? 제이슨, 어딘지 생각해봤어?"

제이슨은 어깨를 으쓱했다.

"후보지야 많지. 멕시코, 코스타리카 또는 에콰도르, 하와이, 마르케사스 제도 등등. 어쩌면 오스트레일리아나 말레이시아처럼 훨씬 서쪽에서 왔을 수도 있고."

"흐음? 저기 리사 아냐?"

크레이그가 눈을 찌푸렸다. 누군가가 배 쪽에서 그들을 향해 헤엄쳐 왔다.

"오 좋아. 제발 그녀가 내가 좋아하는 그 비키니를 입고 있었으면 좋겠다. 알잖아, 꽉 끼고 파란 물방울무늬 수영복."

대릴은 고개를 저었다.

"관둬, 이 친구야. 리사는 너하고는 절대 사귈 생각이 없거든."

"하룻밤 술을 같이 마시면서 부드러운 대사 몇 마디만 나누면⋯⋯."

"너한테 부드러운 대사가 어디 있냐?"

대릴이 돌아보았다.

"그리고 내가 볼 땐 리사가 넌 좋아하겠는데, 제이슨."

"어이구, 그러셔?"

"난 진지하게 말하는 거란 말이야. 너희 둘은 그 애증 비슷한 게 있잖아. 내가 볼 땐 거기서 뭔가가 시작될 수도 있을 거 같아. 야, 조용히 해봐, 거의 다 왔어."

그녀는 가까이 다가오자마자 직감적으로 이상한 낌새를 눈치챘다.

"대릴, 애들 같은 얘기나 하고 있는 거예요?"

리사가 대릴에게 고개를 흔드는 동안 크레이그는 그녀를 자세히 훑어보고, 물방울무늬 비키니는 어디에도 없다는 것을 알고는 실망했다.

"크레이그."

리사는 자신의 몸을 훑어보는 크레이그의 눈길을 거의 목격할 뻔했다.

"최근에 GDV-4에 대한 뭐 새로운 정보 없어요?"

크레이그 서머스의 태도가 급변했다.

"사실은 말이야, 엄청 많지. 방금 뉴스에서 얻은 신선한 정보인데 말이야. 들어보니까 태평양에서 그걸 찾기 위한 전면 조사를 실시할 거래."

리사는 놀랐다.

"정말인가요? 대체 언제 일어난 일이죠?"

"오늘 아침 일찍 공개적으로 발표한 사실이지."

"누가요?"

"우즈홀해양연구소의 바이러스 그룹이야."

리사는 멈칫했다. 그럼 정말로 그 바이러스가 플랑크톤의 감소와 관계가 있다는 건가?

"그 사람들이 특별히 찾으려는 게 있대요?"

"여러 가지인데 그중에서도 특히 GDV-4의 근원."

"그걸 태평양에서 찾고 있단 말이에요?"

"음. 그러니까 그들은 그 바이러스가 대서양에서 근원했다는 게 확실하지 않다고 보는 거지. 그리고 여러 수심에서 조사를 시행한다는군."

"그건 해수면에서만 존재하는 바이러스로 확증됐다고 알고 있는데요."

"그랬지. 하지만 그것도 지금 다시 확인하는 게 분명해."

리사는 그녀가 해야 할 일이 생겼다는 것을 깨달았다. 오케지 해양센터에서 보내온 정보는 나중에 공유해도 될 일이다.

"알았어요, 고마워요."

그녀가 도로 배를 향해 헤엄쳐 가자, 대릴은 지친 표정으로 마스크를 다시 썼다. 그는 여전히 기진맥진했지만 그래도 켈프 한 가닥—딱 한 가닥—을 찾아 자신들이 아직까지는 제대로 추적하고 있다는 것을 증명하고 싶었다. 그는 물속으로 고개를 들이밀더니, 이제껏 보지 못했던 물체를 하나 찾았다. 켈프는 아니었지만 대신 작은 한 더미의 흰색 물체들로, 검은빛을 띤 모래 위에 가라앉아 있었다. 그는 물 위로 머리를 다시 들어 올렸다.

"어이, 리사."

그녀는 못 들었는지 계속 헤엄쳐 갔다.

"리사!"

그녀가 돌아보았다.

"왜요?"

"가만 있어봐, 줄 게 있어."

대릴은 숨을 깊이 들이마시더니 잠수했다. 그는 숨을 한 번 쉬고 나서 단번에 바닥에 닿기 위해 발을 힘차게 굴렀다. 그는 큰 어려움 없이 흰 물체 더미를 조심스럽게 한 움큼 집어 올린 뒤 다시 올라왔다.

제이슨은 대릴이 숨 돌릴 틈도 없이 물었다.

"손에 든 게 뭐야?"

대릴은 마스크를 벗더니 그것을 리사에게 건넸다.

"상어 이빨이야."

"그래?"

제이슨이 리사의 어깨너머로 그걸 보려고 했지만, 그녀가 귀찮아하며 뒤로 돌아서서 그의 시선을 막았다. 그녀는 반짝이는 작은 물체들을 관찰했다. 정말로 상어 이빨일까? 대부분의 상어는 평생 동안 수만 개의 이빨을 갖는데, 그 이빨들은 끊임없이 솟아나서 무뎌지거나 깨지는 이빨들을 교체했다. 어떤 종은 2주마다 한 번씩 바꿀 정도로 자주 이를 갈았다. 이 이빨들은 사람의 손가락 끝마디만 한 크기에 살짝 휘어 있어서 마치 통통한 S자 모양 같았다. 리사는 이빨 전문가는 아니었지만 해양영양학 전문가로서 꽤 많은 이빨을 접해보았다. 그녀가 이 이빨들을 알아볼 수는 없었지만 상어 종의 수가 엄청나게 많으니 이상한 일도 아니었다.

대릴 역시 이 이빨들을 알아보지 못했다.

"내가 좀 다시 봐도 될까?"

리사가 대릴에게 이빨을 몇 개 건네주었는데, 그는 조심성이 없었다.

"악, 젠장, 정말 날카롭네!"

그들은 대릴의 피가 몇 방울 바다로 떨어지는 것을 보았다. 제이슨이 고개를 저었다.

그들은 물에서 나올 핑곗거리를 찾았을지도 모르지만, 빨리 물에서 나와야만 했다. 만일 이빨을 간 상어가 아직도 주변에 있다면, 피 냄새를 맡고 올 것이 분명했다.

그들은 급히 배로 돌아갔다.

제이슨은 헤엄을 치면서 그 이빨들에 대해 진지하게 생각해보았다. 정말로 상어가 흘린 이빨일까? 그들이 새로운 종을 추적한 장소와 정확히 같은 위치에서 그 이빨들이 발견된 것은 단지 우연일 뿐일까? 그럴 수밖에 없었다. 어떤 가오리 종도 그런 이빨을 가지고 있지는 않았다. 어쩌면 상어 몇 마리가 가오리들을 사냥하는 건가.

대릴이 갑자기 헤엄치는 것을 멈추자, 제이슨 역시 불안하게 그를 쳐다보며 멈추었다.

"대릴, 무슨 일 있어?"

대릴이 씩 웃더니 물이 뚝뚝 떨어지는 켈프 줄기를 하나 들어올렸다.

"흔적을 잃어버리지 않았군."

"잘됐어. 어서 배로 돌아가자고."

그들은 무사히 엑스페디션호로 돌아갔다. 갑판에 올라서자 필은 즉시 이빨들을 촬영했다. 그 다음엔 크레이그가 엔진 시동을 걸었고 곧 출발했다.

엑스페디션호가 멀어지면서, 대릴 홀리스의 피는 주위로 퍼졌다. 그들이 두려워한 대로 뭔가가 그 냄새를 맡았다. 단지 그 무언가는 상어가 아니었을 뿐.

15

1.6킬로미터도 넘게 떨어진 거리에서 성체 가오리들이 피 냄새를 맡았다. 어둡고 깊은 물속에서, 눈에 띄지도 않는 그놈들은 다시 움직이기 시작했다. 놈들은 바다 밑바닥에 가라앉은 채 북쪽으로 올라갔다. 놈들은 모두 살아 있긴 했지만 건강하지는 못했다. 최근에 수천 마리가 목숨을 잃었다.

놈들로부터 멀리 떨어진 위쪽, 수심 15미터밖에 안 되는 곳에는 좀 더 어린 동족들이 있었다. 성체들과 달리, 이 성장기 동물들은 식성이 좋았고 그 수도 줄어들지 않았다. 이 어린 동물들은 이제 무게가 90킬로그램 정도나 되었고, 보기에도 무섭고 실제로도 무서운 동물이 되었다. 가늘고 날렵한 근육들로 뭉친 몸통을 가진 이놈들은 날개 너비가 1.5미터, 몸길이는 1.2미터에 이르고, 몸의 가운데 부분의 두께는 체중이 140킬로그램 정도 되는

116

사람의 뱃살만큼이나 두꺼웠다.

　놈들은 햇빛이 비치는 물속을 한가로이 떠다녔다. 놈들 중 여럿의 입에는 켈프 줄기들이 걸쳐 있었다. 처음 배가 있다는 것을 감지했을 때 놈들은 켈프를 씹던 자세 그대로 멈추었다. 배가 사라지고 주위에 아무것도 없었지만 놈들은 한 마리도 움직이지 않았다. 놈들의 관심은 다른 데로 쏠렸다. 또 다른 감각—후각—이 놈들의 관심을 돌려놓았다. 이제 놈들은 아래에 있는 몸집이 더 큰 동족이 좀 전에 알았던 사실을 똑같이 알게 되었다.

　물속에 피가 있었다. 놈들은 아래쪽으로 가라앉아서 다른 놈들을 따라 북쪽으로 움직이기 시작했다.

16

　엑스페디션호는 혼잡한 샌프란시스코의 부두에 정박했고, 연구팀은 리사 바턴이 돌아오기를 기다렸다. 시간이 꽤나 지나야 올 것 같았다.

　전날 리사는 가능한 자원들을 모두 동원하여 그 특이하게 생긴 통통한 S자 모양의 이빨들에 대해 조사해보았지만 아무것도 찾을 수 없었다. 가장 명백해 보이는 이빨들의 출처는 상어와 아귀였는데, 그 둘 중 어느 것과도 직접 연관될 만한 근거를 찾을 수 없었다. 거의 모든 상어 종은 기본적으로 삼각형 모양의 이빨을 가지고 있었지만 이빨의 너비가 정말 다양했다. 어떤 것은 가늘고 뾰족했고, 또 어떤 것은 뚱뚱하고 넓었지만 뱀상어와 귀상

117

어, 백상아리*와 청상아리를 아우르는 상어 종은 어떤 방식으로든 삼각형 모양의 이빨을 가지고 있었다. 혹시나 멸종된 줄 알았던 상어 종이 다시 나타난 것은 아닐까 하는 생각에 리사는 화석 기록도 조사해보았다. 하지만 모래상어와 큰상어를 포함해 여러 종을 조사해보았지만 모두 똑같은 삼각형 모양의 이빨이었다.

다음 후보는 아귀였다. 아귀는 대략 아기 주먹만 한 크기로, 둥글게 생긴 사나운 물고기이다. 하지만 조사해보니 아귀의 이빨은 마치 호랑이의 엄니처럼 살짝 구부러진 형태였다. 통통하고 뭉툭한 S자 모양은 절대 아니었다.

달리 방도가 없던 리사는 문득 그동안 여러 해양영양학 학회를 다니면서 알게 된 오랜 친구 마이크 코헨을 떠올렸다. 코헨은 동물의 이빨 분석이라는 난해한 분야에서 세계 3인자로 통했고, 캘리포니아대학교 버클리 캠퍼스의 생물과학 및 생명공학과에서 강의를 하고 있었다. 오늘부터 코헨의 학과에서는 코헨 자신이 기조 발표자 중 한 사람으로 일주일간 학회를 열었지만 그래도 그는 리사를 만나주겠다고 했다.

리사가 떠나기 전, 제이슨은 코헨과의 만남에 자신도 참석하겠다고 고집을 피웠으나 리사가 같이 가기를 거부해서 한바탕 말싸움이 벌어졌다. 마이클 코헨은 그녀가 아는 사람이고, 그녀는 자신의 중요한 동료 앞에서 제이슨이 그녀를 의심하게 놔둘 수는 없었다.

어차피 제이슨도 할 일이 있었다. 다른 사람들이 배 위에서 잡일을 하는 동안 그는 하루의 시작을 갑판 아래의 작은 거실에서 필의 컴퓨터와 보냈다. 거기서 그는 메모를 작성하고 자신의 보고서 초안을 계속 써나갔다. 보고서에 관해서 그는 그 초안이 나

118

중에 종 심의위원회에 제출할 공식 보고서의 바탕이 되기를 바랐다. 종 심의위원회는 12명으로 구성된 위원회로, 본부는 워싱턴 D.C.에 있고, 어떤 생물의 발견이 새로운 종인지 아닌지를 결정하는 기구다.

늦은 아침 무렵, 부두 위로 작은 뭉게구름이 떠다니고 크레이그를 제외한 모두가 갑판에 올라와 있었다. 헐렁한 검은 바지와 흰 탱크톱을 입은 제이슨이 필의 노트북에 메모를 작성하고 있을 때 대릴이 옆으로 다가와 앉았다.

"크레이그는 아직도 전화 중이야?"

"그런 거 같은데."

"지금 전화를 한 지가 한 시간도 넘었는데."

제이슨이 고개를 들었다.

"그렇게 시간이 많이 지났나."

대릴이 고개를 끄덕였다.

"뭐가 그렇게 중요하다는 거야."

"뭐가 그렇게 중요한지 말해주지."

크레이그는 수염이 덥수룩한 얼굴에 기묘한 표정으로 갑판 위로 올라오며 말했다. 지쳐 있는 듯하면서도 몹시 걱정이 가득한 표정이었다.

대릴이 눈을 가늘게 떴다.

"크레이그, 무슨 일이야?"

"무슨 일이냐 하면, GDV-4 때문에 태평양에 정말 심각한 문제가 벌어지고 있다는 거야. 필, 내가 지금 이메일을 하나 기다리고 있거든. 한 90쪽 정도 될 거야. 좀 프린트해줄 수 있어?"

필이 가는 걸 보며 제이슨은 어리둥절했다.

"GDV-4 때문에 심각한 문제가 벌어지고 있다고? 태평양에서?"

"그래. 그리고 그게 다가 아냐. 내 생각엔 GDV-4가 우리가 쫓고 있는 새로운 종에 영향을 주는 것 같아. 어쩌면 아주 나쁜 쪽으로 말이야."

"뭐라고?"

"제이슨, 아무래도 난 이 가오리들이 멕시코나 하와이, 마르케사스 제도에서도 아니, 다른 어디에서도 온 것 같지 않단 말이야."

크레이그는 진지하게 그를 쳐다보았다.

"내 생각엔 이 녀석들은 해수면 가까이에 사는 동물이 아니야."

"대체 무슨 소리를 하는 거야?"

지금까지 알려진 모든 쥐가오리 종은 오로지 해수면에 또는 해수면 가까이에 서식했다.

"크레이그, 그건 가능할 수가 없……."

"가능해. 내가 증명해 보일게. 모든 걸."

크레이그가 의미심장한 표정으로 제이슨을 쳐다보았다.

"제이슨, 내 생각엔 우리가 찾는 신종이 심해저에서 온 거 같아."

17

크레이그는 한숨을 내쉬며 자신의 생각을 정리했다. 제이슨, 모니크 그리고 대릴이 방금 그에게 50개 가까운 질문을 퍼부었고, 이제 그들은 크레이그의 대답을 기다렸다. 그는 세 사람으로부터 심문을 받다시피 했지만 준비는 모두 끝났다.

"일단 너희가 알아야 할 첫 번째 사실은 우리가 GDV-4에 대해 안다고 생각한 몇몇 중요한 사실들이 조사해보니 완전히 틀렸다는 거야."

제이슨이 멍하게 그를 쳐다보았다.

"말도 안 돼."

"이건 우즈홀해양연구소 바이러스 그룹 소장이자 GDV-4에 대해서는 세계에서 최고의 전문가로 꼽히는 톰 요크가 한 말이야. 알아본 결과, 그의 연구팀이 일 년 넘게 세계의 모든 주요 바다에서 조사를 진행했대. 그 밝혀진 결과를 두 시간 전에 공식 발표했어."

그는 한 번 더 한숨을 쉬었다.

"바로 본론으로 들어가지. GDV-4는 해수면 바이러스가 아냐. 그건 해수면으로 퍼졌고, 해수면에서 발견되었지만 원래 심해저에서 발원한 바이러스야. 그리고 내가 말하는 심해저는 진짜 심해저야. 수심이 3000, 6000, 1만 미터 정도나 되는. 그래서 우리가 쫓는 신종이 거기서 왔을 거라고 추측하는 거야, 제이슨."

대릴은 황당해했다.

"GDV-4가 거기서 생겨났다고?"

"그리고 지금 산불처럼 퍼지고 있지. 이놈이 알고 보니까 조류를 감염시키는 바이러스야."

"이런 세상에."

필이 돌아와서 크레이그에게 깨알 같은 글씨로 가득한 종이 90장을 건네주며 말했다.

"바이러스가 조류를 감염시킨다는 게 어째서 중요한 거야?"

"필, 조류는 먹이사슬의 제일 밑바닥에 있잖아. 그러니까 조류를 감염시키는 바이러스는 바다 전체의 생태계를 파괴할 수도 있다고."

크레이그가 다른 사람들을 보며 고개를 끄덕여 보였다.

"그리고 상황은 더욱 나빠져. 그들은 지금 GDV-4가 에이즈보다도 훨씬 더 파괴적이라고 발표했어. 이 바이러스는 면역계를 공격할 뿐만 아니라 뇌에도 심각한 손상을 입히고, 근골격계를 파괴하고, 체내에서 엄청난 속도로 퍼진대. 그리고 도처에 있다는 거야. 요크의 연구팀이 지구의 모든 바다에서 발견했대. 리사의 플랑크톤 수치에는 뭔가가 있었던 거야. 플랑크톤은 해수면 생물이지만 어떻게 그런지는 몰라도 GDV-4가 바다 밑에서부터 올라온다는 걸 감지하고는 예방 차원에서 그 공격을 막아내려고 적응한 셈이지."

제이슨이 고개를 흔들었다.

"크레이그, 요크의 연구가 모두 확실하대? 내 말은 어떻게 GDV-4가 이렇게 빨리, 이렇게 넓게 퍼질 수 있느냐는 거야. 더구나 어떻게 아무도 모르는 사이에 퍼질 수 있냐고?"

"제이슨, 바이러스는 잠적할 수가 있잖아. 수십 년을 잠적할 수도 있다고."

일반 대중은 GDV-4에 대해 아무것도 모르고 있고 그런 상황이 급변하지는 않을 것이다. 대개 일은 그런 식으로 벌어졌다. 결국 언론매체는 바이러스로 사람들이 죽을 때, 그것도 대규모로 죽을 때에만 바이러스에 관심을 두는 법이다. 한 예로, 유럽의 광우병 바이러스(실제로 광우병을 일으키는 병원체는 프리온이라는 변형 단백질이다―옮긴이)는 유럽의 소 떼를 여러 해 동안 죽였는데도 사람들이 광우병에 걸려 죽고 나서야 이목을 끌기 시작했다.

바이러스가 오랜 시간 동안 사람들로부터 잠적하는 데 대한 연구는 활발히 벌어지고 있었다. 가장 악명 높은 사례로 에이즈를 들 수 있다. 에이즈는 1980년대 중반에 들어서야 국제적 관심을 받았지만 사실은 그보다 훨씬 전부터 존재했다. 그리고 머나먼 아프리카의 정글에서만이 아니라 미국의 큰 도시에도 존재했다. 1959년에 뉴욕에서 선원 한 사람이 죽었는데, 당시 의료기록을 보면 사인이 '면역결핍과 폐렴에 따른 합병증'이었다. 수십 년 뒤 혈액 샘플을 채취해서 분석한 결과 HIV(인간면역결핍바이러스)와 에이즈에 대해 양성반응이 나왔다.

크레이그는 진지하게 말했다.

"GDV-4가 태평양에서 매우 오랜 시간 동안 존재했다는 명백한 증거가 있어. 아마 너희 모두 1976년에 발견된 테라마우스의 예에 대해서는 들어봤겠지?"

그것은 그들이 해양생물학이 무엇인지조차 모르던 시절에 일어난 유명한 발견이었다. 1976년 11월에 해양 연구선 AFB-14호가 하와이의 오아후 해안 앞에서 실험을 수행했다. AFB-14호는 수심 4500미터쯤 되는 바다 밑바닥으로 탐사기를 보내서 그곳의 토양을 분석했다. 그런데 AFB-14호가 탐사기들을 끌어올렸을 때 뭔가가 함께 올라왔는데 그것은 토양이 아니었다. 그것은 종전에 아무도 본 적이 없는 거대한 물고기의 사체였다. 이전에 알려진 바 없는 상어의 일종으로, 진한 갈색 피부에 거대한 입, 기묘하게 생긴 이빨, 2톤에 이르는 무게 등 이상한 생김새를 한 동물이었다. 테라마우스란 이름이 붙은 이 물고기는 그야말로 놀라운 발견이었다. 이 발견은 여러 해 동안 많은 해양과학자가 가정해온 것을 밝혀냈다. 즉, 심해서에는 인간이 전혀 알지 못하는 생물종이 살고 있음을 증명한 것이다. 그리고 이들은 작은 동물이 아니라 거대했고, 최근에 진화한 게 아니라, 먼 옛날부터 내내 그 자리에 있던 것이었다. 화석 자료를 분석한 결과, 테라마우스는 가장 오래된 상어만큼이나 오랜 시간 동안 진화해왔다는 결론이 나왔다. 그것은 바다 깊숙한 곳에 4억 5000만 년 이상 존재해왔지만 인류는 1976년 이전에는 그것이 존재하는지조차도 알지 못했다.

제이슨은 흥분한 채 배 뒤편으로 향했다.

"그러니까, 그 테라마우스가 GDV-4 감염으로 죽었단 말이야?"

"내 말이 바로 그 말이야. 요크가 직접 7주 전에 와이키키에 있는 국립해양연구소를 방문해서 옛날 조직 샘플들을 검사했어."

"그럼, 그 바이러스가 저 아래에 30년 동안이나 있었단 말이야?"

"적어도 그렇지."

"어떻게 그런 일이? 만일 그렇게 오랫동안 그 아래에 있었다면, 왜 여태껏 우리는 알지 못했을까? 어째서 어업에 아무런 영향을 미치지 않았던 거지?"

"왜냐하면 고기를 잡을 때 심해의 물고기를 잡진 않잖아, 제이슨. 우리가 말한 깊이가 어느 정도인지 알아? 5, 8, 어쩌면 10킬로미터 정도 밑이라고."

"그럼 우리는 이 바이러스가 지금껏 중간 깊이나 해수면 근처 깊이까지는 올라오지 않고 얌전히 그 아래에 머물렀다는 말을 믿어야 한다는 거야?"

"이 친구야, 망할 놈의 바다가 얼마나 큰지는 너도 알잖아. 빨리 퍼지는 바이러스라고 해도 그 정도 거리까지 퍼지려면 수십 년은 걸릴걸."

제이슨은 멈칫했다. 세계의 해양은 실제로 엄청나게 컸다. 넓이만 해도 육지 면적의 세 배이고, 그건 깊이를 따지지 않아도 가늠할 수 있는 사실이었다. 바다는 평균 수심이 3200미터나 되었고, 1만 미터가 넘는 깊이의 해구도 여럿 있었다. 크레이그의 말이 맞았다. 아무리 빨리 움직이는 바이러스라 해도 얕은 바다에서 존재감을 드러내려면 수십 년은 필요할 것이다. 그때까지는 아주 가끔씩만 나타날 것이다. 그런데 지금 바로 그 일이 일어난 것이다. 이 가설은 GDV-4가 지금까지 발견되기 어려웠던 이유를 설명해주었다.

모니크가 돌아보았다.

"혹시 요크가, 그 바이러스가 공기 중으로도 올라올 수 있다고 얘기했어?"

"뭐?"

대릴이 아내를 쳐다보았다.

"그 사람들이 GDV-4가 공기 중으로 올라갈까 봐 걱정하느냐고?"

크레이그가 목소리를 가다듬었다.

"그래, 걱정했어. 국립오두본협회*에서 요즘 갈매기들이 사라진다고 난리야. 하지만 그 소문은 모두 엉터리야. GDV-4는 그것과는 아무런 상관이 없다고. 하지만 제이슨, 네 가오리들과는 관계가 깊지. 지금 이 바이러스는 그 가오리들을 심해저에서 몰아내고 있어. 그 가오리들은 바이러스를 피하려고 이주했던 거야."

제이슨이 모니크를 돌아보았다.

"심해저에서 이주해 왔다는 이야기가 말이 된다고 생각해?"

"말이 되지. 만일 그 아래에서 정말로 심각한 참사가 일어난다면 그 가오리들은 먹이를 찾기 위해서라도 더 얕은 바다로 올라와야 하겠지."

그녀는 어깨를 으쓱했다.

"제철도 아닌 때에 이주하는 가장 큰 원인은 먹이가 부족할 때잖아."

"새로운 먹이를 찾기 위해서라."

제이슨은 너무 간단한 이 설명이 마음에 들었다.

"그럼 원래는 뭘 먹었다는 거지? 내 말은, 그 아래에는 플랑크톤이 존재하지 않잖아. 안 그래?"

"그 아래에 뭐가 있는지는 나도 모르지, 제이슨."

아무도 알 수 없었다. 심해저는 그들만이 아니라 모든 사람에게 수수께끼였다. 사람들에게 수수께끼로 남은, 지구상에서 유일한 장소. 심해저는 말 그대로 빛이 하나도 없어서 완전한 어둠에 싸여 있었다. 또한 수압도 생각해봐야 했다. 심해저의 압력은 너무 커서 말 그대로 트럭을 뭉개버릴 정도로 강했다. 여태까지 만들어진 가장 발달된 잠수함들도 심해저에는 접근조차 할 수가 없었다(1960년에 자크 피카르와 돈 월시는 심해잠수정 트리에스테 호를 타고 수심 1만 911미터인 마리아나 해구를 20분 정도 탐사했다—옮긴이). 잠수함은 잘해야 500미터를 간신히 잠수할 수 있지만 전 세계 대양의 평균 깊이는 3000미터를 넘는다. 그것도 평균 수심일 뿐이다. 심해로 무인 탐사기를 내려 보낼 수는 있지만, 그 장비들은 대개 비효율적이다. 현실적으로는 아무리 과학이 발달했더라도 심해저는 여전히 비밀에 싸여 있었다. 태양계 밖의 우주처럼 심해저는 직접 탐험할 수 없는 곳이다. 인간은 기껏해야 아주 짧은 시간 동안만 찾아가 볼 수 있고, 그때에도 극히 제한된 일부 지역 밖에 살펴볼 수 없다.

제이슨은 고개를 저었다. 그는 가오리들이 그 아래에서 대체 무엇을 먹었을지 도저히 종잡을 수가 없었다.

"이제, 왜 가오리 한 놈이 클라리타 근처의 기름 찌꺼기에 내려앉았는지 알겠군."

대릴이 돌아보았다.

"정말?"

"만일 크레이그가 옳다면 그놈은 아팠을 거야. 어쩌면 죽어가고 있었는지도 모르지. 그 이유를 도저히 알 수가 없었어. 어째서 건강한 가오리가 기름 찌꺼기 위에 내려앉았을까? 그럴 이유가 없지. 하지만 놈이 만일 아팠다면, 자기가 어디에 있는지 뭘 하고 있는지조차 판단할 수 없을 정도로 아픈 놈이었다면 십중 팔구 녀석은 GDV-4에 감염되었을 거야. 크레이그, 넌 지금 저 바다 밑에서 재앙이 일어나고 있다고 말하는 거나 마찬가지라고, 알아? 내 말은 만일 네가 말하는 모든 일이 실제로 일어나고 있다면, 이 바이러스는 빙하기가 육지에 영향을 준 충격만큼 심해저에 큰 피해를 줄 수 있단 말이지. 이 가오리들은 멸종 위기에 처했을 수도 있다고."

모니크가 앞으로 나섰다.

"아니면 적응의 문턱에 있을 수도 있지."

제이슨이 돌아보았다.

"그렇게 생각해?"

"이 동물이 얼마나 오랫동안 저 아래에 있었는지 생각해보라고."

"얼마나 오랫동안인데?"

"가오리는 상어의 사촌뻘이잖아, 안 그래? 그러니까 녀석들은 판게아(Pangaea)가 있던 시절부터 저 아래에 있었을 수 있어."

판게아는 고대의 초대륙으로, 현재 존재하는 지구의 다섯 대륙들을 모두 합친 거대한 땅덩이였다. 2억 9000만 년 전 일어난 판게아의 분리는 지구의 모든 생물종에 커다란 영향을 끼쳤다. 육지의 생물종이든, 바다의 생물종이든, 모두 완전히 새로운 환경에 처하자, 모든 종은 멸종되거나 강제로 새로운 환경에 적응해야만 했다. 판게아의 분열로 일어난 진화 적응은 놀라운 것이 많았다. 사막에 사는 캥거루쥐는 체내에서 스스로 필요한 수분을 만드는 기관이 진화했고, 북극곰은 영하 60도에 이르는 강추위에도 버틸 수 있는 가죽이 진화했고, 송골매는 시속 280킬로미터로 날 수 있는 특수한 날개가 진화했다.

"그러니까 네 말은 판게아 때문에 고대의 어떤 가오리 종이 떨어져나갔을 거란 말이야?"

제이슨이 모니크를 정면으로 쳐다보며 물었다.

"쥐가오리가 해수면 근처에서 진화하는 동안 다른 종은 심해 저에서 진화했을 거라고?"

모니크가 고개를 끄덕였다.

"그래. 일종의 심해 사촌뻘이랄까."

"심해 사촌뻘이라."

크레이그가 미소를 지었다.

"멋있게 들리는데."

제이슨이 의문을 품은 채 모니크를 쳐다보았다.

"그럼, 이…… 심해 사촌뻘은 어떻게 진화했을까? 추측하기 곤란하겠지? 우리는 저 아래에 사는 생명체에 대해서는 아는 게 너무나 적으니 말이야."

모니크가 눈썹을 추켜세웠다.

"그래도 어떻게 진화하지 않았는지는 알 수 있을걸."

"어째서?"

"우리가 아는 모든 쥐가오리 종은 따뜻하고 평온한 바다에 살고 모두 비슷한 형태로 진화했지. 그러니까 만일 전혀 다른 환경에 사는 가오리라면 전혀 다른 동물로 진화했을 거라고 추측하는 게 논리적이지 않아?"

"그렇게 생각해? 모니크, 달라봤자 얼마나 다르겠어? 그것들이 어디에서 진화했든 이 녀석들은 여전히 크고 느리게 움직이는 동물이라고. 크기만 봐도 우리가 이미 아는 쥐가오리와 아주 다른 동물로 진화하는 데 한계가 있지 않을까? 물론 저 아래는 더 거친 환경이긴 하지. 그래서 거기에 적응했을 거야. 하지만 그래도 잘해야—잘 모르겠지만—독침이나 전기 발생 능력 정도까지만 진화했을걸. 그 이상을 했을 거라고는 상상이 되지 않아."

모니크는 그렇게 확신할 수가 없었다. 그녀는 언젠가 비슷한 주제에 대해 찰스 다윈*이 했던 말을 떠올렸다. 다윈은 유전적으로 서로 가까운 두 생물종인 무섭지 않은 집고양이와 사나운 아프리카의 사자가 어떻게 그토록 다르게 진화할 수 있느냐는 질문을 받자, 그 원인은 서로 다른 환경 탓이라고 했다. 다윈은 더 가혹한 환경은 거기서 살아남는 종을 더 가혹해지도록 강제할 것이라고 밀했다.

"제이슨, 저 아래는 살아가는 환경이 훨씬 더 지독하잖아. 그러니까 이 동물들은 어떻게든 그런 환경에 대처할 수 있게 진화했을 거야."

훨씬 더 지독하단 말이지. 제이슨이 생각했다. 쥐가오리의 심해 사촌뻘이라면 지독하다는 게 어떤 의미일까? 하지만 그들은 너무 앞서나갔다. 그들은 아무 확실한 근거도 없이 추정할 뿐이었다.

"우리는 아직 정말로 뭘 아는 건 아니잖아, 안 그래? 내 말은 크레이그가 방금 뭐라고 말했든 간에, 우리는 이 동물이 심해저에서 왔다는 걸 알지도 못하고, 이놈들이 새로운 종이라는 것도 알지 못하잖아. 증거가 없다고."

모니크가 제이슨을 쳐다보았다.

"대릴이 찾은 이빨을 잊지 말라고."

제이슨이 머뭇거렸다. 그 이빨들. 그럼 그 통통하고 뭉툭한 S자 모양 이빨이 실제로 가오리한테서 온 것이란 말인가? 제이슨은 이전에 그것을 비현실적이라고 무시해버렸지만 이제는……

"리사가 그 이빨 전문가를 언제 만난다고 했지?"

모니크가 손목시계를 보고 시간을 확인했다.

"아마 지금쯤 만나서 얘기하고 있을 거 같은데."

18

캘리포니아대학교 버클리 캠퍼스의 생물학 및 생명공학과 신관 로비는 많은 사람들로 북적였다. 사흘간 열리는 학회에, 잘 차려입은 30대부터 60대까지 다양한 연령의 남녀 600여 명이 웃으며 악수를 하고 이러저런 잡담을 하고 스티로폼 컵의 물을 홀짝거리고 있었다.

대체 이 북새통에서 어떻게 마이크 코헨을 찾으라는 거지? 리사 바턴은 까치발로 서서 붐비는 사람들 너머를 보며 생각했다. 그녀는 새하얀 블라우스 위에 걸친 우아한 회색빛 셔츠를 흘낏 보고는 미소를 지었다. 리사는 일 년이 넘도록 어떤 행사를 위해 특별히 옷을 갖춰 입은 적이 없었기 때문에 모처럼 예쁜 옷을 입게 된 이 기회를 즐기고 있었다. 그녀는 사람들 속으로 파고들었다. 가끔씩 사람들의 팔꿈치에 치이고 그녀 역시 다른 몇몇 사람을 팔꿈치로 치면서 방 안을 돌아다니다가 목소리를 낮춰 누군가와 이야기를 나누고 있는 마이크를 발견했다. 그는 마흔다섯 살로, 갈색 곱슬머리와 예민한 지능 그리고 어느 패션 디자이너라도 구역질할 만한 차림을 하고 있었다. 그는 100퍼센트 합성섬유로 된 감색 셔츠 위에 싸구려 붉은 넥타이를 느슨하게 매고 있었다. 그는 대화가 끝나자 리사를 발견하고는 환한 미소를 지었다.

"리사, 요즘 어떻게 지냈어요?"

"안녕하세요, 마이크. 만나서 반갑네요."

둘은 포옹했다.

"요즘 잘 지내요?"

"솔직히 얼마 동안 일의 진척이 없었는데, 이제는 뭔가 새로운 걸 발견한 듯한 느낌이에요."

코헨은 다시 미소를 지었다.

"리사, 당신은 언제나 솔직하게 말하네요. 만일 내가 똑같은 질문을 다른 사람에게 했다면, 아마 다들 태어났을 때부터 만사가 너무나 잘 풀린다고 말했을걸요."

그는 손목시계를 잠깐 보았다.

"미안하지만 15분 있으면 내가 발표를 해야 돼서 말이에요. 당신이 여기 온 용건으로 넘어가야 할 것 같은데요."

"조용히 이야기할 장소가 없을까요?"

잠시 후 그들은 별다른 특징이 없는 흰 벽으로 된 코헨의 연구실에 들어섰다. 그는 윗면이 합성나무로 된 철제 책상 뒤에 앉았다.

"자, 날 찾아온 목적이 뭐죠?"

리사는 통통한 S자 모양의 이빨을 몇 개 책상 위에 올려놓았다.

"이것 때문이에요."

코헨은 움직이지 않았다. 이빨들을 보는 그의 갈색 눈이 가늘어졌다. 직접 이빨들을 만지지는 않고 고개를 숙여서 다른 각도에서 관찰했다. 그러더니 일어서서 머리를 이리저리 움직이며 넥타이는 신경도 쓰지 않고 이빨들을 여러 각도에서 관찰했다.

"이것들은 어디서 났어요?"

"태평양이요."

"태평양이라면 정확히 어디쯤이지요?"

"몬테레이에서 32킬로미터쯤 떨어진 지점에서요."

"수심은 어느 정도에서?"

"30미터보다 좀 더 들어간 데서요."

"혹시 정확한 좌표를 아세요?"

"위도와 경도를 말씀하시는 거죠? 동료들이 알 거예요."

"지난번 통화에서 연구팀이 지금 어떤 새로운 종을 추적한다고 했죠?"

"그런 거 같아요."

코헨이 전화기를 들었다.

"재닛? 내 발표를 취소해야겠어. 내 대신 사과 좀 해주고, 다시 발표 일정을 잡을 수 있게 시간표 좀 확인해줘."

리사는 그를 의아하게 쳐다보았다. 그는 이빨 하나를 조심스럽게 들어 올리고는 자신의 손톱으로 두드렸다.

"이 이빨은 상어의 것이 아니에요."

그는 이빨을 여러 각도에서 좀 더 관찰했다.

"이 이빨의 주인은 꼬치도, 아귀도, 동갈치도, 벽치도, 비늘돔도, 창꼬치도 아니에요. 내가 잘 아는 그 어떤 물고기의 것도 아닌데요."

그는 새로이 이빨을 살펴보았다.

"솔직히 이렇게 생긴 이빨은 태어나서 처음 봅니다."

리사는 크게 놀랐다. 그럼 그 가오리의 것인가?

"혹시 내가 이 이빨을 분석해주기를 바라는 건가요?"

리사는 흥분을 참기가 힘들었다.

"그러면 감사하겠습니다."

코헨은 일어서서 그의 실험실로 향하는 유리문을 곁눈질했다.

"최대한 빨리 돌아오죠. 뭘 알아내면 알려줄게요."

19

마이크 코헨은 문턱을 완전히 넘어오기도 전에 말을 꺼냈다.

"일단 이 이빨이 어디에서 오지 않았는지부터 설명하겠습니다. 분명 이 이빨은 육지 동물의 것은 아닙니다."

육지에 사는 동물의 이빨은 모양과 크기가 매우 다양해서 앞니, 송곳니, 앞어금니, 어금니, 엄니, 뻐드렁니 등이 있다. 반면에 물속에 사는 동물은 이빨이 대개 두 가지 모양 중 하나였다. 날카롭고 자르는 데 쓰이는 앞니와 갈아버리는 데 쓰는 어금니.

"이 이빨은 분명 물속에 사는 동물의 것이지만, 현재 확실하게 말씀드릴 수 있는 건 그뿐입니다."

그는 자신의 책상 뒤에 앉았다.

"제가 볼 때 매우 가능성이 높은 몇 가지 사실이 있어요."

리사가 앞으로 몸을 숙였다.

"네, 뭔데요?"

"말씀드릴 것이 세 가지입니다. 첫째, 이 이빨은 우리가 특화된 이빨이라고 부르는 이빨들이에요. 즉, 어떤 특정한 목적을 위해서 만들어진 이빨이란 뜻인데, 이 경우는 장난스럽게 깨무는 건 아니겠죠. 이 이빨은 매우 두꺼운 피부와 내장을 뚫을 수 있게 만들어졌어요. 리사, 겁을 주려는 것은 아니지만 이 이빨은 포식자의 것이고, 그것도 매우 위험한 놈의 것입니다. 이 곡선 모양은 전에 본 적이 없는 것으로, 놀라운 적응이라고 할 수 있어요. 이 모양 때문에 먹잇감들은 꿈틀거리며 도망을 치는 것이 매우 힘들 거예요. 특히 이 동물의 턱 힘이 강하다면 더욱 그렇겠죠.

둘째, 이 이빨의 주인은 다른 유형의 이빨이 있을 가능성이 매우 높아요. 당신이 찾은 건 송곳니로, 위턱과 아래턱에서 앞부분과 옆 부분에서 발견되죠. 여러 줄로 발견될 때도 있어요. 하지만 제 생각으로는 어금니도 있을 거라고 확신합니다. 왜냐하면 이 동물이 무엇을 잡든 간에, 그걸 죽인 다음에 살을 씹어야 하거든요. 일단 입이 어떻게 생겼을지 모형을 떠보았습니다. 추측일 뿐 확실하지는 않지만, 어쩌면 엄니라고 부를 만한 특히 긴 앞니가 있을지도 몰라요. 아마 호랑이의 엄니와도 유사할 거예요. 단지 그것들이 호랑이의 것보다는 훨씬 더 날카롭겠죠. 제가 볼 땐 입에 있는 이빨의 총 개수는 적어도 수백 개는 되겠는데요."

"맙소사."

리사는 의자에 등을 기댔다. 그녀는 지금 막 들은 사실을 믿을 수 없었다. 코헨은 그의 전공 분야에 대해서는 완벽하게 알고 있는 사람이었다. 그럼에도 그가 방금 한 말은 믿기 어려웠다.

"이 모든 게 확실한 거예요?"

코헨이 그녀를 멍하게 쳐다보았다.

"물론이죠, 확실해요."

"미안해요. 의심하려는 건 아니에요."

"괜찮아요. 마지막으로 말씀드릴 건 이 이빨은 유치라는 거예요."

"유치라고요?"

"이것들을 대체할 성체의 이빨은 얼마나 크게 자랄지 모르겠어요. 입 자체가 얼마나 커지는가에 달렸죠. 하지만 그 이빨은 분명 더 크게 자랄 겁니다. 어쩌면 훨씬 더 크게요."

그는 어깨를 으쓱했다.

"뭐 어쨌든 제가 알 수 있는 건 그 정도입니다."

리사는 자신의 오른쪽 다리가 저린다는 것도 느끼지 못했다. 너무나 놀란 나머지 자리에 앉은 채로 가만히 있었다. 유치라고. 물론 이 말은 여태껏 그들이 밝혀낸 것, 즉 새끼 가오리들이 송곳니를 갈기 위해 켈프를 씹고 있다는 가설과는 일치했다. 하지만 이해할 수 없는 기본적인 사실이 있었다. 어떻게 가오리한테 송곳니가 있는 거지? 쥐가오리에게는 단 한 가지 종류의 이빨, 즉 커다란 어금니만이 있고, 이 이빨은 오직 조개껍질 등을 깨는 데에만 사용되었다. 그럼 어떻게 비슷한 종에게 송곳니가 있는 거지? 그리고 만일 코헨의 말이 옳다면, 만일 이빨이 입의 크기에 비례해서 커진다면, 쥐가오리의 입이라면······. 하느님 맙소사. 리사는 머릿속으로 그 광경을 상상하자 소름이 돋았다. 하지만 있을 수 없는 일이었다. 만일 이게 사실이라면 그들이 쫓고 있던 가오리들은 포식자들이라는 의미였다. 그건 말도 안 되는 일이었다.

전화벨이 울리자 코헨이 받았다.

"30분이라고? 고마워."

"나 때문에 시간을 쓰게 해서 미안해요, 마이크."

"괜찮아요. 오히려 날 찾아와주니 내가 감사하지요."

하지만 코헨은 그녀가 앞서 했던 말 때문에 언짢은 것 같았다.

"마이크, 당신이 했던 말을 부정하려던 뜻은 아니었어요. 날 믿어요. 당신이 잘 알고 그런 말을 했다는 걸 알아요. 하지만 당신이 한 말의 의미를 이해할 수 없는 것뿐이에요."

이 말에 코헨의 얼굴은 좀 누그러지는 듯했다. 코헨은 아무 일 없다는 듯 어깨를 으쓱했다.

"뭐, 내가 오늘 한 말은 이빨만 보고 한 거니까요, 리사. 사실 '의미'에 대해서는 할 말이 없네요."

그가 문을 곁눈질했고, 리사는 그제야 코헨이 자기 때문에 나가지 못하고 있다는 사실을 알아차렸다.

그녀는 일어섰다. 어차피 하루는 저물었고 그녀 역시 갑자기 돌아가고 싶다는 생각이 들었다.

"급하시면 가셔도 돼요. 오늘 너무 고마웠어요."

그들은 다시 포옹했다.

"뭘요. 찾아와줘서 감사해요. 일단 다른 말이 없으면 오늘 일은 극비 사항인 것으로 알고 있을게요. 그리고 괜찮다면 그동안 공식 보고서를 하나 써놓을게요."

"그럼 사본을 이메일로 보내주시겠어요?"

그는 고개를 끄덕였다.

"어쩌면 오늘 밤에 초안을 작성할 수도 있어요."

두 사람은 문 쪽으로 걸어갔다.

"혹시 마지막으로 하고 싶은 말이 있나요?"

"한 가지 충고할 게 있어요."

그는 그녀를 의미심장하게 쳐다보았다.

"리사, 만일 실제로 저 이빨의 주인과 맞닥뜨린다면…… 부탁이에요. 아주, 아주 조심하세요."

"그건, 말도 안 돼."

해질 무렵, 조용해진 샌프란시스코 부두에 리사가 돌아왔다. 코헨과 이야기를 나눈 그녀는 기분이 좋았다. 동료들에게도 코헨이 한 말을 전하고 싶었다. 엑스페디션호 뒤편에서 그녀는 차

근차근 정확하게 설명했다. 그때 제이슨이 "말도 안 돼"라는 대꾸로 그녀에게 한 방 먹인 것이다. 그녀는 곧바로 대응하지는 않았지만 피가 갑자기 끓어오르는 듯했다. 이 사람은 달리는 코끼리만큼이나 무감각했다. 리사는 다른 사람들은 상관없었다. 만일 제이슨 올드리지가 당장 사과하지 않는다면, 그녀는 그와 한바탕 할 작정이었다.

"무슨 소리예요, 말도 안 된다니요?"

"너무 과장이 심하단 말이지. 현실성이 없어."

"플랑크톤이 고갈되었는데도 이 가오리가 살아 있는 이유가 설명되잖아요. 간단하죠. 플랑크톤을 먹지 않기 때문이에요. 이빨로 보건대 그럴 수밖에 없잖아요."

"그렇겠지. 하지만 난 그 마이크 코헨이란 사람과 직접 이야기해보고 싶어."

"관둬요."

"아니, 무슨 상관이야, 리사? 난 단지 그 사람이 뭐라고 얘기했는지 확인해보고 싶은 것뿐이라고."

"확인을 하긴 뭘 해요? 왜, 내가 잘못 말한 거 같아서요?"

"물론 아니지. 난 단지 그 사람에게서 직접 한 번 더 들어보고 싶은 것뿐이야."

"절대 안 돼요. 그런 중요한 지인 앞에서 나를 망신 줄 생각일랑 하지도 말라고요."

"이봐, 그냥 그 사람 전화번호 좀 가르쳐달라니까."

"안 된다고 했잖아요! 제기랄, 당신은 다른 사람이 말을 하면 좀 믿을 수 없어요?!"

폭탄 발언이었다. 뒤따르는 침묵 속에서 모두가 난처해했다.

대릴, 모니크, 크레이그 그리고 필은 모두 다른 곳을 쳐다보고 있었다. 제이슨조차도 당황스러워했다. 뻔히 드러나는 리사의 분노 말고도 그가 볼 때 그녀는 어쩐지 슬퍼 보였다.

아무도 말을 하지 않았다. 모두가 놀란 채 가만히 서 있을 뿐이었다.

그러다 모니크가 헛기침을 했다. 문제가 무엇이든 간에 두 사람이 해결해야 할 것 같았다.

"제이슨, 리사, 이만 실례할게. 우리는 내려가서 저녁 준비할게. 얘들아?"

대릴은 모니크 쪽으로 갔지만, 필과 크레이그는 꿈쩍도 하지 않았다. 그들 둘은 말싸움을 구경하고 싶었던 것이다. 대릴은 두 사람의 뒤통수를 치더니 함께 아래층으로 내려갔다.

뒤에 남은 제이슨과 리사는 조용히 서 있었다. 둘 다 아무 말도 하지 않았다. 그들은 근처의 요트에서 사람들이 고기를 구우며 조용히 대화를 나누는 것을 보았다. 짧은 시간이 지났다.

"속상하게 해서 미안해."

제이슨이 말했다.

리사는 고개를 저었다.

"됐어요."

"아니, 정말이야, 리사. 미안해. 난 단지……."

제이슨이 말을 멈췄다.

"뭐예요?"

"그 이빨 좀 봐도 될까?"

"다시 돌려줄 거죠?"

제이슨이 미소를 지었다.

"당연하지."

그녀는 제이슨에게 이빨을 몇 개 건넸고, 그는 하나를 집어 들더니 저무는 해 쪽을 향해 들고서는 그것을 관찰했다.

"유치라. 단지 이것들이 그 가오리들한테서 나왔다는 것이 말이 안 된다는 생각뿐이야. 내 말은 당신도 나만큼 잘 알잖아. 쥐가오리는 뭔가를 잡을 만큼 빨리 헤엄치지 못한다고. 만일 이 종이 쥐가오리의 심해 사촌뻘이라면, 어째서 이런 이빨이 필요하겠어? 논리적으로 들어맞지 않잖아. 안 그래?"

"아니, 제이슨, 난 그렇게 생각하지 않아요. 나 역시 이 일 때문에 헷갈린 건 마찬가지예요. 하지만 마이크 코헨은 자기 분야에서 전문가고, 난 그 사람이 말한 걸 전해준 것뿐이에요. 그 사람 말을 당신이 받아들였으면 좋겠어요."

"그렇게 할게. 다시 한 번 미안해."

"그는 자기가 분석한 걸 글로 써서 그 사본을 이메일로 보내준다고 했어요. 어쩌면 이미 필의 컴퓨터에 들어왔을지도 모르죠."

제이슨이 머뭇거렸다.

"아니, 그럼 왜 진작 나한테 그렇다고 얘기하지 않았어?"

"왜냐하면 내가 그 사람하고 얘기했으니까요. 그 사람 얘기의 감을 잡았고, 그가 실제로 적지는 않을 내용도 이해했으니까. 제이슨, 당신은 자신이 아닌 다른 사람들도 믿는 법을 배워야 해요."

그녀는 얼핏 보기에도 지친 표정으로 한숨을 내쉬었다.

"난 당신이랑 싸우느라 너무 지쳤어요. 완전히 진이 빠진단 말이에요."

"정말로 당신 생각엔 우리가 많이 싸우는 것 같아?"

"말도 안 되는 소리 하지 마요."

그는 미소를 지었다.

"그래."

"이봐요, 제이슨, 솔직히 말하자면 난 당신을 보면 감탄하게 돼요."

그는 아래의 갑판을 쳐다보았다.

"그러시겠지."

"아니, 정말이에요. 진짜라니까요. 그 쥐가오리 수족관 일은 너무나 끔찍했어요, 재앙과도 같았다고요."

"그래, 다시 생각나게 해줘서 참 고맙다."

"아니, 그런 뜻이 아니에요. 다른 사람이라면 그걸로 파멸했을 거예요. 완전히 파멸했을 거라고요. 경력, 정신 할 것 없이 모조리 다. 하지만 당신은 아니었잖아요. 당신은 계속 열심히 일했어요. 대릴하고 크레이그는 총을 쏘고 술을 마시며 놀았고, 모니크하고 난 거의 하는 일이 아무것도 없었고, 필은…… 무엇인지는 모르지만 자기가 하는 일만 했어요. 그런 상황에서도 당신은 단 한순간도 포기하지 않았어요. 어쨌든 난 당신이 참 대단하다고 생각해요."

제이슨은 그녀를 쳐다보았다.

"정말 고마워."

"그리고 이제 당신은 그에 대한 보상을 받는 거예요."

"내가 정확히 어떻게 보상을 받는다는 거지?"

"우린 이제 단순히 추측만 하는 게 아니잖아요. 우리한테는 물질적인 증거가 있다고요. 이 이빨들은 진짜고, 세계에서 세 번째 가는 전문가조차도 어디서 나온 이빨인지 알아보지 못했다고요.

애커먼한테 전화를 걸어서 말해요. 우리는 지금 새로운 종을 추적하고 있다고요. 이번에야말로 당신은 확실히 한 건 해낸 거예요."

제이슨은 리사를 빤히 쳐다보았다.

"그래, 아마 그럴지도 모르지."

리사 역시 그를 잠깐 동안 쳐다보았다. 그러다가 갑자기 정신이 들었다. 이런, 내가 지금 뭘 하고 있는 거지?

"어쨌든 무슨 일이 일어나는지 보자고요."

그녀는 하늘을 쳐다보더니 갑자기 자신이 얼마나 지쳤는지를 실감했다.

"아, 긴 하루였어. 옷부터 갈아입고 그다음에 저녁 준비하는 걸 도와줘야지."

그녀는 돌아서서 걸어갔다.

"리사."

"네?"

"하마터면 잊을 뻔했네. 당신 오늘 정말 예쁘더라."

그녀는 멈칫했다.

"어, 고마워요."

"아니, 진심이야. 정말 예뻤다고. 뭐, 비교 대상이 크레이그밖에 없긴 하지만."

"그리고 당신도."

그는 자신의 흰 탱크톱을 내려다보았다.

"유행의 선두주자라고나 할까."

그녀는 미소를 지었다.

"눈치채서 참 고맙네요."

142

그의 눈빛이 다시 진지해졌다.

"우리 정말로 새로운 종을 찾은 거지? 그렇지?"

"그래야만 돼요."

리사는 내려갔고 제이슨은 하늘을 쳐다보았다. 리사의 말은 정확히 맞았다. 그 이빨로 인해 이제는 의심의 여지가 없었다. 그들은 신종을 추적하는 것이다! 그는 기분이 달라진 것 같지는 않았지만, 생각해보면 자신의 인생이 지금 막 바뀐 것 같았다. 어쩌면 그의 동료들의 인생도 모두. 그는 크게 미소를 지었다. 신종!

다시 그의 미소가 사라졌다. 그는 아직도 이해가 되지 않았다. 어떻게 쥐가오리의 심해 사촌뻘 되는 종이 이런 이빨을 가질 수 있는 거지? 그는 갑자기 로스 파드레스 국립수목원 앞바다에서 실종된 광섬유 케이블 정비사가 생각났다. 가오리들이 그를 공격한 것일까? 하지만 그럴 리 없었다. 육지의 코끼리들처럼, 쥐가오리들은 신체적 제약 때문에 유순할 수밖에 없다. 그렇다면 이 심해의 사촌도 유순해야 하는 것이 아닌가? 제이슨은 궁금할 수밖에 없었다. 왜냐하면 그 가오리들이 실제로 그런 이빨을 가지고 있다면, 그놈들이 포식자들이라는 데에는 이론의 여지가 없기 때문이다. 포식자, 그것도 적자생존에 가장 유력한 포식자—쥐가오리와는 조금도 닮지 않은 모습이다. 제이슨은 아직도 이해할 수 없었다. 어떻게 그런 일이 일어날 수가 있지?

2

......

피 냄새의 유혹은

뿌리치기에는 너무 강했다.

홀로 움직이지 않고 있는 우두머리를 거역한 채

그들은 떼를 지어 움직였다.

......

20

바다의 수면은 조용했다. 보름달이 비치는 밤이었고, 들리는 소리라고는 파도치는 소리와 바람 부는 소리뿐이었다.

갑자기 110킬로그램쯤 되는 몸뚱이 하나가 바다에서 솟구쳐 나와 사방으로 차가운 물을 튀기면서 마구 날갯짓을 해대며 대각선으로 떠올랐다. 그 동물은 불어오는 바람을 느끼고는 뿔 달린 머리를 바람 방향으로 나란히 향하고, 갈매기처럼 바람을 타고 활공을 시도했다. 거의 50미터를 활공하더니 점점 아래로 기울다가 커다란 파도에 머리부터 부딪쳤다. 그러자 다른 몸뚱이 하나가 튀어나왔다. 그러더니 또 하나가. 그 뒤로 50마리가 더 튀어나왔다. 얼마 지나지 않아 수천 마리의 성장기 가오리들이 튀어나왔다. 몸이 완전히 드러나자 그놈들이 얼마나 자랐는지 알 수 있었다. 큰 동물이 된 그놈들은 단단한 근육으로 무장된 강한 몸을 가지고 있었다.

저마다 날기 위해 안간힘을 쓰는 동물들의 몸부림이 폭발적으로 일어났다. 대부분이 실패했지만 개중에는 성공한 놈도 있었다. 거칠고 어색한 펄럭임과 함께 수백 마리가 거의 60미터에 이르는 높이까지 올라갔다가 다시 밑으로 활공하며 떨어졌다. 다른 놈들은 도약 거리에 신경 쓰는 대신 다른 기술을 익히는 데 집중했다. 즉, 물에서 솟구치는 순간, 일단 나온 뒤의 첫 펄럭임에 신경을 썼다. 어떤 놈들은 바람을 타고 날아보려고 했다. 또 다른 놈들은 바람에 역행을 하려 했고, 아예 바람이 불지 않는 순간을 기다리는 놈도 있었다. 어떤 놈들은 공중에서 회전을 하려 했고, 다른 놈들은 그냥 직선으로 날았다. 일부는 급강하하는 것을 시도하기도 했다. 놈들은 각자 뭔가 다른 것을 시도했다. 마치 막 태어난 새끼 새들처럼, 놈들은 다양한 시도를 계속했다.

수면으로부터 약 500미터 아래에 다 자란 어른 가오리들이 몸을 숨긴 채 바닥에 엎드려 있었다. 이제 그놈들의 수는 더 적었다. 최근 24시간 사이에만 1500마리가 또 죽었다. 어떤 놈들은 굶어죽고 또 다른 놈들은 바이러스로 죽었다.

두 마리는 전혀 다른 이유로 목숨을 잃었는데, 상어에게 죽음을 당했다. 가오리 12마리가 상어를, 그것도 400킬로그램짜리 귀상어를 자신들의 어두운 보금자리로 유인한 뒤 공격했다. 상어는 거세게 저항하며 주변의 모든 것을 물어뜯었는데, 그 과정에서 두 마리가 크게 물렸다. 결국 그 가오리들은 피를 너무 많이 흘려 죽었지만, 그것은 상어가 갈가리 찢겨 잡아먹힌 지 한참 뒤의 일이었다.

이 포식자들은 여태껏 수천만 마리의 상어들을 잡아먹었다. 거의 모든 종류의 상어를 먹어본 것이다. 귀상어, 강남상어, 수염상어, 마귀상어, 백상아리 등등. 모든 상어 종은 저마다 고유한 사냥 방식을 가지고 있었는데, 그 동물은 그 방식들을 이미 모두 알고 있었다.

어떤 상어들은 오직 소리나 물속의 진동에 의존해서 사냥했다. 주로 시각에 의존하는 놈들도 있었고, 초음파를 감지해서 사냥하는 놈들도 있었다. 이밖에 냄새로 사냥을 하거나 이 모든 감각과 방법들을 다양하게 조합해서 사용하는 놈들도 있었다.

어떤 상어들은 먹잇감에 재빠르게 접근했다. 다른 놈들은 느렸고, 어떤 경우에는 몇 시간 동안이나 먹잇감 주변을 서성이며 맴돌았다.

어떤 상어들은 아주 예민한 코를 가진 덕에 먹이를 가려서 먹었다. 반면 다른 놈들은 냄새를 맡지도 못하고 아무거나 닥치는 대로 잡아먹었다.

어떤 상어들은 몸집이 매우 작아 몸무게가 9킬로그램도 채 되지 않은 반면, 어떤 놈들은 거대하여 3톤 가까이 나가기도 했다.

상어들은 매우 다양했지만, 하나의 결정적인 공통점을 가지고 있었다. 그것은 모두 멍청하다는 것이었다. 상어들은 먹이가 감지되면 무조건 달려든다. 이 치명적 결점 때문에 몇몇 상어 종은 멸종될 때까지 사냥을 당했다. 그 예로 테라마우스와 메갈로돈이 있다. 이 둘은 이제 존재하지 않기 때문에 인류는 이들을 다시는 볼 수 없을 것이다. 이들은 너무나 효율적으로 사냥당했던 것이다.

포식자들은 항상 그래왔던 것처럼 여전히 상어들에게 미끼를 던졌다.

그 순간, 한 마리가 움직이고 있었다.

어두운 물속에 몸을 숨긴 채, 그놈은 다급하게 온몸을 비틀며 바다 밑바닥에서 6미터쯤 떨어진 곳에서 허우적거리기 시작했다. 곤란에 처한 그놈은 몸도 가누지 못하는 것처럼 보였다. 하지만 사실이 아니었다. 그 동작은 모두 절묘하게 계획된 것으로, 주파수 10~800헤르츠(Hz)에 이르는 진동을 내도록 꾸민 것이었다. 물론 이 동물이 주파수라는 개념 자체를 이해하고 있는 것은 아니다. 하지만 그것은 상어들이 다친 물고기를 찾기 위해 감각을 이용한다는 것 그리고 다친 물고기는 특정한 방법과 특정한 주파수로 움직인다는 것을 이해하고 있었다. 만일 그 움직임과 거기서 나오는 주파수를 정확하게 따라한다면, 상어들은 항상 다가오게 되어 있었다. 상어들은 배가 고팠고 금방이라도 먹이를 먹어치울 기세로 헤엄쳐 달려들었다. 그러고는 뒤늦게야 누가 진짜 먹잇감인지를 알아차렸다.

방금 전의 동물과 그의 동족 백여 마리가 계속해서 몸을 떨었다. 이렇게 기다리는 동족들이 많으니, 그놈들은 상어 떼를 끌어오기를 바랐다. 어쩌면 수천 마리도 될 수 있는 큰 상어 떼를. 그러나 아무것도 오지 않았다. 떼는 고사하고 혼자 돌아다니는 외톨이 상어조차 오지 않았다. 몸부림치던 가오리는 기진맥진했다. 여섯 시간째 끊임없이 움직였기 때문이다. 최근 들어 상어들이 오는 것이 점점 뜸해졌는데, 이제는 아예 오지도 않았다.

원래대로라면, 위쪽의 밝은 곳에서 헤엄치던 상어가 물속 깊은 곳에서 몸부림치는, 크고 작은 상처를 입은 듯한 물고기들을 감지했을 터였다. 그러면 그놈은 큰 꼬리를 바쁘게 움직이면서 먹이를 찾아 아래로 내려갈 것이다. 하지만 어두운 데로 내려가면서 상어는 점차 앞이 안 보일 것이고, 몇 가지 이상한 사실을 감지할 것이다. 가장 두드러지는 특징은 피가 없다는 것이다. 하지만 피가 없더라도 진동은 계속 이어지고 있었기 때문에 이 어리석은 사냥꾼은 무턱대고 가까이 헤엄쳐 올 것이다.

공격은 두 가지 방법 중 하나로 이루어진다.

어떤 경우, 상어는 목표로부터 3미터쯤 떨어진 데에 다다르면 뭔가 이상하다는 것을 눈치채곤 했다. 상처를 입은 동물이 갑자기 아주 건강한 모습으로 바뀌어 상어를 향해 헤엄쳐 오는 것이다. 상어는 어둠 속에서 녀석을 보지는 못하겠지만 그 큰 날개가 펄럭이기 때문에 물이 밀려오는 것은 느낄 것이다. 멈출 수 없어서—상어들은 일단 움직이기 시작하면 속도를 늦출 수가 없다—상어는 관성 때문에 동물 쪽으로 미끄러질 것이고, 동물은 거대한 칼처럼 생긴 커다란 이빨이 가득한 입으로 간단히 물어뜯으면 되었다. 이 가오리들의 턱 힘은 보통 쓰레기 운반 트럭의 분쇄기보다도 더 강해서 상어 몸뚱이의 위쪽 삼분의 일이 그대로 잘려나갈 정도였다. 그런 다음 다른 가오리들이 가세하여 뜯어먹는다.

더 흔하게 일어나는 일은 다친 척하고 있던 포식자가 마지막 순간까지 연기를 하는 것이었다. 어떤 때는 상어가 자신을 물게 놔두는 경우도 있었다. 가오리들은 경험상 상어의 이빨이 자신의 갑옷과도 같은 거친 피부를 한 번 물어서는 뚫을 수 없다는 사실을 알고 있었다. 상어로서는 그 한 번 문 것이 마지막이 되는 것이다. 그때쯤이면 다른 동물들이 밑에서부터 올라올 것이다. 만일 상어가 조금만 신경을 쓰고 있었다면 가오리들이 상어를 잡아먹기 위해 올라온다는 사실을 알아차렸을 것이다. 하지만 지금껏 눈치를 챈 상어는 없었다. 여섯 마리 이상의 가오리들이 상어를 둘러싼 뒤 그 몸을 조각조각 뜯어내며 산 채로 잡아먹을 것이다. 피의 축제는 몇 초면 끝나곤 했다.

하지만 오늘은 축제가 없을 모양이다. 상어들은 오지 않았다. 상어뿐만 아니라 그 어떤 것도 오지 않았다.

몸부림치던 포식자는 움직임을 멈추고 아래로 내려가 다른 동물들과 합류했다. 그놈들은 여전히 배가 고팠다. 커가는 성장기 가오리들과는 달리, 이 동물들은 평생 동안 특정 장소에서 특정한 방법으로 사냥하는 법을 배웠다. 하지만 성장기 가오리들은 달랐다. 이들은 상어를 꾀는 법이나 해류를 읽는 법 그리고 깊은 바닷속에 숨는 법을 배우지 않았다. 이들은 다른 장소에서 전혀 다른 기술을 배우고 있었다.

이제 나이 든 동물들은 성장기 가오리들을 죽이는 방법으로는 더 이상 그들의 행동을 막을 수 없었다. 어린 가오리들은 단순히 더 얕은 물로 헤엄쳐 가서 그곳에 머무는 식으로 큰 동물들의 공격을 쉽게 피했다. 성장기 가오리들은 이제 심해에서 시간을 보내는 경우가 거의 없었다. 지금도 그놈들은 300미터 이상이나 위쪽에 있는 수면 근처에 머물렀다. 그놈들은 너무 멀어서 보이지도 않았고 들리지도 않았지만 아래쪽에 있는 동물들은 그놈들을 관찰하고 있었다.

그리고 다른 것도 관찰했다. 이동을 멈춘 이유도 거기에 있었다. 먹잇감이 다가오고 있었다. 성장기 가오리들은 아직 몰랐지만 곧 알게 될 것이다. 어른 가오리들은 지금 다가오고 있는 것을 잡을 수 없었다. 자신들은 몸집이 너무 크고, 너무 느리고, 너무 멀리 있었다. 그러나 성장기 가오리들은 몸집도 크지 않았고, 느리지도 않았으며, 멀리 있지도 않았다. 어쩌면 이들은 먹이를 얻을지도 모른다.

작은 가오리들은 계속해서 바다 위로 뛰어오르며 여기저기로 쏜살같이 움직였다. 그러다 그중 한 마리가 뿔 달린 머리를 북쪽으로 젖혔다. 놈은 갑자기 어른 가오리들이 방금 감지한 것을 똑같이 알아차리고는 날개를 안쪽으로 모은 채 바다로 뛰어들더니 돌아오지 않았다. 순간적으로 다른 놈들도 똑같이 따라했다. 한순간에 수면은 적막감이 감돌았다.

그놈들은 수면 아래에 가만히 뜬 채 모든 감각기관을 집중하고 있었다. 그놈들은 방금 50마리쯤 되는 한 무리의 동물을 감지했다. 그 동물들은 아직 멀리 떨어져 있긴 했지만 그들이 있는 방향으로 헤엄쳐 오고 있었다.

성장기 가오리는 그 동물들의 소리를 듣긴 했지만 귀도 옆줄도 사용하지 않고 들었다. 전문적인 관점에서 볼 때, 이것은 딱히 '들은' 것이라고는 할 수는 없지만 인간의 감각에 비유하면 청각에 해당된다. 그들은 머리에 로렌치니 기관*이라 불리는 매우 특수화된 기관을 가지고 있다. 마치 속귀처럼 이 기관은 섬세한 젤리가 든 구멍들로 구성되어 있는데, 이 구멍들을 통해 자기장을 감지할 수 있다. 이 기관은 육지에 사는 동물에게는 없지만 바다에 사는 동물에게는 흔했다. 쥐가오리는 현재 알려진 동물계에서 가장 강한 로렌치니 기관을 가진 동물이다. 아직 알려지지 않은 그들의 사촌들은 그보다 백 배가량 더 강한 것을 가지고 있었다.

가오리들은 움직이지 않았다. 달빛이 박힌 물속에 뜬 채로 자신들의 초음파를 조정할 뿐이었다. 먹잇감은 계속해서 그들 쪽으로 다가왔다. 이 특별한 먹잇감은 그들이 일반적으로 먹는 것은 아니었지만, 그래도 이 가오리들은 기회를 놓치지 않았다. 적어도 그렇게 하려고 했다. 가오리들은 이미 이 먹잇감을 사냥하려고 여러 차례 시도했지만 그때마다 번번이 실패했다. 하지만 그 실패들을 통해 교훈을 얻었다. 그들은 먹잇감의 소나(음파로 수중 목표의 방위 및 거리를 알아내는 장비—옮긴이)*가 걱정되었다. 성장기 가오리 역시 소나, 음향 항해 능력 그리고 레이더를 갖추었지만 다가오는 먹잇감의 그것은 성능이 훨씬 더 강했다. 가장

153

원시 형태인 소나는 반향을 이용해 위치를 탐지하는 체계로, 소리를 낸 후 그것이 반사되어 돌아오는 소리, 혹은 메아리를 분석하는 것이다. 지금 다가오는 좋은 일련의 찍찍거리는 고주파 소리를 내는 소나를 썼는데, 약 20만 헤르츠의 범위였다. 이 찍찍거리는 소리가 물고기를 만나면, 마치 X선처럼 신체의 조직은 뚫지만 뼈는 뚫지 못하고 반사되었다. 그러나 병원에서 보는 X선 사진과 달리, 이 특이한 X선들은 바닷속에서 5킬로미터에 가까운 거리까지 뚜렷이 볼 수 있게 해주었다.

하지만 다가오는 먹이의 소나가 강한 만큼 가오리들의 로렌치니 기관은 더욱 강하게 작동했다. 가오리의 로렌치니 기관은 8킬로미터나 되는 범위를 가지고 있어서 다가오는 동물의 모든 근육에서 일어나는 전기 활동까지 탐지할 정도였다. 몸통의 앞쪽과 뒤쪽, 목, 지느러미 심지어 심장박동의 전기신호까지 탐지할 수 있었다. 실제로 8킬로미터나 떨어진 거리에서 성장기 가오리들은 50마리가 넘는 먹이들로부터 각각의 심장박동을 분간해서 감지하고 있었다.

가오리들은 그들이 곧 먹잇감의 소나에 걸린다는 것을 알고 있었지만 먹잇감의 소나는 속일 수 있었다. 만일 작은 무리의 가오리가 아주 독특한 방법으로 헤엄친다면, 먹잇감이 피하려는 또 다른 포식자의 흉내를 효과적으로 낼 수 있었다. 그러나 큰 포식자 한 마리를 피하려다가 그들은 작은 포식자들 수천 마리의 가운데로 들어올 판이었다. 한 무리의 성장기 가오리들이 움직이기 시작했다.

병코돌고래 50마리가 바다에서 뛰어올랐다. 그들의 우아한 회색 몸은 하얀 달빛 아래에서 유독 빛났다. 돌고래들은 공중에서 잠깐 멈추더니 몸을 아래로 휘면서 다시 물속으로 빠져 들어갔다. 해안에서 몇 킬로미터 떨어진 곳에서 시속 40킬로미터에 가까운 속도로 헤엄치는 이 돌고래들은 남쪽으로 이주하는 중이었다.

무리를 앞에서 이끄는 우두머리는 다른 놈들보다 몸집이 훨씬 컸는데, 몸길이가 약 3.6미터였고, 몸무게는 거의 440킬로그램에 달했다. 이주가 시작된 이래 우두머리는 미리 앞쪽의 바다를 조사하는 일을 해왔는데, 이 순간까지 소나에는 작은 물고기 무리 말고는 감지되는 것이 별로 없었다. 그런데 갑자기 무언가 다른 것이 감지되었다. 반사된 소리만으로는 어떤 동물인지 명확하게 알 수 없었지만 어딘가 저 멀리에 큰 동물이 하나 있었다. 몸이 연골인 것으로 보아 그 동물을 상어라고 판단했다. 그 동물은 서쪽에서 헤엄쳐 다가왔다. 우두머리가 방향을 약간 틀자, 마치 새 떼처럼 나머지 돌고래들이 일제히 그 뒤를 따랐다.

약 30초가량 더 헤엄쳤을 때 우두머리는 다른 것을 포착했다. 그것은 2.5제곱킬로미터에 가까운 면적에 퍼져 있는 움직이지 않는 큰 덩어리였다. 이번에도 소나의 해석 결과가 명확하지는 않았지만 우두머리는 그 결과를 바탕으로 그것이 켈프 숲일 것이라고 판단했다. 돌고래들은 자주 켈프 숲을 가로질러 헤엄을 치면서 상어들을 피했고 이 돌고래들 역시 그랬다.

돌고래들은 그곳을 향해 헤엄쳐 갔다. 그들이 켈프 숲이라 생각했던 것은 이제 1.6킬로미터 밖에 있었다.

21

돌고래들은 기대했던 대로 반응했다.

그러나 대부분의 가오리들은 여전히 움직이지 않았다. 그들은 그냥 떠 있는 채로 돌고래들을 더 가까이 유인했다. 만일 돌고래들이 얼른 방향을 바꾸지 않는다면 그들의 운명은 곧 끝장나리라는 것을 가오리들은 알고 있었다.

돌고래들은 방향을 바꾸지 않았다. 그들은 본능적으로 앞쪽의 바다에서 뭔가가 '이상' 하다는 것을 알았지만 정확히 무엇이 이상한지는 알아차리지 못했다. 물 밖으로 계속 뛰어오르며 전진하던 중 우두머리의 초음파는 계속해서 이상한 결론을 감지하기 시작했다. 이제 그 초음파는 앞의 켈프 숲이 사실은 켈프가 아니라 뭔가 다른 것, 뭔가 불확실하다는 것을 알려주었다. 이 큰 돌고래는 그 초음파를 해석할 시간이 없었다. 서쪽에서는 큰 연골동물이 여전히 그들 쪽으로 헤엄쳐 오고 있었고, 이제는 동쪽에서도 같은 동물로 보이는 것이 접근해 왔다.

둘을 모두 피하기 위해서 돌고래들은 켈프 숲 한가운데로 헤엄쳐야만 했다. 그렇지 않으면 뒤로 돌아가야 했지만 그렇게 하지 않았다.

검은 눈들이 그들을 관찰하고 있었다. 무리에서 너무 멀리 떨어져 사냥에 동참할 수 없는 가오리 한 마리가 돌고래들이 물 밖으로 뛰어오르는 동안 하릴없이 수면에 떠 있었다. 반짝이는 물을 통해 그놈은 돌고래들을 쳐다보았다. 그 형상들이 달 아래의 밤하늘을 가로지르는 모습은 정말 장관이었다. 포식자는 그 아름다움을 하나도 보지 못했다. 놈이 바라본 것은 단지 먹잇감뿐이었다.

우두머리는 초음파를 다시 조정해보았다. 이제는 연골 동물이 네 마리나 감지되었는데, 하나는 동쪽, 하나는 서쪽 그리고 둘은 바로 뒤에 있었다.

돌고래는 이제 그들 앞에서 움직이지 않던 물체가 켈프가 아니라는 걸 알아차렸다. 하지만 그 물체가 무엇이든 이제 그것은 정확히 그들 앞에 있는 것이 아니었다. 어떻게 했는지는 알 수 없었지만 그 물체는 움직이면서 모양이 변했다. 그것은 이제 그들 옆에도 있었다.

심지어는 뒤에까지도.

가오리들은 속도를 빨리 냈다. 처음에는 눈에 띄지 않으려고 위치를 잡았지만 이제는 최대한 빠르게 헤엄을 치며 모든 방향에서 돌고래들에게 접근하기 시작했다.

돌고래들이 갑자기 움직임을 멈췄다.

수면 아래 3미터쯤에서 그들은 조심스럽게 초음파를 사용했다. 뭔가가 그들을 둘러쌌는데, 얼핏 보기에 동물로 이루어진 거대한 무리였다. 처음에 돌고래들은 그것이 상어 떼라고 판단했지만, 상어들은 훨씬 더 빨리 움직일뿐더러 생김새도 달랐다. 이것들은 날개가 달린 동물이었다.

돌고래들은 꼬리를 퍼덕이며 반짝이는 수면으로 올라가 머리를 밖으로 내밀었다. 그들은 여전히 가오리들을 볼 수 없었지만, 초음파를 통해 그들이 다가온다는 것은 알 수 있었다. 그리고 이빨이 있다는 것도. 그것도 아주 큰 이빨이.

돌고래들은 갑자기 무슨 일이 일어나고 있는지 알아차렸다. 그들은 사냥당하고 있었던 것이다.

돌고래는 영리하긴 하지만 용감한 동물은 아니다. 쉽게 겁을 먹고, 위협을 받으면 대부분 이성적으로 판단하지 못한다. 수면에 뜬 채 몇 마리가 조금씩 몸을 떨기 시작했다. 그러다가 떨리는 동작이 커져서 경련이 되고, 곧 온몸을 부들부들 떨기 시작했다. 한 마리가 고음으로 울부짖었고, 그 소리가 넓은 바다 위에서 메아리쳤다. 뒤이어 또 다른 몇 마리가 울부짖었다. 그다음엔 모두가 울부짖었다. 갑자기 수면은 울부짖으며 부들부들 떠는 돌고래들로 가득했다. 공격은 시작되지도 않았는데, 방금 전까지 우아하고 영리했던 동물들이 판단력을 잃은 채 도살장 앞의 겁먹은 소처럼 변했다.

갑자기 귀를 찢을 듯한 거센 비명이 울려 퍼졌다. 우두머리의 소리였다. 다른 돌고래들과 달리 이놈은 움직이지도 않았고 울지도 않았다. 440킬로그램의 우람한 몸집을 가진 우두머리는, 머리를 물 밖으로 내민 채 여전히 앞쪽을 향하고 있었다. 다른 돌고래들은 조용히 우두머리의 뒤를 따르며 한 줄로 헤엄치기 시작했다.

그들은 서서히 3미터 깊이로 잠수했다. 마치 하나의 회색 벽처럼 그들은 단지 주변의 신호들을 읽을 뿐이었다. 여전히 가오리를 볼 수는 없었지만 날개 달린 동물이 점점 가까이 다가오고 있

다는 걸 알고 있었다. 하지만 놈들은 절대 충분히 다가오지는 못
할 것이다.

회색 벽이 움직였다. 처음에는 돌고래들이 사방을 둘러보느라
천천히 움직였다. 물고기는 한 마리도 보이지 않았고 쏟아져 내
리는 달빛만 보일 뿐이었다. 그들은 매우 빠른 속도로 헤엄쳤고
잠시 후 바다를 질주하듯이 헤엄쳐 나갔다.

계속 헤엄쳐 나아가던 돌고래들은 위를 보고 처음으로 그들을
사냥하려는 동물 두 마리가 수영장 길이만큼 떨어진 수면 근처
에 있다는 것을 알아차렸다. 날개 달린 모양의 그 동물은 천천히
퍼덕거리며 그들을 향해 다가왔다.

돌고래들은 아래쪽으로 가속도를 내며 마치 가오리들이 거기
에 없는 듯 지나쳤다.

가오리들은 그 자리에 우뚝 멈췄다. 방금 전만 하더라도 당황
한 돌고래들은 그대로 자멸하려는 듯했다. 그런데 놈들은 저항
을 하고 있었다. 그것도 꽤나 잘. 그들은 전속력으로 헤엄치는
돌고래들이 사라지는 것을 그저 바라보기만 했다.

돌고래들은 뒤를 돌아보지 않았다. 달빛이 내리비치는 물이
그들 곁을 세차게 지나갔고, 그들은 위로 급히 방향을 틀었다. 아
직 모습은 보이지 않았지만 소나를 통해 12마리쯤 되는 가오리
의 다음 무리가 수영장 두 개 길이만큼 떨어져 있음을 알아차렸
다. 수면이 가까워지자, 그들은 수면을 뚫고 올라갔다. 달빛을
쐬면서 숨을 깊이 들이마신 뒤 날카로운 각도로 다시 물에 빠져
들었다. 얼마 뒤 12개의 날개 달린 형상이 시야에 들어왔고, 돌고
래들은 그들 아래로 빠르게 헤엄쳐 지나갔다. 그들 밑을 지나는
동안 돌고래들 중 한 마리가 위를 올려다보았다. 가오리는 이제

움직임조차 없었다. 가오리의 형상은 그 자리에 얼어붙어 있었다. 조금도 움직이지 않고 가만히 있어서 돌고래들이 놈들을 죽은 것으로 생각할 정도였다.

그들은 죽은 게 아니었다. 그들은 바로 뒤를 보며 돌고래와 그 무리를 관찰했다. 그들은 뿔 달린 머리를 살짝 돌려 회색의 돌고래들이 사라지는 것을 쳐다보았다. 가오리들은 못 잡을 것이 뻔한 먹이를 쫓는 데 체력을 낭비할 정도로 어리석지 않았다. 하지만 그들은 본능적으로 돌고래들을 잡을 또 다른 방법이 있을 것이라고 생각했다. 물론 이 가오리들에게는 너무 늦었지만 아마 다음 가오리 떼라면…….

다음 무리의 가오리들이 이미 돌고래들의 시야에 들어와 있었고, 놈들의 수는 24마리 정도 되었다. 이상하게도 이 가오리들은 돌고래들로부터 멀어지는 방향, 즉 수면 쪽으로 헤엄쳤다.

돌고래들은 그 가오리들 아래로 지나간 다음, 공기를 한 번 더 들이마시기 위해 몸을 위로 세우기 시작했다.

수영장 여러 개 길이만큼 떨어진 곳에서 100마리가 넘는 가오리들이 마찬가지로 수면 쪽으로 헤엄쳤다. 그들의 뿔 달린 머리 옆으로 물살이 쏜살같이 지나갔다. 앞의 무리는 때를 놓쳤지만, 이 가오리들은 본능적으로 자신들이 때를 맞출 수 있을 것이라고 느꼈다.

돌고래들은 바다를 거의 시속 64킬로미터의 속도로 헤엄쳐 나가고 있었다. 그러는 사이 그들의 심장박동은 꽤 느려져 있었다.

다음 가오리 무리가 마지막 관문이었다. 만일 돌고래들이 이 가오리 무리만 지나갈 수 있다면, 곧 자유를 만끽할 수 있을 것이다.

가오리들은 최대한 빠르게 위를 향해 헤엄쳤다. 돌고래들은 빠르게 접근해 오고 있었고, 몇 초만 더 있으면 바로 이곳 아래를 지나갈 것이다. 포식자들은 마구 날갯짓을 했고, 수면은 점점 가까워지고 있었다. 그들은 수면을 뚫고 올라와 물을 사방으로 튀기면서 밤하늘로 높이 솟았다. 예전에 없던 높이까지 올라온 이들은 다시 바다 쪽으로 몸을 돌렸다. 조금만 더 지나면 물결치는 회색 몸뚱이들이 질주하다가 이 밑을 지나갈 것이다. 가오리들은 공중에 충분히 오랫동안 버티기만 하면 되었다. 그렇게만 한다면…….

돌고래들은 갑자기 혼란에 빠졌다. 가오리들이 사라진 것이다. 달빛에 젖은 물속을 질주하면서 그들은 사방을 둘러보았다. 가오리들은 아무 데도 보이지 않았다.

가오리들은 그들 바로 위에 있었다. 가오리들은 물 아래로 뛰어들면서 눈은 목표물에 고정시켰다. 마치 물고기를 사냥하는 갈매기들처럼.

갑자기 돌고래들은 무언가를 감지했다. 물 위에 무언가가 있다는 것을.
미처 반응할 시간이 없었다.
갑자기 커다랗고 날개가 달린 몸뚱이들이 여기저기서 떨어졌다. 열 마리가 돌고래 무리 앞에 떨어졌고, 그만큼의 수가 무리 뒤에도 떨어졌다. 이들은 모두 빗나갔다. 그러나 그 바로 뒤에서 또 한 떼가 떨어졌고, 이들은 돌고래들 바로 위로 떨어졌다.

강한 턱들이 무방비 상태인 돌고래들의 몸에 붙어서 등, 목, 몸통 그리고 얼굴에서 커다란 살점들을 가차 없이 뜯어냈다. 질주하던 돌고래들은 한순간에 허물어지고, 울부짖는 돌고래들은 사방으로 흩어졌다. 돌고래들은 사냥꾼들을 몸에서 떼어내기 위해 필사적으로 몸부림쳤으나 한 놈도 떨어지지 않았다. 가오리들은 자신의 몸을 아예 돌고래의 몸 주위에 감고 있었기 때문에 돌고래가 그들을 떨어내려고 몸부림칠수록 가차 없이 씹어대는 턱들에 살점만 더 뜯겨나갈 뿐이었다.

몇 분이 채 지나지 않아 돌고래 무리의 반 이상은 저항을 포기하고 죽음에 몸을 맡겼다. 어떤 놈들은 몸에서 축구공만 한 살점들이 여기저기 뜯겨나갔음에도 필사적으로 도망치려 했다. 다섯 마리는 간신히 사냥꾼들을 떨어내긴 했으나 얼마 지나지 않아 다른 놈들이 덮쳤다.

돌고래들 중 두 마리는 너무나 놀란 나머지, 수면으로 올라올 때 필요한 공기는 생각지도 못하고 심해 쪽으로 잠수해버렸다. 사실 필요하지도 않았다. 출혈이 심해 수심 300미터쯤 되는 곳에서 갑자기 근육들이 경직된 것이다. 돌고래들은 몸이 완전히 마비되었고 몇 초 지나지 않아 익사했다. 그 시체들은 잠시 물 위를 떠다니다가 아까 그들이 지나쳤던 가오리 12마리에게 뜯어 먹혔다.

무리의 우두머리이자 몸집이 가장 큰 440킬로그램의 돌고래는 아직도 사투를 벌이고 있었다. 수면 아래 1미터쯤에서 그 돌고래는 최대한 빠르게 헤엄을 쳤지만 이제는 속도가 시속 8킬로미터도 되지 못했다. 등에 셋, 배에 둘 그리고 목과 얼굴에 하나씩 붙은 성장기 가오리 7마리가 살을 뜯어먹고 있었다. 6미터가량을 더 갔으나 마침내 우두머리도 힘이 완전히 빠지고 말았다. 우두머리는 마지막으로 약하게 한 번 울부짖고는 죽고 말았다. 가오리들은 죽은 우두머리를 계속해서 뜯어먹었다. 놈들은 이미 150킬로그램 가까이 먹어치웠고, 배가 부른데도 남은 290킬로그램에 열중했다.

그러다 갑자기 놈들이 동작을 멈추었다.

놈들은 둥둥 떠다니는 살덩이를 남겨놓고 헤엄쳐 가버렸다.

무언가가 오고 있었다. 그것은 그들보다 훨씬 더 크고 분명 더 무서운 것이었다. 다 자란 놈들 중 한 마리가 심해 속의 보금자리를 벗어나 놈들의 사냥감을 훔치러 온 것이다. 작은 가오리들은 아직 그것을 보지 못했지만 느낄 수는 있었다. 놈들은 20분 전에 어른 가오리가 떠오르는 걸 감지했으나 그때는 사냥에 집중한 나머지 신경 쓰지 않았던 것이다. 하지만 그냥 무시해버리기에는 어른 가오리가 이제 너무 가까이 와 있었다. 감히 어른 가오리에게 도전할 수는 없었다. 만일 어른 가오리가 놈들의 먹이를 원한다면, 굳이 싸우지 않고 먹이를 내줄 것이다. 놈들은 돌고래의 시체에서 멀리 떨어져 아래를 내려다보았다. 작은 가오리들은 어른 가오리가 수면까지 올라오는 것을 한 번도 본 적이 없었다. 여기까지 올라오는 걸 보니 저 어른 가오리는 굶어죽기 직전인 상태가 분명하다. 날갯짓하는 어른 가오리의 거대한 몸뚱이가 천천히 밑에서 모습을 드러냈다. 작은 가오리들은 더 멀리 물러섰다. 그들은 어른 가오리 근처엔 있고 싶지 않았다.

놈들은 아래로 내려가 물 위에 비치는 달을 올려다보았다. 얼마 뒤 커튼 크기만 한 날개를 펄럭이는 거대한 몸뚱이가 하얀 달 그림자 앞을 가로막았다. 어른 가오리가 떠 있는 고깃덩이에 도착하자, 그 큰 입이 성인 남자 둘을 통째로 삼킬 정도로 쫙 벌어지더니 곧 쾅 닫히면서 돌고래의 시신은 반토막이 되었다. 턱이 재빠르게 고깃덩이를 씹어댔고 가오리는 그것을 마구 삼켰다.

성장기 가오리들은 움직이지 않았다.

또 다른 돌고래의 사체가 주변에 떠다녔다. 놈들은 그것을 먹을 수 없는 감염된 돌고래 사체라고 판단했다. 거대한 어른 가오리가 그쪽으로 헤엄쳐 갔다. 또다시 어마어마하게 큰 턱이 벌어지더니 이윽고 쾅 하고 닫혔다. 그러나 이번에는 씹지 않았다. 성장기 가오리들과 마찬가지로 놈은 감염된 고기라는 사실을 알아차린 것이다. 잘린 조각들을 버려둔 채 어른 가오리는 아래로 잠수하여 어둠 속으로 사라졌다.

어른 가오리가 사라지자 작은 가오리들이 수면으로 돌아왔다. 뿔을 물 밖으로 내밀자, 수면 위에서 메아리치는 희미한 고음의 울부짖는 소리가 들렸다. 사냥을 당한 돌고래들 중 몇 놈이 아직 살아서 버티고 있었다. 그 울부짖음은 거기에 먼저 도달하게 될 포식자에게 신선한 고기를 약속하는 소리와 다름없었다. 그러나 이 무리는 별로 관심이 없었다. 놈들의 배는 가득 차 있었고, 더는 헤엄치기에 지쳐 있었던 것이다. 북쪽으로 더 이동하기 전에 놈들은 휴식을 취하고 싶었다. 놈들은 천천히 내려갔다. 마치 한 떼의 거대한 불가사리들처럼 가만히 뜬 채 그냥 눈을 감았다.

바다의 수면은 완벽하리만큼 조용했다. 들리는 소리라고는 바람 소리와 파도 소리뿐. 돌고래들의 비명은 이미 사라진 지 오래였다.

22

이날은 10월 첫째 주의 어느 날, 시간은 아침 7시 반이었다. 하늘은 회색빛으로 우중충하고 해는 온데간데없었다. 고기를 잡기엔 좋은 날씨군. 참치 잡이 어부 돈 길로이, 커트 힉스 그리고 마크 밸슨 세 사람은 한 시간째 돌고래 일곱 마리를 쫓는 중이었고, 이제 몬테레이에서 수 킬로미터 북쪽에 있는 산타크루즈 앞바다에 와 있었다. 참치 잡이 어부들은 보통 돌고래들을 쫓아가는 식으로 참치를 잡았다. 생물학자들도 그 이유는 분명히 알 수 없었지만 돌고래와 참치는 보통 같이 헤엄쳐 다녔다. 다만 돌고래는 수면 근처에서, 참치는 그보다 60미터가량 더 깊은 곳에서 헤엄쳐 다닌다.

오늘 아침에는 행운의 여신이 이 어부들에게 미소를 보내는 듯했다. 돌고래들이 갑자기 전진하기를 멈추더니 둥글게 돌기 시작한 것이다. 이것은 매우 특이한 행동이었다. 보통 돌고래들은 힘이 빠지게 되면 서서히 속도를 줄인다. 어부들은 돌고래들의 이런 행동에 다른 이유가 있으리라고는 의심하지 않았다. 게다가 최근 들어 돌고래들을 자주 보지 못했기 때문에 작은 무리의 돌고래를 찾은 것을 운 좋게 여길 뿐 다른 의문을 품지 않았다.

어부들은 추가 달린 거대한 예인망을 떨어뜨렸다. 참치가 있는 곳까지 그물을 떨어뜨린 다음, 참치로 가득 차 팽팽해진 그물을 끌어올렸다. 1972년에 제정된 해양포유동물보호법에 따라 어부들은 돌고래 일곱 마리가 차례로 그물을 뛰어넘어 헤엄쳐 멀어져가는 것을 주의 깊게 확인했다. 일 분도 채 지나지 않아 돌고래들은 사라졌다. 얼핏 보기에 그랬다. 세 어부는 확인해야 했다. 해양보호법 두 번째 조항을 보면, 누군가가 보트를 타고 노를 저어 가서 돌고래들이 모두 그물을 빠져나갔는지 직접 눈으로 확인해야 했기 때문이다. 많은 어부들은 보통 이 조항을 무시했지만 길로이, 힉스 그리고 밸슨은 그렇지 않았다.

지난번에는 밸슨이 갔기 때문에 길로이와 힉스는 오늘 누가 갈 것인지 정하기 위해 동전을 던졌다. 커트 힉스가 졌다. 멜빵바지를 입은 채 자그마한 보트에서 노를 젓던 힉스는 켈프 한 가닥을 발견했다. 켈프는 기묘하게 찢겨져 있었지만 그는 그다지 눈여겨보지 않았다.

그는 그물의 중간 지점에 도착한 뒤 마스크를 쓰고 몸을 던져 바다로 들어갔다. 마스크를 얼굴에 대고 누른 채 힉스는 혹시라도 근처에 길 잃은 돌고래가 있는지 찾아보았다.

그동안 배 위에서는 밸슨과 길로이가 벤치로 사용하는, 나뭇결이 뜯겨 떨어진 나무판자 위에 앉아 잡담을 나누었다.

"그래서 길로이, 이번 주말엔 뭐 할 건데?"

"아, 별 계획은 없는데. 야구 경기나 보고 달린하고 술이나 마실까 해."

밸슨은 껄껄 웃고는 커트 힉스 쪽을 돌아보았다.

"아니, 커트가 저기서 뭘 하고 있는 거야?"

보통 10초 정도면 돌고래들이 사라졌다는 걸 확인하는데, 이미 시간이 훨씬 많이 흘렀던 것이다.

"아, 누가 알아. 혼자서 놀고 있나 보지."

길로이가 일어섰다.

"어이! 힉스, 거기서 지금 뭐 하는 거야?"

커트 힉스가 젖은 머리를 물 위로 들어 올렸다.

"이 밑에 뭔가가 있어! 가서 뭔지 정확히 확인해봐야 될 것 같아!"

그는 마스크를 완전히 쓰더니 물속으로 사라졌다.

길로이는 다시 앉았다.

"그럼, 넌 이번 주말에 뭐 할 건데, 밸슨?"

"아, 나도 야구 경기나 봐야지 뭐. 이제 자이언츠 팀도 이길 때가 됐지, 아마?"

일 분여 동안 잡담을 더 나누다가 길로이는 아직도 커트 힉스가 올라오지 않았다는 사실을 깨달았다. 길로이는 불안감에 텅 빈 보트를 쳐다보았다.

"혹시 그물에 돌고래가 걸린 걸 발견한 거 아냐?"

밸슨이 머뭇거렸다.

"내가 셀 때는 일곱 마리뿐이었고, 내 생각엔 모두 그물을 빠져나간 거 같은데."

"어쩌면 우리가 못 본 놈이 있어서 여덟 마리였는지도 모르지."

길로이는 손목시계를 보았다.

"30초만 더 기다려보자고."

정확히 25초 후, 커트 힉스는 여전히 올라올 기색이 없었다.

길로이가 일어섰다.

"망할 자식. 아무래도 그 녀석 저 아래에서 그물에 걸린 모양이야. 좋아, 내가 가서 구해야지 뭐."

그는 신발을 벗고, 구명조끼를 챙겨 뱃전에 섰다. 그 순간 커트 힉스가 숨을 헐떡이며 물 위로 솟아올랐다.

길로이가 고개를 저었다.

"힉스, 도대체 그 아래에서 뭘 하고 있었던 거야?!"

커트 힉스는 대답도 하지 않고 보트 쪽으로 미친 듯이 헤엄을 치기 시작했다.

"야, 너 괜찮아?"

이번에도 힉스는 대답하지 않았다. 단지 작은 보트 쪽으로 헤엄쳐 갈 뿐이었다.

길로이는 쌍안경을 꺼내 들어 뭔가가 힉스를 뒤쫓아 오는 것을 발견했다.

힉스는 온 힘을 다해 빠르게 헤엄쳤지만 뒤쫓아 오는 것을 떨쳐버릴 만큼 빠르지는 않았다. 그 물체는 힉스 쪽으로 점점 더 가까워지고 있었다.

힉스는 간신히 보트 위로 기어올랐다.

그때 길로이는 힉스의 뒤를 쫓던 것이 뭔지는 모르겠지만 실제로 헤엄을 친 게 아니라는 사실을 깨달았다. 그것은 움직임조차 없었다. 그것은 파도가 치자 그대로 뒤집어지는 듯했다. 도대체 저게 뭐지?

"커트, 그 아래에서 뭘 본 거야?"

힉스는 대답도 하지 않고 최대한 빨리 노를 저어 왔다.

바로 그때 길로이는 알아챘다. 그것은 죽은 돌고래였다.

숨을 헐떡이며 힉스는 배 위로 올라와서는 나무판자 위에 쓰러졌다.

"이, 이봐. 우리가 저걸 죽인 건 아니지? 그렇지?"

"그래, 우리가 죽인 게 아냐."

가쁜 숨을 몰아쉬며 커트 힉스가 길로이를 쳐다보았다.

"정체는 모르겠지만 무언가가 죽인 건 확실해. 누군가에게 이 사실을 말해줘야겠어."

그는 한숨을 푹 쉬었다.

"해안경비대를 불러."

23

"새로운 종이라고, 확실한가?"

제이슨은 핸드폰에 대고 고개를 끄덕였다. 그는 크레이그와 함께 제복을 입은 해안경비대원을 따라 갈색 타일이 깔린 음침한 복도를 내려가던 중이었다.

"확실합니다, 해리. 이빨을 분석해보니 확인되더군요. 새로운 종입니다."

애커먼의 목소리는 침착하고 사무적이었다.

"그거 정말 좋은 소식이군. 약속했던 대로 자네와 자네 팀의 계약은 일 년 연장됐네. 조만간에 직접 찾아낼 수 있겠는가?"

"그러려고 노력하고 있습니다."

"음, 노력만 하지 말고 진짜로 찾으라고."

제이슨이 멈칫했다.

"해리, 찾으려고 노력하고 있단 말이에요."

한숨 소리가 들렸다.

"미안하네, 제이슨. 내가 지금…… 내 회사 몇 개에 재정 문제가 생겨서 말일세. 요즘 스트레스를 많이 받아 그러네."

"괜찮습니다."

제이슨은 애커먼이 자신의 거대한 저택 사무실에서 이마를 문지르는 모습을 상상할 수 있었다.

"그럼, 해리, 다음에 다시 이야기하도록……."

"괜찮다면 몇 가지 더 물어보고 싶네만."

제이슨은 크레이그와 경비대원을 따라 다른 복도로 들어섰다.

"말씀하세요."

"그 이빨이 핵꼬치, 아귀, 동갈치 그리고…… 다른 물고기들 이름이 뭐였다고?"

제이슨은 머뭇거렸다.

"솔직히 기억나지 않습니다."

제이슨은 자신이 말한 것이 그 이빨의 주인이 될 수 없는 물고기들의 나열일 뿐이라는 사실을 깨닫지 못했다.

"더 자세히 알려면 리사한테 물어봐야겠는데요."

그는 앞을 올려다보았고 경비대원은 한 문에 다다랐다.

"해리, 정말 미안하지만 지금 무얼 하려던 참이라서 말입니다. 이따가 다시 전화드릴까요?"

"아, 굳이 그럴 필요 없네. 하지만 자네가 뭐든 이번 일에 필요하면 나한테 알려만 주게."

전화는 끊어졌고, 제이슨 역시 자기 쪽에서 끊었다.

"전화 통화 때문에 실례했습니다, 벨 경사님."

제이슨의 옷차림을 허술하게 보이게 하는 빳빳한 해군 제복을 입은 경비대원 개빈 벨이 고개를 끄덕였다.

"괜찮습니다."

개빈은 스포츠머리를 하고 있었고, 몸집이 미식축구 수비 선

수만 했다.

"어쨌든 다 왔습니다."

그들은 창문이 없는 흰 방에 들어섰다. 얼핏 보기에는 개인 병원의 진료실과도 같은 방이었다. 하지만 이 방의 주인은 의사가 아니었다. 이 방은 몬테레이 해안경비대의 것이었다. 그리고 은빛 수술대 위에 놓인 물체는 사람이 아니었다. 그것은 해안경비대가 그날 아침 세 어부들로부터 건네받은 돌고래 사체였다.

해안경비대가 이런 일로 어류학자들에게 연락하는 일은 흔한 일이 아니었다. 그 전날, 제이슨과 그의 팀은 바다에서 해안경비정을 만났고 서로 이야기를 나누게 되었다. 모니크는 코스티들(해안경비대원의 별명, Coast Guard Officer를 Coastie라 부름—옮긴이)에게 자신들은 새로운 종을 추적하는 중이라고 설명했고, 대릴과 크레이그는 경비대원들에게 자신들의 배로 함께 가서 술을 마시자고 했다. 연방 정부 공무원인 코스티들은 이 부탁을 정중히 거절했지만 그들의 친절함에 기분이 좋은 듯했다. 그리고 어쩌다보니 그 친절을 갚을 기회가 온 것이다. 그날 아침 제이슨과 팀원이 새로운 종을 추적해 간 바로 그 위치에서 죽음을 당한 지 얼마 되지 않은 돌고래의 사체가 발견된 것이다.

"이제 모두 준비됐습니까?"

제이슨이 돌아보았다.

"예. 정말 감사합니다, 벨 경사님. 이번에 빚 한 번 졌습니다."

"빚졌다고 생각하지 마십시오."

벨은 몸에 비해 너무 큰 카키색 바지를 입고 있는 크레이그 서머스를 보며 웃었다.

"우리에게 맥주를 권한 사람은 처음이었습니다."

해안경비대원이 떠나자, 제이슨은 리사를 떠올렸는데 왜 그런지 자신도 알 수 없었다. 그녀에 대해 생각하는 것은 그답지 않은 행동이었고, 더욱이 공적 일을 하는 도중에는 더더욱 그랬다. 그들의 관계가 변하는 것인가? 리사는 한때 그를 혐오했지만, 그는 갑자기 뭔가 우호 관계로 바뀌는 게 아닐지 궁금했다.

제이슨은 수술대 쪽을 돌아보았다. 그는 리사가 이걸 보지 않아 다행이라고 생각했다.

"맙소사."

수술대 위에 놓인 병코돌고래의 사체는 정말로 소름끼칠 정도였다. 제이슨은 돌고래가 생전에 300킬로그램은 나갔을 것이라고 추측했다. 추측할 수밖에 없었던 이유는 몸체의 앞쪽만 있었기 때문이다. 뒤쪽 반은 뜯겨져나가고 없었다. 그것도 깨끗하게. 처음 보는 광경이었다. 알려져 있는 상어 가운데 어떤 것도 돌고래를 반토막낼 만큼 큰 입이나 강한 턱을 가지고 있지 않았다.

크레이그는 고개를 저으며 한때는 생기가 넘쳤을, 이제는 감겨 있는 눈을 보았다. 그는 시뻘겋게 피투성이가 된 잘린 부위를 관찰했다. 세로줄이 보였다. 뭐였든지 간에 몸통을 자른 뒤 생긴 줄이었다. 그는 줄들을 세어보려 했다. 결코 쉬운 일은 아니었지만, 각각 사람의 손 크기만 한 너비의 줄이 12개쯤 있었다. 이빨 자국이었다. 그들이 일찍이 찾은 통통한 S자 모양의 송곳니가 만든 것이었다. 다만 크기는 그 송곳니보다 훨씬 커서 샴페인 병만 했다. 그는 몇 걸음 움직여서 다른 각도에서 사체를 관찰했다. 사체는 작게 물린 자국과 축구공 크기의 붉은 구멍들로 가득했다. 크레이그는 지금 눈앞의 광경을 믿을 수가 없었다. 이것은 명백한 증거였다.

"맙소사, 제이슨, 그 가오리들은 포식자였어."

제이슨은 머리가 멍했다.

"그럼, 지금까지 돌고래들을 잡아먹으면서 살았단 말이야?"

"그건 불가능할 거라고 생각하는데."

"왜?

"USDS가 뭐라고 하고 있는지 못 들어봤어?"

USDS는 미국돌고래협회(United States Dolphin Society)의 약자로, 몬테레이 근처의 자연보존단체이다. 이곳에서는 북태평양에 사는 병코돌고래들의 이주 습관을 감시해왔다.

"아니. 뭐라고 그러는데?"

"캘리포니아의 병코돌고래들이 2년째 남쪽의 브라질과 칠레로 이동하고 있었대. 요크의 말에 의하면 GDV-4를 피하기 위해서라는군. 그러니까 그 가오리들은 돌고래들을 잡아먹으면서 살아온 게 아니야. 적어도 주기적으로는."

"그럼 뭘 먹고 사는 건데?"

"모르겠어. 그나저나 왜 이건 안 먹었는지 궁금한데."

"무슨 소리야?"

"왜 가오리들이 이 돌고래는 먹지 않았을까? 공격을 하고 죽이기까지 했어. 그래놓고 왜 먹지 않았지?"

제이슨은 고개를 저었다.

"잠깐만."

서머스가 눈을 가늘게 떴다.

"아마 이 돌고래한테 GDV-4가 있을 거야."

"뭐? 그럼 설마……."

제이슨이 벽에 걸린, 버튼 없는 인터폰을 들어 올렸다.

"개빈, 혹시 해안경비대 과학자들이 이 돌고래에 대한 검사를 했습니까?"

그가 통화를 끊자 바로 개빈 벨이 황갈색 파일을 전해주고는 다시 가버렸다.

크레이그는 파일을 잠시 들추더니 손으로 가리켰다.

"저길 봐. 'GDV-4 테스트에서 양성반응이 나왔음……' '최근에 혈류에 유입되었음……' 가벼운 증세였던 모양인데."

제이슨이 직접 그 기록을 다시 읽어보았다.

"그러니까 살아 있는 동물에서 가벼운 증세를 발견했다는 얘기로군."

"그리고 돌고래를 잡았어. 아니, 놈들이 망할 돌고래를 하나 잡아서 죽였다는 거야. 대체 어떻게 그런 일이 가능하지?"

제이슨은 멍하게 천장을 바라보았다. 느리게 헤엄칠 수밖에 없는 가오리는 재빠른 돌고래를 잡을 만한 신체적 능력이 없다. 육지 동물과 비교하자면 거북이가 치타를 잡아먹었다는 얘기나 마찬가지였다. 있을 수 없는 일이었다. 그럼에도 일어났다. 어떻게? 그는 오랫동안 가만히 서서 곰곰이 생각해보았다. 그러다 문득 답이 떠올랐다.

"한 가지 방법밖에 없어. 방법은 오직 하나밖에 없어."

"뭔데?"

"놈들이 이 녀석을 속인 거야."

크레이그는 이 말을 이해하려 애를 썼다. 이 가오리들은 단순한 포식자들이 아니었다. 어떻게 했는지는 모르겠지만, 지구에서 가장 지능이 높은 야생동물로 불리는 돌고래를 속인 것이다.

"아니, 도대체 무슨 수로 돌고래를 속였다는 거지?"

제이슨은 다시 천장을 보고 있었다.

"알았어. 맙소사, 이제 알 것 같아."

24

"우리는 뇌를 찾아야 돼. 그 가오리의 실제 뇌를 찾아야 한다고."

밤이 되었고, 크레이그와 제이슨은 이제 막 배로 돌아온 참이었다. 현재 몬테레이 선착장은 혼자 순찰을 도는 경비요원 한 명을 제외하면 텅 비어 있었다. 부두의 가로등에서 비치는 희미한 노란빛 아래에서 모두 가벼운 옷차림을 한 채 갑판 뒤쪽에 있는 붙박이 의자와 등받이 없는 의자에 앉아 있었다. 다른 사람들은 방금 전에 햄버거, 구운 닭고기 그리고 다른 반찬으로 저녁식사를 끝낸 참이었다.

크레이그가 바지를 갈아입기 위해 갑판 아래로 내려간 동안, 리사는 제이슨을 쳐다보며 고개를 저었다. 그녀는 아직 이해를 못하고 있었다.

"그런데 당신은 이미 쥐가오리 뇌는 수백만 개쯤 보지 않았나요?"

"쥐가오리 뇌는 본 적이 있지. 하지만 이 동물은 쥐가오리가 아니라고, 리사. 그것보다는 훨씬 더 똑똑할 거야."

"그럼 뇌가 더 클 거라고요?"

"아직 모르겠어. 뇌를 한번 보려고 하는 것도 바로 그 때문이야."

모니크가 고개를 끄덕였다.

"제이슨, 그거 아주 놀라운 생각인데. 하지만 어떻게 하지? 이 가오리들이 숨어서 다닌다는 게 이제 분명해졌고, 우리는 아직 한 놈도 직접 보지 못했잖아."

"그래, 살아 있는 놈은 보지 못했지."

그녀가 멈칫했다.

"그럼 죽은 놈은 찾을 수 있다는 말이야?"

"응."

리사가 미심쩍은 듯이 제이슨을 돌아보았다.

"대체 그건 또 어떻게 할 작정인데요?"

크레이그가 갑판 아래에서 하얀 겉옷을 걸치고 올라오는 동안, 제이슨이 리사 바턴에게 미소를 지었다. 그건 그녀가 무얼 입고 있는지 처음으로 관심을 두고 보았기 때문이었다. 꽉 끼는 청바지와 목선이 보통 때보다 더 아래로 내려간 노란 셔츠 차림이었다. 그녀는 지금 앞으로 고개를 젖히고 있었고, 어깨의 빗장뼈가 부두 위에 뜬 초승달만큼이나 훤히 보였다.

"리사, 난 당신의 낙관적인 성격이 좋더라. 어떤 면에서 참 보기 좋거든."

그녀는 순간 자신이 몸을 앞으로 기울였다는 사실을 깨닫고 얼굴이 살짝 빨개졌다. 어째서 오늘 섹시한 청바지를 입은 거지?

제이슨은 그녀를 한 방 먹였다는 생각에 흐뭇한 미소를 지었다.

"이봐, 크레이그, 어떻게 죽은 놈을 찾을 건지 한번 설명해봐."

크레이그가 앞으로 나섰다.

"GDV-4."

리사가 돌아보았다.

"뭐라고요?"

"우리는 GDV-4가 이 가오리들을 심해에서 몰아내고 있다는 사실을 알고 있어, 안 그래?"

"그렇죠."

"하지만 그렇다고 해도 가오리들이 엄청 많이 죽지 않았겠어?"

"뭐, 그렇지."

"그러면 우리가 죽은 놈을 찾을지도 모르지."

"그건 좀 말이 안 되는데요? 크레이그, 바다의 먹이사슬이 얼마나 빨리 돌아가는지는 당신도 알잖아요. 우리는 기껏해야 뼈밖에는 찾지 못할 거라고요."

일반적으로 동물이 바다에서 죽을 경우 몸 전체—피부, 근육, 지방질, 간, 뇌, 심지어는 눈알까지—는 매우 효율적으로 먹히고 소화가 된다. 이 식사 의식은 세 단계로 일어난다. 첫째, 상어와 같은 가장 큰 자연 청소부들이 큰 고기와 근육 덩어리들을 먹어 치운다. 둘째, 조금 작은 동물들이 주요 장기들을 포함한 몸 안쪽의 대부분을 먹는다. 마지막으로 제일 작은 육식 동물들이 뼈 주변에 남아 있는 살을 뜯어먹는다. 48시간 이내에 남는 것은 뼈밖에 없게 된다.

모니크는 크레이그를 쳐다보았다.

"나도 이해가 안 돼."

"그럼 내가 자세히 설명해볼게. 이건 평범한 사체가 아니라고. 만일 정말로 GDV-4 때문에 죽었다면, 어떤 것도 그걸 먹기는커녕 가까이 가려 하지도 않을 거야. 바이러스가 사체를 보존하는 유익한 역할을 할 거야."

모니크가 미소를 지었다.

"그거 대단한 생각인데. 그런데 정말 그렇게 될까?"

"제이슨은 저 아래에 사체가 하나쯤은 있을 거라고 어림짐작했고, 나도 그 말에 동의해."

대릴이 돌아보았다.

"크레이그, 저 아래라고 하면 얼마나 깊은 곳을 말하는 거지?"

"600미터 정도."

"600미터? 그럼 대체 어떻게 거기까지 내려갈 건데? 그 비용도 애커먼이 댈까?"

필요한 장비를 빌리는 비용은 그들의 봉급을 합친 것의 열 배는 족히 될 것이다.

"내가 볼 때 애커먼의 재정 문제는 점점 나빠지고 있는 것 같아. 그러니까 애커먼한테 손을 빌리는 건 별 소용이 없다고 봐."

제이슨이 어깨를 으쓱했다.

"솔직히 손을 빌릴 필요도 없을지 몰라."

"그런 장비를 가진 사람을 알아?"

"확인해봐야지. 그나저나 켈프 흔적은 어떻게 됐어, 대릴?"

"찾을 수 없어."

굳은 목소리에 제이슨의 얼굴이 멍해졌다.

"빨리 찾아야 해. 만일 그렇지 않으면 정말 곤란해질 거야."

"이미 정말 곤란해진 거 같은데요."

리사가 말했다.

"뭐? 왜 그렇게 생각해?"

"왜냐하면 제이슨, 이제는 켈프 흔적이 사라졌을지도 모르니까요."

"그게 왜 사라져?"

"왜냐하면 가오리들이 이를 모두 갈았을 게 분명하잖아요."

"무슨 소리야? 쥐가오리들은 이를 모두 가는데……."

"이 녀석들은 쥐가오리가 아니에요. 당신도 그렇게 말했잖아요. 이 가오리들은 포식자들이고, 포식자들은 이빨이 훨씬 빨리 자라죠."

"얼마나 더 빨리?"

"일반적으로 핵꼬치와 상어들을 보면, 아래턱의 가운데 송곳니들은 태어난 지 몇 시간 만에 돋아나고, 2~3주 안에 위턱 가운데 송곳니가 돋고, 두 달 정도면 첫 어금니가 나와요. 아마도 첫 이빨은 길어야 4개월이면 모두 나 있을 거예요."

"하지만 이 가오리들은 켈프를 가지고 거의 다섯 달째 이를 갈고 있잖아."

"내가 말하려는 게 바로 그거예요. 포식자 치고는 아주 긴 기간이라고요. 내 생각엔 당신과 크레이그가 아까 본 돌고래가 확인시켜줬어요. 이놈들은 이제 진짜 이빨이 있다고요. 이를 가는 시기는 지났다는 말이죠."

그녀는 살짝 의기소침해지며 그가 예의 의구심을 가지고 마구 물어보기를 기다렸다. 그런데 제이슨은 그저 고개만 끄덕일 뿐이었다.

리사는 이 반응을 이해하지 못한 채 멈칫했다. 하지만 곧 그녀는 그들이 심해에서 뇌를 찾고 싶다면, 하루 빨리 찾으러 가야 한다는 것을 깨달았다. 설령 사체가 GDV-4 때문에 보존이 된다고 하더라도, 그 아래에서 오랫동안 버틸 리 없었다. 며칠만 지나면 해류가 사체를 파괴할 것이 분명했다. 그들은 어서 빨리 움직여야 했고, 솔직히 이제 제이슨은 리사의 말을 의심할 시간도 없었다.

바로 그때 제이슨은 발로 바닥을 두드리며 시선을 집중시켰다.

"그러면 그놈들을 어떻게 추적하지?"

모니크가 어깨를 으쓱했다.

"직접 추적하는 건 어때?"

"어떻게?"

"대릴, 그 녀석들 소나에 잡힐 만큼 커?"

그가 씩 웃었다.

"아마 그럴걸. 지금 창고에는 부표들이 엄청 많아."

제이슨이 눈썹을 추켜세웠다.

"그걸로 될까?"

엑스페디션호의 소나 부표들은 원래 어뢰를 추적할 수 있는 음파 범위를 가지고 있었지만 그것 말고도 고래나 돌고래 같은 다른 큰 동물을 발견하는 데도 사용할 수 있었다. 그럼 가오리들을 발견하는 데 쓰는 건 어떨까? 이 부표들은 밑바닥에 가청 범위 8킬로미터짜리 소나 마이크로폰을 붙였다는 사실만 빼면 보통 부표들과 다를 바 없었다. 이런 부표가 24개 있었기 때문에 250평방킬로미터가 넘는 바다 면적을 동시에 조사할 수 있었다. 그저 바다에 부표를 던져놓은 뒤 발견되는 것이 있는지 보기만 하면 되었다.

제이슨은 고개를 끄덕였다.

"해볼 만한 것 같군. 좋아. 모니크, 내일 대릴과 함께 부표를 바다에 던져놓은 다음, 배에서 추적하도록 해. 우리는 뇌를 찾을 수 있는지 한번 알아보자고."

대릴이 손을 들었다.

"제이슨, 만일 잠수정을 사용할 계획이라면 특별한 면허가 있어야 한다는 건 알지?"

"아."

제이슨이 멈칫하며 배 주위를 돌아보았다.

"누구 그 면허 있는 사람?"

다들 멍한 표정으로 그를 쳐다보았다.

그때 모니크가 대릴을 돌아보았다.

"참 겸손한 우리 남편은 그 면허가 있나 보네?"

대릴이 씩 웃으며 미워할 수 없는 잘난 척을 했다.

"큰곰 씨가 또 나서야 되겠군, 그렇지?"

제이슨이 고개를 저었다.

"좋아. 그럼 대릴은 우리와 같이 뇌를 찾으러 가고, 다른 사람이 모니크를 돕도록 하자."

그는 구석에 조용히 서 있는 필을 쳐다보았다.

"필은 어때?"

"어."

대릴이 어색하게 머뭇거렸다.

"아, 그게, 모니크는 크레이그랑 몇 년을 같이 일해왔잖아. 크레이그가 가는 게 낫지 않겠어?"

제이슨은 아무 말도 하지 않았다. 그는 이 상황을 조심해서 다뤄야 했다. 한편으로 그는 이것이 필이 실제로 배에서 뭔가 쓸모있는 일을 해볼 최고의 기회라고 생각했다. 또 한편으로 이 일은 매우 중요하기 때문에 그는 모니크 홀리스가 기분 상하지 않기를 바랄 뿐이었다.

"알았어. 그럼 필은 우리와 함께 가고 크레이그는 모니크와 같이 가는 거야."

대릴이 크레이그 쪽을 돌아보았다.

"크레이그, 가기 전에 네 작살총을 한번 시험해보라고. 조심스럽게."

크레이그 서머스가 고개를 끄덕였다. 모니크는 라이플총을 잘다룰 줄 알았지만, 그들 중 작살총을 써본 경험이 있는 사람은크레이그, 대릴 그리고 제이슨뿐이었다.

"당신 정말 잠수 장비를 가진 사람을 아는 거예요?"

리사가 물었다.

제이슨이 핸드폰을 꺼냈다.

"어디 한번 알아보자고."

"이봐, 시드, 나 제이슨 올드리지야."

시드 클레퍼는 멈칫하더니, 손에 쥔 무선 전화기를 쳐다보았다. 믿을 수 없는 일이었다.

"제이슨 올드리지라구? 이런, 그동안 어떻게 지냈어, 이 친구야!"

엄청나게 큰 거실에서 클레퍼와 그의 사업 파트너 로스 드러먼드는 주문 제작한 2.4미터 길이의 가죽 소파 두 개 위에 셔츠도입지 않고 커다란 뱃살을 자랑스럽다는 듯이 드러낸 채 누워 있었다. 겉으로 봐서는 두 사람이 마르우드 엔터프라이즈라는 엄청나게 성공한 잠수 기업의 복합체를 소유한 억만장자로 보이지않았다. 두 사람은 억만장자가 되기 전부터 제이슨을 알고 지냈다. 어느 해 여름. 세 사람은 미크로네시아에 있는 흰 모래로 된작은 얍(Yap) 섬에서 함께 일하면서 친해졌다. 그때 제이슨은 처음으로 쥐가오리에 대해 배우고 있었고, 시드와 로스는 그곳의 작은 잠수용품 가게에서 평범한 점원으로 일하고 있었다. 드러먼드와 클레퍼의 삶은 그때 이후 극적으로 변했지만, 그들은 항상 제이슨을 좋은 친구로 여겼다.

"무슨 일이야, 제이슨?!"

제이슨은 인사말에 조용히 미소를 지었다. 시드 클레퍼와 로스 드러먼드는 한때 진정한 친구였다. 필 마르티노를 제외하면, 그에게는 이제 그런 진정한 친구도 많지 않았다.

"시드, 지금 무슨 일이 있는지 말해줄게."

그의 설명이 끝났고 클레퍼는 망설이지 않았다.

"물론 장비들을 빌려줄 수 있지. 언제 필요한 거야?"

"되도록 빨리, 시드. 그렇게 해야지."

제이슨은 속으로 일이 잘되기를 빌었다. 그러고는 미소를 지었다.

"내일이 좋지."

25

다음 날, 아름다운 10월 중순의 오후, 그날은 청바지에 스웨터를 걸치면 안성맞춤인 날씨였다. 모니크와 크레이그는 전략상 중요한 바다의 위치에 소나 부표들을 설치했고, 그동안 제이슨, 리사, 대릴 그리고 필은 혼잡한 몬테레이의 부두에서 그들을 데리러 올 사람들을 기다렸다. 선착장을 하나둘씩 오고가는 요트를 보면서 제이슨은 초조한 듯 가드레일을 손가락으로 두드렸다.

"저, 제이슨?"

돌아보니 필 마르티노가 옆에 서 있었다.

"어이, 필, 무슨 일이야?"

"우리 잠깐 얘기 좀 할까?"

아무래도 필은 사적으로, 즉 리사와 대릴이 듣지 못하는 곳에서 단둘이 이야기를 나누자는 듯했다.

"그러지."

그들은 선착장을 따라 조금 걷다가 멈췄다.

"무슨 일인데?"

필이 자신의 카메라를 들어 올렸다.

"나 정말 사진 잘 찍지, 그렇지 않아?"

"그래, 필. 네가 우리와 함께 일해서 정말 기뻐."

필은 서글픈 듯 고개를 끄덕였다. 친구의 선의의 거짓말이었다.

"제이슨, 난 내가 팀의 일원이라는 느낌이 들지 않아."

그는 자신의 곱슬머리를 긁적이더니 부두의 화려한 배들을 바라보았다.

"꽤 오랫동안 내가 팀의 일원이라는 생각이 들지 않았어."

"아."

제이슨이 조용히, 실망한 얼굴로 끄덕였다. 언제부터였는지조차 기억나지 않을 만큼 오랜 시간 동안 필은 엑스페디션호의 왕따였다. 아마도 전날 밤 대릴이 대놓고 그를 무시한 것이 마침내 그를 폭발하게 한 것 같았다.

"너 설마 일을 관두겠다는 건 아니지, 그렇지?"

"그러려는 건 아냐. 난 단지 내가 도움이 될 만한 일을 할 수 없을까 고민한 것뿐이야."

"흐음."

제이슨이 턱을 문질렀다. 그는 필 마르티노가 무얼 하면 좋을지 도통 감이 잡히지 않았다.

"그래서 생각한 게 있어. 너랑 다른 사람들은 너무 바쁘게 지내니까, 너희가 발견하고 분석한 모든 것을 내가 노트북에 기록해두면 어떨까? 주변에 이런저런 잡다한 것이 너무 많아서 내 생각엔 자료를 분실할 수 있을 것 같더라고. 그렇게 하면 하드 드라이브에 문서 기록이 남잖아. 어떻게 생각해?"

"그거 정말 좋은 생각인데, 필."

"그래, 마음에 들어?"

"너무 좋은 생각이야. 내 것은 내가 계속 쓰겠지만, 다른 사람들한테는 큰 도움이 될 것 같은데."

필은 기분 좋게 웃었다. 물론 제이슨은 자기 것은 자기가 쓸 것이다.

제이슨은 또 다른 장점도 있을 거라고 생각했다. 12명으로 구성된 종 심의위원회는 매우 까다로운 조건을 요구하는 데다 여러 과학자가 쓴 분석 결과들을 선호했다. GDV-4에 대한 크레이그의 발견, 플랑크톤에 대한 리사의 발견 그리고 동물의 이주 습성에 대한 대릴과 모니크의 발견을 형식에 맞춰 다듬는 것은 나중에 신빙성 차원에서 볼 때 매우 유용할 것이 분명했다. 또한 무슨 핑계를 대서라도 필이 매일 다른 사람들과 직접 만난다면 서로 친해지는 계기가 될지도 모른다. 만일 필의 노력 때문에 대릴과 크레이그가 더 편해진다면, 어쩌면 두 사람은 필을 그만 괴롭힐지도 모를 일이었다.

"일단은 다른 사람들과 한번 상의해보자고. 그런데 내가 볼 때는 아주 좋은 생각 같아."

필 마르티노는 마치 칭찬받은 아이처럼 크게 미소 지었다.

"좋았어."

갑자기 대릴이 부두 저편에서 소리를 질렀다.

"어이, 제이슨! 이 사람들이 네가 말한 친구들이야?"

돌아보니 60미터짜리 거대한 연구선 겸용 요트 한 척이 선착장으로 들어왔다. 시드 클레퍼와 로스 드러먼드가 도착한 것이다.

"야, 정말 오랜만이다!"

제이슨은 다른 사람들보다 앞서서 커다란 배의 계단을 뛰어올라 자신을 열렬히 반기는 두 사람에게 달려갔다.

"야, 제이슨!"

"오랜만이야, 너무 반갑다, 이 친구야!"

클레퍼와 드러먼드는 그의 등을 한 대씩 쳤다. 오랫동안 서로 보지 못한 친구들의 재회 장면이었다. 리사는 계단을 올라오면서 진심 어린 우정의 모습에 미소를 지었다. 드러먼드와 클레퍼는 아주 좋은 짝으로, 불룩 나온 배, 자유분방한 말투 그리고 옷차림까지 서로 딱 어울렸다. 클레퍼는 헐렁한 파란색 바지에 목이 V자로 파진 스웨터 차림으로, 금목걸이를 두르고 푹신한 모카신을 신고 있었다. 드러먼드는 색 바랜 긴소매 티셔츠에 녹색 얼룩무늬의 군대 바지 그리고 값싼 샌들을 신고 있었다. 그들은 백만장자 히피들처럼 보였다. 리사, 대릴 그리고 필과 통성명을 하고 나서 로스 드러먼드는 바로 본론으로 들어갔다.

"제이슨, 아까 말한 그 좌표대로 가는 거지?"

"그럼."

로스가 조종간 쪽으로 향했다.

"한 20분이면 도착할 거야."

"그럼, 누가 잠수정 면허가 있다고 했죠?"

시드 클레퍼가 물었다.

대릴이 손을 들었다.

"전데요."

시드가 그를 위아래로 훑어보았다.

"몸집이 크시네요. 저 잠수정에 들어가려면 꽉 끼겠는데요."

"그렇겠죠."

대릴이 자신의 아랫도리를 내려다보았다.

"뭐, 자주 듣는 소립니다."

모두 웃어댔고, 리사는 고개를 저었다. 그때 대릴의 핸드폰이
울렸다.

"잠시 실례하겠습니다. 아마 제 팬인 모양이군요."

그는 핸드폰을 꺼내려고 주머니를 더듬었다.

"빨리 받아, 대릴. 받으란 말이야."

엑스페디션호는 자동 항해 장치를 작동시킨 채 아주 느리게
북쪽으로 이동했다. 그동안 크레이그는 뒤쪽 벽에 설치된, 얼핏
보기에는 가정용 컴퓨터의 모니터처럼 생겼지만 사실은 소나를
분석하는 데 쓰이는 기계를 들여다보았다. 화면에는 컴퓨터로
만든, 서로 호환되는 이리저리 꼬인 해안선 지도가 보였다. 육지
는 희게, 바다는 푸르게 칠해져 있고, 화면의 푸른 부분 한가운데
에는 연필 끝만 한 검은 점이 깜박였다. 크레이그 서머스는 그 점

을 10분째 보고 있었다. 그의 바로 뒤에서 모니크는 핸드폰을 귀에 댄 채 역시 점을 쳐다보면서, 대체 자기 남편이 어디에 있는지 궁금해했다.

"빨리 받으란 말이야, 대릴. 어서 받······."

"무슨 일이야, 여보?"

"우리가 가오리들을 찾았어. 지금 추적하는 중이야. 제이슨하고 이야기 좀 해도 돼?"

"잠깐 기다려."

모니크는 손가락을 두드렸다. 그녀는 이토록 빨리 일어난 일이 도저히 믿기지 않았다. 그녀와 크레이그는 꽤 넓은 지역의 바다에 부표들을 떨어뜨린 다음, 수신기를 켜놓고 적당한 UHF 주파수에 맞춰놓은 뒤 행운을 빌었다. 그런데 거의 즉시, 깜박이는 검은 점이 나타난 것이다. 깜박이는 지점은 해안에서 겨우 3.2킬로미터 떨어진 곳이었다.

"모니크, 북상하고 있어?"

제이슨의 목소리였다.

그들이 바다에 뜬 노란 삼각형 부표에 다가가는 동안 그녀는 앞을 보고 있었다.

"그래, 제이슨, 느리긴 하지만 확실히 북상하고 있어."

"실제로 한 놈이라도 볼 수 있는 거야?"

"한 놈은 볼 수 있을까, 크레이그?"

크레이그 서머스가 고개를 저었다.

"어림도 없어. 녀석들은 거의 4.8킬로미터 깊이에 있는걸."

"제이슨, 너무 깊이 있다는데."

"그래도 계속 따라가봐. 어쩌면 좀 더 얕은 곳으로 올라올지도 모르잖아."

그녀는 전화를 끊었다. 깜박이는 검은 점은 계속 해안을 따라 올라갔다.

시드 클레퍼가 대릴을 돌아보았다.

"이제 장비들을 보러 갈까요?"

대릴이 씩 웃었다.

"그게 내 몸집에 맞는다면 말이죠."

"이리 오세요."

헐렁한 바지에 푹신한 모카신을 신은 클레퍼는 대릴과 일행을 이끌고 거대한 갑판을 지나 제트스키 여섯 대와 커다란 회색 크레인을 지나갔다. 그들은 곧 방향타 위편에 놓인 작은 노란 잠수정 앞에 섰다. 잠수정은 자동차만큼 길었지만 훨씬 가늘어서 마치 핫도그와 비슷하게 생겼고, 옆면에는 딥 다이버(Deep Diver, 심해잠수정)라는 글자가 찍혀 있었다. 클레퍼가 잠수정을 부드럽게 만졌다.

"당신들 중 세 명이 이걸 타고 내려갈 겁니다. 두 명은 안에 그리고 한 명은 밖에서요. 밖에 있는 사람은 특수 장비를 착용할 텐데, 저기 저 작은 갑판에 서 있을 겁니다. 보이죠?"

잠수정 뒤편에 있는 갑판은 허리 높이의 가드레일이 있는 새빨간 플랫폼으로, 마치 세계에서 가장 작은 아파트 베란다처럼 보였다.

"바닥까지는 크레인으로 내려드릴 테니 거기 다다를 때까지는 잠수정의 내부 엔진을 사용하지 마세요. 대릴, 당신이 몸집이 크기 때문에 당신과 함께 저 안에 들어갈 사람은 체구가 작아야겠군요. 하지만 그건 여러분이 결정하십시오. 제이슨, 슈트를 입을 사람은 너겠지?"

그가 말하는 '슈트'는 대기압을 유지해주는 잠수복으로, 20억 원이나 나가는 고도의 전문 장비였다.

작은 빨간색 갑판을 보면서 제이슨이 초조한 듯 침을 꿀꺽 삼켰다.

"어디 보자, 600미터 이상을 내려갈 거라고 했던가?"

제이슨을 보던 리사는 갑자기 그가 애처롭게 느껴졌다. 지금 그는 완전히 공포에 싸여 있었다. 비행기 타는 것을 무서워하는 사람들이 공항에서 보이는 모습과 비슷했는데, 다만 그 정도가 훨씬 더 심해 보였다. 그녀는 그를 이해할 수 있었다. 뭔가 하나라도 잘못된다면 순식간에 압사해버릴 수 있는, 압력이 엄청나게 높은 장소에 혼자 가야 한다는 생각은 누구라도 불안하게 만들 것이다. 제이슨의 눈은 평소보다 훨씬 커졌고 그는 계속 침을 삼키고 있었다. 리사는 제이슨 올드리지가 겁먹은 모습을 처음 보았다. 이상하게도 그녀는 그 모습이 마음에 들었다. 저렇게 떠는 모습을 보니 덜 기계처럼 보였고, 좀 더 인간적으로, 심지어는 매력적으로까지 느껴졌다. 이런 소소한 것들이 몇 달째 쌓이고 있었고, 그녀의 이성적인 판단에도 리사 바턴은…… 제이슨에게 관심이 생기고 있었다. 그녀는 제이슨이 긴장을 좀 풀기를 바랐다. 당신은 괜찮을 거야. 그녀가 생각했다. 당신은 괜찮을 거야.

"괜찮을 거야."

시드가 말했다.

"슈트는 잠수정으로부터 직접 산소를 공급받을 거고, 산소는 4시간을 온전히 버틸 만큼 충분히 있어. 그러니까 긴장 풀라고."

그는 제이슨의 등을 가볍게 쳤다.

"대릴, 이 잠수정에 대한 몇 가지 특별한 사항을 알려줄 게 있어요. 필, 당신도 와볼래요?"

세 사람은 가버렸고, 리사는 제이슨에게 다가와 속삭였다.

"아무 일 없을 거예요."

그는 고개를 끄덕이며 용감한 척했다.

"나도 알아."

"내가 잠수정을 같이 타고 내려가 줄까요?"

그는 필이 같이 갈 것으로 알고 있었다.

"당신이 가려고?"

"사실, 재미있을 거 같아서 말이에요."

그는 리사가 왜 가려고 하는지 알 수 없었다.

"어이, 제이슨!"

돌아보니 로스 드러먼드가 바깥쪽 무개 갑판에서 손을 흔들고 있었다.

"이리로 와봐, 이 친구야. 얘기나 좀 하자고!"

두 사람은 그쪽으로 걸어갔다.

"무슨 일인데 그래, 로스?"

"아, 아무것도 아냐. 너는 어때? 요즘 만나는 사람은 있어?"

"뭐…… 내 연애 문제는 꽤나 골치 아프다는 걸 너도 알잖아. 안 그래, 로스?"

그들은 모두 껄껄대며 웃었고, 로스는 리사의 손가락에 결혼 반지가 끼어 있지 않다는 걸 알았다. 이 둘 사이에 뭔가가 진행되는 건 아닌가?

"제이슨, 잠수정을 타고 같이 내려갈 사람이 누구야?"

시드가 대릴 그리고 필과 함께 막 돌아왔다.

"리사야."

"뭐?"

필이 이 말에 상처를 입은 듯했다.

"하지만 내가 가고 싶었는데."

시드는 미안한 기색 없이 어깨를 으쓱했다.

"그 뱃살을 줄였다면 갔을지도 모르죠."

제이슨이 가까이 오더니 속삭였다.

"여기엔 리사가 더 적임자야, 필."

그는 잠시 머뭇거렸다.

"시드, 이거 안전한 거 확실하지?"

"아, 물론이지. 교회만큼 안전하다니까. 로스랑 나랑 직접 서른 번은 타봤다고. 아무 사고도 안 나고 말이야."

제이슨이 고개를 끄덕였다. 리사가 그를 다정하게 쳐다봤다. 내가 지금 리사의 안전을 걱정하는 건가? 그때 배가 멈췄고 로스가 급히 그들 쪽으로 걸어왔다.

"자, 이야기는 이제 그만하고. 다 왔어."

26

"그래, 필. 그거 생각해보니까 꽤 도움 되겠다."

필은 미소를 지었다. 방금 필은 팀원들이 발견한 내용을 노트북 컴퓨터에 정리해두자는 자신의 생각을 대릴에게 이야기했다.

대릴이 자신의 생각을 좋아하자 필은 기뻤다.

"좋아. 크레이그랑 모니크도 그렇게 생각하겠지?"

"당연하지. 네가 그들을 돕는 거 아냐, 이 친구야. 넌 우리 모두를 돕는 거라고."

"그럼 잠수정에 이걸 갖고 내려가 줄래?"

그가 대릴에게 자그마한 카세트테이프 녹음기를 주었다.

"너희가 뭔가 유용한 걸 발견하면 그걸 녹음할 수 있지."

"야, 나 어때?"

돌아보니 헬멧만 제외하고 잠수 슈트를 착용한 제이슨이 모습을 드러냈다.

대릴이 그를 훑어보았다.

"닐 암스트롱(1969년 7월 20일, 아폴로 11호를 타고 인류 최초로 달에 착륙한 미국의 우주 비행사—옮긴이) 같은데."

필이 킬킬거렸다.

"어떻게 보면 필스베리 도우보이(미국의 유명한 제빵회사인 필스베리의 등록 상표. 둥글둥글하게 부풀어오른 하얀 빵 반죽의 이미지를 제빵사 모자를 쓴 남자의 모습으로 형상화한 것—옮긴이) 같기도 하고."

실제로 그 복장은 우주 비행사가 입는 우주복처럼 생겼다. 흰색의 슈트는 몸체의 여러 부분이 거대한 비누거품처럼 생겼다. 하지만 솜털 같은 섬유가 아닌 단단한 마그네슘 합금으로 만들어서 입고 걸어 다니기란 거의 불가능했다.

싸구려 샌들을 갑판에 찰싹대며 로스 드러먼드가 제이슨의 뒤에서 나타났다.

"출발하기 전에 먼저 구멍이 나거나 금이 가지 않았는지 확인할게."

우스갯소리가 아니었다. 바다 밑 600미터의 깊이에서는 슈트에 바늘구멍만 나 있어도 그 안에 있는 사람은 죽을 수도 있었다. 로스는 급히 슈트의 여기저기를 검사해보았다.

"모든 게 괜찮은 것 같군. 어, 잠깐만."

그가 발뒤꿈치 주변의 덮개를 확인했다.

"음, 좋아."

그러다 그는 제이슨의 얼굴을 보았다. 제이슨은 겁을 잔뜩 먹은 모습이었다.

"마음 놓으라고. 가는 길에 네 친구들이 계속 같이 있을 테고, 대릴은 자기가 뭘 하는지 잘 알잖아. 문제없을 거야. 장담할게."

"튜브에 문제가 생길 수 있나요?"

리사가 물었다.

로스가 그녀를 돌아보았다. 튜브는 진공청소기에 달린 관 크기였고, 슈트의 목 부위 뒤에 연결되었다.

"아뇨. 이 튜브는 마그네슘 합금과 강철로 강화된 것이에요. 수심 9000미터에서도 테스트했는데 끄떡없었어요. 이 튜브는 꼬일 수도 없고, 찌그러질 수도 없고, 터질 수도 없어요. 상어가 깨물어도 자국조차 생기지 않을 겁니다."

그가 제이슨의 얼굴을 보았다.

"넌 괜찮을 거야. 긴장 풀고 잘 갔다 와."

제이슨이 긴장한 얼굴로 끄덕였다.

"빨리 하자고. 지금 겁나서 미칠 지경이니까."

몇 초 뒤, 제이슨은 헬멧을 든 채 빨간 플랫폼 위에 서 있었고, 로스가 그의 등에 튜브를 꽂아주었다.

"이 안에는 괜찮나요?"

공중전화 부스만 한 잠수정에 꽉 끼어 들어가 있던 대릴과 리사는 시드 클레퍼의 목소리를 듣고 위를 올려다보았다. 시드가 성인 남자용 스키 재킷을 두 벌 던져주었다.

"잠수정 안은 매우 추워서 바다 밑바닥에서는 온도가 섭씨 5도까지 내려갈 수 있어요. 재킷이 너무 커서 어쩌죠, 리사. 로스랑 내가 운동하길 싫어하는 데다 튀긴 음식을 좋아하다 보니 이렇게 됐네요. 나 같으면 지금 당장 그걸 입겠어요."

두 사람은 얼른 재킷을 입었는데 리사에게는 정말로 품이 너무 넓어서 재킷을 입은 게 아니라 덮은 것 같았다.

"둘 다 괜찮은 거죠?"

그들은 고개를 끄덕였다.

"좋아요, 잘 다녀오시기 바랍니다."

시드는 문을 닫아 그들을 통조림 속의 정어리마냥 잠수정 안에 단단히 가두었다.

"제이슨, 지금 잠수정을 들어 올릴게."

로스가 크레인의 조종간으로 걸어갔다.

"가드레일을 붙잡는 게 좋을 거야."

제이슨은 어색한 자세를 취하며 무거운 손으로 온 힘을 다해 빨간 플랫폼의 가드레일을 움켜잡았다.

"꽉 잡았지?"

제이슨이 고개를 끄덕였다.

"좋아, 시작하자."

로스가 스위치를 하나 누르자 크레인의 모터가 잠수정을 수직으로 들어 올리더니, 배에서 6미터쯤 떨어진 곳까지 운반하고는 천천히 바다로 내려놓았다.

잠수정 안에서 큰 텔레비전만 한 창문으로 넘실대는 푸른 바닷물이 보이자 리사는 미소를 지었다. 대릴은 창밖의 풍경에는 관심이 없었다. 그는 조종간에서 여러 스위치와 레버들을 만지기 시작했다.

그때 천장에서 목소리가 들려왔다.

"대릴, 모든 게 괜찮나요?"

그가 스위치를 눌렀다.

"잘되고 있습니다, 로스. 모든 게 잘 돌아가고 있어요."

"리사, 당신도요?"

"예, 로스. 고마워요."

그녀는 햇살이 비치는 바닷물에 완전히 잠긴 잠수정 뒤쪽에 있는 제이슨을 단색의 화면을 통해 보았다.

"제이슨, 모든 게 다 괜찮아?"

로스가 물었다.

뒤의 플랫폼에 서서 제이슨은 물속으로 비치는 태양을 올려다보았다.

"그래, 로스, 괜찮아."

"좋아. 모두 들어요. 케이블이 여러분을 밑바닥까지 내려다준 다음 풀어질 겁니다. 일단 거기 내려간 다음부터는 잠수정이 그 기능을 완벽히 수행할 거예요. 그리고 제이슨, 넌 네가 원하는 만큼 충분히 저 아래에서 걸어 다닐 수 있을 거야. 이상입니다. 다른 질문 있나요?"

아무도 말하지 않았다. 잠수정 안팎에서 그들은 모든 준비를 끝냈다.

"좋습니다. 그러면 이제 내려드릴게요. 모두 무사히들 다녀오세요."

커다란 강철 케이블이 돌아가기 시작하면서 잠수정이 살짝 흔들렸다. 잠시 후 대릴 홀리스와 제이슨 올드리지 그리고 리사 바턴은 어둠 속으로 내려갔다.

27

공기 방울들이 헬멧 옆으로 지나갔다. 제이슨은 멀어져가는 배의 밑바닥을 바라보았다. 그는 곧 시선을 돌려 햇빛에 싸인 주변 광경을 눈에 담았다. 물의 빛깔은 밝은 푸른색, 거의 청록색에 가까웠다. 그는 이제 불안하지 않았다. 그는 긴장이 풀릴 정도로 기분이 좋았다. 유일하게 들리는 소리라고는 기계의 도움을 받는 자신의 숨소리뿐이었다. 바닷속은 마치 거대한 빈 공간처럼 고요하고, 평화롭고, 헤아릴 수 없이 컸다. 그가 그 푸른 공간을 바라보는 동안 그들은 10미터, 15미터 그리고 20미터 깊이로 내려갔다. 바다에서 인생의 많은 부분을 보낸 제이슨이었지만, 바다는 여전히 그에게 경외감을 불러일으켰다. 그는 헬멧 속에서, 그들 세 사람이 이렇듯 작은 인공 장비로 이 거대한 침묵의 세계에 침입하는 것이 얼마나 어리석게 보일는지 생각해보았다. 제이슨은 한 사람의 과학자로서 인간이 발명해낸 물건들을 믿고 존중했지만 바다에는 그것들을 초라해 보이게 하는 뭔가가 있었다. 그는 우주 비행사들도 우주에서 이런 기분이 들지 궁금했다. 물론 그는 우주 비행사가 될 일도 없고, 아득히 멀고 추운 우주 공간에서 지구를 내려다볼 일도 없을 것이다. 그러나 그는 그런 경험을 한 사람들의 이야기를 읽어보았고, 우주 공간에 있는 자신을 상상해보았다. 이상한 일이긴 했지만, 순간적으로 그는 실제로 자신이 우주 공간에 있는 듯한 착각을 느꼈다. 햇빛은 사라져가고, 물속은 캄캄해지고 있었다.

수심 90미터에 이르자, 그는 은빛 몸을 여유롭게 흔들며 헤엄치는 수천 마리의 대구 떼를 만났다. 그는 휙 하고 그들을 지나쳤다. 단단한 흰색 장화 너머로 시선을 돌리자 조금 전까지만 해도 푸른색이던 곳이 이제는 완전히 어둠 속이었다. 그는 다시 앞을 보았다. 바로 곁에 있는 물의 색은 이제 이른 저녁의 하늘빛처럼 희끄무레한 회색빛을 띠었다. 그는 대구 떼를 보려고 고개를 돌렸지만 그 무리는 이미 소리 없이 사라지고 없었다. 그는 생명줄인 케이블을 쳐다보고는 수면에 뜬 배를 생각했다. 그것 역시 이제는 기억 속에만 있을 뿐.

잠수정 안에서 대릴은 계기판을 보며 자신들이 수심 150미터를 통과하는 것을 확인했다.

"리사, 불을 계속 꺼둘까?"

"그래요."

대릴이 스위치를 눌렀다.

"제이슨, 계속 불을 꺼둘까?"

"당연하지."

그들은 사실 이렇게 깊이 잠수를 해본 적이 한 번도 없었다. 그들은 이 어둠을 보고, 느끼고, 경험해보고 싶었다. 지구상의 다른 어디에도 존재하지 않는 고요한 바닷속의 어둠을.

그들은 수심 210미터 지점을 지났고, 곧 240미터 지점도 통과했다. 그러자 서서히 시야가 완전히 깜깜해졌다.

플랫폼에 홀로 서 있는 제이슨은 눈을 크게 떴지만 아무것도 보이지 않았다.

"300미터 지점을 지난다."

대릴의 침착한 목소리가 헬멧 안에서 들렸다.

제이슨은 이 장소에 자신이 있다는 신비로운 사실을 즐기고 있었다. 최근까지만 해도 해양생물학의 기본 법칙에서는 그들이 방금 들어온 구역에는 해양 생물이 전혀 존재하지 않는다고 주장했다. 하지만 이제는 모두가 알듯이, 그 '법칙'은 실제로는 법칙이 아니라 근본적으로 잘못된 생각이었다. 대체 무슨 소리를 하고 있었던 거야? 이 아래에 사는 생물에 대해서 우리는 아직 아무것도 모르고 있잖아. 칠흑 같은 어둠 속을 바라보면서, 제이슨은 최근에서야 발견된 모든 생물종을 떠올렸다. 붉은 새우, 젤라틴 오징어, 검은 물고기 등등, 수가 아주 많았다. 하지만 아직도 발견되지 않았거나 알려지지 않은 종들은 얼마나 많을 것인가? 그런 동물이 가까이에 있을까?

그들은 수심 360미터 지점을 지났고, 곧 450미터 지점도 통과했다.

그때 불들이 켜졌다. 잠수정에서 켜진 것이 아니라 물고기들로부터 나오는 빛이었다. 크기가 10센티미터 되는 아이스크림콘처럼 생긴 발광 해파리 수천 마리가 내는 빛이었다. 해파리들은 갑자기 제이슨을 둘러쌌고, 그는 그것들을 그냥 쳐다보기만 했다. 해파리들은 파란색, 빨간색 그리고 흰색으로 빛났으며, 한 무리의 코르크 마개들처럼 천천히 떠오르며 다시 어둠 속으로 사라졌다. 해파리들을 지나쳐 내려가면서 제이슨은 고개를 돌려 해파리들을 보았고, 박동 치듯 움찔대는 그 몸들이 위로 올라가는 것을 보면서 감탄했다. 해파리들은 이내 어둠 속으로 사라졌고 주변은 다시 깜깜해졌다.

제이슨이 주변을 둘러보았다.

"너희만 괜찮다면, 다시 볼 수 있으면 좋겠는데."

"그러자 빛이 있었다(성경의 창세기에 나온 구절을 인용한 것—옮긴이)."

헬멧 속의 목소리가 침착하게 말했다.

마치 우주선처럼 전등 수십 개가 모든 각도에서 빛을 비추었고, 물은 다시 밝은 푸른빛이 되었다. 제이슨은 주변을 새롭게 둘러보았다. 빛은 단지 100미터 정도까지만 미칠 뿐이었다. 그 너머로는 어둠이 거대한 벽처럼 모든 방향에서 그들을 둘러쌌다.

대릴이 수심을 나타내는 계기판을 보았다.

"540미터 지점을 통과했어. 곧 밑바닥에 닿겠는걸."

그들은 계속해서 내려갔다. 2분 30초 뒤에 정확히 630미터 깊이에서 잠수정이 갑자기 기울어지더니 그들은 바다 밑바닥에 내려앉았다.

제이슨이 갑자기 왼쪽으로 몸을 틀었다. 방금 그게 뭐였지?

잠수정 안에서 리사 역시 같은 쪽을 재빨리 돌아다보았다.

"저거 봤어, 대릴?"

"아니."

그녀가 스위치를 눌렀다.

"제이슨, 방금 그거 봤어?"

"보긴 봤는데 제대로 보진 못했어."

하지만 그는 그것이 어디에 있는지 알고 있었다. 그것은 지금 불빛이 미치는 범위 바로 밖의 어둠 속에서 도사리고 있을 것이다. 그때 그것이 돌아왔다. 검은 벽 속에서 헤엄쳐 나왔다. 그것은 마치 긴 뱀 같은 쥐꼬리고기였다. 그들이 찾으려던 것은 아니지만, 실제로 이곳에 생명체가 있다는 사실을 확인하니 기분이 좋았다.

리사와 대릴은 30센티미터 되는 물고기가 창문 바로 옆까지 헤엄쳐 오는 것을 보았다. 물고기는 호기심이 발동했는지 잠수정 속의 대릴을 빤히 들여다보았다. 리사가 미소를 지었다.

"대릴, 당신이랑 데이트하고 싶은 모양인데요."

대릴이 코웃음을 쳤다.

"내가 볼 땐 데이트를 하고 싶은 게 저 녀석 혼자가 아닌 거 같은데. 안 그래, 극성 엄마?"

"그건 또 무슨 소리예요?"

대릴이 미소를 지었다.

"걱정 말라고. 아무 말 안 할 테니까."

그가 스위치를 눌렀다.

"자, 올드리지 씨, 어디 한번 걸어볼 준비는 됐나?"

제이슨이 플랫폼에서 돌아섰다. 생각해보니 그는 정말 닐 암스트롱과 많이 닮아 있었다. 그는 방수 처리된 성조기가 하나 있었다면 좋았을 것이라고 생각했다.

"이것은 한 사람에게는 작은 발걸음이지만 인류에게는 거대한 도약입니다(1969년 7월 20일, 아폴로 11호를 타고 인류 최초로 달에 착륙한 미국의 우주 비행사 닐 암스트롱이 달에 첫발을 내딛은 뒤 한 말을 인용함—옮긴이)."

"암스트롱, 화이팅!"

대릴의 신이 난 듯한 목소리가 헬멧 안에서 들려왔다.

리사가 화면으로 제이슨을 보았다. 조심해요. 그녀가 마음속으로 말했다.

마치 모래가 자신의 몸무게를 떠받칠 수 있는지 시험이라도 하는 양 제이슨은 조심스럽게 한 발을 내디뎠다. 그 다음 다른 발도 내디뎠다. 그는 잠시 동안 가만히 글자 그대로 땅 위에 서 있었다. 그러고는 난생처음 바다 밑바닥을 걷기 시작했다. 장화에서는 철컹거리는 소리가 났고, 산소 튜브는 점점 길어졌으며, 제이슨은 잠수정 앞쪽으로 천천히 걸어와서는 안을 들여다보았다.

대릴과 리사는 방금 전 보았던 쥐꼬리고기가 생각났다.

대릴이 통화 스위치를 눌렀다.

"모든 게 잘되어 가고 있어?"

"잘되고 있지. 이제 주변을 한번 둘러볼까."

그는 쿵쿵 걸어가면서 당구대만 한 크기의 큰 갈색 바위를 발견했다. 바위에 가까이 다가가자 길이가 30센티미터쯤 되는 한 무리의 유수동물*들이 보였다. 그것은 수백 마리나 되었으며, 뱀처럼 바위 주변을 꿈틀대면서 녹갈색 조류를 먹고 있는 듯했다. 그런데 움직이지 않는 놈들이 많았다. 위를 올려다보니 떼죽음을 당한 자그마한 물고기들이 배를 위로 향한 채 떠다녔다.

"이봐, GDV-4가 여기도 덮친 모양이야."

그는 빛이 닿는 지역 너머의 어둠을 바라보면서 혹시 다른 무언가가 숨어 있지 않을까 궁금했다. 그때 그는 발 옆에서 무언가가 움직이는 것을 느꼈다. 거기에 켈프 가닥 하나가 흐늘흐늘 떠다녔다. 제이슨은 그것을 집어 들었다. 깨문 자국이 보이지는 않앞지만 가닥의 끝부분은 말라 있었고 쉽게 부서질 것 같았다. 바다 밑바닥에 제법 오랜 시간 동안 머물러 있었던 듯했다.

"우리가 제대로 찾아왔어."

제이슨은 장갑에 장치되어 있는 두 개의 손전등을 켰다. 한 쌍의 자그마한 광선이 모래 위에 작고 밝은 원을 만들었다.

"어디, 여기에 뭐가 있는지 한번 볼까."

그가 어둠 속으로 걸어갔고, 곧 완전히 모습을 감추었다. 보이는 것이라고는 모래 위에 늘어진 공기 튜브뿐이었다.

"제이슨이 정말 괜찮을까요?"

"확실해. 괜찮을 거야."

대릴은 창문을 통해 이제는 팽팽하게 당겨진 공기 튜브를 쳐다보았다. 그것은 마치 벽에 박힌 칼처럼 어둠 속에서 튀어나온 듯 보였다.

"좀 멀리 가긴 했지만 분명 괜찮을 거야."

리사는 계기판의 디지털 타이머를 확인해보았다.

"대릴, 19분이나 지났어요."

대릴이 그녀를 보더니 통화 스위치를 눌렀다.

"제이슨, 아무 일 없는 거지?"

그는 기다렸다. 2초가 지났지만 아무 대답이 없었다.

"제이슨?"

또 2초가 흘렀다. 여전히 아무 소리도 나지 않았다.

"제이슨. 내 말 들려? 아무 일 없냐고?"

"그래, 그래, 나 괜찮아."

대릴과 리사는 고개를 흔들 뿐이었다.

어둠에 둘러싸인 채 제이슨은 모래를 내려다보았다.

"여긴 아무것도 없지만, 우리가 찾는 게 가까이에 있어."

그의 발 앞에는 거대한 새 모양의 자국이 찍혀 있었다.

"정말, 아주 가까이에 있어."

그가 주변의 칠흑 같은 물을 살펴보았다.

"한번 가서 찾아보는 게 어때?"

28

"제이슨은 완전히 기계처럼 일하고 있군."

벌써 두 시간 반이 지났다. 대릴은 제이슨의 끈기에 혀를 내둘렀다. 모래, 모래 그리고 더 많은 모래, 이 밑에 다른 것이라고는 없었다. 대체 이것이 무슨 의미가 있지? 대릴이 생각했다. 그가 자그마한 노란색 잠수정을 조종해서 또 다른 널따란 평지를 넘어갈 무렵, 리사가 마이크 쪽으로 몸을 기울였다.

"제이슨, 올라갔다가 다음에 다시 시도해보는 게 낫지 않을까요?"

"아니, 생각해줘서 고마워, 리사."

헬멧 옆으로 작은 입자들이 떠다녔다. 제이슨은 어두운 모래 평원이 계속되는 걸 보며 고개를 저었다. 실제로 이 심해의 평원은 끝이 없는 것처럼 보였지만, 그들이 찾고자 하는 것이 이곳에 있었다. 그는 느낄 수 있었다. 그것은 가까이에 있다.

"오른쪽으로 조금만 돌려줘."

잠수정에서는 대릴이 리사를 돌아보았다.

"저…… 요즘 좋은 책 읽은 거 있어?"

"책 읽는 걸 좋아하는 건 내가 아니라 당신 부인이죠, 대릴. 그나저나 배고프죠?"

"항상 배고프지. 뭐가 있는데?"

리사가 청바지 천으로 된 수첩 속에서 비스킷이 든 작은 봉지를 꺼냈다. 대릴이 봉지를 뜯고는 비스킷 몇 개를 꺼내 먹었다.

"그나저나 수면제는 안 가져왔지, 그렇지?"

"갖고 왔으면 좋았을 텐데. 아마 여기에 며칠은 있겠죠?"

"어쨌든. 그러면 뭐 다른 게……."

"하느님 맙소사."

제이슨의 놀란 목소리가 대화를 끊었다.

"놈들이 여기에 있어. 정말로 여기에 있어."

잠수정은 말하자면 심해 묘지 위에 멈춰 섰다. 하얀 날개가 달린 한 떼의 유골들이 마치 경비행기 크기만 한 것들이 빛이 비치는 시야를 훨씬 너머 흩어져 있었다.

"세상에."

바다에서 여러 해를 보냈지만, 대릴 홀리스는 이런 광경을 한 번도 본 적이 없었다.

"대체 얼마나 많이 있는 걸까?"

리사가 고개를 저었다.

"나도 모르겠어요. 어떻게 생각해요, 제이슨?"

2층 높이쯤 되는 곳에서 내려다보던 제이슨은 거대한 유골들 사이로 시선을 옮겼다.

"좀 더 가까이 가서 볼까?"

그들은 유골이 깔려 있지 않은 작은 모래 땅 위에 착륙했다. 제이슨은 가장 가까운 유골 쪽으로 걸어갔다. 가까이 다가간 제이슨은 그 유골이 얼마나 끔찍하게 생겼는지를 보고 깜짝 놀랐다. 겨우 유골일 뿐인데, 가장 깊숙한 지점은 커피 테이블 높이쯤 되었다.

그는 몸을 돌리면서 유골 쪽으로 헤엄쳐 오는 쥐꼬리고기를 한 마리 보았다. 그것은 유골이 마치 정글짐이라도 되는 양 갈비뼈, 눈구멍 그리고 이빨들 사이로 헤엄쳐 다녔다. 제이슨은 이빨을 쳐다보았다. 맙소사, 저 이빨 좀 봐. 이빨은 아랫부분이 샴페인 병만큼 굵었고, 길이는 음료수 캔만큼 길었으며, 끝부분은 칼날 끝처럼 날카로웠다. 제이슨은 그런 이빨이 살아 있는 동물의 것이라면 어떨지 상상해보았다. 얼마 뒤 물고기는 헤엄쳐 가버렸고, 그는 그들이 이곳에 온 목적을 떠올렸다.

"사체는 전혀 보이지 않는데."

잠수정 안에서 대릴이 주변의 어둠을 둘러보았다.

"그럼 하나를 찾아보자고."

"세상에, 대체 이것들이 얼마나 많은 거야?"

리사 바턴은 놀라워했다. 그들은 유골들 위를 40분 동안이나 지나갔으나 여전히 끝은 보이지 않았다. 그들의 잠수정 아래로 커다란 날개가 달린 유골들이 하나씩 지나갔다. 그녀가 몸을 돌리며 물었다.

"얼마나 더 계속될까요, 대릴?"

"지금까지 1421개야."

제이슨이 인터콤으로 말했다.

리사가 고개를 흔들었다.

"이런, 여태까지 세고 있었단 말이에요."

대릴이 껄껄 웃더니 유리를 가리켰다.

"극성 엄마, 저것 좀 봐. 눈이 오고 있어."

"어, 정말 그러네."

작고 흰 조각들이 여기저기에서 눈처럼 내렸다. 심해에서는 이런 '눈보라'들이 자주 일어났는데, 이것들은 사실 저 위의 식물들이 물속에 풀어놓은 수십억 개의 포자들이었다.

리사가 화면을 보았다.

"제이슨, 눈이 보여?"

"불행히도."

플랫폼 위에 선 채 그는 헬멧 옆을 스쳐 지나가는 흰 조각들을 무시하려 애를 썼다. 그는 지금까지 세고 있던 유골들의 숫자를 잊어버리고 싶지 않았다—1422, 1423, 1424……그는 헬멧 안에서 눈을 가늘게 떴다. 눈보라는 점차 거세졌다—1425, 1426, 1427…… 눈보라는 더욱 짙어졌다—1428, 1429…… 잠수정이 살짝 방향을 틀었고 눈은 바로 그의 얼굴에 쏟아졌다—1430, 1431…… 그의 마스크에 눈이 달라붙기 시작했다. 그는 그것을 손으로 떼어내고 싶었지만 손을 쓸 수 없었다—1432…… 잠깐, 1431이던가? 1432, 1433, 1434…… 눈보라는 점점 거세졌고 유골들은 점차 하나로 뭉치기 시작했다—1434, 1435…… 눈보라는 계속 더 거세졌다. 갑자기 그는 어디까지 헤아렸는지 잊어버렸다. 하지만 그것은 눈 때문이 아니었다.

그는 유골의 무리 가운데에 뭔가가 놓여 있는 것을 발견했다.

잠수정이 거기에 가까이 다가가면서 그는 그것이 무엇인지 자세히 보기 위해 눈을 찌푸렸다.

잠수정 안에서 대릴 역시 눈을 찌푸렸다.

"어이, 저거 보여, 제이슨? 저게 뭐야?"

제이슨이 눈을 가늘게 떴다.

"사체야, 대릴. 방금 사체를 하나 찾았어."

그것은 유골보다 훨씬 작았다. 날개 너비는 겨우 1.5미터 정도였고, 무게는 110킬로그램 정도밖에 되지 않았다. 그것은 죽은 청년기 가오리였다. 몸뚱이는 그놈을 죽인 그 치명적 바이러스 때문에 형체가 제대로 남아 있었다. 날개 끝부분과 몸 아랫부분에서 살이 몇 군데 벗겨진 것만 제외하면, 가오리의 형태는 완벽해 보였다. 잠수정이 가까이 다가가면서 제이슨은 가오리의 머리에 시선을 맞췄다. 그의 얼굴에 작은 미소가 떠올랐다. 그는 이 사체를 위로 가져가서 뇌를 한번 들여다보고 싶어 견딜 수가 없었다.

29

"세상에, 저것 좀 봐."

눈 밑이 축 처진 채 제이슨은 한 작은 해양연구실험실에 홀로 서 있었다. 목제 캐비닛들과 벽에 걸린 싸구려 돌고래 사진 액자들에 둘러싸인 채 제이슨은 자기 앞에 놓여 있는 것을 보고 몹시 놀라고 있었다. 물론 그는 거대한 뇌를 예상했었다. 하지만 이건…… 전날 밤 시드 클레퍼와 로스 드러먼드는 제이슨을 이곳, 마르우드 엔터프라이즈사의 몬테레이 실험실 중 하나로 데려다주었다. 그 시간 이후로 제이슨은 어느 누구와도 말을 나누지 않았다. 클레퍼와 드러먼드는 잠을 자러 집으로 돌아갔고, 대릴과 리사 그리고 필은 뒤쪽의 사무실에서 자고 있었다. 크레이그와 모니크는 어디에 있는지 알 수 없었다. 어쩌면 아직도 바다에 있는지도 모른다.

시간은 아침 7시 15분쯤 되었다. 제이슨은 밤을 새워 일을 한 뒤였다.

그는 전혀 지친 기색도 없이 8센티미터 깊이의 물이 담긴 플라스틱 해부 접시를 들여다보고 있었다. 수면 아래에는 뭐라고 설명해야 할지 알 수 없는 크고 이상하게 생긴 뇌가 하나 잠겨 있었다. 가오리의 몸뚱이는 이미 얼음으로 포장해서 뒤쪽의 공업용 냉동고에 넣어두었다. 일은 예상보다 여섯 시간이나 더 걸렸는데, 그건 뇌에 조심해서 잘라야 할 특이한 척수 연결 신경들이 있었기 때문이다. 그는 필이 전에 대릴에게 준 작은 녹음기의 스위치를 끄고는 노트북에 메모를 꼭 해두어야겠다고 마음먹었다.

제이슨은 다시 한 번 해부 접시 안을 쳐다보았다. 그는 그동안 쥐가오리 해부를 수없이 많이 해보았는데, 10년 동안 150마리가 넘을 정도였다. 하지만 이제껏 이런 뇌를 본 적은 한 번도 없었다.

"세상에."

그가 한 번 더 말했다.

다른 뇌들과 달리 이 뇌는 둥글지 않고 네모꼴이었으며 납작했다. 그것은 팔뚝만 한 길이에 손바닥만 한 너비 그리고 두께는 4센티미터 정도에 심하게 부패한 갈빗살처럼 보였다. 제이슨은 이 뇌를 꺼내기 위해 밤새도록 애를 썼지만, 막상 꺼내고 나니 뭘 해야 할지 몰라서 잠시 머뭇거렸다.

"리사."

그녀는 움직이지 않았다.

"리사."

이번에는 제이슨이 그녀를 살짝 건드려보았다.

리사 바턴은 전날 밤 그녀가 기대어 앉은 큰 가죽 안락의자 위에서 잠들어 있었다.

"리사, 일어나봐."

그녀는 눈을 뜨더니 미소를 지었다.

"안녕."

제이슨도 미소를 지어 보였다. 그녀는 스웨터와 청바지를 입은 모습이 잘 어울렸다. 그는 갑자기 자신이 어디에 있는지, 그리고 뇌에 관한 모든 일이 생각나지 않았다. 그는 그녀와 단 둘이서 아침식사를 한다든지, 무언가 격의 없는 일을 하고 싶었다.

"안녕."

"지쳐 보이네요."

그는 아무 말 없이 고개를 끄덕였다.

"지금 몇 시예요?"

"7시 15분."

"아침이란 말이에요?"

그녀는 일어나서 옷매무새를 바로 했다.

"그럼 밤을 새웠단 말이에요?"

"그놈의 뇌를 정말 꺼내고 싶어서 말이지."

"올드리지 씨, 아무도 당신 보고 몸 바쳐 일하지 않는다고 말하지는 못할 거예요. 그래서 꺼냈어요."

"이리 와봐. 당신도 이걸 봐야 돼."

"오, 맙소사."

그들은 둘 다 해부 접시 앞에 선 채 놀라워했다.

"얼마나 큰 거죠?"

"거의 2.7킬로그램 정도 되지."

"세상에!"

리사는 인간의 뇌가 평균 1.4킬로그램이라는 것을 알고 있었다. 제이슨이 고개를 끄덕였다.

"쥐가오리의 뇌 크기보다 110배나 더 큰 거야."

"그럼 정말로 그 돌고래를 속이긴 한 거로군요."

그녀는 놀란 얼굴로 뇌를 쳐다보았다.

"그럼 이제 이걸로 뭘 할 건데요?"

"글쎄, 신경 전문가한테 갖고 가야겠지. 근데 정확히 누구한테 가야 할지 모르겠어."

"크레이그가 아는 사람들이 있을 거예요."

"아, 그래."

제이슨은 바이러스가 동물의 뇌에 미치는 영향에 관한 심포지엄에 크레이그가 여러 번 참석했었고, 나름대로 신경생물학자들과 연락을 주고받는다는 사실을 깜박 잊고 있었다.

"그럼 지금 당장 크레이그 핸드폰으로 전화를 걸어봐야지. 그동안 당신은 대릴하고 필 좀 깨워주겠어?"

리사는 나갔고, 제이슨은 서머스와의 통화를 시도했다. 한 번,

두 번, 세 번. 계속해서 통화 중 신호가 돌아올 뿐이었다. 그때 대릴이 방에 들어와서는 해부 접시 안을 들여다보았다.

"아니, 이런 맙소사."

다음에는 필이 들어왔다.

"세상에. 이거 당장 사진으로 찍어놔야겠네."

마치 사탕 가게에 들어선 어린아이처럼 그는 카메라를 가지러 뛰쳐나갔고, 순식간에 돌아와서는 여러 각도에서 마구 사진을 찍어댔다.

대릴은 여전히 자신의 눈앞에 펼쳐진 광경을 믿을 수가 없었다.

"이건 진짜잖아. 그럼 정말로 저 동물한테서 이 뇌를 꺼냈단 말이야?"

"그래, 맞……."

"제이슨, 크레이그하고 모니크한테 연락이 돼요?"

리사가 들어오면서 물었다.

"아니, 대체 지금 뭘 하는 걸까?"

리사가 가까이 다가오더니 말했다.

"어쩌면 그쪽에서도 뭔가 쓸 만한 걸 발견했나 보죠."

"대체 저게 뭐야?"

모니크 홀리스는 엑스페디션호의 안락의자 위에서 양털 담요를 덮은 채 자고 있었다. 새벽 4시쯤에 정말 피곤하기도 했지만 갑판 아래로 내려가는 것은 생각조차 해보지 않았다. 그녀는 그냥 그렇게 배 뒤쪽에서 곯아떨어진 것이다. 이제는 해가 뜰 무렵이었고, 하늘은 보기 싫은 회색빛이었다. 모니크는 아무것도 모른 채 평화롭게 잠을 자고 있었다.

"대체 저게 뭐야?"

모니크는 억지로 눈을 떴다.

"이봐, 크레이그, 대체 뭐가 뭐라는 거야?"

"저거."

낡은 회색 티셔츠를 입은 채 면도도 하지 않고, 씻지도 않은 얼굴로 있던 크레이그 서머스가 화면을 가리켰다.

"좋은 일이긴 한데, 지금 소나로 잡히는 게 두 개란 말이지."

모니크는 일어서더니 바로 지도에 점 두 개가 깜박이는 것을 보았다. 그들이 여태껏 쫓아가던 첫 번째 점은 해안에서 3.2킬로미터쯤 떨어져 있었고, 두 번째 점은 겨우 800미터쯤 떨어져 있을 뿐이었다. 그녀는 두 번째 점을 처다보았다.

"이거 고래가 아닐까?"

"아니, 크기가 그만큼 크지 않아."

"그럼 돌고래는?"

"그러기엔 너무 느리게 움직여. 모니크, 아무래도 가오리 같은데. 무리가 갈라진 모양이야."

그녀는 해안에 더 가까이 있는 점을 처다보았다.

"이 무리는 계속 내버려두면 우리 시야를 곧 벗어나겠는걸."

"그래서 널 깨운 거야. 어느 무리를 따라갈지 결정해야 된다고."

"깊이는 어때?"

크레이그가 버튼을 누르자 두 개의 숫자가 떴다. 첫 번째 점 아래에서는 17308이라고 떴지만, 두 번째 점 아래에서는 100이라고 나타났다. 모니크의 눈이 커졌다.

"이 무리는 겨우 100피트(30미터) 밑에 있다고?"

서머스가 고개를 끄덕였다.

"내가 말하려는 게 바로 그거야. 실제로 지금 이 녀석들을 볼 수도 있다고. 경로를 바꿔서 이 무리를 쫓아갈까?"

모니크는 두 번째 점을 바라보았다.

"물론이지."

크레이그는 조종간 쪽으로 향했고, 모니크는 전화기를 잡았다.

"제이슨한테 이 사실을 알려야지."

그런데 신호가 가지 않았다. 그녀는 궁금해하며 화면을 다시 바라보았다. 왜 두 번째 가오리 무리는 겨우 30미터 아래에 있는 거지? 배는 방향을 바꿨고, 그녀는 곧 알아낼 수 있으리라 생각했다.

제이슨은 고개를 흔들었다. 또다시 통화 중 신호가 들렸다.

"크레이그한테서 그 망할 신경생물학자들의 이름을 알아내야 한단 말이야."

대릴이 뇌를 보다가 시선을 돌렸다.

"왜?"

"누구한테 이걸 보여줘야 할지 결정해야 하거든."

"이봐, 나도 뇌 전문가들 몇 명은 만나본 적이 있다고."

"정말?"

"그래, 어떤 회의에 크레이그랑 같이 갔었지. 이것만 말해주지. 정말 거만하기 짝이 없는 사람들이야."

"대릴, 이 뇌에 대해서 우리는 전문가의 의견이 필요하다고."

"반다르 비샤커라트니에 대해서 들어봤어?"

"아, 그 사람."

제이슨이 최근에 들어본 이름은 아니었지만, 반다르 비샤커라 트니는 세계 제일의 뇌 전문가였다. 10년 전쯤인가 노벨상 후보로 거론되기도 하였고, 그 후에는 프린스턴대학교에 신설된 신경과학연구소의 소장으로 취임했다.

"당연하지, 그 사람이 누군지는 모두 다 알걸."

대릴이 눈썹을 추켜세웠다.

"너무 감동받지는 말라고. 그 사람이 천재인 건 의심의 여지가 없지만, 정말 오만한 놈이거든."

대릴은 해부 접시 안을 보고는 다시금 놀라워했다.

"하지만 이걸 볼 수만 있다면 네 발바닥이라도 핥을걸."

"전화 걸어볼까?"

"너랑은 말도 안 할걸."

"뭐라고?"

"그런 사람이라면 공식적인 소개 없이는 절대로 말도 못 붙일 걸. 설령 말을 붙였다 해도, 우리가 가지고 있는 걸 절대 믿지 않을 거야. 직접 보지 않고선 말이야. 어쩌면 약속을 잡을 수는 있겠지 뭐."

"그런 사람이라면 스케줄이 꽉 차 있겠지?"

"몇 달은 기다려야겠지. 그 사람을 즉시 만나보고 싶다면 좀 과감하게 나가야 할 거야."

"무슨 소리야? 얼마나 과감해지라고?"

대릴은 턱을 문지르면서 정곡을 찔렀다.

"내 말은 당장 이 뇌를 포장해서 비행기를 타고 가서 그 사람 사무실로 쳐들어갈 정도로 과감해지라는 거야."

"그러면 될까?"

대릴은 해부 접시 속을 다시 들여다보았다.

"즉효지."

"그럼, 나 없이도 너희들이 흔적을 다시 찾을 수 있겠지?"

"할 수 있고말고, 제이슨."

리사가 짜증이 나서 고개를 저었다.

"그게 맘에 안 들면 내가 이 뇌를 분석하러 갈게요."

제이슨이 불안한 표정으로 말했다.

"아니, 그러지 마."

리사가 화난 얼굴로 고개를 끄덕였다.

"그럴 줄 알았어요. 그러니까 당신이 없어도 우리가 일을 망치지 않을 거라고 당신이 우리를 믿는 수밖에."

"리사, 내가 너희를 믿지 못한다는 게 아냐."

"우리가 하길 원해요, 안 하길 원해요?"

리사는 더 이상 듣고 싶지 않았다.

"왜냐하면 내가 당신이라면 지금 이 뇌가 뭘 의미하는지 알고 싶어 미칠 지경일 테니까."

제이슨이 뇌를 쳐다보았다.

"리사 말이 맞아."

그는 손목시계를 보며 차를 타고 샌프란시스코 공항까지 최대한 빨리 가면 얼마나 시간이 걸릴지 생각해보았다. 정작 가고 보니 10분밖에 걸리지 않았다. 몬테레이에는 택시가 많았다. 그런데도 그는 칫솔도 미처 챙기지 못할 정도로 서둘렀다.

30

"믿을 수 없어. 둘 다 놓치다니."

크레이그는 아무 신호도 나타나지 않는 지도를 뚫어지게 바라보고 있었는데, 거의 미쳐서 폭발할 지경이었다.

"제기랄!"

크레이그와 모니크는 바다를 잠시 동안만 떠났을 뿐이었다. 샌프란시스코에서 48킬로미터 남쪽에 있는 하프문베이 부두에서 대릴, 리사 그리고 필을 배에 태우기 위해서였다. 그런데 그들이 돌아왔을 때는 두 신호가 모두 사라지고 없었다. 깜박이는 점은 어디에도 없었다.

엑스페디션호의 뱃머리에서, 가오리들을 다시 찾으려는 필사의 노력으로 모니크는 리사와 함께 부표를 하나 더 바다를 향해 던졌다.

리사는 고개를 저었다. 그녀에게도 문제가 있었다. 실험실에서 너무 급히 나오느라 제이슨이 뇌를 잘라내고 남은 사체를 그만 깜박 잊고 냉동고에 둔 채 돌아온 것이다. 제이슨의 친구인 클레퍼와 드러먼드가 일 때문에 잠시 도시를 떠난 이상 그 사체를 다시 찾으려면 며칠이 걸릴 것이고, 그때쯤이면 사체는 분명 돌처럼 딱딱하게 굳어서 해부하기 어려울 것이 분명했다.

크레이그는 마음을 가다듬고 정확히 무슨 일이 일어난 것인지 파악하려고 애를 썼다. 그들은 현재 해안에서 1.6킬로미터쯤 떨어져 있고, 그 자리는 20분 전까지만 해도 신호가 잡히던 바로 그 자리였다.

"대체 놈들이 어디 간 거야?"

대릴이 어두운 바다를 둘러보았다.

"아무 데도 안 간 거 아냐? 그냥 제자리에 멈춰 있는 건지도 모르지."

만일 뭔가가, 그것도 바다 밑바닥에서 그저 움직이기를 멈췄다면, 소나만으로 그것을 찾기란 힘들 것이다.

크레이그가 고개를 저었다. 말이 안 되는 소리였다. 가오리들은 이동 중이었는데, 어째서 멈추겠는가?

"잠깐만, 혹시……."

버튼을 하나 누르자 지도는 3차원으로 변했다. 땅은 여전히 흰색이고, 물은 여전히 파랗지만 이제 물속에 회색의 거대한 심해 산맥이 보였다.

"이런 젠장."

대릴이 눈썹을 추켜세웠다.

"뭐, 이러면 얘기가 달라지지, 안 그래?"

"계곡 속에서 헤엄치고 있을까?"

"만일 그렇다면 사라진 게 설명이 되지."

만일 가오리들이 계곡 속에서 헤엄치고 있다면, 소나는 그것들을 찾는 데 애를 먹을 것이다. 그리고 이 산들은 높이가 800미터 정도로 거대한 데다 5000미터 깊이의 바닷속에 파묻혀 있어서 소나를 사용하기에는 최악의 조건이었다. 이런 특이한 지형에서는 반향탐지시스템의 탐지음향이 산들에 부딪히고 튕겨서 아무것도 탐색해내지 못할 것이다.

크레이그는 회색빛 물을 쳐다보았다.

"그럼 두 무리가 모두 여기에 있다는 거네. 그나저나 왜 두 무리가 따로따로 있는 건지 이해할 수가 없어."

"둘이 따로따로 있다는 게 정말 확실해?"

모니크가 리사와 함께 오면서 물었다.

"무슨 소리야, 모니크?"

모니크가 가까이 다가왔다.

"내 말은 확실히 이동하는 가오리 무리는 둘이야. 하지만 이 둘이 뭔가…… 서로 함께 이동하는 것처럼 보이지 않아? 서로 다른 깊이에서, 해안으로부터 다른 거리만큼 떨어져 있지만 같은 방향과 같은 속도로 이동하는 것 같아."

"어쨌든 놈들은 갈라졌고 그건 이상해. 그런 식으로 이동하는 걸 전에도 본 적 있어?"

"난 없어. 여보, 당신은 봤어?"

"한 번도 없는데."

크레이그가 고개를 끄덕였다.

"그럼 대체 왜 갈라진 걸까?"

홀리스 부부는 어깨를 으쓱했다.

리사 역시 도저히 감을 잡을 수 없었다. 그녀는 제이슨이라면 어떻게 생각했을지 궁금했다. 그가 배에 함께 있지 않으니 기분이 이상했다. 그녀는 뉴저지에 있는 프린스턴대학교의, 이름조차 발음하기 어려운 그 뇌 전문가에게서 제이슨이 뭔가 유용한 정보를 얻기를 바랄 뿐이었다.

그의 친구들이 '비시'라는 애칭으로 부르는 반다르 비샤커라트니는 스리랑카 출신으로, 자수성가의 대표적인 예라고 부를 만한 사람이었다. 10년 전까지만 해도 그는 뉴델리에서 지원금

219

도 제대로 못 받는, 공공병원의 신경과에서 뼈 빠지게 일하는 무명 의사에 불과했다. 그 무렵 그는 국제신경외과의사협회에 일년 전에 투고한 논문이 '동물 뇌의 내부 활동에 대한 견줄 데 없는 지식'을 내포한다는 심사 결과를 받았다. 「아프리카 사자들에게서 나타난 시각 중추의 시냅스 증식」이란 제목의 그 논문은 그 뒤 세계 신경학계의 모든 인사에게 널리 유포되었고, 곧 세계적인 인정을 받았다. 6개월 만에 비샤커라트니는 노벨상 후보에 올라 있었다. 그로부터 12개월 뒤에는 프린스턴대학교가 신설한 신경과학과의 학과장과 신경과학연구소 소장을 맡아달라는 제의를 받았고, 화려한 홍보와 함께 비샤커라트니는 그 자리에 앉았다. 그의 연봉과 기타 수당에 대해서는 한 번도 공개된 적이 없지만, 널리 알려진 소문으로는 작은 나라들의 예산보다도 많은 기금을 가진 프린스턴대학교였기 때문에, 미국에서 제일 돈을 잘 버는 운동선수들의 연봉과 맞먹는다고 했다. 그때 이후로 비샤커라트니는 죽 프린스턴대학교에서 근무해왔다.

"제이슨 누구라고? 대체 제이슨이란 멍청한 이름은 또 뭐야? 당장 쫓아버려."

"비샤커라트니 박사님, 그 사람은 제가 아까 말씀드렸던 분입니다."

비샤커라트니의 서른 살 먹은 비서 안드레아가 조심스레 방 안으로 들어오며 말했다. 그녀의 뉴욕 억양은 상사의 인도 억양과 유머 있게 대비되었다.

"그 사람이 전에 전화한 거 기억하시죠? 캘리포니아였죠? 그 사람이 왔습니다. 밖에서 기다리고 있어요. 박사님과 꼭 대화를 나누고 싶다는데요."

놀랄 만한 속도로 샌프란시스코 공항에 도착한 제이슨은 뉴어크로 가는 가장 빠른 비행기를 탄 후, 총알택시를 타고 프린스턴 대학교로 직행했던 것이다.

"당장 꺼져버리라고 해. 젠장, 지금 바쁜 거 안 보여?"

안드레아는 웃음을 참았다. 비샤커라트니는 프린스턴대학교가 개교 250주년을 기념해 발행한 기부금 모금 책자에는 실리지 않은 어떤 성격 때문에 유명했는데, 바로 그 고약한 성질과 더러운 입버릇이 그것이었다. 대부분 대학 교수들이 꿈으로밖에는 꿀 수 없는 거대하고 우아한 연구실에 앉아 있는 예순한 살의 노교수는 조수가 들고 있는 스테이플러가 찍힌 서너 장짜리 서류를 가리켰다.

"그나저나 그건 대체 뭐야?"

"기밀 유지 서약서입니다."

안드레아는 무안해하며 서류를 그에게 건넸다. 대릴은 박사가 그 종이에 서명하게 하라고 제이슨에게 충고했다. 비샤커라트니는 꽤나 사기꾼 같은 기질이 있다는 소문이 있기 때문에 법적으로 보호를 받는 것이 안전할 것이라는 생각에서였다.

"기밀 유지 서약서라고! 캘리포니아에서 온 그 미친놈이 아무 약속도 없이 나를 만나자고 하는 게 다가 아니라, 날더러 기밀 유지 서약서에 서명하라고!"

비샤커라트니 박사는 정말로 재미있어하며 껄껄 웃었다.

"고자로 만들 놈 같으니라고! 뭐 이런 또라이가 다 있어!"

"박사님, 제가 볼 때는 또라이가 아닌 것 같습니다만."

"아, 그래? 그렇단 말이지?"

그는 서류를 길게 찢어버렸다.

"대체 이 친구가 뭘 말하려는 건데? 달이 치즈로 만들어졌다고? 지구의 지각이 저지방 요구르트로 구성되었다고 말인가?"

그는 기밀 유지 서약서를 바닥에 던져버렸다.

"캘리포니아 놈들은 다 또라이들이야. 만성절(할로윈)인 줄 알고 찾아왔나 보지. 이제 놈을 좀 쫓……."

순간 제이슨이 방으로 들어섰다. 그는 여태껏 문 밖에서 듣고 있었는데 더는 참을 수가 없었다. 그는 빨간 뚜껑이 덮인 중간 크기의 아이스박스를 들고 들어오면서 눈을 매섭게 떴다. 그는 낭비할 시간이 없었다.

"비샤커라트니 박사님, 제 이름은 제이슨 올드리지라고 합니다. 이렇게 갑작스럽게 들이닥쳐서 죄송합니다만, 제가 지금 여기서 시간을 지체할 수 없는 것을 가져와서 말입니다. 박사님께서 이걸 보시면 매우 흥미로워하실 것이라 믿습니다만, 먼저 저 기밀 유지 서약서에 서명을 좀 해주십시오."

그는 가까이 다가가서 큰 책상 위에 아이스박스를 올려놓았다.

박사는 제이슨의 말을 한마디도 듣지 못했다. 그는 공포에 질려 자신의 가죽 의자에 얼어붙고 말았다. 그는 지금 방에 들어온 사람이 테러리스트이고, 아이스박스에 든 것은 폭탄일지도 모른다고 생각한 것이다. 비샤커라트니가 과대망상을 하고 있다고는 할 수 없었다. 실제 그의 고국에서는 자살폭탄 테러가 드물지 않았다. 최근에도 그의 동료가 이런 사람에게 살해당했고, 비샤커라트니 자신도 일 년에 세 번 정도는 죽여버리겠다는 협박을 받고 있었다. 누군가가 말로만 협박하는 게 아니라 정말로 자신을 죽이러 온 것인지도 모르는 일이었다. 하지만 극심한 공포를 느끼면서도 그는 애써 평정을 유지하려 했다.

"보안 요원들을 불러."

그가 조용히 비서에게 말했다. 그러고는 움직이지도 않고 숨도 쉬지 않으려 애썼다. 아이스박스는 그의 얼굴에서 불과 1미터 거리에 있었다.

박사가 무엇을 걱정하는지도 모르는 채 제이슨은 앞으로 몸을 기울이더니 아이스박스의 뚜껑을 열었다. 비샤커라트니는 뒤로 움찔하다가 하마터면 의자 뒤로 나자빠질 뻔했다.

제이슨은 놀랐다.

"뭐 하시는 겁니까? 박사님, 저는 미친 테러리스트가 아닙니다. 제가 지금 가지고 온 것을 박사님께서도 정말로 보고 싶어 할 것입니다. 믿어주십시오. 그냥 한 번만 살짝 보시고, 만일 관심이 없으시다면 다시 들고 나가겠습니다."

그가 빨간 뚜껑을 들어 올렸다.

"그러면 되겠죠?"

비샤커라트니는 안심한 듯 숨을 내쉬었다. 아무것도 폭발하지 않았고, 이 백인 친구는 자살폭탄 테러범처럼 보이거나 말하지 않았다. 그는 카키색 바지와 샌프란시스코 공항의 옷가게에서 산 하늘색의 단추 달린 셔츠를 입고 있었다. 비샤커라트니는 갑자기 호기심이 발동했다. 만일 이 진지해 보이는 친구가 정말로 캘리포니아에서 여기까지 찾아왔다면, 대체 뭘 갖고 온 거지? 비샤커라트니는 책상머리에 다시 앉은 뒤, 아이스박스 안을 힐끔 들여다보았다.

"이런 세상에, 부처님 맙소사."

비샤커라트니가 말했다.

"박사님, 저 기밀 유지 서약서에 먼저 서명해주십시오."

비샤커라트니는 대답하지 않았다. 그저 아이스박스 안을 쳐다 볼 뿐이었다.

"박사님?"

박사는 여전히 대답이 없었다.

제이슨이 뚜껑을 다시 덮자 박사는 그제야 정신을 차렸다. 박사는 기묘한 표정을 한 채 그를 바라보았다.

"음?"

"기밀 유지 서약서 말입니다."

"아. 그, 그래."

이제 비샤커라트니는 제대로 움직이지도 못했다. 그는 황망하게 셔츠 주머니를 더듬으며 펜을 찾았다. 그러나 좀처럼 펜을 찾을 수가 없었다. 이번에는 재킷을 쓰다듬으며 찾았다. 거기에도 펜은 없었다. 그는 서랍을 거칠게 잡아 빼더니, 안을 마구 뒤져서 싸구려 볼펜을 하나 꺼냈다. 그는 허둥대며 달려가 카펫에 놓인 반쯤 찢긴 기밀 유지 서약서를 주워 들었다. 내용은 읽어보지도 않은 채, 그는 자신의 서명과 날짜를 네 번 급히 갈겨썼다. 그는 서류를 제이슨에게 건네주고는 아이스박스 꼭대기에 손을 얹었다.

"좀 봐도 되겠나?"

제이슨은 그를 마주 보았다. 그는 이 놀라운 뇌에 대해 알고 싶어서 박사보다도 더 안달이 나 있었다.

"그렇게 하시죠."

31

진짜 뇌로군그래. 세계에서 제일가는 뇌 전문가는 방금 전에 이 이상한 뇌를 맨손으로 만져보고 눌러보았다. 가짜가 아니었다. 이 어처구니없는 뇌는 진짜 뇌였다!

"이걸 어디서 구했는가?"

제이슨이 자초지종을 설명했다.

"그렇군. 이걸 내게 보여주는 까닭이 뭔가? 자네 이름이……?"

"올드리지. 제이슨 올드리지입니다. 이걸 좀 분석해주셨으면 합니다. 이 뇌에서 알 수 있는 것을 모두 이야기해주십시오."

"그래? 그 대가로 뭘 줄 건가?"

흥분해 있긴 했지만 비샤커라트니는 여전히 장사꾼 같았고, 제이슨 역시 그것을 잘 알고 있었다.

"독점을 보장해드리겠습니다. 이 뇌를 머리끝부터 발끝까지 분석하신 후에, 박사님이 발견한 사실들을, 다른 사람들이 이것이 존재한다는 사실조차도 알기 전에 공개적으로 발표할 수 있게 해드리겠습니다."

제이슨은 이 정도라면 이 대단한 사람이 여태껏 받은 제안 중에서 최고일 것이라 의심치 않았다.

그러나 반다르 비샤커라트니는 눈조차 깜빡이지 않았다. 그는 최근, 공대 교수들과의 목요일 밤 포커 모임에 가입해서 포커를 치느라 자기감정을 숨기는 데에 꽤 능숙했다. 그는 그저 아이스박스 안을 바라보기만 했다. 그러더니 낮고 조용한 목소리로 말했다.

"그거 괜찮은 제안이로군. 그럼 지금 일을 시작할 수 있게 좀 실례해주겠나."

"젠장……."

크레이그 서머스가 컴퓨터 지도에서 눈을 들었다.

"이봐, 방금 신호를 포착했어!"

다른 사람들이 모두 뛰어왔다. 대릴이 가장 먼저 왔다.

"어디야?"

"샌프란시스코 북쪽. 포인트레이즈 앞바다."

휘파람 소리가 들려왔다.

"우리가 알아차리지도 못한 채 그 위까지 올라갔다니."

포인트레이즈는 하프문베이에 있는 현재 위치에서 96킬로미터나 북쪽에 있는 곳이었다.

크레이그는 고개를 끄덕였다.

"계곡을 헤엄쳐 간다면 일어날 수도 있지."

"네 생각엔 놈들이 의도적으로 그러는 것 같단 말이지? 추적당하지 않으려고?"

"아, 그건 알 수 없어."

"잠깐만. 저 깊이는 정확한 거야?"

모니크가 화면을 가리켰다.

크레이그의 눈이 커졌다.

"맙소사, 해수면에 있잖아. 그리고……."

그는 몸을 앞으로 기울였다.

"놈들이 해안에 얼마나 가까이 있는지 봐. 이런, 거의 해변에 올라온 셈인데."

모니크가 끄덕였다.

"크레이그, 어서 저기로 가보자. 지금 당장."

크레이그는 선교로 마구 뛰어갔고 곧 그들은 전속력으로 해안을 따라 북상했다. 아무도 말을 하지 않았다. 사실 바람 소리 때문에 생각을 제대로 할 수도 없었다. 하지만 그들은 모두 같은 사실을 놓고 궁금해했다. 왜 가오리들이 갑자기 해안에 그렇게 가까이 다가간 거지?

"여긴 아무것도 없는데."

90분이 지난 뒤였다. 대릴은 고개를 저었다.

"젠장, 아무것도 없어."

그들은 엄청난 속도로 엘 그라나다, 데일리시티 그리고 무어우즈를 지나쳤다. 배의 엔진들도 휴식이 필요했기 때문에 그들은 시동을 끈 채 적막한 포인트레이즈의 해변에서 20미터쯤 떨어진 곳에 떠 있었다.

"확실히 여기서 신호가 왔어?"

모니크가 쌍안경으로 해안선을 관찰하면서 물었다.

크레이그가 고개를 끄덕였다.

"정확히 이 위치였어."

대릴은 만일의 경우를 대비해 들고 있던 작살총을 내려놓았다.

"뭐, 난 아무것도 안 보이는데."

"잠깐만."

모니크가 갑자기 무언가를 가리켰다.

"저것 좀 봐."

그들은 모두 해변 쪽을 쳐다보았다.

"이런 젠장."

대릴이 말했다.

필은 거의 휘파람을 불 뻔했다.

"우와."

크레이그는 고개를 저었다.

"그래서 해안에 그렇게 가까웠구나."

리사는 눈을 가늘게 떴다.

"저쪽으로 가보자. 조심스럽게."

그녀는 핸드폰을 꺼내 들었다.

"난 제이슨한테 전화할게."

프린스턴대학교의 뇌 전문가가 뭐라고 하고 있는지는 모르겠지만, 그녀는 방금 그들이 찾은 것에 대해 제이슨이 듣고 싶어 할 것을 알고 있었다. 그녀는 제이슨의 핸드폰이 켜져 있기를 바랐다.

32

반다르 비샤커라트니는 연필을 내려놓고 의자에서 일어섰다. 예비 분석은 완벽히 이뤄졌다. 이 과학자는 하루 종일, 정확히 말해서 25시간을 쉬지도 않고, 간식을 먹으러 복도 자판기에도 가지 않고 줄기차게 일을 했다. 그는 지쳐 있었다. 비샤커라트니는 코트를 집어 들고는 하품을 두 번 한 뒤에 우아하게 장식된 복도로 나갔다.

제이슨 올드리지는 검은색과 주황색의 프린스턴대학교 문장이 찍힌 나무 의자에 앉아 있었다. 그는 정신이 말짱히 깨어 있었고, 핸드폰 문자 메시지를 확인하고 있었다. 박사가 돌아오자 제이슨은 핸드폰을 집어넣었다.

"비샤커라트니 박사님, 무얼 좀 알아내셨습니까?"

비샤커라트니. 이 신경학자는 일찍이 자기 이름을 염두에 두고 있었다. 대부분의 사람은 자신의 이름을 놀랄 만큼 잘못 발음했는데, 이 미국인은 그 이름을 정확하게 발음하려고 매우 조심하고 있었다. 물론 발음을 정확하게 한다고 해서 그가 천재가 되는 것은 아니지만, 이를 통해 박사는 자신에 대한 존중과 더불어 자신이 아닌 다른 사람에게서는 보기 드문, 소소한 것에 대한 관심을 엿볼 수 있었다. 비샤커라트니는 그 자리에서 제이슨 올드리지가 마음에 드는 사람이라고 생각했다. 그는 인심 좋게 손짓을 했다.

"내 연구실로 좀 들어오게. 분석한 결과를 알려주겠네."

두 사람은 화려하게 장식된 유리 테이블의 맞은편에 있는 가죽 의자에 앉았다. 비샤커라트니는 일단 '뇌에 대한 일반적 예비지식'부터 짚고 넘어갔다. 인간의 뇌는 1400그램, 즉 3파운드 정도 무게가 나갔고, 커다란 대뇌피질을 가지고 있다. 겉으로 보기에 인간의 뇌가 우월하긴 하지만 자연계에 존재하는 동물 중에서 인간보다 더 무거운 뇌를 가진 동물은 이미 셋이나 있다. 향유고래의 뇌는 9.1킬로그램이고, 코끼리의 뇌는 5.89킬로그램 그리고 병코돌고래의 뇌는 1.7킬로그램이다. 그리고 이제 이 새로운 동물의 뇌가 2.63킬로그램으로 밝혀지면서 인간보다 뇌가 큰 동물의 수는 네 종으로 늘었다. 뇌는 다른 여느 장기와 마찬가지로 크기가 천차만별이다. 상대적으로 긴 다리가 있듯, 상대적으로 큰 뇌 역시 존재했다. 지금까지 기록된 가장 무거운 인간의 뇌는 1.81킬로그램으로, 평균 수치보다 자그마치 410그램이나 더 무거웠다.

인간의 것이 아닌 동물의 거대한 뇌는 그 크기에 걸맞은 지능을 보여주지 못했다. 인간과 달리, 뇌가 큰 다른 동물은 그 뇌를 사용하지 않는 것처럼 보였고, 이 때문에 어째서 뇌가 애초에 그렇게 크게 진화했는지를 묻는 당연한 의문을 품게 되었다. 비샤커라트니는 인간들이 쉽게 인정할 수 없는 '동물적 지능'이 존재할 것이라는 의견을 낸 최초의 학자들 중 한 사람이었다. 그는 돌고래와 고래의 뇌가 큰 이유는 인간의 뇌에서 큰 부분을 차지하는 의사 전달과 추리 능력이 아닌 초음파 탐지와 같은 놀라운 감각 인식능력을 뒷받침하기 위한 것이라고 가정했다. 의사 전달과 추리 능력을 뒷받침하는 뇌가 인간의 생존에 중요한 구실을 했듯이, 돌고래와 고래의 뇌 역시 그들의 생존에 중요한 구실을 했다는 것이다.

이런 예비지식에 대한 설명을 하는 동안 비샤커라트니는 제이슨의 눈빛이 멍하다는 사실을 눈치챘다. 이 젊은 어류학자는 예의를 지키고는 있지만 이 이야기는 이미 알고 있는 것이라서 지루해하는 듯했다. 사실 그랬다. 제이슨은 샌프란시스코에서 뉴어크로 오는 비행기 안에서 미리 반다르 비샤커라트니가 발견한 업적에 관한 모든 자료를 읽거나 훑어보았던 것이다. 평소 다른 사람의 시간을 뺏지 않는 성격인 박사는 즉시 주제를 바꿨다.

"자네는 분명 자네가 가져온 뇌에 관한 얘기를 듣고 싶어서 여기 온 게로군. 그럼 그 얘기를 하세."

그는 버튼을 하나 눌렀다. 즉시 안드레아가 연구실로 들어왔다. 그녀는 테가 둘린 흰 플라스틱 쟁반에 10센티미터쯤 물에 잠긴 뇌를 담아서 들고 왔다. 그녀는 유리 테이블 위에 물이 떨어지지 않게 조심스레 쟁반을 올려놓고는 다시 연구실을 나갔다.

비샤커라트니가 설명을 하기 시작했다.

"이 뇌에는 매우 이상한 점이 몇 가지 있네. 첫째는 당연히 무게일세. 둘째는 모양이야. 아주 이상하단 말이야. 사실 이렇게 생긴 뇌를 지금껏 본 적이 없어. 이전까지 내가 본 뇌는 모두 둥근 모양이었지. 그게 타원형이든 원통형이든 직육면체든 본질적으로는 둥근 모양이었네."

그가 쟁반 속의 울퉁불퉁한 회색 물건을 가리켰다.

"하지만 보이는 것처럼 이 뇌는 납작하단 말일세……."

그의 목소리가 잦아들더니 곧 조용해졌다.

제이슨이 비샤커라트니의 얼굴을 관찰했다. 그의 이마에는 주름살이 있고, 두 눈은 긴장돼 보였다.

"이 뇌는 우연히 이런 모양으로 진화한 것이 아니야. 이유가 있기 때문에 이런 모양이 되었지. 내가 일단 판단하기로는 이 뇌는 매우 특수화된 뇌야. 한곳에 초점을 둔 뇌란 말이지."

제이슨이 몸을 앞으로 숙였다.

"어디에 초점을 두고 있다는 건가요?"

비샤커라트니는 의미심장하게 그의 눈을 쳐다보았다.

"사냥일세, 제이슨."

33

"사냥이라고요?"

"자네는 아까 이 동물이 포식자라고 했지. 분석 결과를 보니 그 말에 아주 잘 들어맞네. 그리고 이 동물은 그냥 포식자가 아닐세. 아주, 아주 효율적인 놈이야. 어떻게 보면 지나치게 효율적이라고 해야 할 정도야. 이 뇌는 이전까지 내가 본 적이 없는 감각 인식이 가능한 뇌일세. 아직 시각, 후각, 청각, 다양한 자기 감지 능력 등 여러 감각 중 어떤 것이 가장 강한 것인지 파악하지는 못했네만, 내가 볼 땐 모든 감각이 다 강할 거라고 생각되네. 어쩌면 다른 어떤 생물종도 견줄 수 없을 정도로 말이야."

"어떤 생물종도 견줄 수 없는 정도의 감각이라고요?"

맙소사. 제이슨이 생각했다.

비샤커라트니는 젖어 있는 뇌에서 부풀어 있는 돌출부를 가리켰다.

"자네가 보듯이 이 뇌의 모든 감각 중추들, 그러니까 진동, 시각, 청각 등은 매우 크다네. 사실 거대하다는 표현이 맞을 걸세."

그는 유별나게 커다란 한 돌출부를 가리켰다.

"이게 바로 전기 감각 중추인데, 내가 여태껏 본 것 중 가장 크다네. 제이슨, 이 뇌의 감각 감지 능력은 아무리 봐도 너무 강해. 능력 있는 포식자라면 이런 뇌가 필요하지 않아. 하지만……."

그는 집게손가락을 들어 올렸다.

"만일 무능력한 포식자라면 필요할 거야. 자네는 이 가오리들이 신체적으로 포식자의 능력이 없다고 말했지만, 이 뇌는 인간의 뇌처럼 그것을 보상하고도 남을 걸세."

"그러니까 다른 장기들과 마찬가지로 필요에 따라 진화했단 말씀이군요."

"바로 그거야. 다른 장기들과 마찬가지로."

비샤커라트니로서는 아무리 생각해도 놀라운 사실이었다. 모든 사람은 항상 뇌가 다른 장기들과 다르다는 편견을 가지고 있다. 마치 그것만은 하나도 진화하지 않고, 단순히 모든 사람의 두 개골 속에 마술처럼 나타났다고 생각하는 것이었다.

"내가 확실히 말해주겠네, 제이슨. 아무리 복잡하더라도 이 뇌는 기린의 목처럼 진화의 산물일 뿐이야."

기린의 목은 진화 과정이 어떻게 일어나는지를 보여주는 유명한 예였다. 그 간단명료함 때문에, 그것은 변이라는 중요한 개념을 증명하기 위해 자주 사용되었다. 변이는 적응의 모든 과정을 발생하게 하는 근본 원인이다. 모든 생물종의 모든 신체 부위와 장기는—기린의 목부터 인간의 뇌에 이르기까지—오랜 시간에 걸쳐 변이가 축적된 결과로 진화해온 것이다. 이를 묘사하기 위해 자주 사용되는 예가 바로 기린이었다.

3500만 년 전에 기린은 지금보다 훨씬 작은 동물로 그레이트 데인 개와 닮았고, 목 길이는 겨우 10센티미터에 불과했다. 하지만 다른 동물에게서도 그렇듯이, 이 고대 기린은 모두가 약간씩 달랐다. 그들은 키, 몸무게, 털 색깔 등 사실상 수십억 가지 면에서 다양성을 보였는데, 그 항목 중에는 목 길이도 있었다. 열 마리의 새끼 고대 기린을 놓고 볼 때, 보통 그 목 길이가 7.5센티미터라고 한다면, 몇 마리는 2.5센티미터, 혹은 5센티미터 길이의 목을 가지고 있고, 반대로 몇 마리는 10센티미터나 12.5센티미터 길이의 목을 가지고 있었을 것이다.

그럼 이것이 무슨 상관이 있을까? 상황에 따라 약간 더 긴 목은 고대 기린에게 장점이 될 수도 있고, 단점이 될 수도 있고, 아니면 살아가는 데 아무 영향을 주지 못했을 수도 있다. 하지만 알고 보니 더 긴 목은 확실히 장점이 되었다. 3500만 년 전, 대지는 배고픈 초식동물로 가득 차 있었고, 이 동물들은 식물들이 자라는 대로 그것을 먹기 위해 치열하게 싸웠다. 하지만 어떤 먹이는—예를 들면 가장 키 큰 나무들의 윗부분에 달린 나뭇잎들은—먹기에 너무 높은 곳에 있었다. 하지만 목이 더 긴 기린들에게는 이것이 문제가 되지 않았다. 이 동물들은 이전까지는 다다를 수 없던 곳의 나뭇잎들을 먹을 수 있었다. 결과적으로 목이 긴 기린들이 잘 먹고 잘 자라는 동안, 같은 종이지만 목이 더 짧은 기린들은 굶어 죽었다. 운 좋은 생존자들은 자기들끼리 짝을 짓고 번식을 했으며, 그리하여 그들의 '긴 목' 유전자는 다음 세대로 전달되었다. 이렇게 해서 원래는 '돌연변이' 인 긴 목 유전자가 이제는 종 전체의 표준이 되었다. 쉽게 먹이를 구할 수 있는 초목이 부족하자, 긴 목의 기린들은 그들의 긴 목이 생존하는 데 장점으로 작용했다. 그리하여 여러 해 동안 이들이 살아남고 번식을 하면서 긴 목 유전자들은 계속해서 '선택' 되었고, 결국에 기린 종 전체가 현재와 같이 긴 목을 가진 모습이 된 것이다.

이 같은 과정이 지금까지 알려진 모든 동물 종의 모든 기관의 진화를 이끌어왔다. 고대 기린 개체군 내의 변이들은 긴 목이 선택되는 결과를 낳는 동안, 다른 환경조건에 사는 다른 생물종에서는 비슷한 변이들이 완전히 다른 적응의 결과를 만들어냈다. 그 예로 날카로운 이빨을 가진 호랑이의 입, 코끼리의 긴 코 그리고 퓨마의 강한 다리를 들 수 있다. 이것들은 모두 필요에 따라, 즉 어떤 종이 그 특정한 환경에서 살아남는 것을 돕기 위해 진화했고, 각각의 변이는 자연선택의 명백한 힘을 잘 보여준다.

제이슨은 집게손가락을 쟁반 안에 넣어 길이가 46센티미터 정도 되는 뇌의 표면을 따라 뇌를 쓰다듬었다.

"그럼 왜 이 뇌가 납작하게 진화한 것인가요?"

"좋은 질문일세. 간단히 말하자면 뇌가 납작해지면 이 가오리들을 죽이는 것이 매우 어려워진다네."

"뇌가 납작해서 이놈들을 죽이는 것이 어려워진다고요?"

"그렇다네."

박사가 당연하다는 듯이 말하며 소파에 등을 기댔다.

"그게 장점이지. 하지만 이렇게 되면 단점도 있다네. 바로 뇌가 둥글 경우보다 효율적이지 못하다는 점이야. 그 이유는 뇌가 납작하면, 뇌세포들 사이의 시냅스(연결)의 수가 적어지지. 그러면 같은 양의 정보를 처리하기 위해서 뇌는 더 힘들게 일해야 하겠지."

인간의 뇌는 1000억 개의 뇌세포와 이들을 서로 연결해주는 시냅스를 수조 개 가지고 있다. 이런 복잡한 네트워크를 유지하는 데에는 둥근 공 모양이 가장 효율적인데, 왜냐하면 구형이 되어야 복수의 연결이 가능하기 때문이다.

"내 말을 이 동물이 멍청하다고 말한 걸로 오해하지는 말게나. 사실 그 정반대야. 이렇게 큰 뇌를 가지고 멍청할 수는 없지. 뇌가 납작하긴 하지만, 이 동물은 머리가 매우 좋아. 단지 머리가 좋아질 수 있을 만큼 좋지는 않다는 것뿐일세."

"그거 하나는 다행이네요."

제이슨은 자신이 정말로 이 가오리들을 산 채로 보기를 원하는 것인지 스스로 의심을 품기 시작했다.

"그런데 왜 이 동물을 죽이기가 어렵다는 거죠?"

"세 가지 이유가 있네. 첫째, 대뇌피질이 아주 넓은 면적에 걸쳐 있어서 일반적인 경우보다 손상을 받기 어렵지. 둘째, 많은 포식자처럼 뇌의 통증 부위가 작다네. 사실 이 뇌에서는 통증 부위가 없는 것이나 다름없네."

통증 부위는 동물이 다쳤을 경우 그것을 알려주는 뇌의 부분으로, 하던 일은 멈추고 자기 몸을 돌보게 하는 역할을 한다.

"인간은 통증 부위가 매우 크지. 만일 우리가 살짝이라도 뭔가에 찔리면, 우리는 당장 뭔가가 잘못되었다는 걸 알게 되지만 이 동물은 고통을 느끼지 못하기 때문에 무슨 일이 일어나도 하던 일을 계속할 걸세. 그러니까 죽는 순간까지 본능에 따라 행동할 거란 말이지. 이 말은 포식자들의 경우 죽는 순간까지도 사냥을 멈추지 않을 거란 말일세.

셋째, 이 뇌는 내가 분산 감각계라 부르는 걸 가지고 있다네. 분산 감각계들은 모든 동물의 뇌에 어느 정도는 존재하지만 이 뇌에는 매우 풍부하다네."

"분산 감각계라고요."

이제껏 한 번도 들어본 적이 없는 개념이었다.

"그렇다네. 그러니까 이것들은 비상 발전기의 신경학적 형태로 보면 이해하기 쉬울 것 같네. 이것들은 뇌가 담당하는 몸의 모든 기능을 뒷받침하는 역할을 하는 일련의 '보조 세포'들이야. 바로 이 뒷받침 때문에 이 동물을 죽이는 것이 어렵다는 걸세. 이걸 포함한 모든 동물의 뇌는 특화된 중추를 가지고 있지. 예를 들면 운동중추, 시각중추, 청각중추 등 말일세. 이 중추들은 각각 특정 신체 기능을 제어하는 구실을 하지. 따라서 어떤 중추가 손상되면 그 중추가 뒷받침하던 신체 기능이 멈추게 되어 마침내 몸 전체가 죽게 된다네.

"한 예로, 만일 어떤 사람이 머리에 총을 맞아서 호흡중추가 손상되었다면 몸의 호흡 기능은 모두 즉시 멈추게 되지. 호흡기관 자체는 온전히 제 기능을 할 수 있더라도 말이야. 그리고 호흡중추가 다치지 않았더라도 만일 총알이 여기로 들어갔다면—그가 자신의 머리 한 곳을 손으로 가리켰다—전두엽의 왼쪽과 오른쪽을 뚫고 두정엽, 후두엽, 측두엽 할 것 없이 모든 걸 뚫고 지나갈 거야. 그렇게 모든 부분을 뚫고 지나가게 되면 다른 중요한 중추들이 심각한 피해를 당할 걸세. 총알이 다 통과했을 무렵엔 심장, 면역계 등 몸에 꼭 필요한 여러 기능이 순식간에 멈추어버리니 죽게 되지."

제이슨이 고개를 끄덕였다.

"네."

"하지만……."

비샤커라트니가 손가락 하나를 들어 올렸다.

"분산 감각계를 가진 데다가 납작하기까지 한 뇌라면, 총알 하나로는 어떤 제어중추도 고칠 수 없을 만큼 손상되지는 않지. 피해가 훨씬, 훨씬 작을 걸세."

제이슨은 긴장하여 얼굴을 찌푸렸다. 그는 지금 자신이 듣는 말들을 믿을 수가 없었다.

"얼마나 피해가 작은데요? 이런 '뒷받침'이 몇 개나 됩니까?"

두세 개 정도겠지. 제이슨은 속으로 생각했다.

"아, 나도 정확히는 모른다네."

비샤커라트니가 숨을 골랐다.

"내 생각엔 수천 개는 될 듯싶은데."

"수천 개라고요? 그럼 이 동물 하나를 죽이려면 총알이 수천 개나 필요하다는 겁니까?"

"아니, 내 말은 그게 아닐세."

"그러면 무슨 말씀이신데요?"

"이것 보게."

비샤커라트니가 손으로 총 모양을 만든 뒤 '총구'가 될 부분을 쟁반 속의 뇌에 겨누었다.

"내 말은, 만일 내가 총을 여기다 대고 발사한다면, 이 동물이 죽지 않을 거란 말일세. 한 중추의 작은 일부분만 살짝 손상되는 정도에 그치지 않고, 뇌의 대부분 그리고 이 동물의 신체 기능의 대부분은 계속해서 정상적으로 작동할 거란 말이지. 심각하게 상처를 입히거나 할지 모르겠군."

제이슨은 황당해서 웃을 뻔했다.

"그럼 이 동물이 불멸의 존재란 말인가요? 총알을 무한히 맞고도 살 수 있는?"

"아니, 물론 그건 아니지. 총알을 몇 방까지 맞고 버틸 수 있는지 나도 알 수는 없지만, 분명한 사실은 단지 총알 몇 개 정도로는 끄떡없을 거란 말일세. 자네 생각과 달리 머리에 총을 맞고도 사는 건 그렇게 드문 일이 아니야. 난 탄자니아 살쾡이들이 총알을 머리에만 네 방, 다섯 방을 맞고도 사는 걸 봤다네."

수십 년 전에 비샤커라트니는 22주 동안 광범위한 연구를 수행한 적이 있었다. 그 주제는 잘 알려진, 총알에 내성을 지닌 포식자들이었다. 이제는 매우 유명해진 보고서에서, 그는 '총상으로 생긴 심한 두개골과 뇌 손상'에도 살아남는 포식자들의 놀라운 능력을 소위 '납작해지려는 경향이 있는 특이하게 생긴 대뇌 피질'과 결부 지었다.

"그리고 다른 특이한 사항이 있다네. 이 뇌는 성숙한 뇌일세."

"성숙한 뇌라고요."

"그렇다네. 뇌가 성숙했는지 여부는 진화학적 나이로 따지는 걸세. 이러한 점에서 볼 때 이 뇌는 매우 오랜 시간 동안 존재해온 뇌일세. 인간의 뇌는 사실 미성숙한 뇌지. 겨우 400만 년밖에 되지 않았으니. 그걸 다른 큰 뇌들이―예를 들면 돌고래나 고래의 뇌가―진화하기까지 걸린 시간과 비교한다면 어른 앞에서 어린아이의 나이를 따지는 것과 다름없네."

비샤커라트니는 맨손으로 뇌를 들어 조심스럽게 물 밖으로 꺼냈다. 작은 물방울들이 유리에 떨어졌다.

"자네가 보듯이 이 뇌에는 고랑들이 없네."

성숙한 뇌들과 달리 미성숙한 뇌들은 마치 그것이 들어가기엔 너무 작은 용기에 억지로 쑤셔 넣은 듯한 압축된 모습을 하고 있다. 고랑들은 뇌 표면에 있는 작은 패인 자국들로, 두개골 안에 담긴 뇌가 두개골보다 더 커지면 나타난다. 한 예로, 인간의 뇌는 너무나 빠르게 진화한 나머지 대부분 표면이 접히고 또 접혀서 두개골에서 꺼낼 때는 눌려서 구겨진 듯한 모습을 하고 있다.

비샤커라트니는 회색 덩어리를 다시 물에 담갔다.

"이것은 매우 성숙한 뇌이고, 절대 사소하게 여길 일이 아니라네. 이 사실은 이 가오리들이 인간이 존재하기도 전부터 이미 완전한 포식자였다는 걸 의미하지. 자네가 이 동물을 찾고 싶어 한다는 건 나도 잘 알고 있고 행운이 함께하길 비네. 하지만 이것만은 주의하게. 이 가오리들은 사냥하고 죽이는 법을 매우 잘 알고 있어. 명심하게. 이들과 맞서게 될 때 이들은 자네가 그들에 대해 아는 것보다 자네에 대해 더 잘 알거라는 사실을 말이야. 만일 이 가오리를 찾게 된다면 매우, 매우 조심해야 할 거야."

인터콤에서 안드레아의 목소리가 울려 나왔다.

"비샤커라트니 박사님, 직원회의가 15분 후에 있습니다."

"아."

비샤커라트니는 손목에 찬 값비싼 롤렉스시계를 보았다. 정말 15분밖에 남지 않았군. 자신의 명성에도 비샤커라트니는 매달 열리는 직원회의에 참석하는 것을 철칙으로 여겼다.

"나는 이만 가봐야 할 것 같네."

그가 일어섰다.

"어쨌든 이 일에 온 정성을 다해 노력해주고, 무슨 일이 일어나는지 계속 소식을 전해주게나."

제이슨도 급히 소파에서 일어났다.

"그렇게 하겠습니다. 만일 방해가 되지 않는다면, 이 뇌에 대해 밝혀지는 사실들을 제게 이메일로 알려주시겠습니까?"

그가 명함을 하나 건넸다.

"물론 그렇게 하지. 결과들은 속속 밝혀질 거야. 그 동안에는 어느 누구에게도 말 한마디 하지 않겠다고 약속하네."

그는 검은 눈을 번득이며 제이슨을 다시 쳐다보았다.

"그나저나 자네가 내 연구실에 그렇게 들이닥칠 정도로 간이 커서 정말 기분이 좋아! 자네는 자기 일에 열중하는 매우 인상적인 젊은이야. 자네를 만나게 되어서 정말 기분이 좋다네."

제이슨은 이 칭찬에 얼굴이 빨개졌다. 그 말을 한 사람을 생각해볼 때 그것은 지나칠 정도의 칭찬이라는 생각이 들었다. 하지만 반다르 비샤커라트니는 사람을 평가하는 데 있어서 자신감을 갖고 있었다. 그는 이미 제이슨 올드리지가 여러 해 전 자신의 모습과 흡사하다고 생각했다—자신의 일에 전념하고, 똑똑하면서 성취욕을 가진 사람. 비샤커라트니는 희생을 한다는 것, 오랫동안 힘들고 외롭게 세상이 알아주지 않는 가운데 혼자서 일하는 것, 그리고 빈곤한 생활을 하면서도 계속 자기 일에 집중하는 것이 어떤 것인지 알고 있었다. 실제로 비샤커라트니는 제이슨을 보며 작고 젊은 자신의 모습을 보고 있다는 느낌이 들었다. 그리고 위대한 사람들처럼, 그런 비교를 통해 그는 제이슨 올드리지에게 최고의 칭찬을 해주고 있었다.

제이슨은 고개를 숙여 절을 할 뻔했다.

"만나 뵙게 되어서 영광이었습니다. 너무나 감사합니다, 비샤커라트니 박사님."

"괜찮네. 그나저나 앞으로는 나를 그냥 비시라고 불러주면 고맙겠네."

그것은 극소수 사람들에게만 허용되는 영예였다.

"다시 한 번 감사합니다, 비시."

두 사람은 악수를 나누고 제이슨이 먼저 문 밖으로 나갔다.

사무실 옆을 급히 지나가는데, 안드레아가 그를 올려다보며 말했다.

"제이슨 씨, 리사 바턴이라는 분에게서 전화가 왔었는데요."

비시가 문 쪽으로 향하자 그녀는 책상에서 서류 몇 개를 급히 집어 들고는 바로 뒤따랐다.

"내 전화를 쓰게. 캘리포니아로 잘 돌아가게."

그들은 곧 사라졌다.

제이슨은 전화를 걸었고, 곧바로 저편에서 전화를 받았다.

"제이슨이에요?"

"안녕, 리사. 무슨 일 있어?"

"맙소사, 전화를 거는 데 왜 이렇게 시간이 오래 걸렸어요. 당신한테 연락하려고 반나절이나 계속 전화를 걸었단 말이에요."

"좀 봐줘. 여기 일이 바빴거든."

그는 잠시 숨을 돌렸다.

"뭐가 잘못됐어?"

"성장기 가오리를 또 한 마리 찾았어요."

"정말? 그거 아주 잘됐네. 첫 번째 놈의 해부를 내가 끝내야 하긴 하지만, 그래도 이젠 두 마리가 되니까."

리사는 굳이 첫 번째 것의 사체가 아직도 냉동고 안에 갇혀 있다는 말을 하지 않았다. 어쩌면 이제는 상관없을지도 몰랐다.

"이놈은 아직 해부할 준비가 되지 않았는데요."

"뭐라고?"

그는 갑자기 머리가 띵했다.

"그럼 지금 살아 있는 놈을 잡았다는 거야?"

"그래요, 우리가 살아 있는 놈을 잡았어요."

"모두 조심하고 있지, 그렇지?"

"그래요, 근데 굳이 그럴 필요 없을 거 같아요. 이 녀석 지금 꽤 상태가 안 좋거든요."

그는 전화기를 쳐다보았다.

"리사, 제발 그놈을 다룰 때, 아주, 아주 조심해줘."

242

"무슨 이야긴지 못 알아들은 것 같은데, 이 녀석 지금 제대로 버티지도 못해요. 우리가 걱정할 게 하나도 없다고 생각해요."

"제발 조심해줘. 다른 사람들한테도 그렇게 말해주고."

짜증난 듯한 한숨 소리가 들렸다. 그들은 정말로 조심했다. 그 것도 엄청나게. 3인방이 라이플총 두 자루를 놈의 머리에 줄곧 겨누고 있었다.

"알았어요."

"난 단지 우리가 다치지 않았으면 하는 것뿐이야, 알았어?"

"알았어요."

그녀의 목소리가 조금 부드러워졌다.

"놈을 어디다 두었는데?"

"우리 안에요."

제이슨이 이상하다는 듯 수화기를 쳐다보았다. 우리 안이라고?

"수조 안이겠지."

"아네요, 우리 안이라니까요. 제이슨, 우린 이 녀석을 물속에 서 발견한 게 아니에요. 샌프란시스코 북쪽 해변에서 발견했어 요. 우리가 그놈을 잡았을 때는 해변 위에 적어도 37분은 올라왔 을 시점이었어요."

"리사, 말도 안 되는 소리 하지 마. 만약 그 녀석이 그렇게 오랫 동안 모래 위에 있었다면, 아직까지 살아 있을 리가 없잖아?"

"이 녀석이 지금 공기로 호흡을 하고 있어요."

"뭐라고?"

"지금 설명할 수도 없으니까 굳이 말하지는 않을게요. 하지만 이 살아 있는 가오리 말이에요. 우리가 잡은 이놈이 지금 숨을 쉬 고 있어요. 내가 지금 쳐다보고 있는데, 공기로 호흡하고 있단 말

243

이에요."

말문이 막힌 제이슨은 아무런 대꾸도 하지 못했다.

리사가 말을 계속 이었다.

"우리가 예전에 뭐라고 생각했든 간에, 클라리타에서 봤던 그 여자는 상상하거나 과장한 게 아니에요. 그녀가 봤다고 한 사실들이 모두 실제로 일어났어요. 이 동물은 실제로 있고, 지금 공기로 호흡하고 있어요."

제이슨은 갑자기 자신이 몸 밖으로 빠져나온 듯한 느낌이 들었다.

"지금 그놈 상태가 좋지 않다고 했어?"

"좋지 않은 정도가 아니에요. 내 생각엔 죽어가고 있어요. 만약 살아 있는 걸 보고 싶으면 정말 빨리 돌아와야겠는데요."

제이슨은 한마디도 하지 않은 채 전화를 끊었다. 그는 연구실 밖으로 급히 뛰어가며 지금 들은 사실들을 이해하려 애썼다. 어떻게 그 가오리가 공기로 호흡할 수 있다는 거지?

34

동물이 정면으로 그를 마주 보고 있었다. 제이슨이 방 안으로 들어서자 놈의 두 눈은 그를 응시했다. 방 안은 완전히 컴컴했기 때문에 직접 볼 수는 없었지만 가오리는 다양한 감각기관들을 이용해서 그가 있다는 사실을 알 수 있었다.

"여기, 불 좀 켤게요."

어둠 속에서 리사가 그의 옆을 비집고 지나갔다. 무심코 일어난 일이었지만 두 사람의 몸이 비비듯이 스쳐 갔다. 그녀는 스위치를 눌렀고, 이윽고 형광등 다섯 개가 깜빡거리다가 켜졌다. 제이슨은 리사가 입고 있는 옷을 보자 갑자기 자신이 왜 거기에 있는지를 잊어버렸다. 그녀는 밑이 짧은 흰 웃옷에, 편해 보이지만 꽉 끼는 연두색 체크무늬 바지를 입고 있었다. 대릴과 다른 동료가 들어서자 제이슨은 정신을 차리고는 자신이 해야 할 일에 주의를 기울였다. 서던 캘리포니아대학교의 북부캘리포니아연구소는 샌프란시스코에서 북쪽으로 65킬로미터쯤 떨어진 포인트 레이즈에 있었다. 시드 클레퍼와 로스 드러먼드는 연구소를 관리하는 직원들과 친분이 있어서 그들이 출장을 떠나기 전에 제이슨 팀이 연구소를 쓸 수 있도록 미리 양해를 구해놓았다. 실험실은 중학교 급식실만 한 곳으로, 화강암으로 된 실험대, 유리 캐비닛 그리고 나무 의자들을 제외하면 아무런 설비도 갖춰져 있지 않았다. 제이슨의 눈에는 이런 주위 시설들이 눈에 들어오지 않았다. 큰 방 한가운데에 놓여 있는 우리는 보통 사람의 키 정도 되었고, 자동차 폭만큼 넓었다. 대릴 홀리스가 근처의 동물원에서 빌려온 것이었다.

우리 쪽으로 급히 걸어간 제이슨은 그 안에 있는 동물이 자신을 빤히 쳐다보고 있다는 것을 깨달았다. 그 순간—거의 무의식적으로—그는 그 자리에 얼어붙었다. 그는 무서웠다. 비샤커라트니에게서 그런 말을 들었는데 어찌 무섭지 않겠는가? 하지만 지금 그를 무섭게 하는 것은 그 동물의 뇌가 아니었다. 눈앞에 있는 동물의 눈이었다. 골프공보다 약간 더 큰, 차갑고 검은 두 눈이 그를 빤히 쳐다보고 있었다. 정말 무시무시한 눈이었다. 동물이 그런 식으로 자신을 쳐다보는 것을 지금껏 본 적이 없었다.

그는 시선을 돌리고는 좀 더 가까이 다가가 가오리의 몸 전체를 둘러보았다. 몸통이 매우 두꺼운 가오리로, 가운데 부분의 두께가 90센티미터나 되어 쥐가오리보다도 훨씬 더 두꺼웠다. 날개 부위의 몸 너비가 1.5미터, 몸길이는 1.2미터인 이 가오리는 근육질이 매우 단단하고 아주 위험해 보였다. 몸무게는 110킬로그램쯤 나갈 것 같았다.

그는 머리 부위를 살펴보았다. 닫힌 입은 눈을 치우는 데 쓰이는 삽만 했고, 음료수 캔 같은 뭉툭한 돌기가 양쪽으로 튀어나와 있었다.

무슨 소리가 들렸다. 쌕쌕거리는 소리였다. 가오리는 실제로 공기로 호흡하느라 몸이 천천히 오르내렸다.

그는 조심스레 다가갔다. 그의 움직임에 가오리의 두 눈이 따라 움직였다. 소리는 가오리의 몸 아래에서 났다. 그런데 또 다른 쌕쌕거리는 소리가 들렸다. 이 두 번째 소리는 뿔이 달린 머리 꼭대기에 뚫린 500원짜리 동전 크기만 한 작은 구멍에서 났다.

"이놈이 지금 호흡공을 통해 숨을 쉬는 거야?"

크레이그 서머스가 끄덕였다.

"우리 생각엔 그런 것 같아."

일반적으로 쥐가오리는 호흡공을 통해 물을 빨아들인 다음, 그 물에서 산소를 흡수하는 식으로 호흡을 했다.

제이슨이 쭈그려 앉았다.

"그리고 허파들이 생긴 거야?"

"그냥 허파 한 개라고 하는 게 더 맞을걸."

모니크가 그의 옆에 함께 쭈그려 앉으며 말했다.

"우리가 볼 땐 현대판 폐어*라고 봐야 할 것 같아."

"그러면 부레를 적응시킨 거야?"

"그럴걸."

대부분의 물고기는 부레를 가지고 있다. 잠수부의 바람 넣는 조끼처럼, 부레는 물고기의 몸속 공기 양을 변화시키면서 부력을 조절하여 물고기가 가라앉거나 떠오르게 한다. 그런데 어떤 종들은―예를 들면 아프리카 폐어, 기는 메기, 가물치 등―부레를 허파처럼 적응시켜 육지에서도 숨을 쉴 수 있었다.

제이슨은 어리둥절해서 고개를 흔들었다.

"언제 이 가오리들이 육지로 올라온 적이 있나?"

물에서 살다가 허파를 진화시킨 모든 생물종들은 물에서 벗어난 지 오랜 시간이 지난 뒤에야 그렇게 되었다. 한 예로 폐어가 허파를 적응시킨 계기는 그것이 원래 살던 호수들이 말라붙는 바람에 어쩔 수 없이 진흙 위에서 살아야 했기 때문이다. 하지만 이 가오리들은 심해에서 온 종이고 이전에는 육지 근처에 가본 적도 없었다. 몇 달 전까지만 해도 그들이 알고 있는 모든 진화의 역사는 바다 밑바닥에서 일어났다. 대체 어떻게 바다 저 아래에서 허파를 진화시킨 것일까?

모니크가 일어섰다.

"제이슨, 프리츠 베데커에 대해서 들어봤어?"

"그 미친 학설만 잔뜩 내놓던 독일 어류학자 말이야?"

"우리 생각에 그의 학설들 중 하나는 그렇게 미친 소리가 아닐 수도 있어."

"그건 또 무슨 소리야?"

"그 사람이 심해에 수중 공기 분출구들이 있다고 주장한 학설에 대해 알아?"

제이슨이 멈칫했다.

"아니, 모르는 소린데."

모니크가 설명했다. 베데커는 독일의 어류학자이며 해양학자였다. 또한 거친 성격의 알코올 중독자였다. 그는 1899년에 학계에 논란을 불러일으킨 일련의 학설들을 제기했다. 특히 원시 양서류들이 허파를 진화시킨 원인이 육지 위에서 점차 많은 시간을 보냈기 때문이 아니라 심해저에서 점차 많은 시간을 보냈기 때문이라는 학설로 열띤 논란이 벌어졌다. 베데커가 주장하기를, 심해에는 전 지구에 퍼져 있는 '수중 공기 분출구'의 망이 있다는 것이다. 육지가 아닌 바로 이 공기 분출구들이 양서류의 허파를 진화하게 했고, 물속에서 허파가 완전히 진화하고 나서야 최초의 양서류가 땅 위로 기어 올라왔다는 학설이었다.

1899년 당시에는 심해에 공기 분출구가 있다는 생각 자체가 완전히 어리석은 생각으로 치부되었다. 하지만 20세기 말에 들어서는 그 시각이 극적으로 바뀌었는데, 그 계기는 1977년에 갈라파고스제도 근해에서 순수한 황화수소 가스를 분출하는 구멍이 발견된 사건에 의해서였다. 황화수소 분출구들은 공기 분출구와 매우 다르긴 하지만, 심해에 어떤 기체든지 기체 분출구가 존재한다는 사실 자체가 사람들에게 충격으로 받아들여졌고, 많은 지질학자는 어떻게든 공기 분출구들도 실존하지 않을까 하는 궁금증을 갖게 되었다. 현재까지는 실제로 심해저 공기 분출구가 발견되지 않았지만, 1992년에 하버드대학교의 저명한 지질학자 밀턴 손버그가 공기 분출구는 심해에 존재할 수 있는 정도가 아니라, 존재할 수밖에 없다고 말한 후에 세계적으로 신빙성을 얻게 되었다.

손버그의 논리는 간단했다. 일단, 지구의 지각은 49퍼센트가 고체화된 산소로 이루어졌다는 것은 잘 알려진 사실이다. 그 아래에 섭씨 5000도의 핵이 있는 이상, 고체화된 산소는 심하게 가열되어 액체가 되었다가 기체가 된 후 심해저에서 수중 화산처럼 방출될 것은 자명한 이치였다. 거기서 한 걸음 더 나아가 손버그는 이 해저 공기 분출구들이 한 번도 발견되지 않은 이유는 이들이 움직이기 때문이라고 했다. 끊임없이 부글거리는 변동이 심한 액체 핵에 의해 생긴 이상, 이것은 잘해야 한 곳에 몇 주 동안만 존재할 뿐이었다. 또한 해저 공기 분출구는 지표 아래 수 킬로미터의 깊이에 엄청난 압력을 받는 시커먼 물속에 있으므로 추적해내는 것이 사실상 불가능했다. 하지만 손버그는 확신을 가지고 세상에 공기 분출구들이 존재한다고 말했다. 만일 그렇다면, 베데커가 옳을 수도 있다. 폐어는 그 결과 자연스럽게 진화한 것이고, 그렇다면 다른 종들 역시 같은 방법으로 진화할 수 있었다.

제이슨이 돌아보았다.

"정확히 어디서 이 동물을 잡은 거야?"

"포인트레이즈 바로 북쪽에서."

크레이그가 우리에 다가가며 말했다.

"해안선에서 45미터쯤 떨어진 곳에서."

"45미터라고? 그럼 해안으로 씻겨 올라왔단 말이야?"

"우린 그렇게 생각하지 않아. 확인해봤어. 지난 6개월 동안은 조수가 그렇게 위까지 올라오지 않았어."

"그럼 기어 올라간 거야?"

리사가 고개를 저었다.

"아뇨. 우리가 모래를 아주 자세히 관찰해봤는데요, 거의 한 시간 동안이나요. 하지만 아무런 흔적도 없었어요."

제이슨은 노트북에 급하게 타이핑하는 필을 잠시 보고는 다시 리사와 크레이그를 쳐다보았다.

"대체 무슨 소리야? 그럼 어떻게 올라온 건데?"

그때 그는 필 옆의 카운터에 놓여 있는 10개쯤 되는 두꺼운 교재들을 보았다. 맨 위에 놓인 책 제목은 『동물 비행에 관한 새로운 물리학』이었다.

크레이그가 제이슨의 눈을 정면으로 보았다.

"우리 생각엔 놈이 날아온 거 같아."

35

제이슨은 말이 없었다. 크레이그 서머스는 자못 진지했다. 모두가 자신을 보고 있었고, 진지했다. 실험실에는 필이 노트북 자판을 급하게 두드리는 소리만 들렸다.

"어떻게 그게 해변 위로 날아올랐다는 거야, 크레이그? 이 동물은 110킬로그램 정도는 나갈 거라고. 현존하는 공기역……."

"현존하는 공기역학 법칙이 여기에서는 통하지 않아, 제이슨."

제이슨은 다시 교재들을 살펴보았다.

"무슨 소리야?"

"내 말은, 최근 5년 사이에 동물의 비행에 관해 극적인 새로운 발견들이 있었다는 거야."

대학에서 유체역학을 부전공한 크레이그는 이런 분석들을 뒷받침하는 마이클 핑크, 글로리아 림멜스톱, 카를 하인츠 폰 크로이터 그리고 필립 골드파브 같은 유명한 물리학자들의 이론에 익숙했다. 그들은 모두 천재적이고 정력적인 과학자로 받아들여진 과학자들의 이론들을 한계까지 밀어붙였고 그들 시대의 아인슈타인으로 불릴 만큼 높은 평가를 받았다.

"정확히 뭐가 발견되었다는 건데?"

"모든 공기역학적 이론에 따르면 절대 떠오를 수 없는데 날아다니는 동물이 있다는 거 알아?"

"그러니까 뒝벌 같은 것들 말이야?"

현재 정립된 공기역학 이론을 보면, 뒝벌뿐 아니라 여러 종의 벌새나 칠면조들은 날 수가 없다.

"아니. 뒝벌 같은 현대 동물 비행을 말하는 게 아니라 원시 동물의 비행을 말하는 거야, 제이슨. 케차테릭스(*Quetzateryx*)라고 들어봤어?"

"아니."

"공룡의 일종인데, 1981년에 콜로라도의 한 산꼭대기에서 화석이 발견됐지. 거기까지 날아갔다는 명백한 증거들이 있어. 여러 해 동안 전문가들은 어떻게 날아갔는지 파악하지 못했는데, 그들은 전통적 공기역학 이론만 생각했던 거야."

"혹시 새로 진화했다는 그 날아다니는 작은 공룡을 말하는 거야? 그 시조새*라는?"

"아니, 그건 아케옵테릭스(*Archaeopteryx* ; 시조새의 학명—옮긴이)고. 그놈은 무게가 0.5에서 1킬로그램 정도밖에 안 나갔지. 그런데 이 케차테릭스는 무게가 2700킬로그램이나 나간다고."

"2700킬로그램이나? 게다가 날았단 말이야?"

크레이그 서머스가 고개를 끄덕였다.

"진짜로 날아다니는 파충류였지."

널리 알려진 그것은 1970년대에 미국의 텍사스에서 처음 발견된 케찰코아틀루스(*Quetzalcoatlus*)의 사촌뻘이었다.

"하지만 그게 어떻게……."

"왜냐하면 그 파충류는 여태껏 알려진 어떤 동물과도 완전히 다른 원리를 이용해서 날았기 때문이지. 이놈은 현재의 새들과 전혀 달랐어, 제이슨. 뼈 모양에서부터 근육, 날개 구조 등 모든 게 달랐어. 글로리아 림멜스톱에 대해 들어봤어? 함부르크대학교 출신의 유체역학 유명 인사인데."

크레이그가 쌓여 있는 책들을 가리켰다.

"그녀가 쓴 책 중 세 권은 내용이 전부 이 '근육들의 새로운 에너지 대 양력 비율'에 관해 쓴 거야."

제이슨이 책들을 쳐다보았다.

"저 책들이 이 케차……."

"케차테릭스."

"그 케차테릭스가 어떻게 날았는지를 설명한다고?"

"내가 이해할 수 있는 것보다도 훨씬 자세하게 설명했지만…… 그래, 맞아. 근육의 힘이 그중 큰 부분을 차지하고 있지."

"근육의 힘이라."

"그래. 여러 해 동안 동물의 비행을 설명한 주된 이론은 단지 하나뿐이었고, 그것은 몸이 가벼운 데다가 깃털들을 이용하는 새 같은 동물들만 설명했지. 하지만 이 과학자들은 깃털이 없으면서도 날아다니기 위해 특별히 발달된 근육들을 이용하는 훨씬 무거운 동물들을 설명할 수 있는 두 번째 이론을 만들어냈어."

252

"그 근육들이 정확히 뭔데?"

"그건 '물결치는 근육'이라고 하는데, 동물의 날개 꼭대기와 아랫부분에 있지. 이들의 이론에 따르면 이 근육들이 알맞게 움직이면 이전까지 어느 누구도 가능하다고 생각하지 못한 엄청난 효율을 가진 양력을 만들어낼 수 있대."

"그럼 이…… 물결치는 근육들은 어떻게 움직이는데?"

"림멜스톱이 말하길, 그리고 내 생각엔 폰 크로이터와 핑크도 이 분야에 대해 연구했을 텐데, 베르누이의 법칙이 다루지 않는 범위에서 움직인대."

"그 말은……."

"양력은 어떤 날개가, 그러니까 아무 날개라도─비행기든, 새든, 뭐든 간에─공기를 지날 때 발생하지. 날개들은 곡선 모양의 꼭대기가 있지만 아랫부분은 납작해. 그래서 날개 주위를 공기가 지나게 되면, 윗부분으로 넘어가야 할 공기는 아랫부분으로 지나는 공기보다 더 빨리 움직여야만 두 기류가 뒤쪽에 동시에 다다르게 되지. 윗부분의 공기 속도가 증가함에 따라 공기 압력이 감소하게 되고, 그 때문에 양력이 생기고 이 양력이 날개를 들어 올리지. 대부분의 물체는 그렇게 날아. 이해했어?"

"그래."

"그런데 물결치는 근육들은 이와 전혀 다른 개념에 따라 움직이지. 이 물결치는 근육들이 긴장하면, 이름 그대로 물결치듯이 움직여. 마치 헤엄치는 돌고래의 몸처럼. 그래서 날개의 위에 있는 근육들이 공기의 방향과 같은 방향으로 물결칠 때, 공기의 속도를 증가시키고 그것이 더 큰 양력을 발생시키는 거야."

"알았어."

"그리고 그와 별개로 움직이는 날개의 아랫부분에 있는 물결치는 근육들이 반대 방향으로 물결치면, 거기서 공기의 속도가 감소하게 돼. 이렇게 되면 두 기류들 간의 속도 차이가 더 커지게 돼. 위에서는 보통보다 훨씬 빠르게, 밑에서는 보통보다 훨씬 느리게 공기가 움직이니까 말이야. 그걸 합치면 훨씬 큰 양력이 나오지. 핑크가 작년에 제네바에서 풍동 실험을 몇 가지 했는데, 그 결과를 보면 그 차이가 기하급수적이라는군."

"맙소사."

"놀라운 일이지. 양력을 500배, 어쩌면 그 이상 증가시킬 수 있대. 제이슨, 물결치는 근육들이 바로 케차테릭스가 날 수 있었던 방법이야."

그가 우리 안을 가리켰다.

"그리고 이 동물이 날았던 방법이기도 하지."

제이슨은 우리 안에 있는 동물의 등을 자세히 보았다. 실제로 볼 수 있는지…… 맙소사, 보이는군. 저기 있잖아. 검고 질긴 피부 아래에 선명히 보였다. 너비가 2.5센티미터 정도 되는, 수없이 많은 작은 근육들이 머리로부터 등이 가늘어지는 데까지 늘어져 있는 것이 보였다. 사실 그는 동물이 숨 쉴 때마다 그 근육들이 미약하게 물결치는 것을 보았다. 그는 한 번도 근육이 그렇게 움직이는 것을 본 적이 없었다.

크레이그가 으쓱했다.

"하지만 확실히, 현실은 이론과 다른 법이야."

"무슨 소리야?"

"내 말은 물결치는 근육들은 이론상으로 잘 작동하지만, 현실에서는—적어도 이 가오리의 경우는—충분히 작동하지 못했다는 거지."

제이슨은 이제 가오리가 자신의 발을 보고 있다는 사실을 깨달았다. 가오리의 상태는 확실히 매우 나빠 보였고, 아픈지 숨을 가쁘게 쉬고 있었다. 제이슨이 우리의 철봉들을 두드려서 가오리의 주의를 끌어보려고 했지만, 아무런 움직임이 없었다.

"혹시 상태가 악화되는 거 아닌가?"

리사가 가오리를 내려다보았다.

"우린 당신이 돌아올 때까지 이 녀석이 살아 있기만 바랄 뿐이었어요."

"물에다 다시 넣어줄까?"

"이미 그렇게 해봤어."

그들은 크레인을 사용해서 우리를 통째로 바다에 내려보기도 했다.

"거의 익사할 뻔했지."

"그래?"

"아가미가 얼마나 빨리 말라버리는지 너도 알잖아."

"아, 그렇지."

아가미는 하루만 지나도 못쓰게 되어버린다.

"그럼 먹이는? 뭐든 먹여보려고 해봤어?"

리사가 고개를 저었다.

"할 수 있는 건 다 시도해봤죠. 그런데 먹으려 하지 않더라고요. 아무것도."

제이슨은 서성이기 시작했다.

"어차피 다 시험해볼 건데 뭐. 시각, 청각, 후각, 음파탐지 능력, 자기탐지 능력…… 난 이 동물에 대해 모든 걸 다 시험해보고 싶어."

그의 말을 듣는 둥 마는 둥 리사가 갑자기 우리 옆에 쭈그려 앉
았다.

"그리고 이 물결치는 근육들 말이야. 작동하는 방법과 그 힘을
파악해봐야겠어. 호흡이랑 그리고……."

"아무것도 시험할 수 없을 거 같은데요, 제이슨."

그가 리사를 돌아보았다.

"뭐? 어째서?"

"왜냐하면 내가 보기엔 가오리가 방금 죽은 거 같거든요."

"안 돼……."

그는 쭈그려 앉았다. 우리 안에 있는 동물의 눈은 감겨 있었고,
몸뚱이는 더 이상 오르내리지 않았다.

"제기랄."

그가 조용히 말했다.

"제기랄."

모두 아무 말도 하지 않았다. 유일하게 들리는 것은 필 마르티
노가 급히 타이핑하는 소리뿐이었다.

이윽고 제이슨이 목을 가다듬고 말했다.

"해부를 시작해보자. 지금 당장."

36

얼마 동안 어느 누구도 말 한마디 하지 않았다. 그들은 그저 우

리 안의 사체를 쳐다볼 뿐이었다. 모니크는 철봉 사이로 사체를 바라보면서 최근 24시간 동안 일어났던 일들을 생각해보았다. 이 동물은 대단한 발견일 거야. 그녀는 생각했다. 단지 새로운 종을 발견한 게 아니라고. 가장 기본적 동물 분류 계급*인 종(種)*은 신체적으로 그리고 유전적으로 유사한 동물의 무리로 정의된다. 서로 관련된 종들은 속(屬)을 이루고, 서로 관련된 속은 과(科)를 이루며, 서로 관련된 과는 목(目)을 이룬다. 그녀는 죽은 포식자를 바라보았다. 동물 분류의 열쇠는 이 동물이 어떻게든 서로 연관된다는 데 있다. 그렇지만 이 동물과 실제로 '관련된' 동물이 과연 있을까? 물론 쥐가오리들이 있긴 했지만, 그것은 판게아 시절까지 거슬러 올라가야 하는 아주 오래전의 연결일 뿐이었다. 현재의 생김새로 보면, 쥐가오리들은 이 동물과 완전히 다르며, 이 동물이 가진 놀라운 특성들을—커다란 포식자의 뇌, 생각할 줄 아는 능력, 공기를 호흡하는 능력, 어쩌면 나는 능력까지도—어느 것 하나 가지고 있지 않았다. 이 동물과 함께 분류될 수 있는 동물 목이 과연 현재든 과거든 존재할까? 그녀는 아무리 생각해도 답이 떠오르지 않았다.

"좀, 열리란 말이야!"

제이슨이 우리 문을 세게 당기며 열려고 끙끙거렸다.

대릴이 그를 내려다보았다.

"내가 도와줄까?"

"됐어, 내가 할 수 있어."

그는 더 세게 젖 먹던 힘까지 다해서 당겼다.

"봐요, 대릴."

리사가 장난스럽게 제이슨의 등을 도닥거렸다.

"다른 사람이 우리 여는 걸 도와주는 것도 못 보잖아요."

대릴은 리사의 손을 유심히 쳐다보았다. 그녀는 대릴이 했던 것과는 다르게 제이슨의 등을 도닥거렸다. 아주 부드럽고 친밀감이 넘치는 몸짓이었다. 리사가 대릴의 눈길을 알아차리고는 손을 거두었다. 저 둘 사이에 뭔 일이 있나? 대릴은 갑자기 궁금해졌다.

문이 덜컹 열리자 제이슨이 리사를 쳐다보았다.

"봤지."

그가 문을 활짝 열고는 그 자리에 서 있었다. 제이슨은 우리 안으로 들어가지 않고, 그 자리에서 꼼짝도 하지 않았다. 단지 그 동물을 쳐다볼 뿐이었다. 이제 제이슨과 동물 사이에는 철창이 없었다. 제이슨은 가오리가 정말 죽은 것인지 걱정되었다. 그는 고개를 살짝 숙여 우리의 철제 바닥에 올라섰다.

"조심해요."

리사는 갑자기 매우 불안해졌다.

그는 한 걸음 더 나아가서 우리 안으로 완전히 들어섰다. 이제 포식자는 1미터쯤 떨어져 있을 뿐이었다. 그는 고개를 숙여 가오리를 만지려 했다. 그의 손이 가까이 다가갔다. 그러고는 좀 더 가까이. 갑자기 제이슨이 움찔하며 재빨리 손을 뒤로 뺐다.

"에구머니나!"

리사가 더듬거리며 소리쳤다.

제이슨이 숨을 몰아쉬었다. 가오리는 움직이지 않았다.

"미안, 긴장해서."

그가 가오리의 피부를 만졌다. 놈은 움직이지 않았다. 죽은 게 틀림없었다.

"필, 대릴, 크레이그. 나 좀 도와줄래?"

수술대 두 개를 붙여놓고 그 위에 가오리의 배가 위로 놓이도록 눕혔다. 날개는 테이블 옆으로 힘없이 축 늘어졌고, 몸 가운데 부분은 너무 두꺼운 나머지 어찌 보면 뒤집어놓은 바다거북 같았다.

필이 여러 각도에서 재빨리 사진을 찍는 동안 리사가 흰 피부를 만져보았다. 두꺼울 뿐만 아니라 가죽 같은 느낌도 들었다. 놀라울 정도로. 어쩌면 코뿔소 피부보다도 튼튼할 것 같았다.

사체 들어 올리는 것을 돕느라 땀을 많이 흘린 크레이그가 테이블 아래에 주저앉아 뿔 달린 머리를 올려다보았다. 맙소사, 입 한번 엄청 크군. 이 커다란 물리 책 정도는 한입에 삼켜버리겠는데? 그는 두 손을 턱에 갖다 대고는 그것을 당겨서 입을 열어보려 했다. 턱은 꿈쩍도 하지 않았다. 다시 온 힘을 다해 당겨보았지만 아무 일도 일어나지 않았다. 그는 정말 최선을 다해 다시 당겨보았다. 망할, 아무 일도 안 일어나잖아. 짜증이 난 크레이그는 대릴을 올려다보았다.

"나 좀 도와줄래?"

대릴이 끼어들었고, 그들이 함께 턱을 잡아당겼다.

턱은 여전히 꿈쩍도 하지 않았다. 대릴은 잠시 멈칫했다.

"잠깐 물러서봐. 큰곰 씨가 혼자 해보게 내버려두라고."

"그럼 어디 한번 해보실까."

크레이그가 일어서자, 대릴은 조심스럽게 손을 뻗었다. 리사는 대릴이 팔뚝이 불끈거릴 정도로 온 힘을 다해 잡아당기는 것을 보았다. 가오리의 입이 천천히 열리기 시작했다. 와, 저럴 수

가. 버팀목을 세워서 열어놓은 턱을 보자 리사는 박물관에서 본 상어들의 턱이 생각났다. 다만 이것이 그것들보다 훨씬 더 무서웠다. 저 이빨들 좀 봐.

통통한 S자형의 이빨들은 밑부분이 작은 유리잔만큼 두꺼웠고, 끝이 칼날처럼 날카로웠다. 이빨이 너무 많아서 전부 헤아릴 수가 없었다. 어린아이들의 악몽에나 나올 법한 이빨들이었다.

크레이그 서머스가 닫힌 눈꺼풀 밑으로 새어 나오는 고름 같은 것을 들여다보았다.

"이 동물은 GDV-4 감염으로 죽었어."

필이 사진 찍는 것을 잠시 멈추며 물었다.

"확실해?"

크레이그는 웃을 뻔했다.

"그래, 필. 확실하지."

필은 다시 사진을 찍는 데 몰두했다.

"제이슨, 녹음기 잊지 마."

제이슨은 녹음기를 틀고, 수술용 장갑을 몇 개 끼더니 리사를 돌아보았다.

"나 좀 도와줄래?"

"아, 그래요. 어……."

그녀는 급히 주변의 캐비닛에서 실험실용 가운을 찾았다. 가운을 입느라 리사는 자신의 허리가 가운에 가리게 되자 제이슨이 실망하는 눈빛을 보지 못했다.

제이슨은 이내 리사의 허리에 대해서는 잊어버렸다. 그는 작은 칼을 잡더니 가오리의 배를 가르기 시작했다.

"허파 한 개."

희고 질긴 피부가 네 방향으로 젖혀 있었다. 가운데에는 건강한 분홍색의 매우 큰 허파가 하나 있었다.

"폐어랑 똑같군."

모니크가 놀라며 조용히 말했다.

제이슨이 리사를 돌아보았다.

"이제 복부를 검사해볼까?"

"물론이죠."

그는 다음 절개를 시작했다.

그놈은 135킬로그램의 성장기 가오리로, 지금은 수면 바로 아래에 떠 있었다.

그놈은 미동조차 하지 않은 채 눈만 움직여, 3미터쯤 떨어진 곳에서 갈매기가 물속으로 빠져드는 것을 지켜보았다.

갈매기는 물속에서 작은 물고기 한 마리를 낚아채고는 다시 수면으로 올라왔다. 갈매기는 재빨리 먹이를 삼키고는 다시 그 자리에 둥둥 떠 있었다.

다른 가오리 수천 마리도 그 갈매기를 지켜보았다. 한 마리도 움직이지 않았다.

그놈이 가장 가까웠다. 매우 천천히 그놈은 갈매기를 향해 헤엄쳐 갔다.

제이슨은 절개해서 열어놓은 복부 안쪽으로 장갑 낀 손을 밀어 넣었다.

"이 녀석들이 왜 날려고 하는 걸까?"

리사가 돌아보았다.

"왜냐고요?"

"그래, 왜? 대체 이유가 뭐야?"

성장기 가오리는 서서히 속도를 올리면서 가까이 다가갔다.

물 위에 떠서 위아래로 출렁거리던 갈매기는 회색빛 하늘을 잠깐 보았다. 그러고는 다시 바다를 보았다. 하지만 거기엔 물고기가 없고, 단지 아무것도 없는 어두운 물뿐이었다.

모니크가 돌아보았다.

"그들이 심해저를 떠난 것과 같은 이유 때문에 날겠지. 먹이를 찾기 위해서 말이야."

제이슨이 팔뚝이 전부 들어갈 정도로 팔을 뱃속으로 깊게 밀어 넣고는 헤집었다.

"공기 중에 있는 먹이가 뭐지?"

모니크는 대답하지 않았다. 그녀는 단지 제이슨의 얼굴에 이상한 표정이 떠오르는 것을 볼 뿐이었다.

"안에 뭐가 있어?"

"나도 모르겠는데."

그런데 물고기처럼 느껴지지는 않았다.

갈매기는 다시 물을 쳐다보았다. 보이는 것은 물결 속에 비치는 자신의 그림자뿐. 물고기는 아직 없었다. 갈매기는 고개를 들어 주변에 날아다니는 열 마리쯤 되는 다른 갈매기들을 보았다. 갈매기는 다시 물을 보았다. 이번에는 그림자 바로 아래에 커다란 두 개의 검은 눈이 보였다. 그 검은 눈은 갈매기를 차갑게 쏘아보고 있었다.

갈매기는 최대한 빠른 속도로 날아가 버렸다.

그때 갈매기의 뒤에서 급하게 물을 튀기는 소리와 날개 치는 소리가 났다. 갈매기는 뒤돌아보지 않았다.

"갈매기잖아."

제이슨은 그것을 세면대에다 씻어내고는 모두 볼 수 있게 들어 올렸다. 그것은 흠뻑 젖은, 깃털에 덮인, 뭉개진 작은 몸뚱이였다. 모두 말없이 갈매기를 쳐다보았다.

필이 사진을 찍는 동안, 제이슨은 그것을 실험대 위에 올려놓았다. 그런 뒤 그는 가오리의 위장 속으로 다시 손을 뻗었다.

가오리는 날개를 격렬하게 퍼덕였고, 물을 사방으로 튀기며 바다를 박차고 힘껏 날아올랐다. 그놈은 대각선 방향으로 날아오르며 시선은 앞에 날아가는 먹이에 집중했다.

갈매기는 매우 빨리 날았다. 하지만 충분히 빠르지는 못했다.

포식자는 점점 속도를 올리더니, 입을 열고 통통한 S자 모양의 이빨들을 서서히 드러냈다.

갈매기는 시끄럽고 다급하게 울부짖었다. 그러고는 이내 조용해졌다.

"또 한 마리."

제이슨이 두 번째 갈매기를 꺼내어 썼고는 위장 속으로 다시 손을 뻗었다. 그러고는 세 번째 갈매기를 꺼냈다. 그다음 네 번째와 다섯 번째를.

"이런 맙소사."

크레이그가 조용히 말했다.

곧이어 제이슨은 뭉개진 갈매기들을 한 움큼씩 꺼내기 시작했다. 다 꺼냈을 때는 모두 56마리나 되었다.

대릴은 카운터 위에 다섯 줄로 깔끔하게 늘어놓은 갈매기들을 가만히 쳐다보았다.

"저것들을 먹고사는 거였어. 오 하느님, 먹기 위해서 날았단 말이군."

크레이그가 멈칫했다.

"그건 아직 확실하지 않아."

"크레이그, 우린 이 동물을 해안선에서 45미터쯤 떨어진 데서 발견했고, 이 녀석의 뱃속은 갈매기로 꽉 차 있어. 더 생각할 필요 있겠어?"

크레이그는 계속 침착하게 분석적인 자세를 유지했다.

"이 가오리는 그 갈매기들이 해수면 근처에서 오르내릴 때 모두 잡아먹은 건지도 몰라. 아직 이 녀석이 날았다고는 확신할 수 없다고, 이 친구야."

리사의 핸드폰이 울렸다. 그녀는 수신번호를 확인한 후 전화를 받았다.

"리사 바턴입니다. 그래요? 잠시만요."

그녀가 동료들을 쳐다보았다.

"여기에 팩스 있어요?"

모니크가 가리키며 말했다.

"옆방에."

리사는 방을 나갔고, 제이슨은 속이 드러난 가오리 쪽을 돌아보았다.

"이 가오리들은 분명 날려고 시도하는 거지, 맞지?"

"성장기 가오리들은 그런 것 같아."

모니크가 말했다.

"성장기 가오리들만."

"그럼 다 큰놈들은 안 그런단 말이야?"

"그래."

"어째서?"

"심해저 탐사 때 본 걸 생각해봐, 제이슨."

"무슨 소리야?"

"수천 개의 유골이 있었고, 그것들은 모두 다 큰놈들의 유골이었어. 명백하잖아. 성체들은 적응하지 못하는 거야. GDV-4가 그놈들의 원래 먹잇감을 전멸시켜버렸고, 그놈들은 새로운 먹잇감을 찾지 못해서 지금 죽어가고 있어. 하지만 성장기 가오리들은 더 얕은 바다로 헤엄쳐 올라오면서 새로운 먹이를 사냥하고, 어쩌면 날고 있을지도 몰라. 이 가오리들은 먹기 위해서라면 뭐든지 하는 거라고. 적응을 하고 있다는 뜻이지. 아니면 적어도 적응하려고 시도하고 있다는 거야."

대릴이 고개를 흔들었다.

"그렇다면…… 어째서 다 큰놈들은 똑같이 하지 않는 걸까?"

"어쩌면 할 수 없나 보지. 성체는 평생을, 모든 진화의 역사를 한곳에서 보내고, 한 가지 방법으로 먹이를 찾고, 한 가지 방법으로만 살아왔어. 갑자기 먹이가 사라졌는데도 이놈들은 너무 많은…… 관성을 가지고 있어서 다른 걸 시도할 수가 없는 걸 거야."

"하지만 성장기 가오리들은 그 문제를 겪지 않는다고?"

"그래. 적어도 같은 정도로 겪지는 않아. 그놈들은 세상에 태어난 지 얼마 되지 않았거든. 그러니 관성이 훨씬 적을 수밖에."

"그렇다면 모든 성장기 가오리들이 나는 방법을 익힌단 말이야?"

모니크가 멈칫했다.

"모르지. 그렇지는 않은 것 같은데."

"뭐가 그렇지 않다는 건데?"

"적응 말이야. 내 생각엔 모두가 같은 속도로 적응하는 건 아닌 것 같아. 종들의 환경이 바뀔 경우, 그 과정은 매우 점진적이라고 해. 그리고 개별적이라고. 옛날에 펭귄들이 나는 걸 그만두고 바다로 향했을 때, 모두가 떼를 지어 간 게 아니야. 말하자면, 펭귄 20만 마리가 어느 날 갑자기 깨어나서는 물속으로 뛰어들기로 한 게 아니라고. 하지만 아마 펭귄 한 마리는 그렇게 했을 거야. 다른 모든 녀석들보다 앞서 간 거라고. 그다음 며칠이 걸렸는지, 몇 달이 걸렸는지, 몇백만 년이 걸렸는지는 모르겠지만, 언젠가 또 다른 놈이 따라간 거야. 그다음엔 40마리, 그다음엔 천 마리, 그러다 결국에는 펭귄이라는 종 전체가 헤엄을 치게 됐을 거야. 과학책에 보면, 이런 현상이 지질시대 전반에 걸쳐서 반복적으로 일어났대. 다른 모든 놈보다 먼저 날았던 시조새가 한 마리 있었고, 다른 놈들보다 먼저 기었던 양서류가 있었고, 다른 놈들보다 먼저 헤엄쳤던 고래가 있었어. 어쩌면 다른 놈들보다 먼저 날았던 가오리가 있게 될 수도 있지. 모든 종에게는 선구자들이 있잖아."

"그리고 순교자들도 있지."

제이슨이 나직한 목소리로 말했다.

모니크가 배를 가른 가오리를 이상한 눈빛으로 내려다보았다.

"그러면 어때? 순교자들이 있으면 그러라고 해. 모두 훌륭한 목적을 위해 죽은 거잖아. 모든 사람이 쥐가오리들이 진화의 실수라고 했어. 새들이 나는 것처럼 헤엄을 친다고, 애초에 물속에서 진화하지 말아야 했던 종이라고. 어쩌면 이 동물이 그 사실을 고치려는 자연의 첫 시도인지도 모르지. 내 말은 우리가 지금 가진 게 뭔지 알아? 이 동물, 이 종 말이야. 말 그대로 현재 일어나는 진화사의 한 단편이라고."

그녀는 새삼스럽게 놀라워하며 죽은 가오리를 만졌다.

"찰스 다윈 자신도 이런 것을 보기를 꿈꿨어. 우리가 지구의 역사에서 진화한 모든 종, 그러니까 양서류, 조류, 포유류 그리고 인간 자신에 대해 이야기하면, 이들은 모두 진화의 작은 단편들, 즉 큰 경로에서 벗어나지 않은 점진적 개선일 뿐이었어. 하지만 이 가오리는 아니야. 이 가오리는 진화 그 자체야. 이건 단지 새로운 종이 아냐. 새로운 속(屬)도, 심지어는 새로운 과(科)도 아니야. 역사적으로 이런 동물은 존재한 적이 없어. 이건 새로운 목(目)이야."

그녀는 확신에 찬 눈으로 동료를 바라보았다.

"우리는 방금 새로운 동물 목을 발견한 거야."

"그럼 이 녀석들을 어떻게 다시 찾지?"

필이 물었다.

모니크가 고개를 저었다.

"그건 모르겠어."

방은 조용했다. 누구도 말 한마디 꺼내지 않았다.

"난 알아요."

모두 돌아보았다. 리사였다. 그녀는 손에 든 한 뭉치의 팩스 종이를 보고 있었다.

37

"그게 뭐야?"

서류를 손에 든 채 리사가 다시 실험실로 들어왔다.

"오두본협회에서 쓴 보고서예요. 캘리포니아 해안을 따라 갈매기들이 실종되고 있다는 보고서죠. 며칠 전에 GDV-4가 새들에게 전염되지나 않았을까 걱정돼서 오두본 사람들한테 연락했거든요. 그런데 갈매기들한테 일어나는 일은 분명 그게 아녜요……."

그녀는 팩스 종이를 다시 보았다.

"마치 전염병처럼 해안을 따라 번져 올라가고 있어요. 그리고 정확히 가오리 떼의 이동과 같은 경로예요. 클라리타 섬에서부터 여기 포인트레이즈까지. 가오리들이 집단적으로 갈매기들을 잡아먹고 있는 거예요."

제이슨이 손가락을 두드렸다.

"오두본 사람들이 다른 원인은 찾을 수 없대?"

"전혀 이유를 종잡을 수 없다고 하는데요."

"가오리들이야."

대릴이 뭉개진 새들을 보며 말했다.

"놈들이 나는 거라고."

제이슨은 그 모습이 상상되었다.

"어쩌면 정말 그럴지도 모르지."

"설마 그걸 정말로 믿는다는 건 아니겠지?"

뒤에서 침착하고 이성적인 목소리가 들려왔다.

모두가 일제히 돌아보았다. 해리 애커먼이었다. 그는 정말 싸구려로 보이는 회색 양복 차림에, 노트북 컴퓨터를 어깨에 둘러멘 채 문 앞에 서 있었다.

"해리, 이거 너무 갑작스럽네요."

제이슨이 애커먼 쪽으로 걸어갔다.

"만나서 반갑네, 제이슨. 내 비서가 자네들이 여기 와 있다고 알려주더군."

두 사람은 악수를 했다.

"여기는 어쩐 일이신가요?"

"사실, 사업에 곤란한 문제가 좀 생겨서 말이지. 자본을 끌어모으기 위해서 샌프란시스코와 실리콘밸리에 회의 약속을 잡아놨네."

"그거 걱정이군요."

"심각한 일은 아니니 걱정 말게."

애커먼의 목소리는 늘 그렇듯이 침착했다.

"이왕 이 근처까지 왔으니 한번 들러볼까 했지. 어이쿠, 이런……."

노트북 컴퓨터가 어깨에서 떨어지는 걸 그가 가까스로 잡았다.

"조심하세요, 애커먼 씨."

필이 옆에서 조심스레 말했다.

"새 노트북인가요, 해리?"

제이슨이 노트북을 보려고 했다.

"매번 필의 노트북을 빌려 써서 이제 하나 살까 해서요. 어느 회사 거죠?"

"도시바야. 사실 난 컴퓨터에 대해 아는 게 없는데, 이게 좋다고들 하더군."

필이 고개를 끄덕였다.

"그거 데이터 백업은 해두고 있나요, 애커먼 씨?"

"CD에 백업하고 있네."

애커먼은 이 말을 마치 공식 발표라도 하는 듯이 자기 입으로는 처음 말하는 것처럼 말했다. 그런 다음 해부한 가오리를 보더니 컴퓨터에 대해서는 까맣게 잊어버렸다.

"이건 기적이야. 진정한 진화의 기적이라고."

애커먼은 이 가오리가 자선단체의 거물들에게 얼마나 큰 인상을 줄지 생각해보았다. 이 상품은 전통적 성공의 상징들과 비교하면 엄청나게 뛰어난 것이어서 자만에 빠진 그들의 표정은 스톡옵션을 현금으로 바꾸는 것보다도 더 빠르게 얼굴에서 사라질 것이다. 하지만 그런 일은 그들이 이 발견을 실제로 알 경우였다. 애커먼은 자신이 보기에 비현실적인 과학 추론으로 이 프로젝트가 지연되는 것을 더는 참을 수가 없었다.

"제이슨, 어디 이야기 좀 해보게나. 자네는 이 동물이 난다는 것이 현실적으로 말이 된다고 생각하나?"

"아직은 모르죠, 해리. 날 수도 있다는 증거가 있으니까……."

"증거라고? 자네는 해변으로 몇 미터 기어간 것과 바다에 떠 있는 새들 몇 마리를 먹었다는 것이 난다는 증거라고 생각하나?"

내 말이 그 말이야. 크레이그가 속으로 말했다.

제이슨이 애커먼을 쳐다보았다.

"현 단계에서는 가능성일 뿐입니다."

애커먼이 껄껄 웃었다.

"누가 아는가? 어쩌면 정말로 날지도 모르지. 한 2000만 년 있으면. 안 그런가, 필?"

필 마르티노는 갑자기 말도 제대로 할 수 없을 정도로 마구 웃기 시작했다. 그를 보고 있던 리사와 3인조는 그 모습을 꽤나 재미있어했다. 하지만 제이슨은 그 자리에서 폭발해버릴 것 같은 표정을 짓고 있었다. 필이 그를 가지고 대놓고 웃고 있었다. 그것도 자신의 상사 앞에서.

애커먼은 아무도 모르게 필의 귀에다 속삭였다.

"이제 됐네, 좀 진정하라고."

"아."

그제야 제이슨이 화가 난 것을 눈치챈 듯 필이 입을 다물었다.

"미안해, 제이슨. 그게 왜 그렇게 웃기는 일이라고 생각했는지 나도 모르겠어."

제이슨은 화를 누그러뜨리며 말했다.

"아냐, 필. 난 괜찮아."

모두 잊고 넘어가기로 했다.

애커먼이 말을 계속했다.

"어쨌든 일의 진척이 놀라울 정도로 빠르군. 자네들 모두 말일세. 난 단지 이 표본을 직접 보고 자네들에게 행운을 빌어주고 싶어서 온 것뿐일세."

그는 모두와 서둘러 악수를 나누고 어깨에 멘 노트북을 확인한 다음, 밖에서 대기 중인 리무진 쪽으로 향했다.

모니크는 때가 낀 창문을 통해 차가 빠져나가는 것을 보았다.

"그럼 이젠 뭘 하지?"

애커먼의 웃음거리가 되었기 때문인지 제이슨의 얼굴에는 갑자기 엄청난 열의가 보였다.

"우리가 이제 할 일은 이 가오리를 한 마리 더 찾는 거야."

그가 제자리에서 서성였다.

"소나를 더 설치하자고. 그리고 레이더 장치도. 우리에겐 장비가 있으니까 행여 또 한 마리가 육지로 날려고 할 경우를 대비해서 해변에도 설치해두자고. 그리고 갈매기들을 추적해보는 거야. 이 가오리들은 분명 식욕이 왕성해서 일주일에 100킬로그램은 먹어치울 거야. 그러니까 갈매기들을 따라가 보자고."

그는 계속해서 제자리에서 왔다 갔다 했다.

"리사, 여기 포인트레이즈에서 갈매기가 몇 마리 실종되었다고 했지?"

"아까 보지 못했던 데이터가 좀 있는데……."

그녀는 보고서의 마지막 장에 누가 손으로 쓰고 맨 밑에 이니셜을 적어놓은 것을 읽고 있었다.

"확실히 갈매기 몇 마리가 더 실종됐네요."

그녀가 손목시계를 들여다보았다.

"두 시간쯤 전에."

제이슨이 그 자리에 멈춰 섰다.

"두 시간 전에? 어디서?"

"보데가 만에서요."

그곳은 유명한 히치콕 영화(히치콕 감독의 대표작 중 하나인 〈새〉를 말함—옮긴이)를 촬영한 지역으로, 지금 있는 곳에서 48킬로미터쯤 북쪽에 있었다.

"어서 그리로 가보자고."

제이슨이 모두를 날카롭게 쳐다보았다.

"우리는 이 가오리를 한 마리 더 찾아낼 거야. 이놈들이 내일 날든 2000만 년 후에 날든 말이야."

"여긴 아무것도 없는데."

그들은 진흙과 돌로 가득한 보기 흉한 보데가 만 해변에서 1.6 킬로미터 남짓 바다로 나왔다. 그들은 소나 부표들을 바다에 띄우고, 삼각대에 고정한 레이더 총들을 육지에 설치하고는 감시를 계속했다.

엑스페디션호의 뒷벽에는 모니터가 두 대 있었는데, 크레이그는 그걸 보고 고개를 흔들었다.

"이제 뭘 했으면 좋겠어, 제이슨?"

제이슨은 보기 흉한 주변 지형과 군데군데 보이는 해변 뒤의 조그마한 나무들 그리고 해변에 부딪치는 작은 파도들을 둘러보았다.

"가오리들이 방금 전까지만 해도 여기 있었어. 그러니까 멀리 가지는 못했을 거야."

그는 좀 더 주변을 둘러보았다.

"좀 더 기다리자."

그들은 기다렸다. 일주일 그리고 다시 5주일을. 그러나 가오리들은 흔적도 찾을 수 없었다.

춥고 가랑비가 내리는 12월의 밤이었다. 그들은 황량한 스쿠너걸치 주립 해변으로부터 800미터쯤 떨어진 앞바다에 있었다. 회색 운동 바지에 싸구려 슬리퍼를 신은 크레이그는 모니터를 덮은 파란색 방수포 밑에 쭈그려 앉아 있었다. 여전히 아무런 신호도 포착되지 않았다.

"놈들이 아직도 계곡 속에서만 헤엄치는 모양이야."

후드가 달린 노란 비옷을 입고 뒤에 서 있던 리사가 돌아보았다.

"제이슨, 놈들이 지금쯤이면 얼마나 컸을 거라고 생각해요?"

"엄청 크겠지. 한 700킬로그램쯤? 날개 너비는 2.5미터쯤 될 테고."

크레이그 서머스가 일어섰다.

"녀석들이 아직도 날려고 하는지 궁금해."

"오두본 보고서에 의하면 그러고 있어요."

리사는 보고서를 주기적으로 받아 보고 있었다. 그들이 현재 있는 곳까지 엄청나게 많은 갈매기들이 계속해서 사라지고 있었다.

"리사, 그 갈매기들이 전혀 다른 이유로 실종됐을 수도 있지 않을까."

"예를 들면요?"

"그러니까 어쩌면 GDV-4가 정말로 공중으로 퍼졌는지도 모르지. 아니면 다른 바이러스가. 그게, 그렇게 큰 동물들이 아직까지도 갈매기를 먹고산다는 게 말이 안 되는 얘기라서 말이야."

"아니지, 완벽하게 말이 되지."

모니크가 슬리퍼를 신은 채 걸어오며 말했다.

"왜 그렇게 생각해?"

"왜냐하면 또 다른 종류의 먹이를 사냥하는 데 적용하는 것은 굉장히 힘든 일이거든. 이제 이 가오리들이 성공적으로 갈매기들을 사냥하는 법을 배웠으니 최대한 오랫동안 갈매기들을 먹고 살 거야. 만약 이 녀석들이 제이슨이 생각하는 만큼 몸무게가 중가한다면, 이 가오리들의 식성은 엄청날 거야. 이제 와서 새로운 먹이를 놓고 실험할 수는 없겠지."

리사는 황량한 바다 경치를 바라보았다.

"그렇다면 대체 이 녀석들이 어디에 있는 거죠? 만일 놈들이 아직도 갈매기들을 잡아먹는다면, 어째서 신호가 잡히지 않는 거냐고요?"

그녀가 모니터들을 쳐다보았다.

"크레이그, 이 장비들은 제대로 작동하고 있는 거죠?"

"기계들은 정상이야. 문제가 없다고 할 수는 없지만. 소나와 레이더 신호들은 땅을 통해서는 퍼지지 못하기 때문에, 만일 가오리들이 해안선이 휘는 곳이나 우리가 부표나 삼각대를 설치하지 않은 곳으로 올라온다면 우리는 놈들을 포착하지 못하겠지. 그리고……"

그때 전화가 울리기 시작했고 크레이그는 재빨리 수신번호를 확인했다.

"요크로군. 잠깐만."

크레이그가 갑판 아래로 내려가자, 리사는 고개를 흔들었다.

"하지만 어떻게 녀석들이 계속해서 우리가 포착할 수 없는 정확한 위치들만 찾아서 다니는 거지? 그냥 운이 엄청 좋은 건가요?"

"내가 볼 땐 운이 아닌 것 같아."

모니크는 무언가 의심스런 눈빛으로 어두운 바다를 찬찬히 둘러보았다.

"놈들은 분명 우리를 의도적으로 피하고 있는 거야."

"아니, 어떻게 그럴 수 있죠?"

"놈들이 돌고래를 잡은 것과 같은 방법이겠지. 단지 이제는 놈들이 그 감각들을 방어적으로 쓸 뿐이야."

"그게 무슨 뜻이에요?"

"그런 생각 안 들어? 이놈들이 바다 위에서 뭔가 자기들을 추적하는 걸 알지도 모른다는……."

리사는 이 말에 놀랐다.

"난 확실히 말할 수 없겠는데요."

"놈들은 알고 있고, 오히려 우리를 속이고 있는 거야. 애초부터 놈들이 우리를 속였던 거라고."

"그럼 우리는 어떻게 해야 하는 거죠?"

"이번엔 반대로 우리가 그놈들을 속여야지. 어떻게 속여야 할지는 모르겠지만."

그들만이 아니라 어느 누구도 몰랐다. 크레이그가 돌아올 때까지 그들은 모두 말이 없었다.

"크레이그, 우리가 이 가오리들을 어떻게 찾아야 할지, 뭐 좋은 아이디어 없을까?"

제이슨이 물었다.

크레이그 서머스는 자신의 대답에 스스로 놀란 것 같았다.

"사실은 말이야…… 난 그놈들이 어디로 가는지 알아. 그놈들이 여태껏 어디를 향해 가고 있는지 난 알겠어. 이 가오리들은 목적지가 있고, 지금까지 계속 그곳을 향해 이동하고 있었던 거야."

"그곳이 어딘데?"

크레이그는 비가 오는 하늘을 잠시 올려다보았다.

"아래층에 지도를 펼쳐놨어. 내가 보여줄게."

38

그놈들은 천 킬로그램가량의 몸무게를 잃고 나서 마침내 죽어가기 직전의 여윈 해골이 되었다. 놈들은 수면에서 6.4킬로미터 떨어진 바다 아래의 어두운 모래 위에 납작 엎드려 있었다. 그들의 두껍고 질긴 피부는 이제 몸집에 비해 너무 커서 여기저기 접혀 있었는데, 한참 동안 아무것도 먹지 못했으니 놀랄 일도 아니었다.

그들은 나이 든 세대 중 아직까지 살아 있는 유일한 놈들이었다. 지난 한 시간 동안만 해도 수천 마리가 힘없이 눈을 감고 그 자리에서 죽어나갔다. 북쪽으로 향하는 이동은 계속되어야만 했다. 하지만 그건 이들이 바다 밑바닥에서 자기 몸을 일으킬 힘을 되찾았을 때의 이야기였다.

그들은 어린 성체들이 다시 수면에 올라가 있는 것을 알고 있었다. 나이 든 가오리들은 그들에게 주파수를 맞춰보려 했지만 그럴 수 없었다. 그들의 감각기관은 제대로 작동하지 않았다. 이 가오리들에게는 심해의 어둠이 실제로 어두웠다. 그들에게는 아무것도 보이지 않았다.

6.4킬로미터 위에서는, 가랑비가 내리는 밤하늘 아래 가오리들이 물에서 뛰어오르고 사방팔방으로 날갯짓을 하며 활공하고 있었다.

그들은 지금 상록수가 줄지어 선 황량한 어떤 해안으로부터 100미터가량 떨어진 곳에 있었다. 이 해안선은 다른 해안선들과 별반 다를 게 없어 보이고 전혀 특별해 보이지 않았지만, 사실 매우 특별한 곳이었다. 가오리들은 이곳이 안전하다는 것을 알고 있었다. 이동하는 도중에 그들은 계속해서 바다에 소나가 있는 것을 감지했고, 그것이 고래에게서 온 것도, 돌고래에게서 온 것도 아니라는 것을 알았다. 뭔가가 계속 소나를 내보냈고, 소나는 항상 그들을 향해 있었다. 포식자인 가오리들은 본능적으로 뭔가가 그들을 추적한다는 사실을 알아차렸다. 가오리들은 매번 아주 쉽게 그 이상한 신호들을 따돌렸는데, 계곡 사이로 헤엄을 치다가 해안선이 굽은 곳을 지난 다음 수면 위로 돌아오기만 하면 되었다. 방금 전에도 그들은 그렇게 했다. 그들 자신의 것을 포함해서 그 어떤 소나도 땅을 통과할 수는 없었다.

성장기 가오리들은 이제 모두 작은 성체가 되었다. 가랑비가 내리는 밤하늘에 완전히 드러난 그들의 몸에서 그동안 얼마나 성장했는지를 볼 수 있었다. 그들은 이제 700킬로그램이나 나가는 거대한 동물이 되었고, 날개의 너비는 2.4미터, 몸길이는 1.8미터였다. 또한 근육층이 두꺼운 몸통과 커다란 입 그리고 눈동자가 없는 스쿼시 공만 한 새까만 눈을 가지고 있었다.

마치 공중에 떠 있는, 통제를 잃은 거대한 범퍼카 무리처럼 가오리들은 이리저리 쌩쌩 날아다녔다. 이제는 각 동물간의 나는 능력이 엄청난 차이를 보였다. 얼핏 보기에는 전혀 눈치챌 수 없는 수백만 개의 미묘한 차이 때문에 정확히 같은 방식으로 나는 동물은 하나도 없었다. 하지만 이들이 나는 방식은 대체로 네 가지 실력 수준으로 나눌 수 있었다.

첫 번째 무리를 이루는 동물들은 몸무게의 증가로 인해 나는 데 크게 애를 먹고 있는 놈들이었다. 이 동물들은 물 밖으로 뛰쳐나오는 것은 잘했지만 4.5미터 이상 올라갈 수가 없었다. 이들은 몸이 커지면서 양력을 제대로 얻기 위해 물결치는 근육들을 제대로 사용하지 못했다. 아무것도 모르는 채 바다 위를 떠다니는 갈매기들을 잡는 것은 쉬웠지만 그게 다였다.

두 번째 무리는 첫 번째 무리보다 훨씬 잘 날았다. 이놈들은 갈매기가 대각선 방향으로 날아오르는 것을 정확히 흉내 내어 수평 방향으로 속도를 올리면서, 동시에 서서히 올라가는 식으로 마치 갈매기처럼 떠올랐다. 하지만 공기 밀도의 미묘한 변화에 따라 물결치는 근육들을 조절할 수 없었기 때문에 이 무리는 15미터 이상의 고도에서는 양력에 문제를 겪었다. 기류의 불연속성 때문에 이 무리는 끊임없이 추락해서 부딪치는 일을 겪어야만 했다.

세 번째 무리는 앞의 두 무리보다 훨씬 더 뛰어났다. 이 무리는 이륙, 날개를 펄럭이는 것, 활공, 회전, 하강 등 여러 가지 기본적 비행 동작에 능숙했다. 급상승, 급강하, 기류횡단 비행 등 더 고도의 기술은 아직 이들의 실력을 넘어서는 것이지만, 이 무리는 계속 연습해서 실력을 향상시켰다.

네 번째 무리는 단지 48마리로만 이루어졌다. 이 무리는 날개를 펄럭이는 것, 활공, 회전, 급강하, 급상승, 비스듬히 비행하는 것, 기류를 거슬러 비행하는 것, 기류를 옆에 두고 비행하는 것,

제자리에서 계속해서 펄럭이는 것 등 모든 종류의 공중 동작을 성공적으로 익혔다. 동작이 아직 매끄럽지는 않았지만 각 동작들을 원하는 만큼 계속해서 할 수 있었다.

딱 하나 예외가 있었다. 바로 공중에 계속 떠 있는 것이었다. 넷째 무리에서 가장 숙달된 놈도 이것만은 완전히 익히지 못했다. 그놈들이 수면 위에서 날개를 엄청나게 빠르게 펄럭이며 공중에 뜨려고 시도할 때마다, 몸이 균형을 잃고 엉성한 몰골로 물에 빠져버렸다. 그럼에도 48마리의 가오리들은 계속해서 연습했다. 이놈들은 자기네 가오리 종 중에서도 특히 조심스런 놈들이었고, 아직은 자신들이 육지에 올라갈 준비가 덜 되었다는 걸 알고 있었다.

갑자기 그들은 수면으로부터 멀리 떨어진 아래쪽에서 움직임을 포착했다. 성체들이 이동을 재개한 것이다.

이 가오리들은 성체들을 따라가겠지만 아직은 아니었다. 가랑비가 세찬 폭우로 바뀌는 가운데 그놈들은 사방팔방으로 쌩쌩 날아다녔다. 앞으로 다가서고 있는 숲에 점점 가까워지자 놈들은 본능적으로 숲 쪽으로 방향을 잡았다. 일찍이 이놈들이 성장하던 때에는 감각기관이 공중에서 제대로 작동하지 못했지만 이제 이놈들이 성장을 한 뒤에는 감각기관 역시 성숙해졌고 공중에 맞게 적응도 되었다. 결과적으로, 육지 위에 있는 먹이가 그들을 부르고 있었다. 조용히, 그러면서도 끊임없이 부르고 있었다. 예전에 이놈들은 작은 흔적들만을 탐지했지만, 이제 이들은 확실히 알고 있었다. 육지 위에는 어마어마한 양의 먹이가 있다는 걸.

오래전에 이들 중 한 마리가 그 먹이를 찾으려고 시도한 적이 있었다. 성장기 가오리 한 마리가 육지 쪽으로 날아갔지만 45미터를 채 넘지 못했다. 그놈은 이미 오래전에 죽었다.

하지만 다른 가오리들은 훨씬 더 조심스러웠다. 어떤 놈들은 너무나 조심스러운 나머지 그런 모험을 절대 시도하지 못할 것이다. 그러나 다른 놈들은 그런 모험을 시도할지도 모른다. 육지에서는 다양한 신호들이 들려왔고, 대부분은 이전까지 느껴본 적이 없던 것들이었다. 하지만 한 가지 신호는 익숙했다. 그건 이전에 이 가오리들이 한 번 맛본 특이한 먹이에서 나온 신호였는데, 그 생물은 물속에서 사냥하기가 쉬웠고 아마 육지에서도 사냥하기 쉬울 것이다. 가오리들은 연습을 계속했다.

39

"저건 대체 뭐야?"

어둠 속에서 아직도 비가 내리고 있었다. 대릴이 저 멀리에 무언가가 있는 걸 발견했다. 그것은 황량한 밤하늘을 배경으로 그림자 같은 윤곽만 보였다. 뭔가 크고 어두운 빛의 형체가 날고 있었다. 그는 눈을 가늘게 뜨고 보았다.

"아!"

그건 비행기였다.

모니크가 고개를 저었다.

"우리 아래로 내려가서 크레이그가 무슨 이야기를 하는지 들어보자."

두 사람은 배 아래층 부엌에서 동료와 만났다. 냉장고 옆의 작은 흰 테이블 주변에서 서머스가 먼저 이야기를 시작하고 있었다.

"녀석들은 처음부터 그리로 이동했던 거야. 그곳은 심해의 섬이야."

"섬이라고?"

제이슨은 이 말이 무엇을 의미하는지 알지 못했다.

"맞아. 비교적 좁은 어떤 지점이야. 그곳은 상상할 수 있는 모든 종류의 해양 생물로 가득하고 GDV-4는 흔적조차 없는 곳이야."

그는 테이블 위에 펼쳐놓은 지도를 가리켰다.

"그곳은 수심이 6.4킬로미터에 수중 산들로 둘러싸여 있는데, 요크가 생각하기에는 그 산들이 바이러스를 효과적으로 막아낸 것 같대."

제이슨이 지도 쪽으로 몸을 기울였다.

"정확히 어딘데?"

"유레카 시 앞바다에 있는데, 130제곱킬로미터쯤 되는 곳이야. 만일 가오리들이 실제로 거기에 닿을 수 있다면, 원하는 먹이는 뭐든지 찾을 수 있을 거야."

대릴이 고개를 끄덕였다.

"그럼 그 가오리들이 얼마나 더 가야 한다는 거지?"

"현재 속도대로라면 빨라도 며칠은 걸려야 도착하겠지. 제이슨, 우린 녀석들보다 빨리 그곳에 도착해서 장비들을 설치할 수 있어."

"그럼 어서 그렇게 하자고. 지금 당장."

다음 날 오후가 되자, 모든 준비가 끝났다. 물 위에서는 소나 부표들이 심해의 섬을 감시했고, 근처의 해안선에 말뚝으로 고정된 레이더 총들은 육지를 감시했다.

대릴 홀리스는 이 장비들이 그들의 일에 전혀 도움이 되지 않을 것 같다고 생각했다. 땀에 젖은 빨간 폴로셔츠 차림의 대릴은 배의 뒷전에서 가장 가까이에 있는 부표를 바라보며 고개를 저었다.

"수심이 6.4킬로미터고 산으로 둘러싸였단 말이지? 크레이그, 소나는 저 아래로부터 아무것도 포착하지 못할 거야."

크레이그는 점이 떠 있지 않은 소나 모니터의 회색 격자 화면을 바라보았다.

"그래도 해봐야지. 뭔가 나올지도 모르잖아."

제이슨은 갑자기 풀이 죽었다.

"뭐 하러 하냐고? 그 가오리들이 실제로 바다 밑 섬에 도달한다면 뭐 하러 다시 올라오겠어?"

"왜냐하면 그 섬은 오랫동안 섬으로 남아 있지 않을 거야. 제이슨. 이해가 안 돼? GDV-4는 현재로서는 여기에 없지만 곧 들어올지도 몰라."

"언제?"

"그거야 모르지. 하루가 걸릴지, 일주일이 걸릴지, 일 년이 걸릴지, 누가 알아."

"그럼 우리는 어떻게 해야 한다는 거야? 수심이 저렇게 깊으면 우리가 쫓아 내려갈 수도 없잖아. 그럼 우린 여기서 뭘 해야 하는 거냐고?"

크레이그는 끈기 있게 모니터를 쳐다보았다.

"기다려야지."

사흘 후, 모두가 기다리던 신호가 장비들에서 포착되었다. 가오리들은 바이러스가 없는 섬으로 곧장 헤엄쳐 들어갔다. 그런데 얼마 뒤 몇 마리가 다시 나왔다. 그 뒤 몇 주에 걸쳐 때때로 감지된 소나와 레이더 신호들을 통해 무슨 일이 일어나고 있는지 알 수 있었다. 어떤 알 수 없는 이유로, 소수의 가오리들이 계속해서 해수면으로 올라왔다. 하지만 여전히 그놈들은 교묘하게 숨어 다녔다. 그놈들의 대단히 민감한 감각 능력과 계곡 속에 숨으려는 습성 그리고 130제곱킬로미터나 되는 섬의 면적을 볼 때, 그놈들을 명확히 추적하기란 불가능했다. 그 가오리들은 제이슨의 팀을 몇 달 동안이나 성공적으로 피해 다녔다.

4월 말의 어느 날, 해질 무렵이었다. 유레카 시 앞바다에는 수평선 위로 매우 아름다운 루비 빛의 빨간 석양이 펼쳐졌다. 대릴은 고개를 저었다.

"난 이해를 못하겠어. 이 가오리들이 왜 아직도 해수면으로 올라오는 건지. 저 아래엔 먹이도 충분할 테고, 놈들은 이제 갈매기를 잡아먹지도 않잖아."

오두본협회 보고서에 따르면 엄청나게 많은 수의 갈매기들이 해안선으로 돌아왔다고 했다.

"그런데 녀석들이 왜 아직도 올라오는 거야? 말이 안 되잖아."

"아니, 말이 되지."

모니크가 말했다.

"대릴, 놈들은 지금 먹이를 찾으러 올라오는 게 아냐. 지금 단계에서는 그것보다 훨씬 더 복잡한 이유가 있다고 생각해."

"어째서?"

"내 생각에는 이 가오리들 중 일부는 너무 오랜 시간을 해수면

284

근처에서 보내서 해수면과 어떤 면에서 연결되었다고 생각해."

"해수면과 연결되었다고?"

대릴은 모니크가 예전에 읽은 진화 관련 교재들을 요즘 다시 읽는다는 걸 알고 있었다. 아무래도 뭔가 새로운 걸 배운 모양이었다.

"그게 무슨 뜻이야?"

"어쩌면 익숙해졌다고 말하는 게 더 맞는 표현인지도 몰라. 이 가오리들의 근육, 뇌 등 모든 것이 이제 해수면에 익숙해진 거라고. 때문에 이제 와서 해수면을 떠날 수가 없는 거지. 적어도 완전히 떠날 수는 없다는 거야. 밑에 먹이가 풍족하게 있어도 내 생각에는 어떤 신체적, 어쩌면 생리적 변화 때문에 심해로 사라지는 게 불가능해진 것 같아."

"지금 네가 말하는 걸 들어보니까 중독현상을 말하는 것처럼 들리는데."

"여러 면에서 그런 것 같다고 생각해. 적어도 어떤 녀석들에게는 말이지. 해수면에서 보낸 시간이 너무 많아서 그저 포기할 수 없는 것 같아."

"지금쯤이면 녀석들이 얼마나 컸을 거라고 생각해?"

크레이그가 물었다.

"완전히 다 자란 성체가 됐을걸. 날개 너비는 4.2미터에, 몸길이는 3.6미터, 몸무게는 1800킬로그램 정도 나갈 거야. 행글라이더 크기 정도는 될걸."

"이 모든 소식을 애커먼 씨에게 다 알려주는 거지, 제이슨?"

필이 물었다.

"메시지를 남겼어. 하지만 내 생각에 애커먼 씨는 지금 다른 일로 머리가 복잡한 것 같아."

"예를 들면?"

"사업이지. 갈수록 상황은 나빠지고, 자금을 모으려던 일은 어떻게 진행되고 있는지도 모르겠어."

필은 고개를 끄덕이고는 갑판 아래로 내려갔다. 대릴은 제이슨을 돌아보았다.

"1800킬로그램이라고?"

"더 나가지만 않는다면."

"맙소사. 그런 놈들이 육지 위를 정말로 나는 걸 상상할 수 있어?"

"일어날 수 있는 일이야, 대릴."

모니크가 헛기침을 했다.

"정말로 일어날 수 있는 일이라고. 그리고 2000만 년보다는 훨씬 덜 걸릴 거야. 어쩌면 우리가 상상할 수 있는 것보다도 더 빨리 일어날지도 몰라."

"그럼 그렇게 되었다고 치자."

제이슨은 머리 위에 환한 보름달이 떠 있는 것을 보았다.

"그럼 놈들은 어디로 갈까, 모니크?"

"이 근처 어디."

모니크는 창백한 달빛을 받은 주변을 둘러보다 해안 근처에 서 있는 나무들을 보았다. 이 나무들은 흔히 볼 수 있는 나무들이 아닌 해안 삼나무들이었다. 키가 사무실 빌딩 높이만큼 큰 상록수로, 눈길이 미치는 사방 끝까지 널리 퍼져 있었다. 모니크는 현재 위치로 보았을 때 자신들이 레드우드 공원 지역에 아주 가까이 있다는 걸 알았다. 레드우드 공원 지역에는 레드우드 국립공원과 다른 사설 공원들 그리고 오리건 주 경계 바로 앞까지 숲이 160킬로미터나 뻗은 엄청나게 큰 공원인 레너드 주립공원이 있었다.

"어디로 갈지는 모르겠는데. 그런데 이 지역에 있다는 사실이 난 좀 불안해."

"왜?"

"왜냐하면 여기에는 해변이 없거든."

"그래서……?"

"만일 그 가오리들 중 한 마리가 정말로 땅 위로 올라온다면……."

그녀는 주변을 좀 더 둘러보았다.

"그 녀석을 찾는 데 시간이 엄청 걸릴걸."

"모니크."

필 마르티노가 아래 갑판으로 통하는 계단 쪽에서 쳐다보았다.

"말해줄 게 있는데, 방금 너한테 온 엄청 긴 이메일을 프린트하고 있어."

"누구한테서 온 건데?"

"어…… 어떤 교수던데 이름이……."

그녀는 놀랐다.

"혹시 벤턴 데이비스 교수 아냐?"

"맞아."

"이런, 정말로 답장을 보내줬잖아."

제이슨이 돌아보았다.

"벤턴 데이비스 교수가 누군데?"

모니크가 계단 쪽으로 걸어가며 말했다.

"진화 역사가야. 내 교재 중 하나를 쓴 저자야……."

"그 사람한테는 왜 연락한 건데?"

"만일 이 가오리들 중 한 마리가 정말로 육지로 올라온다면, 정확히 어디서 올라올지를 파악하는 데 우리를 도와줄 수 있을 테니까."

그녀는 급히 갑판 아래로 내려갔다.

"필, 그 이메일 어디 있어?"

40

그 가오리들은 공중에 떠다니는 법을 배웠다.

보름달이 잔잔한 수면 위를 비추고, 실력이 가장 뛰어난 가오리 48마리가 계속해서 나는 연습을 했다. 윤곽으로만 보이는 그 가오리들의 크기는 실제로 행글라이더만 했고, 스포츠카의 앞머리만 한 크기의 입과 야구공만 한 눈을 가지고 있었다. 최근 들어 갑자기 450킬로그램 가까이 몸무게를 불리며 커진 덕에 강하고 날씬한 근육들이 날개와 몸 아랫부분에 생겼고, 물결치는 근육들은 이제 훨씬 빠르고 강해졌다.

해수면 바로 아래에는 수천 마리나 되는 가오리들이 둥둥 떠 있었다. 그놈들은 쉬는 중이었다. 몇 시간 동안이나 계속해서 나는 연습을 했지만, 피로가 밀려들어 도중에 그만둘 수밖에 없었다. 그놈들은 다른 가오리들이 달빛 속에서 뛰어오르는 것을 그저 바라보기만 할 뿐이었다.

이제 전문가가 된 가오리들은 끊임없이 우아하게 움직였다. 다급하게 퍼덕거리거나 사방으로 물을 튀기며 빠지는 일은 없었다. 몸놀림을 정확하고 노련하게 조절하고 있었다. 기류가 끊어졌다 이어졌다 했지만, 이전에 비해 일어나는 빈도는 많이 줄어들었다. 실제로 그런 일이 일어나더라도 난기류 때문에 그놈들이 바다에 빠지는 일은 더 이상 일어나지 않았다. 이 48마리의 가오리들은 비행의 연속성을 되찾는 법을 배워서 비행기나 새처럼 난기류 속을 헤치고 나는 법을 알게 되었다. 바람도 더는 문제가 되지 않았다. 생각지도 못한 순간에 작용하는 수천 가지 방법으로 비행 근육들을 조절해서 그놈들은 자신들에게 유리하게 바람을 이용하고, 다루고, 어루만질 줄 알게 되었다.

몇 달 동안 연습한 끝에 공중에 떠 있는 것 또한 그냥 할 수 있는 정도의 수준이 아니었다. 나머지 공중 동작과 마찬가지로, 공중에 떠 있는 것도 이제는 한결 자연스러웠다.

보름달이 훤히 비치는 가운데 48마리의 포식자들은 계속해서 비행 연습을 했다. 공중에 뜨는 데에도 여러 가지 방법이 있었다. 몇몇은 가장 기본이라 할 수 있는 제자리에서 뜨는 동작을 연습했다. 그놈들은 날개를 빠르고 유연하게 펄럭이면서 한자리에 가만히 떠 있으려 했다. 다른 놈들은 떠 있으면서 동시에 앞으로 움직이려고 했다. 또 다른 놈들은 헬리콥터처럼 수직으로 상승했다가 그대로 수직으로 내려왔다. 가오리 여섯 마리는 위로 올라갔다가 앞으로 날아가며 다시 내려오는, 둥글게 호를 그리는 동작들을 연습했다. 몇 마리는 급강하한 다음 수면 바로 위에서 부드럽게 멈춰 떠 있기도 했다. 그놈들은 저마다 어떤 동작을 계속해서 연습했다.

한편으로, 그놈들은 나는 연습을 멈추고 물속에 있는 동족과 합류하고 싶어 했다. 하지만 어느 놈도 감히 그렇게 하지 못했다. 먼저 한 놈이 시도했지만 우두머리인 가오리가 잔인하게 죽여버렸다. 그들은 계속해서 비행 연습을 했다.

그러는 동안 물속에 있는 가오리들은 출렁이는 달빛 아래에서 그놈들이 거대한, 물 묻은 갈매기들처럼 날아다니는 것을 물끄러미 바라보기만 했다. 그 순간 한 무리의 구름이 달을 가리자 물속에 잠수해 있던 가오리들은 어둠에 휩싸였다. 여전히 움직이는 가오리는 한 마리도 없었다. 그놈들은 계속해서 바라볼 뿐이었다. 모든 것이 암흑 속에 휩싸인 그 순간에도.

41

"모니크가 아직도 그 이메일을 읽고 있니?"

한밤에 엑스페디션호의 고물 부분에서 크레이그, 대릴, 필은 뒷벽 부근에 쭈그려 앉아 모니터를 보고 있었다. 리사는 노트에 무언가를 적고 있었기 때문에 제이슨이 노트북에서 시선을 돌려 그들을 쳐다보았을 때 아무도 대답하지 않았다.

"대릴? 모니크가 아직도 그 이메일을 읽고 있냐고?"

"아."

대릴은 잠시 생각했다.

"아마 그러고 있을걸."

대릴이 좀 전에 내려갔을 때, 모니크는 그에게 눈길조차 주지 않고 그저 페이지를 넘기며 읽기만 했다.

"어이, 덜렁 씨, 볼륨이나 좀 높여주지그래?"

"이 정도면 됐어, 큰곰 씨?"

크레이그는 엄청나게 큰 휴대용 카세트의 볼륨을 높였다. 영혼이 담긴 목소리를 가진 여가수의 노래가 흘러 나왔다.

"이 노래 좋지."

제이슨이 노트북을 내려놓았다.

"나도 좋은걸."

크레이그는 놀랐다.

"진심이야?"

"그렇고말고."

제이슨은 방금 종 심의위원회에 보낼 보고서에 쓸 메모들을 모두 입력했다. 그는 모니크가 무얼 알아냈는지 매우 궁금했지만 긴장을 좀 늦추는 것이 좋겠다고 생각했다. 그는 하늘을 올려다보았다. 구름 한 점 없는, 별들이 가득한 아름다운 밤이었다.

"제이슨."

"응."

크레이그, 필과 함께 계단 쪽에 서 있는 대릴이 불렀다.

"필이 우리한테 새로운 비디오게임을 보여주겠대. 한번 와서 볼래?"

"아, 고마워, 그런데 난 솔직히 비디오게임을 그렇게 좋아하진 않아."

세 사람은 들어가 버렸고, 제이슨은 다시 하늘을 바라보았다. 마냥 아름다웠다. 그는 숨을 크게 내쉬고는 음악에 맞춰 바닥에 발을 두드리며, 대체 저 가수가 누군지 생각해보았다. 그러다 그는 아직도 노트에 메모를 적고 있는 리사를 보았다. 그녀도 음악을 들으며 발장단을 맞추고 있었다. 주변을 둘러보니 둘밖에 없었다.

"멋진 밤이야, 안 그래?"

리사가 고개를 들었다.

"그래요, 아름다운 밤이네요."

그녀는 다시 노트를 보며 고개를 숙였다. 그때 제이슨은 꽤나 오랫동안 생각해온 일을 해보기로 용기를 냈다.

"리사."

"네?"

"나랑 같이 춤출래?"

대릴과 다른 사람들이 올라오는 소리에 리사는 머뭇거렸지만, 저쪽에서 대릴이 두 사람의 얘기를 듣고는 모두 돌아 세워 데리고 갔다.

"좋아요."

두 사람은 갑판 가운데로 나아갔다.

제이슨이 한 손으로 리사의 허리를 감싸자 그녀는 눈썹을 추켜세웠다.

"내가 이렇게 천연덕스러운 바람둥이일 줄은 몰랐을걸."

제이슨이 우스갯소리를 했다.

그녀가 웃었다. 웃음소리가 너무 컸는지 제이슨은 금방 부끄러워했다.

"어쩌면 내가 단지 사람들을 통제하기 좋아하는, 아무도 믿지 못하는 해양생물학자일 뿐이라고 생각했는지도 모르지."

그녀가 미소를 지었다.

"맞아요."

"음악이 꽤 좋지, 안 그래?"

"주제를 바꾸는 거예요?"

"아니. 뭐에 대해 얘기하고 싶은데?"

"왜 그렇게 사람들을 통제하기 좋아하는 거예요?"

그녀는 여전히 미소 짓고 있었다.

"진지하게 묻는 거예요. 왜 모든 걸 세세한 것까지 신경 쓰는 거냐고요, 제이슨? 왜 다른 사람들을 믿지 못하는 거예요?"

"어쩌면 내 성격상 그럴 수밖에 없나 보지."

"못 믿겠는데요. 거기에 뭔가가 더 있을 걸요."

제이슨은 주변의 아름다운 하늘과 달을 잠시 둘러보았다.

"이봐, 난 우리가 여기서 긴장을 좀 풀 수 있을 거라 생각했는데."

"당신이 긴장을 풀 거라고는 생각해본 적이 없는데요."

"이거 도움이 안 되네."

"왜 아무도 믿지를 못하는 거예요?"

제이슨은 달빛이 가득한 바다를 보았다.

"솔직히 한 번도 생각해본 적이 없어."

"나한테 말해줘요."

리사가 그의 얼굴을 천천히 돌렸다.

"제발이요."

제이슨이 그녀를 바라보았다.

"어쩌면 모든 게 만타 월드 일 때문에 시작됐는지도 몰라."

"네."

그가 밤하늘을 쳐다보았다.

"날 이해해줘, 리사. 내가 여러 해 동안 알고 지낸 사람들, 내가 믿었던 사람들이 갑자기 모두 연락을 끊었어. 모임들은 취소되었고, 회의에서 내 테이블은 비어 있기 일쑤였고……."

제이슨이 그녀의 눈을 바라보았다.

"다들 날 버리고 돌아오지 않았어."

그가 어깨를 으쓱했다.

"그런 일이 계속되다 보면 사람들을 믿지 못하게 되지."

"그랬군요."

이건 진지한 대답이었고, 그녀가 전혀 예상하지 못한 답변이었다.

"정말 안됐어요."

"솔직히 말하면, 오랫동안 나는 리사 당신도 날 실망시키고 있다고 생각했어. 당신은 자기 연구에만 너무 집중했으니까. 때로는 우리 모두가 이루려는 일을 망치면서까지. 난 그걸 매우 싫어했던 것 같아. 아무래도 그 때문에 우리가 그렇게 자주 싸웠는지도 몰라."

그녀는 이 쓴소리를 조용히 곱씹었다.

"아직도 그렇게 생각해요?"

제이슨이 멈칫했다.

"아니, 오랫동안 생각해온 건 아니야. 너에 대해서도 이 배의 다른 사람들에 대해서도. 상황이 이렇게 바뀌어서 아주 좋아."

"그럼 왜 아직도 우리를 믿지 못하는 건데요?"

"난 당신을 믿어."

"아니, 그렇지 않아요."

"정말이야. 난……."

"우리를 믿으면 좋은 일이 일어난다고요, 제이슨. 당신이 프린스턴대학교에 가서 그 반… 바르… 바르단… 그…….”

"반다르 비샤커라트니.”

"그래요, 당신이 그 사람을 만나러 간 동안에 무슨 일이 있었는지, 우리가 뭘 해냈는지 생각해보라고요.”

"다 내가 사람들을 믿었기 때문이야. 당신은 내 믿음을 입증했을 뿐이야.”

"당신은 아무도 믿지 않았어요, 제이슨. 당신은 떠나야 했기 때문에 떠난 거잖아요. 같은 게 아니라고요.”

그가 미소를 지었다.

"그래?”

"맙소사, 그렇다니까요. 같은 게 아…….”

"당신은 정말 예뻐요, 리사. 지금껏 말한 적은 없지만, 난 그렇게 생각해왔어. 매일. 당신이 입은 옷이 구겨졌든 아니든 당신은 아름다워.”

리사가 머뭇거렸다.

"또 주제를 바꾸는 거예요?”

그들은 몸을 더 가까이 한 채 계속해서 춤을 추었다.

"고마워요.”

그녀가 조용히 말했다.

"나야말로 고맙지. 리사가 말해준 것에 대해 생각해볼게.”

춤이 계속되면서 그는 그녀를 더 꼭 안았고…… 기분이 좀 이상했다. 오랜 기다림 끝에 리사 바턴을 이렇게 안고 있는 것이 분명히 어색하긴 했지만, 다른 한편으로는 자연스럽기도 했다.

리사도 같은 기분이었다. 이상하면서도 자연스러운 기분.

노래가 멈췄고 무슨 소리가 들렸다. 다른 사람들이 계단을 올라오는 소리였다. 대릴이 겸연쩍은 듯 고개를 내밀고는 올라와도 괜찮겠냐는 눈짓을 보냈다. 제이슨은 어서 오라고 손짓했다.

모두 다 같이 올라왔다. 필은 얼굴 가득 싱글거리는 웃음을 짓고 있었다.

"그래, 지금 무슨 일이 일어난 거야?"

리사는 태연한 척했다.

"그냥 제이슨에게 춤추는 법을 좀 가르쳐주었어요. 내 발을 세 번밖에 밟지 않던데요."

크레이그가 눈치채고는 고개를 끄덕였다.

"내가 보기엔 네 번 밟은 거 같던데."

대릴은 부드럽게 미소를 지었다. 그들이 바하를 떠날 때만 해도 그는 이렇게 되리라고는 상상도 하지 못했다. 리사와 제이슨. 두 사람이 함께 있는 것을 보자 그는 가족, 아이들 그리고 엑스페디션호를 떠난 후의 삶에 대해 생각해보았다. 홀리스 부부는 최근 들어 이런 주제를 놓고 자주 의논했다. 예를 들면 어떤 도시에 가장 좋은 공립 보육원과 탁아소가 있는지, 가족이 살 집을 구할 수 있는지, 어떤 은행에서 가장 싼 주택 융자를 얻을 수 있는지 등. 물론 모든 건 모니크가 임신을 해야만 가능한 일이지만, 그들은 가까운 장래에 그렇게 되기를 바랐다.

그때 모니크가 갑판에 나타났다. 그녀를 보자마자 대릴은 그녀가 낭만적 기분이 아니라는 걸 알았다. 그녀는 손에 북캘리포니아 지도와 그녀가 읽고 있던 이메일을 프린트한 것을 들고 있었다.

제이슨은 그녀의 얼굴에서 심각한 표정을 읽었다.

"무슨 일이야, 모니크?"

"한 환경에서 다른 환경으로 옮겨 간 모든 생물종은 도중에 거쳐 간 경유지가 있었어. 그 종이 신체적으로 편안하게 느낀 어떤 특정한 장소 말이야. 최초의 펭귄이 하늘을 떠나 바다로 간 곳은 어떤 빙산 안의 구멍이야. 최초의 고래는 물에 잠긴 동굴을 통해 바다로 들어갔지. 시조새든, 악어든, 돌고래든 환경이 바뀐 모든 종은 그들만의 특별한 경유지를 거쳤어. 이 가오리들은 자신들의 경유지를 찾고 있는 중이야."

제이슨이 지도를 보았다.

"그럼 그곳이 어디인지 우리가 파악할 수 있을까?"

"이미 내가 파악해놨어."

42

"바이러스가 없는 섬의 위치는 여기인데……."

갑판 아래의 거실에서, 모니크가 테이블 위에 펼쳐놓은 지도의 한 부분을 가리켰다.

"그리고 이곳은 레드우드 강 하구야."

지도에서 보았을 때, 그곳은 넓고 푸른 선으로 보였고, 녹색의 숲 깊숙한 곳으로부터 바다로 흘러나가고 있었다.

"하구의 폭은 400미터쯤 되고, 육지로 올라오는 데에는 완벽한 경유지라 할 수 있지. 이곳이라면 가오리들은 물을 떠나지 않고도 직접 육지로 접근할 수 있어."

제이슨은 미심쩍은 듯 지도의 푸른 선을 보았다.

"만일 그 가오리들이 이곳을 이용한다면 말이지. 아무도 이 '경유지' 이론이 사실인지 어떤지 확실히 알지는 못하잖아. 안 그래, 모니크? 만약 그렇다고 하더라도 여기에서 그런 일이 일어날 거라고 확실히 말할 수는 없잖아?"

"맞아. 이건 추측일 뿐이야. 하지만 모든 지식을 바탕으로 내린 추측이지. 그리고 상식적이기도 해. 제이슨, 만일 이 가오리들이 정말로 육지를 돌아다니고 싶어 한다면, 가능한 자기네 몸이 편안한 걸 좋아할 거 아냐. 그렇다면 육지에 있는 강만큼 좋은 곳이 어디 있겠어?"

"민물이라서 놈들이 꺼리지는 않을까?"

"그럴지도 모르지. 하지만 모든 게 완벽할 수는 없잖아."

제이슨이 잠시 숨을 돌리더니 지도의 맨 북쪽으로 시선을 돌렸다.

"우리가 신중히 생각해야 할 다른 '경유지'도 있지 않을까? 예를 들면 저 북쪽에 있는 산 같은 곳 말이야."

"어쩌면."

모니크는 파란 선을 보았다.

"하지만 내 생각엔 이 시내부터 시작하는 게 좋을 것 같아."

"그럼 정확히 뭘 하려고 하는데?"

모니크는 잠시 생각해보았다.

"장비들을 설치하자. 물에는 소나 부표, 육지에는 레이더 총을. 녀석들이 실제로 거기에 갈 경우를 대비해서 준비를 해두자고."

제이슨은 고개를 끄덕였다.

"좋아, 그렇게 하자."

잠시 후에 그들은 갑판에 올라와서 그 시내로 갈 준비를 했다. 그때 리사가 제이슨 쪽으로 고개를 숙이고는 속삭였다.

"거봐요, 사람들을 믿으면 이렇게 좋은 일이 일어나잖아요."

배가 앞으로 움직였고, 제이슨은 미소를 지었다.

"제이슨, 잠깐 시간 좀 내줄 수 있어?!"

엑스페디션호는 이제 정말 빠르게 움직이고 있었다. 강한 바람이 해안가의 삼나무들보다도 더 빨리 배를 스쳐 지나갔다.

제이슨이 뒤돌아보았다.

"그래, 필. 무슨 일인데!"

"갑판으로 좀 내려갈까?'

두 사람은 아래로 내려갔다. 그곳은 바깥보다 훨씬 조용했다.

"난 단지 내가 추가로 하는 일들이 도움이 되는지 궁금한 것뿐이야."

"아, 큰 도움이 되고 있어, 필. 네가 정말 고맙고 분명 다른 동료들도 고마워할 거야."

"그거 다행이네. 왜냐하면 나도 다른 동료들처럼 공식적인 연구자가 될 수 있는가 해서 말이야. 네 보고서랑 다른 모든 부분에서 말이야."

"아."

때마침 제이슨은 막 종 심의위원회에 보낼 보고서의 표지를 만들었고, 거기에 필을 제외한 모든 단원들을 핵심 연구자로 적었다.

"그럼 내가 뭘 좀 물어봐도 될까?"

"물론."

"내가 다른 뜻이 있다고 오해하진 마. 네가 실제로 연구하고 있는 게 있어?"

"뭐, 난 다른 사람들의 연구 데이터를 모두 입력하고 분석하고……."

"알아. 하지만 실제로 네가 혼자서 하는 연구가 있느냐는 거야."

"그런 건…… 없지."

제이슨이 고개를 끄덕였다.

"필, 내 말 믿어. 넌 정말 대단한 일을 해주고 있어."

"하지만……."

"하지만…… 너한테는 어류학 학위가 없어. 미안한 일이지만, 이 분야에서는 학위를 무시할 수 없어. 그리고 우리 모두는 그 학위가 있어야 되고. 더 의미 있는 일을 할 수 있을 거야. 넌 내가 학위를 따기까지 얼마나 열심히 노력했는지 알잖아. 그리고 대릴, 모니크, 크레이그와 리사도 다들 학위를 따기 위해서 엄청난 노력을 했어. 너뿐만 아니라 그 어떤 다른 사람에게도 그만큼 노력하지도 않았는데 똑같은 대우를 해준다면 그들에게 공평한 일일까?"

필이 천장을 쳐다보았다.

"무슨 말인지 알겠어."

"이치에 맞는다고 생각해?"

"그런 것 같아."

"필, 네가 하는 모든 일을 내가 인정하지 않는다고 생각하진 않았으면 해. 난 네 노고를 고맙게 생각하고 있어. 네가 하는 일은 내가 최종 보고서를 준비하는 데 무엇보다 큰 도움이 될 거야."

필은 침울한 표정으로 고개를 끄덕였다.

300

"알았어, 제이슨. 그건 고마워. 어쩌면 내가 분에 넘치는 걸 원했나 봐."

"기분 괜찮은 거지?"

"그래. 고마워, 친구."

제이슨은 필의 등을 토닥였고, 둘은 갑판에 있는 다른 사람들을 만나러 올라갔다.

그들은 계속해서 수 킬로미터를 올라가며, 끊임없이 나타나는 상록수들을 지나쳐 갔다. 그러다 해안선이 구부러지는 곳을 지나자 하얀 달빛 아래로 목적지가 보였다. 그것은 바다로 흘러 들어가는, 완전히 평탄한, 폭이 400미터쯤 되는 하천이었다. 그들은 속도를 줄였고, 제이슨이 고개를 돌리며 말했다.

"크레이그, 스포트라이트 좀 켜줄래?"

커다란 헤드라이트가 켜지고, 제이슨은 즉시, 고개가 수그러진 키 큰 풀 사이에 박혀 있는 나무 간판을 보았다. 거기에는 노란 페인트로 레드우드 하구라고 쓰여 있었다. 제이슨은 그 간판을 잠시 보다가 대릴이 팔짱을 낀 채 수상쩍은 눈빛으로 하천을 쳐다보고 있는 것을 보았다.

"대릴, 넌 이 경유지 이론을 믿니? 정말로 녀석들이 내륙으로 헤엄쳐 들어올 거라고 생각해?"

대릴은 바로 대답하지 않았다. 그는 그저 달빛이 고르게 비치는 물과 나무들이 있는 주변 지형을 관찰할 뿐이었다. 완전히 고립되어 있는…… 이곳이 맞는 것 같았다.

"그래, 제이슨. 그럴 수 있다고 생각해."

"크레이그, 닻을 내리자."

제이슨은 다음 날 아침까지 기다리고 싶지 않았다.

"당장 이 장비들을 설치하자고."

깊은 밤이 돼서야 그들은 일을 마쳤다. 하천 근처의 바다에 노
란 소나 부표 두 개가 떠 있고, 풀이 우거진 하천 기슭에는 흰색
레이더 총 두 개가 박혀 있었다.

그들은 다음 날 아침 7시에 일어났다. 다른 사람들이 상갑판에
있는 동안, 제이슨과 리사는 부엌에서 마주쳤다. 그는 재빨리 그
녀의 볼에 입을 맞췄다. 제이슨은 그러고 나서 어쩔 줄 몰라 했지
만 리사는 그런 그의 모습이 사랑스럽게 느껴졌다. 그들이 갑판
으로 오자, 크레이그는 모니터를 보고 있던 시선을 바로 들었다.

"제이슨, 아직 아무런 신호도 없는데 어떻게 할까?"

제이슨이 모니크 쪽으로 고개를 돌렸다.

"혹시 우리가 장비를 설치해야 할 다른 하천들이 더 있다고 했
어?"

"약간 더 남쪽에 있어."

"알았지, 크레이그?"

크레이그 서머스가 모니터 앞에서 일어섰다.

"그럼 내가 배 방향을 돌릴게."

엑스페디션호가 움직이기 시작하는 동안 그들은 자신감에 넘
쳤다. 만일 무엇이든지 레드우드 하구로 들어간다면, 그들은 알
게 될 것이다. 그것도 곧바로.

그러나 한 가지 다른 가능성이 있다는 것을 모두 잊고 있었다.
만일 무언가가 벌써 레드우드 하구에 들어간 뒤라면 어떻게 할
것인가?

43

배의 진동이 사라졌지만, 50여 마리의 포식자들은 움직이지
않았다. 그놈들은 진흙투성이인 하천 바닥에서 죽은 듯이 가만
히 있었다. 바다로부터 수백 미터 떨어진 이곳에서 놈들은 이틀
동안이나 움직이지 않고 있었다. 그놈들은 지금 이곳에 있는 것
이 편하지 않았다. 바닥이 다르게 느껴졌다. 물 역시 그랬다.

그놈들은 하천이 굽어지는 곳 뒤쪽의 중요한 위치에 자리 잡
고 있었다. 여기에 있으면 놈들은 소나를 이용하여 물에 떠다니
는 장치들을 탐지할 수는 없지만, 그 장치들 역시 놈들을 탐지할
수 없었다. 하지만 놈들의 로렌치니 기관들은 그런 문제를 겪지
않았다.

포식자들은 지금 보이지 않는 장비들에는 관심이 없었다. 놈
들은 냄새에만 집중할 수밖에 없었다. 그 냄새는 바다에서, 멀리
남쪽의 아주 깊은 바다에서 풍겨왔지만 매우 강했다. 그것은 피
냄새였다. 놀라우리만치 많은 피가 멀리에 있었다. 그 피는 너무
많아서, 이곳에 있는 포식자들은 한 놈도 빠짐없이 군침을 흘릴
지경이었다.

백상아리들을 살육하는 일은 끝났다. 아직도 큰 수영장을 여
럿 채울 만큼 많은 피가 남았지만, 고기는 이미 사라진 지 오래였
다. 상어들은 가오리들처럼 매우 배가 고팠고, 그 굶주림 때문에
가오리들에게 먹히고 말았다. 800마리가 넘는 큰 상어 떼가 수심
이 6.4킬로미터 가까운 이곳까지 유인되었다. 그 뒤 상어들은 모

두 갈가리 찢겨져 먹히고 말았다. 35마리쯤 되는 상어들이 도망을 치는 데 성공했지만, 결국 자신들의 피 냄새에 현혹되어 되돌아왔고, 이 상어들 역시 산 채로 잡아먹히고 말았다.

수천 마리의 포식자들이 바다 밑바닥에서 보이지 않게 쉬고 있었다. 대부분은 더 어린 세대의 가오리였다. 해수면 근처에서 보낸 그들의 경험은 이제 한 편의 기억에 지나지 않았다. 그들의 이동 역시 기억의 한 조각일 뿐이었다. 그들은 움직일 생각이 없었다. 그들은 그토록 찾던 곳을 찾은 것이다.

하천에서 포식자 한 마리가 일어나더니 바다 쪽을 향해 퍼덕거렸다. 그러자 두 번째 동물이 뒤따랐다. 그 뒤 세 번째, 그다음 네 번째. 곧 한 마리를 제외하고 모두 움직였다. 피 냄새의 유혹은 뿌리치기에는 너무 강했다. 홀로 움직이지 않고 있는 우두머리를 거역한 채 그들은 떼를 지어 움직였다. 그들의 날개 달린 몸통은 어두운 물속에서 천천히 펄럭거리며, 하천이 굽어지는 곳과 그 너머에 떠 있는 두 개의 장비들을 향했다.

그러다 갑자기 포식자들이 멈췄다. 우두머리가 방금 어떤 소리를 낸 것이다. 물속에서는 들릴 것 같지 않은 이상한 소리였다. 그들은 모두 그 소리를 낼 수 있는 후두가 있었지만, 공중에 뜬 채 그 소리를 내는 법은 우두머리만이 배웠다. 공중에서라면 그 소리는 꽤나 무시무시한 포효였겠지만, 물속 아래에 있는 이곳에서는 물에 젖은 트럭의 경적 소리 같았다. 어쨌든 다른 가오리들은 눈만 끔벅였다.

우두머리가 커다란 몸을 진흙에서 일으켰다. 50여 마리 가오리들이 고분고분하게 방향을 돌려 우두머리의 옆으로 갔다.

탁한 강물 속에 몸을 숨긴 채, 가오리들은 내륙으로 펄럭이며 들어갔다. 대부분 주저하고 있었다. 그들의 본능은 지금 엄청난 변화를 겪고 있었기 때문에 가오리들은 현재 하는 일에 대해 신체적으로 그리고 생리적으로 불편함을 느끼고 있었다.

우두머리는 목적을 가지고 움직였다. 이놈만은 본능이 되돌릴 수 없을 정도로 바뀌었다. 바다 깊은 곳에는 아직도 엄청난 양의 상어 피가 있었지만, 우두머리는 그곳이 자신이 있을 곳이라는 생각이 들지 않았다. 우두머리 가오리는 위쪽으로 방향을 틀었다. 이놈은 자신이 현재 어디로 가고 있는지 알지 못했지만, 확실히 알고 있는 한 가지 사실이 있었다. 빛이 다가오고 있었다.

이놈은 다시는 심해의 어둠을 보지 못할 것이다.

44

"다 했다."

크레이그 서머스가 혼자서 고개를 끄덕였다. 네 번째이자 마지막 하천에도 장치들을 연결했다. 물에는 소나, 땅에는 레이더가 설치되었다.

하지만 대릴 홀리스는 아무것도 나타나지 않을 거라는 의심이 들었다. 이 하천과 그들이 장치를 설치한 다른 두 하천들은 상대적으로 적합하지 않은 지형이었다. 그곳의 지형은 똑바르지 않고 굽어 있었고, 너무 좁고, 물살이 너무 거칠었다. 대릴은 여전히 레드우드 하구가 최적의 장소로 보였다.

이른 오후였다. 해안의 삼나무 때문에 듬성듬성 내리쬐는 햇볕 아래에서 크레이그는 땀을 흘리며 무릎을 꿇은 채 모니터들을 확인했다. 그는 자그마한 조이스틱으로 하천의 상태를 하나하나씩, 해안을 거슬러 올라가는 방향으로 훑고 있었다.

"없어. 아무것도 없군."

크레이그의 뒤에서 제이슨이 모니크를 보며 말했다.

"넌 정말 이 경유지 이론대로 일이 일어날 거라고 생각하니?"

"내가 볼 땐 이게 최선의 방책이야."

"그럼 이제 우린 뭘 하지."

"기다리는 거지."

제이슨은 멈칫했다. 그는 기다리는 것을 싫어했다. 아니, 혐오했다. 기다리는 일은 생각만으로도 끔찍했다. 그때 리사가 눈에 들어왔다. 그녀를 보자 전에 그녀가 했던 말이 생각났다. 다른 사람을 믿으면 좋은 일이 생긴다는.

"알았어. 그럼 기다리자고."

검은 눈들은 죽은 듯이 가만히 있었다. 출렁이는 물결 때문에 커다란 삼나무 줄기의 대부분이 움직이는 것처럼 보였지만, 두 눈의 뒤쪽에 있는 뇌에서는 이것이 환상일 뿐이라는 것을 알고 있었다. 눈동자가 움직이더니, 가지 하나도 없이 100여 미터가 넘게 뻗어 온 나무줄기를 따라 시선이 올라가다가 나뭇잎들로 덮인 거대한 나무갓(수관, 나무 꼭대기) 부분을 보았다.

눈동자가 다시 움직여서 나머지 지형을 훑어보았다. 이 포식자는 이른 오후의 구름 아래에 있는 먹잇감을 볼 수는 없었지만, 그 먹이가 수 킬로미터에 걸쳐 흩어져 있다는 사실은 알고 있었다.

그 옆에 있는 다른 놈들은 아무것도 느끼지 못했다. 그놈들은 나무들이 있다는 사실조차도 알지 못했다. 예전에 한 번도 와본 적이 없는 곳이라 단지 불편할 뿐이었다. 포식자의 두꺼운 피부에는 이곳의 물이 여전히 알맞게 느껴지지 않았다.

갈매기 한 마리가 나타나자 우두머리가 시선을 돌렸다.

레드우드 하구 위 100여 미터쯤 상공에서, 갈매기는 느리게 날면서 가오리들을 모두 둘러보았다. 하천의 잔잔한 수면 바로 아래에 꿈쩍도 하지 않은 채 떠 있는 50여 마리의 살아 있는 행글라이더의 모습은 실로 장관이었다.

우두머리는 이곳이 편하게 느껴지긴 했지만, 본능적으로 이곳이 적합한 장소가 아니라는 사실을 알고 있었다. 적어도 동료 형제들에게는 아니었다. 그들은 자신을 따르지 않을 것이 분명했다. 적어도 여기라면.

우두머리 가오리는 방향을 돌려 바다 쪽으로 다시 헤엄쳐 갔고, 다른 놈들은 기다렸다는 듯이 그 뒤를 따랐다.

한 떼의 거대한 박쥐들처럼 그놈들은 한 시간 가까이 헤엄쳤다.

바다가 가까워지자, 그놈들은 잠시 멈칫했다. 해안선이 굽은 곳 바로 너머에 떠 있는 장치들에서는 여전히 강력한 신호들이 나오고 있었다.

그놈들은 앞으로 헤엄쳐 갔고, 물에 떠 있는 두 개의 삼각형 물체가 시야에 들어왔다. 가오리들은 그 물체들 밑으로 지나 바다로 들어갔고, 톱니 모양의 해안선을 끼고 계속 헤엄쳐 나가자 강한 신호들이 사라졌다. 그런 뒤 그들은 계속 북쪽으로 헤엄쳐 갔다. 이곳은 그들이 찾는 곳이 아니었다.

"이런 젠장, 방금 신호가 왔었네."

다른 사람들이 모두 크레이그 쪽으로 달려갔다.

제일 먼저 온 사람은 제이슨이었다.

"어디야?"

약간 어리둥절한 표정을 짓고 있던 크레이그가 가리켰다.

"저기 첫 번째 하구야."

"그럼 그리로 가자고, 크레이그. 지금 당장."

크레이그는 조종간으로 걸어갔다. 배가 움직이기 시작하자 제이슨은 모니크 쪽을 보았다.

"어쩌면 너의 경유지 이론이 단지 이론만으로 끝나지는 않을 것 같은데."

모니크는 지도에서 깜박이는 점에만 시선을 고정시키고 있었다.

"어디 한번 보자고."

그들은 그곳으로 향하기 시작했다.

45

심장박동이었다.

가오리들은 높다란 산맥 옆을 따라 몇 시간째 헤엄치고 있었다. 바다 위로 불쑥 솟은 이 산맥은 은색 반점이 있는 검은빛을 띠고 있었는데, 식물은 전혀 자라지 않았고, 높이는 1000미터쯤 되었다. 게다가 이 산맥에는 여기저기 동굴들이 많았다. 가오리들은 그런 동굴들을 수백 개나 지나쳤는데, 대부분은 크기가 작고 수면보다 훨씬 위쪽에 있었다.

그러나 이 동굴은 달랐다. 일단 크기부터가 그랬다. 그 동굴은 10층 건물만 한 높이에, 4차선 도로만큼의 너비를 가진 거대한 바위 동굴로, 바다로 바로 통하는 커다란 입구가 있었다. 하지만 그놈들이 이곳에 멈춘 이유는 동굴의 크기 때문만은 아니었다. 이 동굴 안에는 어떤 것이 있었다. 그것은 심장박동이었다.

가오리들은 수면 아래 3미터쯤에서 조금도 움직이지 않고 가만히 있었다.

우두머리를 제외한 나머지 놈들은 여전히 불편했고, 본능적으로 자신들이 이곳에 있을 필요가 없다는 것을 알고 있었다. 심해에는 먹이가 있었다.

여전히 놈들은 심장박동을 느꼈고, 포식자의 뇌에서는 호기심이 발동했다. 어떤 동물의 심장박동일까? 심장박동의 빈도수가 아주 생소했다.

놈들은 움직이지 않았다. 그렇게 몇 분이 그리고 몇 시간이 지났다.

다른 놈들은 점차 관심을 잃었지만, 우두머리만은 계속 그 심장박동에 집중했다. 우두머리는 시선을 동굴에서 잠시도 떼지 않았다. 시간이 지날수록 우두머리는 본능적으로 동굴 안이 매력적이라고 느끼기 시작했다. 높이 뚫려 있는 구멍은 아주 커서 우두머리의 몸 전체가 들어갈 수 있었고, 심해저처럼 빛이 전혀 들지 않았다.

갑자기 우두머리는 주의를 돌렸다. 다른 놈들도 마찬가지였다.

터벅거리는 가벼운 소리가 들려왔다. 발소리였다. 뭔가가 동굴 밖으로 걸어 나왔다.

가오리들은 어두운 물속으로 더 깊이 내려가 순식간에 완전히 몸을 숨겼다.

동물 한 마리가 나타났다. 공허한 하늘 아래에 희미한 모습을 드러낸 그 동물은 크기가 작고, 짙은 갈색 털에 거의 삼각형 모양의 큰 머리를 가지고 있으며, 네 다리로 걸었다. 그것은 겨우 45킬로그램 정도로 보이는 새끼 곰이었다.

가오리들은 그 새끼 곰을 차가운 시선으로 바라보았다.

새끼 곰은 커다란 공간에서 걸어 나온 다음, 아무 이유 없이 바닥을 구르더니 공중에 대고 앞발을 휘저었다. 그런 다음 몸을 바로 세우고는 동굴 입구 가장자리까지 걸어갔다. 더운 것이 분명한 새끼 곰은 잔잔한 파도 속에 장난치듯이 앞발을 담갔다. 물결이 어루만져주는 것이 신기한 모양이었다.

우두머리 가오리는 새끼 곰을 향해 움직였다. 아주 천천히.

다른 가오리들은 움직이지 않고 새끼 곰을 주시하기만 했다.

곰은 바로 아래에서 어두운 형체가 나타나는 것을 눈치채지 못했다. 그러다 뭔가 아주 크고 검은 것이 엄청 빠른 속도로 위로 솟구치는 것을 보았다. 새끼 곰은 미처 반응할 시간도 없었다.

힘찬 움직임과 함께 우두머리 가오리는 번개 같은 속도로 물에서 튀어나왔다. 커다란 입이 쩍 벌어지더니, 곰을 덥석 물고는 다시 쾅 닫혔다. 가오리의 거대한 몸이 큰 소리를 내며 바위에 내려앉았고, 곰은 짧게 비명을 지르더니 이내 조용해졌다. 곧이어 우지끈하는 끔찍한 소리가 났고, 그 다음 입이 열리고 새끼 곰의 작은 피투성이 시체가 흘러나왔다. 가오리는 재빨리 살과 털가죽을 어느 정도 먹어치우더니 남은 부분을 다른 가오리들이 먹을 수 있게 머리를 세게 뒤로 젖히면서 물에다 던져주었다.

하지만 그놈들은 벌써 거기에 없었다. 놈들은 이미 수면 아래 100여 미터 가까이에 있었고, 6000미터가 넘는 깊이를 향해 헤엄쳐 가는 중이었다. 그들은 날개를 열심히 펄럭이면서 아래로 서둘러 잠수했다. 놈들의 심장박동은 며칠째 계속 빠르게 뛰었지만 이제는 다시 느려지고 있었다. 어둠이 다시 몰려오고 있었다. 놈들은 집으로 돌아가는 중이었다.

우두머리 가오리는 널찍한 돌 위에 혼자 남았다. 우두머리 가오리는 다른 놈들을 따라가지 않을 것이다. 우두머리 가오리는 본능적으로 그들을 따라가야 되는 것이 아니라, 뭔가 전혀 다른 것을 해야 한다고 느꼈다.

돌 위에 납작 엎드린 가오리의 커다란 몸뚱이가 불규칙하게 오르내렸다. 녀석의 허파는 아직 공기에 완전히 적응하지 못해서 호흡곤란을 겪고 있었다. 야구공 크기만 한 두 눈은 주위를 둘러보았다. 갈매기들이 머리 위를 날고, 동굴 입구 근처의 작은 웅덩이에는 12마리쯤 되는 게들이 기어 다니고 있었고, 산은 적막했다.

육지에 불시착한 바퀴 떨어진 비행기처럼, 가오리는 가만히 누워서 숨만 쉴 뿐이었다. 녀석은 아직 준비되지 않았다.

46

"제이슨, 괜찮은 거야!"
잠수복으로 완전 무장한 대장이 숨을 헐떡이면서 방금 물에서 튀어나왔다.

제이슨은 대답을 하기에는 너무 숨차 있었지만, 모니크가 배에서 보니 그는 멀쩡했다. 제이슨은 단지 숨을 돌리기만 하면 되었다. 그녀는 불안한 눈빛으로 어두운 물을 바라보았다. 대릴과 크레이그는 대체 어디 있는 거지? 작살총으로 무장한 그들은 제이슨과 함께 레드우드 하구 근처에서 가오리들의 흔적을 찾고 있었다.

리사가 눈이 휘둥그레진 채 아래 갑판에서 뛰어올라 왔다.

"맙소사, 제이슨은 괜찮아?"

"숨만 좀 돌리면 될 거야. 멀쩡해."

필이 헷갈려 하는 표정으로 걸어 나왔다.

"대체 무슨 일이 일어난 거야?"

모니크가 고개를 저었다.

"모르겠어."

대릴과 크레이그가 물에서 고개를 내밀고는 마스크를 벗은 다음 제이슨 쪽으로 헤엄쳐 왔다. 그들이 묻기도 전에 제이슨이 숨을 헐떡이며 자기는 괜찮다고 말했다.

크레이그가 제이슨의 어깨에 가볍게 손을 얹었다.

"무슨 일 있었어?"

제이슨이 마침내 숨을 가라앉혔다.

"나도 몰라. 너도 봤잖아. 수심 54미터 지점에 내려갔는데, 어떻게 된 건지 내 산소통이 텅 비어 있는 거야."

크레이그가 배 위에 있는 모니크, 리사 그리고 필을 쳐다보았다.

"그 산소통은 내가 직접 점검했는데."

제이슨은 고개를 저었다.

"난 괜찮아. 잊어버려. 너희는 저 아래에서 뭐 본 거라도 있어?"

두 사람 다 아무 말도 하지 않았다. 그들은 제이슨이 정말 괜찮은지 확인하고 싶었다.

"자식들, 괜찮다니까. 가오리들의 흔적 같은 거 봤냐고?"

그들은 고개를 저었다.

"그놈들이 어디로 갔을까."

크레이그가 주변을 둘러보았다.

"내륙으로 갔나 보지. 어쩌면 더 깊숙이 북쪽으로 갔을 거야. 누가 알겠어?"

제이슨은 확실히 알지 못했다. 지도에서 깜빡이던 검은 점은 몇 초가 지나자 다시 사라져버렸다.

"넌 어떻게 생각해, 대릴?"

대릴은 하구 쪽으로 천천히 고개를 돌리더니 가만히 응시했다.

"내가 보기에 이 하구는 완벽한 경유지 같아. 우리는 이곳에서 이제 막 신호를 포착했고, 우리가 그걸 너무 복잡하게 생각할 필요는 없다고 봐."

"그렇다면……."

제이슨이 잔잔한 수면을 바라보았다.

"그걸 직접 확인해보고 싶은 거야?"

"그래."

"그럼 그렇게 하자."

몇 분 뒤, 엑스페디션호는 레드우드 하구로 들어섰다.

리사는 거대한 나무들을 올려다보면서도 믿을 수 없었다. 그들은 사실상 이 새로운 종을 육지에서 찾으려 하고 있었다. 그녀는 대릴이 아래 갑판에서 올라오는 소리를 듣고는 돌아보았다.

대릴은 그녀가 한참 동안 보지 못했던 물건을 들고 있었다. 라이플총이었다. 리사는 긴장감을 느꼈다. 대릴이 라이플총을 꺼낸 것은 클레이 사격이나 하려는 것은 분명 아닐 것이다.

레드우드 하구는 끊임없이 이어졌다. 들어선 지 40분이 지났지만 끝이 보이지 않았다.

이유를 말할 수 없었지만, 다들 그들이 처한 새로운 환경에 놀라워했다. 이곳은 너무나도 조용했던 것이다. 잔잔한 물, 높이 솟은 삼나무들 그리고 완전한 적막함. 아무도 말을 하지 않았다. 심지어 필도 타이핑을 하지 않았다. 모두가 낯선 경치를 관찰할 뿐이었다.

위를 올려보던 대릴 홀리스는 나무 꼭대기 너머를 볼 수가 없었다. 대릴은 일생의 상당한 기간을 숲에서 보냈지만 이런 경관은 한 번도 본 적이 없었다. 대릴이 살던 곳은 나무의 키가 대부분 15미터, 높아야 25미터 정도였다. 그에 비해 이곳의 삼나무들은 훨씬 거대해서 키는 35층짜리 사무실 건물만 했고, 굵기는 작은 물탱크만 했다. 그는 물가 바로 옆에서 자라는 엄청 큰 나무 한 그루를 눈여겨보았다. 거대한 나무줄기를 따라 시선을 위로 들어 올리자 대릴은 그 나무가 아주 완벽한 목재 감이라는 걸 알아보았다. 25층 높이까지는 가지가 하나도 없었고, 그 높이 위에 나뭇잎과 가지들이 보이기 시작했다.

세쿼이아 셈퍼비렌스(Sequoia sempervirens). 이는 해안에 사는 미국 삼나무의 학명이다. 대릴은 언젠가 그 이름을 책에서 보았는데, 무슨 이유에선지 그 이름이 기억 속에 남아 있었다. 하지만 이 자연의 마천루들을 설명하는 데 있어 책이라는 수단은 부족하기 짝이 없었다. 대부분의 삼나무는 2천 년도 더 된 것들로, 예수를 보았을 만큼 수령이 오래되었다. 지금도 살아 있고, 예수가 세상에 있을 때에도 살아 있었던 것이다.

하원의원에게 전화를 걸어 망할 놈의 벌목 회사들이 이 나무들에 손을 못 대게 해야 한다니까. 대릴은 침울했다. 단지 200년 전만 해도, 이 거대한 오래된 나무들이 사는 숲의 면적은 이 지역에서만 8100제곱킬로미터가 넘었다. 현재는 그 숲의 95퍼센트가 사라져버렸다. 2천 년 동안 자란 나무들이 전기톱으로 20분 만에 잘려나가고 있었다.

"저것 좀 봐."

크레이그가 숲 속 그늘에서 걸어 나와 시내에서 물을 마시는 새끼 엘크 사슴을 가리켰다. 모두 그 광경을 쳐다보았다. 앞쪽에는 어두운 빛깔의 털이, 뒤쪽에는 밝은 색의 털이 나 있는 그 새끼 사슴은 키가 90센티미터 정도에 몸무게는 15킬로그램가량 되어 보였다.

모니크가 귀엽게 미소를 지었다.

"여보, 사랑스럽지 않아?"

대릴은 그저 눈동자만 굴릴 뿐이었다. 그는 숙달된 사냥꾼이었고 한 번도 어떤 동물을 '사랑스럽다고' 생각해본 적이 없었다. 하지만 모니크는 작은 털북숭이 동물들을 좋아했다. 그런 동물들은 아이들하고 잘 어울릴 것 같았다.

제이슨은 물을 마시는 새끼 사슴을 놀라울 정도로 냉정하게 바라보았다. 자연은 위험한 곳이었고, 그는 만일 가오리들 중 한 마리가 물속에서 저 사슴을 본다면 어떻게 생각할지 머릿속에 떠올려보았다. 가능성은 하나뿐이었다. 먹이라고 생각할 것이

315

뻔했다.

깨끗한 새 흰 셔츠 차림의 크레이그가 제이슨의 생각을 알아챘다.

"가오리들 중 한 마리가 저 사슴을 잡아먹을 것 같지?"

제이슨은 대답하려던 찰나에 뱃머리 부근에 홀로 서 있는 리사를 보았다. 그는 리사에게로 다가갔다.

"안녕."

"안녕."

머리를 뒤로 땋아 묶은 리사는 불안해 보였다. 어쩌면 초조한 듯 보이기도 했다.

"괜찮아?"

그녀는 대답하지 않았다.

제이슨은 리사의 어깨에 손을 얹었다.

"뭐가 잘못됐어?"

그녀는 화난 듯한 눈빛으로 새끼 사슴을 보았다.

"뭐가 잘못됐냐고요? 좀 전에 대릴이 라이플총을 꺼내는 걸 봤단 말이에요. 왠지 무서운 일이 벌어질 것 같아요."

"우린 괜찮을 거야."

"우리가 괜찮을지는 알 수 없잖아요. 만일 우리가 정말 그 가오리를 찾는다면……."

그녀는 고개를 흔들었다.

"우리 좀 이성적으로 생각하자. 미리 머릿속에서 결정하지 말고 찾고 난 다음에 직접 알아보자고."

그녀는 아무 말도 하지 않았다.

"리사, 우리는 괜찮을 거야. 너와 나는 괜찮을 거라고."

"너와 나라고요?"

제이슨은 리사 쪽으로 몸을 기울이며 그녀의 눈을 정면으로 바라보았다.

"너한테는 어떤 일도 일어나지 않게 할게, 알았지? 성경에 대고 맹세할게."

그녀는 제이슨의 타오르는 눈빛을 보았다. 평소 자기 일을 할 때에만 볼 수 있던 그 강렬한 눈빛이 이제는 자신을 향하고 있었다. 그녀는 제이슨의 뺨에 입을 맞추었다.

"이제 기분이 좀 괜찮아졌어?"

"당신이 방금 내 수호천사가 되겠다고 약속한 거예요, 제이슨?"

"아마도 그런 모양인데."

"그럼 기분이 훨씬 나아지죠. 적어도 얼마 동안은요."

제이슨은 미소를 지었고, 그들은 다른 동료들과 합류했다.

"이제 뭘 할 거야, 제이슨?"

크레이그가 재빨리 물었다.

제이슨은 주변의 지형을 관찰했다.

"좀 둘러보자고. 물이고, 강둑이고 할 것 없이 전부."

그들은 어두워질 때까지 최대한 주변을 찾아보았다. 아무것도 발견되지 않았다. 하천을 밤에 다니느니, 그들은 하천의 유일한 부두에 엑스페디션호를 정박시키고는 간만에 파도가 일지 않는 잔잔한 물 위에서 하룻밤을 보냈다.

다음 날 아침에 그들은 바다로 돌아갔다. 그들은 하구에서 수백 미터 북쪽에 있는 돌투성이 해안에 부딪혀 하얗게 튀는 파도를 쌍안경으로 관찰했다.

제이슨은 고개를 저었다.

"아무것도 안 보이는데."

"나도."

크레이그가 돌아보았다.

"넌 어때, 필."

"아무것도 안 보여."

제이슨은 필을 잠시 노려보았다. 필은 최근 들어서 그에게 유독 짜증스럽게 대했는데, 제이슨은 그 이유를 알고 있었다. 분명 필 자신도 공식적인 연구자로 이름을 올릴 자격이 있다고 생각하는 것이었다. 제이슨은 이 문제를 풀어갈 시간적, 정신적 여유가 더는 없었다. 그는 필을 공정하게, 진실하게 그리고 책임감 있는 어른으로 대할 뿐이었다. 필은 여전히 그의 친구였지만, 필이 화난 어린아이처럼 행동한다면 그냥 내버려둘 수밖에 없었다. 다른 사람들은 필의 태도에 미묘한 변화가 생긴 것을 눈치채지도 못했다. 변하지 않은 한 가지 사실은, 필이 여전히 동료들이 발견한 것들을 열심히 기록하고 정리한다는 것이었고, 그것은 가장 중요한 일이기도 했다.

제이슨이 돌아보았다.

"뭐 보이는 거 있어, 리사?"

"확실하진 않은데요. 그런데⋯⋯."

그녀가 머뭇거리며 쌍안경의 초점을 다시 맞췄다.

"내 생각엔 뭔가 보이는 거 같⋯⋯."

"뭐가 보이는데?"

"확실하지 않아요. 정확히 뭔지는 알 수가 없어요."

그녀는 잠시 멈추었다. 평소의 제이슨이라면 당연히 의심할 상황이었다.

"당신이 한번 볼래요?"

"아니, 괜찮아."

그녀는 멈칫했다.

"직접 확인해보고 싶지 않아요?"

"내가 당신보다 더 잘 볼 거라고는 생각하지 않아. 정확히 어디에 있는데?"

"물에서 튀어나와 있는 저 돌무더기들 위에. 저쪽 말이에요."

내 말이 정말 먹혀들었나 보네. 리사가 생각했다.

"가까이 가서 자세히 들여다볼까?"

"그래요."

그들은 12인승용 고무보트를 타고 해안가로 노를 저어 간 다음, 근처에 보트를 묶어놓고 정강이 깊이의 하얀 물을 첨벙거리며 건너갔다. 리사가 앞장섰다. 그녀가 고개를 천천히 돌렸다.

"여기쯤이었는데……."

그녀가 가리켰다.

"저기예요."

제이슨은 곧바로 그것을 보았다. 커다란 검은 바위 위에 뼈대가 하나 걸려 있었다.

그들은 그쪽으로 걸어갔고, 리사는 또 다른 죽은 돌고래라고 생각했다. 그런데 그들이 가까이 다가가자, 그녀는 그것이 뭔가 전혀 다른 것이라는 걸 깨달았다.

크레이그가 눈을 가늘게 떴다.

"저게 뭐지?"

리사가 끙끙거리며 무겁고 새하얀 골격을 바닷물에서 건져 올렸다. 그것은 물고기가 아닌 육지 동물의 골격이었다. 개보다는 컸고, 네 다리에, 커다란 삼각형 머리이고 뼈가 굵었다.

"새끼 곰이로군."

대릴이 조용히 말했다.

크레이그가 더 자세히 들여다보았다.

"맙소사. 그런 것 같군. 그럼……."

그가 주변을 둘러보았다.

"어디서 온 것일까?"

제이슨은 해안을 따라 눈길을 돌렸다.

"해류가 있으니 알 수가 없지."

해류는 은근히 힘이 세서 반나절 만에 물체를 수 킬로미터나 운반했다.

"아니, 저것들은 또 뭐야?"

리사가 갑자기 말했다.

제이슨이 물을 튀기며 그녀 쪽으로 걸어갔다.

"뭔데?"

그녀가 두개골의 꼭대기 부분을 가리켰다.

"저것들 말이에요."

리사가 몸을 조금씩 떨고 있어서 제이슨이 그녀에게서 뼈대를 받아 들었다. 두개골 꼭대기에는 커다란 구멍이 두 개 나 있었다.

"맙소사. 이빨 자국 같은데."

크레이그가 들여다보았다.

"맙소사, 맞아. 정말 이빨 자국이잖아. 그럼, 그 가오리 중 한 놈이 곰을 죽였단 말이야?"

"새끼 곰이야."

대릴이 말을 고쳐주었다.

"어쨌든 곰이잖아."

필이 주변을 둘러보았다.

"그럼 이게 어디서 온 거지?"

그는 주변의 지형, 높이 솟은 삼나무들, 검은 바위들, 더 멀리 북쪽에 보이는 해안을 둘러보았다.

"그럼 이 새끼 곰이 바다에 빠져서 가오리들한테 공격을 받았다는 거야?"

아무도 대답하지 않았다. 그들은 모두 그럴 것이라고 생각했다.

리사는 계속해서 몸을 떨었다. 제이슨은 그 이유가 찬물 때문인지, 아니면 다른 이유 때문인지 알 수 없었다. 제이슨은 리사를 안심시키려고 한 팔을 그녀의 어깨에 둘렀지만, 그녀는 계속 몸을 떨었다. 그녀의 얼굴은 언뜻 보기에도 굳어 있었다. 제이슨은 그녀가 안심할 만한 말을 해주고 싶었지만, 어떤 말을 해야 할지 몰랐다.

대릴은 두개골 꼭대기에 난 구멍들을 유심히 살펴보았다.

"제이슨, 내 생각에는 우리가 너한테……."

그가 리사와 필을 얼핏 보았다.

"내 생각에는 우리가 너희 모두한테 라이플총 쏘는 법을 가르쳐줘야 할 것 같아."

제이슨은 주변의 황량하고 적막한 지형을 둘러보았다.

"네 말이 맞는 것 같아."

47

포식자는 전혀 움직이지 않았다. 동굴 앞 돌 턱에 납작 누워 있는 그놈의 거대한 몸이 부드럽게 오르내렸다. 놈은 숨을 고르게 쉬었다. 놈의 커다란 허파는 이제 공기에 완전히 적응했다.

놈은 눈을 돌려 앞의 커다랗고 어두운 공간을 침착하게 바라보았다. 놈은 준비가 되어 있었다.

가오리는 날개를 퍼덕이기 시작했다. 날개가 시끄러운 소리를 내며 사납게 돌바닥에 부딪쳤다. 놈은 이륙하기는커녕 조금도 나아가지 못했다.

가오리는 모든 움직임을 완전히 멈추었다.

그러더니 등 왼쪽 근육들이 매우 빠르게 물결치며 움직였다. 그 근육들은 몇 초 동안 계속 움직이다가 갑자기 멈추더니 이번에는 오른쪽 근육들이 움직였다. 그러다 다시 멈추고 왼쪽이 움직였다. 그다음엔 오른쪽. 그다음 양쪽 근육이 움직임을 멈추었고, 매우 빠르게 가오리의 커다란 몸의 앞부분이 뒤틀리며 돌 턱에서 일어났다. 커다란 머리가 완전히 수직이 되게 일어서자, 거대한 몸뚱이는 움직임을 멈추었다. 가오리는 이제 움직이지 않았다. 가오리는 서 있었다. 그 키는 1.8미터가 넘었는데, 몸의 뒤쪽은 돌에 납작 누운 채 앞쪽은 공중에 똑바로 선 형상이었다.

이 새롭고 유리한 위치에서, 가오리는 주변 환경을 다시 관찰했다. 돌 턱에 있는 작은 물웅덩이들, 20여 마리의 꾸물거리는 게, 부서지는 파도들로부터 튕겨 나온 바닷물, 산, 하늘을.

바람이 세차게 불고, 그것을 느낀 놈의 머리가 살짝 돌아갔다.

그러더니 부드러운 연속 동작을 거쳐 가오리는 공중으로 몸을 던졌다. 그리고 동시에 날개를 펄럭이더니 마치 갈매기처럼 대각선 방향으로 몸을 띄웠다. 놈은 세차게 날갯짓을 하며 거대한 동굴 입구로 똑바로 가다 몸을 한쪽으로 기울였다. 그러고는 한번 돌더니 바다 쪽으로 방향을 잡아 날았다. 놈은 30미터 고도까지 올라가 스스로 몸을 시험해보았다. 날개를 퍼덕이는 것, 활공, 가속, 감속, 상승, 급강하 그리고 공중에 떠 있는 것 등을. 이제 모든 동작은 부드럽고 우아하기까지 했다. 그리고 공기로 숨을 쉬는 것처럼 이제 모든 것이 힘들이지 않고도 쉬웠다.

가오리는 널찍한 원 모양으로 방향을 돌리더니 동굴에 시선을 맞추었다. 그러고는 동굴 쪽으로 급강하하여 내려갔다.

공기는 세차게 옆으로 지나갔고, 공간은 빠르게 넓어졌다. 더 가까이 몸을 추진하던 가오리는 찬 공기를 느꼈다. 그러자 놈은 아래로 몸을 굽히고는 그쪽으로 빠르게 날아갔다.

바닥에 자그마한 웅덩이들이 가득하고, 축축한 검은 돌로 이루어진 동굴은 끝없이 계속되는 것 같았다. 거대한 가오리의 몸은 앞으로 나아갔고, 파도 소리는 빠른 속도로 잦아들었다. 가오리는 세차게 날갯짓을 하여 웅덩이에 있는 물을 하나씩 차례로 날려버리기 시작했다. 웅덩이들은 점차 작아졌고, 빛은 사라져갔다.

포식자는 지금 자신이 하는 일의 의미를 알지 못했다. 자신이 3억 년 전의 양서류들 이래로 바다를 영원히 떠난 최초의 동물이 되었다는 것을 알지 못한 것이다. 놈이 아는 것은 육지에 먹이가 있다는 것뿐이었다.

가오리는 빠른 속도로 앞으로 날아 빛이 없는 동굴 속으로 사라져버렸다.

3

......

웨인은 뒷걸음질 쳤다.

그는 그런 소리가 동물에게서 나오는 것을

들어본 적이 없었다.

마치 교회의 장중한 파이프오르간 소리를 연상시키는 소리였다.

갑자기 그 으르렁거리는 소리가

귀가 터질 듯한 고함 소리로 바뀌었다.

......

48

이 동굴은 바다 쪽의 동굴보다 크기는 작았지만 8층 건물 높이에, 너비는 3차선 도로쯤 되었다. 산맥의 꼭대기에 있어서 그곳에서는 전망이 높고 넓었다. 부드럽게 물결치는 옥수수 밭이 보였고, 그로부터 수 킬로미터 너머에는 거대한 삼나무 숲이 보였다.

이르지도 늦지도 않은 아침, 해는 비치지 않았다. 가오리는 동굴 입구 근처의 축축한 돌 위에 배를 깔고 엎드려 있었다. 숨을 쉬는 동안 놈의 두꺼운 몸이 오르내렸다. 그늘 속에 있는 가오리는 검은 돌들 틈에 완벽하게 몸을 숨기고 있어 찾아내기 어려웠다. 산의 반대편에 있는, 육지 쪽 동굴에 놈이 온 것은 이미 오래전이었다.

구름이 가득해서 날씨가 험악한 날, 가오리의 두 눈은 하늘을 향해 있었다. 하지만 포식자는 하늘도 구름도 보고 있지 않았다. 놈은 빛을 관찰했다. 그 빛은 방금 잠시 밝아졌다. 시각 정보의 500분의 1밖에 받아들이지 못하는 인간의 눈이라면 의식하지 못했을 정도의 밝기 변화였다. 그것은 또 다른 색조의 회색이었고, 가오리가 지난 한 시간 동안에 본 400개가 넘는 색채 중 하나였다.

가오리는 움직이지 않았다. 시간이 지남에 따라, 태양은 점차 구름들 사이로 모습을 나타냈고, 최고 높이에 도달한 후 다시 기울었다. 곧이어 해질녘이 되었고, 얼마 뒤 해가 졌다. 밤이 되었고, 달이 떠올랐지만 가오리는 여전히 꿈쩍도 하지 않았다. 달이 지고, 여명이 밝아오고, 태양이 떠오르며 모든 과정은 다시 되풀이되었다. 해가 다시 한 번 더 솟아올랐을 때, 가오리는 빛에 대한 관찰을 끝냈다. 이제는 잘 시간이었다. 하지만 여기서 자지는 않을 것이다.

몇 초 뒤, 가오리는 미로 같은 어두운 동굴 뒤쪽으로 빠르게 날아갔다. 그 큰 뿔이 달린 머리 옆으로 찬 공기가 빠르게 지나갔다. 아무것도 보이지 않았지만 가오리는 모든 것을 느꼈다. 놈은 몇 초 동안 계속 날다가 눈에 띄지 않는 거대한 중앙 동굴에 다다랐다. 놈은 날개를 힘차게 퍼덕여 100여 미터를 올라가더니 큰 원을 그리며 내려앉았다. 축축한 돌바닥으로부터 3미터쯤 위에 다다르자, 놈은 날갯짓을 멈추고는 그냥 떨어졌다. 떨어지는 소리가 동굴 안을 크게 메아리쳤다. 그러고 나서 가오리는 눈을 감고 잠이 들었다.

14시간이 지난 후에야 가오리는 깨어났다. 이곳은 칠흑같이 어두웠지만 가오리는 밖이 낮이라는 사실을 이미 알고 있었다. 좀 전에 관찰을 해둔 덕분이었다. 배가 고파진 가오리는 얼마 전에 죽인 곰의 시체가 있는 곳으로 날아갔다. 그 곰은 며칠 전에 죽인 새끼의 어미였다. 가오리는 피가 잔뜩 묻은 누더기 같은 털북숭이 살점들을 마구 뜯어내 씹으며 사납게 식사를 했다. 배가 부르자 놈은 다시 동굴 입구로 날아가서는 쿵 하고 내려앉았다. 놀라울 만큼의 검은 먼지가 날렸다. 먼지가 가라앉자, 가오리는 다시 움직이지 않았다. 놈은 먹이가 기다리는 저 멀리 삼나무 숲을 응시했다. 가오리는 사냥을 하고 싶은 생각이 굴뚝같았지만 지금은 할 수 없다는 것을 알고 있었다. 아직 태양이 하늘에 떠 있었다. 가오리는 태양이 사라지기를 기다렸다.

49

"이걸 가지고 해봐, 제이슨."

크레이그는 제이슨에게 윈체스터 게임 94형 라이플총 한 자루를 건넸다.

점점 어두워지는 차가운 하늘 아래, 그들은 레드우드 하구로부터 800미터쯤 앞바다에 있었다. 그들은 크레이그가 바다에 세워놓은, 떠 있는 커다란 표적을 겨냥하여 몇 시간째 사격 연습을 하고 있었다.

색 바랜 빨간 중심 과녁 주위를 파랗고 하얀 고리들이 둘러싼 표적은 크기가 라스베이거스 카지노에 있는 룰렛 바퀴 정도 되었는데, 파도가 쳐도 덜 움직이도록 무거운 추들을 매달아놓은 뗏목 위에 얹혀 있었다.

제이슨이 고개를 끄덕이고는 라이플총을 받아 들었다. 이전에 만져보았던 크레이그의 오래된 모스버그 RM-7형은 꽤 무거웠는데, 이번 총은 받아 들자마자 훨씬 가볍다는 것을 느낄 수 있었다.

"장전하고, 겨냥하고, 쏘면 돼. 필, 넌 제이슨이 끝나거든 해봐."

크레이그는 모니크를 돌아보았다.

"리사는 아직도 총을 쏘고 싶지 않대?"

"그렇대. 그래서 지금 뱃머리 쪽에 혼자 있는 거야, 크레이그. 좋아, 난 가서 대릴이랑 같이 있을 테니까 도움이 필요하면 얘기해줘."

모니크는 갑판 아래로 내려갔다.

"좋아, 한번 해봐, 제이슨."

제이슨은 조심스럽게 총을 겨누고, 커다란 파도가 표적을 때리는 동안 잠시 기다렸다. 그리고…… 탕! 라이플총은 격렬하게 뒤로 튕겼고, 총알은 완전히 빗나가버렸다.

크레이그가 고개를 흔들었다.

"집중을 하고 총이 반동하는 걸 주의해. 이건 가벼운 총이야. 단단히 잡아. 그렇다고 너무 꽉 잡지는 말고."

"알았어."

제이슨이 라이플총을 몸에 밀착시키고, 다시 방아쇠에 손가락을 살며시 얹었다. 그리고…… 탕!

크레이그가 끄덕였다.

"중심에서 세 고리가 빗나갔네. 나쁘지 않은걸. 좋아, 필, 이제 네가 한번 해봐."

"오케이, 좋아."

필이 돌아서면서 그의 총이 무심코 크레이그를 향한 순간……

탕!

"하느님 맙소사!"

크레이그는 총알이 귀 옆을 쌩 하고 지나가는 것을 느꼈다. 그는 화를 잔뜩 내며 필에게서 총을 빼앗아 들었다.

"이런 망할, 필, 방금 날 죽일 뻔했잖아!"

"맙소사, 너무 미안해. 괜찮아?"

제이슨이 크레이그의 어깨에 팔을 둘렀다.

"괜찮니?"

크레이그 서머스는 심호흡을 하며 귀 언저리를 만져보았다.

"그래, 괜찮은 거 같다."

"너무 미안해."

필은 참담해했다.

"그거 사고였던 거 알지?"

크레이그는 껄껄 웃었다.

"그래, 뭐, 나쁜 일은 안 일어났으니 상관없지. 그나저나 넌 너무 노트북에 시간을 많이 쓰는 것 같다. 차라리 노트북을 쏘는 게 낫겠다."

제이슨은 웃었지만 필은 전혀 재미있다고 생각하는 것 같지 않았다.

"좋아."

크레이그가 라이플총을 돌려주었다.

"다시 한 번 해봐. 조심해서."

필은 라이플총을 앞으로 내밀고는 표적을 응시했다.

"조준해."

"하고 있어."

"반동 조심하고."

"그래."

크레이그는 어깨를 으쓱했다. 필 마르티노가 크레이그의 말을 제대로 듣지 않았다는 것은 자세에서 드러났다. 필은 총을 너무 꽉 잡았고, 시선은 총신에 가 있지 않았으며, 가장 끔찍한 것은 방아쇠에 걸은 손가락이 너무 긴장해 있었다. 크레이그는 필이 핀볼 게임기 기계에 앉은 어린아이처럼 방아쇠를 힘을 주어 당길 것이라는 걸 이미 알고 있었다.

"준비되면 쏴."

탕! 예상대로 총알은 표적 근처에도 미치지 못했다. 크레이그는 고개를 저었다. 필 마르티노는 어떻게 타이핑하는 법은 배웠을까? 크레이그는 하늘을 보았다. 날은 이미 어두워지고 있었다.

"좋아, 오늘은 이 정도면 충분할 거 같다."

제이슨은 자신의 총을 크레이그에게 건넸다.

"사격을 가르쳐줘서 다시 한 번 고마워, 크레이그."

필은 자신의 총을 갑판에다 그냥 놓았다.

"난 할 일이 좀 있어. 크레이그, 내 노트북을 쏜다는 따위의 농담은 하지 마. 네 메모도 거기에 있다는 걸 알고 있겠지?"

필은 갑판 아래로 내려갔고, 크레이그는 그의 뒷모습을 멍하게 쳐다보았다.

"쟤는 또 왜 저래?"

제이슨은 고개를 흔들었다. 왠지는 모르겠지만 그는 필 마르티노가 빈말을 한 것처럼은 생각되지 않았다.

"어이 친구들, 무슨 일이 있는 거야?"

대릴이 갑판으로 올라오며 말했다. 그는 밝은 오렌지색 조끼에 녹색 바지를 입고 있어서 어깨에 걸친 커다란 활만 없다면 마치 폴로 경기를 하러 나온 사람처럼 보였다.

"큰곰 씨가 요즘 실력이 좀 녹슬어서 말이야."

그는 화살을 세 개 들어 올렸다.

"그냥 재미로 몇 개 쏠까 해서."

제이슨이 미처 알아보기도 전에 쓩! 쓩! 쓩! 화살들이 어두워지는 공간을 뚫고 날아갔다. 화살은 하나씩 차례대로 과녁 한가운데에 박혔다. 마지막 화살은 첫 번째 화살을 쪼개면서 과녁에 박혔다. 대릴은 어깨를 으쓱했다.

"생각만큼 녹슬지는 않았군."

그는 미소를 지었지만 근처에 있는 하천을 흘끗 보고는 갑자기 불안한 표정을 지었다.

"어이 큰곰 씨, 맥주 마실래?"

크레이그가 친구의 태도가 변한 것을 보지 못한 채 물었다.

"그거 좋지."

대릴이 돌아보았다.

"제이슨, 너는?"

제이슨은 배 앞쪽의 누군가를 잠시 보았다.

"어, 난 조금 더 있다가 마시러 갈게."

대릴과 크레이그는 갑판 아래로 사라졌고, 제이슨은 리사 쪽으로 걸어갔다. 리사가 제이슨을 노려보았다.

"아니, 내가 뭘 어쨌다고?"

제이슨이 억울하다는 듯 말했다.

그녀는 주변을 둘러보며, 갑판에 다른 사람이 없는지 확인했다.

"난 총이 무서워요, 제이슨. 총을 보면 겁이 나서 정신을 못 차린다고요. 세상에, 아까 크레이그한테 무슨 일이 일어날 뻔했는지 봐요."

"그건 사고였어."

"저 망할 총들을 가지고 있으면서 항상 사고라고들 하죠!"

제이슨은 진정하려고 애썼다.

"나도 총이 무서워, 리사. 하지만 우리가 찾는 것을 정말로 찾게 된다면 조심해야지, 안 그래?"

"난 저 망할 라이플총 따위는 만지지 않겠어요, 알았어요?"

제이슨의 핸드폰이 울렸다. 수신번호를 보니 애커먼의 전화였다. 그는 받지 않았다.

"리사, 이런 상황에서는 총을 쏠 줄 모르는 게 더 위험……."

"제이슨, 나는 생물학자예요. 그건 당신도 알죠? 그리고 만일 우리가 총을 써야 되는 상황이 발생한다면, 난 떠날 거예요. 알았어요? 떠날 거라고요."

그녀는 벨이 울리는 전화를 째려보더니 휙 가버렸다.

제이슨은 전화를 받았다.

"안녕하세요, 해리⋯⋯. 네, 알아요. 이 동네는 전화 상태가 정말 끔찍합니다. 요즘 어떻게 지내세요?"

반대쪽에서 들려오는 목소리는 냉랭하고 사무적이었다.

"솔직히 말하자면, 회사가 재정적인 어려움을 겪고 있네."

"그래요?"

"게다가 은행에서 돈을 융자받으려고 개인 담보를 잡혔어."

개인 담보라고? 제이슨은 들어본 적은 있었지만 그 말이 무얼 의미하는지는 몰랐다.

"개인 담보라는 게 뭔데요?"

"쉽게 말해 은행이 지금 내 집을 빼앗아가려 하고 있다네."

해리의 말투는 여전히 사무적이었다.

"전혀 몰랐어요, 해리. 괜찮습⋯⋯."

"난 괜찮을 걸세. 벤처 자본가들에게서 자금을 조달하는 일이 어렵겠지만 현금이 필요할 것에 대비해서 자산을 거둬들일 새로운 계획이 있다네."

"음⋯⋯."

제이슨은 방금 전의 말을 하나도 알아듣지 못했다.

"그럼 괜찮으신 거죠?"

"그렇지. 자네의 새로운 종에 대해 최근에 알아낸 것은 뭐가 있나?"

제이슨은 설명을 했고, 말이 끝나자 애커먼이 직설적으로 되물었다.

"그러니까 자네는 그 새끼 곰의 해골이 이 동물들이 날았을지도 모르는 또 하나의 증거라고 생각한다는 건가? 뭐, 곰은 육지 동물이기는 하지. 하지만 곰들도 가끔은 헤엄치지 않나? 모르겠네, 제이슨. 솔직히 말하자면 날아다니는 괴물들이라…… 전혀 감이 잡히지 않아."

"저는 감이 잡힌다고 드리는 말씀이 아니에요, 해리. 전 단지 흔적을 계속 추적하고 싶을 뿐입니다."

전화기 너머로 껄껄 웃는 소리가 들렸다.

"그거 말이 되는군. 그럼 계속 소식 전해주게. 무슨 일이 일어나는지 보자고."

제이슨은 전화를 끊고는 리사를 찾으러 갑판 아래로 내려갔다. 그러다 필의 방문이 열려 있는 것을 보고는 문득 자신이 아직 그날의 메모를 입력하지 않았다는 사실을 떠올렸다. 필은 헐렁한 스웨터 차림으로 자신의 침대에 누워 디지털 카메라로 찍은 사진들을 확인하고 있었다.

"필, 오늘 메모들을 입력해도 괜찮겠지?"

필은 멍하게 그를 바라보았다.

"물론. 컴퓨터는 저쪽에 있어."

제이슨은 책상 쪽으로 걸어갔다. 노트북엔 화면보호기가 켜져 있었고, 제이슨은 그것을 보고 미소를 지으며 물었다.

"대체 이게 뭐야?"

제이슨의 반응에 기분이 좋아진 필이 고개를 들었다.

"마음에 들어?"

"멋진데."

제이슨은 고개를 숙여서 더 자세히 보려고 했다. 그것은 만화 영화로 만든 시뮬레이션이었다. 날개가 달린 거대한 동물이 바다에서 삼나무 숲을 향해 날아가고 있었다. 기계가 움직이는 것 같은 동작으로 느리게 날개를 펄럭이는 그 동물은 놀라울 정도로 사실처럼 보였다. 마치 화면 밖으로 날아올 것처럼 보였다.

"어떻게 이렇게 한 거야?"

필이 교활하다 싶을 정도의 표정으로 미소를 지었다.

"그건 비밀이지, 이 친구야."

"되게 무섭게 보이는데."

"이거 굉장한 비디오게임이 될 수 있겠지, 그렇지?"

제이슨이 다시 한 번 쳐다보았다.

"정말 그렇겠는데."

필은 다시 카메라를 들여다보았다.

"다음에는 그쪽 일이나 해볼까."

제이슨은 미소를 지었다. 필 마르티노는 정말이지 자기 일에서만큼은 전문가였다. 그리고 필은 제이슨이 종 심의위원회에 보낼 보고서에 자신을 연구자로 기록하지 않은 데 대해 아직도 화가 나 있었다. 그 때문에 아까 크레이그에게 신경질을 부린 것일까? 제이슨은 신경 쓰지 말아야겠다고 생각했다. 그는 메모들을 입력하고는 부엌에 있는 3인조와 리사에게로 내려갔다. 그때 리사가 그의 옆을 지나며 살짝 말했다.

"잠깐만 좀 나와볼래요?"

그녀를 따라 갑판으로 올라갔다. 그런데 보름달이 떠 있는 것을 본 제이슨이 놀란 표정을 지었다. 30분 전만 해도 하늘은 구름으로 가득했다. 북캘리포니아의 날씨는 정말이지 별스러웠다.

"달이나 계속 보고 있을 거예요, 아니면 나랑 얘기 좀 할래요?"

제이슨이 뒤돌아보았다.

"둘 다 하면 안 될까?"

그녀가 미소를 지었다.

"그건 나중에요."

"라이플총 일로 겁을 주려던 것은 아니었어."

"나도 알아요. 그렇게 당신한테 화를 내는 게 아니었는데. 그렇지만 난 정말 총이 너무 무섭단 말이에요."

"나도 이해해. 내가 말했잖아. 나도 총이 무섭다고."

"하지만 생각해봤는데요. 만일 당신이 생각하기에 나도 정말 총 쏘는 법을 배워야 한다면 배울게요."

"리사의 마음이 편하지 않다면 무리해서 배우지 않아도 돼."

"난 총에는 마음이 편하지 않단 말이에요!"

그녀는 심호흡을 했다.

"미안해요."

그러고는 부드러운 목소리로 덧붙였다.

"하지만 어쩌면 그렇게 하는 것이 빈틈없는 일이겠지요."

"내가 말한 게 바로 그거야. 빈틈없이 행동하자고."

"알았어요. 난 저녁 준비하는 걸 도우러 갈게요."

그녀는 사라졌고, 제이슨은 달을 한 번 더 올려다보고는 어스레하게 보이는 삼나무들을 쳐다보았다. 필이 만든 컴퓨터 시뮬레이션이 아직도 머릿속에 생생한 제이슨은 그 동물들 중 한 마리가 나무들 사이를 날아다니는 것을 상상해보려고 했다. 그런데 놀랍게도 그 장면이 빠르게 머릿속에 떠올랐다. 마치 그 시뮬레이선처럼, 상상으로 떠올린 모습 역시 매우 사실처럼 느껴졌다.

"나랑 비슷한 기분인 것처럼 보이는데."

대릴 홀리스가 갑판 위로 올라왔다.

"무슨 일 있니, 대릴?"

대릴은 달빛을 받아 저 멀리서 반짝이는 하천을 바라보았다.

"그 새끼 곰 해골이 계속 머릿속에 남아 있어, 제이슨. 그게 날 불안하게 해. 어쩌면 그 가오리들 중 한 마리가 정말로 땅 위로 올라왔는지도 모른다는 걱정이 들어서."

"지금 말하려는 게 뭐야?"

"하천을 한 번 더 점검해봐야 돼. 근처에 사람들이 없는지 확실히 해두자고."

"이미 확인해봤고, 사람은 한 명도 없었어. 그리고 어차피 모니크는 해안을 따라 위로 올라가면 더 나은 경유지가 나올 수 있다고 했잖아."

대릴이 단호하게 그를 쳐다보았다.

"다시 한 번 점검해봐야 돼, 제이슨."

대릴의 말투에는 뭔가 불길한 느낌이 서려 있었다.

"알았어. 그럼 다시 확인해보자고."

제이슨은 잠시 멈칫하더니 보름달을 올려다보았다.

"밤엔 아무도 저 하천 옆으로 가지 않겠지? 네 생각은 어때?"

"당연하지. 공원에는 밤을 새울 만한 야영지도 없고, 어쨌든 공원 문이 닫혔을 텐데. 난 단지 좀 더 신중해지자는 것뿐이야."

하지만 이 말을 하는 순간에도 대릴 홀리스는 다시 한 번 생각해보았다. 밤에 나갈 사람이 있을까? 아냐, 그건 말도 안 돼. 대체 누가 그런 짓을 하겠어?

50

웨인 애벗은 키 188센티미터에 몸무게는 106킬로그램이나 나가는 거구의 남자였다. 한때 UCLA 대학교 미식축구 팀의 타이트엔드(미식축구에서 상대 수비 선수를 막아내는 공격진의 포지션—옮긴이)였던 웨인은 일 년 넘게 휴학 중이었지만 자신의 몸을 꾸준히 유지하고 관리하는 것을 게을리하지 않았다. 그는 180킬로그램을 들어 올리는 크고 강한 넓적다리 근육에, 벤치프레스에서 비슷한 무게를 들어 올리는, 골이 진 단단한 근육질의 가슴을 가지고 있었을 뿐 아니라 오늘처럼 매일 조깅을 한 덕분에 튼튼한 폐도 가지고 있었다. 웨인은 NFL(북미프로미식축구리그) 선수로 선발되지 못한 데다 아직 직장도 없어서 레너드 주립공원 근처의 한적한 곳에 있는 어머니 집에서 살고 있었다. 공원은 현재 유지와 관리를 위해서 문을 닫았기 때문에 거의 텅 비어 있었지만, 웨인은 별로 상관하지 않았다. 그는 주기적으로 공원에 몰래 들어갔다. 이 공원의 산책로는 조깅하기에 딱 알맞았다. 그는 거의 매일 밤 공원에 들어와서 팔굽혀펴기 200회와 윗몸일으키기 400회를 하고 나서 산책로를 달렸다.

NFL은 집어치워라. 웨인은 근육도 한껏 부풀린 데다 힘껏 달려서 최상의 상태인 자신의 몸을 떠올리며 생각했다. 웨인은 UCLA대학교의 문장이 박힌 하늘색 그물 반바지와 땀에 젖은 흰색 티셔츠 차림으로 11킬로미터 코스에서 3킬로미터를 달리는 중이었다. 레드우드 하구 산책로는 그가 가장 좋아하는 길이었다. 그곳은 조깅하는 사람들에게는 천국과 다름없었다. 길은 거의 완벽할 만큼 평탄했고, 2차선 도로만큼 넓었으며, 부드러운 흑토로 덮여 있어 뛰는 동안 무릎에 무리가 가지 않았다. 또 방향을 바꾸는 데에도 마찰력이 충분했다. 주변의 경치 역시 더없이 아름다웠다. 경치가 가장 멋있는 하천 부근은 이미 지나왔지만, 숲 속 깊숙한 이곳 역시 멋있는 곳이었다. 여기저기 눈길이 닿지 않는 먼 곳까지 끝없이 솟은 키 큰 삼나무들이 늘어서 있었다.

웨인은 길옆에 꽂힌 작은 녹색 금속 표지판을 확인하고, 자신이 4킬로미터를 뛰었다는 것을 알았다. 땀을 많이 흘렸지만 기분은 좋았다.

웨인은 땀을 흘릴 때가 좋았다. 그럴 때면 무언가 열심히 하고 있다는 기분이 들고, 자신이 젊고 강하다는 기분도 들었다. 그리고 자신이 앞으로 영원히 살 것 같은 기분마저 들었다.

가오리는 높다란 산꼭대기의 동굴에서 뛰쳐나왔다. 달빛이 비치는 공기를 가르며, 놈은 주변을 살펴보았다. 이제 가오리가 살지 않는 서쪽 바다에는 파도만 조용히 일렁이고 있었다. 남쪽과 북쪽에는 산들이 더 많았다. 그리고 내륙으로 더 깊이 들어가면 바람에 조금씩 출렁이는 옥수수 밭이 있고, 그 너머에는 삼나무 숲이 있었다.

가오리는 큰 원을 그리며 활공하면서 나무들에 시선을 맞추었다. 나무 그림자들이 창백하리만치 하얀 달빛 때문에 커다랗게 보였다. 가오리는 나무를 향해 아래로 내려갔다.

가오리는 공기를 가르며 날아가 순식간에 산맥의 끝자락에 다다랐다. 놈은 옆으로 돌며 한 무더기의 나무줄기를 뭉개고는 숲을 향해 날아갔다. 달빛이 길을 밝혔는데 갑자기 달이 구름에 가려지면서 숲이 앞으로 몰려들었다.

가오리는 맹렬한 속도로 앞으로 날아갔고, 어느 순간 여기저기에 그림자에 휩싸인 삼나무들이 나타났다. 마치 기관차처럼 속도를 내던 가오리는 날카롭게 방향을 꺾으면서, 비집고 들어가기에는 너무 빽빽하게 들어선 스물네다섯 그루의 나무들과 부딪칠 뻔했다. 가오리는 레이더와 같은 역할을 하는 소나 기관을 작동시켰고, 반향탐지 기관은 이제 공중에 완벽히 적응했다. 가오리는 뛰어난 정확성을 갖추고 정교하게 날았다. 한순간 가오리는 그 거대한 몸뚱이가 내려앉을 만한 숲 속의 빈터들을 발견했다. 나무 사이로 날면서, 놈은 특히 커다란 한 나무에 주의를 집중하고는 깊게 골이 진 나무껍질, 곧게 뻗은 가지 없는 줄기, 잎들로 둘러싸인 수관, 강한 상록수 냄새까지 모든 것을 관찰했다. 그러고는 그 나무를 빠르게 지나치며 계속 나아갔다.

가오리는 딱히 아무런 이유도 없이 소리를 냈다. 한때 놈이 바다에서 냈던 것과 같은 소리였는데, 이제는 다만 그 소리가 훨씬 더 소름끼치고, 커다란 유람선의 엔진 소리처럼 깊고 낮은 음으로 으르렁거렸다. 그 소리는 한순간 계속되더니 이내 멈추었다.

이제 가오리는 깊은 적막 속에서 날고 있었으며, 두 눈은 잎이 큰 고사리, 철쭉, 꽃 그리고 끝없이 나타나는 상록수들을 관찰했다. 그러다 놈은 날개를 펄럭이더니 처음에는 서서히 올라가다가 곧 급상승하기 시작했다. 나무 꼭대기 바로 밑까지 올라간 가오리는 고도를 유지하면서 먹이를 찾기 시작했다.

갑자기 가오리가 머리를 아래로 젖혔다. 100여 미터 아래에는 먹이를 찾던 너구리가 고사리들 사이를 기어 다녔다. 가오리는 너구리를 잠시 관찰하다가 다시 앞으로 날기 시작했다. 앞쪽 나무들 너머에는 꽤 큰 공터가 하나 있었다……. 그 공터에 들어간 가오리는 밑을 내려다보았고, 거기에는 날고 있는 자신의 모습이 비쳤다. 전에 와본 적이 있는 하천 위를 나는 중이었다. 하천에 비친 모습은 이내 사라졌고 가오리는 건너편 숲으로 들어갔다.

가오리가 그를 포착한 것은 바로 그때였다. 웨인 애벗은 8킬로미터쯤 떨어진 곳에 있었고, 가오리는 그를 본 것도, 그의 냄새를 맡은 것도, 그가 움직이는 소리를 들은 것도 아니었다. 그의 심장 박동이 감지된 것이다. 가오리는 심장박동에만 집중하며 앞으로 날아갔다.

빠른 속도로 그늘진 곳을 지나던 웨인 애벗은 자그마한 다리에 다다랐다. 웨인이 신은 큰 사이즈의 뉴 밸런스 운동화가 뒤쪽으로 검은 먼지를 흩뿌렸다. 웨인은 나무로 만든 다리의 가장자리를 살펴보았다. 언젠가 그곳에서 넘어져 조심하기 위해서였다.

그는 큰 걸음으로 뛰어 세 걸음 만에 다리를 넘어갔다. 다시 땅 위를 뛰면서 웨인은 속도를 늦추었다. 그때 그의 오른쪽 어깨 너머로 달이 보였다.

가오리가 방향을 틀었다. 잠깐 동안 놈은 따라가던 신호를 놓쳤다. 그런데 그때 놈은 다리 위에서 들려오는 쿵쿵거리는 소리를 들었다. 그 소리는 매우 뚜렷하게 들렸다. 방향을 약간 바꿔야 했지만 그것은 아주 중요한 일이었다. 거리는 점점 좁혀졌다.

웨인은 갑자기 지루한 느낌이 들었다. 다리까지 전력 질주로 달리는 것이 오늘 조깅의 마지막 큰 고비였다. 아직 몇 킬로미터 더 가야 하긴 했지만 남은 코스는 평탄한 곳이었다. 그는 위를 올려다보았다. 와, 나무 한번 엄청 크군. 웨인은 체격이 컸기 때문에 자신이 작다고 느껴지는 것에는 익숙지 않았다. 그러나 삼나무 숲 속을 달릴 때는 언제나 자신이 왜소하게 느껴졌다. 어쩌면 티끌만 할 정도로. 마치 풀잎 옆에 서 있는 개미만 하다고나 할까.

놈은 그의 냄새를 맡았다. 바로 그의 땀 냄새였다. 숲의 바닥으로부터 100여 미터 위를 날던 가오리는 배 쪽에 난 작은 콧구멍을 벌름거렸다. 갑자기 나무가 없는 좁고 반듯한 땅이 나타났다. 산책로였다. 웨인 애벗이 조깅을 하는 바로 그 산책로였다. 가오리의 커다란 몸뚱이가 산책로 쪽으로 날기 시작했다.

웨인은 다시 속도를 올렸다.

갑자기 거대한 그림자가 녹색의 금속 표지판 옆을 지나갔다. 그리고 다리를 지나갔다.

팔다리를 힘차게 움직이며 뛰던 웨인은 달을 보지 못했다. 달은 이제 그의 바로 뒤에서 위아래로 흔들리는 그의 머리에 후광처럼 비쳤다. 그는 다람쥐도 미처 보지 못했다. 다람쥐는 산책로 옆에 쓰러져 있는 거대한 삼나무 앞에 웅크리고 앉아 있었다. 만일 웨인이 그 다람쥐를 보았다면, 그 녀석이 겁에 질려 있다고 생각했을 것이다. 어쩌면 다람쥐가 자신을 똑바로 쳐다보고 있다고 생각했을지도 모른다.

그러나 다람쥐는 웨인을 똑바로 보고 있는 것이 아니었다. 다람쥐는 웨인의 위쪽을 보고 있었다. 나무 꼭대기 근처에서 활공하는 거대한 형체를 보고 있었다.

웨인의 감각은 둔했다. 가오리는 바로 그 사실을 알아차렸다. 웨인은 마치 듣지도, 냄새를 맡지도, 심지어는 아무것도 감지하지 못하는 것처럼 행동했다. 웨인은 시력도 좋지 않았다. 그는 새들, 다람쥐들, 너구리들을 여럿 지나쳤는데도 고개 한 번 돌리지 않았다.

숲은 조용했다. 새들도 지저귀는 것을 멈추고, 다람쥐들은 사라져버렸다. 바람조차도 잠잠해지는 것 같았다. 아무것도 움직이지 않았다. 웨인 애벗만 빼고는. 하늘색 반바지와 땀에 젖은 티셔츠를 입은 웨인은 산책로를 따라 계속 뛰었다.

갑자기 그리고 소리 없이, 그림자는 웨인의 등을 향해 돌진했다.

웨인은 갑자기 그 자리에 멈춰 섰다. 이유는 알 수 없지만 뭔가가 뒤에 있다는 생각이 들었다. 그는 뒤를 휙 돌아보았다.
아무것도 없었다. 단지 텅 빈 길, 높이 솟은 삼나무들 그리고 달뿐이었다.
그는 사나이답게 굵은 목소리로 껄껄 웃었다. 웨인은 지칠 줄 모르는 사나이였고, 한 번도 어둠을 두려워한 적이 없었다. 그래서 웨인은 밤에 달렸던 것이다. 자신이 터프하다고 생각하기 때문에. 좀 진정하라고, 그가 자신에게 말했다. 웨인은 다시 달리기 시작했다.

그림자가 곧바로 되돌아와서 뒤에서 추격하기 시작했다.

웨인은 앞을 향해 뛰면서도 계속 불안했는데, 그 이유는 알 수 없었다.

그림자는 더욱 가까이 달려들었다. 30미터, 그 다음엔 15미터, 그리고 3미터…… 그러더니 웨인의 등 뒤 1미터 되는 거리에서 멈추었다.

웨인의 얼굴에 무언가 이상하다는 표정이 떠올랐다. 그는 무슨 소리를 들었다. 무언가 펄럭이는 소리를. 그 소리는 웨인의 등 뒤에서 들려왔고, 그는 그 소리가 상상 속의 소리가 아니라는 걸 알았다.

웨인은 뒤를 돌아보았다.

가오리는 길 위 3미터쯤에서 마치 거대한 갈매기처럼 날개를 펄럭이며 웨인을 똑바로 쳐다보고 있었다.

이상하게도, 웨인 애벗의 땀에 젖어 있는, 조각처럼 또렷한 얼굴이 완전히 멍해졌다. 그는 눈앞에 보이는 것을 도저히 믿을 수 없었다. 그 동물은 웨인이 지금까지 본 동물 중 가장 멋있었다. 살아서 빠르게 날개를 펄럭이는 것만 빼면 크기도 모양도 마치 행글라이더 같았다. 어리둥절해 있는 몇 초 동안, 머릿속에 떠오른 첫 번째 생각은 누군가가 몰래 카메라로 장난을 치는 것이라는 추측이었다. 어떻게 한 것인지는 모르겠지만 로스앤젤레스에서 미식축구를 같이 하던 동료가 그를 놀리고 있는 것이라고 생각했다.

하지만 지금 그가 보고 있는 것이 장난일 리는 없었다. 그는 호흡을 가다듬고 거대한 몸뚱이를 찬찬히 살펴보았다. 새하얀 아랫배. 두께가 거의 1.5미터나 되는 몸통. 빠르게 펄럭이는 두 날개. 무지하게 큰 머리. 반쯤 벌린 입. 그는 그렇게 큰 입은 이제껏 한 번도 본 적이 없었다. 찬 공기 중에서 물방울이 되어 맺히는 엄청난 입김. 자신의 이두박근보다도 더 큰 머리에서 튀어나온 뿔. 그리고 눈. 그 눈은 웨인 애벗이 여태껏 본 것 중 가장 차갑고, 검고, 무서우리만치 냉정한 눈이었다.

"세상에."

웨인은 당황하는 기색 없이 아주 또렷한 목소리로 말했다.

그는 아직도 이 동물이 실제로 살아 있는 것인지 알아차리지 못했다.

그때, 진짜 살아 있든 아니든 간에 그놈이 움직였다. 마치 거대한 박쥐처럼, 가오리는 날개를 펄럭이더니 웨인의 머리 바로 위로 지나갔다. 웨인은 움찔하지도 않았다. 그는 그저 가오리를 올려다보았으며, 가오리 몸뚱이가 달을 가릴 때 물결치듯 움직이는 하얀 우윳빛 배를 쳐다보았다. 가오리의 날개 뒤에서 만들어진 바람이 웨인의 머리를 뒤로 쓸었다. 그러다 가오리는 다시 낮게 내려와서 이번에는 길 반대편 위에 떠 있는 채로 웨인을 똑바로 바라보았다.

왜 저러고 있지? 웨인은 궁금했다. 대체 왜 움직인 걸까?

웨인은 아직도 자신의 목숨이 위험에 처해 있다는 걸 깨닫지 못했다. 그때 웨인은 가오리의 두 눈을 다시 보았다. 검고 거대한 두 눈을. 두 눈은 냉랭하게 그를 쳐다보고 있었다. 갑자기 웨인은 무언가를 깨달았다.

"오, 하느님 맙소사."

그가 조용히 중얼거렸다.

그때 가오리가 깊고, 무시무시하게 우르릉 울리는 차가운 소리를 냈다. 그러더니 곧이어 으르렁거리는 소리를 냈다.

웨인은 뒷걸음질 쳤다. 그는 그런 소리가 동물에게서 나오는 것을 들어본 적이 없었다. 마치 교회의 장중한 파이프오르간 소리를 연상시키는 소리였다.

갑자기 그 으르렁거리는 소리가 귀가 터질 듯한 고함 소리로 바뀌었다.

웨인은 그 큰 고함 소리에 놀라 뒤로 넘어졌다. 그리고 그 소리가 나오는 입, 그 입은 이제 활짝 열렸고, 그 크기는 두 사람도 삼킬 만큼 컸다. 자신의 팔뚝만큼이나 굵고 굽은 이빨들이 여러 줄나 있었다.

웨인은 무시무시하게 입을 떡 벌린 형체를, 그리고 입과 이빨, 공중에 물방울이 맺히는 입김을 그저 바라볼 뿐이었다.

웨인은 일어섰다.

마치 스위치가 작동하는 것 같았다. 입은 닫히고 으르렁거리는 소리도 멎었다.

갑자기 가오리가 조용해졌다. 들리는 소리라고는 천천히 펄럭이는 날개에서 나는 소리뿐이었다.

아무것도 움직이지 않았다.

가오리는 눈을 돌리더니 웨인의 눈을 정면으로 쳐다보았다. 마치, "넌 아직도 무슨 일이 일어나는지 모르겠니?"라고 묻는 듯이 보였다.

갑자기 웨인은 깨달았다. 그러고는 그날 밤 내내 그랬던 것처럼 달리기 시작했다. 웨인은 도망쳤다.

숲 속으로 내달리는 웨인은 더 이상 고르게 숨을 쉬지도, 부드
러운 걸음으로 뛰지도 않았다. 그는 필사적으로 내달렸다. 어디
로 향하는지도 알지 못했다. 단지 그곳에서 벗어나야 한다는 생
각뿐이었다. 그는 흙, 고사리 밭, 쓰러진 삼나무들, 작은 흰 꽃밭,
졸졸 흐르는 작은 시내 할 것 없이 마구 짓밟으며 도망쳤다. 10분
쯤 지나자 그는 그가 혼자라는 사실을 깨달았다. 숨을 헐떡거리
며 웨인은 이끼가 덮인 거대한 나무에 등을 기대고 섰다.

"하느님 맙소사, 대체 그게 뭐……."

그가 갑자기 숨을 멈췄다. 그놈이 저 위에 있나? 달빛이 눈에
들어오자, 그는 재빨리 머리를 돌려 위쪽의 숲 꼭대기를 둘러보
았다.

거기에는 아무것도 없었다. 단지 나무와 군데군데 쏟아져 내
리는 달빛뿐이었다. 그는 다시 한숨을 내쉬었다. 산책로로 돌아
가는 길을 찾아야 했다. 그는 길을 알고 있었다. 그럴 것이라고
확신했다…….

10분 뒤, 웨인 애벗은 길을 잃고 헤매고 있었다.

지금 있는 곳이 어딘지 알아보려고 웨인은 작은 공터로 들어
섰다. 머리를 사방팔방으로 돌리며 주위를 살펴보느라 그는 바
로 머리 위에서 달빛이 사라지는 것을 눈치채지 못했다.

잠시 후 그는 곧 알아챘다. 웨인은 위를 올려다보고는 나무 꼭
대기 근처에서 가오리의 거대한 그림자를 보았다. 놈의 눈이 자
신을 보고 있다는 걸 느낄 수 있었다. 그는 더 생각할 필요도 없
이 또다시 도망치기 시작했다.

갑자기 놈의 그림자 모습이 바뀌었다. 날개가 안쪽으로 접히더니, 가오리가 바위처럼 빠르게 떨어지기 시작했다.

달빛이 비쳐 얼룩진 땅을 향해 가속하던 거대한 몸뚱이는 방향을 약간 틀더니 웨인의 등을 향해 돌진했다.

웨인은 뒤도 돌아보지 않고 최대한 빠른 속도로 뛰었다. 그의 가슴은 쿵쾅거리고 두 다리는 빠르게 위아래로 움직였다. 그는 있는 힘껏 속도를 냈고, 조깅 운동화는 급히 오르내리고 또 오르내렸다. 그러다 올라간 운동화가 갑자기 다시 내려오지 않았다. 바람에 날리는 깃털처럼 운동화는 위로 올라가버렸다.

"하느님 맙소사."

웨인이 놀라서 외쳤다.

그는 곧 자신이 괴물의 입 안에 있고, 이빨 사이에 끼어 있다는 사실을 알아차렸다.

"하느님 맙소사!"

그가 다급하게 쉰 목소리로 비명을 질렀다.

그는 어떻게 해서든지 움직이려고 했지만 팔다리가 모두 꽉 눌려 있어 움직일 수 없었다.

"어서 움직여."

웨인은 튼튼한 상체를 몸부림치며 빠져나가려 했지만 꼼짝도 할 수 없었다.

"어서 움직여보란 말이야!"

가오리가 급히 날아올랐고, 입 안에서 웨인이 질러대는 비명 소리는 더 크고 다급해졌다. 곧 우지끈하는 끔찍한 소리가 나더니 웨인 애벗은 이내 조용해졌다.

가오리는 나무 꼭대기를 박차고 올라 달빛이 내리비치는 하늘로 나왔다. 이제 비명 소리는 잦아들었고 들리는 소리라고는 바람 소리와 저 멀리 바다에서 들려오는 파도 소리뿐이었다.

지친 가오리는 입에 매달려 있는 먹이를 보관해둘 장소를 찾아내고는 다시 밤하늘로 날아올랐다. 놈은 곧 이곳으로 돌아오겠지만, 현재로서는 할 일을 모두 끝냈다. 놈은 멀리 있는 산을 향해 시선을 두고 그쪽으로 날아갔다. 가오리의 모습은 점점 작아지더니 산의 검은 바위들과 섞여 이내 사라져버렸다. 남은 것은 달과 부드럽게 불어오는 바람뿐이었다.

51

오늘따라 강둑이 다르게 느껴졌다. 대릴 홀리스는 왜 그런지 정확히 알 수 없었지만 이상한 느낌만은 분명했다. 전에도 이곳은 고요하고 평화로웠다. 그런데 지금은…….

해는 이미 꽤나 높이 솟아 있었다. 배를 댄 후, 여섯 명의 일행은 하천의 북쪽 강둑을 따라 걸었다. 청바지에 빨간색과 파란색의 체크무늬 셔츠를 걸친 대릴은 라이플총의 무게를 느끼며, 총이 있어서 다행이라고 생각했다. 크레이그도 총 한 자루를 들고 있었다.

키가 큰 풀을 밟고 지나가던 대릴은 갑자기 숲 속을 돌아보았다.

"저게 뭐지?"

누가 채 대답하기도 전에 그는 성큼성큼 숲으로 걸어 들어갔다.

"아."

그곳은 야영장이었다. 피크닉용 나무 테이블이 12개, 철로 된 쓰레기통, 바비큐용 화덕, 간이 화장실. 하지만 사람은 어디에도 없었다. 심지어는 공원 순찰대원도 없었다. 마치 사람들이 떠난 여름캠프장 같았다. 그럼 공원이 문을 닫은 건가? 야영장 너머에는 넓은 산책로가 보였다. 대릴은 그곳을 미심쩍은 듯이 잠시 바라보다가 일행과 합류했다. 그들이 강둑을 따라 계속 올라가는 동안 대릴은 알 수 없는 불안감이 밀려왔다.

순찰대 본부는 수 킬로미터 떨어진 곳에 있었고, 거의 비어 있었다. 잘 다림질 된 카키색 바지와 거기에 어울리는 긴소매 셔츠 차림에 테두리가 딱딱한 모자를 쓴 40대의 순찰대원 앨런 마이어는 운전면허 시험장에나 있을 법한 철제 책상 앞에 앉아 있었다. 날카로우면서 작고 반짝이는 파란 눈을 가진 마이어는 원래 무언가 항상 불안해하는 성격인데, 지금 걸려온 전화 때문에 더욱 그러했다.

그보다는 좀 더 침착한 금발의 아내 로라 역시 순찰대원이었다. 같은 제복 차림의 그녀는 지금 앨런 옆에 있는 다른 책상에서 11개월 된 아들 사무엘을 돌보고 있었다. 아기는 전지로 작동되는 작은 곰 무늬가 새겨진 파란 휴대용 의자에 앉아서 기분 좋게 몸을 앞뒤로 흔들고 있었다. 로라는 아이의 옷을 보며 미소를 지었다. 그녀는 특히 가슴에 작은 돛단배가 그려진 감색 스웨터를 좋아했다. 하지만 앨런은 부인과 아이에게는 전혀 신경을 쓰지 않았다. 지금 그와 전화 통화를 하는 사람은 앨런을 보통 때보다 더욱 흥분시켰다. 이 부부 순찰대원은 아침 내내 서류를 처리했고, 어느새 이른 오후가 되어 있었다. 갈 시간이었다. 그런데 그들이 나가려던 찰나에 전화가 걸려온 것이다.

"애벗 부인, 제가 이 공원의 순찰대원입니다. 아내와 지금 막 나가려던 참입니다. 공원은 지금 휴장했다니까요. 네, 그렇습니다. 지정 발화('조절된 산불'이라고도 함—옮긴이) 때문이지요. …… 물론 전문가들이 관리할 겁니다. …… 아뇨, 단지 일정을 맞추는 데 어려움이 있을 뿐입니다. …… 네? …… 아니, 아무도 없었습니다. 저와 제 아내와 우리 아이밖에 없어요. 지금 공원 내에 사람이라고는 저희 가족밖에 없습니다. …… 뭐라고요? 솔직히 말씀드리자면, 제가 당신의 전화를 받고 있다는 게 놀랍습니다. 전화 중개 스위치가 한 주 내내 속을 썩이고 있었거든요. ……그래요. 핸드폰 통화에도 문제가 있어요. 송신탑에서 보낸 전파가 일단 땅에 부딪히기만 하면 통화가 잘 안 되더군요. 조만간 고쳐야 한다는 건 알고 있습니다. …… 네? 뭐라고요? ……."

앨런 마이어는 갑자기 매우 심각한 표정을 지으며 아내를 쳐다보았다.

"그게 무슨 말씀입니까? 아들이 어젯밤 집에 돌아오지 않았다니요?"

그가 멈칫했다.

"공원에서 조깅을 했다고요? 밤에요? …… 몰래 들어왔다고요?"

"그래서 여기에 아무도 없는 거로군."

강둑에서 멀리 떨어져 있는 그늘진 곳에서, 필 마르티노는 노란 마름모꼴의 표지판을 카메라로 찍었다. 표지판에는 '지정 발화로 공원을 휴장함'이라고 쓰여 있었다.

"필, 너 예전에 지정 발화 시행하는 일을 한 적 있지 않아?"

필은 제이슨을 곁눈질로 쳐다보았다.

"어이구, 기억력도 좋으셔라, 천재 양반."

아니, 대체 왜 비꼬는 건데? 제이슨은 생각했다. 그는 필의 띄엄띄엄한 경력 중에 로스앤젤레스 근처의 레이크 애로헤드에서 '보조 산불요원'으로 일한 사실을 알고 있었다. 제이슨이 제대로 기억하고 있다면, 필은 사실 그 직장에 꽤 오랫동안 있었고, 덕분에 실력도 제법 좋았다. 제이슨은 지정 발화가 무엇인지는 정확히 알지 못했지만, 일부러 작은 불을 내서 나중에 큰 산불이 나지 않도록 하는 것일 거라고 생각했다.

더는 말을 나누지 않은 채 두 사람은 햇살이 비치는 강둑으로 돌아와 동료들과 합류했다. 제이슨은 대릴을 보자마자 그가 매우 불안해하고 있다는 것을 알아차렸다.

"무슨 일이야?"

처음에 대릴은 대답을 하지 않았다. 그는 동료와 5~6미터가량 뒤처진 채 걷는 리사를 곁눈질로 보았다. 그는 쓸데없이 리사를 겁주고 싶지 않았다.

"나랑 같이 걷자. 내가 말해줄게."

"여보, 그 사람은 단순히 발목을 삔 것인지도 모르잖아요."

앨런 마이어는 방금 전화를 끊었다. 그는 그 부인의 아들에게 무슨 일이 일어났는지 확신이 서지 않았다.

"그렇게 생각해?"

로라 마이어가 확실하다는 듯 고개를 끄덕였다.

"밤에 조깅을 하다니? 제대로 보지 못하고 발을 잘못 디뎠다가

심하게 발목을 삔 모양이죠."

"그렇다면 그 사람을 찾아야겠군. 여보, 집에는 좀 더 이따가 가야겠군. 그 사람을 지금 당장 찾아야겠어."

앨런은 긴장한 얼굴로 작은 창문을 통해 밖을 내다보았다.

"아마 4시간도 안 돼서 어두워질 거야."

로라는 아주 침착했다.

"괜찮아요. 갈 만한 산책로들을 찾아보면 그 사람을 찾을 수 있겠죠. 예정보다 조금 더 늦게 떠나도 괜찮아요."

앨런은 급히 공원 지도를 펼쳤다. 부부는 조깅하던 사람이 어디를 통해 공원에 들어왔을지 파악하고 나서 각자 찾아볼 산책로를 나누었다. 앨런이 밖으로 나가자, 로라는 가슴에 두르는 아기 띠로 사무엘을 업은 뒤 아기 의자를 들고서 남편을 뒤따라 나무로 둘러싸인 넓은 주차장으로 향했다.

"의자도 갖고 가는 거야?"

"만약을 대비해서요. 얘가 짜증이 나면 어떤지 잘 알잖아요."

사무엘은 걸핏하면 마구 큰 소리로 울어댔고, 저 흔들거리는 의자만 있으면 곧 웃음을 그치곤 했다.

"무전기는 아직 충전 중이야?"

그녀가 고개를 끄덕였다.

"트럭 안에 있어요."

두 사람 다 핸드폰 얘기는 꺼내지도 않았다. 평소에도 이곳은 전화 수신이 잘 되지 않았는데, 최근 들어 전화 중개 스위치에 문제가 생긴 뒤부터는 열 통화 중 한 통화도 받기가 힘들었다.

그들은 주차장에 들어서면서, 하나는 크고 다른 하나는 작은 두 대의 헬리콥터 곁을 지나갔다. 이 두 대의 헬리콥터는 걸프전이 끝난 후 산불 진화 작업용으로 기증받은 것이었다. 두 사람은 짐이 잔뜩 실린 그들의 혼다 시빅 승용차를 지나서 네 개의 문에 녹색으로 된 공원 표장들이 붙은 두 대의 구형 흰색 쉐비 블레이저 SUV 쪽으로 걸어갔다.

로라는 그중 한 대의 뒷자리에 사무엘을 안전벨트로 고정해놓고, 무전기가 여전히 충전 중인 것을 확인한 다음, 남편에게 손을 흔들고는 차를 몰고 떠났다.

앨런 마이어는 로라가 간 반대 방향으로 나 있는 2차선 도로로 방향을 틀고는 나무들 사이로 사라져갔다. 대체 그 조깅하던 사람은 어디 있는 거야?

거대한 몸뚱이가 움찔했다. 한 번 더 그러더니 계속해서 움찔했다.

컴컴한 중앙 동굴 깊숙이 보이지 않는 곳에서, 그 포식자 가오리는 잠을 자고 있었다. 뿔 끝부터 몸통 끝부분까지 놈의 몸 전체가 계속해서 움찔거렸다. 마치 잠들어 있는 엄청 커다란 개처럼 보였다.

이렇게 의식이 완전히 깨어 있지 않은 상태에서는 가오리의 감각기관 중 어떤 것도 주변에 주의를 기울이지 않았다. 그러나 다른 모든 동물과 마찬가지로, 이놈도 듣거나 냄새를 맡는 등 뭔가를 감지하게 되면 깨어날 것이 분명했다.

놈은 계속해서 잠을 잤다.

대릴은 빨리 걷기 시작했다.

"무슨 일이냐면, 우리가 걷는 이 길이 좀 이상해."

좀 전까지 산책로는 야영장 근처의 숲 속에 있었으나 지금은 방향을 튼 상태였다.

제이슨은 발아래를 내려다보고는 그들이 이제는 키가 큰 풀숲을 헤치고 걷는 것이 아니라 검은 흙 위를 걷고 있다는 사실을 깨달았다. 하지만 제이슨은 대릴이 왜 이렇게 불안해하는지 여전히 이해하지 못했다.

"그러니까 네 말은……."

"이 산책로는 물가에 있다고, 제이슨. 그러니까 사람들이 물가에 있을 수도 있다는 거지. 그리고 만일 누군가가 재수 없게 이 길에 있었다면 그놈들은 사람과 새끼 곰을 가리지 않을 거라고."

제이슨은 새삼 불안해하며 앞쪽으로 난 길을 둘러보았다.

"무슨 말인지 알겠어."

대릴은 총 잡은 손을 더 단단히 쥐었고, 두 사람은 앞으로 빠르게 걸어갔다.

52

로라 마이어는 길옆에 차를 세웠다. 그녀는 재빨리 차에서 내려 사무엘을 아기 띠에 매서 업고, 의자는 어깨에 느슨하게 둘러메고 걷기 시작했다. 그녀는 첫 번째 산책로에 들어서자마자 직감적으로 알아차렸다. 그곳은 조용했다. 평소보다 훨씬 더 조용했다.

난감하군. 로라 마이어는 앞으로 걸어갔다. 유일하게 들리는 소리라고는 때때로 그녀의 부츠 아래에서 부서지는 잔가지 소리뿐이었다.

걸은 지 몇 분쯤 지났을 때, 산책로 밖에서 무슨 소리가 들려왔다. 그녀는 그 자리에 멈춰 서서 소리가 난 쪽을 쳐다보았다.

그 소리는 아주 큰 무리를 지어 서 있는 삼나무 숲 근처에서 들려왔다. 그러나 지금 그곳에서는 아무런 움직임도 생명의 기척도 없었다.

그녀는 나란히 서 있는 커다란 나무줄기 세 곳에 시선을 두었다. 저 뒤에 뭐가 있나? 그녀는 산책로를 벗어나 가까이 걸어갔다. 그때…… 라이플총 한 자루가 불쑥 그녀를 겨누었다.

"하느님 맙소사."

그녀가 더듬거리며 말했다.

그녀 앞에 빨간색과 검은색이 섞인 체크무늬 셔츠를 입은 거한 셋이 나타났다. 사냥꾼들이었다.

"이런 젠장."

라이플총을 들고 있던 사나이가 당혹스러워했다.

"너무 죄송합니다, 아가씨."

로라 마이어는 숨을 내쉬었다.

"놀라서 죽는 줄 알았다고요!"

사나이는 그제야 아기를 보았다.

"정말 죄송합니다."

그녀는 사나이를 노려보았다.

"공원이 휴장 중이라는 표지판을 못 봤어요? 곳곳에 표지판이 있잖아요. 딱지를 뗄 만한 일이라는 건 알고 계시겠죠."

"순찰대원님, 그러신다고 해도 원망하지는 않겠습니다. 하지만 이번 한 번만 우리를 봐주시면 안 될까요? 너무 죄송합니다. 정말로요."

로라는 사나이를 자세히 보았다. 그는 50대쯤 되어 보였고, 대머리에 턱수염을 기르고 있었다. 그리고 몸집이 정말 컸다. 193센티미터쯤 되는 키에 배가 많이 나왔다. 재킷 이름표에는 빅 팀이라고 쓰여 있었다. 나머지 둘은 20대 초반으로 보였다. 한 사람은 나이 많은 사나이와 꼭 빼닮아 아들이 분명했고, 나머지 하나는 아들의 친구인 모양이었다.

"저희는 선량한 시민입니다. 정말이에요. 저는 팀 제임슨입니다. 여기 애는 제 아들 티미고요. 그리고 이쪽의 마른 녀석은 티미의 친구 그렉입니다."

로라는 웃었다. 그렉은 키가 180센티미터 정도 되었는데, 두 사람처럼 배가 나오지는 않았다. 그녀는 세 사람을 찬찬히 훑어보았다. 그들은 범죄자처럼 보이지 않았고, 그녀는 사실 딱지 수첩을 가져오지도 않았다. 로라는 경찰에게 연락을 할까 생각해 보았지만, 경찰은 110킬로미터나 떨어진 곳에 있었고, 전화 수신 문제까지 있으니…… 그리고 그녀에게는 지금 더 중요한 일이 있었다.

"공원에 어떻게 들어온 겁니까?"

"운전을 해서 왔죠."

빅 팀이 손짓을 했다.

"저희 트럭은 저 뒤에 있습니다."

"당장 떠나도록 하세요."

"알겠습니다. 봐주셔서 감사합니다. 좋은 밤 보내십쇼."

걸어가는 그들의 뒷모습을 보며, 로라는 그들에게 조깅하다

실종된 사람을 보았는지 물어볼까 생각했다. 그러나 묻지 않았다. 만일 그들이 보았다면, 분명 그 얘기를 로라에게 해주었을 것이다. 이윽고 그들은 나무들 뒤로 사라졌고, 숲은 다시 조용해졌다. 로라는 아기를 잠시 바라보다가 산책로를 따라 계속 걸었다.

강둑 위에서 대릴이 멈춰 섰다.

다른 사람들도 영문을 모른 채 다 같이 멈춰 섰다.

"무슨 일이야?"

제이슨이 주변을 둘러보며 물었다.

대릴은 어둡게 그늘진 숲 속을 쳐다보았다.

"저 안에 뭔가가 있어."

크레이그가 고개를 흔들었다.

"그럴 리가."

대릴은 대꾸하지 않았다. 라이플총을 손에 쥔 채, 그는 숲 언저리까지 걸어갔다. 그다음 조금씩 안으로 들어갔다.

"와, 저것 좀 봐."

자신의 빨간 쉐비 픽업트럭에 티미와 그렉 옆에 끼어 앉은 빅 팀이 고개를 흔들며 말했다. 빠른 속도로 달리는 트럭 앞으로 사슴 여섯 마리가 뛰어와 길을 건넌 것이다. 그들 중 한 마리는 뿔이 큰 수사슴이었다. 사슴들은 길을 건넌 후 반대편 숲 속으로 사라졌다.

그의 아들이 신이 나서 그를 돌아보았다.

"저놈들을 잡으러 가요, 아빠?"

"그 순찰대원이 뭐라고 했는지 들었잖니, 티미."

"그래서 뭐 어떻다고요. 우리가 사냥한다고 해서 그 사람이 어쩔 건데요? 딱지 뗄까 봐서요? 아빠가 오늘 사냥하는 법을 가르쳐줄 줄 알았어요."

빅 팀은 고개를 저었다. 뭔가 기분이 좀 이상했다. 그 순찰대원은 왜 거기 나와 있던 거지?

"아, 아빠! 사냥하러 가자고요!"

빅 팀은 갑자기 브레이크를 밟았다.

"네 말이 맞아. 우리가 사냥 좀 한다고 해서 뭘 어떻게 하겠어?"

그들은 차를 세우고 급히 트럭에서 튀어나왔다.

"가자, 얘들아. 오늘 아빠가 사냥이란 어떻게 하는 것인지 제대로 보여주마."

앨런 마이어는 발자국들을 보았다. 발자국은 산책로의 한가운데에 있는 검은 흙에 찍혀 있었다. 발자국 사이의 간격이 넓은 것으로 보아 조깅하던 사람의 발자국이 분명했다.

그는 모자를 벗고 발자국을 자세히 관찰했다. 발자국 가운데에 두꺼운 N자가 찍혀 있었다. 뉴 밸런스 조깅화로군. 앨런은 무전기를 꺼내 들었다.

"로라?"

그는 잠시 기다렸지만 잡음만 들렸다.

"로라, 듣고 있어? 로라?"

그는 다시 기다렸다. 여전히 아무 말도 들리지 않았다. 아내는 무전기를 아직도 충전하고 있는 것이 분명했다.

그는 무전기를 허리에 차고 발자국을 따라가기 시작했다.

산책로는 으스스할 정도로 조용했지만, 발자국은 산책로 한가운데를 따라 계속되었다. 그는 수백 미터 정도 발자국을 따라가면서 4킬로미터 지점을 알리는 표지판을 지나고, 작은 다리를 지나고, 그러고는…… 발자국들이 산책로를 벗어났다.

앨런 마이어는 잠시 멈칫했다. 내가 잘못 본 건가?

아니었다. 발자국들은 분명 숲 속을 향해 나 있었다. 그의 푸른 눈이 주변을 둘러보기 시작했다. 대체 이 친구가 왜 산책로를 벗어난 거지? 알아볼 방법은 한 가지밖에 없지.

그는 숲 속으로 들어갔다.

숲 속에서도 발자국은 계속되었다. 삼나무들, 고사리 밭, 작은 흰 꽃밭을 지나 졸졸 흐르는 시내를 건너…… 그는 넓은 공터 한가운데로 들어섰다.

발자국이 거기서 멈췄다. 사라진 것이었다.

앨런은 주변을 둘러보았다. 발자국이 대체 어디로 사라진 거야?

어리둥절한 앨런은 앞으로 걸어갔다. 분명 여기 어딘가에 발자국이 있어야 되는데…….

"내가 말했잖아. 여기 아무것도 없을 거라고. 어서 물 쪽으로 돌아가자."

그들은 이제 레드우드 하천에서 15미터쯤 떨어진 숲 속에 있었다.

자기가 말한 대로 크레이그 서머스는 뒤로 돌아가기 시작했다. 대릴 홀리스는 움직이지 않았다.

그때 대릴이 바라보던 방향에서 딱 하는 소리가 났다.

크레이그가 불안한 얼굴로 다시 돌아보았다.

"무슨 소리지?"

아무도 대답하지 않았다. 그들은 아무런 소리도 내지 않고 그저 그늘에 잠긴 나무들과 고사리들을 볼 뿐이었다. 모든 것이 완벽하리만큼 조용했다.

딱 하는 소리가 한 번 더 났다.

그러더니 황갈색 순찰대원 복장을 한 남자가 나타났다.

"혹시 여러분 중에 웨인 애벗이라는 분이 계십니까?"

대릴이 그를 쳐다보았다.

"뭐라고요?"

"웨인 애벗 씨 계시냐고요!"

순찰대원 앨런 마이어는 이 사람들이 청바지를 입고 있어서 조깅하는 사람일 리가 없다는 사실에 기분이 썩 좋지 않았다.

"공원이 지금 휴장 중이라는 건 알고 계시죠? 여기 계시면 안 됩니다."

제이슨은 그 사람을 자세히 쳐다보았다. 순찰대원이었다. 그 순찰대원은 어떤 사람을 찾고 있다고 했다.

"웨인 애벗이…… 누구죠?"

"조깅하던 사람인데, 실종되었습니다. 혹시 보셨나요? 아니죠?"

제이슨은 남자의 말을 믿을 수 없었다.

"아무도 본 사람 없습니다."

그때 그는 겁에 질려 얼굴이 굳은 리사를 보았다. 그는 앞에 서 있는 순찰대원도 잊은 채 리사에게 물었다.

"괜찮아?"

리사는 대답 없이 고개만 저을 뿐이었다.

모니크가 리사를 향해 걸어왔다.

"이봐, 리사, 배로 돌아가고 싶어?"

"어, 그래요, 그러는 게 좋겠어요."

"고마워, 모니크."

제이슨이 그녀의 등을 토닥였다.

"뭘 그 정도 가지고. 별 거 아닌데 뭐."

모니크가 리사의 어깨 위로 팔을 둘렀다.

"그럼 다들 이따가 배에서 보자고."

여자들이 걸어가는 것을 보며, 앨런 마이어는 더 불쾌해졌다. 아니, 대체 이 사람들은 또 누구야? 그리고 그 조깅하던 사람은 도대체 어떻게 찾으라는 거지? 공원은 까마득히 넓고, 날은 점점 어두워지고, 사람이라고는 나와 아내뿐이니……

"빌어먹을!"

제이슨이 앨런을 돌아보았다.

"혹시 우리가 도와드릴 일이라도 있습니까?"

앨런 마이어는 대답하지 않았다. 그는 지금 자신과 로라가 잘못 판단한 탓에 이 주변에 조깅하던 사람이 없는 것이 아닌지 걱정되었다. 4년 전에 그들은 이와 비슷한 상황을 겪은 적이 있었다. 어떤 청소년이 길을 잃고 사흘 동안 실종되었다가, 숲의 북쪽 끝 언저리에 있는 옥수수 밭에서 발견되었다. 그럼 그 조깅하던 사람도 그 옥수수 밭에 있는 게 아닐까? 앨런 마이어는 확인해보고 싶었지만, 이미 날은 어두워졌고, 옥수수 밭은 넓이가 수 킬로미터나 되었다. 그런 곳을 수색하는 데에는 딱 한 가지 방법밖에 없었다. 그는 불청객들 쪽을 돌아보았다.

"혹시 여러분 중에 헬리콥터 조종할 줄 아는 분 있습니까?"

대릴과 크레이그의 눈길이 서로 마주쳤다.

"사실, 저희 둘이 조종할 줄 압니다."

"정말로요?"

"네."

"잘됐습니다. 그럼 두 분이 저를 좀 도와주십시오. 지금 바로 요."

그는 모자를 벗고는 뛰기 시작했다.

"따라오세요."

모두 앨런을 따라 뛰어갔다.

53

"로라, 당신 듣고 있어? 여보, 대답 좀 해봐. 로라?"

앨런 마이어는 조급하게 손가락을 두드리며 대답이 나오기를 기다렸다.

하지만 무전기에서는 잡음 말고는 아무 소리도 나지 않았다.

그는 SUV의 대시보드 위에 무전기를 내려놓고는 조수석에 앉아 있는 제이슨을 쳐다보았다.

"아내가 아직도 무전기를 충전하는 중인가 봐요."

그럼 그녀도 밖에 있다는 건가? 제이슨은 아무렇지 않은 척 하려고 애썼다.

"부인께서도 지금 그 조깅하던 사람을 찾고 있는 겁니까?"

앨런이 고개를 끄덕였다.

"사람이 우리 둘밖에 없기 때문에 각자 공원 안을 찾아볼 수밖에 없었죠."

그들은 나무들 사이에 있는 텅 빈 주차장에 들어섰다.

"저 두 헬기 중 어떤 걸 조종할 수 있습니까?"

뒷자리에 앉은 대릴과 크레이그는 두 대의 헬리콥터를 쳐다보았다. 한 대는 30명을 태울 수 있는 엔진이 두 개 달린 짙은 녹색의 커다란 바나나 모양의 버톨(Vertol) 헬기였고, 다른 한 대는 그보다 작은, 밝은 노란색의 시코르스키(Sikorsky; 한 개의 회전익이 동체의 중앙에 위치한 전형적인 헬리콥터—옮긴이)였다. 크레이그가 고개를 끄덕였다.

"우린 둘 다 조종할 줄 압니다.

"그럼 갑시다."

잠시 후, 크레이그가 조종석에, 대릴이 부조종석에 앉고 버톨 헬리콥터가 하늘로 올랐다. 제이슨, 순찰대원 그리고 필은 뒤쪽에 고정된 좌석에 앉았다. 크레이그가 묻기도 전에 마이어가 손가락으로 방향을 가리켰다.

"저쪽으로 가세요."

두 눈이 번쩍 떠졌다.

중앙 동굴 깊숙한 곳에서 가오리가 방금 깨어났다. 소리나 냄새 때문에 깬 것이 아니었다. 전기신호 때문이었다. 엄청나게 강한 전기신호였다. 가오리는 어둠 속에서 파장을 조정하여, 전기신호의 근원지를 찾으려 했다. 놈은 금방 그 신호가 동굴 밖 어딘가에서 나오고 있다는 사실을 알아차렸다.

가오리는 그쪽으로 날아갔다.

"이런 젠장! 제기랄!"

대릴과 크레이그는 서로의 얼굴을 쳐다보았다. 순찰대원 앨런 마이어는 위기에 대처하는 데 익숙지 않았다. 그들은 방금 전에 숲 언저리의 옥수수 밭을 전부 수색했지만 조깅하던 사람의 흔적조차도 찾지 못했다. 크레이그는 순찰대원을 무시하려고 애썼다. 날은 갈수록 어두워져가고, 그들은 계속 침착한 상태를 유지해야 했다.

"자, 이제 여기서 뭘 할까, 대릴?"

부조종석에서 대릴이 쌍안경을 눈에 갖다 댔다.

"조금씩 올라가봐. 그 산책로를 여기서 볼 수 있을지도 몰라."

헬리콥터는 위로 올라가기 시작했다.

"뭐 보이는 거 있어?"

대릴이 쌍안경을 조금 움직였다.

"오른쪽으로 약간 돌아봐."

크레이그 서머스가 헬리콥터의 레버들을 당겼다.

"이 정도면 괜찮아?"

"그래, 좋아. 정말이지 이 나무들은⋯⋯."

갑자기 대릴이 말을 멈췄다.

"나무들이 정말⋯⋯ 어떻다고?"

대릴은 대답도 않고 그저 쌍안경 속을 바라볼 뿐이었다.

"대릴?"

대릴은 여전히 대답이 없었다. 그는 쌍안경을 치우더니 맨눈으로 밖을 보았다.

크레이그가 돌아보았다.

"지금 뭘 본……."

그러더니 그도 말을 멈추었다.

필은 밖을 보더니 놀라서 입을 딱 벌렸다.

그러자 순찰대원이 밖을 내다보았다.

"하느님 맙소사."

대체 다들 뭘 본 거야? 그리고 왜 올라가는 걸 멈춘 거지? 헬리콥터의 맨 뒤쪽에 앉아 있던 제이슨은 아무것도 볼 수 없었다. 그는 앞쪽으로 고개를 숙였다.

"이봐, 우리……."

그때 제이슨도 다른 사람들이 본 것을 보았다. 커다란 나뭇가지 위에는 하늘색 망사 반바지에 흰색 티셔츠를 입고 뉴 밸런스 운동화를 신은 시신이 놓여 있었다.

그들은 조깅하던 사람을 찾은 것이다.

54

아무도 말을 하지 못했다.

대릴은 이곳저곳을 살펴보며 자신이 본 것이 무엇인지를 이해하려 애썼다. 도무지 믿기지 않았다. 믿을 수가 없었다.

"뭔가 다른 것이 이렇게 했을 거야."

크레이그 서머스는 이 상황을 이해조차 못한 상태였다.

"시신을 내려야겠지?"

대릴이 고개를 끄덕였고, 제이슨이 채 느끼기도 전에 헬리콥터는 방향을 바꾸어 위치를 다시 잡았다. 대릴이 사다리를 타고 내려갔고, 시신을 검은 모직 담요로 싸서 헬리콥터 뒤에 놓았다.

여전히 아무도 말을 하지 않았다. 그들은 너무 놀라서 어리벙벙한 상태였다.

그때 크레이그가 돌아보았다.

"대릴, 모니크와 리사는 무사할까?"

"이런 젠장."

대릴은 얼른 자신의 핸드폰을 꺼냈다.

그걸로는 안 될걸. 앨런 마이어가 멍하니 마음속으로 생각했다. 그 순간, 그는 나뭇가지들을 보다가 문득 자기 아내가 떠올랐다. 로라는 대체 어디 있는 거야? 그는 무전기를 꺼내려고 손을 뻗었다. 무전기는 제자리에 없었다. 그는 황망하게 몸을 이리저리 움직이며 무전기를 찾으려 했다. 대체 어디 있는 거야?!

"모니크?"

대릴은 아내의 목소리를 들었지만, 통화는 바로 끊겼다.

"모니크, 듣고 있어? 이런 젠장······."

그는 다시 전화를 걸었지만 통화 중 신호만 들릴 뿐이었다. 그는 다시 걸었다. 이번에는 아무 소리도 나지 않았다. 그는 불안해서 침을 꿀꺽 삼키더니 창밖으로 나무를 내다보다가 크레이그에게 눈길을 돌렸다.

"모니크에게 별일 없겠지?"

크레이그 서머스는 얼음처럼 침착했다.

"네 아내는 괜찮아, 대릴. 지금 리사와 함께 배에 있다고."

대릴은 다시 침을 삼켰다.

"하지만 모니크는 이 일을 모르잖아. 행여 산책이나 하러 나갔으면 어쩌지?"

"대릴, 모니크는 배에 있다니까. 어디에도 가지 않았다고."

대릴은 머뭇거렸다. 논리적으로 맞는 말이었다. 그럴 것이다. 그때 필이 앞으로 고개를 숙이더니 소년 같은 열의로 피투성이가 된 나뭇가지 사진을 열심히 찍어댔다.

"와, 이 사진들 정말 대단한데."

대릴은 순간 필의 목을 조르고 싶었다. 그러나 그때 그는 순찰대원을 보았다. 앨런 마이어는 무전기를 찾아 무릎 위에 올려놓았다. 하지만 이상하게도 무전기를 사용하고 있지는 않았다.

"순찰대원님, 괜찮으세요?"

"아, 네. 그럼요. 물론이죠. 괜찮습니다."

얼핏 보기에도 그는 지금 아무 생각 없이 기계적으로 대답하고 있었다.

대릴은 침착했다.

"혹시 부인께서 아직도 밖에서 산책로를 확인하고 있나요?"

마이어는 대답하지 않았다.

"순찰대원님, 아무래도 무전기로 연락을 해보는 게 좋을 것 같은데요."

하지만 마이어는 무전기에 손을 대지 않았다. 마치 그러기를 겁내는 것처럼 보였다.

"하루 종일 연락이 닿지 않았어요. 아내는 아이와 함께 밖에 있어요."

대릴과 제이슨은 서로 얼굴을 쳐다보았다. 이 사람은 지금 제정신이 아니야. 그들은 무전기를 잡으려고 동시에 손을 뻗었다.

대릴이 먼저 무전기를 집어 들었다.

제이슨이 손을 내밀었다.

"대릴, 무전기를 내게 줘봐."

"뭐야, 내가 버튼도 하나 제대로 못 누를 것 같아?"

"이건 중요한 일이란 말이야! 당장 내놓으라고!"

대릴은 화난 얼굴로 제이슨에게 무전기를 내밀었다.

"여전히 그 제이슨이로군."

제이슨은 지금 감정이 상한 것 따위에는 신경도 쓰지 않았다.

"순찰대원님, 부인의 이름이 어떻게 됩니까?"

눈물이 그렁그렁한 채 앨런 마이어가 돌아보았다.

"로라예요."

제이슨은 무전기의 통화 버튼을 눌렀다.

"로라, 지금 듣고 계십니까?"

그는 잠시 기다렸다. 일초 또 일초가 지났다. 하지만 아무런 응답도 없었다.

"로라, 지금 남편 분과 함께 있는 사람입니다. 대답 좀 해주세요."

그는 다시 기다렸지만, 여전히 똑같은 낮은 소리의 잡음만 들릴 뿐이었다.

크레이그가 고개를 흔들며, 피투성이가 된 나뭇가지를 쳐다보았다.

"어서 그녀를 찾아야 해. 지금 당장 찾아야 한다고."

그가 제이슨을 돌아보았다.

"자, 그럼 어디 네가 망할 헬리콥터도 직접 조종하게 자리를 비켜줄까?"

제이슨은 이 상황에 그리고 자기 자신에게도 기분이 상해서 한순간 조용했다.

"어서 찾기나 하자, 크레이그."

그는 점점 더 어두워지는 하늘을 쳐다보았다.

"최대한 빨리."

그들이 그곳을 떠나는 순간, 그들은 누군가가 자신들을 지켜보고 있다는 사실을 알지 못했다.

55

거대한 기계가 하늘을 가로질러 저 너머로 사라지는 것을 검은 두 눈이 방향을 바꾸어가며 관찰하고 있었다. 그러고는 두 눈을 끔벅였다. 가오리는 난생처음 헬리콥터를 본 것이다.

산꼭대기 높은 자리에 있던 포식자 가오리가 먹이를 둔 나뭇가지로 되돌아왔다. 가오리는 본능적으로 무슨 일이 일어났는지 알아차렸다. 먹이를 도둑맞은 것이다.

가오리는 다른 먹이를 찾으려고 주파수를 조정했지만, 지금은 헬리콥터에서 나온 전파 간섭이 너무 커서 아무것도 느낄 수가 없었다. 그러다가 전파 간섭이 사라지자 가오리는 즉시 뭔가 다른 것을 감지했다. 그건 숲의 다른 쪽에 있었다. 두 개의 신호였고, 그 주파수는 조깅하던 사람의 것과 일치했다. 그러다 놈은 또 다른 곳에서 똑같은 주파수의 신호를 두 개 더 포착했다.

가오리는 하늘을 올려다보았다. 아직은 놈이 원하는 만큼 하늘이 어두워지지 않았지만, 지금 먹이는 바로 저쪽에 있었다. 가오리는 그것으로 도둑맞은 먹이를 대체할 작정이었다.

56

"가자, 가자, 가자……."

크레이그 서머스는 조바심이 나서 헬리콥터의 순환 레버 위에 손가락을 두드렸다. 그들은 주차장에 내려앉은 다음 뿔뿔이 흩어졌다. 일부는 순찰대원의 부인을 찾으러 갔고, 나머지 사람들은 모니크와 리사가 괜찮은지 확인하러 갔다. 크레이그는 지금 혼자 헬리콥터 안에서 밖에 있는 사람들을 관찰했다. 저 사람들 지금 뭘 하고 있는 거지? 그는 손가락을 더 빨리 두드렸다. 크레이그는 아까 대릴에게 모두 솔직하게 대답하지 못했다. 그는 지금 모니크가 무사하다고 생각하지 않았다. 확실히 무사하다고 생각할 수 없었다. 그들이 방금 본 것을 생각해보면, 크레이그는 가만히 앉아서 요행을 바라고 싶지는 않았다. 날은 빠르게 어두워졌고, 그는 당장 떠나고 싶었다. 크레이그는 이제 주먹을 두드렸다.

"어서 서두르라고!"

주차장에서는 앨런 마이어가 SUV 자동차를 향해 달려갔고, 필은 무슨 일이 일어나지 않을까 걱정하며 혼자 서 있었다. 제이슨과 대릴은 헬리콥터의 프로펠러가 돌아가는 소음 속에서 서로에게 고함을 지르고 있었다.

"그냥 필이 하라고 해! 대릴, 넌 우리와 함께 가야 돼! 네가 필요하다고!"

"젠장, 모니크는 내 아내야, 제이슨! 그러니까 괜찮은지 아닌지도 내가 확인하겠어! 넌 그게 어떤 건지 알잖아! 중요한 걸 다른 사람에게 믿고 맡기지 못하는 거 말이야!"

"모니크는 지금 안전하게 배에 있다니까! 필을 보내는 건 단지 위험을 예방하기 위한……."

SUV 한 대가 그들 쪽으로 급하게 달려오자, 제이슨이 소리치는 걸 멈추었다. SUV의 운전석에는 순찰대원이 긴장되고 비장한 얼굴로 앉아 있었다.

"젠장맞을, 대릴, 이 사람의 부인은 지금 저 숲 한가운데에 혼자 있단 말이야! 아기까지 데리고 말이야! 우리가 그를 도와줘야 돼! 넌 내가 널 좀 더 믿어주길 바라지. 난 네가 필을 좀 더 믿어주길 원해!"

이 말에는 대릴도 아니라고 말할 수 없었다. 그는 고개를 끄덕였고, 제이슨은 필에게 달려갔다.

"우린 모두 준비됐어! 이렇게 하는 게 정말 괜찮은 거지, 필!"

"어쨌든 난 내 컴퓨터로 어서 돌아가고 싶을 뿐이야!"

제이슨은 시끄러운 프로펠러 소음 속에서 다시 속이 상해 멈칫했다. 서글픈 사실은 이제 그가 필 마르티노를 더 이상 믿을 수 있을지 확신이 가지 않는다는 것이었다. 필이 배로 되돌아가는 유일한 이유는 자신의 망할 귀중한 노트북 때문이라는 것이다. 제이슨은 필이 왜 그토록 노트북에 집착하는지 알 수 없었지만 이제는 상관하지 않기로 했다.

"그럼 어서 가봐!"

필이 헬리콥터에 타는 동안, 제이슨은 이제 SUV의 운전석이 비어 있고, 앨런 마이어가 뒷자리에 앉아 기다린다는 걸 깨달았다.

"대릴, 네가 운전할래?!"

"넌 날 믿지도 않잖아!"

"미안하다고, 대릴. 알았어? 미안해! 빨리 가기나 하자!"

대릴은 운전석에, 제이슨은 조수석에 급히 탔고, 차는 빠른 속도로 달렸다.

속도 때문에 나무들의 형태가 흐릿해 보이기 시작하자 제이슨은 안전벨트를 맸다.

57

"저기 있다!"

필이 열린 창문을 통해 레드우드 하구 상류 쪽에 정박한 엑스페디션호를 가리켰다.

크레이그는 헬리콥터를 그쪽으로 몰더니 순식간에 도착해 하강하기 시작했다.

"필, 넌 문을 열어! 사다리는 내가 맡을게!"

필은 문을 활짝 열고는 세게 불어오는 바람에 맞서며 사다리를 내렸다. 그가 갑판에 뛰어내림과 동시에 모니크가 달려왔다.

"무슨 일이야, 필?"

필이 크레이그에게 손을 흔들었다.

"빨리 와! 들어가서 말해줄게!"

아래 갑판에서 필은 급히 자신의 침실로 걸어갔다. 그는 곧바로 자신의 노트북을 보았다. 노트북은 필이 놔둔 그대로 작은 책상 위에 놓여 있었다.

"필, 대체 무슨 일이야?"

모니크가 그의 뒤에 서 있었다.

"너 지금 뭐 하는 거야?"

필은 자신의 노트북을 잠깐 바라보더니, 아무 말 없이 돌아섰다.

"대릴은 어디에 있어? 다른 사람들은?"

"지금 다들…… 밖에 있어."

"그럼 우리는 뭘 해야 돼?"

필은 잠시 동안 대답하지 않았다. 그는 지금 골똘히 생각하는 듯했다. 마치 무엇인가 기억하지 못하기라도 하는 것처럼.

"너흰 지금 곧 순찰대 본부에서 다른 사람들과 합류해야 돼."

"정말?"

리사가 걸어왔고 필은 고개를 끄덕였다.

"그래. 지금 당장. 어떻게 가야 하는지는 알지?"

로라 마이어는 급하게 산책로를 따라 걸어 내려갔다. 그녀는 사무엘을 간이 의자에 앉혀 끌고 가면서 남편이 그 조깅하던 사람을 찾았는지 궁금해졌다. 그녀는 충전된 무전기로 남편에게 연락을 했지만 이상하게도 남편은 받지 않았다. 항상 모든 일에 철저한 남편이 무전기를 곁에 두지 않았다는 것은 그답지 않은 행동이었다. 혹시 수신 범위를 벗어난 것일까? 방금 전 로라는 헬리콥터 소리를 듣고 문득 남편이 그 헬기를 탄 것이 아닐까 생각해보았다. 하지만 그건 있을 수 없는 일이었다. 앨런은 헬리콥터를 조종할 줄 몰랐다.

무전기는 꺼져 있었다. 무전기에서는 엄청난 잡음만 나왔고, 그럴 때마다 사무엘이 울었다. 아이는 이미 꽤나 예민해진 상태여서 로라는 아이가 평정을 잃고 울게 내버려두고 싶지 않았다. 지금 아이가 울어버린다면 그녀는 어찌할 도리가 없었다. 높이 솟은 삼나무들로 둘러싸인 넓은 산책로에서 로라는 고개를 들어 위를 보았다. 그녀는 20분 안에 해가 지겠다고 생각했다. 그때 사무엘이 내는 소리에 로라는 아이 쪽을 내려다보았다. 젠장. 아이가 심술이 난 표정을 짓고 있었다. 저런 표정을 지을 때면 얼마 지나지 않아 아기는 마구 울어대곤 했다.

"사무엘, 제발 참으렴."

그녀는 지금 그런 걱정을 할 여유가 없었다. 그 조깅하던 사람을 찾아야 했다. 그녀는 긴장을 늦추지 않고 앞으로 걸어갔다.

그 포식자 가오리는 나무 꼭대기 바로 아래 높이로 숲 속을 날고 있었다. 놈은 아직 그 사람들의 냄새를 맡을 수는 없었지만, 그들의 심장박동은 기억 속에 확실히 입력되었다. 가오리는 작은 삼나무 숲 주변을 돌고는 앞으로 돌진했다.

"속도가 너무 빠른 거 아냐?"

대릴은 제이슨의 물음에 대답하지 않았다. SUV는 시속 140킬로미터로 털털거리며 달리고 있었고, 대릴은 운전에만 집중했다. 그는 속도제한이 시속 40킬로미터라는 도로 옆 표지판을 보지 못한 채 획 지나갔다. 앞에 급한 커브가 있었지만 대릴은 브레이크도 거의 밟지 않은 채 커브에 들어섰다. 제이슨은 몸이 나무들 쪽으로 심하게 쏠리는 것을 느꼈다. 그는 순간적으로 자신의 삶이 갑작스럽고 과격하게 끝나버릴지도 모른다고 생각했다. 하지만 그런 일은 일어나지 않았다. 곧바른 도로에 들어서자 위장이 뒤틀리는 듯했다.

대릴은 앨런 마이어 쪽을 돌아보았다.

"부인은 괜찮으실 겁니다, 순찰대원님."

손이 하얘지도록 옆의 손잡이를 꽉 잡고 있던 마이어는 고개를 끄덕였지만 너무 겁을 먹은 나머지 아무런 말도 하지 못했다. 그때 그는 다시 긴장했다. 눈앞에 길이 또다시 휘어지고 있었다.

"사무엘, 제발 좀 조용히 해주렴."

로라는 산책로 한가운데에 멈춰 섰다. 아이는 이제 목청껏 울어대고 있었다. 그녀는 아이를 안은 채 어르며 달래려 했다. 하지만 소용없었다. 아기는 계속해서 울어댔다. 점점 더 긴장되는 것을 느끼며 로라는 앞으로 나아갔다.

90미터 높이의 나뭇가지에서 부엉이 한 마리가 다람쥐의 시체를 마구 뜯어먹다가 갑자기 멈추었다.

부엉이의 연한 주황색 눈의 동공이 커졌고, 놈은 주위를 둘러보았다. 왼쪽, 오른쪽, 아래쪽, 바로 등 뒤, 사방을 둘러보았다. 날은 이미 어두워졌고, 부엉이는 삼나무들과 관목들 말고는 아무것도 보지 못했다.

그때 부엉이가 위쪽을 보았다. 갑자기 커다랗고 하얀 아랫배가 나무 꼭대기 위로 쏜살같이 지나가더니 이내 사라져버렸다.

부엉이는 그 뒤를 빤히 바라보았다. 그러다 다시 죽은 다람쥐 쪽으로 고개를 돌렸다.

아이의 울음소리. 가오리는 그 소리를 들었다. 갑자기 숲이 갈라지며 중앙에 노란선이 그려진 2차선 도로가 나타나자 놈은 땅에 더 가깝게 돌진했다. 가오리가 도로를 따라가자, 소리가 갑자기 더 커졌다.

울음소리가 나는 곳은 바로 근처에 있었다.

58

"사무엘, 제발 좀 그만 울어라!"

로라는 어둑해진 길을 빠른 걸음으로 걸으며 울어대는 아이를 내려다보았다.

"제발, 사무엘, 이렇게 빌……."

그녀가 갑자기 말을 멈추었다. 주변이 매우 어두워졌다. 그것도 갑작스럽게. 마치 무언가가 빛을 가로막은 듯했다. 그리고 그녀는 위에서 무슨 소리가 나는 것을 들었다. 바람 소리인가, 아니 펄럭이는 소리인가? 그녀는 위를 올려다보았다.

"이런."

안개가 몰려들고 있었다.

나무 꼭대기 부분만 덮고 있는 짙은 안개는 해안지역의 삼나무 숲에서 흔히 볼 수 있는 것으로, 거의 날마다 일어났다. 로라

378

는 이번 안개가 꽤 크다고 생각했다. 갈수록 태산이군. 안개는 순식간에 매우 짙어질 것이고 그렇게 되면 조깅하던 사람을 찾기 어려워질 것이 분명했다. 갑자기 사무엘이 더 크게 울어대기 시작했다. 그녀는 더는 참을 수가 없었다.

"네 의자에 앉혀놓을까, 그러고 싶니?"

로라가 땅 위에 의자를 세워놓고 아기를 앉히자, 아기는 울음을 멈췄다. 그녀는 고개를 저었다.

"매번 놀랍다니까."

아기는 조용히 의자에 앉아서 흔들거렸다.

그녀는 잠시 기다렸다가 다시 아기를 안아 올렸다. 그러자 아기는 즉시 울기 시작했다. 그녀는 고개를 저으며 다시 아기를 의자에 앉혔고, 이번에도 아기는 울음을 멈췄다.

그녀는 앞쪽으로 난 길을 둘러보았다. 조금만 더 가면 길 끝에 다다를 것이고, 로라는 이곳까지 마저 돌아본 후에 하루 일을 마치고 싶었다. 그러면 조깅하던 사람을 찾기 위해서 그녀가 할 수 있는 일은 다 한 셈이었다. 그녀는 위를 올려다보았다. 놀라운 일이었다. 몇 초밖에 지나지 않았는데 안개가 꽤 짙어졌다. 그래서 주변이 더더욱 어두웠다. 그녀는 지금 당장 가야 했다.

그녀는 의자에 앉아 흔들거리는 아이를 보고는 잠시 동안만이라도 아이를 저렇게 놔두어도 될지 생각해보았다. 하지만 그럴 수 없지. 다람쥐 같은 작은 동물들이 주변에 돌아다니는 마당에 그런 멍청한 짓은 해서는 안 될 일이었다. 그때 그녀는 길가에 있는 불에 탄 커다란 삼나무를 발견했다. 그 나무 안에는 유아용 간이 변기만 한 큰 구멍이 나 있었다. 그녀는 문득 한 가지 생각이 떠올랐다.

"사무엘, 저 안에 널 일 분 동안만 놔둘게, 알았지? 일 분만."

아기는 웃고 있었지만, 로라는 웃지 않았다. 그녀는 이런 일을 한다는 게 불안하고 또 마음이 편치 않았다. 한 2분 정도 아기를 혼자 놔두면 나쁜 엄마일까? 지금 상황에서 그녀는 그렇지 않을 거라 생각했다. 로라는 아기를 의자와 함께 들어서 나무 구멍 안에 넣었다. 아기는 기분 좋게 흔들거렸고, 그녀는 재빨리 몸을 굽혀서 구멍 안이 안전한지 확인했다. 타버린 나무에서 진한 숯 냄새가 나긴 했지만, 안에는 거미도, 진드기도, 다람쥐도, 너구리도, 그 어떤 동물도 없었다. 그녀는 일어섰다.

"너한테서 눈을 떼지 않을게. 단지 저 앞에 뭐가 있는지만 보고 올게."

그녀는 앞으로 빨리 걸어갔다. 그녀는 안개가 더욱 짙어진 것을 눈치채지 못했다.

두 개의 심장박동 소리는 이제 매우 가까워졌다. 이리저리 휘는 두 줄의 노란 선을 따라가며, 가오리는 심장박동이 들리는 쪽을 향해 빠른 속도로 날아갔다.

그때 무언가 이상한 것이 보였다. 정면에 뭔가 희뿌연 것이 걸려 있었다. 가오리는 즉시 속도를 줄이고 감각기관들을 작동시켰다. 이상하게도 눈으로 보는 것과 다르게 가오리의 다른 감각기관들은 거기에 아무것도 없다고 알려주었다.

가오리는 가까이 날아갔고 희뿌연 것은 가오리 쪽으로 다가왔다. 점점 더 가까워지자 그것에 휩싸여버렸다. 가오리는 아래쪽을 내려다보았지만 이제 두 줄 노란 선은 사라져 보이지 않았다. 길도 마찬가지였다. 앞이 보이지 않자 가오리는 본능적으로 레이더를 이용해 앞의 길을 확인했다. 이런 상황이 몇 초 지난 후, 가오리가 아래를 다시 보았을 때 다시 선이 보였다. 안개를 뚫고 보인 것이다. 가오리의 예민한 두 눈이 적응하는 데는 몇 초면 충분했다. 가오리는 앞쪽에 있는 부엉이 한 마리를 보았다. 부엉이는 안개 바로 아래에서 길 쪽으로 뻗은 큰 나뭇가지 위에 앉아 있었는데, 가오리가 다가오는 것을 전혀 알아차리지 못했다. 속도를 내서 좀 더 가까이 다가선 가오리는 으르렁거리는 소리를 냈고, 부엉이는 갑자기 눈을 들어 사방을 둘러보았다. 그러나 부엉이는 가오리를 보지 못했다. 부엉이는 안개를 뚫고 볼 수가 없었다.

가오리는 속도를 더 냈다. 희뿌연 안개를 뚫고 날면서 가오리는 로라 마이어가 타고 온 SUV의 우그러진 지붕을 보았다. 가오리는 속도를 약간 늦추었다. 이제 인간의 심장박동 소리는 몇 미터 거리 안에서 들렸다. 가오리의 검은 두 눈은 자동차에 시선을 고정시켰다. 가오리는 즉시 그쪽을 향해 내려갔다.

59

"저게 부인의 차입니까?"

길옆에 세워진 먼지 낀 빨간 픽업트럭 옆을 빠른 속도로 지나갈 때 앨런 마이어가 고개를 돌려 쳐다보았다.

"아뇨, 저건 누구의 차인지 모르겠는데요."

그가 제이슨 쪽을 돌아보았다.

"지금 이곳엔 아무도 있어선 안 되는데."

대릴은 앞쪽으로 뻗은 길에 시선을 고정시켰다.

"그럼 잊어버려요. 빨리 부인을 찾기나 합시다."

마이어는 고개를 끄덕였다. 그들이 다음 모퉁이로 향하는 동안 그는 속도계를 보았다. 그들은 지금 시속 150킬로미터로 달리고 있었다.

로라 마이어의 SUV 옆에서 먹이를 찾던 너구리 한 마리가 갑자기 위를 보았다. 그러다 안개 속에서 뭔가 거대하고 까만 것이 나타나더니, 엘리베이터처럼 빠르게 떨어졌다. 너구리가 도망을 치자, 포식자 가오리가 날개를 마구 퍼덕이면서 희뿌연 안개 밖으로 모습을 드러냈다. 놈은 빠르게 내려오더니 약 1.5미터 높이에서 날갯짓을 멈추고는 길가의 흙 위로 쿵 하고 떨어졌다.

놈은 움직이지 않았다. 가오리는 자동차 뒤로부터 1미터쯤 떨어진 곳에서 자동차를 바라볼 뿐이었다. 놈은 야구공 크기만 한 두 눈을 이리저리 굴리며 자동차의 모든 것을 관찰했다.

몇 초의 시간이 흘렀다. 자동차는 움직이지 않았다. 소리도 나지 않았다.

갑자기 엔진에서 부르릉 하는 소리가 났다.

가오리가 깜짝 놀라서 상체를 공중으로 들어 올리고는 입을 벌렸다.

그러나 자동차는 여전히 움직이지 않았다.

가오리는 1.8미터가 조금 더 되는 일어선 자세에서 자동차를 바라보았다.

시간이 좀 더 흘렀다. 자동차는 여전히 아무런 움직임 없이 가만히 있었다.

몇 초가 더 지나자, 가오리는 입을 서서히 다물었다. 두 눈은 자동차를 더 자세히 관찰하며, 유리 너머의 좌석, 머리 받침대, 운전대 그리고 대시보드를 들여다보았다. 그것들은 모두 그 자리에서 움직이지 않았다. 엔진에서 또다시 부르릉 하는 소리가 났다. 이번에는 가오리가 움찔하지도 않았다.

가오리는 눈을 들어 안개를 보았다. 나무들 바로 너머에서 두 사람의 신호가 포착되었다. 가오리는 안개를 이용해서 그들을 사냥할 작정이었다.

작은 나무 구멍 속에서 흔들거리며, 사무엘은 엄마가 산책로를 따라 걸어가는 것을 보았다. 그때 아기가 고개를 들어 안개를 보는데, 커다란 검은 그림자가 나무 옆을 지나 엄마의 뒤쪽으로 날아가는 것이 보였다.

로라는 앞으로 걸어갔다. 숲은 묘지처럼 조용했다. 갑자기 딱 하는 소리가 들렸다.

산책로 바로 위에서.

그녀가 위를 올려다보자 연필 크기의 나뭇가지가 안개 속에서 떨어졌다.

나뭇가지는 땅에 떨어져 튀다가 멈췄다.

로라는 아주 잠깐 나뭇가지를 쳐다보다가 다시 위쪽을 올려다보았다.

위에는 형체 없는 희뿌연 안개 말고는 아무것도 없었다. 그녀는 저 위 어딘가에 부엉이가 있는 것이 아닐까 하고 생각했다. 부엉이들은 대개 나뭇가지 위에서 먹이를 먹었다.

그녀는 사무엘 쪽을 돌아보았다. 아기는 괜찮아 보였고, 거리는 충분히 멀리 떨어져 있어서 무전기를 켠다 해도 아기가 듣지 못할 것 같았다. 그녀는 무전기의 스위치를 켰다.

"여보, 듣고 있어? 여보세요. 로라, 제발 좀 받아. 로라?"

남편의 목소리는 평소보다도 더 긴장한 것처럼 들렸다.

"여보, 왜 그래요?"

"맙소사. 당신 대체 어디 있는 거야?"

"어디겠어요? 산책로를 둘러보는 중이죠."

"어느 산책로인데?"

그녀는 계속 앞으로 걸었다.

"밀수자의 협곡이에요."

"밀수자의 협곡 어디에?"

그녀는 땅에 박힌 작은 금속 표지판을 들여다보았다.

"700미터 표지판 옆이에요."

"그럼 불에 탄 나무 근처겠네?"

그녀는 사무엘을 돌아보았다.

"네, 맞아요."

"지금부터 내가 하라는 대로 해, 여보. 일단 그 나무 안으로 들어가."

그녀는 제자리에 멈췄다.

"뭐라고요?"

"지금 자세히 말할 수 없으니까, 그냥 하라는 대로 해줘. 우리가 데리러 갈게."

"우리라니요?"

"여보, 빨리 나무 안으로 들어가."

그는 잠시 말을 멈췄다.

"혹시 지금 거기에 뭔가 보이는 건 아니지?"

그녀는 주변을 둘러보았다.

"아니, 아무것도 없어요."

"확실해?"

그녀는 얼른 다시 둘러보았다.

"확실해요."

"알았어. 내가 곧 갈게."

그녀는 허리띠에 무전기를 차고는 급히 나무를 향해 걸어갔다.

그러다 그녀는 달리기 시작했다. 대체 왜 남편이 나무 안으로 들어가라고 했을까?

그녀는 사방을 둘러보면서 더 빨리 뛰었다.

이제 그녀는 전력 질주를 했다. 나무는 12미터쯤 떨어져 있었다. 이제 9미터쯤. 왜 뭔가가 뒤따라오고 있다는 느낌이 들지? 그녀는 더 힘껏 뛰었다. 나무는 이제 6미터, 그러다 3미터쯤 떨어져 있었다.

갑자기 그녀는 제자리에 멈춰 섰다. 내가 지금 뭘 하는 거지? 남편의 말 때문에 겁을 먹다니? 그녀는 진정하자고 자신에게 말했다. 그러고는 침착하게 나무로 걸어가서 안에 있는 사무엘을 들여다보았다. 아기는 무사해 보였다.

무전기에서 다시 소리가 났다.

"로라? 로라?"

사무엘이 곧장 인상을 찡그렸고, 그녀는 길 반대편으로 얼른 뛰어갔다.

"듣고 있어요."

"괜찮은 거지?"

그녀는 이제 짜증이 났다.

"괜찮다고 했잖아요. 오거든 얘기해요."

그러나 그녀가 무전기를 허리띠에 다시 찰 때 그녀는 길옆에서 무슨 소리를 들었다. 바스락거리는 소리였다. 내다보았지만 적막한 숲 말고는 아무것도 보이지 않았다.

왠지 모르겠지만 로라는 위를 올려다보고 싶다는 기분이 들었다……. 흠. 약하긴 하지만 안개는 확실히 둥글게 소용돌이치고 있었다.

바스락거리는 소리가 또다시 들렸다. 뭔가가 나무 뒤에 있었다.

짐승인가? 남편은 무엇 때문에 불안해했을까? 만일 동물이 이 근처에 있다면, 그 동물이 아기 옆으로 가서는 안 된다고 생각했다. 그녀는 사무엘을 들어서 다시 안아 올리는 것을 생각했지만, 만일 저 밖에 있는 동물이 그녀 쪽으로 튀어나온다면……. 예전에 장난기 많은 개 한 마리가 그런 짓을 하는 바람에 사무엘이 다쳐서 상처를 꿰매야 했다. 아기는 지금 저 나무 구멍 안에서 안전하게 있다. 그녀는 주머니칼을 꺼내고는 급히 나무들 쪽으로 걸어갔다.

사무엘은 엄마가 시야 밖으로 걸어 나가는 것을 그저 보기만 했다.

순식간에 거대한 검은 그림자가 아기 위로 내려왔다. 퍼덕거리는 소리가 들렸고, 센바람에 아기의 머리칼이 흩날렸다.

아기가 위를 올려다보았다.

거기에 뭔가가 있었다. 그것은 아기를 정면으로 쳐다보고 있었다.

"빨리, 어서 빨리……."

앨런 마이어는 나무들과 고사리들을 지나 마구 달렸다. 다른 사람들은 그의 뒤를 따라갔다. 그들은 이제 막 차를 세우고 숲 속을 지나 달려갔다. 몇 초만 있으면 앨런의 아내와 아기가 보일 것이다.

뒤따르던 대릴과 제이슨은 주위를 둘러보며, 이상하리만치 조용한 주변을 관찰했다. 뭔가 좋지 않은 예감이 들었다.

60

주머니칼을 쥔 채, 로라 마이어는 한 발짝 앞으로 나갔다. 그녀가 들은 소리는 무엇이 낸 소리인지 알 수 없었지만, 그것은 바로 다음 삼나무의 뒤에 있었다. 그것은 확실했다. 그녀는 그것을 겁주어 쫓아버리고 아이에게 돌아가려고 했다. 그녀는 칼을 꽉 쥐고, 나무 뒤로 돌아갔는데…….

"오 맙소사, 여보."

남편 앨런과 그녀가 모르는 두 남자였다.

숨을 헐떡이던 앨런이 그 자리에 멈춰 섰다.

"당신 괜찮아?"

"괜찮아요."

그는 갑자기 주변을 둘러보았다.

"사무엘은 어디에 있어?"

"아기는 나무 구멍 안에 있어."

그는 놀라서 멈칫했다.

"거기에 혼자 두었단 말이야?"

"무슨 소리가 나서……."

앨런 마이어는 길을 따라 다시 뛰었다. 그들은 모두 그 뒤를 따라갔다.

사무엘은 넋이 빠져 있었다.

가오리는 땅에서 1.5미터쯤 위에 뜬 채, 날개를 빠르게 퍼덕이며 아이를 노려보고 있었다.

작은 의자에 앉아 흔들거리면서 사무엘은 가오리를 마주 보고 있었다. 아기는 가오리의 눈에 매혹되었다. 그 눈은 완전히 새까맣고 움직임이 없으며, 이상하게도 자석처럼 끄는 힘이 있었다. 그때 마술처럼 눈이 움직였다. 두 눈이 사무엘의 왼쪽, 그다음에 오른쪽, 그다음엔 다시 왼쪽을 쳐다보았다.

가오리는 거대한 몸뚱이를 아래로 내리더니 입을 벌렸다.

작은 의자에 앉아 있는 사무엘은 흔들거리는 반동으로 놈의 입 안으로 거의 들어가고 있었다.

"사무엘!"

앨런 마이어는 최대한 빨리 달려갔다.

가오리가 머리를 뒤로 젖혔다. 미처 신경 쓰지 않고 있었는데 갑자기 누군가가 오고 있었다.

가오리는 다시 아이를 돌아보고는 더 가까이 다가갔다.

사무엘은 자신에게로 다가서는 수백 개의 이빨들을 바라보고 만 있었다.

아이는 뒤로 흔들렸다가 다시 앞으로 왔다.

앨런 마이어가 한 번 더 소리를 질렀다.

가오리가 다시 머리를 돌렸다. 그때 바람이 강하게 일었다. 입은 철커덕 닫혔고 이빨들은 사라졌다.

앨런 마이어는 멈춰 섰다. 길 건너편 나무 구멍 안에서 사무엘은 작은 의자에서 흔들거리고 있었고 멀쩡했다.

대릴, 제이슨 그리고 로라가 가까이 오는 동안, 앨런은 아들을 의자에서 꺼내어 안아 올렸다.

"얘야, 괜찮니?"

아이는 까르륵 웃었다.

제이슨은 나무 앞에 있는 흙을 보았다. 마치 강한 바람에 흩날린 것처럼 보였다. 아기의 머리카락도 마찬가지였다. 제이슨은 아기가 위를 보고 있다는 걸 눈치챘다.

제이슨은 위를 쳐다보았다. 하지만 거기에는 아무것도 없었다. 단지 짙고 희뿌연 안개만이 있을 뿐이었다.

61

"이런 젠장!"

로라 마이어는 자신의 눈을 믿을 수가 없었다. 그녀는 SUV를 길옆에 세웠고, 남편과 다른 두 사람들이 탄 차도 똑같이 섰다. 차 밖으로 나온 그녀는 화가 난 얼굴로 빨간 픽업트럭을 가리켰다.

"아까 이 사람들을 봤어요. 사냥꾼 세 명이었어요. 분명히 당장 나가라고 경고했는데."

앨런 마이어는 한숨을 쉬었다.

"휴, 이런, 최악의 날이로군."

그는 적막하리만치 조용한 숲을 바라보았다.

"좋아, 난 저기 밖에 나가서 찾……."

"제가 하지요."

키가 크고 건장한 흑인 청년이 끼어들었다. 마이어가 돌아보며 말했다.

"아녜요, 됐습니다."

"그렇게 생각해요? 전 자격증이 있습니다. 한때는 군인이었고, 네 개의 주에서 총기와 활을 사용할 수 있는 사냥 면허가 있습니다."

대릴은 지갑을 열어 자신의 사냥허가증을 보여주었다.

마이어는 그 허가증을 훑어보고 나서 대릴을 쳐다보았다.

"아시다시피 저희는 이 일을 하고 월급을 받는데……."

"그건 아무 상관없어요. 당신들은 오늘 하루 너무 힘들지 않았습니까."

대릴 홀리스는 자동차의 뒷자리에 앉아 있는 아이를 잠시 보았다.

"제 아내와 제게도 언젠가 아이가 생긴다면, 저 역시 누군가가 저희를 도와주길 바랄 겁니다. 이건 대단한 일이 아니에요."

마이어 부부는 서로 얼굴을 바라보았다. 진심이 담긴 감동스러운 제안이었다.

"너무나 감사합니다. 정 그러시다면, 돌아올 때 타고 올 트럭을 한 대 두도록 하겠습니다. 그리고 무전기도요."

대릴은 이제 안개를 바라보았다.

"고맙습니다."

"대릴, 잠깐 나 좀 볼까?"

제이슨이 좀 떨어진 곳으로 대릴을 끌고 갔다.

"왜?"

제이슨이 불안한 얼굴로 침을 삼켰다.

"조심하라고. 알았지?"

"그 조깅하던 사람은 곰이 죽였을 수도 있어."

"넌 정말 그랬을 거라고 생각하니?"

대릴은 주변을 둘러보았다.

"난 모르겠어. 단지 다른 가능성도 생각해보려는 것뿐이야. 그럼 이따가 보자고."

그는 무전기를 주머니에 쑤셔 넣고는 삼나무 숲 속으로 사라졌다.

거의 총을 쏠 수 있을 만큼 가까웠다. 빅 팀과 두 청년은 30분가량 사슴을 쫓고 있었는데, 마침내 사슴이 사정거리 안에 들어왔다. 여기저기를 휘젓고 다니던 사슴은 이윽고 멈춰 서더니 고사리를 뜯어먹었다. 빅 팀은 한쪽 무릎을 꿇고 두 뿔이 서로 엇갈려 난 수사슴을 향해 총을 겨누었다. 놈의 몸집은 160킬로그램 정도는 너끈히 나갈 정도로 상당히 컸다. 그는 사슴을 거의 잡았다고 생각했다.

눈동자가 돌아갔다. 빅 팀을 보다가, 사슴을 보다가, 다시 빅 팀을 보았다.

안개 속에서 조용히 공중을 날던 가오리가 이들의 움직임을 관찰했다. 놈은 그들의 은밀한 행동과 조심스럽고 침착한 동작을 보고 무슨 일이 일어나고 있는지 본능적으로 알아차렸다. 한 종이 다른 종을 사냥하는 중이었다. 하지만 가오리는 빅 팀이 어떻게 사냥하려는 것인지 이해하지 못했다. 가오리의 눈이 다시 빅 팀에게로 향했다. 그런 다음 그의 손에 들려 있는 기구를 관찰했다. 빅 팀이 그것을 사슴 쪽으로 겨누었다.

한쪽 눈은 뜨고 다른 쪽 눈은 감은 채 빅 팀은 천천히 방아쇠에 손가락을 올려놓았다. 다음 순간에 수사슴이 움직이지만 않는다면, 사슴은 다 잡은 것이나 다름없다. 사슴은 움직이지 않았다.

총소리가 울려 퍼지자 가오리는 몸을 부르르 떨었다.

가오리는 대체 어떻게 그런 일이 일어나는지 알지 못했지만, 금속 발사체—놈의 로렌치니 기관은 총알이 라이플총의 총신을 벗어나기도 전에 그것을 포착했다—가 튀어나와서는 수사슴의 가슴에 박혔다. 사슴은 비틀거리더니 흙 위로 쓰러졌다. 사슴의 심장이 30초쯤 급히 뛰더니 이내 멈췄다. 가오리의 두 눈은 침착하게 사슴이 죽는 것을 보았다. 그러고는 다시 라이플총으로 눈길을 돌렸다.

대릴은 그 자리에 얼어붙었다. 그는 확실히 총소리를 들었다. 그는 소리가 난 방향으로 뛰어갔다.

"대단해요, 아빠!"

빅 팀은 총구를 훅 불었다.

"그래, 잘 쐈지?"

세 명의 사내는 뿔이 난 머리가 비틀린 채 흙 위에 쓰러져 있는 사슴 쪽으로 걸어갔다.

"이놈을 어떻게 트럭으로 옮기죠?"

티미가 물었다.

"아무래도 막대기에 다리를 묶은 다음에 들고 가야겠구나."

"막대기는 어디서 구해요?"

빅 팀은 도대체 아들 녀석의 두뇌가 돌아가는지 의심스러웠다.

"티미, 가서 찾아야지. 가보자."

가오리는 사람들이 떠나가는 것을 보았다.

그러고는 사슴을 바라보았다.

시간이 좀 걸리기는 했지만, 그들은 사슴을 옮기는 데 쓸 만한 2.5미터 길이에, 굵기가 야구방망이 정도 되는 막대기를 찾았다. 그들은 다시 사슴이 있는 곳까지 3미터쯤 걸어와서야 사슴에게 벌어진 일을 알 수 있었다.

"하느님 맙소사! 아빠, 저것 좀 보세요!"

"이런 젠장맞을."

빅 팀은 갑자기 자신의 라이플총을 꽉 움켜쥐었다.

사슴은 그들이 잡아놓은 장소에 그대로 있었지만 사슴의 가슴, 복부, 엉덩이는 온데간데없었다. 사라져버린 것이다. 그 자리에는 무언가가 물어뜯은 거대한 자국만 남아 있을 뿐이었다.

"아빠, 곰이 그랬을까요?"

"모르겠구나."

팀 제임슨은 곰과 같은 종들이 엄청난 식성을 가지고 있다는 것은 알았지만, 그들 중 어떤 것도—흑곰, 불곰, 회색곰, 코디액 곰 중 어떤 것도—이렇게 물어뜯을 정도로 입이 큰 놈은 없다고 생각했다. 엉망이 된 사슴의 사체를 보면서 그는 턱수염을 쓰다듬었다. 대체 어떤 놈이 저렇게 큰 입을 가진 거지? 마치 고래가 물어뜯은 것 같잖아? 그는 안개를 올려다보았다.

"어서 여기를 빠져나가자."

"사슴은 어쩌고요?"

빅 팀은 불안한 얼굴로 주변을 둘러보았다.

"티미, 사슴은 잊어버리자구나. 어떤 놈인지는 모르겠지만 그 놈이 우리보다도 더 원하는 모양이다. 막대기는 내려놔라. 어서 가자."

사내들은 30미터쯤 떨어진 곳에서 대릴을 보았다.

"음? 저 흑인 친구는 여기서 뭘 하는 거지? 공원은 휴장 중이라고 했는데."

서로 가까워지자 빅 팀이 먼저 말을 걸었다.

"이보시오. 내 생각엔 여기에 있으면 위험할 것 같으니 자리를 뜨는 게 좋을 것 같습니다."

대릴 홀리스는 머뭇거렸다.

"나도 당신들한테 그 말을 하려고 오던 길입니다."

"그럼 됐군요. 저희들은 지금 떠나니까."

그들은 서둘러 그곳을 빠져나갔고, 대릴은 그들의 뒤를 따라가지 않았다. 뭔가가 그들에게 겁을 준 모양이었다. 사내들이 시야에서 사라지자, 대릴은 고개를 들어 안개를 올려다보았다. 이곳은 아주 조용했다. 대릴은 전에는 생각해본 적이 없었는데 이제 보니 키 큰 삼나무들이 소리를 누그러뜨려 안 들리게 한다는 것을 깨달았다. 그는 주변을 찬찬히 살펴보았다. 하지만 지금 이곳은 단순히 조용한 것만은 아니었다. 그런 것 같지? 이곳에는 동물들을 찾아볼 수 없었다. 심지어 다람쥐나 새 한 마리도 없었다. 그는 자신이 혼자인 데다 무기도 없다는 사실을 깨달았다. 대릴은 안개를 다시 올려다보았다. 저 위에 뭔가가 있는 걸까?

"대릴, 듣고 있어? 대릴?"

대릴은 주머니에서 무전기를 꺼내 들었다.

"무슨 일이야, 제이슨?"

그는 안개에서 시선을 떼지 않았다.

"일이야 많지. 어서 빨리 돌아와. 순찰대 본부로 오라고."

62

"그럼 저 밖에 있는 게 무엇이든 간에 처리해주시겠다는 겁니까?"

제이슨이 순찰대원을 보고 고개를 끄덕였다.

"그렇게 하겠습니다."

그와 대릴과 크레이그는 모니크, 리사와 필의 의견도 묻지 않은 채 이런 중요한 결정을 내리고 싶지 않았지만 상황이 급박했다. 앨런과 로라 마이어는 몇 분 안에 공원을 떠날 것이기 때문에 그들은 이곳 순찰대 본부에서 즉시 결정을 내려야만 했다.

앨런 마이어는 긴장해 있었다. 그는 공원관리소로부터 이 계획에 대한 승인을 받지 않았던 것이다. 그는 의견을 묻기 위해 아내를 돌아보았지만, 아내는 다른 곳을 보고 있었다. 로라는 지금 긴장한 정도가 아니었다. 방금 180킬로미터나 떨어진 가장 가까운 장례식장에서 영구차가 와서 조깅하던 사람의 시신을 가져갔다. 그것은 로라 마이어가 난생처음 본 시신이었고, 그녀는 아직도 그 충격에서 벗어나지 못했다. 그녀는 책상에 앉아서 겁에 질린 얼굴로 11개월 된 아기를 꼭 껴안고 있었다. 난생처음 시체를 본 엄마가 할 수 있는 일은 그것뿐이었다. 하지만 로라는 자신과 같은 순찰대원이었기에 앨런 마이어는 이 계획에 대한 그녀의 의견을 듣고 싶었다.

"여보, 당신은 어떻게 생각해?"

"난 그저 이곳을 빨리 빠져나가고 싶을 뿐이에요."

"저 밖에 있는 게 뭐든지 간에 이 사람들에게 그 처리를 부탁할까? 이 사람들은 자기들이 직접 해결하고 싶다는데."

"그럼 그렇게 해요. 난 빨리 가고 싶어요."

"그게, 이 사람들을 그냥 여기에 두고 갈 수는 없잖아."

"전에도 이 지역 사냥꾼들을 고용해서 살쾡이 같은 맹수들을 죽이라고 한 적이 있잖아요. 괜찮을 거예요."

"로빈슨한테 전화해서 괜찮은지 물어봐야겠어."

"그럼 빨리 전화해요!"

로라는 한숨을 쉬고는 진정하려 했다.

"분명 로빈슨은 괜찮다고 할 거야. 자기 일을 덜어준다는데 왜 괜찮다고 하지 않겠어?"

마크 로빈슨은 레너드 주립공원 관리소장으로, 게으른 데다가 알코올중독자였다.

앨런은 수화기를 들었지만 신호가 가지 않았다. 그는 이상하다는 표정으로 대릴을 쳐다보았다.

"아까 그 친구 말입니다. 곰이 죽인 거겠죠?"

"아, 네."

대릴은 달리 뭐라고 말해야 할지 몰랐다. 어찌 됐든 앨런이 이미 장례식장에서 보내온 사망진단서에 사망 원인을 '곰에게 습격당함' 이라고 쓰지 않았던가.

하지만 앨런 마이어는 그들이 본 것에 대해 물어볼 것이 아직도 무수히 많았다.

"저, 아직도 내가 이해하지 못한 것들이 있는……."

"여보! 그만해요! 어서 여기서 나가자고요! 우리 아기도 어서 여길 빠져나가야 한다고요! 빨리 로빈슨한테 전화나 걸어요. 일을 매듭짓고 어서 가요!"

앨런은 아내를 잠시 노려보았다. 잘 알지도 못하는 사람들 앞에서 이렇게 자신에게 소리를 지른 것이 매우 불쾌했던 것이다. 하지만 그 순간 앨런의 눈에 아들이 들어왔고, 이내 옳은 소리라고 여기며 고개를 끄덕였다.

주차장 가로등에서 윙윙거리는 소리가 났다. 앨런 마이어는 대릴, 제이슨 그리고 크레이그와 차례로 악수를 나누었다.

"이 일을 처리해주신다니 뭐라 감사드려야 할지 모르겠습니다. 관리소장과는 연락이 닿지 않습니다만, 분명 그분도 이 일을 허락할 겁니다."

대릴은 두 대의 헬리콥터를 쳐다보았다.

"우리가 필요한 건 뭐든지 사용할 수 있습니까?"

"공원의 장비들은 모두 쓰셔도 좋습니다. 헬리콥터, 라이플총, 자동차, 창고 안에 보관된 장비들 할 것 없이 모두요. 오두막 숙소 열쇠는 가지고 계시죠?"

제이슨이 열쇠를 들어 올렸다.

"좋습니다. 마지막으로 한 번 더 말씀드리겠습니다. 이곳에는 여러분밖에 없습니다. 이 주변의 모든 가게는 공원이 지정 발화 때문에 휴장한 걸 알고 있기 때문에 모두 문을 닫은 상태입니다. 이 근방 160킬로미터 안에는 사람이라곤 아무도 없는 것이나 다름없습니다. 그리고 전화도 잘 되지 않으니 여러분은 고립된 상태입니다."

세 사람은 고개를 끄덕였다.

"아무튼 행운을 빕니다."

그들은 다시 한 번 악수를 나눴다. 마이어는 자신의 시빅 승용차로 걸어갔다. 로라는 이미 조수석에 앉아서 기다리고 있었다. 차가 빠져나가는 동안 대릴은 자동차의 뒷자리에 앉은 어린 사무엘을 보았다. 아이는 손을 흔들었다. 대릴 역시 손을 흔들어주었다. 이윽고 자동차는 사라졌다. 이제 세 남자들만 남게 되었다.

"대릴?"

그들은 깜짝 놀랐다. 어둠 속에서 모니크가 리사와 함께 걸어
나왔다.

"모니크, 당신이야?"

대릴은 믿을 수가 없었다.

"아니, 여기서 뭘 하는 거야?"

"그게 무슨 소리예요? 필더러 우리한테 여기서 당신을 만나라
고 말했잖아요? 길을 잃는 바람에 시간이 좀 더 걸렸어요."

63

"그렇담 내가 네 말을 잘못 이해한 모양이야, 대릴."

그들은 달빛 비치는 하천의 부두에 서 있었다.

"아니, 대체 어떻게 내 말을 잘못 이해할 수 있다는 거야, 필!
널 여기로 보낸 이유가 바로 여자들에게 움직이지 말라고 전하
란 거였잖아!"

제이슨은 믿을 수 없다는 듯이 머리를 흔들었다.

"너 대체 무슨 생각을 했던 거야? 맙소사, 모니크와 리사가 다
쳤을 수도 있잖아."

필은 제이슨을 무시했다.

"대릴, 네가 나한테 그렇게 하라고 말했잖아."

"이제는 내 얼굴을 보면서 거짓말을 하겠다는 거냐?"

대릴이 필에게 달려들려 했지만, 제이슨이 몸으로 가로막았다.

"제발 이런 식으로 다투지는 말자."

대릴은 물러서서 천천히 숨을 몰아쉬었다.

"대릴, 난 절대…… 일부러 모니크와 리사를 위험에 빠지게 할 생각이 아니었어."

필은 마치 자신이 왜 그랬는지 파악하려는 듯이 고개를 저었다.

"아마 내가 헷갈린 모양이야. 네 말이 맞아. 이제 와서 생각해 보니까 그들을 거기로 보낸 건 말도 안 돼. 하지만 그때 솔직히 난 네가 그렇게 하기를 원하는 줄 알았어. 난 네가 걱정이 되어서 모니크를 빨리 보고 싶어 하는 줄 알았다고."

필은 고개를 돌려 모니크를 바라보았다.

"모니크, 설마 내가 당신이 다치기를 바랐던 거라고 생각하는 건 아니겠지?"

모니크는 아주 침착했다.

"그래, 필, 난 그렇게 생각 안 해. 내 생각엔 우리 모두 좀 진정해야 될 것 같아."

그녀는 남편의 등을 도닥였다.

"어쨌든 모두 괜찮잖아, 안 그래?"

대릴은 다시 한숨을 내쉬었다.

"그래, 그렇지."

모니크가 남편을 앞으로 떠밀었다.

"다 오해일 뿐이야. 그러니까 둘이 악수하는 게 어때? 악감정이 남아봐야 둘 다 좋을 게 없잖아."

필은 손을 내밀었고, 대릴은 마지못해 손을 잡았다. 그러는 동안 크레이그는 옆에서 필을 매처럼 날카롭게 쏘아보았다. 제이슨 역시 필을 쳐다보았다. 어떻게 된 일인지 모르겠지만 그의 대학 친구인 필은 세월이 갈수록 더 멍청해지는 것 같았다. 그때 제이슨은 이 일의 당사자에게 눈을 돌렸다.

"리사, 잠깐 나 좀 볼까?"

두 사람은 부두 쪽으로 걸어갔다.

"무슨 일인데요?"

"여기 머무르라는…… 결정을 할 때 당신 의견을 묻지 않아서 미안해."

그녀는 보름달을 바라보았다.

"현재 상황을 보니 충분히 이해할 수 있어요."

제이슨은 리사를 쳐다보았다.

"그럼 지금 뭐가 문제인지 말해줄래?"

그녀는 계속 위를 올려다보고 있었다.

"난 괜찮아요."

제이슨은 리사의 턱을 잡고 자기 쪽으로 부드럽게 돌렸다.

"제발 말해줘."

그녀가 한숨을 내쉬었다.

"뭔가가 저 밖에서 사람을 죽였어요, 제이슨. 나는 아직도 사람을 죽인 것이 우리가 지금까지 추적하던 그 동물이라고는 믿을 수 없어요."

"나도 마찬가지야."

"하지만 저 밖에 뭔가 있잖아요. 그리고……."

그녀가 갑자기 말을 멈췄다.

"그리고 뭔데?"

"그리고 난 겁이 나요. 내 말은 난 지금 너무 무섭다고요."

"여길 떠나고 싶은 거야?"

"당신은 내가 떠나길 바라나요?"

"리사, 당신 말이 맞아. 당신은 생물학자야. 당신은 여기에 꼭 있을 필요가 없어."

"내가 바라는 건 그게 아니잖아요."

그녀가 그의 눈을 똑바로 쳐다보았다.

"난 당신이 내가 떠나길 바라는지 물어봤어요."

"아니. 그렇지 않아."

"그럼 나도 떠나고 싶지 않아요."

희미하고 어두운 숲 언저리를 쳐다보는 그녀의 얼굴에 이상한 표정이 서려 있었다.

"이번엔 또 왜?"

"단지 내가 아직도 라이플총 쏘는 법을 배우지 않았다는 사실을 깨달은 것뿐이에요."

"그럼 어떻게 해야 되겠……."

그는 갑자기 말을 멈췄다. 누군가가 그들 뒤에 있었다. 그것도 바로 부두 위에. 제이슨이 뒤를 돌아보았는데……

"겁을 주었다면 미안해."

대릴이 말했다.

제이슨은 껄껄 웃었다.

"아니, 괜찮아. 무슨 일이야?"

"그놈을 우리가 어떻게 사냥해야 할지 알겠어."

"어떻게?"

"지금 그 얘기를 우리끼리 하던 참이야."

대릴이 다시 부두를 따라 걸어갔다.

"가서 같이 얘기해보자고."

64

"일단 우리는 그 조깅하던 사람을 죽였다고 추정되는 것이 사실인지 그것부터 확인해야 해."

그들은 지금 부두 근처의 키 큰 풀숲에 서 있었다. 물결 위에 비친 달의 모습이 부드럽게 흔들렸다.

"그걸 어떻게 확인할 건데?"

크레이그가 대릴에게 물었다.

"일단은 시신이 발견된 나무의 밑둥치부터 확인해봐야겠지."

"어째서?"

"뭔가가 그 나무를 타고 올라갔는지 알아보기 위해서지. 어쩌면 뭔가 전혀 다른 게 그 사람을 죽였을 수도 있잖아. 곰이나 퓨마 같은 동물 말이야."

"두 동물 다 나무를 탈 수 있어?"

제이슨이 물었다.

"퓨마는 확실히 나무를 타지. 놈은 보통 잡은 먹이를 나무 위에서 먹어."

크레이그는 성마른 얼굴로 고개를 저었다.

"야, 말이 되는 소리를 해, 대릴. 그 조깅하던 사람은 거의, 뭐야, 100킬로그램은 돼 보였잖아? 그러니까 네 말은 25킬로그램밖에 나가지 않는 퓨마가 그 사람을 죽이고 나서 시신을 삼나무 꼭대기까지 끌고 올라갔다는 거야?"

"이봐, 내 말은 그런 뜻이 아냐, 탐정 양반."

대릴은 퓨마가 성인 남자를 공격하지 않는다는 사실을 잘 알고 있었다.

"난 단지 우리가 이 일을 하는 데 단계적으로 모든 가능성을 짚고 넘어가자는 것뿐이야. 어쩌면 곰이 그랬을 수도 있지. 어떤 흑곰은 몸무게가 최대 400킬로그램까지 자라기도 하잖아. 그놈들은 엄청 힘이 세다고."

"이 친구야, 흑곰은 사람들을 공격하지 않아."

"일반적으로는 그렇지. 하지만 예외라는 게 있다고. 그 사람은 밤에 조깅했잖아. 만일 배고픈 곰을 놀라게 했다면? 아니면 새끼가 딸린 곰을 놀라게 했다면? 그 두 상황은 모두 심각하게 위험한 것들이야. 그리고 그 시신은 온통 침으로 뒤덮여 있었잖아. 기억나지?"

영구차가 도착하기 전에 제이슨과 대릴은 이빨 자국들을 찾기 위해 시신을 확인해보았다. 그들은 분명한 증거는 찾지 못했지만 두개골이 군데군데 부서지고, 시신의 상당 부분이 마른 침으로 덮여 있는 것을 확인했다. 이 두 가지 증거는 곰에게 습격당한 시신들에서 자주 발견되는 것이었다. 곰들은 앞발로 내려치는 것만으로도 쉽게 인간의 두개골을 부술 수 있고, 잡아놓은 사냥감을 자기 것으로 표시하기 위해 핥아놓고는 했다.

"곰일 수도 있겠군."

크레이그는 머리를 흔들었다.

"난 그렇게 생각하지 않아."

대릴이 어깨를 으쓱했다.

"나도 마찬가지야. 그래서 나무를 확인하자고 한 거야. 확실히 해두기 위해서."

제이슨이 돌아보았다.

"만일 곰이 타고 올라갔다면 삼나무가 어떻게 됐을까?"

배에서 끌어낸 무지하게 큰 짐 가방들 곁에 있던 필이 헛기침을 했다.

"갈가리 찢어졌겠지. 내가 산불요원으로 일해봐서 잘 알지. 삼나무의 안쪽 심재는 매우 튼튼하지만, 나무껍질은 믿을 수 없을 정도로 약하거든. 보면 너희도 놀랄걸. 맨손으로도 뜯어낼 수 있으니까."

제이슨은 그 자신도 이제는 믿지 못하는 친구를 바라보았다.

"만일 곰이 삼나무를 타고 올라갔다면 넌 알 수 있다는 소리잖아?"

"당장 알 수 있지."

"좋아. 언제 확인하고 싶어, 대릴?"

"지금."

"지금 당장?"

제이슨이 주변을 둘러보았다.

"밤인데?"

대릴은 카키색 반바지의 뒷주머니에서 지도를 하나 꺼냈다.

"어떻게 가는지 내가 잘 알고 있어. 그리고 혹시 너희가 불안해할 수도 있으니……."

그가 라이플총을 한 자루 집어 들었다.

"어서 가자고."

모니크는 그 크기를 믿을 수 없었다. 삼나무라 해도 그 나무는 엄청나게 컸다. 그 뒤에 옥수수 밭이 있고 달이 떠 있어서 그녀는 윤곽만으로도 그 크기를 짐작했다. 이 나무를 보자 그녀는 뉴욕

맨해튼의 마천루가 떠올랐다. 나무는 40층 건물 높이에, 철봉처럼 똑바른 줄기에, 굵기도 엄청나게 커서 자동차가 지나다니는 터널도 뚫을 수 있을 것 같았다. 모니크는 한껏 뒤로 목을 젖혔지만 그 꼭대기가 눈에 들어오지 않았다.

"정말 곰이 이걸 타고 올라갈 수 있을까?"

크레이그가 손전등을 켰다.

"한번 보자고."

작은 금색 불빛을 나무 쪽을 향해 비췄다. 두꺼운 섬유질의 나무껍질은 서로 엇갈리는 10센티미터 깊이의 패인 자국들로 가득했다. 크레이그는 나무를 뿌리 부근부터 자기 머리 위쪽 1미터에 이르는 곳까지 둘러보았다.

"아무 흔적도 없는걸."

그는 꼼꼼하게 나무의 둘레를 돌아가며 자세히 보았다. 아무것도 없었다.

"이 나무껍질엔 만진 흔적이 없는데."

대릴은 나무껍질을 손가락으로 부드럽게 문질러보았다. 필의 말처럼 손에 작은 나무껍질 조각들이 떨어져 나왔다.

"이제 보니까 이 나무는 다람쥐가 타고 올라가도 흔적이 남겠는데."

그는 크레이그의 손전등을 받아 들고 이번에는 자신이 직접 조심스레 나무를 돌며 관찰해보았다.

"이 주변에는 곰도 퓨마도 오지 않았어."

그는 옥수수 줄기들을 보다가 그 너머의 어둡고 높은 산들을 보았다.

제이슨은 그의 시선을 눈치챘다.

"지금 뭘 생각하는 거야?"

"그놈이 어디에 있을지 궁금해서. 바로 지금 말이야."

"어쩌면 다시 바닷속으로 들어갔는지도 모르지."

모니크가 그들 뒤의 그림자 속에서 걸어 나오며 말했다.

"아니면 숲의 다른 쪽에 있거나 아니면 우리가 완전히 헛짚어서 아예 이 근방에 없을 수도 있지."

대릴은 계속 산을 응시했다.

"짐을 챙겨서 오두막으로 가자."

"운이 좋았는지, 내 재정 문제가 모두 해결됐다네, 제이슨. 추가로 자본을 끌어모을 계획이 머릿속에 떠올랐는데, 방금 은행에서 그렇게 해도 좋다는 연락이 왔네. 정확히 말하자면 자네가 전화를 걸기 직전에 연락을 받았네."

SUV의 조수석에 앉아 전화를 받던 제이슨은 고개를 끄덕였다.

"그럼 지금 제가 통화를 할 수 있다는 건 좋은 징조네요, 해리."

게다가 한 번에 통화가 되다니.

애커먼은 좋은 징조이길 진심으로 바랐다. 그는 이 계획에 수개월째 공을 들였고, 이제야 그 결과가 나타나고 있었다. 만일 결과가 제대로만 나온다면, 그는 곧 세계적 비즈니스맨이자 박물학자라는 명성을 거머쥐게 될 것이다. 박물학자라. 애커먼은 그 단어가 너무 좋았다. 일인당 2500달러짜리 뉴욕 유니언클럽의 암 예방 자선회는 이미 끝났지만, 곧 새로운 봄 행사들이 여기저기서 열릴 것이다. 때문에 애커먼은 실제로 이야깃거리가 필요했다.

"그래, 새로운 종에 대한 최근 정보는 무언가?"

그들의 자동차가 불 밝힌 커다란 공원 주차장으로 들어서는 동안 제이슨은 그날 일어난 극적인 사건들에 대해 이야기했다.

그의 말이 끝나자 애커먼은 잠시 말이 없었다.

"그럼 내가 제대로 이해했는지 보세. 자네 생각에는 자네가 쫓던 그 종이 조깅하던 사람과 무슨 관련이 있다는 건가?"

일행이 모두 차에서 내렸다.

"어느 정도 허무맹랑하게 들릴 수 있다는 건 압니다, 해리. 하지만 우리는 그 사람에게 무슨 일이 일어났는지 설명할 수가 없고, 공원 순찰대원들도 마찬가지입니다."

"그래, 허무맹랑하게 들리긴 해. 하지만 자네는 생각이 똑 부러지는 사람이 아닌가. 자네가 하려는 일은 뭐든지 지원해주겠네, 제이슨. 하지만 난 자네가 무슨 계획을 세웠는지 좀 알았으면 하는데. 더군다나 전화 수신 상태가 이렇게 나쁘니 직접 만나서 이야기할 수 있을까?"

"물론이죠."

다른 사람들이 가방들을 끌어내리는 동안 제이슨은 그들을 따라 오두막으로 향했다.

"이 근처에 오실 일이 있나요?"

"얼마 후에 샌프란시스코에 갈 일이 있네."

"거긴 정확히 이 근처라고 하기는 힘든데요, 해리."

"전부터 요트를 하나 구입할 생각이었는데 이번에 그 요트를 시험해볼 예정일세. 그럼 요트로 내가 가고 싶은 곳은 어디든지 갈 수 있지. 유레카 시의 부두는 어떤가? 시간은 나흘 후 오후 3시경으로 하고?"

제이슨은 잠시 머뭇거렸다. 유레카라고? 샌프란시스코에서 그곳까지는 다소 시간이 걸리겠지만, 애커먼이 원한다면 제이슨은 엑스페디션호를 몰고 가서 그를 만나면 되었다.

"좋습니다, 해리, 그렇게 하죠."

그는 크레이그를 따라 텅 빈 야영장을 지나 오두막의 현관으로 향했다.

"그럼 그때 만나길 기대하고……."

전화가 갑자기 끊어졌다.

"여보세요? 해리?"

전화에서는 아무 소리도 나지 않았다. 제이슨이 다시 걸어보았지만 신호가 가지 않았다. 그때 그는 네 가족이 한 달 동안 충분히 입고도 남을 만한 옷이 든 지퍼 달린 가방을 메고 헉헉대며 걸어오는 필을 보았다.

"젠장, 리사는 무슨 옷이 이렇게 많은 거야."

제이슨은 껄껄 웃었지만 필은 진지했다.

"난 사실 이러고 있으면 안 되거든."

"어째서?"

"어째서라니, 맙소사, 난 바쁜 사람이잖아."

"어이구, 그러셔."

"어쨌든 너 애커먼 만난다며? 내가 제대로 들은 거지?"

"그래, 사흘 후에."

필이 다시 옷가방을 들어 올렸다.

"네 메모들은 나중에 입력할 거야?"

"네가 괜찮다면."

"물론 나야 괜찮지."

필이 가방을 현관 위로 끌고 갔다. 그를 보면서 제이슨은 자기가 쓸 노트북을 하나 사야겠다고 결심했다. 아무래도 필 마르티노에게 더는 아무것도 기대하고 싶지 않았다.

그때 크레이그가 숨을 몰아쉬며, 또 다른 거대한 가방을 든 채 끙끙거리며 가까이 다가왔다.

"젠장, 리사는 무슨 옷이 이리 많아."

제이슨은 크레이그가 가방을 현관에 갖다 놓는 걸 보며 껄껄 웃었다. 그런 다음 두 사람은 주차장으로 돌아갔다. 리사의 옷은 아직 더 남아 있었다. 그들이 자갈길에 다다르기 바로 전에, 크레이그가 창고를 보며 걸음을 멈췄다.

"이 안에 뭐가 있을까……."

크레이그가 창고 안으로 걸어 들어가는 동안 제이슨은 혼자서 어두운 숲을 보고 있는 대릴을 보았다.

"대릴, 무슨 일 있어?"

"여기 땅이 얼마나 넓은지 이제 막 깨닫는 중이었어."

"녀석을 찾는 건 쉬운 일이 아니겠지?"

"난 '녀석'이 뭔지 내 눈으로 직접 보기 전까지는 녀석에 대해 어떤 말을 해도 믿지 않을 거야."

"어떻게 찾지?"

"땅이 이렇게 넓으니, 솔직히 어떻게 해야 할지 모르겠어."

"난 알지."

갑자기 그들 뒤에서 어떤 목소리가 들렸다.

크레이그였다.

"녀석을 정확히 어떻게 찾을지 내가 알아냈어."

그가 창고를 가리켰다.

"정답은 바로 저 창고 안에 있지."

65

"적외선 영상 장비가 뭐야, 크레이그?"

크레이그 서머스는 창고에 적외선 영상 장비가 있고 그것을 이용해서 가오리를 찾을 것이라고 말했을 뿐 그 장비가 무엇인지, 어떻게 작동하는지에 대해서는 아무런 설명도 하지 않았다.

순찰대의 오두막으로 들어가면서 크레이그는 제이슨의 물음에 대답하지 않았다. 그는 지금 뭔가 다른 것을 생각하고 있었다.

"이곳 좀 봐……."

크레이그는 오두막이 마치 스키장 숙박 시설처럼 꽤나 아늑하다는 데 놀랐다. 오두막의 천장에는 대들보가 있었고, 벽돌로 만든 커다란 벽난로는 화덕 높이가 높아서 앉아서 불을 쬘 수 있었다. 손때 묻은 빛바랜 갈색 가죽 소파들 옆에는 그에 어울리는 안락의자들이 놓여 있었다.

리사가 한쪽 복도에서 나왔다.

"저 뒤에 침실이 다섯 개나 있어요. 그리고 부엌에는 먹을 게 꽉 찬 냉장고랑 냉동고도 있어요."

크레이그는 알래스카의 겨울도 버틸 수 있을 만큼 땔나무가 많이 비축돼 있는 것을 보았다. 그러다 문득 창문 밖을 내다보았다. 지붕이 있는 현관 너머로 야영장이 보였다. 12개쯤 되는 나무 테이블, 철제 쓰레기통, 그네 등이 보였다. 그 너머에는 창고가 있고, 더 멀리에는 넓은 주차장이 야간 경기가 있는 야구장처럼 불을 밝히고 있었다.

"크레이그, 적외선 영상 장비가 뭐야?"

"아."

크레이그가 돌아보았다.

"사실 나도 직접 써본 적은 없는데, 산불안전요원들이 지정 발화를 시행할 때 그걸로 열기를 측정해. 필, 넌 저걸 사용하는 데 익숙하지?"

안락의자에 앉아 있던 필이 고개를 끄덕였다.

제이슨은 계속해서 크레이그를 보고 있었다.

"저 장비가 우리한테 어떤 도움을 주는데?"

"저 밖에 뭐가 있는지 알 수 있지. 낮이든 밤이든 상관없이. 온도의 높낮이 차이를 이용해서 이미지를 생성하는 원리로 작동하는 거야."

"크레이그, 좀 알아듣게 설명해봐."

"그러니까, 야간 투시경이라고 생각하면 돼. 공기는 어떤 온도를 가지잖아. 인간이든 동물이든 몸은 또 다른 온도를 가지고 있어. 적외선 카메라는 그 온도 차이를 이용해서 영상을 만들어내는 거야. 설치하기도 쉽지. 삼각대 위에 고정한 카메라니까 우리가 원하는 곳 어디에나 설치할 수 있어. 저 창고에는 카메라가 20대 있으니까 따로 다른 곳에 설치하지 않아도 된다면, 우리는 시신이 발견된 곳 근처에 몇 개를 세워놓고 그 범행 장소로 되돌아오는 것이 있는지 보면 돼. 그리고 이 장치에는 멀리서도 자동으로 신호를 읽을 수 있는 모니터가 있으니까 우리는 굳이 이 오두막을 나갈 필요가 없어. 이 장비와 레이더만 있으면 우린 밖에서 무슨 일이 일어나는지 알 수 있을 거야."

깊은 인상을 받은 제이슨이 대릴 쪽을 돌아보았다.

"어떻게 생각해?"

"별 거 아닌데."

"그래?"

제이슨이 어깨를 으쓱했다.

"내가 듣기엔 좋은 생각 같은데."

"그럼 그렇게 하든지."

대릴은 창문 쪽으로 걸어갔다.

"저건 기술을 이용한 사냥이야. 컴퓨터 시야, 레이더, GPS……
그런 건 나랑 안 맞아. 난 그런 기계덩어리와 같이 자라지 않아서
말이지. 저걸 사용해서 아무 결과도 나오지 않으면 어쩔 작정이
야, 크레이그?"

크레이그 서머스는 속이 부글부글 끓었다.

"입 좀 다물어, 대릴. 네가 어떻게 아무런 결과도 나오지 않을
거란 걸 알 수……."

"토론을 위해서 일단 아무 결과도 나오지 않는다고 가정해보
자고."

대릴은 마치 해가 동쪽에서 뜬다는 것처럼 확신 있게 말했다.

"그럼 어쩔 건데? 나가서 직접 찾아볼 거야?"

"물론. 우리 모두 같이 나가서 찾아야지."

"그럼 네가 우리를 모두 이끌고 나갈 거야?"

크레이그는 불안한 얼굴로 멈칫했다.

"뭐라고?"

"내가 물었잖아. 네가 우리 일행을 이끌 거냐고? 너 야생동물
사냥해봤어? 야생동물을 추적하고, 위치를 파악하고, 죽여봤냐
고?"

"그게……."

413

"난 경험이 많거든. 내 인생의 상당 부분을 그런 일을 하며 보냈어. 그러니까 나는 이런 비생산적 추적에 우리 시간을 낭비하고 싶지 않아."

"'비생산적 추적'이라니? 그리고 '우리 시간을 낭비한다'는 건 또 뭐야? 우린 시간이 남아돈다고."

"내 요점은 그게 아냐. 난 우리의 에너지를 낭비하고 싶지 않아. 칼을 쓰기도 전에 날이 무뎌지는 꼴을 보고 싶지 않다고."

"그건 또 무슨 소리야."

"우린 금세 지칠 거야. 간단히 말해서 그렇다는 거야. 항상 일어나는 일이잖아. 이 숲이 얼마나 큰지 알기나 해? 대략 500평방킬로미터쯤 된다고 쳐. 우리가 저길 나가서 둘러보기 시작하면, 며칠 동안을 아무것도 보지 못한 채 지나갈 수도 있어. 우리는 그냥 지치는 게 아닐 거야. 탈진하겠지. 그런 상태로 밖에 있는 거야. 그러다 정말 우리가 그 녀석을 만나게 되면 우린 모두 살육당할 거야. 그리고 난 내 목숨, 내 아내의 목숨, 심지어 네 목숨도 절대 위험에 빠뜨리고 싶지 않아, 크레이그. 내가 사냥하러 나가는 모습은 한 가지뿐이야. 장전된 총을 들고 짐승을 죽일 준비가 된 모습."

"넌 그럼 내가 나가서 술래잡기나 하려는 줄 알아?"

크레이그는 고개를 흔들었다.

"리사, 제이슨, 필. 내일 우리는 장비들을 설치해놓고 총 쏘는 연습을 할 거야."

그가 대릴을 바라보았다.

"우리도 장전된 총을 들고 짐승을 죽일 준비를 하자고. 그나저나……."

크레이그가 앉았다.

"난 지쳤는걸. 누가 불 좀 피울래?"

잠시 후 그들은 코코아 잔을 든 채 밝게 불타는 벽난로 앞에 모여 앉았다. 코코아는 가짜 마시멜로가 든 싸구려였지만 그래도 맛은 좋았다. 일행은 모두 편히 쉬었다. 심지어 제이슨도 편히 쉬었다. 불길을 바라보던 제이슨이 최면에 걸린 듯한 표정으로 말했다.

"마지막으로 벽난로 앞에 앉았던 게 언젠지 기억도 안 나는군."

다른 사람들도 모두 그랬다. 그들은 모두 그저 불길을 바라보고 코코아를 마시며 오랫동안 느껴보지 못했던 아늑한 기분을 즐겼다.

대릴 혼자 긴장을 풀지 못하고 있었다. 그는 불길이 발산하는 노란 금색 불빛과 끊임없이 피어오르는 연기를 유난히 흥미롭게 바라보았다. 공기의 대류를 따라 연기는 대릴의 시야를 벗어나 굴뚝으로 들어갔다가 찬 밤공기 속으로 흘러나왔다. 바람이 불지 않아서 연기는 더 멀리 삼나무 줄기 위쪽을 따라 퍼져나갔다. 연기는 계속해서 나무의 위쪽 가지들을 지나서 바늘 같은 잎들 사이로 흘러나갔다. 연기는 계속해서 나무 위의 하늘까지 피어오르더니 마침내 오르기를 멈추고 위에서 내려오는 달빛을 받아 기묘한 푸른빛을 띠었다.

들리는 소리라고는 저 멀리서 일렁이는 파도 소리뿐이었다.

그러나 그때, 다른 소리가 들렸다. 그건 첫 번째 소리에 묻히는 자연스런 소리였다.

그것은 조용히 고르게 그리고 깊게 숨 쉬는 소리였다. 소리 없이 미끄러지듯 날면서 가오리의 날개 달린 몸뚱이는 연기를 멀리 밀어냈다. 가오리는 머리를 기울여 아래쪽 굴뚝에서 피어오르는 흰색 줄기의 물체를 관찰하고는 오두막 안에서 느껴지는 신호를 포착했다. 가오리는 공격할 생각이 없었다. 단지 그 심장 박동들을 느끼고 숨소리를 들을 뿐이었다. 그러더니 놈은 날개를 한쪽으로 기울이고 멀리 솟아 있는 산들을 향해 날아갔다. 차차 놈의 모습이 사라졌다. 연기도 점점 사라졌다. 남은 것은 바다에서 들려오는 파도 소리와 조용히 비치는 달뿐이었다.

달. 대릴은 오두막 안에서 창문을 통해 달을 바라보았다. 다른 동료는 천천히 타는 벽난로 불 앞에서 잠을 잤지만 그는 걱정으로 잠을 이룰 수가 없었다. 저 바깥에 무언가가 있을까? 그는 지금 자신이 지닌 인디언 신비주의가 또다시 판단을 그르치는 것이 아닐까 하는 생각이 들었지만 대릴은 자신의 방으로 가서 라이플총을 집어 들었다. 지금은 활과 화살에 신경을 쓰지 않았다. 그냥 무엇이든지 무기를 하나 빨리 집어야 했다. 다시 앞문으로 간 그는 아무도 깨우지 않고 조용히 나가려 했다. 그런데…….

"지금 뭐 해요?"

모니크가 라이플총을 보며 물었다.

"그냥 주변을 좀 점검해보려고."

"혼자서? 이 밤에?"

"뭔가가 저 바깥에 있는 것 같아서. 난 그냥 좀……."

"가지 마요, 대릴."

그녀의 눈에는 눈물이 비쳤다.

"무슨 말인지 알죠?"

"그냥 주변을 좀 둘러보기만 할게."

모니크는 금방이라도 울 것 같은 표정이었다.

"가지 말라고 했잖아요."

"가야 해. 가봐야 된다고."

"꼭 가야 하는 건 아니잖아요. 제발 나한테 거짓말하지 마요."

그녀가 방금 선을 넘고 말았다.

"내가 거짓말한 적 있어? 우리 첫날밤 이래로 한 번이라도 그런 적이 있냐고?"

그녀는 갑자기 죄책감이 든 표정을 지었다.

"물론 없었죠."

대릴은 아내의 뺨을 어루만졌다.

"그날 밤이 내 생애 최고의 밤이었지."

그녀는 고개를 돌렸다. 지금 이런 소리를 듣고 싶지 않았다.

"날 가게 해줘."

"왜요? 왜 그렇게 굳이 가려는 거예요?"

"주변 좀 살펴보려고. 그게 다야. 주변이 어떤지 알아보려고. 할아버지께서 가르쳐주신 대로 말이야."

그는 잠이 깊게 들어 꿈속을 헤매는 다른 동료들을 잠시 바라보았다.

"알았지?"

모니크는 그러고 싶지 않았지만 어쩔 수 없었다.

"알았어요."

대릴은 그녀에게 키스했다.

"사랑해. 그리고 약속할게. 난 꼭 무사히 돌아올 거야."

"나도 사랑해요."

모니크는 그밖에 다른 말은 할 수가 없었다.

남편이 문 밖으로 걸어 나가는 것을 보며, 모니크 홀리스는 그를 다시 볼 수 있을지 알 수 없었다.

66

현관에 서 있는 대릴 홀리스의 눈에 듬성듬성한 달빛이 들어왔다. 밤공기는 맑고 어둡고 차가웠다. 그는 주변을 둘러보며 텅 빈 야영장으로 천천히 들어섰다. 근처 숲에서 새들의 울음소리와 다람쥐들의 찍찍거리는 소리가 잔잔하게 들려왔다. 그는 확실하지 않지만, 지금 이곳에는 위험한 게 아무것도 없다는 생각이 들었다. 하지만 그것은 그저 최근의 일이었을지도 모른다. 라이플총을 느슨하게 잡은 채 그는 숲 속으로 걸어 들어갔고, 뒤를 돌아보지 않았다. 오두막에서 흘러나오던 희미한 금색 불빛은 차츰 시야에서 멀어졌다.

그는 그림자들에 휩싸였다. 몇 분간 계속 걷다 보니 공터에 다다랐다. 머리 위에서는 으스스하고 창백한 흰빛이 쏟아져 내렸다. 그는 그냥 그곳에 서서 깊은 숨을 천천히 몰아쉬었다. 그는 가지도 없이 하늘로 높이 치솟는 거대한 나무 한 그루에 눈길을 모았다. 옆으로 다람쥐 한 쌍이 뛰어서 지나갔고, 그의 눈길이 잠시 다람쥐들을 좇았다. 그는 이제 이곳에 위험한 것은 없다는 걸 확신했다. 그는 움직이지 않았다. 그저 서서 주변을 둘러보며 기다릴 뿐이었다.

"모니크?"

아침 7시 50분에 리사가 홀리스 부부의 침실 문을 두드렸다. 아무 대답이 없어서 그녀는 문을 열었다.

"어머, 실례했어요."

검은 반바지와 회색 탱크톱을 입은 모니크가 바닥에서 땀에 범벅이 된 채 빠르게 팔굽혀펴기를 하고 있었다.

리사는 나가려고 뒤돌아섰다.

"잠깐만."

모니크가 깊은 숨을 몰아쉬며 말했다.

리사는 그 자리에 섰다. 그녀는 쉴 새 없이 움직이는 모니크의 근육을 바라보았다. 와, 멋있는데! 그리고 단단해 보였다. 물론 리사는 한때 ROTC 단원이었고, 군대에서 현역으로 복무한 모니크의 과거를 알고 있었다. 하지만 모니크를 처음 만난 이래로 리사는 그녀의 이런 모습을 본 적이 없었다. 리사는 항상 모니크 홀리스가 키 크고 우아하지만 그냥 평범한 사람이라고 생각했다. 하지만 이제 그녀의 눈을 보고서야 그게 아니라는 것을 알 수 있었다. 모니크의 눈 뒤에는 패션모델의 화려함이나 무기력한 불안감 따위는 없었다. 모니크는 전혀 다른 사람 같았다. 거칠고 어쩌면 잔인할 수도 있는.

모니크는 팔굽혀펴기를 40번 정도 더 하더니 갑자기 원래 그랬던 것처럼 친절한 미소를 지었다.

"안녕, 리사."

그녀가 일어섰다.

"놀라게 하려던 건 아냐. 그냥 아침 운동을 하던 중이었어."

"아침마다 운동을 했던 거예요?"

모니크가 얼굴에 난 땀을 푹신한 흰 수건으로 닦았다.

"안 한 지 한 달쯤 됐는데, 이제 다시 시작하려고."

그녀는 전날 밤 대릴이 오두막으로 돌아오기 직전에 운동을 시작했다.

리사는 모니크의 근육질 팔을 쳐다보았다.

"근육 좀 봐! 정말 울퉁불퉁해요!"

"대릴은 이보다 훨씬 더하다고."

"왜 운동을 다시 시작한 거예요?"

모니크의 느긋한 태도가 갑자기 사라졌다.

"그 조깅하던 사람이 어떻게 됐는지 봤지?"

리사가 머뭇거렸다.

"물론이죠."

"그게 이유야."

리사는 모니크의 종아리에 톱날 모양의 사냥용 칼이 매어 있는 것을 보았다.

"당신은 요행을 바라지 않죠, 그렇죠?"

"리사는 어때?"

그녀가 다시 머뭇거렸다.

"난 그렇게 생각하지 않았어요. 난 가서 크레이그랑 사격 연습 좀 하려고 해요. 당신은 뭘 할 거예요?"

"대릴과 숲을 살펴봐야지. 일단 샤워부터 좀 하고. 이따가 밖에서 봐."

리사는 문 쪽으로 걸어갔다.

"아, 그런데 리사?"

그녀가 돌아보았다.

"네."

"연습 열심히 하라고."

"잘했어, 리사!"

시간은 이제 막 11시를 지났고, 그들은 주차장에서 몇 시간째 총 쏘는 연습을 했다. 표적은 탁자 위에 올려놓은 빈 플라스틱 물병들이었다.

제이슨과 필은 이미 연습을 끝냈고, 크레이그는 그들의 실력이 많이 좋아졌다고 생각했다. 하지만 리사의 실력 향상은 놀랍다는 말만으로는 설명이 되지 않았다. 그녀는 마치 물 만난 고기처럼 총을 쏘았다. 그녀가 또 쐈다. 탕! 물병 하나가 날아갔다. 탕! 두 개. 탕! 세 개. 리사는 매우 정확하게 총을 쏘았다. 무엇보다 그녀는 집중을 잘했다. 크레이그가 뭐라고 하든지 그녀는 지시 사항을 한 번만 들어도 충분했다. 총을 드는 방법, 장전하는 방법, 총에서 총알을 빼는 방법, 총의 반동에 대처하는 방법까지.

무엇보다 그녀의 태도가 갑자기 놀랄 만큼 변했다. 크레이그는 그녀의 심리에 무슨 변화가 일어났는지 알 수 없었지만, 한 가지 분명한 것은 정말 대단한 변화라는 사실이었다. 그는 리사의 눈에서 그걸 읽을 수 있었다. 리사는 저 밖에 위험한 짐승이 있다는 것을 알고 있었고, 그놈에게 죽임을 당할 생각은 털끝만큼도 없던 것이다. 라이플총을 손에 든 리사 바턴은 전혀 위험에 처한 아가씨처럼 보이지 않았다. 오히려 킬러처럼 보였다.

탕! 마지막 물병이 테이블에서 날아갔다.

"아주 훌륭해, 리사! 좋아, 사격 연습은 이 정도로 하자. 일단여기 정리부터 하고, 저쪽으로 나가서 장비들을 설치하자."

제이슨과 리사는 고개를 끄덕였다.

"크레이그, 미안한데, 난 장비를 설치할 시간이 없어."

크레이그 서머스가 필 마르티노를 쳐다보았다.

"뭐라고?"

"말했잖아."

"시간이 없다는 게 대체 무슨 소리야?"

"할 일이 좀 있어."

제이슨은 자신의 귀를 믿을 수 없었다.

"아니, 할 일이 뭐가 있다는 거야, 필? 메모를 더 입력해야 한다고? 우리가 여기 온 뒤로는 입력할 메모들이 없을……."

"난 내가 할 일을 너한테 일일이 다 설명할 필요는 없다고 생각하는데."

제이슨은 황당해서 입을 다물었다.

하지만 크레이그는 그러지 않았다. 크레이그는 성이 나서 두 팔을 치켜들었다.

"너 이거 알아둬. 나도 너 같은 놈이 같이 가는 건 원하지 않아. 여기 처박혀 있으라고. 리사, 제이슨, 가자."

필은 오두막으로 되돌아갔고, 다른 세 명은 장비들이 보관된 창고로 향했다. 그들이 창고로 들어가려는 순간에 대릴과 모니크가 숲 속에서 조용히 걸어 나왔다. 그들은 급히 걸어왔고, 대릴은 고개를 흔들고 있었다.

"놈은 저 밖에 없어."

크레이그가 이상하다는 듯 쳐다보았다.

"무슨 소리야, 놈이 저 밖에 없다니?"

"내가 말한 대로야."

"이봐, 이 장비들이나 설치한 다음에 저 밖에 뭐가 있는지 보자고."

"다 했군."

크레이그, 제이슨 그리고 리사는 숲 언저리에 있는 옥수수 밭 가까이에 있었다. 어두운 그림자에 둘러싸여서 그들은 이제 막 커다란 흰 레이더총 16개와 좀 더 큰 검은 적외선 카메라 20개를 설치한 뒤였다. 내의만 입은 채 땀에 젖은 크레이그는 만족감에 고개를 끄덕였다. 만일 사람을 죽인 그 동물이 이 살해 장소로 돌아온다면, 그들은 놈을 볼 수 있을 것이다. 그다음엔 찾아서 죽이기만 하면 되었다. 그는 숲 언저리에 서 있는 제이슨을 보고 그에게로 다가갔다.

"무슨 일 있어, 제이슨?"

"그냥 혼자 궁금해서. 만일 대릴이 옳다면, 그리고 놈이 여기에 없다면 대체 어디에 있을까?"

크레이그는 저 멀리 검은 산들을 잠시 바라보았다.

"음, 대릴의 생각은 옳지 않아. 이 장비가 어떻게 작동하는지 이제 보여줄게. 리사, 너도 이리 와봐."

그들은 커다란 캠핑 가방 쪽으로 걸어갔다. 가방 위에는 모니터가 두 대 놓여 있었는데, 하나는 레이더용이고 하나는 적외선 카메라용이었다. 두 모니터는 지금 전지의 힘으로 켜져 있었다. 레이더용 화면은 신용카드 크기의 16개 네모로 나뉘어 있었다. 각 네모에는 작은 스포트라이트 같은 녹색 선이 화면을 가로질러 지나갔다. 적외선 화면은 20개의 네모로 나뉘었고, 각각 숲의 다른 부분들을 흑백 영상으로 보여주었다.

"이 레이더는 움직이지 않는 물체들은 걸러내고 움직이는 것들만 포착하도록 설정되어 있어. 이제 어떻게 작동하는지 보여줄게."

크레이그가 돌아보았다.

"리사, 저기에 있는 레이더총 쪽으로 걸어가 볼래?"

"알았어요."

그녀가 걸어가자, 크레이그가 화면을 가리켰다.

"이제 무슨 일이 일어나는지 봐, 제이슨."

바로 그때 화면 아래 오른쪽을 녹색 선이 가로질러 지나면서 깜박이는 녹색 점이 나타났다. 크레이그가 영상에 손을 대자 그 것은 화면 전체로 커졌다. 리사가 계속해서 걷자, 깜박이는 점은 화면을 가로질러 움직이다가 화면 언저리에 닿았고, 다음 녹색 선이 다시 지나가면서 점도 계속 움직였다.

"대충 알겠지? 좋아, 이제 돌아와, 리사."

그녀가 돌아오자 이번에는 크레이그가 적외선 카메라의 화면을 가리켰다.

"좋아, 이건 적외선 영상이야. 너희가 볼 수 있듯이, 모든 게 흑백으로 나타나지."

실제로 20개의 숲 영상들은 모두 검은색, 회색 그리고 흰색이었다.

"자, 이 카메라들은 '흰색이 뜨거운 것'을 나타내도록 설정되어 있고 움직이는 건 나타나지 않아. 다시 말해서 공기보다 온도가 높은 것은 무엇이든—너, 나, 주변의 스컹크, 자동차 엔진 할 것 없이—하얗게 나타난다는 얘기야. 여기 이 영상을 계속 보고 있어."

크레이그가 화면에 손을 댔고, 영상은 화면 전체를 덮을 정도로 커졌다.

"그 다음 내가 저 시야 안으로 들어가면 무슨 일이 일어나는지 한번 봐."

그가 걸어가자, 리사는 영상을 쳐다보았고 마치 안셀 애덤스(미국의 유명한 사진작가로, 흑백 풍경 사진의 대가이다—옮긴이)의 흑백 사진이 살아난 것처럼 보였다. 어두운 회색빛 삼나무 줄기, 더 연한 회색의 고사리, 새까만 흙, 그리고 크레이그 서머스가 나타났다. 하지만 크레이그는 원래 자신의 모습이 아닌 유령 같은 으스스한 모습이었다. 그의 얼굴, 손 그리고 팔뚝의 보이는 부위들은 모두 기괴한 밝은 흰빛으로 보였고, 그의 티셔츠는 훨씬 어두운 회색으로 보였다. 그때 유령처럼 보이는 크레이그가 말을 했다.

"이제 대충 알겠어?"

그가 다시 걸어왔다.

"이게 다야. 이제 여길 나가자. 내 생각엔 이 장비들이 분명 뭔가 결과들을 내놓을 거야. 두고 보라고."

제이슨은 다시 한 번 멀리 보이는 높은 산들을 바라보았다. 그는 마음속으로 걱정이 되었다.

"어째서 놈이 저 밖에 있지 않다는 거야?"

때는 늦은 오후였고, 나무 꼭대기들 사이로 밝고 푸른 하늘이 보였다. 크레이그, 제이슨, 리사와 필은 방금 또 한 번 사격 연습을 하고 와서 다 같이 오두막의 현관에 모여 있었다.

대릴이 팔짱을 낀 채 크레이그를 돌아보며 말했다.

"어이, 작은 친구, 숲 속에서 그리 오래 있지 않은 모양이구나,

그렇지?"

"그게 무슨 소리야?"

"내 말은 카메라, 레이더총, 삼각대들은 자연의 일부가 아니란 말이지. 동물들은 다른 물건들을 보고 냄새도 맡는다고. 어떤 경우에는 물체를 전기적으로 감지하기도 하지. 넌 삼각대 위에 고정된 적외선 카메라가 삼나무 숲 한가운데에 있는 것이 자연스럽다고 생각하니? 그것으로는 우리가 찾는 걸 절대 포착할 수 없어. 똑똑한 동물이라면 그 근처에도 가지 않을걸. 더구나 내가 보기엔 지금 날씨도 알맞지 않은 것 같아."

제이슨이 하늘을 올려다보았다.

"날씨가 알맞지 않다니?"

"내 말은 이 동물은 숨으려 하는 강한 본능을 가졌다는 거야. 그 조깅하던 사람은 밤에 실종되었고, 우리는 그의 시신을 안개가 심하게 낀 날에 발견했어. 내 생각엔 그게 절대 우연한 일이 아냐."

"그럼 넌 그놈이 밤이나 안개 낀 날에만 나올 거라고 생각한단 말이야?"

"너도 안개는 정말 숨기에 좋은 곳이라는 생각이 들지 않니?"

제이슨은 고개를 들어 태양을 올려다보고는 주변을 조심스럽게 훑어보았다. 구름 한 점 없는 날씨였다. 안개는 흔적조차 없었다.

검은 두 눈은 움직이지 않았다. 그 눈들도 지금 태양을 보고 있었다.

가오리는 매우 이른 아침에 태양이 동쪽 수평선 위에 떠올랐을 때부터 태양을 예의 주시하고 있었다. 실제로 놈은 태양을 며칠째 관찰하던 중이었다. 동굴 입구에 누워 있는 가오리는 몸이 완전히 드러나 있었지만 놈은 상관하지 않았다. 이 외진 바위 위에 있는 놈을 볼 수 있는 것은 단지 머리 위를 나는 수십 마리 갈매기들뿐이었다. 놈은 계속해서 태양을 바라보았다.

"이거 아주 많이 어두워졌는데⋯⋯."

제이슨이 현관 끝으로 걸어가서 하늘을 바라보았다.

"거의 황혼이 다 되었네⋯⋯."

그는 야영장 너머의 나무들을 쳐다보았다.

"이제 놈이 나타날지 궁금하다."

모니크, 리사 그리고 필은 대답을 하지 않았다. 대릴은 고개를 저었다.

"안 나올걸."

그는 피크닉 테이블 옆에서 장난을 치는 다람쥐 두 마리를 잠시 바라보았다.

"내 생각엔 그놈이 이 주변 어디에도 없을 것 같아."

"넌 확실히 그렇다고 생각해?"

뒤에서 누군가의 목소리가 들렸다.

그들이 돌아보자 라이플총을 들고 매우 긴장한 얼굴을 한 크레이그가 현관으로 급히 들어오는 것이 보였다.

"방금 신호가 포착됐어."

제이슨이 어두워지는 하늘을 올려다보았다.

"정말이야?"

크레이그는 잡담을 할 기분이 아니었다.

"어서 준비하라고. 난 이 일을 빨리 끝내고 싶어."

67

"이 망할 물건이 뭐라고 하든 난 상관 안 해. 놈은 밖에 없다니까."

오두막 안에서 일행은 벽난로 위에 올려놓은 두 모니터 중 하나에 눈길을 모았다. 그들은 빠르게 움직이는 점이 레이더의 녹색 선을 지나서 화면 언저리에 닿더니, 두 번째와 세 번째 녹색 선이 지나갈 때도 계속 움직이는 것을 보았다.

크레이그는 대릴을 보며 고개를 흔들었다.

"분명히 뭔가가 저 밖에 있어. 좋아, 모두 가자. 총들은 미리 장전해놓고."

제이슨은 마음을 굳게 먹고 고개를 끄덕였다.

그들이 문 밖으로 나서자, 빠르게 움직이던 점은 갑자기 더욱 빨리 움직였다.

"거의 다 왔다."

크레이그는 조용한 숲 속을 급히 뚫고 걸어갔다. 그와 동료들은 고사리들과 넘어진 나무들을 여럿 지나쳤다. 갑자기 크레이그가 걸음을 멈추고 손으로 가리켰다.

"신호들은 저기 있는 저 셋에서 오는 거야."

커다란 흰 레이더총들은 삼각대 위에 설치되어 있었다. 제이슨은 레이더총들이 위를 향하지 않고 땅과 평행하다는 걸 알아챘다. 가오리가 밑으로 내려온 건가?

갑자기 시끄럽게 바스락거리는 소리가 났다. 레이더총 중 하나의 뒤에서 뭔가가 매우 빠르게 움직였다.

크레이그는 그쪽으로 자신의 라이플총을 거누었다. 다른 사람들도 모두 똑같이 거누었다.

소리는 점점 더 커졌다.

크레이그는 방아쇠에다 손가락을 얹었다. 무엇이든지 간에 그것은 곧 눈앞에 나타날 것이다.

키가 90센티미터밖에 되지 않는 깡마른 새끼 사슴 두 마리가 나무들 뒤에서 튀어나왔다. 아무래도 두 놈은 서로 쫓으며 장난을 치는 듯했다. 사슴 두 마리가 세 개의 삼각대들 사이를 뛰어다니자 모니크는 귀엽다는 듯 미소를 지었다.

그녀는 총을 내렸다. 크레이그도 총을 내렸다.

대릴 홀리스는 고개를 흔들 뿐이었다.

"놈은 저 밖에 없어."

다음 날 아침, 대릴이 말했다.

"저 밖에는 여전히 없어."

그날 오후에 그가 다시 말했다.

"저 밖에는 절대로 없어."

그다음 날에도 대릴은 또다시 같은 말을 했다.

제이슨은 더 이상 참을 수 없었다.

"확실하긴 한 거야?"

대릴이 해질녘에 그 지긋지긋한 말을 또 하자 그가 다그쳤다.

"오랜 버릇은 고치기 힘들군, 안 그래?"

대릴이 제이슨을 진지하게 쳐다보았다.

"난 확실해."

제이슨은 과연 대릴이 옳은지 알 수 없었다. 그들이 구름 한 점 보지 못했다는 사실은 그도 인정할 수밖에 없었다. 며칠 동안 하늘은 청명한 푸른색이었다. 제이슨은 고개를 저었다.

"미안해. 난 단지 내일 애커먼을 만나면 뭔가 그에게 말해줄 구체적 사실이 있기를 바라서 그래."

하지만 짜증은 둘째 치고라도 제이슨은 아무래도 대릴의 판단이 정확할 거라는 생각이 어렴풋이 들었다. 크레이그의 장비들도 확실히 그에 맞는 결과를 보여주었다. 지난 며칠 동안, 두 모니터에서 다람쥐, 사슴, 엘크 사슴 그리고 간혹 나타나는 곰 말고는 아무것도 포착되지 않았다. 안개가 낄 조짐조차 보이지 않는 것은 단지 우연의 일치일 뿐일까?

그들은 오두막 뒤에 있는 큼지막한 가스 그릴 위에다 닭고기와 스테이크를 구워서 저녁을 해결하고는 벽난로에다 불을 피워놓았다. 모두 거실 안에서 빈둥거리는 동안 제이슨은 공책에다 무언가를 끼적거리다 고개를 들었다.

"누구 라틴어 사전 있는 사람?"

크레이그와 대릴은 제이슨이 마치 마약을 하기라도 한 것처럼 이상한 눈으로 쳐다봤다. 모니크는 웃음을 터뜨렸다. 결국 제이슨은 필을 돌아보았다.

"좀 이따가 네 컴퓨터 좀 빌려도 될까? 라틴어 인터넷 사이트가 분명 있을 거야."

"빌리는 건 좋지만 지금은 인터넷이 안 돼."

"시도는 해봤어?"

"그럼, 이메일을 보내려고 했는데 안 되더라고. 전화도 끊어졌고. 내 생각엔 둘 다 같은 시스템을 쓰는 것 같아."

리사가 일어섰다.

"제이슨?"

"왜?"

"실은 저 뒤쪽 방에서 라틴어 사전을 본 거 같은데요."

"그래?"

"내가 보여줄게요."

그녀는 침실 옆 복도로 들어섰고, 제이슨은 그녀를 뒤따라갔다.

"어디에 있는데?"

리사는 망설이다가 그를 살짝 쳐다보았다.

"혹시 지금 바빠요?"

"그렇다고 할 수 있지. 왜?"

"모르겠어요."

그녀는 자신의 침실 안을 들여다보았다.

"단지 내가 별로 하는 일이 없어서 말이에요."

"아, 뭐, 내가 사전을 찾아본 다음에 내일 애커먼한테 뭐라고 말해야 할지 함께 얘기해볼 수도 있지."

"내가 지금 말을 할 기분인지는 모르겠어요."

"뭐 그럼, 우리가 같이 할 수 있는 보드게임 같은 게 있지 않을까?"

리사는 제이슨을 쳐다보았다. 제이슨은 지금 이 상황을 이해하지 못하고 있었다.

"이봐요, 올드리지 씨, 당신은 동굴 속에서 혼자 살아오셨군요. 그렇죠?"

그는 머뭇거리며 침실 쪽을 바라보았다. 그제야 그는 리사가 입고 있는 옷이 무엇인지 알아차렸다. 섹시한 차림이었다. 리사는 꽉 끼는 청바지에 금속 장식이 여럿 달린 검은 록 콘서트 티셔츠를 입고 있었다.

"리사, 난 말이야…… 아주 오랫동안 사랑을 해보지 못했거든."

그녀는 헛기침을 하며 얼굴을 살짝 붉혔다.

"나도 마찬가지예요. 그리고 혹시나 오해할까 봐 말하는데요, 난 그저 빨리 사랑을 다시 하고 싶어서 그런 건 아녜요."

"당신 생각엔 내가 그걸 원하는 거 같아?"

"내가 그렇게 생각했다면 이렇게 자신을 무안하게 하진 않았겠죠."

"당신은 아무도 무안하게 하지 않아. 내가 어디…… 내 진심이 어떤지 꺼내 보여줄까?"

그녀가 웃음을 터뜨렸다.

"굳이 그럴 필요는 없잖아요, 그렇죠?"

제이슨이 리사의 손을 부드럽게 잡았다.

"이리 와봐."

그들은 침실로 들어가 문을 닫았다.

다음 날 아침 6시 반. 다른 사람들이 거실에 둘러앉아 시리얼을 먹고 있을 때 제이슨과 리사가 거실로 들어왔다. 한 번 보는 것만으로도 충분했다. 이 두 사람이 연인 사이라는 건 모두가 아는 사실이었다.

"좋은 아침이에요."

제이슨과 리사가 말했다.

"좋은 아침이야."

다른 사람들이 얼굴에 살짝 미소를 띠며 대답했다. 아무도 그들이 전날 어떻게 잠을 잤는지 묻지 않았다.

"저 밖에 놈은 여전히 없어."

대릴이 거의 백 번은 될 만큼 지긋지긋하게 또 말했다.

제이슨은 고개를 저었다.

"뭐, 어차피 난 배를 가지고 애커먼을 만나러 가야 돼."

"네가 못 보거나 놓치는 건 없을 테니 걱정 말고 가."

"와, 저놈의 배 큰 것 좀 봐."

제이슨은 고개를 흔들며 길이가 60미터나 되는 애커먼의 커다란 요트가 해안을 따라 올라오는 것을 지켜보았다. 빛나는 흰색의 파이버글라스에 검게 채색된 유리 그리고 제3갑판 위에 설치된 한 무더기의 복잡한 안테나들로 꾸민 요트는 크기가 작은 유람선만 했다. 제이슨은 유레카의 텅 빈 부두에 조금 일찍 도착했다. 부두에는 20마리쯤 되는 갈매기와 망가진 나무 말고는 아무것도 눈에 띄지 않았다.

온통 작은 야자나무 무늬로 덮인 실크로 만든 하와이 티셔츠 차림의 애커먼은 제이슨을 보자 진심으로 기뻐하는 것처럼 보였다. 그는 지금 3층 높이의 조타실에 앉아 요트를 부두에 가까이 대고 있었다.

"어이, 제이슨!"

"안녕하세요, 해리!"

애커먼은 2층 아래로 내려와 주갑판에 섰다.

"밧줄 좀 잡아주겠나!"

제이슨은 굵게 꼬인 밧줄을 잡아 묶어놓고 나서 배에 올라탔다. 엄청나게 넓은 티크나무 갑판 위에 선 제이슨은 주변을 둘러보지 않을 수가 없었다. 12명이 들어가고도 남을 만큼 큰 저쿠지 욕조(기포가 뿜어 나오는 욕조)가 눈길을 잡아끌었다. 그 옆에는 거대한 참나무 테이블과 자동차만큼 긴 전기 바비큐 그릴이 놓여 있었다.

"한번 둘러볼 텐가?"

제이슨은 애커먼과 악수를 나눴다. 제이슨은 부자들의 사치스런 물건들에는 관심이 없었다.

"일에 대한 이야기부터 나눈 다음에 둘러보는 건 어떨까요?"

애커먼의 눈빛이 갑자기 차갑게 변했다.

"그러고 나면 별로 둘러보고 싶지 않을 텐데."

"무슨 소립니까?"

햇살이 잠시 애커먼의 눈에 비쳤지만 그는 눈을 깜박이지 않았다.

"자넨 해고됐네, 제이슨. 자네와 자네 팀원 모두. 난 자네들의 고용 계약을 끝낼 거고, 그건 바로 지금부터 유효하네."

제이슨은 할 말을 잃었다.

"지금 무슨 말씀을 하시는 겁니까?"

애커먼이 어깨를 으쓱했다. 전에도 봤던 어깨 위로 둘러멘 노트북 케이스에서 애커먼은 봉하지 않은 커다란 황갈색 봉투를 꺼냈다.

"자네들의 해고 통지서일세. 내 변호사가 작성했네. 모든 건 제대로 정리되어 있네만, 혹시라도 궁금한 게 있으면 한번 읽어 보게."

제이슨은 멍하니 봉투를 쳐다보았다. 이건 실제 상황이었다.

"지금 무슨 짓을 하시는 겁니까?"

애커먼은 말없이 제이슨을 쳐다보았다.

"해리, 우리는 지금 진짜 과학적 발견이 이뤄지는 한가운데에 있어요. 대체 왜 그걸 도중에 그만두겠다고 하시는 겁니까?"

"조깅하던 사람을 죽이는 날아다니는 괴물이라고, 제이슨? 자넨 그걸 '진짜 과학적 발견'이라고 하는 건가? 자넨 그보다는 더 똑똑할 줄 알았는데. 필 마르티노도 그 정도로 멍청하진 않을 걸세."

"우리가 흔적들을 추적해서 그게 어디로 향해 가는지 알아보기로 했잖습니까. 약속하셨잖아요!"

"생각을 바꿨네."

제이슨은 애커먼의 얼굴에 주먹을 날리고 싶은 충동을 애써 억눌렀다.

"어째서요?"

"결국은 모든 게 돈 때문이지."

"하지만 재정 문제는 해결됐다고 하셨잖습니까?"

"그랬지. 모두 자네들 덕분이야."

"무슨 말입니까?"

"내가 말했지 않나. 아직 사용하지 않은 수확할 재정 자원이 하나 남아 있었다고."

제이슨은 멈칫했다. 수확. 농부 말고 그 단어를 사용할 사람은 비즈니스맨뿐이었다. 수확. 그것은 이익의 다른 표현이었다.

"대체 어떤 '재정 자원'입니까?"

"물론 자네의 새로운 생물종이지. 알아보니 엄청난 가치가 있더군."

"지금 무슨 소리를 하시는 겁니까? 어떻게……."

"DVD일세, 제이슨. 수익을 올릴 다른 방법도 있지. 하지만 난 몇 달째 DVD 계약을 체결하려고 노력했네. 알고 보니 그건 엄청난 돈벌이더군. 굳이 영화 스튜디오에서만 통용되는 이야기가 아니더군. 자네는 화산에 관한 내셔널 지오그래픽 DVD가 한 장에 19달러 95센트씩 해서 2천만 장이나 팔린 걸 알고 있나? 그 매출액이 자그마치 4억 달러고, 거기서 얻은 순이익도 엄청나지."

제이슨은 토할 것 같은 기분이었다.

"그러니까 이 종을 팔겠다는 겁니까?"

"사실 그런 셈이지. 이 동물에 관한 DVD는 광고만 잘해주면 3천만 장은 너끈히 팔릴 걸세. 그것 말고도 책으로 출판할 수도 있을 거고, 강연하기 위해 여기저기 여행도 해야 할 테고, 자연을 좋아하는 할리우드 배우가 해설을 하는 텔레비전 다큐멘터리도 만들 수 있겠지. 모든 건 내가 이 발견을 종 심의위원회에서 공식 발표만 하면 시작되는 거지."

"무슨 발견 말입니까? 아직 아무런 발견 결과도 없잖아요. 그리고 종 심의위원회에 관한 건 대체 어떻게 알게 된 겁니까?"

"내겐 필요한 발견 결과가 다 있네."

애커먼은 어깨에 깃털 하나가 떨어지자 위를 올려다보았다. 그는 별 생각 없이 그것을 쓸어내면서, 다음 달 뉴욕 메트로폴리탄 박물관에서 열리는 암 환자들을 위한 자선회 표를 몇 장 사야겠다고 혼잣말을 했다. 뭐였더라……. 아마 에이즈 바이러스에 감염된 채 태어난 신생아들과 관련된 거였지?

"그리고 나도 종 심의위원회에 대해서는 다 알고 있다는 사실을 자네도 알아야 할 걸세."

제이슨은 거품이 이는 저쿠지를 쳐다보았다. 그는 한 번도 애커먼에게 워싱턴 D. C.에 있는 12인의 위원들로 구성된 종 심의위원회에 대해 이야기한 적이 없었다. 그것은 제이슨 자신이 잘못 생각한 것이었다. 그렇지 않다면 어떻게 애커먼이 그것에 대해 알겠는가? 그리고 설령 알았다 해도 새로운 종을 결정하는 데 심의위원회가 요구하는 사항들은 매우 엄중하다. 그들은 신뢰도 높은 여러 과학자의 상세한 검증과 뒷받침할 만한 다양한 문서들을 요구했는데, 애커먼이 그 모든 것을 가지고 있을 리 없었다.

"당신에겐 발견 결과들이 있을 수가 없어요."

애커먼은 갈매기를 보고 있었다.

"어째서 그렇지? 그건 자네가 자네의 메모들을 내게 보여주지 않았기 때문이란 말인가."

제이슨은 멈칫했다.

"난 분명 그렇게 하면 내 마음이 편하지 않다고 했을 텐데요. 당신도 그때 분명히 그래도 괜찮다고 하지 않았나요."

"사실 괜찮지 않았지. 뭐, 이젠 상관없는 일이지만. 이건 내 발견일세. 내가 돈을 댔고, 내가 연구를 했고, 이제 내가 소유하고 있지. 그리고 만일 그중 하나라도 자네가 확인해야 한다면……."

애커먼은 20쪽짜리 스테이플러로 철한 계약서를 내밀었다.

"자네들 모두가 서명한 계약서의 추가 사항 부분을 읽어보게."

제이슨은 서류에 손도 대지 않은 채 쳐다보기만 했다.

애커먼은 아까 내민 봉투와 함께 그 서류들을 손에서 내려놓았고, 제이슨은 그것들이 갑판에 떨어져 바람에 살랑대는 것을 보았다.

"당신한테는 가오리 몸도 없잖아요."

"확실히 그렇다고 생각하나?"

제이슨이 멈칫했다.

"뭐, 몸을 갖고 있다고요? 어떻게?"

"자네가 친구의 냉동고 안에다 하나를 두고 갔더군. 그걸 내가 가져가기로 했지."

제이슨은 눈을 돌렸다.

"하지만 그것으론 충분하지 않아요. 그것만으로는 아무것도 할 수 없어요."

"아닐세. 다른 모든 것, 그러니까 뇌 전문가를 비롯한 다른 모든 전문가의 전문적 분석 결과들, 자네 팀 동료의 메모들, 사진들…… 이것들을 합치면 난 필요한 걸 모두 갖고 있는 셈이야."

"어떻게 그 모든 걸 당신이 갖고 있다는 거죠?"

애커먼은 대답하지 않았다. 단지 넓은 갑판 위에 말없이 서 있었다. 제이슨은 애커먼이 허풍을 떠는 것이 아님을 직감했다. 어떻게 된 일인지는 모르지만 애커먼은 실제로 모든 걸 가지고 있는 것이나 다름없었다.

애커먼은 손목시계의 로마숫자들을 확인했다.

"마침내 비즈니스계에서 내가 달성한 성과들을 인정해줄 테니, 이보다 더 만족스러울 수는 없겠군."

"비즈니스계라고요? 해리, 비즈니스계가 상관이나 할 것 같아요? 당신을? 그 사람들은 당신을 운 좋은 인터넷 사업가 정도로밖에 보지 않잖아요?"

애커먼은 그 차가운 눈을 깜박였다.

"어디 두고 보지. 원한다면 날 고소해도 좋아. 어쨌든 자네들과 내 고용 관계는 끝났네. 해고 통지서와 추가 사항이나 들고 빨리 내 배에서 꺼지게."

애커먼은 이제 자신을 쫓아내려고까지 했다. 제이슨은 더 이상 참을 수 없었다. 그는 애커먼 쪽으로 걸어가 그의 코 앞 2센티미터 앞까지 얼굴을 들이댔다.

"이제는 무례하기까지 하시겠다!"

애커먼은 움직이지 않았다. 제이슨의 얼굴은 순수한 분노와 계산된 냉정함이 겹쳐서 매우 무섭게 보였다.

"멍청한 짓 따위는 하지 않는 게 좋을걸."

제이슨이 애커먼의 손을 거세게 잡았다.

"함께 갑시다."

애커먼은 손을 빼려고 했지만 그럴 수 없었다.

"라이플총 쏘는 법도 좀 배우고 숲으로 나와보라고요. 어디 직접 나가보면 기분이 어떤지 느껴보시라고요."

애커먼은 손을 더 세게 잡아당겼지만 빼낼 수 없었다.

"지옥으로나 꺼져버려."

제이슨이 더 세게 그의 손을 움켜쥐었다.

"당신은 비겁한 놈이야."

"난 천만장자라고."

제이슨은 계속해서 손을 짓눌렀다.

"흥, 자존심은 요트만큼 쉽게 살 수가 없나 보지?"

"고결한 이야기 따위는 집어치워. 식상하거든."

제이슨은 더욱 세게 애커먼의 손을 짓눌렀다.

"당신은 고결한 이야기에 신경을 좀 써야 돼."

애커먼은 고통스러워하며 몸을 비틀었다.

"봐. 아프단 말이야."

제이슨의 눈빛이 애커먼을 파고들었다.

"당신은 내 마음에 상처를 입혔어."

제이슨은 손을 놓았다.

"네놈이 이렇게 한 걸 후회하게 될 거다."

제이슨은 그에게 얼굴을 들이대며 무섭게 노려보았다.

"그럴 일은 없을걸."

애커먼이 겁을 집어먹고 움츠리는 동안, 제이슨은 애커먼의 노트북을 보았다. 저 컴퓨터가 이 일과 관련이 있을까? 혼자 생각하면서 그는 요트에서 뛰어내려 엑스페디션호에 올라탔다. 그는 당장 동료들에게 이 소식을 알려야 했다. 배가 움직이자 그는 하늘을 올려다보았다.

그는 멀리 저편에서 작고 하얀 연기 자락이 피어오르는 걸 보았다고 생각했다. 구름인가? 만일 구름이 몰려오고 있다면 안개도 머지않아 나타나겠지. 부두를 빠져나가면서 그는 멀리서 피어나는 연기 자락을 다시 한 번 보았다. 확실치 않았지만 아무래도 그놈이 조금 가까워졌다는 느낌이 들었다.

검은 두 눈은 움직이지 않았다. 그 눈들도 구름을 응시했다.

가오리는 구름이 처음 수평선 너머에서 나타났을 때부터 한 시간이 넘도록 지켜보고 있었다. 동굴 입구에 가오리의 날개 달린 몸은 돌 위에 넓게 뻗어 있고, 몸의 뒤쪽은 그늘에 가려져 있으며, 앞쪽은 직사광을 받았다. 가오리는 두꺼운 피부가 뜨거워지는 것이 불편했지만, 지금은 구름에 너무 열중한 나머지 움직일 수가 없었다. 가오리는 눈의 초점을 다시 맞췄다. 멀리 있는 흰 점이 점점 가까이 다가오고 있었다.

68

"리사."

제이슨이 주변을 둘러보며 물었다.

"대릴이랑 모니크 어디에 있는지 알아?"

제이슨, 리사 그리고 필은 주차장 한쪽 끝에서 늦은 오후에 삼나무들이 만들어낸 그늘 아래에서 쉬고 있었다.

"숲을 다시 확인하러 갔어요. 구름이 밀려오기 시작해서 대릴이 좀 더 있다가 오겠다고 했어요. 아까 무전기로 연락하려 했는데, 아마 통화 범위를 벗어난 것 같아요."

제이슨이 끄덕였다.

"크레이그의 장비에서는 결과가 좀 나왔나?"

"아무것도요."

그녀가 돌아보았다.

"그나저나 크레이그는 어디에 있는 거예요?"

"오두막에 있어. 뭘 좀 확인해달라고 내가 부탁했거든."

그녀가 가리켰다.

"저기 오네요."

"잠깐만……."

제이슨이 리사와 필에게는 들리지 않도록 크레이그 쪽으로 걸어갔다. 제이슨은 크레이그에게만 애커먼의 배신에 대해 이야기한 후, 뭔가를 확인해달라고 부탁했던 것이다.

"뭐 좀 찾아봤어?"

크레이그가 우울한 얼굴로 끄덕였다.

"그래, 찾았어."

"어떤데?"

"엿 같아, 제이슨. 상황이 완전 엿 같은데."

크레이그의 말에 제이슨은 낭떠러지로 떨어지는 기분이 들었다.

"정말이야?"

"증거가 너무나 확실해. 정말 유감이야."

제이슨은 한숨을 쉬더니 눈빛이 굳어졌다.

"좋아, 그럼 이 일은 안에서 이야기하자. 안에서 보자고."

크레이그는 자리를 떴고 제이슨은 리사와 필에게 돌아갔다.

"무슨 일이에요?"

리사가 수상한 생각이 들어 재빨리 물었다.

"해리 애커먼이 날 해고했어. 우리 모두를 해고했어. 우리 데이터를 가지고 종 심의위원회에 자기가 연구한 것처럼 제출할 거래. 아무래도 애커먼의 사업에 거금이 당장 필요한 것 같고, 놈이 우리가 한 일을 가지고 큰돈을 벌 방법을 찾아낸 것 같아."

"끔찍하군요."

리사가 어이없는 표정으로 말했다.

"믿을 수 없네요."

제이슨은 고개를 끄덕이다가, 그다지 속상해하지 않는 얼굴의 필을 보았다. 심지어 놀란 얼굴도 아니었다. 순간 제이슨의 얼굴이 차갑게 굳었다.

"안으로 들어가자. 이 일을 더 진지하게 의논해봐야겠어."

세 사람이 거실에 말없이 앉아 있는데 크레이그가 들어왔다. 그는 필의 노트북을 들고 왔다.

"어, 크레이그, 너 지금 그걸 가지고 뭘 하는 거야?"

크레이그는 필 마르티노를 무시한 채 벽난로 위에 놓인 두 모니터를 지나 제이슨 앞에 노트북을 내려놓았다.

"내가 물었잖아. 내 컴퓨터 가지고 뭘 하는 거냐고?"

크레이그가 돌아보았다.

"너에 대해서 확인할 게 있어."

제이슨 역시 고개를 돌리더니 필을 마치 매처럼 날카롭게 쏘아보았다.

"컴퓨터에 무슨 문제라도 있어, 필?"

제이슨의 얼굴 표정은 무시무시했다. 필 마르티노는 움직이지도 숨을 쉴 수도 없었다.

"아, 아니, 문제라니."

제이슨이 리사의 얼굴을 보았다.

"애커먼이 우리의 자료를 훔치기 위해서는 그것을 어떻게든 손에 넣어야 했겠지. 여기에 뭐가 있지, 크레이그?"

"이메일이야. 지난 몇 달 동안 500통이 넘게 오고 갔더군."

리사가 눈을 가늘게 떴다.

"이메일이라고요? 어디로 오고 간……."

크레이그가 돌아보았다.

"필 마르티노와 해리 애커먼이 주고받은 이메일들이야. 필이 놈에게 우리 정보를 하나도 빠짐없이 보내고 있었어. 여기 보이지, 제이슨? 이 첨부 파일들 말이야. 저건 종 심의위원회에 보내려던 네 보고서의 초안들이야. 첫 번째 초안, 두 번째 초안 그리고 열한 번째 초안까지. 저 자식이 자진해서 우리 메모들을 모두 입력하겠다고 했던 거 기억나지? 여기 GDV-4에 관한 내 메모가 있군. 저건 가오리의 이동에 관한 모니크의 메모, 이건 플랑크톤에 관한 리사의 메모, 이 자식이 찍은 사진들도 다 있군. 우리가 나눈 대화 내용들을 베껴 쓴 것도 있어. 아, 그리고 이 파일 네 개는 오케지 연구소에서 리사에게 보내온 이메일이고, 가오리 이빨에 관한 마이크 코헨의 글, GDV-4에 관한 요크의 글 그리고 마지막으로 중요한 게 있군. 반다르 비샤커라트니의 뇌에 관한 소견이야."

"세상에."

리사는 눈을 믿을 수 없었다.

크레이그가 고개를 끄덕였다.

"애커먼은 농담하는 게 아니었어. 놈은 정말로 모든 자료를 다 갖고 있어."

참담한 기분으로 제이슨이 돌아보았다.

"맙소사, 필, 왜? 왜 이런 짓을 했어?"

필은 눈길을 살짝 돌리고 엄지손가락을 만지작거릴 뿐이었다. 그는 아무 말도 하지 않았다.

"저 자식이 왜 그랬는지 내가 보여주지."

크레이그가 화면을 아래로 내렸다.

"이 이메일 보여? 놈이 애커먼에게 '봉급 인상'이라는 제목으로 보낸 거 말이야."

제이슨이 앞으로 고개를 숙여서 화면을 자세히 보았다.

"오 이런, 맙소사."

"애커먼이 우리를 배신하고 자기를 돕는 대가로 이 자식의 봉급을 두 배로 올려줬어."

제이슨이 고개를 저었다.

"내가 사람들을 믿는 데 문제가 있다고 기껏 생각했더니."

그는 갑자기 크레이그와 리사를 돌아보며, 그들 역시 자기에게 거짓말을 하지 않았을까 하는 의심스런 표정으로 바라보았다. 필이 과연 이 모든 일을 혼자서 처리할 정도로 똑똑할까?

마치 제이슨의 마음을 읽기라도 한 듯 크레이그가 그를 매섭게 노려보았다.

"맙소사, 제이슨, 이 모든 일은 필이 혼자서 다 한 거야."

"물론 그렇지."

제이슨은 갑자기 무안해졌다.

크레이그는 깊게 숨을 들이쉬고는 말을 이어나갔다.

"어쨌든 진짜 중요한 건 여기에 있어. 저 망할 새끼는 애커먼이 종 심의위원회에 제출할 보고서에서 유일한 연구자로 이름을 올리고 싶어 했어. 그런데 애커먼이 거절했지. 애커먼이 말하길 우리 모두가 필과 함께 있었으니, 실제로 일은 우리가 다 했다고 주장할 근거를 우리가 마련할 수도 있다더군. 그런데 필, 넌 그 문제를 비껴갈 묘책을 생각해냈지, 안 그래?"

필은 더욱 불안한 표정을 지었다.

"지금 무슨 소리 하는 거야?"

"넌 만일 우리 모두에게 무슨 일이 생긴다면, 그 보고서에 혼자 이름을 실을 수 있다고 생각해낸 거야. 그럼 너를 방해할 사람은 아무도 없게 될 테니까."

"잠깐만."

제이슨이 크레이그를 쳐다보았다.

"그건 믿을 수가 없는데."

리사가 머리를 흔들었다.

"나도 그래요. 그건 말도 안 되는 소리예요, 크레이그."

"그렇다고 생각해? 우리가 최근에 겪은 '사고들'을 내가 좀 짚어봤거든? 뭘 발견했는지 알아? 모든 사건에 빠짐없이 필이 연관되어 있더군. 네가 익사할 뻔한 일 기억나지, 제이슨?"

"필은 그 일과 관련이 없어. 우리와 함께 물에 들어가지도 않았잖아."

"놈은 배 위에 혼자 있었어. 네 잠수 장비들과 함께 말이야. 우리가 잠수하기 30분 전에 내가 직접 그 압축 공기통을 점검했다고. 그때는 가득 차 있었어. 그런데 네가 55미터 수심에 내려갔을 때 갑자기 텅 비어버린 거야. 그리고 사격 연습을 하는 도중엔 내 머리를 거의 날려버릴 뻔했어. 그다음엔 아주 간단하게 리사와 모니크에게 말을 잘못 전달했지. 그 모든 일이 망할 사고였다는 건 말도 안 되는 소리야. 젠장맞을! 전부 작정한 일이라고."

제이슨은 필을 돌아보았다. 그들 모두가 그를 쳐다보았다.

필은 믿을 수 없다는 표정으로 그들을 바라보았다.

"말도 안 되는 소리 하지 마. 제이슨, 너 설마 저 말을 모두 믿는 건 아니겠지, 그렇지?"

제이슨은 너무나도 놀란 표정으로 필을 바라볼 뿐이었다. 그는 말문이 막혀 아무 말도 못했다.

"리사? 내가 인정할게. 그땐 내가 헷갈렸어. 설마 내가 너와 모니크를 일부러 해치려 했다고 생각하는 거야?"

리사가 돌아보았다.

"크레이그, 필이 이 모든 짓을 했다는 증거는 하나도 없죠, 그렇죠?"

필이 화난 표정으로 고개를 빠르게 끄덕였다.

"그래, 크레이그는 그런 증거가 없어. 증거 근처에 갈 만한 것도 없어."

"리사, 이게 뭔 재판인 줄 알아? 저놈이 모두 저지른 일이야. 우리 모두 알잖아."

"아뇨, 우린 모두 알지 못해요. 크레이그, 필은 인간쓰레기예요. 그건 부정하지 않아요. 그렇지만 살인자라고 할 수는 없어요."

크레이그는 갑자기 기진맥진한 모습을 보였다.

"뭐, 이제 와서 무슨 소용 있겠어. 애커먼 놈은 이미 우리 자료를 모두 가지고 있고, 그 망할 놈은 거기다가 빌어먹을 변호사잖아. 우린 끝장났어."

"우리도 변호사를 부르는 게 좋지 않을까요?"

리사가 침을 꿀꺽 삼키며 말했다.

"특히 모니크와 대릴을 생각해서라도."

크레이그 서머스가 멈칫했다. 모니크와 대릴. 그들은 지금 이 사태에 대해 아무것도 모르는 채, 방금 전에 그들 수입이 전부 사라져버렸다. 그럼 그들 가족의 희망은 어떻게 되는 거지?

"그래, 당장 변호사를 불러야겠어."

크레이그는 수화기를 들었지만, 발신음이 들리지 않자 그는 갑자기 이성을 잃어버렸다.

"이런 젠장맞을! 제기랄!"

그는 수화기를 벽으로 냅다 던져 산산조각 내버렸다. 그러고는 숨을 몰아쉬며 진정하려고 애썼다.

"리사, 당신 무전기 좀 빌려서 연락 좀 할까? 그건 부수지 않을 게. 약속하지."

리사는 경계하는 듯한 표정으로 무전기를 건넸다.

크레이그가 버튼을 눌렀다.

"모니크, 대릴. 듣고 있어? 모니크, 대릴, 어서 받아봐!"

곧바로 모니크의 목소리가 찍찍거리며 들려왔다.

"여보세…… 안 들리…… 좀……."

송신은 끊어졌다.

크레이그가 다시 버튼을 눌렀다.

"모니크, 내 말 들려? 모니크?"

아무런 응답이 없었다.

"모니크? 여보세요? 내 말 들려?"

아무 소리도 나지 않았다.

"아마 수신 범위를 벗어난 모양이야."

크레이그가 제이슨을 쳐다보았다.

"두 사람이 저 밖에서 뭘 하려는 건지 궁금하군."

제이슨은 창밖을 쳐다보았다. 구름이 훨씬 더 많아졌다.

"내 생각도 그래."

모니크가 무전기를 허리띠에 찼다.

"아무래도 우리가 수신 범위를 벗어난 모양이야."

대릴 홀리스는 대답 없이 천천히 주의 깊게 주변 숲을 관찰했다.

늦은 오후가 되어 햇빛이 약해지고 어둠이 찾아들면서 공기가 제법 시원해졌다. 쌀쌀할 정도로. 작은 이슬방울들이 삼나무들의 나무껍질, 고사리 잎, 흙 등 곳곳에 맺혀 있었다. 심지어 대릴의 주먹에도 맺혔다. 두 사람은 이곳에서 몇 시간째 기다리고 있었다.

대릴은 다람쥐 한 마리를 주의 깊게 관찰했다. 조금 전까지만 해도 녀석은 먹이를 찾느라고 이곳저곳을 뛰어다녔다. 이제 녀석은 뒷다리로 서서 먼 곳을 바라보는 자세로 그 자리에 얼어붙어 있었다. 다람쥐는 겁을 먹은 것처럼 보였다.

대릴은 위를 올려다보았다. 나무 꼭대기들 바로 아래에 아주 엷은 희미한 안개가 나타났다. 안개가 끼고 있었다.

대릴은 갑자기 걱정스러운, 거의 겁을 먹은 얼굴로 아내를 돌아보았다.

"이제부터 조심해야 돼. '겁먹은 것처럼' 조심해야 돼."

모니크는 남편의 눈을 바라보았다.

"알았어요, 여보."

대릴은 아내에게 입을 맞췄다.

둘은 아무 말도 하지 않고, 빠르게 뒤로 물러났다.

69

"제이슨?"

침실에 혼자 있던 제이슨이 뒤를 돌아보았다. 리사가 문가에 서 있었다.

"아, 안녕. 대릴하고 모니크는 돌아왔어?"

그녀가 안으로 들어왔다.

"아니요."

"크레이그는 지금 뭐 해?"

"컴퓨터를 점검하고 있어요. 내 생각엔 그 공유기 스위치에 문제가 있는 것 같아요. 그러면 서버를 다시 보완해야 할 거예요."

그녀는 제이슨을 감정 없는 눈길로 바라보았다.

"크레이그의 말이 맞았죠? 그렇죠?"

"무슨 말?"

"당신은 크레이그가 필을 도와주었다고 생각했어요. 그리고 당신은 나도 필을 도와주었다고 생각했어요."

"리사, 말도 안 되는 소리 하지……."

"당신 얼굴에 다 드러나 있어요!"

갑자기 그녀의 눈에 눈물이 고였다.

"당신은 내가 돼지 같은 놈을 도와서 의도적으로 우리 모두를 속였다고 생각했어요."

제이슨은 한숨을 내쉬었다.

"어쩌면 아주 잠깐 동안 그런 생각을 했을지도 몰라."

그는 리사의 얼굴을 부드럽게 어루만졌다.

"미안해. 리사를 의심하려던 건 아니었어. 난 당신이 아무런 관련이 없다는 걸 알아. 전혀."

"그런데 왜 내가 그랬을 거라고 생각했어요?"

"리사, 필이 한 짓 말이야……. 아무래도 그 일 때문에 예전의 그 불안감이 다시 도진 것 같아."

그는 리사의 눈을 똑바로 바라보았다.

"당신을 믿을 수 없게 된다는 건 나한테는 가장 끔찍한 일이야."

눈에 눈물이 고인 채 그녀가 웃었다.

"정말이요?"

"그럼, 정말이야."

리사가 그를 껴안았다.

"다시는 그러지 마요."

"그럴게."

그들은 포옹을 풀었다.

"오늘이 내 생일이라고 말했던가?"

"아뇨."

"사실, 오늘 일어난 일들 때문에 생일도 잊고 있었어."

제이슨은 얼굴을 찌푸렸다.

"이번 생일은 벌써 대단한 생일이 돼버렸군."

"오늘이 아직 다 지나가지 않았어요, 제이슨."

그가 희미하게 미소를 지었다.

"뭔가 대단한 게 기다리고 있나 보네."

그가 어깨를 으쓱했다.

"뭐, 난 지금까지 생일을 기대한 적이 별로 없으니까."

"마음에 없는 말 하지 말아요."

리사는 얼굴 가득 미소를 짓더니 그에게 쪽 소리가 나게 키스를 했다.

"생일 축하해요!"

제이슨은 마음속으로 더 큰 미소를 지었다. 다른 사람으로부터 진심 어린 생일 축하를 받은 것은 몇 년 만에 처음 있는 일이었다.

"고마워, 리사."

"미리 알았더라면 내가 생일 케이크를 준비했을 텐데요."

"대릴하고 크레이그가 벌써 오븐에다 하나쯤 구워뒀을걸."

그녀가 웃었다.

그러다가 리사의 얼굴에서 점점 미소가 사라졌다. 그녀는 창가로 다가갔다.

"우리는 계속 밖에 나가서 그놈을 찾아야 되나요?"

"나도 잘 몰라. 대릴하고 다른 사람들이 어떻게……."

"만일 당신 결정에 달려 있다면, 그때도 우린 밖에 나가서 놈을 찾아야 되나요?"

"우리가 그렇게 한다면 당신은 괜찮겠어?"

"정확히 모르겠어요."

그녀는 밖을 바라보았다.

"모니크 말이 맞는 것 같아요. 이 동물이 새로운 역사를 만드는 거예요. 그런데 어떻게 우리가 찾지 않을 수 있겠어요?"

"난 당신이 그렇게 생각하는지 전혀 몰랐어. 난 단지……."

"난 이번 일만큼은 끝까지 가볼 거예요, 제이슨."

제이슨은 그녀의 얼굴을 마주 보았다.

"나도 그래."

"정말이에요?"

"그럼, 정말이지."

"그렇다면 당신은 주변에 있는 모든 사람을 믿어야 돼요. 특히 대릴을."

"난 지금도 다른 사람들을 믿……."

"내 말은 정말 믿어야 한다는 거예요, 제이슨. 우리가 처한 상황은…… 매우 위험한 것일 테니까요."

452

"내가 그걸 모르는 줄 알아?"

그녀가 마룻바닥을 내려다보았다.

"지금부터 내가 하는 말에 대해 오해하지 말았으면 좋겠어요."

"무슨 말인데?"

"당신은 이제 우리 대원을 이끌 능력이 없어요. 당신은 그저 생물학자일 뿐이고, 지금부터 우리가 하려는 일은…… 당신 분야가 아니에요. 당신은 사람들을 믿어야 돼요. 내 말은, 당신 생명도 믿고 맡길 수 있어야 한다는 거예요. 우리의 생명도. 그러나 그건 당신이 그렇게 할 수 있어야만 되는 거죠. 왜냐하면 당신이 그렇게 할 수 없다면…… 그러니까 만일 당신이 정말로, 진심으로 당신이 아닌 그들이 판단하고 결정하는 것을 믿을 수 없다면…… 그러면 우리는 당장 이 일에서 손을 떼야 돼요. 필이 한 짓을 생각해보면 당신이 그런다고 해도 난 놀라지 않을 거예요."

"그럼 당신은 내가 그들을 믿지 못한다고 생각하는 거야? 내가 그들을 믿을 그릇이 안 된다고?"

리사는 그의 시선을 피하지 않았다.

"그럴지도 모르죠."

"서버에 연결되었습니다."

이 메시지는 몇 분 전에 처음 나타났고, 그 뒤부터 크레이그는 계속 인터넷을 헤집고 돌아다녔다.

땡. 컴퓨터에서 이메일 도착을 알리는 소리였다.

땡. 이메일이 또 하나 왔다.

땡. 그리고 또 하나.

땡. 하나 더.

크레이그가 컴퓨터를 쳐다보았다.

"이게 왜 이러지?"

그는 자신이 보던 웹사이트를 최소화하고 이메일 프로그램을 열어보았다. 땡, 땡, 땡, 땡, 땡, 땡…… 이메일이 받은편지함으로 계속 쏟아져 들어왔다. 10개, 20개, 100개 그리고 계속해서 끊임없이 빠르게 들어왔다. 발신인은 모두 해리 애커먼이었다.

"이게 대체 뭐야?"

제이슨이 리사와 함께 거실로 들어왔다.

"무슨 일이야?"

"아무래도 애커먼 컴퓨터에 바이러스가 생긴 모양인데……."

이메일이 이제는 더더욱 빠르게 쏟아져 들어왔다. 수백 개, 어쩌면 수천 개가 될 것 같았다.

"상태가 아주 심각한 모양이야."

제이슨이 다가와서 화면을 내려다보았다.

"메일들의 제목을 봐, 크레이그."

크레이그가 고개를 숙이고 들여다보았다. 계속 같은 이메일이 받은편지함으로 들어오고 있었다.

바이러스가 들어 있어 재기록 CD 내용이 훼손되었음

모든 데이터를 다시 보내주기 바람!!

바이러스가 들어 있어 재기록 CD 내용이 훼손되었음

모든 데이터를 다시 보내주기 바람!!

바이러스가 들어 있어 재기록 CD 내용이 훼손되었음

모든 데이터를 다시 보내주기 바람!!

바이러스가 들어 있어 재기록 CD 내용이 훼손되었음

모든 데이터를 다시 보내주기 바람!!

바이러스가 들어 있어 재기록 CD 내용이 훼손되었음

모든 데이터를 다시 보내주기 바람!!

바이러스가 들어 있어 재기록 CD 내용이 훼손되었음

모든 데이터를 다시 보내주기 바람!!

바이러스가 들어 있어 재기록 CD 내용이 훼손되었음

모든 데이터를 다시 보내주기 바람!!

"맙소사."

크레이그가 말했다. 제이슨은 멍하니 계속 바라볼 뿐이었다.

"CD에 들어 있는 파일들이 훼손되었다고? 그런 일이 실제로 일어날 수 있어?"

크레이그 서머스가 끄덕였다.

"나도 이런 적이 있어. 그것도 한 번도 아닌 여러 번이나. 게다가 요즘엔 컴퓨터의 하드 드라이브에 몰래 숨어 들어간 신종 슬리퍼 바이러스(sleeper virus)가 문제야. 사용자는 그 바이러스가 들어 있는지조차 모르지만, CD에다 데이터를 저장할 때마다 바이러스가 함께 건너가기 때문에 다음에 CD를 사용할 때 데이터가 훼손되었다고 나타나게 되지. 세상에! 그렇다면…… 애커먼은 모든 데이터를 다 잃어버렸을 수도 있어."

크레이그가 급히 돌아보았다.

"필, 네 핸드폰 켜져 있어?"

"잘 모르겠는데, 어, 그게……."

"지금 봐도 될까? 당장?"

필은 급히 주머니에서 핸드폰을 꺼내 건네주었다.

제이슨이 눈을 가늘게 뜨고 물었다.

"크레이그, 지금 뭘 하는 거야?"

크레이그는 핸드폰의 전원을 켠 다음 테이블 위에 올려놓았다.

"만일 애커먼이 정말로 자기 데이터를 모두 잃어버렸다면, 지금 당황하고 있겠지. 그리고 어떻게 해서라도 필에게 연락을 취하려고 애쓰고 있을……."

전화가 울렸다.

제이슨이 전화번호를 확인했다.

"망할 자식 같으니…… 놈이 맞아."

그들은 모두 핸드폰을 쳐다보았다. 전화벨은 계속 울려댔다. 그러다 얼마 지나자 벨소리가 멈췄다. 그리고 즉시 다시 울렸다.

크레이그가 돌아보았다.

"놈은 아무것도 가지고 있지 않아, 제이슨. 낌새가 확실해. 그 망할 놈에겐 이제 아무것도 없어."

"놈에게는 아직 죽은 가오리의 몸뚱이가 하나 있어."

"맞아. 그런데 그 가오리에서 네가 뇌를 잘라냈잖아."

제이슨이 멈칫했다.

"그래. 그리고 그 뇌를 꺼내려고 내가 가오리를 완전히 난도질해놨지. 그러고는 오랜 시간 냉동고 안에 있었으니까, 그런 상태라면 몸뚱이만 가지고는 종 심의위원회를 통과할 수 없을 거야. 어림도 없을걸."

제이슨은 아직도 땡땡 소리를 내는 이메일의 받은편지함을 쳐다보았다.

"맙소사, 네 말이 맞아. 놈에겐 지금 아무것도 없어."

456

크레이그가 갑자기 움찔했다.

"지금 무슨 소리 나지 않았어?"

"아니, 모르겠는데."

그들은 모두 뒤돌아보았다.

대릴과 모니크가 서 있었다. 언제인지 그들은 아무도 눈치 채지 못하는 사이에 들어왔던 것이다. 이상하게도 제이슨은 그들이 뭔가 다르게 느껴졌다. 둘 다 카키색 복장에 오른쪽 어깨 부위에는 커다란 오렌지색 헝겊을 덧댄 긴소매 셔츠를 입고 있었다. 마치 잡지에서나 볼 법한, 사파리에 나선 사냥꾼들처럼 보였다. 하지만 그것 말고도 그들에게서는 뭔가 다른 것이 느껴졌다. 제이슨은 곧 알아차렸다. 바로 그들의 얼굴이었다. 긴장해 있으면서도 침착한 표정. 겁먹고 있으면서도 확신에 찬 표정. 제이슨은 지금껏 그런 표정을 본 적이 없었다.

"무슨 일이야, 대릴?"

"놈이 밖에 있어."

70

"뭐, 해고당했다고? 게다가 그게 지금 바로 유효하다고?"

대릴은 갑자기 기운을 잃고 어깨를 움츠린 채 소파에 주저앉았다.

"왜 그래, 대릴?"

제이슨은 대릴이 이런 반응을 보일 거라고는 미처 예상하지 못했다.

"그럼 이제 우린 돈을 못 받는다는 거야?"

"그게…… 그렇지."

"나 그만둘래."

"뭐야? 넌 그만둬선 안 돼. 우리 중에 경험 있는 사냥꾼은 너뿐이잖아. 그리고……."

제이슨은 잠시 리사를 바라보았다.

"지금부터는 네가 대장이야. 내가 아니고 너라고. 모두 네 말을 따를 준비가 돼 있어."

"그래? 내 말은 난 아무것도 사냥하지 않을 거란 말이지."

"어째서 갑자기……."

"넌 내가 공짜로 내 목숨 그리고 내 아내의 목숨을 위험에 빠뜨릴 것 같아?"

"그럼 이 모든 걸 돈 때문에 했다는 거야? 그런 거야, 대릴?"

"그래, 바로 그거야. 나한테 실망했다면 미안한 일이지만 제이슨, 아이들을 키우려면 돈이 있어야 해. 먹는 건 말할 것도 없고 옷, 아기 침대, 통조림, 새 집…… 모두 다 어마어마한 돈이 든단 말이야!"

제이슨이 제자리에서 서성이기 시작했다.

"그럼 돈 얘기를 해보자. 지금 우리가 생각하는 그놈이 정말로 저 밖에 있다면, 우리가 상상조차 할 수 없는 큰돈을 벌 수 있을 거야."

"어이구, 그러시겠지."

"대릴, 정말이야. 책을 쓰게 될 거고, 돈을 받고 여기저기 초청받을 수도 있고, DVD도 만들 테고. 애커먼이 계획한 것보다 더 많은 것을 할 수 있어. 네가 원하는 게 돈이야? 돈이라면 쓰고도 남을 만큼 벌 수 있어."

대릴은 침울하게 고개를 저었다. 그 말이 믿기지 않았다.

"제이슨 말이 옳아요, 여보."

대릴 홀리스는 아내 쪽을 천천히 돌아보았다.

"정말로?"

"난 한 번도 그쪽으로 생각해본 적은 없지만, 이런 일에 대한 금전적 보상은…… 엄청날 게 분명해. 여기 있는 우리 여섯 사람은 하루아침에 백만장자가 될 수도 있다고."

"하지만 돈만 바라고 이 일을 하진 말자고."

제이슨이 주변을 둘러보며 말했다.

"우리 중 어느 누구도 돈만을 위해서 이 일을 해선 안 돼."

대릴이 약간 냉소를 띤 표정으로 고개를 저었다.

"그럼 도대체 왜 하는 거야? 기분 좋으라고?"

"우리 스스로 자랑스럽기 위해서야, 대릴. 모니크가 말한 것처럼 우리는 지금 새로운 목(目)을 발견하기 일보 직전에 있어. 지금까지 지구 역사에서 아무도 그 존재를 몰랐던 거야. 그러니까 우리 눈앞에서 자연선택 과정이 벌어지는 거야. 돈이고, 애커먼이고, 우리가 이제껏 치른 모든 희생이 다 하찮게 된다고. 이건 역사책에 우리 이름을 남기는 일이 될지도 몰라."

"아니면 우리 목숨을 잃을 수도 있겠죠."

리사가 조용히 말했다.

대릴은 리사의 말을 듣지 못한 것 같았다. 그는 자부심 넘치는 얼굴로 아내를 바라보았다.

"난 항상 역사책에 내 이름을 남기고 싶었어."

모니크는 남편의 기분이 좋아진 걸 보며 미소를 지었다.

"나도 그래요, 여보. 나도 마찬가지예요."

"그럼 너희도 동참하는 거지?"

제이슨이 물었다.

부부는 눈짓을 교환했다. 물론 그들은 동참할 것이다. 그러나 그때 대릴이 크레이그를 쳐다보았다.

"하지만 네가 함께 올 경우에만 그럴 거야. 만일 네가 안 온다면……."

그가 아내에게 눈길을 돌렸다.

"우린 당장 그만두겠어."

모니크가 남편의 말을 대신 끝냈다.

그 말에 크레이그는 속으로 감동을 받으며 끄덕였다.

"나도 함께할 거야."

리사도 고개를 끄덕였다.

"저도 그러겠어요."

"그래 함께 가자."

그들은 모두 필 마르티노를 쳐다보았다.

"만일 내가 가도 괜찮다면."

크레이그는 고개를 저었다.

"웃기는 소리. 말도 안 돼."

"함께 가야 할 것 같은데."

크레이그가 제이슨을 쳐다보았다.

"뭐라고? 이 쓰레기가 무슨 짓을 했는지 알면서도 놈의 편을 들어주겠다는 거야?"

"아냐, 크레이그. 난 다시는 이 자식 편을 들지 않을 거야."

필은 이 말에 마음의 상처를 입는 듯했다. 제이슨은 그것에 야릇한 쾌감을 느끼며, 독기를 품은 목소리로 조용히 말했다.

"난 이 자식이 우리와 함께 가지 않는다면 무슨 짓을 할지 생각하고 있어. 예를 들면 놈이 어디로 갈지, 누구랑 이야기를 할지 말이야. 그런데 같이 가면 우리가 계속 이 녀석을 감시할 수 있거든."

방 안이 조용해졌다. 이건 매우 합리적인 말이었다. 이제는 어느 누구도 필 마르티노를 믿을 수 없었다.

크레이그는 여전히 걱정스러웠다.

"이놈은 정말로 우리 등 뒤에다 총을 쏘고도 남을 놈인데."

제이슨은 필의 눈을 뚫어져라 노려보았다.

"행여 그러려고 하기만 한다면, 하느님께 맹세코 내가 먼저 이 자식을 쏴버리겠어."

"그런단 말이지?"

대릴이 창가로 걸어갔다.

"우리가 이 일을 한다면, 내가 정말 대장을 맡는 거야, 제이슨? 아니면 아까 그 말은 그냥 해본 소리야?"

제이슨은 리사를 잠시 쳐다보았다.

"아니, 네가 정말로 이제 대장이야."

"그럼 이제부터는 그런 식으로 일하지 않을 거야. 어느 누구도 다른 사람의 등에다 총을 쏘는 짓은 안 할 거야. 저 밖에 있는 놈은 무서운 놈이야. 내 말은 우리를 단숨에 죽일 수 있을 정도로 무섭다는 거야. 그러니까 우리는 놈을 사냥하기 위해서는 서로 의지해야 돼. 마치 형제처럼. 그래서 난 서로 쏘겠다는 소리는 농담조차도 듣기 싫어. 알아들었지, 제이슨?"

"좋아. 그럼 저 녀석은 데려가기로 한 거다?"

대릴은 필을 노려보았다.

"네가 또 무슨 수작을 부린다면, 하느님께 맹세코 네놈을 내가 직접 손봐주겠어."

필은 불안한 얼굴로 침을 삼켰다. 이건 무기를 자유자재로 다룰 줄 알고, 운동선수 같은 체격을 가진 사람의 협박이었다. 필은 돌아보았다.

"제이슨, 내가 최선을 다해서 도울게. 약속해."

제이슨은 이제 필 마르티노의 얼굴조차 보기 싫었다.

대릴은 끄덕였다.

"그럼 너도 우리 일원이야, 필. 우린 모두 동료야. 우리가 저 밖에 나가는 순간, 우린 서로 뒤를 지켜줘야 해. 제이슨, 이제 더는 날 의심하지 마. 절대로. 의심 때문에 사람이 죽을 수도 있어. 한 번이라도 그런 짓을 했다가는 맹세코 난 이 일을 때려치우겠어."

"좋아. 접수했어."

크레이그는 벽난로 위에 놓인 모니터의 텅 빈 화면을 쳐다보았다.

"대릴, 그놈이 밖에 나와 있는 게 확실해? 왜냐하면 이 장비들은……."

"크레이그."

대릴은 침착하게 그의 말을 끊고는 앞서 숲에서 모니크를 쳐다보던 그 눈빛으로 친구를 바라보았다.

"음."

"이제 겁먹을 시간이다, 친구야."

"그래?"

"그럼."

크레이그가 천천히 일어섰다. 바로 그때, 제이슨은 그에게서 변화된 모습을 보았다. 평소 그가 취하던 느슨한 자세는 단단하고 곧게 펴졌고, 흐리멍덩한 눈은 갑자기 예전에 못 보던 강렬한 빛을 발했다. 크레이그 서머스는 심지어 키도 더 커진 것처럼 보였다.

"겁먹으라는 게 대체 무슨 말이야?"

"'겁먹는' 게 뭐예요?"

리사가 물었다.

대릴이 돌아보았다.

"군대에서 쓰던 말이야. 부대원들이 군기가 느슨해져서 행여나 죽을 짓을 할까 봐 서로 해주던 말이지. 그냥 멍청한 군대 용어야, 극성 엄마."

하지만 크레이그는 그것이 '멍청한 군대 용어'라는 듯 반응하지 않았다. 리사는 크레이그가 대릴 쪽으로 걸어가더니 재빠르게 껴안아주는 것을 보았다.

"고맙다, 친구야. 몸조심하자. 모니크, 너도."

셋은 서로 등을 다독거리며 격려했다. 제이슨은 그 모습을 바라볼 뿐이었다. 그는 자신이 이만큼 고마워한 적이 있는지 확신할 수는 없지만 누군가를 믿고 의지한다면 할 수 있다고 생각했다. 놈은 밖에 있다.

크레이그가 갑자기 모니터 화면 하나를 가리켰다.

"저거 봤어?"

그가 화면에 손을 대는데…… 화면을 좌우로 쓸고 지나가는 두 개의 녹색 선을 가로질러 점 하나가 엄청나게 빠른 속도로 움직이다 이내 사라졌다.

제이슨이 고개를 숙이고 화면을 보며 물었다.

"저기가 정확히 어디야?"

크레이그가 지도를 내려다보았다.

"숲 언저리인데. 어디에 있든지 간에, 그놈은 우리 쪽으로 오고 있어."

대릴은 상관하지 않았다.

"어서 준비하자고……."

모니크와 크레이그는 고개를 끄덕였고, 3인조는 검은 가방을 여러 개 들고서 현관으로 향했다. 크레이그는 무전기 네 개를 꺼내 제이슨, 리사, 필 그리고 모니크에게 하나씩 건네주었다.

"혹시라도 우리가 서로 떨어질 경우에 대비해서야. 무전기가 네 개밖에 없으니까 대릴과 나는 소리를 지르는 걸로 대신할 거야. 각자 스위치를 켜서 잘 작동하는지 확인해봐."

제이슨은 무전기를 받아 들면서, 대릴이 삼나무를 쳐다보며 검지로 넓적다리를 빠르게 두드리는 걸 보았다. 제이슨은 그의 손가락을 바라보았다. 놈은 밖에 있다.

갑자기 두드리던 손가락을 멈추고 대릴이 다른 동료를 둘러보았다.

"이 일을 정말 하는 거지?"

둘러선 모든 사람이 고개를 끄덕였다.

대릴은 지금 보는 광경이 만족스러웠다. 모두 사냥꾼의 얼굴이었다. 자신에 찬 상투적인 표정이 아닌 겁먹고 긴장한 진짜 사냥꾼의 얼굴을.

"좋아, 그럼 출발하자."

제이슨이 자기 라이플총을 주워 들 때 리사가 제이슨 쪽으로
몸을 기울이며 속삭였다.

"내가 말했죠? 오늘 하루는 아직 안 끝났다고. 생일 축하해요,
제이슨."

제이슨은 살짝 미소를 지었다. 정말 대단히 행복한 생일이군.

71

"정말 그걸 가지고 사냥하겠다는 거야?"

대릴 홀리스가 아무리 활과 화살을 잘 다룬다고 해도, 제이슨
은 그가 그걸로 사냥한다는 걸 믿을 수 없었다. 클레이 사격을 하
는 건 그렇다 쳐도 사냥에 쓰는 건, 특히나 밖에 있을지도 모르는
저 괴물을 잡는 데 쓰는 건…….

갑자기 화살 하나가 공기를 날카롭게 가르며 날아갔다. 무슨
일이 일어났는지 제이슨이 알아채기도 전에, 화살은 그의 코앞
을 지나 뒤에 있는 철제 쓰레기통에 들어가 박혔다. 제이슨은 겁
을 먹기는커녕 미처 거기에 반응할 시간조차 없었다. 그는 쓰레
기통을 쳐다보았다.

"맙소사."

화살은 철제 쓰레기통에 그냥 박힌 것이 아니라, 쓰레기통의
앞면은 물론 뒷면까지 완전히 꿰뚫어 구멍을 내고는 뒤에 있는
흙 속에 박혀 있었다.

대릴이 제이슨에게 의미심장한 눈길을 던지며 말했다.

"어이 동생, 이 정도면 되겠지?"

제이슨은 쓰레기통을 쳐다보았다.

"그래."

"잡담은 그만하고, 이제 시작하자."

모두 움직이기 시작했다. 숲 속에서 눈에 띄지 않도록 그들은 똑같은 카키색 셔츠, 바지 그리고 부츠를 착용했다. 마치 전문가처럼 제이슨, 필 그리고 리사는 그들의 라이플총을 장전하고 안전장치를 잠갔다. 크레이그와 모니크도 똑같이 했다.

대릴의 경우에는 조금 더 복잡했다. 배낭 가득 72센티미터짜리 표준형 알루미늄 화살이 든 상자에서 대릴은 화살 48개를 꺼냈다. 거추장스럽게 화살통에 화살을 넣고 다니는 대신, 대릴은 특별히 설계된 몸에 착 달라붙는 솜털 조끼를 입었다. 이 조끼의 특징은 작은 휴지통만 한 뒷주머니가 있고, 그 밑 부분에는 찰흙으로 만든 안감에 화살들을 꽂아서 보관하고 운반할 수 있었다.

대릴이 준비를 끝내는 동안, 모니크와 크레이그는 총의 안전장치가 제대로 잠겨 있는지, 모든 것이 제대로 됐는지 신참들의 준비 상태를 세심하게 점검했다.

그런 후 모니크는 자신의 무기에 탄창을 장전했다.

"여보, 준비됐어요?"

대릴 홀리스는 처음에는 대답하지 않았다. 그는 숲 쪽을 돌아보았다. 대릴은 그들이 정확히 무얼 찾는지 알지 못했다. 그는 두 눈으로 직접 보기 전에는 그것이 새로운 동물 목(目)이라는 사실을 인정할 수가 없었다. 그러나 그것이 무엇이든 간에, 그는 그것을 느낄 수 있었다. 마치 나비가 잔잔한 산들바람을 느낄 수 있듯이. 크레이그와 모니크는 가끔씩 대릴의 인디언 신비주의를 놀렸지만, 대릴 홀리스는 그것이 재미있다고 생각한 적은 한 번도 없었다. 그것은 그가 유머로 삼을 수 없는 몇 안 되는 소재들 중 하나였다. 날 믿지 않는다면 어디 마음대로 해보라지. 하지만 그 것은 단지 자기 자존심의 목소리였다. 이제는 상관없었다. 저 삼 나무 숲에는 매우 위험한 동물 한 마리가 돌아다니고 있다. 다른 사람을 죽인 적이 있고, 자신 역시 죽일지도 모르는 동물이었다.

하지만 대릴 홀리스는 죽을 생각은 털끝만큼도 없었다. 그는 거대한 나무들을 비웃는 듯한 눈빛으로 노려보았다. 실제로 몇 년 동안 사냥을 다녀본 적은 없지만, 이제 그 모든 느낌이 되살아 났다. 야생동물들은 위험했다. '죽이지 않으면 내가 죽는다' 라 는 말은 사람들 사이에는 우스갯소리일 수 있지만, 짐승들에게 는 일상생활이다. 짐승을 사냥하러 나갈 때 잊어서는 안 되는 말 이다. 하지만 대릴의 머릿속에는 아무런 의혹도 없었다. 태양이 동쪽에서 떠오르는 것처럼, 아직 보지 못한 그 동물이 무엇이든 대릴은 그놈을 죽여버릴 작정이었다. 그는 아내를 돌아보았고, 눈이 서로 마주쳤다. 두 사람의 시선에 사랑의 감정은 조금도 깃 들어 있지 않았다. 그 눈빛은 마치 '사냥꾼다운 표정을 짓고, 조 심하기나 해' 라고 말하는 듯했다. 그는 리사와 크레이그에게도 같은 눈빛을 보냈다. 제이슨과 필에게는 특별히 노려보는 시선 을 보냈다. 쓸데없는 잡소리는 조금도 용납하지 않겠어. 모두 고 개를 끄덕였다. 그러자 대릴은 다시 숲을 향해 고개를 돌렸다.

"그래, 여보. 준비 다 됐어."

바람 한 점 없군. 이건 좋은 징조야. 대릴 홀리스는 놈에게 접 근할 때 바람을 등질 걱정은 하지 않아도 되었다. 하지만 안 좋은 점도 있었다. 바람이 없으니 주변은 고요할 것이다. 그들은 움직일 때마다 더 조심히, 더 조용히 다녀야 했다.

일행 여섯 명이 숲으로 걸어 들어가는 동안, 제이슨은 모니크와 크레이그의 행동을 주시했다. 그들의 눈은 매우 천천히 움직였는데, 마치 주변의 솔잎 하나하나까지 관찰하는 듯이 세심했다. 그들은 뒤, 왼쪽, 오른쪽 할 것 없이 머리를 계속 두리번거렸다. 총은 항상 시선을 따라 움직였다. 군대 훈련이 완전히 몸에 뱄군. 제이슨이 생각했다.

20분쯤 지났을 때 대릴은 기온이 조금 떨어지는 걸 느꼈다. 그는 위를 올려다보고 그 사이 안개가 짙어진 것을 알았다. 그뿐 아니라 주위는 더욱 조용해졌다. 새가 지저귀는 소리도, 시냇물이 흐르는 소리도 들리지 않았다. 정적만이 감돌았다. 목표물에 가까워진 모양이었다. 그는 뒤를 힐끗 보았다. 일행이 늘어선 모양이 좋지 않았다. 당장 바꿔야 했다. 대릴은 멈추라는 지시를 내렸다.

"좋아, 이제 우리는 둥그런 사냥 대형을 짤 거야. 그 이유는 주변을 360도 모두 감시하기 위해서야. 그러니까 우리 모두는 서로를 의지하는 셈인 거야. 그럼 제이슨, 저쪽으로 가서 바깥쪽을 향해 서줘. 모니크는 저쪽, 리사는 저쪽. 크레이그와 필, 너희는 바로 저쪽으로 가면 돼."

그들은 재빨리 둥그런 대형을 이루었다.

"여기서 정말 중요한 건 무슨 일이 일어나든 간에, 자기가 맡은 방향을 꼭 보고 있어야 한다는 거야. 필, 바깥쪽을 보고 있어야지."

필은 돌아섰고, 그동안 대릴은 필의 뒤쪽에 있는 덤불 속으로 걸어 들어갔다. 그러더니 대릴은 덤불을 마구 흔들며 비명을 질렀다.

필은 제자리에서 휙 돌아 덤불을 쳐다보았다. 놀랄 만큼 무시무시한 일이었다.

대릴은 덤불에서 걸어 나왔다.

"자, 저렇게 하면 안 된다는 거야. 너희가 각자 맡은 방향을 봐야 한다는 걸 명심해. 왜냐하면 너희가 저쪽에서 뭔가를 보거나 듣거나 냄새를 맡거나 아니면 단지 무언가를 느꼈다고 생각할지 모르지만……."

그가 왼쪽으로 손짓을 했다.

"저쪽에 있다고 생각한 게 사실은 이쪽에 있을 수도 있어……."

그가 오른쪽으로 손짓했다.

"야생동물들, 특히 포식자들은 매우 빨리 움직여. 만일 우리 중 한 명이라도 엉뚱한 방향을 보고 있으면, 놈은 바로 달려들어서 우리 모두를 죽일 수도 있어. 다들 무슨 말인지 알겠지?"

모두 고개를 끄덕였다.

대릴은 어깨에 멘 활을 더듬어 찾더니 둥그런 대형의 앞으로 걸어 나왔다.

"무전기를 가진 사람들은 볼륨을 낮추고 전원을 켜."

그는 앞으로 걸어가며 주변을 둘러보며 살폈다.

"그리고 눈 똑바로 뜨고 잘 봐."

깊은 숲 속에서 둥그런 사냥 대형은 천천히 움직였다. 주변 공기는 계속 차가워졌는데 이는 대릴만이 감지할 수 있었다. 위쪽의 안개 역시 더욱 짙어졌다. 위를 올려다본 제이슨은 안개가 나무 꼭대기를 부드럽게 물결치듯 넘어가는 것을 보았다. 아직 그속에 숨기에는 안개가 너무 옅었지만, 아마 곧 충분히 짙어질지 모르는 일이었다.

15분 뒤, 안개가 더욱 짙어졌다. 제이슨은 다시 위를 올려다보았고, 이번에는 안개를 뚫고 조용히 날아가는 부엉이의 희미한 윤곽을 포착할 수 있었다.

40분이 흐르자, 하늘이 더는 보이지 않았다. 나무 꼭대기도 보이지 않았다. 20층 높이 너머는 모두 시야에서 사라져버렸다. 거대한 삼나무 줄기들은 마치 아이스크림에 꽂힌 이쑤시개처럼 안개 위로 튀어나와 있었다.

저 위라면 무엇이라도 숨을 수 있겠군. 제이슨이 생각했다. 그때 무슨 소리가 들렸다.

모두가 그 소리를 들었다. 바로 앞쪽에서 들렸는데, 땅바닥 근처에서 덤불을 헤치고 들려오는 소리였다. 제이슨은 대릴을 돌아보았지만 대릴은 아무 소리도 듣지 못한 듯 그저 앞으로 걸어가기만 했다.

뭔가가 시끄럽게 부딪치는 소리가 났다.

대릴은 침착하게 시선을 들어 올렸다.

"사슴이군."

크레이그는 믿지 못했다. 소리는 그들을 향해 빠르게 다가왔다. 그것도 자신이 서 있는 방향으로. 그는 덤불 무더기를 향해 총을 겨누었다. 소리는 점점 시끄러워졌다. 그는 방아쇠에 손가락을 얹었다. 소리는 더욱더 커졌다. 사슴 한 마리가 뛰어나오더니 제자리에 멈춰 서서 큰 갈색 눈으로 크레이그를 쳐다보았다.

그는 총을 내렸다.

그때 소리가 다시 들려왔다. 이번에는 사슴의 뒤에서 나는 소리였다.

대릴이 이번에는 굳이 쳐다보려고도 하지 않았다.

"사슴의 가족이야."

크레이그는 여전히 의심스러웠지만 곧 사슴 여덟 마리가 더 나타나 굵직한 삼나무 줄기들 사이로 뛰어 들어가더니 이내 사라졌다.

일행은 계속해서 앞으로 나아갔다. 제이슨은 머리 위쪽의 안개를 올려다보았다.

나무 꼭대기들 위에서, 늦은 오후의 태양이 한 떼의 새들을 비추고 있었다. 새들은 완벽한 V자 대형을 이루며 안개가 낀 곳을 향해 날아갔다. 아무 망설임 없이, 새들은 흰 안개 속으로 날아 들어갔고 태양은 사라져버렸다. 작은 새들은 안개에 휩싸여서 몇 초 동안 계속 날아가다가 공기 중에서 일어나는 미약한 진동을 느꼈다. 순간적으로, 새들의 V자 대형은 위로 올라갔고, 진동은 차츰 멀어졌다. 새들이 계속 나는 동안 아까보다 조금 더 강한 두 번째 진동이 느껴졌다. 새들은 조금 더 올라갔고, 이번에도 진동은 사라졌다. 그때 그들은 또 하나의 진동을 느꼈다. 이번에는 단순한 진동이 아니라 거대한 파도와 같았다. 곧 한 무리의 거대한 파도가 연속해서 겹겹이 밀어닥쳤다. 뭔가 거대한 것이 그들을 향해 날아오고 있었다. 새들은 급히 방향을 돌렸고, 그때 육중한 형체가 펄럭이며 그들 아래로 지나갔다. 그 형체는 나타나기가 무섭게 사라져버렸다. 새들은 마치 아무 일도 일어나지 않았다는 듯이 계속해서 날아갔다.

대릴 홀리스는 멈칫했다. 그리고 제자리에 멈춰 섰다. 그는 자기가 세운 규칙을 어기면서 뒤쪽의 숲을 모든 방향에서 둘러보며 관찰했다.

그런 대릴을 자세히 보고 있던 제이슨은 아무래도 대릴이 약간 화가 나 있는 것처럼 여겨졌다.

그때 대릴이 다시 앞쪽으로 돌아서서 걷기를 계속했다.

일 분도 채 지나지 않아서 대릴은 다시 멈춰 섰다.

"내 생각엔…… 뭔가가 가까이에 있어."

모니크와 크레이그의 눈길이 서로 마주쳤다. 대릴은 지금 제대로 알고서 저런 행동을 하는 건가?

대릴은 급히 앞쪽으로 걸어갔고, 바로 그때 그의 앞쪽 숲에서 부스럭거리는 소리가 났다. 대릴은 쏜살같이 화살을 하나 뽑아 들고는 시위를 당겼다가 다시 화살을 내려놓았다.

"사슴들이 돌아오고 있군."

사슴 가족이 그들 곁을 지나쳐 갔고, 대릴은 사슴들이 나온 쪽을 보았다.

"뭔가에 겁을 먹었군."

그놈은 분명 땅 위에 있다고 대릴은 생각했다.

"둥그런 대형은 잊어버려. 그놈이 여기 있어……."

그는 단단히 뭉쳐 있는 큰 철쭉 더미 쪽으로 걸어갔다.

그 뒤를 따라가며 제이슨이 안개를 올려다보았다. 그들이 찾는 놈은 공중에 있어야 하는 게 아닌가? 그때, 그는 시야의 한쪽 끝 4~5미터 떨어진 거리에 있는 철쭉이 흔들리는 것을 보았다. 그는 시선을 아래로 떨어뜨렸다. 그놈이 땅 위로 내려앉을 수도 있을까?

대릴은 더 가까이 걸어갔다. 그들이 접근하자, 철쭉의 흔들림도 서서히 멈췄다. 그들은 철쭉 주변을 돌아갔고…….

가장 먼저 본 사람은 대릴이었다.

키가 3미터는 됨직한 거대한 흑곰 한 마리가 뒷다리로 서 있었다. 흑곰은 대릴과 일행이 쳐다보고 있다는 사실을 전혀 눈치채지 못했다.

곰은 공터 한가운데에 가만히 서 있었다. 그러다 앞발을 땅에 짚고 내려서더니, 빠르게 원을 그리며 뛰어다녔고, 이유 없이 허공에 앞발을 내뻗었다.

크레이그는 총을 단단히 쥐었다.

"저 곰 덩치 좀 봐."

필은 고개를 흔들었다.

"그러니까 여태 쫓아다닌 게 기껏 곰이란 말이야."

제이슨이 고개를 가로저었다. 믿을 수가 없었다. 겨우 곰이었다니.

"뭐 이런 허무한 일이 다 있어."

곰이 그들 쪽으로 고개를 휙 돌렸다. 제이슨이 생각보다 훨씬 큰 소리로 말을 했던 것이다.

대릴이 고개를 흔들었다.

"제이슨, 멍청하긴."

곰은 그들을 빤히 쳐다보았다. 그러다 돌연 그들을 향해 달려오기 시작했다.

대릴에게는 선택의 여지가 없었다. 순식간에 그는 화살을 뽑아서 빠르게 다가오는 털북숭이 곰의 가슴을 겨누었다.

그러나 쏘지는 않았다.

크레이그는 불안한 얼굴로 대릴을 쳐다보았다. 곰은 정말 빠르게 뛰어오고 있었다.

"야, 뭘 하는 거야?"

대릴의 머릿속에는 이상한 생각이 스쳐 지나갔다. 뭔가 느낌이 이상했다.

"너, 무슨 일 있니?"

그가 달려오는 곰을 향해 속삭였다.

크레이그의 목소리가 커졌다.

"대릴, 지금 뭐 해? 어서 쏴버려."

"우리가 찾는 건 네가 아냐, 그렇지?"

곰은 계속해서 가까이 달려왔다.

"하느님 맙소사, 대릴, 어서 쏘라니까."

곰은 빠르게 뛰어오고 있었다. 이제 거리가 3미터밖에 남지 않았다. 이제 1.5미터…….

갑자기 곰이 제자리에 우뚝 섰다. 녀석은 일행을 잠시 보더니, 어정쩡하게 방향을 돌려 뒤뚱거리며 가버렸다. 대릴은 돌아가는 곰을 바라보고만 있었다. 곰들은 간혹 위협하는 짓궂은 장난을 즐기기도 하지만, 그렇다고 굳이 곰을 죽일 이유는 없었다. 특히 이 곰은 어느 누구도 위협하지 않는다는 것을 대릴은 알 수 있었다. 곰은 단지 무언가 짜증이 나 있었던 것이다. 대릴은 주변을 둘러보았다.

"여기에 뭔가 다른 게 있어. 다시 둥그런 대형으로 서."

곰은 이미 사라졌고, 주변은 다시 조용해졌다.

그들은 움직이지 않았다. 소리 하나 내지 않았다.

대릴은 다시 숲을 관찰했다. 그의 두 눈은 삼나무, 고사리, 철쭉, 주변에 핀 흰 꽃 할 것 없이 모든 곳에 눈길이 닿았다. 너무나 조용했다. 하지만 대릴은 뭔가가 이곳에 숨어 있다는 사실을 알 수 있었다. 그는 더 명령을 내리지 않았다. 지금 서 있는 자리에서 그냥 주변을 살피며 기다릴 뿐이었다.

모두 고개를 천천히 돌렸다. 처음엔 왼쪽, 그 다음엔 오른쪽, 뒤쪽, 정면, 모든 방향을 둘러보았다.

위를 올려다보는 사람은 제이슨뿐이었다. 그가 안개를 올려다본 지 제법 시간이 흘렀고, 이제 그의 입도 살짝 벌어져 있었다.

크레이그가 갑자기 움찔하더니 땅바닥 쪽으로 시선을 돌렸다.

"저것 좀 봐."

그들은 모두 그쪽을 쳐다보았다. 그것은 약 2.5센티미터 깊이의 자국이었다. 마치 거대한 새와 흡사했다.

그때 대릴이 제이슨을 보았다. 제이슨은 여전히 위쪽을 보고 있었고, 얼굴은 이상한 표정이었다.

대릴 역시 위쪽을 쳐다보았다.

"이런 망할, 하느님 맙소사."

그러자 리사가 위쪽을 쳐다보았다. 그 다음엔 크레이그. 그 뒤엔 모니크. 그리고 다음엔 필이 위를 쳐다보았다. 어느 누구도 말 한마디 하지 않았다.

마치 주술에 걸린 것처럼 그들은 꿈속이라고밖에 할 수 없는, 절대 믿을 수 없는 광경을 그냥 바라보고만 있었다. 하지만 그건 꿈이 아니었다. 그건 새로운 현실이었다.

4

......

새끼 사슴은 어마어마하게 큰 두 개의 이빨에 잡히고 말았다.

거의 산 채로 새끼 사슴은 들어 올려졌다.

머리 위로 침이 뚝뚝 떨어지고 있을 때

새끼 사슴은 자기 가족이 도망쳐 사라지는 것을 내려다보았다.

이윽고 새끼 사슴의 몸이 나무 꼭대기 쪽으로 휘둘렸다.

......

72

저기 있어. 제이슨이 생각했다. 맙소사, 저기 있어. 꿈이 아니었다. 컴퓨터로 만들어낸 영상도 아니었다. 살아 숨 쉬는, 그러면서 날아다니는 동물이었다.

전혀 새로운 종의 포식자. 그는 자신이 무얼 보게 될지, 물론 그것이 대충 어떻게 생겼을지도 알고 있었다. 하지만 실제로 보니 상상한 것보다 훨씬 더 놀라웠다.

리사와 크레이그는 작은 미소를 띠고 있었다. 그놈은 그들이 지금까지 봐왔던 그 어떤 것보다도 환상적이고 멋있었다.

필은 어안이 벙벙했다. 그 역시 이 동물이 존재한다는 것은 알았지만, 그건 어디까지나 이론일 뿐이었다. 그것이 실제로 살아서 숨 쉬고 나는 것을 보다니……. 이거 너무 사실적인데. 비디오게임보다도 영화보다도 훨씬 더 훌륭했다.

대릴 홀리스는 마치 크레이그 서머스와 엄청나게 술을 퍼마셨을 때처럼, 머리가 텅 비고 멍한 기분이 들어 아무 생각이 나지 않았다. 그 역시 무엇을 보게 될지 이미 알고 있었지만, 실제로 보고 나니…… 자신이 사냥해야 할 짐승에 대해 세운 계획이 한순간에 산산조각 나고 말았다.

불안해하는 건 모니크뿐이었다. 저 망할 짐승은 그야말로 살아 숨 쉬는 악몽이었다. 그녀는 그놈이 자신들을 쳐다보고 있다는 아니, 관찰하고 있다는 섬뜩한 기분이 들었다. 그녀는 총을 꽉 움켜쥐었다.

여섯 사람의 눈이 계속해서 가오리를 쳐다보았다.

가오리는 뿌연 안개층 바로 아래를 고요히 날아다녔다. 놈은 20층 건물 높이 정도 되는 곳에서, 잎 없는 큰 나뭇가지들 사이를 들락날락하며 날아다니고 있었다.

가오리의 가장 인상적 모습은 바로 물결치듯이 요동치는 놈의 흰 배였다. 그러다가 놈이 갑자기 나무 주위를 돌아가자 칠흑같이 검은 놈의 등 부위가 선명하게 드러났다. 그것은 아름다웠다. 심지어는 우아하기까지 했다. 놈의 몸통, 날개 그리고 뿔 달린 머리는 빈틈없는 완벽한 형태를 갖추고 있었다. 하지만 놈이 아무리 아름답고 우아하다 해도, 그와 동시에 놀라울 정도로 무시무시한 포식자라는 사실은 감출 수 없었다.

맙소사, 저것 좀 봐. 대릴이 생각했다.

갑자기 놈은 소리 없이 위로 방향을 틀더니 희고 짙은 안개 속으로 사라졌다.

그들은 넋을 잃은 듯 그 자리에 가만히 서서 움직이지 않았다. 그들은 놈이 방금까지 있던 자리를 쳐다보며 놈이 다시 돌아오기를 기다렸다.

놈은 곧 돌아왔다. 그러고는 입을 크게 벌린 채 똑바로 아래를 향해 날아들었다.

모니크는 순간 긴장하여 마음의 준비를 단단히 했다. 그러나 녀석은 공격해오지 않았다. 그들이 미처 경계심을 품을 시간도 주지 않은 채 놈은 위로 방향을 꺾더니 안개층 바로 아래를 유유히 날아갔다.

"너희들도 그놈 입을 봤지?"

크레이그가 낮은 목소리로 물었다.

그 입은 크레이그의 몸집보다 두 배는 더 컸다. 그리고 이빨들…… 한순간 보았을 뿐이지만 그는 분명 그 이빨들이 자기 팔뚝만큼 굵고, 수백 개는 되는 이빨이 셀 수 없이 여러 줄로 박혀 있다는 것을 확신할 수 있었다.

대릴 홀리스 역시 그 이빨들을 보았다. 대릴 홀리스는 그 동물에 대한 모든 것을 새겨두었다. 하지만 그 모든 것 중에서도 특히 강렬한 인상을 받은 것이 있었다.

바로 놈의 눈이었다.

그 눈은 정말이지 무시무시했다. 단지 야구공보다도 더 크고, 동공이 없고, 질겁하게 할 정도로 색깔이 새까맣기 때문만은 아니었다. 바로 그 눈 뒤에 숨겨진 놈의 심리가 더 무시무시했다. 그 눈빛은 냉혹하고, 빈틈없고, 무엇보다도 지능적이었다. 그 눈에서는 어느 동물에서도 볼 수 없는 영리한 눈빛이 보였다. 대릴은 놈의 뇌 무게가 2.7킬로그램이나 된다는 사실은 알고 있었지만, 그놈을 실제로 보고 나니 뇌 무게가 11킬로그램이 된다고 해도 믿을 것 같았다. 세상에, 저 눈 좀 봐.

그때 대릴이 화살을 천천히 재고는 위를 향해 겨누었다.

시야 저편에서 제이슨이 꿈쩍도 않고 아무 말 없이 대릴을 쳐다보았다. 그는 단지 놀라움과 뭔가에 홀린 듯한 표정으로 대릴을 쳐다볼 뿐이었다. 그는 대릴이 믿을 수 없을 정도로 진화한 새로운 포식자를 보자마자 죽이려는 행동을 취했다는 사실에 놀라움을 느꼈고, 동시에 그가 성공을 할지 기대와 걱정이 교차했다.

제이슨은 가오리를 올려다보면서, 녀석이 반다르 비샤커라트니가 말한 대로 영리한 놈인지 궁금해졌다. '놈은 자네가 놈을 아는 것보다 훨씬 더 많이 자네에 대해 알 걸세.' 그럼 저 동물은 활과 화살이 무기라는 사실을 알 수 있다는 걸까? 아니면 아무것도 모른 채 화살에 맞아 죽기 일보 직전까지 갈까?

검은 구슬 같은 두 눈이 대릴을 자세히 쳐다보다가, 그가 천천히 들어 올리는 화살에 초점을 맞췄다. 그러더니 살짝 방향을 바꿔서는 화살촉 끝을 응시했다. 그러고는 다시 대릴을 보았다.

그러는 동안 대릴은 놈의 눈이 자신을 쳐다보는 것을 보며 불안한 기분이 들었다. 여태껏 그 어떤 동물도 그를 이처럼 자세히 쳐다본 적은 없었다. 그는 놈이 그를 단순히 '쳐다보는' 것이 아니라, 그를 관찰하며 심지어는 그가 무엇을 하는지 이해하려고 한다는 사실을 느꼈다. 그러나 그놈은 날아가 버리지 않았다. 놈은 노출되어 있고, 만일 지금처럼 유유히 날기만 한다면, 그는 곧 한 발 맞출 수 있을 것이다. 그것은 쉬운 일이다. 그때 놈의 거대한 눈이 방향을 돌리더니 제이슨에게 시선을 맞췄다. 바로 그거야, 대릴이 생각했다. 계속 제이슨만 보고 있어라.

대릴은 화살을 계속 조준했다. 잡았다. 그가 생각했다. 활은 이제 거의 수직으로 위를 향했고, 시위를 당기기 직전이었다.

가오리는 몸을 옆으로 기울이더니 삼나무 숲 뒤로 날아가 버렸다.

"와우."

제이슨이 조용히 중얼거렸다. 지금 그것은 우연이 아니었다. 놈은 활과 화살이 무엇인지를 미루어 짐작했을 뿐만 아니라, 자신의 지식을 이용해서 숨어버린 것이다.

하지만 놈이 사라져버린 것은 아니었다. 왜일까? 애초에 놈은 왜 모습을 드러낸 것일까? 제이슨은 녀석의 몸뚱이가 마치 공중에서 장애물 경주를 하듯이 삼나무 줄기들 사이를 들락날락하는 것을 쳐다보았다. 홀린 듯이 보고 있던 그는 문득 가오리가 같은 방식으로 날지 않는다는 걸 알아차리고는 다음에는 어디로 갈지 예측해보려 했다. 왼쪽 아니면 오른쪽? 아래 아니면 위? 놈은 똑바로 날아가더니 안개 아래에 있는 공터로 들어갔다.

그때 제이슨이 그 소리를 들었다. 모두 그 소리를 들었다. 아주 희미하게 멀리서 울리는 천둥소리처럼 낮게 우르릉거리는 소리였다.

크레이그는 동물이 그런 소리를 내는 걸 한 번도 들어본 적이 없었다. 마치 시동을 켜둔 트럭 엔진에서 나는 소리처럼 매우 낮게 울리는 소리였다.

"저게 대체 무슨 소리야?"

제이슨이 올려다보았다.

"내 생각에는 아마 놈이 경고를 하는 모양인데."

소리는 조금 더 커지더니, 잦아들다가 멈췄다. 가오리는 날개를 펄럭이더니 안개 속으로 사라졌다.

여섯 사람은 꿈쩍도 하지 않았다. 그들은 그 자리에 가만히 서서 하얀 안개를 쳐다보며, 놈이 돌아오기를 기다렸다. 하지만 놈은 돌아오지 않았다. 삼나무들과 고사리들 그리고 숲 전체가 조용했다. 그들은 서서 계속 기다렸다. 이제 저 위에는 단지 안개뿐, 아무것도 없었다. 포식자 가오리는 사라지고 없었다.

10분쯤 지나자 대릴이 조심스럽게 무기를 내려놓았다.

"기분이 왠지 찜찜해. 뭔가 이상하단 말……."

그때 일이 벌어졌다.

가오리가 안개 속에서 급히 내려오면서 귀청이 찢어질듯이 시끄럽게 으르렁거렸다. 믿기 어려울 만큼 큰 소리였다. 실제로 크레이그와 제이슨은 너무 놀라서 뒤로 넘어졌다. 필, 모니크 그리고 리사는 겁을 먹고 몸을 움츠렸다. 대릴은 몸을 약간 떨며 귀를 막았다.

그러다 마치 스위치를 내리기라도 한 것처럼 갑작스레 소리가 멈췄다. 가오리는 다시 안개 속으로 들어가더니 돌아오지 않았다. 그들은 너무나 놀라서 서로 얼굴만 쳐다볼 뿐이었다.

크레이그가 제이슨을 돌아보았다.

"우리한테 경고한 게 맞지, 안 그래?"

"자기 세력권을 지키려는 거야."

대릴이 말했다.

제이슨이 돌아보았다.

"세력권이라. 맙소사, 네 말이 맞다."

가오리는 방금 자신의 영역을 표시한 것이다.

73

"저런 괴물이 밖에 더 없는지 어떻게 알아?"

밤이 되어 그들은 오두막의 거실에 앉아 있었다.

"알 수는 없지."

소파에서 리사 옆에 앉아 있던 제이슨이 어깨를 으쓱하며 대릴에게 대꾸했다.

"이제야 드는 생각이지만, 어쩌면 끝내 알 수 없을지도 몰라. 확실하게는 말이야."

모니크가 남편을 돌아보았다.

"나는 한 마리보다 더 많이 있을 거라는 생각은 절대 들지 않아."

"어째서?"

"만약 저런 괴물이 두 마리라면, 그 조깅하던 사람뿐만 아니라 훨씬 더 많은 사람이 죽었을 테니까."

대릴이 일어섰다.

"그럼 그건 잘된 일이군. 한 마리만 죽이는 것도 쉽지는 않을 테니까 말이야."

"우리하고 그놈하곤 6대 1이란 말이지?"

크레이그가 벽난로 가에서 고개를 끄덕였다.

"우리가 이기는 데에 돈을 걸겠어."

대릴은 제자리에서 왔다 갔다 했다.

"젠장맞을, 이놈은 날 수 있다고. 놈을 죽이는 일은 상상도 못할 만큼 힘들 거야."

"내 생각엔 그놈을 죽여선 안 될 것 같아."

대릴이 제자리에서 걸음을 멈췄다.

"그렇게 생각한단 말이지? 흠."

제이슨이 고개를 저었다.

"그래. 적어도 아직은 말이야."

그렇게 표현하는 게 더 정확할 것이다. 포식자 가오리는 사람을 죽였으니 놈도 죽어야만 했다. 그러나 한 사람의 과학자로서, 제이슨은 놈을 관찰하고 싶었다. 갑자기 그는 방 안에 있는 모든 이가 마치 자신을 미치기라도 한 것처럼 쳐다보고 있다는 사실을 깨달았다. 제이슨이 일어섰다.

"이봐, 저 밖의 동물이 무얼 의미하는지 알잖아? 인류 역사에서 어느 누구도 저런 걸 본 적이 없단 말이야. 그냥 나가서 놈을 죽여버릴 수는 없는 일이라고."

제이슨은 동료들의 얼굴을 둘러보았다.

"안 그래?"

아무도 대답을 하지 않았다. 모두 어색한 듯이 앉아 있을 뿐이었다.

제이슨은 리사를 바라보았다.

"리사는 우리가 그냥 놈을 죽여버려야 한다고 생각해?"

"제이슨, 솔직히 말하자면, 난 그렇게 생각해요. 당신이 무슨 말을 하려는 건지는 알아요. 내 생각엔 우리 모두 당신의 주장을 이해해요. 하지만 무슨 일이 일어났는지를 생각해봐요."

그녀가 잠시 말을 멈추고 생각을 가다듬었다.

"놈은 사람을 죽였어요. 그러니 놈도 죽어야만 돼요. 더는 반론의 여지가 없어요."

"반론의 여지가 없다고? 언젠가는 놈이 죽어야 한다는 건 나도 알아. 하지만……."

"하지만 뭐?"

대릴이 과장된 몸짓으로 어깨를 으쓱하며 끼어들었다.

"넌 어떻게 하고 싶은 건데, 제이슨? 놈을 그냥 밖에 날아다니게 내버려두자고? 무슨…… 연구소라도 차려놓고 레너드 주립공원을 너만의 '야생동물의 왕국'으로 만들겠다는 거야?"

제이슨은 대답하지 않았다. 좋은 지적이었다. 제이슨은 이미 이 문제로 골몰해왔던 터였다. 만일 실제로 그들이 포식자 하나를 발견한다면, 도대체 그것을 어떻게 관찰할 것인가?

제이슨은 리사 옆에 앉았다.

"우린 놈을 잡을 수 있잖아."

"아, 그래? 우리가 놈을 잡을 수 있단 말이지?"

대릴이 차가운 눈빛으로 제이슨을 바라보았다.

"그럼 대체 우리가 무슨 수로 놈을 잡을 건데?"

"우리한테 마취제랑 그런 거 있잖아, 안 그래?"

제이슨은 마취제를 사용해본 적이 네 번밖에 없었다. 그가 사용할 때마다 매번 문제가 발생했지만, 제이슨은 대릴이라면 분명 경험이 훨씬 많을 거라고 생각했다.

하지만 대릴은 고개를 저었다.

"아니, 우리한테 '마취제 같은' 건 없어. 적어도 당장은 없지. 전화해서 가져다 달라고 할 수는 있겠지만……."

대릴은 핸드폰을 열어보았다.

"아 그렇지, 지금 전화가 불통이지. 그럼 우리가 직접 가서 가져와야겠네? 그럼 넌 우리가 없는 동안 저 괴물이 뭘 할 것 같아? 우리가 올 때까지 잠자코 기다려줄까? 아니면 여기저기를 막 돌아다닐지 누가 알아?"

제이슨은 대답하지 않았다. 또 다른 좋은 지적이었다.

"그러면 일단은 네 주장을 위해서라도 우리가 마취제를 구했다 치자. 넌 전에 마취제를 사용해본 적이 있지? 하지만 문제가 있었지? 자, 이것만 말해주지. 그건 바로 마취제가 다루기 어려운 물건이기 때문이야. 너한테만 해당되는 얘기가 아니야. 모든 사람한테 해당된다고. 모니크하고 난 마취제를 꽤나 여러 번 사용해봤어. 그런데 투여할 양을 정확히 맞추는 데 늘 어려움을 겪었어."

제이슨은 고개를 끄덕였다. 그는 이것이 매우 힘든 일이라는 걸 알고 있었다.

대릴이 아내를 쳐다보았다.

"모니크, 빌 크로워 기억하지?"

그녀는 슬픈 표정으로 고개를 끄덕였다.

"그래요, 기억나죠."

"우리가 옛날부터 잘 알던 친구인데, 베링 해에서 북극곰과 극지방 새들을 연구했어. 하루는 빌과 그의 동료 한 사람이 바다코끼리*에 대해 검사해볼 게 있었어. 그래서 그들은 북극해로 갔는데 마침 빙산 위에서 잠자는 놈을 하나 발견했대. 그것도 꽤 큰 놈이었다더군. 한 2200킬로그램 정도였다고 했어. 보통 바다코끼리는 잠을 아주 깊게 자는 동물이라서 그들이 몰래 접근하는 것도 전혀 눈치채지 못했대. 그래서 마취 총을 발사했더니 마취제의 효과가 즉시 나타났대. 놈은 완전히 정신을 잃었다는 거야. 그런데 나중에 보니 마취제의 효과가 그들이 예상한 만큼 오래 가질 않았어. 그들이 그 사실을 알아차렸을 때는 이미 그 바다코끼리를 가지고 한창 실험을 하던 중이었어. 빌은 바다코끼리의 엄니에 가슴이 뚫려서 바로 그 빙산 위에서 목숨을 잃었고, 동료는 간신히 살아남았지만 척추가 뭉개지고 말았지. 내가 괜히 겁주려고 이런 이야기를 하는 게 아니야. 이런 이야기를 들은 이상, 내가 마취제를 엄청 무서워하더라도 이해하겠지, 제이슨. 간단히 말해서, 난 마취제를 사용하는 게 그리 마음 편치 않아. 그게 다야."

제이슨이 고개를 끄덕였다.

"무슨 말을 하려는 건지 알겠어. 조심해야 되지만 그래도 이 방법이 통한다는 건 맞잖아?"

"그런 걸 시행착오라고 부르는 거야. 만약 네가 저 밖의 괴물

하고 시행착오를 거쳐보고 싶다면, 알아서 해. 하지만 난 죽어도 그 따위 짓은 하지 않을 거야."

"어차피 더 큰 문제가 있는걸 뭐."

크레이그가 제이슨 쪽을 돌아보며 말했다.

"네가 놈을 기절시켰다고 해도, 놈이 깨어났을 때 놈을 가지고 뭘 할 거야? 그건 생각해봤어?"

제이슨이 한숨을 쉬었다. 이 문제에 대해서도 골똘히 생각했던 것이다. 저 괴물을 잡을 수 있다고 하더라도, 그다음엔 그걸 가지고 무얼 한단 말이지? 우리에 넣어? 무슨 우리? 저런 동물을 넣을 수 있는 우리는 존재하지도 않았다. 그런 우리를 만든다는 생각 자체가 허무맹랑했다. 그런 우리는 만드는 데에 몇 달, 혹은 몇 년이 걸릴 것은 분명했고, 우리의 크기는 웬만한 작은 동네 정도는 되어야만 했다. 그동안에 저 동물을 어디에 둔단 말인가? 아니, 저런 동물을 어디에 '둔다는' 것이 현실적으로 가능하기는 할까?

"놈을 죽여야 돼."

대릴이 오싹할 정도로 차가운 눈빛으로 제이슨을 보며 말했다.

"솔직히 너도 그렇다는 건 알잖아?"

제이슨은 크게 한숨을 내쉬었다.

"그래, 나도 알아."

그럼 놈을 대체 어떻게 연구한단 말이지? 그가 생각했다.

대릴은 그의 생각을 읽은 것 같았다.

"만일 우리가 저놈을 어떻게 연구할 건지 궁금하다면, 방법은 하나밖에 없어. 놈을 사냥하는 거야. 왜냐하면 우리가 놈을 사냥하는 동안, 분명 놈도 우리를 사냥할 테니까 말이야."

제이슨은 리사를 잠깐 쳐다보더니 고개를 끄덕였다.

"내가 말했잖아. 네가 대장이라고."

대릴이 주위를 둘러보았다.

"모두 동의하는 거야?"

그들은 모두 고개를 끄덕였다. 그때 크레이그가 일어섰다.

"그럼 이놈을 뭐라고 부르는 게 좋을까?"

대릴이 이상하다는 듯 그를 쳐다보았다.

"그건 또 무슨 소리야?"

"이 친구야, 우리가 이 종을 발견했잖아. 그러니까 우리가 이름을 붙일 자격이 있다고. 내가 혼자서 멋지게 이름을 지어보려고 했는데 좋은 게 떠오르지 않더라고. 누구 좋은 생각 없어?"

모두 어깨를 으쓱했다. 아무도 거기에 대해서는 생각조차 해보지 않았다.

크레이그가 수상하다는 듯 제이슨을 돌아보았다.

"이봐, 적어도 넌 뭔가 이름을 생각해본 게 있을 거 아냐."

제이슨은 미소를 지었다.

"생각해둔 건 있는데, 보고 싶다면 노트북에서 한번 찾아봐."

노트북은 압수되어 크레이그의 방에 자물쇠로 잠긴 채 보관되어 있었다.

크레이그는 방을 나가더니, 노트북을 가지고 돌아와서는 테이블 위에 올려놓았다. 제이슨은 문서 파일을 열고 모두 화면을 볼 수 있게 했다.

"어떻게 생각해?"

가장 가까이에 있던 리사가 종 심의위원회에 보낼 제이슨의 보고서 제목을 크게 읽어나갔다.

"분석과 연구에 관한 보고서. 소재는 지금까지 알려지지 않은 새로운 종, 새로운 목에 속할 것으로 추정. 흔히 볼 수 있는 쥐가오리(Manta birostris)의 포식성 친척…… 잠정적으로 종의 이름은……."

그녀가 미소를 지었다.

"오, 이거 마음에 드는데요, 제이슨. 이름이 정말 마음에 들어요."

대릴이 고개를 기울여 라틴어로 된 종명을 읽으려 했다.

"이름이 뭔데?"

"악마가오리야."

제이슨이 말했다.

"클라리타 악마가오리라고 이름 지었어."

"와, 그거 괜찮은데."

크레이그가 음흉스럽게 웃었다.

"완벽한 이름이야."

"그래, 대단한 이름이야."

제이슨은 창가로 걸어갔다.

"이제는 밖에 나가서 놈을 죽이는 일만 남았군."

물론 죽인다는 건 제이슨의 방식이 아니었다. 하지만 우주의 법칙이 적자생존이라니, 어쩔 수 없는 일이었다. 육지에 다다른 최초의 악마가오리가 사람을 죽였으니, 놈도 죽어야만 했다. 나무 꼭대기들 사이로 별을 바라보던 제이슨은 문득 안개가 사라졌다는 사실을 깨달았다. 마음속에 그림자가 생기면서, 그는 안개가 언제 다시 나타날지 궁금했다. 그때 제이슨은 크레이그가 대단한 생각이 떠오른 듯 갑자기 공원 지도를 펼치는 걸 보았다.

"뭘 하는 거야, 크레이그?"

크레이그 서머스는 제이슨에게 눈길도 주지 않았다.

"방금 생각이 떠올랐어. 어떻게 우리가 이놈을 찾아낼지 알아 냈다고."

74

추운 밤이었다. 기온은 7도밖에 되지 않았고, 하늘에 뜬 반달 은 숲을 비추고 있었다.

네발로 어슬렁거리는 커다란 흑곰은 하늘에 달이 떠 있다는 사실을 알지 못했지만 달은 곰을 보고 있었다. 달은 모든 것을 보고 있었다. 그 어떤 것도 달빛을 피할 수는 없었다. 달은 깜깜한 하늘에 고요히 뜬 채 심판이나 동정, 보호나 위협 같은 감정 없이 모든 것을 냉정하게 바라볼 뿐이었다.

포식자는 나무 꼭대기 바로 위를 유유히 날았다. 이미 곰의 생 체 신호에 초점을 맞춘 가오리는 숲 천장 사이로 난 구멍을 찾아 그 안으로 날아 들어갔다. 놈은 검은 땅 바로 위에서 하강을 멈추 더니, 내려오던 여세를 몰아 앞으로 돌진했다. 곰의 심장박동과 냄새가 빠른 속도로 가까워졌다.

곰은 제자리에 멈춰 섰다. 곰은 무언가를 느끼고는 왼쪽, 오른 쪽 그리고 뒤를 돌아보았지만, 보이는 것은 삼나무들, 고사리들,

나무들 사이를 비추는 달빛뿐이었다. 그래도 곰은 뭔가가 근처에 있다는 사실을 알았다. 곰은 뒷다리로 일어서서 커다란 몸뚱이를 위로 들어 올렸다. 키가 3미터 가까이 되는 곰은 다시금 주변을 살폈지만, 그 높이에서도 보이는 것은 아무것도 없었다.

그럼에도 숲은 곰에게 속삭였다. 뭔가가 다가오고 있다고.

솔잎이 부스럭거리는 소리, 시냇물이 흐르는 소리, 나무들이 삐걱거리며 흔들리는 소리가 들렸지만, 가오리는 곰의 심장 뛰는 소리를 제외한 모든 소리는 무시했다.

삼나무들과 얼룩덜룩하게 비추는 달빛을 지나, 가오리는 100여 미터 거리에, 목표물인 털북숭이 포유동물을 발견했다. 곰은 아직도 그곳에 서 있었다.

곰은 가오리가 쏜살같이 다가오는 걸 보고 즉시 으르렁거렸다. 보통 그 소리를 들으면 어떤 동물이든 겁에 질려 달아나버렸다.

하지만 가오리는 소리가 나는 쪽으로 똑바로 날아갔다. 그러고는 으르렁거리는 곰의 소리에 맞서 제 소리를 내기 시작했다. 그것은 연속적으로 울리는 낮고 깊은 소리였다.

하지만 그 소리를 거의 듣지 못한 곰은 더 시끄럽게 으르렁거렸다. 곰은 지금 자신의 소리에 가오리가 겁을 먹었다고 확신했다.

가오리의 낮은 소리가 갑자기 엄청나게 시끄러운 울부짖음으로 바뀌었다. 어쩌나 시끄러운지 고막이 터져버릴 것 같았다.

당황한 곰은 본능적으로 앞발을 마구 휘둘렀다. 그러다 마치 기차에 치이기라도 한 것처럼 400킬로그램이나 되는 몸뚱이가 갑자기 뒤로 날아갔다. 곰의 몸은 30미터가량 날아가서는 검은 흙 위로 거세게 내려 꽂혔다. 곰은 필사적으로 도망치려고 했지만 움직일 수가 없었다.

날개가 달린 괴물은 곰 위에 올라타서는 사정없이 물어뜯었다. 곰의 목 부위와 상체 대부분은 이미 뜯겨나가고 없었다. 공포에 질린 곰의 절망적인 울부짖음이 숲 여기저기에 메아리쳤다. 주변의 고사리와 삼나무 숲 그리고 하늘에까지도 울려 퍼졌다. 차가운 빛의 달은 잠자코 모든 것을 비추고만 있었다.

숲 위에서 악마가오리는 바다를 향해 날아갔다. 하얀 달을 배경으로 놈의 입에 물려 있는 죽은 곰의 상반신 몸뚱이가 보였다.

가오리는 숲을 넘고, 파도가 이는 해안선을 지나 계속해서 바다 멀리 날아갔다. 찾고 있던 장소에 다다르자 놈은 물고 있던 사체를 떨어뜨렸다. 가오리는 거대한 누더기 같은 살덩어리가 물에 빠져 가라앉는 것을 지켜보더니 방향을 돌려 다시 육지 쪽으로 날아갔다.

75

"데이터 포인트가 네 개라고?"
제이슨이 크레이그 곁으로 걸어가며 물었다.
"어떻게 네 개가 된다는 거지?"
크레이그는 거실 테이블 위에 펼쳐놓은 지도를 가리켰다.
"하나, 조깅하던 사람이 사라졌던 곳. 둘, 시체가 발견되었던 곳. 셋, 레이더에 놈이 포착된 지점. 그리고 넷, 우리가 직접 놈을 본 장소."

그는 지도 위에 큰 X자를 네 개 그렸다.

"이 네 지점은 모두 가까운 곳에 있어. 대릴, 네가 세력권 얘기를 꺼냈었지…… 음, 내가 볼 때 이건 아주 전형적인 세력권의 보기인 듯싶은데."

대릴은 고개를 저었다.

"네가 가진 이 장비들은 그놈을 찾는 데 도움이 되지 않을 거야."

"어째서?"

"왜냐하면 이 동물은 전자파를 이용해서 물체를 감지하기 때문이야, 크레이그. 놈은 장비들이 설치되어 있다는 걸 눈치채고 그 근처에는 얼씬도 하지 않을 거라고."

"오늘은 장비들을 피해 다니지 않던데?"

"그건 우리가 놈을 찾았다는 사실과는 아무 관련이 없어."

"왜 없어? 놈이 밖에 있다는 사실을 증명해줬잖아. 앞으로는 우리한테 더더욱 도움이 될 거라고."

크레이그는 다시 지도를 보기 시작했다.

"우리는 장비를 손봐서 이 지역을 최대한 감시해야 돼. 그 악마가오리는 계속해서 되돌아올 거라고. 두고 봐. 우린 놈이 정확히 어디에 있는지 알아낼 수 있을 거야."

제이슨은 네 X자들을 잠시 쳐다보다가 대릴을 돌아보았다.

"그거 괜찮은 생각인데."

"이론적으로는 그렇지만, 대릴 말이 맞아요, 제이슨. 이건 시간 낭비일 뿐이에요."

리사가 벽난로 위에 신호가 들어오지 않는 모니터들을 쳐다보며 말했다.

"그놈은 분명 장비들을 감지할 거예요."

크레이그가 화난 얼굴로 돌아보았다.

"누가 그런 소리를 해? 반다르 비샤커라트니가? 그 작자는 대체 뭘 안다고 그런 소릴 해?"

"세계에서 제일가는 뇌 전문가인데요? 어유, 그래, 아무것도 모를 거예요, 크레이그. 분명 아무것도 모르겠죠."

"리사, 난 그 사람이 가오리의 뇌를 분석한 내용을 의심하는 게 아냐. 하지만 아무리 그 사람이라도 이 악마가오리가 무얼 감지해내는지는 잘 알지 못한다고. 요점은 이거야. 이 동물은 아직까지는 우리 장비를 피하지 않았어. 따라서 난 그 사실을 우리가 이용해야 한다고 생각해. 제이슨, 장비의 배치 형태를 다시 조정해야겠어."

"그 일이 대릴이 하려는 일을 방해하지만 않는다면…… 좋은 생각인 것 같아."

크레이그는 고개를 끄덕였다.

"그럼 내일 일어나자마자 바로 그렇게 하자고."

제이슨이 고개를 끄덕였다.

"내일 아침 첫 번째 일이다."

76

"저기 오네요."

모니크와 대릴이 카키색 복장 차림으로 숲에서 나오자, 리사가 그들을 가리키며 말했다.

대릴은 긴장한 얼굴이었다.

"그놈은 아직도 저 밖에 있어. 가자고. 지금 당장 가자."

그때 크레이그가 오두막에서 어슬렁거리며 나오자 대릴은 말을 잠시 멈췄다. 크레이그의 눈은 흐리멍덩했고 그는 아직도 잠옷 차림이었다.

"어서 옷이나 입어, 크레이그."

서머스는 당장 잠이 깨는 듯했다.

"뭐? 아니, 잠깐만. 난 장비들을 재배치……."

"지금은 재배치할 시간이 없어. 그놈이 밖에 있다고. 그러니까 우린 놈을 찾으러 가봐야 돼."

크레이그는 화난 표정으로 돌아보았다.

"젠장, 제이슨, 우리가 어젯밤에 짠 계획은 이게 아니……."

"크레이그, 네가 늦잠을 자서 이젠 시간이 없어."

제이슨은 나무 꼭대기들 사이로 이미 흰 연기 같은 것이 피어오르고 있는 것을 보았다.

"원한다면 나중에 재배치하자고. 일단은 가자. 지금 당장은 레이더총이나 하나 가져가라고."

크레이그는 제이슨의 말을 따르기로 했고, 몇 분 지나지 않아 여섯 사람은 모두 카키색 복장에 무장을 하고 출발 준비를 마쳤다.

출발할 때쯤 되어서 제이슨은 다시 위를 올려다보고는 놀랐다. 안개가 이미 매우 짙어져 있었다.

15분 뒤, 그들은 둥그런 사냥 대형을 이루어 머리를 위로 향한 채 천천히 걸었다.

안개 속은 마치 무덤과 같았다. 어떤 것도 살아 있는 기미가 보이지 않았다. 크레이그는 그들이 시간을 낭비하는 것이 아닌가 하는 생각이 들었다.

"이봐, 아직도 그놈이 저 위에 있다고 생각하는 거야?"

대릴이 머리를 천천히 돌렸다.

"확실히는 알 수 없지. 하지만 긴장을 늦추지 마. 모두 긴장을 늦추지 마."

한 시간 뒤, 크레이그는 기진맥진해 있었다. 제이슨, 리사, 모니크 그리고 필도 마찬가지였다. 희뿌연 안개를 오랫동안 응시하다 보니 목도 아프고 시야도 흐려졌다.

대릴 홀리스만이 처음 그대로 긴장을 늦추지 않았다. 그는 사방으로 안개를 관찰하며, 손에는 활과 화살을 항상 준비해두었다.

"이놈은 똑똑해. 우리가 놈을 찾는다는 걸 알고 있어."

그는 눈을 찌푸리며, 안개 속을 보려고 했다.

"우리가 놈을 볼 수 없다면, 놈도 우리를 볼 수 없을 거야. 그렇겠지?"

제이슨은 머리를 흔들었다.

"놈은 안개를 뚫고 볼 수 있을지도 몰라, 대릴. 그놈의 뇌에 있는 시각 피질은 결코 작지 않은 크기였다고."

모니크가 고개를 끄덕였다.

"놈의 눈은 빛이 하나도 없는 어둠 속에서 진화했어. 따라서 놈은 장님이거나 시력이 믿을 수 없을 만큼 좋을 거야."

크레이그는 손에 총을 쥔 채 주변의 희뿌연 안개를 훑어보았다.

"놈이 장님일 리는 절대로 없어."

그는 악마가오리의 눈이 그들을 쳐다보며, 관찰하던 모습이 생생하게 떠올랐다.

"혹시 알아. 지금 저 위에 놈이 있을지."

대릴이 천천히 그 자리에 멈춰 섰다.

"내 생각도 그래."

77

가오리는 조용히 날며, 위를 쳐다보는 여섯 사람의 얼굴을 살펴보았다.

놈의 두 눈은 천천히 그리고 침착하게 움직이며 그들에 대한 모든 정보를 파악했다. 그들의 눈, 몸, 옷가지, 그다음에는 그들의 무기까지.

제이슨은 자신이 들고 있는 총을 잠시 쳐다보았다.

"놈은 우리 총을 감지할 수 있어."

"뭐라고?"

대릴은 제이슨의 말이 무슨 말인지 이해하지 못했다.

"놈은 이 총의 금속 부분을 감지할 수 있어. 이 총이 어디에 쓰이는지 놈이 알지는 모르겠지만, 우리가 총을 들고 있다는 건 알고 있어."

크레이그는 들고 있던 레이더총을 내렸다.

"이것도 감지할 수 있다고 생각해?"

제이슨은 잠시 그것을 쳐다보았다.

"네가 그걸 켠다면."

크레이그가 고개를 끄덕였다.

"알았어, 그럼 이걸……."

"굳이 그럴 필요는 없어."

대릴은 계속해서 위쪽을 응시했다.

"만약 놈이 그것을 감지한다면, 그럴 이유가 없잖아?"

"이유가 있지. 놈이 정말 저 위에 있는지 확인해줄 수 있으니까."

대릴은 안개에서 눈을 떼지 않았다.

"날 믿으라고. 놈은 저 위에 있어. 넌 정말 놈이 우리를 볼 수 있다고 생각해, 제이슨?"

"아마도."

"그렇다면 놈이 간이 얼마나 큰지 한번 볼까?"

제이슨이 영문을 모르겠다는 표정으로 위쪽을 쳐다보았다.

"뭘 할 건데?"

"놈을 정면으로 겨눌 거야. 만약 놈이 나를 본다면 당장 그 자리에서 피하려고 하겠지. 그럼 놈의 위치가 드러날 거야."

다음 순간, 대릴은 화살을 활에 재고는 빠르게 주변의 안개를 획 쓸었다.

"그놈한테는 내가 모르는 영적 힘이 있지 않을까?"

"모르지."

"좋아, 모두 안개 속을 서로 다른 방향으로 겨누어봐. 조준 위치는 각자 6미터씩 떨어지고. 자, 지금."

똑똑한 전략인데, 제이슨이 생각했다. 하지만 놈에게 통할지는 알 수 없었다.

500

그들은 서로 다른 여섯 방향에서 조준을 했다.

그러고는 기다렸다.

아무것도 움직이는 기미가 없었다. 고요하고 희뿌연 안개 덩어리뿐이었다.

그들은 계속해서 기다렸지만 아무 일도 일어나지 않았다.

"놈이 그냥 날아가 버렸나 봐."

제이슨이 속삭였다.

대릴은 계속해서 위쪽을 응시했다.

"그랬을 수도 있지. 하지만 난 그런 것 같지 않아. 망할 놈이 우리랑 담력이 누가 센지 시합을 하고 있어. 내가 셋을 세면, 모두 다섯 발씩 쏴. 준비됐지? 하나, 둘…… 셋."

총성이 정적을 깨뜨렸다. 총알 스물다섯 발과 화살 다섯 대가 안개를 뚫고 날아갔다.

그들은 다시 기다렸다. 하지만 아무런 움직임도 없었다.

크레이그가 레이더총을 들어 올렸다.

"이걸 지금 쓸 거야. 괜찮지?"

대릴은 숨을 내쉬었다. 이른바 '기술 사냥'은 부자연스럽고 믿을 수 없는, 자신이 배운 사냥 방식과는 정반대의 방법이었다. 하지만 이제는 안 된다고 할 수가 없었다.

"그래, 그렇게 해봐."

크레이그가 총의 스위치를 켰다. 총의 뒤편에 있는 화면에 녹색 선이 나타나자 그는 희뿌연 안개를 가로질러 총을 휘둘러보았다.

그러나 화면에는 아무 반응이 없었다. 단지 화면의 좌우를 쓸고 지나가는 빈 녹색 줄만 하나 있을 뿐이었다.

"아마 저 위에는 없는 거 같은데."

대릴은 고개를 저었다. 뭔가가 맞지 않았다. 뭐가 이상한지는 말할 수 없었지만…… 하여튼 뭔가가 이상했다.

"그 망할 녀석은 똑똑하단 말이야. 이 상황이 마음에 안 들어."

그는 안개를 계속 관찰했다.

"우리 오두막으로 돌아가자."

다른 사람들이 멈칫했다. 오두막으로 돌아가자고?

"정말로 돌아가자는 거야, 대릴?"

제이슨이 물었다.

"난 여기서 누구든 죽는 게 싫어. 어서 가자고."

그러나 바로 그때 대릴 홀리스가 그 자리에서 멈춰 섰다. 안개의 한 부분이 그의 눈길을 끌었고, 그는 그 부분을 뚫어져라 쳐다보았다.

검은 두 눈이 대릴 홀리스를 마주 보고 있었다.

포식자는 이제 날고 있지 않았다. 마치 셀로판종이처럼, 가오리의 날개 달린 몸 전체가 삼나무 줄기를 감싸고 숨을 쉴 때마다 몸이 부드럽게 오르내렸다.

갑자기 시선을 돌렸다. 땅 위에 뭔가가 있었다. 가오리는 사람들에게 너무 집중한 나머지 미처 감지하지 못했던 것이다. 그러나 방금 뭔가가 움직였다. 사람들도 그쪽으로 얼굴을 돌리는 것이 보였다.

"저것 좀 봐."

모니크가 제일 먼저 보았다. 그것은 퓨마 새끼였는데, 몸 크기는 고양이만 하고, 발이 작고, 몸 색깔은 금색에 진한 줄무늬가 있었다. 퓨마 새끼는 그 자리에 계속 혼자 있었는데, 어느 누구도 눈치채지 못했던 것이다. 녀석의 뒷다리 하나가 곰을 잡기 위해 설치한 덫에 걸려서 빠져나오려고 애를 썼지만 아무 소용이 없었다.

대릴이 고개를 저었다.

"누가 저걸 죽여야겠는데."

모니크가 남편을 잠시 노려봤다. 그러고는 퓨마 새끼를 향해 걸어갔다.

그녀가 퓨마에게 가는 동안, 제이슨은 두세 그루의 삼나무 줄기를 따라 시선을 오르내렸다. 포식자가 나무에 몸을 붙이고 있다면 어떻게 해야 할까? 아무도 나무에는 조준하지 않았다. 그들이 쏘았다고 해도 크레이그의 레이더총이 그랬던 것처럼 빗나갔을 것이다. 제이슨은 가장 굵은 나무줄기를 땅에서부터 안개 꼭대기까지 눈으로 따라 올라갔다. 가오리는 자신들이 나무에다 발사하지 않을 거라는 사실을 알 정도로 똑똑할까?

"제이슨."

대릴이 같은 장소를 쳐다보고 있었다.

"너도 그럴 거라고 생각해?"

"아마도."

갑자기 쉿 하는 비명 소리가 들렸다. 퓨마 새끼가 내는 소리였다. 모니크는 그 옆에 쪼그려 앉아서 퓨마의 발을 죄고 있는 죔쇠를 세게 잡아당겼다.

대릴이 화난 표정으로 돌아보았다.

"그럴 시간 없어, 모니크! 그냥 쏴버리라고!"

좀쇠가 철컥하고 열렸다. 모니크는 평소와 다름없는 침착한 모습이었다.

"그럴 필요 없어, 서방님."

그녀는 조심스레 퓨마 새끼를 들어 올렸다. 퓨마 새끼는 이제 먹이를 달라는 고양이처럼 조용히 울음소리를 냈다.

"좀 조용히 있게 해."

대릴이 짜증 섞인 목소리로 말했다.

모니크가 다가왔다.

"당신이야말로 조용히 해요."

대릴은 아내의 말을 무시하고 다시 나무를 돌아보았다.

검은 두 눈은 퓨마 새끼에 집중하고, 관찰하고, 분석했다. 그런 다음 다시 대릴을 바라보았다.

대릴은 지금 화살을 정확히 가오리에게 겨누었다. 게다가 이미 시위를 당겨놓은 상태라 언제든 발사할 수 있었다.

악마가오리는 움직이지도 숨을 쉬지도 않았다.

대릴은 나무줄기 위쪽의 흰 부분을 바라보았다. 포식자 가오리가 저 위에 있는지 확실하지는 않았지만, 그는 그쪽이 너무 조용하다는 사실을 알아차렸다. 아무런 움직임도 보이지 않았다. 그는 활을 내리고는 돌아섰다.

"여길 빠져나가자."

그러더니 아무런 예고도 없이, 대릴이 갑자기 휙 돌아서서 화살을 다섯 발 날렸다.

휙! 휙! 휙! 휙! 휙! 화살은 안개를 가르며 날아가 잘 보이지 않는 곳에 박혔다.

그러고는 끝이었다. 다시 정적이 감돌았다.

아무도 움직이지 않았다. 그들은 그저 바라보면서 기다릴 뿐이었다.

가오리는 시선을 돌려 2센티미터 떨어진 곳에 박힌 화살을 쳐다보았다.

그러더니 다시 대릴 쪽으로 시선을 돌렸다.

대릴은 자신도 모르게, 가오리 쪽을 정확히 응시하고 있었다.

"그럼 이만 오두막으로 돌아가자."

그들이 가려고 돌아서는 순간에도 가오리는 꼼짝도 하지 않았다. 그저 사람들을 쳐다보고만 있었다. 그러다 놈은 땅바닥에 놓여 있는 곰덫에 시선을 던졌다.

78

"잠깐만."

물건을 치우던 도중에 크레이그가 잠시 멈추더니 말했다.

"장비를 다시 놓도록 하자. 어때, 친구?"

대릴 홀리스는 별로 내키지 않았다. 사실 대릴은 여기서 장비를 사용하는 것이 자신들에게 별로 이로울 것 같지 않았다. 그러나…….

"어떻게 생각하니, 대릴?"

제이슨은 장비를 다시 놓지 말아야 할 특별한 이유가 없다고 생각했다.

"좋아, 그러든지."

크레이그가 부스럭거리며 지도를 펼쳤다.

"오케이, 우리가 이제…… 이 길로 가야겠군."

크레이그와 일행이 출발할 때에도 대릴은 움직이지 않았다. 그는 위를 쳐다보고는 놀랐다. 바로 몇 분 안에 안개는 눈에 띄게 엷어지더니 이젠 앞을 볼 수 있었다. 이제 대릴은 나무 위쪽의 줄기와 가지들을 구별할 수 있었다. 그러나 그 위에 다른 것은 없었다. 그는 몸을 돌려 일행을 따라갔다.

"이제 훨씬 낫군. 고마워, 제이슨."

제이슨이 미소로 답했다.

"환자 녀석은 잘하는 것 같군."

수건에 싸인 퓨마 새끼는 작은 머리를 모니크의 넓적다리에 비벼댔다. 거실 마루에서 제이슨은 모니크가 퓨마 새끼의 부러진 다리에 부목 대는 것을 도와주었다. 제이슨이 퓨마 새끼를 붙잡고 모니크가 그 일을 능숙하게 잘 해냈다. 퓨마 새끼는 통증으로 몹시 괴로워했다. 모니크가 부러진 뼈를 다시 맞추자 그 녀석이 모니크의 손을 무는 바람에 살갗이 찢어지고 피가 흘렀다. 모니크는 눈도 깜빡이지 않았다. 모니크는 아픔을 참고 대수롭지 않은 듯 하던 일을 계속했다. 제이슨은 때때로 잊곤 했지만, 겉보기와 다르게 모니크는 진짜 터프한 사나이 같았다.

"오케이, 꼬마야, 이제 훨씬 좋아질 거야."

모니크는 제법 큰 소리로 가르랑거리는 퓨마 새끼를 가볍게 두드려주었다.

소파에 앉아서 이를 지켜보던 리사와 제이슨은 감탄했지만 대릴은 전혀 신경 쓰지 않았다.

"제이슨, 그놈을 사냥하려면 이제 우리는 뭘 해야 하지?"

제이슨은 마루에서 일어났다.

"내 생각에는 우리가 그놈에게 몰래 다가갈 수는 없을 것 같아. 불가능해, 말 그대로 불가능하다고."

크레이그가 희미하게 웃었다.

"그래, 그게 문제지."

"너도 알다시피 다른 뭐가 문제겠니?"

대릴이 몸을 돌렸다.

"그놈은 사냥을 본능적으로 하는 게 아니야."

"그게 무슨 말이야?"

"대부분 포식 동물은 본능적으로 사냥을 하거든. 그러니까 무엇을 하는지 '생각하지' 않는단 말이지. 포식 동물은 미리 프로그램된 동작에 따라 그냥 행동하지. 그러나 우리가 저기에서 본 것은 '생각'이란 말이야. 그놈은 자기가 본 것을 분석하고 그런 후에 그에 맞춰 적응을 한다고."

"우리가 녀석을 미끼로 유인할 수도 있지 않을까?"

"미끼는 뭘로 할 건데?"

크레이그가 어깨를 으쓱하며, "필을 쓰면 어때?"라고 말했다.

모두, 심지어는 필 마르티노마저도 웃었다.

대릴은 웃을 기분이 아니었다.

"그놈은 금속 올가미를 알아챌 거야, 그렇지, 제이슨?"

"나도 그렇게 생각해. 그물이나 그와 비슷한 걸 걸어두는 건 어때?"

"크레이그, 보관 창고에 그물이 있어?"

"아니."

크레이그 서머스는 벽난로 위에 놓인 두 개의 모니터로 눈을 돌렸다.

"난 아직도 이 장비가 도움을 줄 거라는 생각이 들어."

대릴은 그렇게 생각하지 않았다.

"지금껏 했던 방식대로 그놈을 계속 사냥하자고."

크레이그가 머리를 흔들었다. 그러고 나서 창가로 다가가 달빛에 젖은 창밖의 경치를 바라보았다.

"맨 처음에 왜 그 녀석이 땅으로 올라왔는지 생각해본 사람 있어?"

"그 얘긴 이미 끝났잖아. 크레이그."

모니크는 크레이그가 치매에 걸린 건 아닌가 하고 생각했다.

"먹이야."

"아니, 내 말은 철학적 이유를 묻는 거야."

"철학적이라고?"

대릴은 자신이 제대로 들었는지를 의심했다.

"철학적이라는 뜻을 네가 알고 있는지 모르겠는데……."

"그게 무슨 말이야, 크레이그?"

모니크가 다소 진지하게 물었다.

"내 말은 그놈이 어떤 이유로 진화한 것인지 생각해봤냐는 거야?"

"어떤 이유라고?"

"아마도 자신을 보호하기 위한 자연의 방식 같은 게 아닐까."

"무엇으로부터 자신을 보호해?"

"우리들로부터지. 알지, 제이슨. 네가 그놈에게 붙여준 이름은 놀랄 만큼 적합해."

"어떻게 그렇다는 거야?"

"악마가오리. 최초의 '악마' 가 실제로 무언지 알아?"

잠시 생각하는 듯하더니 말을 이었다.

"아니…… 모르는데."

" '요한계시록' 에 따르면 원래 악마는 인간성을 파괴하려 했기 때문에 천국에서 추방당했지."

모두가 잠시 숨을 멈추었다. 이건 섬뜩한 일이었다.

"그게 성경에 나온단 말이지?"

"어허, 얄궂은 일이야, 그렇지? 왜냐하면 인간성을 파괴할 수 있는 것이 있다면 바로 그놈이 그럴 수 있을 거라고 말할 수 있기 때문이지."

"인간성을 파괴한다고?"

대릴은 눈동자를 굴렸다.

"언제부터 동화를 믿기 시작했어, 피터팬 양반?"

"이건 동화가 아냐, 대릴. 그리고 과학적으로 이야기하면 더 무섭다니까."

제이슨이 몸을 돌렸다.

"어떻게 그렇다는 거야?"

"포식자들은 맨 처음에 왜 진화를 하는 걸까? 생물종의 수가 너무 많아지는 것을 막기 위해서였어. 그렇다면 지금 살고 있는 종이 사람이라고 생각해봐. 바로 1만 1천 년 전에는 지구에 500만 도 안 되는 사람들이 살았는데 오늘날에는 60억이 넘게 살고 있 어. 그리고 20년 안에는 100억에 도달할 거라고. 인구는 잡초처 럼 무성하게 늘어날 뿐이지. 바이러스는 그렇지 않아. 다른 어떤 종도 그렇지는 않아. 조사 결과, 어떤 종도 그렇게 자라는 것은 없어. 아마 그 가오리가 진화한 것은 그렇게 되어야 하는 자연 방 식을 따른 것인지도 몰라."

대릴은 기분이 좋지 않았다.

"저 밖에 그놈들 중 한 놈이 있단 말이야, 크레이그."

"그래, 바로 지금. 그러나 모니크가 말했듯이, 진화는 서서히 일어난단 말이야."

"무슨 말이야? 이놈들이 언젠가는 지구를 다 점령할 수 있다는 말이야?"

"그럴지도 모르지."

"얼마나 걸릴 거라 생각하니, 소크라테스 양반?"

"나도 알 수 없지. 아마 2천만 년쯤. 어쩌면 1천 년, 혹은 10년 일 수도 있지."

"10년이라고?"

모니크가 고개를 돌렸다.

"크레이그, 그처럼 짧은 시간에 진화가 이뤄진 전례는 없어."

"그래서 어쨌다고? 다른 종이 진화적으로 도약하는 데 수백만 년이 걸렸다고 해서 이 녀석들도 똑같은 시간이 걸려야 된다고 말하는 거야?"

"음…… 그래."

"그 논리는 맞지 않아, 모니크. 인간을 봐. 지구 역사에서 인간은 가장 빨리 진화한 종이야. 다른 종들이 수백만 년 걸려 진화해 온 것을 인간은 단지 1만 년 안에 이뤄냈어. 그렇다면 가오리들이 그보다 더 빨리 진화할 수 없다고 누가 말할 수 있겠어? 내 말은 저 밖에 100만 마리가 넘는 가오리들이 날아다니고 있다면 무슨 일이 일어날지 상상해보라는 거야."

"100만 마리라고?"

제이슨은 그건 미친 일이라고 생각했다.

"크레이그, 그건 말도 안 돼. 전혀 가능성이 없어. 저 밖엔 지금 한 놈밖에 없어. 100만이란 숫자는 어떻게 나온 거야?"

"제이슨, 너도 바다가 얼마나 큰지는 알잖아. 평균 수심이 3200미터나 되고, 육지 면적의 거의 세 배만큼이나 넓지. 세 배만큼이나 넓다고. 그게 얼마나 넓은 건지 알아? 저기 바닷속에 얼마나 많은 포식자 가오리가 있는지 우린 전혀 알 수가 없단 말이야."

"그래도 100만 마리까지는 될 수 없어."

"될 수 없다고? 전 세계에 사는 상어의 개체수가 얼마나 되는지 알아?"

잠시 머뭇거리다가 말을 계속했다.

"아니, 알 수가 없지."

"500억 마리야."

"말도 안 돼."

확신한다는 듯 고개를 끄덕이며 크레이그가 말했다.

"500억이야. 그리고 이 가오리들이 상어만큼 오래 되었다면 얼마나 많은 수가 있는지 누가 알겠어."

아무도 말을 하지 않았다. 그들은 모두 그 가능성을 받아들였다.

제이슨이 목을 가다듬고 말했다.

"그래서 무얼 말하려는 거야, 크레이그? 그놈 때문에 우리가 종말을 맞을 거란 말이야?"

"그게 그렇게 우습게 보이니? 모든 종말론자는 항상 종말의 원인이 바이러스일 것이라고 말했어. 아마도 이 녀석이 바이러스 대신일지도 몰라."

"내 생각엔 지금 저 밖에 있는 놈을 그냥 죽이는 게 더 나을 것 같아."

필이 의자에 앉은 채로 이야기에 끼어들었다.

대릴이 일어섰다.

"난 좀 마셔야겠어. 그런데 왜 아무도 안 마시는 거야?"

대릴은 부엌에서 캔 여섯 개가 한 묶음으로 된 버드와이저 맥주를 집어 들고 왔다.

"소크라테스 님."

대릴은 크레이그를 부르며 맥주 캔 하나를 던져주었다.

여섯 명 모두가 맥주 캔을 들고 건배한 뒤 맥주를 들이켰다.

황금빛 액체가 흘러 들어가자 모두 크레이그 서머스의 흥미로운 이야기를 마지못해 인정했다. 만약 악마가오리가 정말로 100만 마리나 있다면 어쩔 것인가? 혹은 12마리라도 있다면? 아니면 두세 마리라도?

그러나 그들 모두는 그것이 현실적이지 못하다고 스스로에게 말했다. 단 한 번. 필 마르티노의 말이 옳았다. 지금 저 밖에 있는 놈을 진작 죽였어야 했다.

곤히 자는 사람은 아무도 없었다.

다음 날 아침 6시, 노크 소리가 나자 제이슨은 침대에서 일어났다.

옷을 완전 갖춰 입은 크레이그가 긴장한 표정으로 급히 들어섰다.

"제이슨, 모니터에 무언가가 포착됐어."

제이슨이 몸을 벌떡 일으켰다.

"어디에서?"

"같은 장소야. 녀석이 되돌아가고 있어. 내가 생각했던 곳이야. 자, 가자."

79

깜빡이는 점 하나가 모니터를 쓸고 지나가는 녹색 선을 가로질러 빠르게 움직였다가 사라졌다. 그리고 다음 녹색 선이 나타나자 똑같은 움직임이 계속되었다.

"저놈이 어디로 가는 거야?"

제이슨이 잠시도 참지 못하고 다급히 물었다.

크레이그 서머스는 지도를 쳐다보았다.

"우리 쪽으로 오고 있어. 첫 번째 적외선 카메라 근처인 것 같아. 여기서 영상을 잡아야겠어."

크레이그는 벌떡 일어나 적외선 모니터로 다가가 사진 하나를 스크린에 가득 차게 확대했다. 화면은 삼나무 줄기를 따라 하늘을 향했다. 진한 회색의 나무줄기와 그 위에 놓인 연한 회색의 수

관과 그 틈새로 하늘 조각이 보였다.

갑자기 수관 아래에서, 새하얀 형체 하나가 화면 가운데로 빠르게 들어왔다. 형체는 한순간 계속 움직이더니 옆으로 기우는 듯 하다가 아래로 날아 내려가 바로 카메라 쪽으로 향했다. 형체는 점점 커지더니 몸을 다시 옆으로 기울였다가 카메라 렌즈 바로 위에서 재빠르게 사라졌다.

"대체 어디로 간 거야?"

크레이그는 다른 영상을 살펴보았지만 어디에서도 찾지 못했다.

"여기 어딘가에 있을 거야."

제이슨이 모니터를 응시하며 말했다.

"그거 다시 보여줄 수 있어?"

크레이그가 버튼을 눌러 느린 동작으로 재생시켰다. 엄청나게 큰 하얀 형체는 서서히 화면 안으로 들어왔다. 계속해서 서서히 움직이며, 바로 아래쪽으로 방향을 바꾸고, 점점 커지더니…… 그때 크레이그가 다른 버튼을 눌러 화면을 정지시켰다.

그들은 모두 화면에 뜬 영상을 뚫어지게 쳐다보았다. 그것은 아주 섬뜩했다. 큰 눈, 돌출한 뿔, 열린 입, 이빨…… 모두가 밝은 흰색을 띠고 있었다.

크레이그가 고개를 끄덕였다.

"내가 있을 거라고 생각했던 그곳이야. 어이 친구, 이 장비가 분명 도움이 될 거라고 했지."

대릴이 심술이 난 눈길로 정지된 화면을 보며 말했다.

"그놈이 어디 있는지, 언제 우리가 그곳으로 가야 할지 알아보자고."

이른 아침 공기는 상쾌하고 차가웠다. 이상하게도 안개는 흔적도 없이 사라져버렸다. 그리고 조용하기까지 했다. 들리는 소리라고는 지지직거리는 무전기 소리와 부츠 밑바닥에서 울려나오는 터벅거리는 소리뿐이었다.

사냥 대형은 원을 지어 서서히 움직였다. 모두 머리를 돌려 위쪽, 아래쪽, 왼쪽, 오른쪽, 뒤쪽 그리고 앞쪽을 쳐다보았다.

제이슨은 위쪽을 쳐다보며 안개가 어디로 사라졌는지 곰곰이 생각했다.

사냥 대형의 선두에서 대릴도 똑같은 생각을 했다. 나무 수관을 통해 보이는 푸른색 하늘 조각을 눈여겨보면서 대릴은 꺼림칙한 느낌이 점점 커졌다.

"저 위에 있을 것 같지 않은데."

그는 발걸음을 멈추었다.

"그놈은 숨을 데가 없을걸."

크레이그가 고개를 끄덕였다.

"좌표는 저 멀리 앞쪽을 보여주는데."

대릴은 듣는 둥 마는 둥 하면서 전혀 움직이지 않았다. 대릴은 그놈이 가까이 있다고는 생각하지 않았다.

그리고 숲은 아직도 매우 조용했다.

악마가오리는 작은 소리도 나지 않게 조심스레 몸을 기울였다.

그놈은 사람들이 나타나길 기다렸다가 멈추었다. 이윽고 사람들이 나타났고, 놈은 사람들로부터 미끄러져 멀어졌다. 바로 나무 꼭대기 위에서 놈은 몸을 굽혀 무언가를 찾았다.

일 분쯤 뒤에 그놈은 찾으려 하던 걸 감지했다. 놈은 수관 사이로 뚫린 구멍을 찾아내서 구멍 속으로 몸을 들이밀었다. 커다란 분홍빛 꽃밭 위로 몸을 기울이던 놈은 고사리 잎을 뜯어먹는 동물들을 발견했다. 부드러운 갈색 털로 덮인 여덟 마리의 사슴들이 가족을 이루어 나뭇잎을 무심히 씹고 있었다.

몸무게가 150킬로그램가량 되는, 몸집이 가장 크고 큰 뿔을 가진 수사슴이 그놈을 먼저 발견하고는 몸이 딱 굳어버렸다. 단순히 '움직이지 않는' 다는 것은 사슴들이 포식자의 눈길로부터 벗어나기 위해 써먹는 잘 알려진 술책이다. 악마가오리는 사슴들에게로 바로 날아들었다.

수사슴이 펄쩍 뛰어올라 달아났으며 나머지도 뒤를 따랐다. 몇 초도 안 되어서 사슴들은 나무들 사이를 전속력으로 달렸다.

포식자 가오리는 사슴들을 바로 따라잡았지만 공격하지는 않았다. 머리를 스쳐가는 아침의 차가운 공기를 맞으면서 녀석은 달아나는 동물을 자세히 살펴보았다. 처음엔 수사슴을, 그다음엔 좀 작은 암사슴을 그리고 뒤따르는 작은 새끼 사슴들을.

놈의 검은 눈동자는 새끼 사슴에게 고정되었다. 그 작은 사슴은 무리에서 뒤처지지 않으려고 안간힘을 썼지만 좀처럼 잘 되지 않았다. 털을 휘젓는 매우 센바람이 불어오자 새끼 사슴의 큰 눈이 갑자기 더 커졌다. 새끼 사슴은 고사리 밭 위로 뛰어올랐지만 내려오지는 못했다.

새끼 사슴은 어마어마하게 큰 두 개의 이빨에 잡히고 말았다.

거의 산 채로 새끼 사슴은 들어 올려졌다. 머리 위로 침이 뚝뚝 떨어지고 있을 때 새끼 사슴은 자기 가족이 도망쳐 사라지는 것을 내려다보았다. 이윽고 새끼 사슴의 몸이 나무 꼭대기 쪽으로 휘둘렸다.

악마가오리는 일 분 동안을 흔들어대더니 갑자기 몸을 기울였다. 유연하게 미끄러져 날면서 그놈은 100여 미터 아래쪽에 있는, 눈에 띄게 특별할 것도 없는 나무 둥치와 철쭉나무, 고사리 등이 늘어선 개활지를 훑어보았다.

그리고 나서 놈은 새끼 사슴을 놓아주었다.

새끼 사슴은 땅에 발을 딛자마자 달아나려고 했지만 똑바로 서지도 못했다. 다리가 제대로 움직이지 않았다.

악마가오리는 가까이에 있는 여섯 사람의 심장박동 소리에 주파수를 맞추면서 동시에 새끼 사슴을 차갑게 바라보았다. 잠시 후 녀석은 몸을 틀어 날아가 버렸다.

"여기가 우리가 그놈을 봤던 곳이야. 바로 저기 있는 저 카메라에 잡힌 영상이었어."

크레이그는 삼각대 위에 놓인 검은색 적외선 카메라를 삼나무 줄기를 따라 위쪽을 향하게 했다.

필은 불안한 눈빛으로 텅 빈 숲을 훑어보았다.

"놈이 움직인 게 틀림없지, 응?"

크레이그가 레이더총을 하늘로 추켜올리자 화면을 쓸고 지나가는 녹색 선은 텅 비었다.

"나도 그렇게 짐작해."

"이곳은 안개가 흔적조차 없군."

제이슨이 바라보았다.

대릴은 삼각대 위에 얹혀 있는 카메라를 의심스러운 눈길로 쳐다보았다. 그는 전혀 이해할 수가 없었다.

"자, 가자. 다들 주의하면서."

그는 앞장서서 나아갔다.

그들은 삼나무와 고사리와 쓰러진 커다란 나무 하나를 지난 다음 그 녀석을 보았다. 대릴이 맨 처음 발견했다. 개활지 한가운데에 있는 새끼 사슴 한 마리를. 새끼 사슴은 흙 위에 누워 있었는데, 몸집이 아주 작았다. 몸에 흰점이 박힌, 키가 60센티미터 정도 되는 놈이었다. 대릴은 정확히 말할 수는 없었지만 새끼 사슴이 그곳에 있다는 것이 뭔가 이상하다는 생각이 들었다. 더군다나 사슴은 분명 고통스러워하고 있었다. 그는 화살을 하나 꺼내서 조준했다. 그리고…….

"대릴, 제발 그러지 말아요."

대릴은 머뭇거렸다. 모니크가 소리쳤다.

"아…… 맙소사, 모니크."

"대릴, 제발 그만둬요. 제발."

대릴이 활을 내려놓자 모니크가 새끼 사슴 쪽으로 다가갔다.

제이슨은 하늘을 쳐다보며 대체 무슨 일인가 궁금했다.

대릴도 하늘을 살펴보며 눈길을 던졌다.

"빌어먹을 그놈이 이 근처에는 없는 것 같아."

모니크는 새끼 사슴 곁에 쭈그리고 앉아 녀석이 떠는 것을 보았다.

"저런, 다리가 부러졌구나."

모니크는 새끼 사슴의 머리를 다독거리며 안정시켜주었다.

대릴이 의심스런 눈초리로 주위를 둘러보았다.

"제이슨, 그놈이 안개가 없을 때에 무슨 짓을 할 거라고 생각하니?"

"글쎄 모르겠는데."

그러나 제이슨은 대릴이 알고 있을 거라는 느낌을 받았다. 무언가 이상했다.

대릴이 아내를 바라보았다. 그녀는 라이플총을 내려놓고 작은 사슴을 안고 있었다.

"이 자세는 좋지 않구나. 머리를 뒤로 하자. 지금 바로 머리를 뒤로 하자."

"잠깐만."

크레이그가 레이더총을 들어 올렸다.

"여기 무언가가 있어."

필은 사방으로 하늘을 훑어보았다.

"어디야?"

대릴이 갑자기 어딘가를 가리켰다.

"저기."

순간적으로 어마어마하게 큰 덩어리 하나가 그들이 서 있는 곳에서 아치를 그리며 하늘에서 떨어졌다.

대릴이 조준을 했으나 가오리는 너무 빨리 움직여서 작은 나무숲 뒤로 쏜살같이 달아났다. 그러나 놈은 몸을 완전히 숨기지 못했다. 놈은 닿을 수 있는 거리에 있었다. 대릴이 그놈의 뒤를 쫓아 뛰었다. 크레이그, 제이슨, 필 그리고 리사가 재빠르게 그 뒤를 따랐다. 머리 높이로 날면서 재빨리 달아나는 놈의 형체가 시야에 들어왔다. 대릴이 멈춰 서서 두 발을 쐈지만 모두 빗나갔다. 포식자가 갑자기 속도를 높여 멀어져갔지만 아직은 시야에 들어왔다.

그들은 열심히 뛰었고 그놈을 다시 보았다. 바로 수풀 바닥 위를, 고사리와 철쭉을 넘어 도망치고 있었다.

대릴은 속도를 줄이고 활시위를 당겼다. 그러나 그놈이 잎사귀를 지나서 맹렬히 도망가는 바람에 빗나가고 말았다.

그들은 10분을 더 달렸으며 악마가오리는 나무줄기 사이를 들락날락하며 맹렬히 도망갔다. 마침내 대릴이 한 방을 날렸다. 대릴이 한쪽 무릎을 꿇고 발사하자마자 제이슨이 뒤따라 달려 나갔다. 밧줄을 매단 화살은 괴물을 향해 로켓처럼 날아갔다. 그것은 제이슨이 지금까지 본 것 중 가장 놀라운 사격술이었다. 그는 마치 공기를 찢으며 날아가는 화살을 느꼈다. 명중, 명중, 명백한 명중이었다.

괴물이 갑자기 몸을 기울였고, 화살이 나무에 박히면서 나무는 조각나버렸다.

그들은 놈의 뒤를 쫓았다. 대릴은 두 번 더 발사했고, 두 번 다 빗나가고 말았다. 크레이그는 세 번 발사했으나 모두 맞추지 못했다.

갑자기 괴물이 사라졌다. 없어졌다. 대릴은 바짝 긴장한 채 수풀 주변을 둘러보았다. 크레이그는 온 힘을 다해 달리느라 숨을 헐떡였다.

"대체 그놈이 어디로 간 거야?"

숲은 아주 조용했다. 아무것도 움직이지 않았다.

제이슨, 필, 리사도 온 힘을 다해 달렸다.

"어떻게 우리가 그놈을 그렇게 오래 뒤따라 갈 수 있었지?"

대릴이 제이슨에게 고개를 돌리며 말했다.

"뭐라고?"

"어떻게 우리가 그놈을 따라갈 수 있었냐고?"

제이슨은 숨을 고르려고 했다.

"내 생각에는 그놈이 우리를 가까이 따라오게 한 것 같아."

필이 주위를 둘러보았다.

"대체 그놈이 왜 그렇게 하는데?"

대릴 홀리스는 갑자기 속이 안 좋은 걸 느꼈다.

"우리가 얼마나 달려왔지?"

제이슨이 손목시계를 보았다. 그들은 거의 15분 정도를 전력 질주했다.

"적어도 1.6킬로미터는 뛰었어."

대릴은 마음을 진정시키려고 했다.

"적어도 1.6 킬로미터라. 너무 멀리 와서 이젠 되돌아갈 수도 없겠군."

"그게 무슨 말이야?"

"내 말은 모니크가 여기에 없다는 거야."

대릴이 초조하게 침을 삼켰다.

"내 생각엔 그놈이 우리를 모니크와 떨어지게 했다는 거야."

80

제이슨이 대릴을 가만히 쳐다보았다. 모두 대릴을 빤히 쳐다 보았다.

그는 숨을 몇 차례 고르게 내쉬었다. 겁먹을 시간마저도 없었다.

"리사, 무전기 좀 빌릴까?"

리사가 대릴에게 무전기를 내밀었다. 대릴은 무전기의 버튼을 눌렀다.

"모니크, 대답해봐."

대릴은 잠시 기다렸다. 1초, 2초 시간은 째깍째깍 지나갔다.

무전기에서는 말소리가 들리지 않았다. 그저 가벼운 쉭 소리
만 들릴 뿐이었다.

"이 빌어먹을 버튼을 제대로 누르긴 한 건가?"

리사가 대릴의 손가락을 보며 말했다.

"잘 눌렀어요."

대릴은 버튼을 다시 눌렀다.

"모니크, 대답 좀 해봐? 모니크?"

그는 다시 기다렸다.

여전히 답은 없었다.

대릴은 초조해서 크레이그를 향해 고개를 돌렸다.

그때 무전기가 쉭쉭거리는 소리를 냈다.

"대릴."

모니크의 소리는 보통 때와 똑같이 들렸다.

대릴은 그제야 조금 편하게 숨을 쉬었다.

"별일 없어?"

"괜찮아요. 모두 가버렸으니, 난 이 새끼 사슴을 붙들고 있을
수밖에 없잖아요."

모니크의 억양은 여느 때와 다를 바 없었다. 그녀는 지금 무슨
일이 일어나는지 이해하지 못했다.

"그곳 주변에 그놈이 보여?"

"아니, 나하고 이 귀여운 새끼 사슴만 있는데요."

"모니크, 이제 그 새끼 사슴은 잊어버려."

대릴이 마음을 진정시키며 숨을 내쉬었다.

"내 생각엔 어쩐지 그놈이 당신을 거기 있게 한 것 같아."

"날 여기 있게 했다고요? 여보, 그놈은 여기 있지도 않은데요."

대릴이 제이슨에게 눈을 돌렸다.

"어쨌든 그냥 우연인 거지? 그놈은 다른 데로 간 거지?"

제이슨은 바로 대답하지 않았다. 그는 방금 전에 일어난 일을 다시 생각해보았다.

"이건 우연이 아니야. 전혀 아니야. 어떻게 해서든지 그놈은 우리를 그곳으로, 바로 그 특별한 장소로 유인한 거야. 어떻게 된 것인지는 모르지만……. 크레이그, 우리가 모니터에서 본 그놈은 그 장비를 감지했던 거야. 그 장비를 알아챘고, 그리고 우리가 불리해지도록 그 장비를 이용했어. 그놈은 바로 그 장소로 우리를 불러들인 거야."

크레이그 서머스 역시 되새겨보았다.

"개새끼군. 네 말이 옳아. 그런데, 왜? 대체 왜 그곳으로 불러들인 거야?"

제이슨이 상황을 다시 되짚어보았다.

"그 새끼 사슴 말이야. 새끼 사슴이 그곳에 있다는 게 무언가 이상해."

"어떻게 이상한데?"

제이슨이 천천히 걸었다.

"모니크가 새끼 사슴을 발견했을 때, 만약 그놈이 모니크가 어떤 반응을 보일지 알았다면 어떻게 했을까?"

"어떻게 그놈이 그런 걸 알 수……."

"곰덫에 걸린 퓨마 새끼를 생각해봐. 대릴, 놈은 어제 안개 위에서 우리를 보고 있었어. 그놈은 퓨마 새끼에 대한 모니크의 반응을 본 거야. 그래서 그놈이 우리를 장비가 있는 바로 그곳으로 부른 거지. 그놈은 사슴 새끼를 보자 다리를 부러뜨린 다음 모니크가 발견할 때까지 기다린 거야. 모니크가 새끼 사슴을 발견하자 그놈은 위에서 와락 달려들어 우리를 멀리 쫓아버린 거야. 그런 다음 우리가 모니크에게 돌아갈 수 없을 만큼 멀리, 우리를 계속해서 밀어낸 거라고."

대릴이 속이 뒤집힌다는 듯이 침을 삼켰다. 무서운 생각이 밀려들었다.

"모니크, 내 말 듣고 있어?"

쉭쉭거리는 소리 뒤로 모니크의 주저하는 목소리가 들렸다.

"어떻게 그놈이 새끼 사슴의 다리를 부러뜨릴 수 있었죠?"

대릴은 토할 것만 같았다. 대릴에게는 아무런 단서도 없었다. 그는 단지 그런 일이 일어났다는 것만 알 뿐이었다.

"제이슨 바꿔줄까?"

제이슨이 무전기를 들고 생각했던 것을 말해버렸다.

"그놈이 새끼 사슴을 입으로 물어갔을 거야. 그런 다음에 공중에서 떨어뜨린 거야. 새끼 사슴 털이 침이 묻은 것처럼 끈적거려?"

모니크 홀리스는 초조하게 침을 삼켰다.

모니크는 볼 필요가 없었다. 그 작은 동물은 무엇인가 마른 얼룩으로 덮여 있었다. 그녀는 그것이 대체 무엇인지 궁금했었다.

"털이 끈적거려?"

대릴이 다시 물었다.

"그래요, 여보, 끈적거려요."

524

모니크는 새끼 사슴을 가만히 내려놓고 땅에 놓인 라이플총을 잡았다.

그녀는 위를 올려다보았다. 숲은 죽은 듯이 조용했다. 어디에도 살아 있는 생물체의 흔적은 없었다. 눈에 보이는 것이라곤 나뭇가지와 나무줄기 그리고 상록수뿐이었다. 안개는 이제 흔적도 없이 사라졌다.

"여기엔 그놈이 없어요."

어쨌든 여기엔 없다.

"확실해?"

모니크는 여기저기를 훑어보았다.

"그런 것 같아요."

그렇게 말할 수밖에 없었지만…… 너무나 조용했다.

"침착하게 있어."

대릴이 말했다. 그의 얼굴은 기타 줄처럼 팽팽히 긴장되었다. 대릴은 모니크에게 달려갈까 다시 한 번 생각해봤지만 그럴 시간이 충분하지 않았다. 그는 몸을 돌렸다.

"제이슨, 그놈이 이젠 거기에 없다는 건데, 그런 것 같아?"

제이슨은 머릿속으로 숫자 몇 개를 그려보았다. 전에 자신이 만든 4중 검산 계산이었다. 어쩌면 악마가오리는 그가 예상한 것보다 더 느리게 날아갔는지 모른다. 그러나 제이슨은 자신이 그놈의 속도를 과대평가해서 계산하지는 않았다고 생각했다.

"만약 거기에 없다면, 그놈은 금방 나타날 거야."

"모니크, 눈을 바짝 뜨고 있어."

그러나 대릴이 그렇게 말했어도 제이슨은 모니크가 무언가를 보지 못할 것이라는 불안감이 들었다.

모니크가 몸을 돌려 여기저기 나무줄기, 나뭇가지 그리고 군데군데 보이는 파란 하늘을 둘러보았다. 아무것도 보이지 않았다. 아무것도 없었다.

"놈은 여기에 없어요."

"확실해?"

"그렇다니까요. 확실해요!"

그녀는 라이플총을 단단히 부여잡고 다시 주변을 둘러보았다.

"그놈이 다른 데로 간 모양이에요."

대릴이 제이슨에게로 몸을 돌렸다.

"그놈이 다른 데로 갔을까?"

제이슨이 초조해서 침을 꿀꺽 삼켰다.

"그렇지 않을 거야."

대릴도 같은 생각으로 고개를 끄덕였다.

"모니크, 그놈이 거기 있을 거야."

모니크는 그들 일행이 왔던 방향으로 되돌아 걸어갔다.

"잠깐만요……."

나무를 감싼 것이 그놈인가?

"뭐가 있는데?"

그녀는 좀 더 가까이 걸어갔다. 30여 미터 위에 어떤 것이, 크고 어두운 빛깔의 어떤 것이 있었다.

"모니크, 뭐야?"

그녀는 더 가까이 걸어갔다.

아니었다. 그것은 나무껍질이 변색된 것이었다.

"아무것도 아네요. 여기엔 아무것도 없어요. 내 생각엔 당신이 너무 긴장한 것 같아요."

대릴은 제이슨이 지원해주기를 기대하며 바라보았지만 제이슨은 눈을 크게 뜨고 머리를 흔들었다.

"그놈은 무언가 위쪽에 붙어 있을 거야. 그놈은 거기 있다고. 정말이야. 그놈은 거기밖에 있을 데가 없어. 크레이그, 우리가 장비를 설치할 때 거기에 무슨 특별한 점이 없었나 생각 좀 해 봐? 그놈이 숨을 만한 곳이 있었는지……."

크레이그가 정신없이 머리를 굴려 생각해냈다.

"아니, 제이슨…… 없어."

"확실해?"

"그래, 빌어먹을 아무것도 생각나지 않는다고!"

"무언가 위에 있어, 대릴."

제이슨이 머리를 흔들었다.

"어떻게든 그놈이 숨은 거라고. 모니크를 거기서 나오라고 해, 지금 바로 나오라고 해."

모니크는 여전히 위를 보면서 걸었다.

"모니크, 지금 바로 거기서 나와."

그녀는 방금 자기가 지나온 쓰러진 나무 쪽을 향해 더 빨리 걸었다.

"그놈이 어디 있어요?"

"그냥 바로 나와! 뛰어!"

모니크는 좀 더 빨리 걸었다.

"대릴, 그놈이 어디 있어요? 그놈이 어디 있는지 알아야겠어요."

"우리도 몰라!"

모니크는 주변을 빙 둘러보더니 정신없이 하늘을 쳐다보며 달렸다.

"그놈은 어디 있는 거예요? 난 그놈을 봐야겠어요."

"빌어먹을, 빨리 거기서 나오라니까!"

그녀는 여전히 위를 쳐다보며 더 빨리 달렸다.

놈의 두 눈이 그녀를 올려다보고 있었다.

15미터도 채 안 되는 곳에서, 그 포식자는 땅 위에 납작 엎드려 거대한 몸을 서서히 일으키다가 내려앉았다. 그놈은 쓰러진 나무 앞에 있었다. 나무의 어두운 색깔이 그놈의 색깔과 맞아떨어졌다. 특히 어두운 흙 색깔 때문에 쉽게 눈에 띄지 않았다. 그놈은 누군가 몸을 기울여본다 해도 자세히 살펴보지 않는다면 자신을 알아보지 못할 것을 알았다.

모니크는 계속 위를 쳐다보면서 쓰러진 나무 쪽으로 똑바로 달려왔다. 연신 고개를 두리번거리며 달리고 또 달렸다.

그놈은 움직이지 않았다.

나무 가까이에 거의 다다르자 그녀는 그 나무를 타고 넘으려는 생각에 그쪽으로 가까이 달려갔다.

놈의 두 눈이 움직였다. 몸의 다른 부위는 꿈쩍도 하지 않았다.

그녀는 더 가까이 달려갔고, 나무를 돌아가려고 방향을 바꿨다.

갑자기 그리고 소리도 없이 그 거대한 물체가 마치 뱀처럼 일어섰다. 그런 다음 움직임을 멈췄다. 그놈은 그 자리에 그대로 서 있었다. 몸의 절반인 앞부분을 공중에 2미터나 세워놓은 채였다.

그녀가 몸을 돌리려고 하자 그놈이 으르렁거렸다.

모니크는 무전기를 떨어뜨린 채 그 자리에 얼어붙었다. 그 소리는 무서우리만치 가까웠다.

반대 방향을 향해서 그녀가 몸을 약간 틀었고, 그 순간 그녀는 눈 옆에서 거대하고 하얀 물체의 악마가오리가 자신 위로 불쑥 몸을 드러내는 걸 보았다. 모니크는 그놈이 거기에 있었다는 것을 바로 알아차렸다. 그러나 놈은 공격하지 않았다. 놈은 거기 그대로 서서 몸을 꼰 채로 그녀를 바라보았다. 그녀는 놈의 눈을 감지할 수 있었다.

아주 서서히. 모니크는 몸을 돌려 그놈을 쳐다보았다.

무시무시하게 차가운 눈이 그녀를 마주 보고 있었다.

그녀는 근육 하나 움직일 수 없었다. 그녀는 그냥 놈을 쳐다보았다.

조금 후 시선을 고정한 채, 그녀는 손가락을 살며시 라이플총 위에 얹었다.

모니크가 먼저 움직였다. 번개처럼 빠르게 뒤로 넘어져 땅에 등을 부딪치며 그녀는 두 발을 발사했다. 작고 빨간 구멍 두 개가 엄청 큰 배에 생겨났다. 놈은 그걸 전혀 느끼지도 못하는 것 같았다. 엄청나게 빠른 속도로 놈의 머리가 아래쪽으로 꺾였다. 거대한 이빨들로 가득한 큰 입이 모니크를 향해 달려들었다. 그녀는 눈을 감으며 세 발을 더 쏘았다.

갑자기 놈이 사라져버렸다.

모니크는 놈이 어디로 사라졌는지 전혀 감도 잡지 못한 채 펄쩍 뛰었다. 그런 후 그녀는 놈이 바로 숲 위로 재빠르게 날아가는 걸 보았다. 그녀는 또 두 발을 발사했다.

마치 총알을 보기나 한 듯이, 위아래로 움직이던 가오리는 갑자기 위쪽으로 튀더니 삼나무를 따라 수직으로 기어 올라갔다.

모니크가 땅에서 튀어 일어나 달리며, 조준하고 그리고…….

놈은 숲의 수관을 뚫고 위로 오르더니 하늘 너머로 사라졌다.

모니크는 숲 틈새로 보이는 파란 하늘을 정신없이 둘러보다 나무 위로 치솟아 궤적을 그리는 작은 점으로 보이는 악마가오리를 보았다. 놈은 더 높이 치솟아 오르더니 그녀의 시야에서 사라져버렸다.

잠시 후 100미터쯤 떨어진 곳에, 엄청 크고 검은 물체가 마치 엘리베이터가 떨어지듯이 내리꽂혔다. 모니크가 라이플총을 잡아챘다. 날개가 달린 형체는 날쌔게 아래로 내려가더니 땅 위에서 곧바로 방향을 바꿔 그녀를 향해 청룡열차 같은 속도로 곧장 달려들었다.

그녀는 네 발을 발사했다.

총알이 채 박히기도 전에 놈의 몸이 치솟았다. 총알은 모두 빗나갔다.

그녀는 다시 발사했다. 총알 하나가 놈의 얼굴을, 오른쪽 눈에서 10센티미터쯤 떨어진 곳을 맞혔다. 아무런 효과가 없었다. 그녀는 다시 발사했지만 빗나가고 말았다. 모니크의 손이 떨리고 있었다. 그녀는 한 번 더 발사했지만 떨리는 손을 진정시킬 수 없어 또다시 빗나가고 말았다.

거대한 놈의 몸이 으르렁거리며 다가섰다. 30미터…… 15미터…….

그녀는 세 발을 더 쏘았다. 그러나 손이 다시 떨렸다. 그녀는 라이플총을 내던지고 바짓가랑이에서 단도를 빼들고 놈에게로 달려갔다.

가오리는 떠나갈듯이 으르렁거리는 소리를 냈다.

모니크도 되받아 고함을 질렀다. 그녀는 비장한 눈빛으로 두 손으로 잡은 칼을 머리 위로 치켜들었다.

놈의 입이 달려들었으며, 거대한 이빨들이 순식간에 다가왔다.

모니크는 최대한 빨리 달리며 다시 고함을 질렀다.

갑자기 그녀가 달리던 방향이 바뀌었다. 몸이 뒤쪽으로 날아올라가자 고통으로 찢어지는 비명을 지르며, 그녀는 놈의 머리를 칼로 찔러댔다. 네 번, 다섯 번, 여섯 번, 일곱 번. 그런 다음 그녀의 손에서 칼이 미끄러져 떨어졌다. 모니크는 자신이 어디에 있는지 알지 못했다. 얼굴에 흐르는 피를 닦아내며 다친 곳은 없는지 몸을 움직여보았다. 그런데 그녀는 자신이 눈을 감고 있다는 것을 알았다. 왜 눈을 감았지? 모니크는 눈을 떴다.

모니크의 몸은 가슴 위까지, 마치 강아지 입 속에 들어간 인형처럼 놈의 입 속에 들어가 있었다. 곧이어 그녀는 자신의 두 다리가 날아가 버린 것을 알았다. 하지만 아무런 고통도 느끼지 못했다. 그녀는 가오리의 눈을 올려다보았다. 놈의 검은 두 눈은 30센티미터도 안 되는 아주 가까운 거리에서 죽은 듯이 조용히 그녀를 똑바로 쳐다보고 있었다. 놈이 왜 바로 물어뜯지 않는 거지? 놈은 무얼 기다리는 거지?

악마가오리는 땅 위에 납작하게 엎드렸다. 모니크는 놈이 숨 쉬는 걸 느낄 수 있었다. 놈은 그녀가 도망치기를 기다리며 그녀를 가지고 노는 것 같았다.

그러나 모니크는 도망치려 하지 않았다. 그녀는 남편과 항상 꿈꿔온 가족을 생각했다.

놈이 마침내 물어뜯었다. 그리고 모니크 홀리스는 죽었다.

다른 사람들이 도착했을 때는 시체가 이미 다른 데로 옮겨진 뒤였다. 남아 있는 것이라고는 무전기, 라이플총 그리고 땅 위에 고여 있는 진한 핏물뿐이었다.

"세상에, 하느님 맙소사."

리사가 주체할 수 없이 눈물을 흘리며 말했다. 대릴이 다가서자 리사는 몇 발자국 물러섰다. 대릴은 흐르는 눈물을 억제하지 못했다.

제이슨이 크레이그를 쳐다보았는데, 핏자국을 쳐다보는 크레이그의 눈빛은 복수심에 불타고 있었다.

제이슨은 한쪽 구석에서 일어서려고 발버둥치는 새끼 사슴을 발견했다. 그는 녀석의 부러진 다리를 보면서 새끼 사슴을 살며시 품 안에 안았다. 이제는 자신이 새끼 사슴의 다리에 부목을 대주어야 한다는 걸 느꼈다.

81

"이제 끝내야 할 것 같다. 짐을 싸자."

제이슨의 말이 허공을 맴돌았다. 그들은 거실에 둘러앉았다. 모니크 홀리스를 생각하면서 그들은 지난 24시간 동안 아무 일도 하지 않았다. 대릴의 슬픔은 너무 크고 깊었으며 끝날 줄을 몰랐다. 벽난로 가에 앉아서 반짝이는 나무 마룻바닥을 내려다보는 대릴은 아직도 넋이 나간 것처럼 보였다. 아무도 반응을 보이지 않았다. 제이슨은 침울하게 고개를 끄덕였다.

"그럼 그렇게 하는 거다."

대릴이 얼음같이 차가운 눈으로 제이슨을 돌아보았다.

"아니. 그렇지 않아."

"대릴, 우리는 지금 감정적으로 결정을 내려서는 안 돼."

"너는 내가 감정적으로 그런다고 생각하니?"

잠깐의 침묵이 흘렀다.

"아니, 네가 그렇다는 건 아니야."

"모니크가 죽은 이유는 하나뿐이야. 그놈이 우리보다 훨씬 똑똑했기 때문이야. 우리가 멍청했기 때문이라고. 이제는 우리가 그놈보다 더 똑똑해야 돼. 내 말 기억해둬, 제이슨. 난 그놈을 죽일 거야. 그러니까 안 돼. 난 짐을 싸지 않을 거라고."

"나도 안 쌀 거야."

크레이그가 말했다.

제이슨이 크레이그 쪽으로 몸을 돌렸다. 홀리스 부부는 크레이그에게 있어 세상에서 가장 가까운 친구였고, 함께 전쟁터라도 나갈 수 있는 사이였다. 만약 대릴이 싸우려 한다면 크레이그 서머스도 싸울 것이다. 크레이그의 두 눈은 차갑게 굳었다. 그러나 곧 눈빛이 바뀌었다.

"제이슨, 너는 짐을 싸고 싶니?"

"모니크는 내게도 친구였어, 크레이그."

제이슨의 눈은 아직까지도 젖어 있었다.

"아니, 나도 짐을 싸고 싶진 않아."

필이 목청을 가다듬었다.

"무슨 덕을 본다고 그래, 나도 안 그래."

제이슨 곁에 있던 리사는 자신이 들은 말에 깜짝 놀랐다.

"믿을 수가 없어요. 대릴, 당신 부인이 죽었단 말이에요."

"알려줘서 고맙군."

"미안해요, 그런 뜻이 아녜요. 난 당신이 내 생각과는 다르다는 걸 말한 거예요. 만일 우리가 정말로 그놈을 죽이고 싶다면 주방위군을 불러야죠."

"그건 소용없어."

"무슨 말을 하는 거예요. 그 사람들은 직업군인이잖아요."

"당신이 확실히 알아, 극성스런 엄마께서?"

"음…… 그건."

크레이그가 머리를 흔들었다.

"그 사람들은 직업군인 근처에도 못 미치는 녀석들이야, 리사. 대부분이 주말에 지역 예비군 부대에서 훈련이나 받는 회계사나 자동차 정비사들이라고. 그런 사람들은 어디에든지 부지기수로 많다고…… 시체가 엄청 쌓일걸."

대릴이 고개를 끄덕였다.

"그들이 사냥을 알지도 못할 거라는 건 말할 필요도 없지."

"그 사람들도 총을 쏠 수는 있죠. 우리를 도울 수 있을 거라고요. 그렇죠, 제이슨?"

제이슨이 잠시 멈칫했다.

"리사, 이 문제만큼은 대릴과 크레이그의 판단을 존중하고 따르겠어. 나도 그랬을 거라고 말했던 것처럼. 주 방위군에 대해선

나도 조금 아는데 저 친구들 얘기에 동의하고 싶은데."

"그렇다면 주 방위군은 잊어버리죠. 미 해군특수부대(SEAL)나 경찰, 혹은 연방수사국(FBI)은 어때요?"

"FBI?"

크레이그는 정말로 재미있어했다.

"그 사람들이 뭘 할 건데? 배지나 흔들어대며 그놈에게 두 손 들고 나오라고 얘기나 하라고? 리사, FBI나 다른 사람들이 우리 말을 믿기나 할 것 같아? 우리 이야기가 어떻게 들릴지나 알아? 전화가 된다 해도, 우리가 전화를 하면…… 주 방위군은 잊어버려. 그 사람들은 우리 이야기를 가십 기사나 다루는 주간지에나 연결해줄걸."

"그럼, 그 사람들에게 보여줘야겠네요."

"우리가 정확히 어떻게 해야 되는데?"

"음…… 우리가 그 사람들을 거기로 데려가야죠."

"리사는 그 괴물이 사진이나 찍으라고 거기서 우리를 기다리고 있다고 생각해?"

"크레이그 말이 옳아."

제이슨이 말했다.

"아무도 우리 이야기를 안 믿을 거야. 모든 앞뒤 정황을 다 설명해도 그들을 믿게 하려면 몇 달이 걸릴 거야."

"우린 그럴 시간이 없어."

대릴은 리사에게 냉정한 눈길을 보냈다.

"그놈은 지금 저기에 있어. 우리가 며칠을 허비하면 그놈은 어디론가 가버릴 거야."

리사가 일어서서 제이슨을 바라보았다.

"그럼 가지 말고 싸워요. 난 이미 준비가 됐거든요."

리사가 걸어 나갔다.

"당신이 떠난다면, 나도 갈 거야."

침대에 혼자 누워 있던 리사가 위쪽을 올려다보았다. 제이슨이 문 쪽에 서 있었다.

"제이슨, 난 당신이 떠나지 않길 바라요. 이 일이 당신에게 얼마나 중요한지 난 알아요."

그가 들어섰다.

"당신이 가면, 나도 갈 거야."

"그건 말도 안 돼요. 당신은 이런 일을 평생 동안 기다려왔잖아요?"

제이슨이 리사에게 얼굴을 가까이 대며 부드럽게 말했다.

"그래도 당신이 떠난다면, 나도 갈 거야."

"날 위해서 그렇게 한단 말이에요?"

"그럼."

리사가 한숨을 내쉬었다.

"그렇다면 안 갈게요."

"날 위해서 남아 있겠단 말이야?"

"당신이 우리를 죽게 놔두지만 않는다면요."

"당신과 난 괜찮을 거야. 기억하지?"

그녀는 잠깐 말을 멈췄다.

"그건 결코 잊을 수 없는 일이에요."

제이슨이 앉으면서, 두 사람은 작은 침대 위에서 서로 껴안았다.

"제이슨, 마음을 잘 다독여. 필은 우리가 그놈을 어떻게 죽일 수 있는지, 그 방법을 알 거야."

제이슨이 리사와 함께 거실로 들어오다 잠시 멈춰 섰다. 대릴은 진지했다.

"어떻게?"

안락의자에 앉아 있던 필이 몸을 앞으로 내밀었다.

"그놈을 숲 속에서 끌어내야 해, 맞지?"

제이슨이 미움이 가득한 눈길로 필을 쳐다보았다.

"그건 대릴의 생각이야."

대릴이 고개를 끄덕였다.

"그렇게 해야지. 숲 밖으로 끌어내서 그놈을 쏘는 것은 완전히 다른 이야기가 된다고. 필, 제이슨에게 네 생각을 얘기해줘."

필이 몸을 돌렸다.

"제이슨, 그놈이 열을 좋아할 거라고 생각해?"

"열이라고? 물리적 열 말이야?"

"그래."

"놈은 아마 열을 싫어할걸. 깊은 바닷속은 추울 테니……. 그놈은 열에 익숙하도록 진화하지 못했을 텐데."

제이슨이 잠시 멈췄다. 필 마르티노를 싫어하는 감정도 그 호기심에 파묻히고 말았다.

"네 생각은 어떤데?"

"말하자면 연기를 피워 그놈을 끌어내자는 거지."

"어떻게 연기를 피울 건데?"

"지정 발화로. 어쨌든 그건 공원 순찰대원들이 계획적으로 수행하는 화재 방식이야."

제이슨의 눈이 가늘어졌다.

"음, 그게 정확히 어떻게 작동하는 건데?"

82

"먼저 지정 발화가 어떤 건지 보여줄게……."

대릴, 제이슨, 리사가 보는 가운데 필이 벽난로 앞에 있는 검은 철망을 끌어냈다.

"자, 모든 불은 벽난로 안에서 일어나든 숲에서 일어나든 간에, 흔히 말하는 '발화 물질'이 있어야 돼."

그는 벽난로 속 불쏘시개 위에 놓인 장작과 구겨진 신문지를 가리켰다.

"여기에선 신문지와 불쏘시개가 발화 물질이야. 우리는 먼저 종이에 불을 붙이고, 종이는 불쏘시개를 태우고 그 다음에 장작에 불이 붙지. 불이 모두 붙으면 큰 불꽃이 돼. 간단하지? 그런데 종이와 불쏘시개를 치워버리고 장작에다 직접 불을 붙이려 한다면 어떻게 될까? 불이 안 붙겠지? 성냥개비는 다 타버릴 거고, 불 비슷한 것도 일어나지 않아."

그는 방을 둘러보았다.

"다들 무슨 말인지 알겠지?"

모두 머리를 끄덕였다.

"벽난로 속과 마찬가지로, 숲에서 일어나는 불도 숲에 있는 불 쏘시개들, 예를 들면 마른 풀, 죽은 나무, 부러진 나뭇가지들에

538

불이 먼저 붙은 다음에 일어나는 거야. 그런 다음에 나무가 타지. 하지만 그런 불쏘시개가 이미 타버리고 없다면 큰불은 일어날 수조차 없겠지. 그걸 바로 지정 발화라고 하는 거야. 글자 그대로 여러 개의 작은 불을 '계획적으로' 일으켜서 나중에 손쓸수 없는 큰불이 나지 않게 하는 거지. 이런 방식으로 1988년 옐로스톤 국립공원 대화재 이후에 국립공원이나 주립공원에서는 지정 발화를 시행하고 있어."

리사가 고개를 끄덕였다.

"아주 잘한 일이네요."

필이 다시 철망을 들었다.

"그리고 아주 쉬워. 이 공원에서도 수년 동안 지정 발화를 해왔고, 그래서 또 다른 지정 발화가 예정된 거야."

"아니, 그걸 어떻게 알아?"

제이슨이 물었다.

"내가 예전 파일을 몇 개 찾아봤거든. 이미 준비가 다 되었더라고."

"지정 발화를 어떻게 감독하는지는 알아?"

"예전에 해봤어."

"숲 전체를 불태우는 건 아니지? 정말 확신할 수 있는 거지?"

크레이그가 목소리를 가다듬고서 말했다.

"제이슨, 내가 봐도 안전한 것 같아. 기록에 따르면 저 밖에는 탈 것이 그렇게 많지 않아. 만약 그놈이 또다시 같은 곳에 나타나 준다면, 그 숲에는 멋진 천연 방화벽이 있어."

필이 지도를 가리켰다.

"여길 봐. 서쪽으로는 바다가 있고, 남쪽으로는 포장된 2차선 도로가 있고, 북쪽과 동쪽에는 개울이 있어. 지정 발화를 일으키기엔 환상적인 조건이야."

"정말로 안전하다고 생각하니, 크레이그?"

제이슨이 자신 없는 목소리로 물었다.

크레이그가 확신에 찬 고갯짓을 했다.

"대릴, 넌 이게 말이 된다고 생각해?"

"완벽한데. 우리는 그놈을 숲에서 끌어내야 한다고. 그러려면 이 방법이 최선이야."

제이슨은 마지못해 필을 쳐다보았다.

"언제 할 건데?"

"불 피우기가 수월하려면, 아직 공기가 차가운 이른 아침에 하는 게 가장 좋아."

신중한 사람을 찾아 이야기하고 싶은 듯이 제이슨의 눈동자가 움직였다.

"다른 위험은 없는 거야?"

"철쭉이 타면서 약간 높은 곁불이 일어날 거야. 그렇지만 그리 오래 가지 않으니까 위험한 건 전혀 없어. 괜찮을 거야."

"어쨌든 우리가 불을 끌 필요는 없는 거지?"

"이런 종류의 불이 멋있는 건 대부분 스스로 꺼진다는 점이야. 그냥 탈 것이 다 소진되는 거야. 우리는 깜부기불이나 잔불만 확인하면 돼."

깜부기불은 제대로 끄지 않으면 며칠 동안 탈 수 있었다.

"그게 전부야. 그것 말고는 어떤 문제도 없어."

제이슨이 대릴을 돌아보았다.

"우리가 이걸 해야 한다고 말해줘. 그리고 효과가 있을 거라고 말 좀 해줘. 우리가 만일 그놈을 숲에서 끌어낸다면 그놈은 어디로든지 뛸 거야, 그렇지?"

"그놈을 몰아야지."

"어떻게 몰 건데?"

"헬리콥터를 이용해서. 크레이그와 내가 이미 가봤어. 헬리콥터에서 나오는 시끄러운 소음과 전기로 그놈에게 확실히 겁주는 거야. 그놈이 나무 꼭대기에서 튀어나오기만 하면, 그놈은 다 잡힌 거지."

"놈을 정확히 어디로 몰고 갈 건데?"

"그놈이 숨을 수 없는 곳. 바다 위로."

제이슨이 머뭇거렸다.

"그놈이 헤엄쳐 도망가면 어떡하려고?"

"그렇다면 그놈은 익사하는 거지. 놈의 아가미는 말라비틀어진 지 오래되었으니까."

"맞아, 아가미는 다 말랐어. 흠."

제이슨은 머릿속으로 모든 이야기를 다시 되짚어보았다. 적어도 계획을 진행하는 데 문제가 없을 것 같았다. 그는 필을 돌아보았다. 그를 얕보고, 믿지 못하며 그리고 아직도⋯⋯.

"언제 이 일을 시작할 거야?"

"좀 전에 말했듯이 아침 일찍 일어나자마자 시작하면 공기도 차갑고 좋을 거야."

제이슨이 고개를 끄덕였다.

"그럼 일어나자마자 해야겠군."

83

"그놈이 있을 거라고 생각한 바로 그곳이군."

레이더 스크린에 깜박이는 점이 가로질러 지나가는 걸 보고 크레이그가 제이슨에게 확신에 찬 고갯짓을 하며 말했다.

"좋아."

제이슨이 일어섰다.

"대릴이 어디 있는지 보고 올게."

제이슨이 빠른 걸음으로 나가 주차장으로 걸어가더니 때마침 버톨 헬리콥터에서 내리는 대릴을 만났다.

"그걸 설치했어?"

대릴이 고개를 끄덕였다.

"준비 다 됐어."

그는 엑스페디션호의 갑판에서 거의 사용하지 않는 작살포를 떼어내서 버톨 헬기의 널찍한 바닥에 이제 막 설치를 끝냈다. 제이슨이 작살포를 자세히 들여다보았다. 그것은 마치 전함에서 떼어낸 무기처럼 보였다. 180센티미터 높이에 휘어진 모양의 강철로 된 하프 크기의 이 무기는 작살이 날아가는 속도가 거의 유도탄에 가까울 정도로 매우 빨랐다. 대릴은 보통 이 무기를 사용했다.

제이슨이 가리켰다.

"저 친구들도 준비가 다 된 것 같군."

크레이그, 리사 그리고 필이 그들에게로 걸어왔다. 세 사람은 검고 커다란 손잡이에 엄청 큰 금속 커피 보온컵 모양의 긴 불 주둥이가 달린 '점적 횃불'을 두 개씩 들고 있었다. 물론 커피를 담는 데 쓰는 건 아니었다. 점적 횃불은 튼튼해 보이는 15-구경 알루미늄 통에 디젤유와 휘발유의 혼합액을 담은 것으로, 조그만 불씨로도 점화가 되어 글자 그대로 불을 '방울방울 떨어뜨리게' 된다. 점적 횃불은 소방 순찰대에게는 기본 지급품이다.

세 사람이 가까이 다가오자, 필은 자신을 쳐다보려고도 하지 않는 제이슨에게 눈길을 주었다.

"제이슨, 나랑 같이 갈래?"

그들의 계획은 서로 다른 지역으로 가서 동시에 산불을 일으켜 그놈을 불로 포위하는 것이었다.

"아니, 난 대릴, 리사와 함께 갈 거야. 크레이그가 너랑 같이 갈 거야."

"오, 오케이."

필은 제이슨의 눈에 담긴 조용한 분노를 어떻게 해볼 수가 없었다. 그는 손목시계를 보고 시간을 맞췄다.

"앞으로 정확히 15분 후에 불을 지른다."

잠시 후 그들은 SUV를 타고 떠났다.

"제이슨하고 리사가 확실히 사이가 좋은 모양이야. 그렇지, 크레이그?"

크레이그는 필 마르티노의 물음에는 대답하지 않고 숲 속을 빠르게 걸어갔다. 필이 아무렇지 않은 듯 잘해보려고 노력할수록 그의 배신이 불쾌하고 용서하기 어려웠다.

"필, 첫 번째 산불은 어디에다 놓을까?"

"저기 마른 고사리 밭으로 가자."

고사리 밭은 보통 집 앞마당 크기 정도였으며, 고사리의 키는 허리 정도였다.

"여기 죽은 고사리에서부터 시작할 거야."

고사리는 꽤 자라서 모두 갈색을 띠고 있었다.

점적 횃불을 들고 그들은 서로 다른 방향으로 걸어갔다. 그리고 작은 불 방울이 떨어지기 시작했다. 작은 불꽃이 점화되더니 10센티미터, 30센티미터, 그러더니 3미터까지 엄청나게 빠른 속도로 번져갔다. 크레이그는 이러다 큰 산불이 나지는 않을지 걱정되었지만 필 마르티노는 침착했다. 필에게는 예전에 수없이, 적어도 열 번은 더 해본 일이라 문제가 되지 않았다. 그들은 여기저기 불을 붙이면서 빠르게 움직였다.

그들은 숲 속에 무엇이 있는지는 보지 못했다.

100여 미터 위에서 그놈은 그들을 내려다보고 있었다. 회의실 탁자 둘레만큼이나 큰 나뭇가지 위에서 날개를 양쪽으로 축 늘어뜨린 악마가오리는 갑자기 예전에 맡아보지 못한 냄새를 맡았다. 무언가 다른 것도 느꼈는데 아주 약한 기운, 바로 열기였다.

그놈은 크레이그에게 초점을 맞추고, 그가 무엇을 하는지 알아내려고 했다.

머리를 숙인 채 크레이그 서머스는 계속해서 작은 불덩이를 여기저기 떨어뜨렸다. 몇 분도 채 안 되어 그는 거의 360미터 되는 지역에 불을 붙였다. 산불은 벌써 지독히 뜨거워졌으며 여러 곳의 불길이 3층 높이보다도 더 높이 일어났다. 갑자기 크레이그는 한쪽 구석에서 어떤 움직임을 감지했다. 나무 꼭대기에 크고 하얀 어떤 것이 보였다. 구름인가, 안개인가? 그는 꾸물거릴 시간이 없었다. 다음 산불을 놓아야 했다. 그들은 횃불을 끄고 서둘러 SUV로 돌아갔다.

그들을 뒤쫓는 것은 아무것도 없었다. 놈은 이미 다른 곳으로 가고 없었다.

숲의 다른 쪽에서 악마가오리는 나무 꼭대기 아래를 미끄러지듯 날았다. 악마가오리는 기분이 좋았다. 여기엔 뜨거운 공기도 없었고, 이상한 냄새도 나지 않았다. 삼나무와 무성한 푸른 잎과 흙만 있을 뿐이었다.

그러나 바로 그때, 한참을 날던 가오리가 다시 더운 열기를 감지했다. 열기가 다른 방향에서 오고 있었다. 이제 열기는 모든 방향에서 오는 것 같았다.

레드우드 하구의 제방에서 또 다른 불을 감시하던 제이슨, 리사, 대릴은 엄청 뜨거운 불길이 이미 3~4층 건물 높이로 타오르는 걸 지켜보았다.

그들은 갑자기 땅 위에서 무언가가 움직이는 걸 보았다. 40마리쯤 되는 다람쥐들이 떼를 지어 숲에서 나오더니 제방 아래로 달려갔다.

다람쥐들이 달려가는 걸 보던 제이슨의 눈이 가늘어졌다.

"이제 효력을 발휘하는군."

리사가 고개를 끄덕였다.

"정말로 효과가 있네요."

대릴은 아무 말도 없었다. 제이슨이 대릴을 쳐다보니 그 역시 다람쥐들을 보며 웃고 있었다.

84

"크레이그, 거기 뭐가 좀 보여?"

대릴이 버톨 헬기의 계기판 앞에서 잠시 기다리는 사이에 헤드폰에서 잡음이 들렸다.

"여긴 아무것도 안 보이는데."

대릴이 조수석에 있는 제이슨에게 몸을 돌렸다.

"아무것도 못 봤다는군."

제이슨은 400미터쯤 떨어진 곳에 있는 노란색 시코르스키 헬리콥터를 쳐다보았다.

"더 넓은 지역으로 불을 넓혀야 할까?"

대릴은 300미터쯤 아래에서 숲 위로 피어오르는 거대한 버섯 모양의 검은 연기를 내려다보았다.

"여긴 괜찮아, 좋아. 그놈이 조만간 나올 거야."

제이슨이 갑자기 머리를 아래로 꺾었다.

"대릴 너도 봤어?"

대릴은 깜짝 놀랐다.

"그래, 나도 봤어."

리사도 깜짝 놀라 조종석 쪽으로 일어섰다.

"어디 있어요?"

제이슨이 가리켰다.

"바로 저기."

축구장 두세 개 거리만큼 떨어진 그곳에 두 개의 커다란 나무 꼭대기 사이에서 크고 검은 연기 덩어리가 뿜어져 나왔다.

"놈이 위로 튀어 오르더니 곧바로 뒤로 사라졌어."

"크레이그."

대릴이 자신의 헤드폰을 조정했다.

"그쪽에서 그놈을 봤니?"

크레이그와 필은 여전히 좌석에 앉아 몸을 기울여 연기가 가득 찬 바로 그 공간을 바라보았다.

"우리가 그놈을 찾아 내려갈까, 아니면 계속 기다릴까?"

"아래쪽이 얼마나 뜨거운지 필에게 물어봐."

크레이그가 필에게 물었다.

"얼마나 뜨겁지?"

필 마르티노가 쌍안경을 눈에 갖다 댔다.

"음…… 지금쯤 모든 불길이 다 타버린 것 같고, 그놈은 아마 완전히 통구이가 됐을걸."

"온도가 얼마나 되는데?"

"150도, 어쩌면 160도."

"맙소사. 대릴, 저 아래는 온도가 160도 정도로 뜨거울 거라는데."

대릴이 제이슨을 돌아보았다.

"160도나 된다는데."

"와우."

제이슨이 연기가 나는 나무 꼭대기를 쳐다보았다.

"그놈이 저기서 살아남을 수 있을까?"

"가서 확인해볼까?"

제이슨이 아래를 다시 내려다보았다.

"좀 더 통구이가 되도록 기다려보자고. 30분 내에 그놈이 안 나오면 내려가서 찾아보자."

30분이 지났지만 그놈은 나타나지 않았다. 짙은 검은 연기가 사방에 퍼졌으며, 이제는 연기 구름이 나무들보다도 더 커졌다.

제이슨이 숨을 내쉬고는 대릴을 돌아보았다.

"저 아래로 내려가자."

대릴이 왼손 손가락으로 레버를 하나 당기자 짙은 녹색 헬리콥터가 내려가기 시작하더니 나무들 사이로 난 축구장 크기만 한 틈새로 빠져 들어갔다. 갑자기 사방에서 검은 연기가 맴돌았다. 아무것도 볼 수 없었지만 대릴 홀리스는 눈도 깜박이지 않았다. 연기가 걷힌 부분이 보이자 그는 바로 검은 연기를 뚫고 하강하여 마침내 검게 타버린 기분 나쁜 세상에 도착했다.

버틀 헬기가 착륙한 지 얼마 지나지 않아 크레이그가 시코르스키 헬기를 착륙시켰다.

"고마워, 크레이그."

필이 기분 좋게 말했다.

크레이그 서머스가 돌처럼 딱딱하게 말했다.

"별거 아니야."

필이 헬기의 문을 잡아당겨 열자, 크레이그는 갑자기 정신이 아득해지는 걸 느꼈다. 이처럼 뜨거운 열기는 난생처음이었다. 열기가 온몸을 덮쳤다. 문을 닫자마자 시코르스키 헬기는 바로 이륙했다. 다른 동료가 숲을 수색하는 동안 크레이그는 위에서 감시하기로 했다. 헬기가 상승하여 다시 검은 연기 속으로 들어가기 직전, 그는 네 사람이 뜨거운 연기로 휩싸인 동굴로 뛰어가는 것을 보았다. 크레이그는 그들이 무언가를 발견한 모양이라고 생각했다.

85

온 천지가 암흑이었다. 삼나무도. 식물들도. 땅도. 심지어는 공기마저 검은색이었다. 조금 전까지 싱싱하던 녹색 고사리와 넓은 잎의 철쭉이 이제는 쭈글쭈글한 검은 뼈대와 검댕이 덩이가 되었다. 삼나무는 검게 타고 그을려 숯 냄새 나는 12미터짜리 검은 줄기둥이 되어버렸다.

그리고 뜨거운 열기가 있었다. 열기는 엄청났다. 이런 열기는 그들 중 누구도 경험해보지 못한 것이었다. 스키 점퍼를 입고 사우나에 있는 것보다 더 뜨거웠다. 열기는 정말 지독했다.

땀방울을 뚝뚝 떨어뜨리면서도 대릴은 큰 활을 어깨에 메고 온도를 무시한 채 엄청나게 뜨거운 어둠 속으로 달려 들어갔다.

"둥그렇게 원형을 만들어."

그들은 원형으로 대형을 만들어 천천히 앞으로 걸어 들어갔다. 숲 전체에서 연기가 나는 것 같았다.

대형의 뒤쪽에 있던 제이슨은 안개가 전혀 없고 희미한 검은 연기와 조각난 파란 하늘만 보이는 나무꼭대기를 올려다보았다. 시선은 앞을 향해 있었다. 만약 그놈이 아직 살아 있다 해도 여기에는 숨을 곳이 그 어디에도 없어 보였다. 그렇다면 대체 그놈은 어디에 있는 건가? 땅 위에? 아니면 온도가 낮은 저 위에? 눈길이 공중으로 치솟은 거대한 검은 나무줄기를 따라가다가, 그는 악마가오리가 검게 그을린 나무 색깔에 완전히 녹아들어 갔을 거라는 생각에 이르렀다. 이상한 점은 하나도 발견하지 못했다. 그의 시선은 앞을 향했고 걸음을 뗄 때마다 땀방울이 떨어졌다.

15분쯤 지나자 그들은 계단 정도의 경사를 이룬 가파른 언덕 밑에 도달했다. 언덕에도 거의 같은 형상이었다. 숯처럼 된 삼나무, 타다 남은 식물의 뒤틀린 줄기와 연기로 가득 찬 검은 공기. 대릴이 주의를 주었다.

"자 정신 차리고 보자."

10분쯤 후에 그들은 언덕 위에 도달했고, 제이슨은 금방이라도 쓰러질 것만 같았다. 열기는 질식할 것처럼 뜨거웠다. 그러나 그는 열기가 이처럼 뜨거운 만큼 껍질이 두꺼운 그놈에게는 더 뜨거울 것을 알았다. 하늘을 쳐다보니 검은 연기와 긴 햇살이 칵테일처럼 섞여 그의 눈을 검게 물들였다. 그놈은 저 위에 있을 수밖에 없어. 그러나 단지 길쭉한 나무줄기와 또렷하지 않은 검은 햇살뿐, 이상한 점은 하나도 찾아볼 수 없었다.

"여기서 무언가 다른 점 발견한 사람 없어?"

대릴이 물었다.

땀으로 목욕을 한 몰골로 리사가 대답했다.

"어떤 걸요?"

"말하자면 온도 변화 같은 것 말이야."

대릴은 연기가 나는 주변을 미심쩍게 살펴보았다.

"여기 온도가 약간 낮아. 그렇게 느껴지지, 제이슨?"

"아니."

"필은 어때?"

"아닌데, 파일 기록에는 이곳이 숲에서 가장 시원한 곳 중 하나라더군."

"그래?"

필이 고개를 끄덕였다.

"확실히 바다로부터 자연풍이 불어오고 있어."

대릴은 앞쪽에서 조금 떨어진 곳에 있는 부스러기 더미에 눈길을 던졌다.

"제이슨."

"응."

"그놈이 온도 차이를 느낄 수 있을까?"

"아마 느낄걸."

대릴이 30여 미터 앞으로 걸어가다가 갑자기 멈춰 섰다.

"무슨 냄새가 나지 않아?"

리사가 앞이마를 쓸면서 말했다.

"무슨 냄새?"

"맙소사. 저것이군."

그것은 수영장 덮개 크기의 검은 피부였는데, 검게 변한 땅 위에 주름이 잡힌 채 바로 놓여 있었다.

제이슨이 허리를 굽혀 그것을 만져보았다. 믿을 수가 없었다. 그는 간신히 그것을 들어 올렸다. 그것은 손목 두께보다 더 두꺼웠지만 단지 피부일 뿐이었다. 그리고 그것은 마치 불붙은 고무처럼 뜨거웠다. 그는 손이 데일까 봐 그것을 바로 놓아버렸다.

"뱀이 허물 벗듯이 피부를 벗어버렸군."

대릴이 주위를 둘러보았다.

"제이슨, 아직 그놈이 살아 있다고 생각하니?"

"나도 슬슬 걱정이 되긴 해."

대릴은 조금 전에 본 부스러기 더미를 뒤돌아보았다.

"다시 원형 대형을 만들자."

그들은 앞으로 걸어갔고 대릴은 부스러기 더미를 노려보았다.

그런데 뭔가 이상했다. 그들이 이곳에 도착한 이후 대릴은 그와 비슷한 수많은 부스러기 더미를 보았다. 대부분은 불타버린 식물 줄기들로, 보통은 괴상한 모습으로 뒤틀려 떨어진 고사리나 철쭉들이 여기저기 서로 엉켜 있는 것이었다.

그러나 이 부스러기 더미는 달랐다. 그것은 불탄 식물 같지 않았다. 똑같은 형태가 아니었다. 휘고 뒤틀린 형태의 윗부분은 비슷했다. 대릴은 다른 쪽에서 햇빛을 받아 얼룩진 연기가 피어오르는 것을 보았다. 그러나 중간과 아랫부분은 단단한 고체처럼 보였다. 무언가 다른 것이 있단 말인가? 대릴은 확신할 수 없었다. 그는 앞쪽으로 다가갔다.

열기는 참기 어려울 정도로 고통스럽고 깊이를 헤아릴 수 없을 만큼 뜨거웠다. 그놈은 더는 견딜 수가 없었다. 그래도 그놈은 견딜 수밖에 없었다. 먹잇감은 이제 아주 가까이에 있다. 놈이 부스러기 더미로 뛰어들어서 놈의 눈은 다른 부위와 마찬가지로 뜨거운 부스러기들로 덮여 있었다. 놈은 볼 수 없었지만 사람들이 가까이 다가오는 걸 감지했다.

놈은 죽은 듯이 조용히 기다렸다.

그때 무언가가 움직였다. 악마가오리의 오른쪽 눈을 덮고 있던 작고 검은 숯 조각이 이제 막 떨어졌다. 놈은 이제 사람들을 볼 수 있었다. 놈은 눈을 뜰 수밖에 없었다.

움직임이 있었다. 대릴 홀리스는 무엇이 움직였는지 알지 못했지만 무언가가 움직였다는 걸 느꼈다. 앞으로 다가서면서 그는 움직임이 있던 지점을 노려보았다. 그것은 부스러기 더미의 아래쪽, 땅에서 60센티미터쯤 위였다. 그는 단지 부스러기 조각이 떨어진 거라고 생각했다. 하지만 다시 그곳을 노려보았다. 그때, 대릴은 놈을 본 것이다.

빛이 반사되었다.

자그만 어둠 구덩이 속에서.

그는 얼어붙었다.

그는 놈의 크고 검은 눈을 바로 쳐다보고 있었던 것이다.

무슨 일이 일어났는지 리사가 채 알아채기도 전에 대릴이 여덟 발의 화살을 부스러기 더미를 향해 쏘았다. 그 순간 부스러기 더미가 통째로 움직였다. 갑자기 검은 재가 흩날리고 뒤틀린 식물들이 온 천지에 흩날렸다. 그리고 거대한 가죽처럼 생긴 뱃바닥의 하얀 물체가 나선을 그리며 위쪽으로 움직였다. 대릴이 다섯 발을 더 발사했고, 화살은 저민 고기를 찌르는 포크처럼 놈의 하얀 뱃살에 박혔다.

놈은 화살이 박힌 걸 전혀 느끼지 못한 듯 온몸을 공중으로 던졌다. 날개를 미친 듯이 퍼덕거리며 놈은 대각선 방향으로 빠르게 날아올라 대릴로부터 도망쳤다.

대릴이 놈을 뒤쫓아 달려갔다. 놈은 재빠르게 위로 날아 거의 수직으로 기어 올라갔다.

대릴이 또다시 네 발을 쏘았다. 화살은 햇빛에 젖은 검은 연기 속을 가르며 똑바로 놈을 향해 어뢰처럼 날아갔다. 화살 네 발이 모두 놈의 등에 박혔다. 아무런 효과가 없었다. 퍼덕거리던 놈은 더 높이 올라갔다. 대릴은 그놈이 어디로 가는지 알아챘다. 하늘 높이 그러고 나서……

대릴은 번개처럼 방금 자신들이 왔던 방향으로 뛰어갔다.

"서둘러! 얼른! 빨리!"

그들은 여전히 불타고 있는 주변으로 흩어졌다. 크레이그를 도우려면 그들은 하늘로 올라가야 했다.

만약 그렇지 못하면 놈은 어디로든지 날아갈 수 있다. 그들은 있는 힘을 다해 뛰었다.

86

크레이그 서머스는 시코르스키 헬기 안에서 하품을 했다. 그는 잔뜩 긴장해 있었는데, 출동 준비가 돼 있었지만 시간이 흐를수록 그의 아드레날린은 소진되었다. 그는 검은 연기만 바라보다 지쳐버렸다. 연기 구름은 상당히 커졌으며, 물론 두꺼워지기도 했다. 그는 연기 속을 열심히 쳐다보느라 눈이 아팠다. 그가 탄 노란 헬기는 놈이 육지로 날아가는 것을 막기 위해 바다를 향해 있었다. 그는 손가락을 두들겼다. 무슨 일이 벌어지는지 아무도 그에게 알려주지 않았다. 대체 이 친구들은 어디에 있는 거야?

크레이그는 검은 연기 속에서 무언가를 보았다. 그는 몸을 앞으로 기울였다. 확실하지 않지만 무언가가 그를 향해 날아오는 것처럼 보였다. 저게 뭐야? 그때, 아주 느리게, 그것이 모습을 드러냈다. 그것은 작은 비행기 크기였으며 살아 있는 것이었다. 출렁이는 시야. 괴물이었다.

"어이쿠, 하느님."

연기가 걷히자 놈의 모습은 파란 하늘을 배경으로 완전히 드러났다. 놈은 엄청나게 빠른 속도로 마치 청룡열차처럼 크레이그를 향해 달려들었다.

크레이그는 최면에 걸린 듯 꼼짝도 하지 못한 채 그저 놈을 바라보기만 했다.

그는 놈이 바다로부터 멀리 날아가는 걸 알아채지 못했다.

"맙소사, 어서!"

대릴은 헬기 천장에다 주먹을 내질렀다. 대체 이 친구들은 어디에 있는 거야? 헬기의 프로펠러는 이미 통탕거리며 돌아갔다. 대릴은 불타는 숲 속에 제이슨, 리사, 필이 있으리라고는 생각지 못했다. 그들은 바로 지금 하늘로 올라가야만 했다. 그렇게 하지 못하면 크레이그는 저쪽에 혼자 있을 것이고, 그러면 악마가오리는 도망칠 수 있게 된다. 대릴은 다시 주먹을 내질렀다.

"맙소사, 제이슨, 대체 어디 있는 거야?"

"필, 일어나! 제발 일어나라고!"

제이슨이 필을 일으키려고 땀에 젖은 그의 팔을 세게 잡아당겼다.

"나도 일어나려고 한다고."

필은 미끈미끈한 거대한 검은 잿더미에 넘어져 허둥댔다.

제이슨은 필의 구두끈이 풀린 것을 보았다. 그는 리사 쪽으로 몸을 돌렸다.

"가자! 지금 가자!"

"제이슨, 좀 기다려……."

"그놈을 놓칠지도 몰라! 대릴과 함께 하늘로 올라가야 해! 어서!"

리사가 달리고 제이슨이 뒤돌아보았을 때 필은 재빠르게 구두끈을 묶고 있었다.

"대릴, 어디 있는 거야?"

크레이그가 손가락을 계속 두들기는 사이, 그 괴물은 공중에 떠 있는 헬기로 곧바로 달려들었다. 4초 정도면 충돌할 것이다. 그는 눈을 부릅뜨고 검은 연기 구름을 내려다보았지만 버톨 헬기의 흔적은 보이지 않았다. 크레이그는 뒤를 돌아보았다. 그때……

그 괴물은 더 가까이 달려들었다. 마침내 헬기의 창문을 통해 놈의 검은 눈이 크레이그를 응시했다.

크레이그는 침을 삼키며 어찌할 바를 몰랐다.

크레이그의 눈이 굳어졌다. 그는 놈을 뚫어지게 쳐다보았다. 그리고 두 눈을 깜박이지 않았다.

"날 그냥 지나갈 수는 없지."

크레이그는 놈 쪽을 향해 미사일같이 빠른 속도로 가속하였다. 마치 공중에서 벌이는 닭싸움 같았다.

놈은 방향을 바꾸지 않았다. 크레이그도 방향을 바꾸지 않았다. 이제 곧 그들은 충돌할 것이다.

리사는 나무를 돌아서 뛰어갔다. 억수 같은 검은 재가 사방에 흩날리고, 대릴이 버톨 헬기 앞에서 리사를 향해 뛰어오라고 손짓하고 있었다.

"빨리 와!, 어서 빨리! 어서……."

리사는 눈을 가리고 검은 재 구덩이로 뛰어들었다. 리사가 버톨 헬기에 당도하자마자 그들은 즉시 날아오르기 시작했다. 아주 빠른 속도로, 마치 이륙하는 제트 전투기처럼 날아올랐다. 리사는 토할 것만 같았다. 갑작스런 검은 연기 때문에 시야가 깜깜해졌다. 잠시 후 연기는 사라졌고 그들은 파란 하늘로 치솟았다.

대릴은 정신없이 헬기를 회전시켰다. 그런데 크레이그는 어디 있는 거야? 그 괴물은 또 어디 있는 거지? 대릴은 크레이그도 괴물도 찾을 수가 없었다.

크레이그 서머스가 눈을 떴다. 그는 무슨 일이 벌어졌는지 알지 못했다. 그는 아직 공중에 떠 있었다. 그런데 악마가오리는 어디 있는 거야? 그는 이곳저곳을 열심히 찾아보았다. 오른쪽, 왼쪽, 위, 아래, 뒤. 대체 놈은 어디 있는 거야? 그는 곧장 앞을 바라보았다. 악마가오리는 저 멀리 바다 쪽으로 도망치고 있었다. 갑자기 커다란 버톨 헬기가 크레이그의 헬기 곁을 스쳐 날아갔다. 헤드폰에서 대릴의 목소리가 들려왔다.

"크레이그, 우리가 놈을 찾았어. 놈을 찾았다고. 가서 제이슨과 필을 데려와."

대릴은 방금 놈의 뒤를 1미터 정도까지 따라잡아 바다 쪽으로 몰아갔다. 놈은 지쳐 있는 듯 보였다. 대릴은 놈을 잡는 것이 어렵지 않을 거라고 마음속으로 말했다. 그리고 그제야 자신이 누구와 같이 비행을 하는지 깨달았다. 리사 바턴은 아직도 거친 숨을 내뱉고 있었다. 그녀의 하얀 피부는 벌게졌고, 머리카락에는 검은 재들이 점점이 박혀 있었다. 지금까지 그녀는 아주 훌륭하게, 용감하게 그리고 칭찬받을 만큼 잘해왔다. 그러나 이제 그녀는 한 단계 더 어려운 일을 해야 한다. 어쩌면 열 단계나 더 힘든 일이 될지도 모른다.

"극성 엄마, 조금 이따가 당신이 이 헬리콥터를 조종해야 해."

"그래요. 좋아요, 대릴."

대릴이 그녀에게 몸을 돌리며 말했지만 윙크하지는 않았다.

"정말이야. 이제 여기서 끝장을 봐야 돼. 내가 조종하면서 놈을 쏠 수는 없어. 준비해. 이제 당신이 헬기를 조종해야 해."

"어서 와! 빨리! 빨리!"

크레이그는 제이슨과 필이 자신이 방금 내려 보낸 줄사다리에 기어오르는 것을 초조하게 쳐다보았다. 두 사람이 헬기에 오르자 크레이그는 헬기를 돌렸다.

"줄사다리를 끌어 올려! 스위치는 거기 있어!"

그들이 탄 헬기가 이륙하자, 필은 줄사다리를 통째로 끌어 올렸다. 그 일을 마쳤을 때 필은 제이슨이 자신을 빤히 쳐다본다는 것을 알았다.

"제이슨, 내가 얼마나 미안해하는지 알아주면 좋겠어!"

회오리치는 바람에 머리카락이 흩날리면서 제이슨은 필 쪽으로 몸을 돌렸다. 제이슨은 아무 말도 하지 않았다. 표정에 모두 드러나 있었다.

크레이그가 갑자기 두 사람 쪽으로 몸을 돌리며 말했다.

"문 좀 닫아라!"

필이 줄사다리를 던져 넣고 문을 힘차게 닫았다. 그런 다음 그들은 정말로 재빠르게 움직였다.

"대릴이 놈을 찾았어!"

모두 바다 쪽을 보면서 소리칠 때 조수석에 있던 제이슨은 놈을 똑똑히 보았다. 육중하게 움직이는 버톨 헬기가 그놈을 바다 쪽으로 내몰았던 것이다. 해안에서 100여 미터 떨어진 곳에서 악마가오리는 이제 더는 날갯짓을 하지 않고 불규칙한 선을 그리며 앞뒤로 활공했다. 놈은 지친 듯이 보였고, 스스로 지금 무엇을 하는지조차 모르는 것 같았다. 짙은 녹색의 거대한 헬기는 놈이 육지로 되돌아갈 길을 막았다. 시코르스키 헬기가 속도를 올려 앞으로 나아갔다. 시코르스키 헬기가 버톨 헬기 곁에 자리를 잡자, 제이슨은 버톨 헬기의 조종석을 보았다.

"리사가 조종하는 거잖아?"

버톨 헬기의 뒷자리에 있던 대릴이 앞쪽으로 몸을 일으키며 말했다.

"괜찮아?"

계기판 앞에 앉은 리사는 긴장되었지만 침착하게 고개를 끄덕였다.

"당신 말이 맞아요. 가만히 잡고 있는 것이 그렇게 나쁘진 않네요. 헬기를 움직일 필요가 없는 게 확실하지요, 대릴. 서두르면 우린 둘 다 죽을 거예요."

대릴이 헤드폰을 당겨 귀에 갖다 댔다.

"크레이그, 우리 헬기를 누가 조종하는지 알아? 만약 저놈이 어디론가 움직이면, 어디로 가든 네가 놈을 맡아야 해."

"알았어."

대릴이 밖을 쳐다보았다.

"어쨌든 우리는 이제 끝장을 봐야 한다고."

리사도 의심하지 않았다. 문 가까이에는 무시무시하게 보이는 장비가 장착되어 있었다. '작살포'는 리사의 키보다 컸으며, 야구 방망이만큼 두꺼운 탄성 케이블이 두 개 달린 철로 된 튼튼한 활과 작살을 되감아 올릴 전기모터가 장착되었다. 리사는 그놈이 이제는 궁지에 몰렸다고 생각했다.

헤드폰이 찍찍거렸다.

"어이 친구들, 내 헬기에서 한 방 날리고 싶은 사람 있어?"

대릴이 잠깐 생각했다. 그가 가진 장비만으로도 놈을 죽이기엔 충분할 것 같은데 그럴 필요가 있을까?

"제이슨에게 쏘라고 해. 내가 첫 방을 날릴 테니까 기다려줘. 다 됐어, 크레이그."

대릴이 헤드폰을 내려놓은 다음 문 위에 손을 올렸다.

"극성 엄마, 이제 준비됐지?"

리사의 눈이 굳어졌다.

"시작해요."

바람이 세차게 들어오자 대릴이 몸을 앞으로 틀면서 말했다.

"지금도 괜찮은 거지?"

"좋아요! 시작하자고요."

두 번 들을 필요도 없었다. 대릴은 민첩하게 움직였다. 반대편 벽에는 엄청나게 위험해 보이는 발사체가 24개나 있었다. 전문적으로 말하자면 그것은 원래 고래를 잡는 작살로, 일본의 한 무기제조회사에서 만든 것이었다. 작살 한 개의 무게는 36킬로그램이며, 길이는 180센티미터로 끝은 유리 조각처럼 날카로웠다. 대릴이 작살 한 개를 들어서 장전한 다음 버튼을 눌렀다. 순식간

에 격발식 활의 도르래와 비슷한 전기 도르래가 케이블이 팽팽
해질 때까지 작살을 뒤로 당겼다.

잠시 후 대릴은 아래쪽에서 활공하는 놈을 조준했다.

"그것 좀 잡고 있어."

제이슨이 필의 발끝에 감기지 않은 줄사다리를 가리켰다.

"문 열 때 줄사다리가 바람에 날아가면 안 된다고."

필이 재빨리 의자 밑으로 줄사다리를 밀어 넣었다.

"했어?"

"응."

"이제 시작하자……."

제이슨이 문을 열자 모든 걸 날려버릴 것 같은 강한 바람이 들
어왔다. 그는 라이플총을 쥔 채, 거세게 흔들리며 눈에 띄게 지친
모습으로 앞뒤로 활공하고 있는 놈을 바람 너머로 바라보았다. 제
이슨은 놈의 눈을 보고 싶었다. 그는 놈의 모습을 얼핏 보았지만,
놈의 눈은 움직임이 없었고 마치 생각도 없는 듯이 보였다. 제이
슨은 놈을 단순하게 보았다. 즉, 악마가오리의 힘은 약해져 있고,
함정에 빠져 있으며, 공격에 대항할 힘이 거의 없다고 보았다. 제
이슨은 진짜 무시무시한 강철 작살을, 놈을 향해 조준하는 대릴을
돌아보았다. 날카롭게 생긴 작살은 코끼리라도 죽일 것 같았다.
제이슨은 대릴이 실패할 수도 있다는 생각은 하지 않았다. 그놈은
이제 끝났다고 제이슨은 생각했다. 그는 라이플총의 안전장치를
풀고 놈을 조준했다. 그는 대릴이 먼저 발사하기를 기다렸다.

87

강철 작살이 미사일처럼 폭발하듯이 놈을 향해 멀리 날아갔다.

놈은 피하려고도 하지 않았다. 놈은 허약해진 상태로 단순히 활공을 지속할 뿐 아무것도 눈치채지 못했다. 작살은 놈의 오른쪽 측면에 90센티미터 정도로 깊이 박혔다. 그러자 놈은 격렬하게 발작하듯이 몸을 뒤틀기 시작했다.

시코르스키 헬기에서 이를 지켜보던 제이슨은 조금도 망설이지 않았다. 그는 조준이 제대로 되었는지 조심스럽게 확인했다. 그러고는 여덟 발을 발사했다. 총알 여섯 개가 놈의 눈 바로 위쪽 머리에 박혔고, 놈은 계속해서 몸을 뒤틀었다.

버톨 헬기에 있는 대릴은 재빠르게 작살을 다시 장전하고 조준했다. 쎙! 또 다른 작살이 직선을 그리며 아래로 힘차게 날아갔다. 작살은 악마가오리의 왼쪽 옆구리에 박혔고, 가오리는 더욱 심하게 몸부림쳤다. 좌우에 작살이 꽂힌 놈은 바람 속에서 짙은 붉은색 피를 콸콸 쏟아냈다.

대릴은 바람을 맞아가며 잔혹한 표정으로 아래쪽을 내려다보았다. 아내를 죽인 괴물 역시 죽기 일보 직전이었다. 그가 다음 작살 쪽으로 손을 뻗는 순간, 작살이 그만 굴러가 버렸다……

시코르스키 헬기에 탑승한 제이슨은 갑자기 불안감을 느꼈다. 그는 놈에게서 눈을 떼지 않았다. 놈은 처음 몇 발에는 당황한 듯했으나 무슨 이유에서인지 갑자기 무척 침착해진 것 같았다. 마치 처음 몇 발에는 놀란 듯했지만 금세 진정이 된 것처럼 보였다. 놈은 이제 발작하듯 몸을 뒤틀지 않았다. 몸에 강철 작살이 두 개나 꽂혔는데도 놈은 믿기지 않을 만큼 똑바로 날고 있었다. 그 모습을 보면서 제이슨은 놈의 몸뚱이에만 작살이 꽂혔을 뿐 놈의 날개는 건드리지 못했다는 사실을 깨달았다. 사실 작살 두 개는 녀석에게 큰 위협이 되지 못했다.

그때 가오리의 거대한 머리가 움직였고, 제이슨은 잠깐 동안 놈의 눈을 보았다. 그는 갑자기 배가 뒤집히는 것 같은 느낌이 들었다. 놈의 눈빛은 살아 있었다—그리고 바다를 내려다보았다. 왜 저 아래쪽을 보는 거지? 가오리는 수면을 주시한다기보다는 관찰하는 것처럼 보였다.

크레이그가 뒤를 돌아보았다.

"놈이 물속에서 숨 쉴 수 없는 게 확실하지?"

제이슨은 바람 너머로 머리를 흔들었다.

"난 그럴 거 같아!"

"그럼 대체 놈이 지금 뭘 하고 있는 거야?"

"내 생각엔 도망칠 길을 찾는 것 같아!"

악마가오리는 갑자기 육지 쪽으로 숲을 향해 방향을 돌렸다.

크레이그는 번개처럼 빠른 속도로 헬기의 방향을 틀어 가오리를 쫓았다. 그 바람에 놀란 필은 자기 의자 밑의 줄사다리를 발로 차버리고 말았다. 그들은 가오리가 멀어져가는 것을 보았다. 그리고 줄사다리가 열린 문을 통해 밖으로 떨어져 날아가는 것을 보지 못했다.

버톨 헬기에서는 대릴이 한 번 더 작살을 조준했다. 표적에 집중하느라 그는 시코르스키 헬기의 줄사다리가 바람에 날려 가오리 쪽으로 떨어지고 있다는 사실을 알아차리지 못했다. 작살을 발사한 순간, 대릴은 가오리를 향해 조준한 방향과 똑같은 자리에 줄사다리가 움직이고 있다는 사실을 뒤늦게 깨달았다.

"아니, 저게 대체 뭐야!"

크레이그가 비명을 질렀다.

방금 전에 줄사다리를 발견한 것이다. 그 줄사다리는 자신의 헬리콥터에서 떨어진 것이 분명했다. 만일 작살이 줄사다리와 가오리를 동시에 명중시킨다면……. 크레이그는 급히 헬리콥터의 방향을 위로 꺾었지만 이미 때는 늦었다. 작살은 줄사다리를 뚫고 동시에 가오리의 몸에 박혔고, 크레이그는 즉시 헬리콥터가 당겨지는 걸 감지했다. 크레이그는 뒤를 돌아보고 외쳤다.

"빌어먹을 줄사다리를 빨리 풀어!"

필은 줄사다리의 걸쇠로 달려갔지만, 줄사다리는 이미 단단하게 조여 있었다.

"풀리지 않아!"

"그럼 잘라! 당장 자르란 말이야!"

필이 바람결 너머로 크레이그의 얼굴을 보았다.

"아니, 뭐로 자르란 말이야?!"

크레이그가 서랍을 열자 빨간 스위스 군용 칼 두 개가 의자 밑으로 굴러 들어갔다. 두 사람은 칼을 잡으려고 손을 뻗었다. 그 순간 가오리가 날개를 퍼덕이더니 위로 똑바로 날아오르기 시작했다.

크레이그가 벌떡 일어서더니, 칼 하나를 제이슨에게 주고 다른 하나는 필에게 건넸다.

"망할 놈의 줄사다리를 잘라! 지금 당장 잘라!"

제이슨과 필이 줄사다리를 자르는 동안, 가오리는 사라져버리고 줄사다리는 헬기 위쪽에 있다는 사실을 크레이그는 깨달았다. 만일 줄사다리가 돌아가는 프로펠러에 걸리기라도 한다면⋯⋯. 크레이그는 고도를 높여 가오리를 찾아보았지만 놈은 보이지 않았다. 대체 놈은 어디 있는 거야!

놈은 아래를 향해 빠르게 내려갔다. 날개를 몸에 붙인 채 놈은 헬기 뒤쪽에서 바다를 향해 다이빙하듯이 뛰어들었다.

제이슨은 급히 머리를 뒤로 돌렸다. 검은 형체가 믿을 수 없을 만큼 빠른 속도로 옆으로 지나갔다. 하지만 헬리콥터는 아직도 올라갔다.

"크레이그! 우리 지금 거꾸로 가고 있어!"

"뭐라고?"

크레이그 서머스는 바람 소리 때문에 아무것도 들리지 않았다.

"반대로 가고 있다고! 우리 지금 거꾸로 가고 있다고!"

하지만 소리치면서도 제이슨은 이미 늦었다는 사실을 알아차렸다. 만일 방향을 즉시 바꾸지 않는다면, 줄사다리는 팽팽해질 게 분명했고 그렇게 되면⋯⋯.

갑자기 헬리콥터가 덜컹거리는 소리와 함께 옆으로 기울었다.

안전벨트를 풀어놓은 필은 열린 문 밖으로 거의 떨어질 뻔했다. 헬리콥터가 다시 덜컹하고 움직였고, 필이 문 밖으로 미끄러져 나갔다. 제이슨은 두 손으로 필을 잡아 다시 안으로 끌어당겼다.

크레이그는 황급히 레버를 당겨 헬리콥터를 바로잡으려고 했다. 하지만 이미 너무 늦었다. 헬리콥터가 뒤집히더니 자유낙하하기 시작했다.

"어서 탈출해!"

크레이그가 소리를 질렀다.

"낙하산으로 탈출하라고!"

그는 의자 아래에서 주황색 낙하산 두 개를 잽싸게 꺼내더니 제이슨과 필에게 떠밀었다.

필은 황급히 자기 낙하산을 등에 멨지만, 제이슨은 낙하산 끈에 팔도 제대로 끼우지 못했다.

"어서 탈출해! 탈출해! 탈출해!"

온 세상이 빙글빙글 돌기 시작했다……. 바다와 하늘이 번갈아가며 보였다…….

"빨리 탈출해! 탈출해! 어서!"

크레이그는 안전벨트를 제대로 풀지 못하고 있었다. 필이 크레이그 쪽으로 몸을 날려서 도와주려고 했다.

제이슨은 띠 안으로 손을 집어넣고는 열린 문을 향해 앞으로 갔다. 눈의 초점을 맞추려던 제이슨은 필이 크레이그의 안전벨트를 당기는 것을 보았다. 필은 안전벨트를 풀지 못하고 있었다. 제이슨은 그저 쳐다볼 수밖에 없었다. 그는 이 두 사람을 이대로 버려두고 싶지 않았다.

"어서 탈출해, 제이슨!"

필이 소리를 질렀다. 그러더니 그는 제이슨에게 잠깐 동안 눈길을 주었다.

"정말 미안해, 제이슨."

제이슨은 문 밖으로 몸을 날려 바다를 향해 떨어졌다. 그는 가슴을 더듬으며, 낙하산을 펼치는 줄을 찾으려고 애썼다. 줄이 잡히지 않았다. 제이슨은 당황하여 가슴 여기저기를 들쑤시다가 작은 끈 하나를 찾아 잡아당겼다. 즉시 낙하산이 펼쳐지면서 그는 하늘로 빨려 올라갔다.

헬리콥터는 아래로 추락하고 있었다. 필은 아직도 안전벨트를 미친 듯이 당기고 있었다.

"할 수 있어, 크레이그! 내가 할 수 있다고!"

하지만 안전벨트가 풀렸을 때, 필은 그제야 크레이그가 이미 알고 있던 사실을 깨달았다. 이미 그 두 사람에게는 너무 늦은 상황이었다. 방금 전까지 바다와 하늘이 번갈아가며 나타나던 창문 밖으로는 이제 바다만이 보였다. 바다는 엄청나게 빠른 속도로 그들을 향해 달려들고 있었고 그리고…….

헬리콥터는 즉시 가라앉지 않았다. 물에 잠기는 풍차처럼 헬기의 프로펠러는 바닷물 속에서도 계속 힘차게 돌아갔다. 헬기는 몇 초 동안 떠 있더니 천천히 가라앉았다.

제이슨은 발부터 먼저 바다에 빠졌다. 바다의 냉기가 피부를 통해 엄습해왔다. 그는 물에 흠뻑 젖은 낙하산을 몸에서 급히 떼어내고는 수면 위로 떠올랐다. 갑자기 주변은 매우 조용해졌고, 잔잔히 부서지는 파도와 약한 바람 말고는 아무것도 없었다. 그는 주변을 불안하게 둘러보았다. 그 괴물은 아직 살아 있었다. 뭐라고 설명할 수 없지만 그것은 확실했다. 느낄 수 있었다. 놈의 아가미가 모두 말라붙었더라도 놈은 아직 살아 있었다. 그리고 그놈은 지금 자신과 함께 물속에 있었다. 제이슨은 거대한 버톨 헬기가 내려오는 것을 올려다보았다. 조종간에는 대릴이 있었다. 리사는 열린 문을 통해 울면서 내려다보았다.

제이슨은 뒤쪽에 뭔가가 있다는 것을 느꼈다. 시끄럽게 첨벙거리는 소리가 났다. 그는 뒤로 몸을 돌리고는…… 파도가 부서지는 소리일 뿐이었다. 제이슨은 갑자기 끔찍한 기분이 들었다. 크레이그 서머스와 필 마르티노가 목숨을 잃었다. 어쩌면 가오리도 마찬가지였다. 버톨의 프로펠러로부터 나오는 바람이 주변의 물을 납작하게 쓸기 시작하는 동안, 제이슨은 만일 악마가오리가 정말로 죽었다면—그리고 아직도 시코르스키 헬기에 작살로 연결되어 있다면—놈의 사체는 바다 밑바닥까지 끌려 내려갈거라는 사실을 깨달았다. 다시는 그놈을 보지 못할 것이 분명했고, 확실히 무슨 일이 일어났는지 영원히 알지 못하게 될 터였다…….

제이슨은 잠수를 한 다음 있는 힘을 다해 힘차게 헤엄을 쳤다. 햇살이 비치는 물이 얼굴 주위를 스쳐 지나가고, 그는 서둘러 더욱 깊이 내려갔다……. 그때 저 아래 멀리서 매우 커다란 어떤 것이 천천히 심해를 향해 가라앉는 것이 보였다. 헬리콥터였다. 헬기의 노란색도 보였다. 그는 헬리콥터가 있는 곳으로 내려가서 거기에 달린 줄사다리를 붙잡았다. 그는 아래로 끌려 내려갔고, 수심은 대략 30미터였다. 물속은 점점 어두워졌다. 줄사다리를 손으로 잡고 그는 계속해서 더 깊이 내려갔다. 그러는 도중에 가오리에 대해서는 완전히 잊어버렸다. 머릿속에는 크레이그와 필의 시신을 가져와야 한다는 생각뿐이었다. 숨을 간신히 참으며, 헬기의 옆쪽 문에 도달했지만 안에는 아무것도 없었다. 물에 빠질 때 받은 충격으로 두 사람은 의자 밖으로 튕겨 나온 것이다. 크레이그 서머스와 필 마르티노의 시신은 온데간데없었다.

제이슨은 수심 40미터 정도 되는 곳에서 줄사다리를 손에서 놨다. 이상하게도 숨을 쉬어야 한다는 느낌이 들지 않았다. 그는 단지 빛이 흐릿하게 비치는 가운데 헬리콥터가 어둠 속으로 가라앉는 것을 지켜봐야 했다. 그때 그의 옆으로 줄사다리의 끝이 끌려 내려가는 것이 보였다. 대릴의 작살들 중 하나였다. 하지만 다른 것은 아무것도 없었다. 그 괴물은 아직도 살아 있는 것이 분명했다.

제이슨은 물 위로 헤엄쳐 올라왔다. 그는 어서 악마가오리를 찾아야 했다. 그는 놈을 어떻게 찾을지 그 방법을 정확히 알고 있었다.

88

"내 잠수 장비 빨리 줘!"

물에 흠뻑 젖은 채 생명줄에 매달려 있는 제이슨은 미처 헬기 안으로 들어오기도 전에 소리부터 질렀다.

"그리고 작살도!"

그는 엉거주춤 들어가다가 헬리콥터의 금속 바닥에 자빠졌다.

"지금 당장 필요해."

리사가 문을 쾅 닫았다. 대릴의 얼굴은 무표정했다. 그는 바다에 떠 있는 구겨진 주황색 낙하산을 내려다보았다.

"놈이 아직도 살아 있단 말이야?"

"놈의 아가미가 말라버렸다고 해도, 놈은 숨구멍을 통해서 산소를 얻을 수 있다는 생각이 갑자기 들었어."

대릴이 고개를 끄덕이며 말했다.

"필이 그렇게 된 건 유감이야."

제이슨은 멈칫하더니 올려다보았다.

"크레이그가 그렇게 된 것도 정말 유감이야, 대릴."

"어쨌든 놈을 숲에서 나오게 했잖아."

"놈은 돌아올 거야. 우리가 놈을 먼저 발견하지 않는 한, 놈은 반드시 돌아올 거야."

"그럼 어서 그 장비를 챙기러 가자고."

헬리콥터는 재빨리 육지로 되돌아갔다.

"신호기라고?"

버톨 헬기가 주차장에서 솟아오르는 동안에도 제이슨은 계속 놀란 표정이었다. 대릴이 방금 그에게 건네준 가느다란 작살의 꼬리 부위에는 동전 크기의 자그마한 신호기가 붙어 있었다.

"난 네가 이런 하이테크 장비를 쓸 사람이 아니라고 생각했는데, 대릴."

"맞아, 난 그런 사람이 아냐. 솔직히 우리한테 저런 게 있는 줄도 몰랐어. 저것들은 크레이그의 물건들이야."

제이슨은 리사를 돌아보았다.

"만일 내가 놈을 쏠 수만 있다면, 신호기를 이용해서 놈의 위치를 파악할 수 있을 거야."

리사가 고개를 끄덕였다. 그녀는 이미 신호기를 손에 들고 있었다.

그들이 해안선을 넘어가는 동안, 대릴은 바다 너머로 보이는 어두운 산들을 곁눈질했다. 몇 초 뒤, 그는 시코르스키가 추락했던 바로 그 지점에 헬기를 떠 있게 하고는 뒤를 돌아보았다.

"내가 하는 게 낫지 않을까, 제이슨?"

제이슨은 잠수복 지퍼를 잠갔다.

"그럼 헬리콥터는 누가 조종하고?"

그는 작살과 산소통을 잡고는 문 쪽으로 성큼성큼 걸어갔다. 그가 문손잡이를 잡을 즈음 리사가 이미 그곳에 와 있었다.

"조심해요."

제이슨은 리사에게 입맞춤을 하고는 잠시 후 헬리콥터 바람에 일렁이는 바닷물로 뛰어들었다. 아래 수면에서 제이슨은 마지막으로 리사에게 엄지손가락을 추켜세워 보이고는 파도 아래로 사라졌다.

시야가 좋지 않군. 더 깊이 잠수해 들어가면서 제이슨이 생각했다. 유일한 빛이라고는 갈라진 햇살이 전부였고, 수없이 많은 입자가 여기저기를 떠다녔다. 33미터 깊이에서 잠시 잠수를 멈춘 제이슨은 손전등을 가져왔더라면 하고 생각했다. 그는 사방을 찬찬히 살폈지만 가오리의 흔적은 아무것도 없었다. 이번에는 북쪽으로 헤엄쳐 갔다.

바닷속은 텅 빈 듯 보였지만 흐릿한 시야 때문에 확신할 수는 없었다. 잠수한 지 10분쯤 지났지만 그는 물고기를 한 마리도 보지 못했다. 그 대신 매력적이지 않은 것들을 보았다. 그것은 공사장 인부들이 버린 듯한 부풀어 오른 시멘트 주머니, 흠뻑 젖은 골판지 상자들 그리고 구멍 난 공기 튜브 같은 쓰레기였다. 아니, 대체 어떤 사람들이 바다에까지 와서 이런 걸 버리는 거야? 하늘의 구름이 햇빛을 가렸다. 제이슨은 작살총을 꽉 잡고 앞으로 헤엄쳐 나갔다. 앞이 잘 보이지 않았기 때문에 스스로 조심하지 않았다가는 그대로 놈을 들이박을 수도 있는 상황이었다. 갑자기 그는 그 자리에 멈췄다.

놈은 겨우 3미터 떨어진 곳에 있었다. 커다랗고 검은 몸뚱이는 아무 움직임 없이 가만히 떠 있었다.

놈은 전혀 움직이지 않았다. 제이슨 쪽을 쳐다보지 않는 걸로 봐서 그가 거기에 왔다는 걸 전혀 모르는 것 같았다.

제이슨은 아주 조심스럽게 뒤로 물러섰지만, 놈은 그를 따라올 기색이 보이지 않았다.

그는 더 멀찍이 헤엄쳐 간 다음 놈을 바라보았다. 가오리는 미동도 하지 않았다. 놈이 뭐가 잘못된 건가? 혹시 죽었을까?

몇 분이 지났지만 놈은 여전히 움직이지 않았다.

그는 놈을 향해 다시 헤엄쳐 갔다.

더 가까이 갔을 때 제이슨은 그제야 깨달았다. 그것은 가오리가 아니었다. 그것은 검은 플라스틱 시트였다. 또 다른 쓰레기일 뿐이었다. 제이슨이 그것을 지나쳐 좀 더 헤엄쳐 나가자 그 뒤에 크고 검은 물체 하나가 보였다. 또 다른 쓰레기인가? 자세히 보기 위해서 그는 가까이 다가갔다.

플라스틱보다는 두꺼운 물체였다. 그는 더 가까이 다가갔다. 생각보다 훨씬 두꺼웠다.

제이슨은 갑자기 그 자리에 우뚝 멈춰 섰다.

이 물체는 가오리가 맞았다. 이번에는 확실했다. 놈은 출혈이 심했다. 대릴이 쏜 작살들이 몸에 꽂혀 있지는 않았는데, 바다에 격렬하게 빠질 때 충격으로 빠져나간 것이 분명했다. 가오리는 제이슨이 옆에 있다는 사실을 모르는 것 같았다. 놈은 움직이지도 않고, 그가 옆에 있다는 것을 아는 것 같지도 않았다. 놈이 나를 사냥하는 건가?

갑자기 가오리가 움찔했다.

하지만 더는 움직이지 않았다. 놈은 단지 몸의 자세를 조금 바꿨을 뿐이었다.

제이슨은 가오리의 행동을 이해할 수 없었다. 놈이 지금 뭘 하는 거지? 어째서 육지를 향해 헤엄치지 않는 거지?

주변의 물속이 밝아졌고, 놈은 그를 향해 머리를 돌렸다.

제이슨은 꿈쩍하지 않고 숨죽인 채 가오리를 바라보았다.

악마가오리는 불과 7.5미터 거리에서 가만히 있을 뿐이었다.

그때 햇빛 때문에 주변이 더욱 밝아졌고, 가오리는 제이슨을 향해 헤엄쳐 오기 시작했다.

제이슨은 최대한 빨리 뒤로 헤엄을 쳤다.

마치 꿀에 빠진 새처럼 놈은 더 가까이 헤엄쳐 왔다. 이제 놈과의 거리는 6미터밖에 남지 않았다.

제이슨은 작살을 겨누려 했지만 그 끝이 잠수복에 걸렸다.

4.5미터.

제이슨은 작살을 옷에서 떼어냈다…….

3미터.

이제 겨누었다…….

괴물이 갑자기 제자리에 멈췄다.

제이슨은 발사하지 않았다. 가쁘게 숨을 쉬면서 그는 아래쪽으로 내려가며 놈을 관찰했고, 지금 상황을 이해하려고 애썼다. 놈이 왜 갑자기 멈춘 거지? 작살에 겁을 먹은 건가? 아니면 갑작스런 환경 변화에 놈의 감각기관들이 제대로 작동하지 않는 건가?

가오리를 바라보던 제이슨은 천천히 시선을 위로 돌리다 문득 해가 사라지고 주변이 어두워졌다는 사실을 알아차렸다.

그는 지금의 상황을 파악했다. 가오리는 지금, 시각에 문제가 생긴 것이 틀림없었다. 놈의 눈은 바닷물에 다시 적응하지 못한 상태여서 햇빛을 이용하여 주변을 살피고 있었다.

주변이 다시 밝아졌다. 그러자 마치 스위치라도 켜진 것처럼, 가오리는 그를 향해 정면으로 헤엄쳐 오기 시작했다.

제이슨은 힘껏 뒤로, 더 깊은 곳으로 헤엄치며 가오리가 움직이는 방향에서 벗어났다. 하지만 악마가오리는 그를 따라오려는 기색 없이 천천히 앞으로만 나아갔다. 그때 제이슨은 악마가오리가 무얼 하는지 알아차렸다. 놈은 지금 햇빛을 이용해서 주변을 보는 것뿐만 아니라, 해를 향해서 헤엄을 치고 있었다. 놈은 해가 하늘에 있다는 사실을 알았고, 해를 따라가며 육지로 돌아가려고 했다.

제이슨은 더 깊이 내려가면서 작살을 들어 올렸다. 괴물은 곧 제이슨의 바로 위를 지나갈 것이다…….

놈은 천천히 날개를 펄럭이며 지나갔다. 놈의 그림자가 제이슨을 덮었다. 그는 놈의 심장을 겨누고, 손가락을 방아쇠 위에 올려놓았다……. 슉! 작살은 물을 뚫고 돌진하여 놈의 흰 배에 그대로 꽂혔다.

아무런 반응이 없었다. 말 그대로 반응이 하나도 없었다. 그 포식자는 마치 아무 일도 없었다는 듯이 유유히 계속 제 갈 길을 갔다.

제이슨이 놀라서 지켜보는 가운데 놈은 물 속 멀리 사라져갔다.

얼마 후에 놈은 육지에 다다를 것이다. 하지만 제이슨은 놈을 그렇게 내버려두고 싶지 않았다. 그는 급히 위로 헤엄쳐 올라갔다. 그들이 놈보다 먼저 육지에 도착해야 했다.

574

89

"놈은 지금 해를 따라가고 있어."

제이슨이 문을 쾅 닫으며 말했다.

"놈은 지금 태양을 따라가서 육지로 돌아가려고 해."

리사는 느리고 일정하게 삐삐거리는 소리를 내는 트럼프 카드 크기의 수신기를 들어 올렸다.

"그렇게 보이네요."

"제이슨."

대릴이 손가락으로 해를 가리켰다.

"만일 네 말이 맞는다면, 놈이 어디로 향하는지 한번 봐."

그가 손가락을 내리자, 그 끝은 멀리 있는 검은 산들의 남쪽 끝을 가리켰다.

"그럼 놈을 따라가기만 하는 거예요?"

리사가 파도가 일렁이는 바다를 내려다보면서 물었다.

제이슨은 소리가 나는 수신기를 보며 말했다.

"따라가면서 잘 들어봐야지."

헬기는 아주 느리게 앞으로 나아갔다. 30분 뒤 삐삐거리는 소리는 여전히 느리고 일정하게 났다. 이제 헬리콥터는 산에서부터 15미터밖에 떨어져 있지 않아 산 그림자에 싸여 있었다.

"놈이 곧 올라오기 시작할 거야."

대릴이 긴장한 눈빛으로 제이슨을 돌아보았다.

"어서 준비하라고."

마치 마술처럼 삐삐거리는 소리가 빨라졌다.

제이슨은 총을 들고 어두운 바다를 내려다보며 그 괴물을 찾아보려고 애썼다.

삐삐거리는 소리는 더욱 빨라졌다.

제이슨은 파도에 조준을 하고 가오리를 찾았다.

삐삐거리는 소리는 다시 더 빨라졌다.

제이슨은 라이플총으로 파도 위를 좌우로 쓸면서 기다렸다.

삐삐거리는 소리는 한 번 더 빨라졌다. 그러더니 뚝 멈췄다.

제이슨은 멈칫하고 어두운 물을 쳐다보았다.

"놈이 어디 있지? 무슨 일이 일어난 거야?"

리사가 수신기를 쳐다보았다.

"이게 고장 난 건가요?"

대릴이 머리를 흔들었다.

"내가 한번 볼게."

리사는 수신기를 대릴에게 건넸고, 그는 조심스럽게 수신기를 찬찬히 살폈다.

"이상 없는데."

그는 다시 바다 쪽을 돌아보았다. 대체 무슨 일이 일어난 거야? 그는 독수리 같은 눈매로 파도를 살펴보았다. 가오리는 흔적도 없었다.

"놈은 우리를 향해 올라오고 있었죠, 그렇죠?"

리사가 바로 앞쪽의 산들을 보며 말했다.

"그리고 저 산들은 온통 바위산이죠, 안 그래요?"

대릴이 멈칫했다.

"잠깐만. 저 산에 동굴이 있을 수도 있어."

그는 필이 지정 발화에 관련된 공원의 문서를 확인하던 중에 그 사실을 언급했던 일을 떠올렸다. 그 일대에 삼나무들처럼 오래된 수없이 많은 동굴이 거대한 그물처럼 얽혀 있었다. 그 동굴들은 1840년대 말 캘리포니아 골드러시 때 불안정하게 만들어졌는데, 안전을 이유로 관광 상품으로 개발되지는 못한 것 같았다. 그때 대릴에게 다른 생각이 떠올랐다.

"동굴이라. 그럼 그곳이 가오리가 애초에 육지로 올라오게 해준 경유지일지도 몰라."

제이슨은 갑자기 혼란스러웠다.

"그리고 놈은 지금 그걸 다시 반복하려는 거야. 대릴, 어서 그 동굴들의 육지 쪽 입구로 가야겠는데."

"맙소사, 네 말이 맞아……."

거대한 헬리콥터는 산 그림자들 속에서 빠져나와 반대편 산으로 넘어갔다. 세 사람은 그들이 늦지 않았기를 간절히 기도했다.

90

"어디에도 놈이 보이지 않는데요."

헬리콥터는 식물이 하나도 자라지 않은 검은 돌로 된 산맥, 봉우리 그리고 계곡을 여럿 지났다. 대릴의 옆, 조수석에는 리사가 쌍안경으로 주변을 살피고 있었다.

"어디에도 흔적조차 없어요. 하지만 동굴은 정말 많은걸요."

대릴은 아래쪽을 곁눈질했다.

"놈은 그 동굴들 중 하나에 있어. 아마 우리가 놈을 따라 들어가야 할 것 같아."

리사는 불안한 얼굴로 침을 삼켰다.

헬리콥터의 뒤편에서 두 사람의 대화를 듣는 둥 마는 둥 하던 제이슨은 그들이 전에 봤던 옥수수 밭으로 가까이 다가가고 있다는 것을 알았다.

"제이슨, 저 동굴들이 얼마나 커지는지 한번 봐요."

리사가 앞쪽에서 말했다.

제이슨은 반대편에서 밖을 바라보았다. 동굴들은 정말 커졌다. 어떤 것들은 웬만한 차 한 대는 넉넉히 들어갈 크기였고, 그보다 훨씬 큰 것들도 보였다. 산은 온갖 다양한 크기의 동굴들로 가득했다.

대릴은 차가운 웃음을 띠며 아래를 내려다보았다.

"그 망할 놈은 여기 어딘가에 있어. 냄새가 난다고."

그는 축구장 크기의 고원을 하나 발견하고 그쪽을 향해 가며 고도를 낮췄다.

동굴이라. 제이슨은 다시 생각했다. 동굴에는 빛이 하나도 없었고, 육지의 모든 곳 중에서도 심해에 가장 가까운 곳이라 할 수 있었다. 착륙하는 동안 그는 대릴의 말이 옳을지도 모른다고 생각했다. 놈은 여기에 있었다.

"뭐야, 여기에 조명탄이 하나도 없단 말이야?"

헬기 뒤편에서 대릴이 짜증을 냈다. 아무것도 보이지 않는다면 그들은 여기까지 올 이유가 없었다. 그는 조명탄이 필요했다. 대릴은 또 다른 서랍을 잡아당겼다. 아무것도 없었다.

578

햇살이 비치는 밖의 검은 돌 위에서, 제이슨과 리사는 헬리콥터의 외부 짐칸들을 하나씩 여닫으며 조명탄을 찾았다.

리사는 특히 빠르게 움직였다. 아무것도 없었다. 여기도 없고, 여기도 없고…….

"아, 찾았어요."

뒤쪽 프로펠러 쪽에 있는 자동차 트렁크 크기의 짐칸에서 조명탄 여섯 상자가 나왔다. 그중 한 상자의 뚜껑을 열어보니 커다란 핫도그 크기의 황금색 막대들이 보였다.

"좋았어."

그녀의 뒤에 서 있던 대릴이 조명탄 하나를 들어 올렸다.

"게다가 오래 타는 것들이군."

일반적인 안전 조명탄은 붉은빛을 내며 30분 동안 탔지만, 이것들은 금빛을 내며 90분 동안 타는 것들이다. 대릴은 상자 몇 개를 집어 들었다. 그는 뚜껑을 닫으려다가 뭔가 다른 것을 보았다. 그 상자에는 '니트로글리세린형 다이너마이트' 라는 라벨이 붙어 있었다. 대릴은 상자를 열어보았다. 그 안에는 검은 플라스틱에 싸인 벽돌 크기의 물건이 10여 개 있었다. 대릴이 하나를 집어 들고 뒤집자 작은 덮개가 하나 보였고, 그것을 열자 마치 작은 퓨즈 박스처럼 조그맣고 빨간 스위치 여섯 개가 나타났다.

"그게 뭐야?"

제이슨이 걸어오며 물었다.

"폭탄이야. 군대에 있을 때 이것과 똑같은 걸 써봤어. 아마 이 동네 벌목꾼들이 이것으로 강물이 막힌 곳들을 뚫은 모양이야."

이 폭탄의 활성 성분은 암모니아 젤라틴 다이너마이트로, 채석장이나 광산에서 발파하는 데 자주 사용되었다. 암모니아 젤

라틴은 방수성이 좋고, 폭발 효율이 높아서 여러 가지 장점이 있는 폭약이었다. 더군다나 니트로글리세린을 원료로 쓰는 대부분의 폭약과 달리, 리모컨을 이용한 원격 폭파가 가능했다. 하지만 리모컨이 어디에 있지? 대릴은 금방 리모컨을 찾아냈다. 두 개의 작은 은색 리모컨에는 각각 '매우 주의해서 사용할 것'이라고 쓰인 빨간 버튼이 하나씩 붙어 있었다.

제이슨이 고개를 흔들었다.

"좋은 생각이 아니야, 대릴."

"어째서?"

"네가 그랬잖아. 이 동굴들은 불안정하다고."

"그러니까 이것들이 유용할 거야."

그는 구멍이 가득한 주변의 절벽들을 둘러보았다.

"이 산은 말 그대로 거대한 스위스 치즈 덩어리나 마찬가지야, 제이슨. 저 안에는 작은 터널들이 여기저기 깔려 있을 거라고."

"그래서?"

"터널이 있다는 건 탈출할 수 있는 길이 있다는 말이지. 그놈은 어디로든 도망갈 수 있다고."

대릴이 검은 벽돌 모양의 폭약을 하나 들어 올렸다.

"하지만 이것만 있으면, 우린 놈이 도망칠 길들을 모두 끊어버릴 수 있어. 그러면 그 망할 놈이 더는 숨을 곳이 없겠지."

제이슨은 리사를 돌아보았다. 대릴의 논리는 너무나 타당했다.

대릴은 주변의 물건들을 챙기기 시작했다.

"자, 놈이 저기서 빠져나가기 전에 어서 움직여야 돼."

그들은 급히 폭약, 리모컨, 조명탄 그리고 무기들을 챙겼다. 그들이 막 나섰을 때 대릴이 잠시 멈추더니 주변을 둘러보았다.

"이번에야말로 반드시 끝장을 보겠어."

리사는 주머니에서 방금 전까지 소리가 났지만 이제는 잠잠해진 수신기를 꺼냈다.

"어느 쪽부터 시작할까요?"

대릴은 수신기를 잠시 노려보았다. 그리고는 북쪽으로 방향을 돌렸다.

"가장 큰 동굴들은 이쪽에 있어."

고원의 끝에서 그들은 거대한 절벽에 맞닥뜨렸다. 더 나아가려면 너비가 간신히 사람의 몸 하나 정도 되는 매우 좁은 틈새를 지나가야 했다. 그들은 그 안으로 비집고 들어가 뜨거운 햇볕에서 벗어나 상쾌하고 시원한 그늘을 지나갔다. 그들은 웬만한 언덕길은 비교할 수도 없는 급한 경사를 올라가기 시작했다. 100여 미터를 올라가자 지형은 갑자기 평탄해졌고, 그들은 넓게 펼쳐진 검은 돌 위에 올라섰다. 밝게 내리쬐는 태양빛에 반짝이는 검은 돌은 고속도로만큼 길고 주변에는 동굴들이 점점이 흩어져 있었다.

그들은 3층 건물만 한 높이에 웬만한 자동차도 들어갈 정도로 널찍한 첫 번째 동굴 쪽으로 걸어갔다.

대릴은 동굴 안을 수상쩍은 눈빛으로 들여다보았다.

"어떻게 생각해?"

제이슨은 동굴 입구를 눈여겨보았다.

"내 생각엔 놈의 몸이 안 들어갈 거 같은데."

"그럼 저 안에 끼어 있을지도 모르지."

"어디 볼까요……."

리사가 수신기를 들어 올리고 잠시 기다렸다.

수신기에서는 아무 소리도 나지 않았다.

대릴은 수신기를 무시하고 어둠 속을 응시했다.

"내 생각엔 여기에 없는 것 같아."

그들은 그 다음 동굴로 갔다. 이런 식으로 20분 동안 10여 개의 동굴을 더 살펴보았다. 모두 너무 작거나 수신기에서 아무런 소리도 나지 않았다.

그들이 다음 동굴로 걸어가는 도중에, 제이슨은 옥수수 밭 너머의 삼나무 숲을 보며 다시 한 번 감탄했다. 정말 장관이야.

그때 그는 등이 오싹한 기분이 들었다. 그리고 돌아보았다.

"음, 이건 충분히 큰데."

제이슨은 이번 동굴의 크기를 믿을 수가 없었다. 동굴 입구는 거의 10층 건물 높이에 폭은 3차선 도로보다 넓어 규모가 이루 말할 수 없을 정도였다.

리사는 그 거대한 규모에 왠지 모를 불안감을 느꼈다.

그들이 동굴 쪽으로 걸어가자 높은 산들이 햇볕을 가로막아 깊고 어두운 그늘이 드리워졌다.

대릴은 아무 말 없이 동굴 속을 들여다보았다.

리사가 수신기를 들어 올렸다.

수신기는 잠잠한 바람 속에서 아무 소리도 나지 않았다. 그녀가 제이슨에게 어깨를 으쓱해 보이며 말했다.

"다음 동굴로 가볼까요?"

제이슨이 고개를 끄덕였고, 두 사람은 몸을 움직였다.

대릴은 꿈쩍도 하지 않았다.

"놈은 여기 있어."

리사와 제이슨은 돌아왔다. 리사는 다시 수신기를 들어 올렸지만 아무 소리도 나지 않았다. 그러나 그녀가 한 걸음 앞으로 내딛자 드디어 삐 하는 소리가 났다. 딱 한 번 울렸다. 그러고는 다시 조용해졌다.

대릴은 흥미롭다는 듯 수신기를 돌아보았다.

"흠, 그것 봐."

제이슨은 불안한 얼굴로 어두운 공간을 바라보았다. 과연 대릴의 말이 옳았군.

"내가 가지."

제이슨이 대릴을 보며 고개를 저었다.

"아냐, 우리 모두 같이 가자고."

"그건 안 돼."

"아니, 왜?"

"달걀을 한 바구니에 전부 담지 말라는 말 잊었어? 여기 터널이 얼마나 많은지 너도 봤잖아. 그러니까 이 동굴에서 나올 수 있는 길이 50개쯤은 될 거야. 만일 우리가 모두 들어갔다가 놈이 다른 데로 나온다면……."

대릴은 고개를 흔들었다.

"그리고 이것이 유일한 출구라고 해도, 놈이 만일 들어간 사람을 지나쳐버린다면 어떡하겠어…… 누군가는 그런 일에 대비해서 여기서 지키고 있어야 해. 그 일을 너희 둘이 하라고. 아니면 너희가 내 대신 저 안에 들어갈래?"

제이슨과 리사의 얼굴은 순식간에 창백해졌다.

"거봐, 그럴 줄 알았다니까."

제이슨은 헛기침을 했다.

"대릴, 만일 네가 저기에 혼자 들어가고, 놈이 정말로 널 지나쳐버린다면 우리더러 이걸 가지고 놈을 막으란 말이야?"

제이슨이 라이플총을 들어 올리며 말했다.

"아니."

대릴이 검은 벽돌 폭약 하나를 들어 올렸다.

"이걸로 막으라고."

제이슨은 믿기 어렵다는 표정으로 그를 쳐다보았다.

"그건 또 무슨 소리야?"

"만약 이 동굴들이 이야기한대로 그렇게 불안정하다면……."

대릴이 동굴의 천장과 벽면을 자세히 살펴보며 말했다.

"이 폭탄 몇 개만 가지고도 이 동굴을 무너뜨릴 수 있어. 자, 내가 설치할게……."

대릴은 활을 벽에 세워놓고, 검은 벽돌 폭약 다섯 개를 꺼내 들고 안으로 걸어 들어갔다. 그는 스위치 몇 개를 켜더니, 그 벽돌 폭약들을 전략적 위치에 조심스럽게 설치했다. 세 개는 벽의 돌 출부에 올려놓았고, 두 개는 바위 바닥 가운데에 놓았다. 그러고는 다시 걸어 나오더니 리모컨을 리사에게 건네주었다.

"빨간 버튼을 누르기만 하면 돼."

제이슨은 고개를 흔들었다.

"끝내주는 계획이군."

"최후의 수단일 뿐이야. 그리고 우린 이 방법을 쓰지 않아도 될 거야. 모니크와 크레이그의 이름을 걸고 맹세하건대, 놈이 여기를 절대 빠져나오지 못하게 하겠어."

대릴은 리사에게 건넨 리모컨을 잠시 보았다.

"그리고 리사가 그 버튼을 누르면, 나도 동굴 밖으로 나올 수 없겠지."

리사는 침을 꿀꺽 삼키고는 버튼을 덮개로 덮고 리모컨을 조심스럽게 주머니에 넣었다.

대릴은 동굴 속으로 걸어 들어갔다.

"좋아, 그럼 나중에 보자고."

그는 걸음을 멈추더니, 제이슨의 무전기를 보았다.

"그것 좀 빌리자. 일이 끝나면 호출할게."

제이슨은 무전기를 대릴에게 건네주고, 리사는 수신기를 들어 올렸다.

"이것도 가져갈래요?"

대릴은 잠시 수신기를 노려보았다. 그는 다른 사람들에게 말하지는 않았지만 미신을 믿는 편이었다. 그 수신기에서 조금 전소리가 났고, 그는 그것이 어떤 징조일지도 모른다는 생각에 불안했다.

"알았어, 줘봐."

그는 화난 듯한 표정으로 수신기를 집어 들고는 사냥용 조끼의 뒷주머니에 넣은 화살들을 만지작거리더니, 천천히 어두운 공간 속으로 발을 내딛었다.

"그럼 조금 이따 보자."

대릴이 들어가는 동안 두 사람은 아무 말도 하지 않았다. 하지만 제이슨과 리사는 그들이 대릴 홀리스를 다시 볼 수 있을지 확신할 수 없었다.

91

불빛은 사라지고 바람 또한 사라졌다. 일 분도 채 안 되어 대릴 홀리스는 정적뿐인 캄캄한 공간 속에 갇혔다. 대릴은 다시 한 번 눈에 힘을 주고 무언가를, 어떤 것이라도 찾으려고 애썼다. 그러나 칠흑 같은 어둠뿐이었다. 대릴은 자신이 이런 곳에서 진화했다면 자신의 감각은 어땠을지 생각해보았다. 지금처럼 어둠 속에서 볼 수 있었을까? 어떤 것이라도? 그 괴물을 찾을 수 있었을까?

대릴은 조명탄을 하나 꺼냈다. 한순간 깡통 따는 소리가 메아리쳐 울렸다. 그리고 불빛이 일어났다. 조명탄의 노란 빛줄기가 흩어지고 어둠을 밝히는 순간, 대릴은 터널의 길이를 보고 놀랐다. 터널은 끝이 안 보였다. 머리 위를 쳐다보았으나 벽과 똑같은 울퉁불퉁한 바위로 된 천장이 겨우 보였다. 죽기에는 멋진 장소가 아니잖아, 그렇지? 그가 돌을 향해 조명탄을 던지자 작은 후광이 생겼다. 내가 천사라도 되는 모양이군. 대릴은 심술궂은 말을 했다.

그는 앞으로 걸어가면서 조명탄을 하나 더 떨어뜨렸다. 그는 이런 식으로 30미터마다 조명탄을 하나씩 떨어뜨려 나갔다. 거의 400미터쯤 걸어 들어갔을 때 수신기에서 소리가 들렸다. 그것도 한 번만 들린 게 아니라, 일련의 신호들이 3초 간격으로 들려왔다.

그는 잠시 멈추더니 주변을 둘러보았다. 그는 아무것도 이상한 것을 발견하지 못했다. 조명탄을 더 쏘지 않고 그는 앞으로 걸어갔다. 어둠은 서서히 다시 돌아왔다. 대릴이 30미터쯤 걸어갔을 때 그는 공기가 갑자기 차가워지고 신호음의 간격이 달라졌다는 걸 느꼈다. 그는 그제야 좀 더 넓은 공간으로 들어왔다는 사실을 깨달았다. 그는 다음 조명탄을 쏘았다.

"맙소사."

동굴의 크기는 거의 축구장만 했다. 대릴은 어둠 속에서 눈을 비비며, 혹시라도 자신이 잘못 보고 있는 것이 아닌지 의심했다. 하지만 잘못 본 게 아니었다. 그는 조명탄을 쏘아 올렸다. 금색 불꽃이 요란스럽게 튀기면서 조명탄은 날아갔다. 조명탄은 30미터가량 높이 올라갔지만 천장 근처에도 미치지 못하고 다시 떨어졌다. 대릴은 조명탄을 열두 개쯤 더 켠 후 사방팔방으로 마구 던져댔다.

주변이 밝아지자 대릴은 다시 동굴을 자세히 둘러보았다. 동굴은 엄청나게 크고 둥글었으며, 그가 방금 지나온 것과 생김새가 똑같은 터널 입구가 스무 개쯤 더 있었다. 그는 이곳을 빠져나갈 때 터널을 찾기 쉽게 표시해두려고 발 근처에 조명탄 다섯 개를 떨어뜨렸다.

거대한 공간을 봤을 때 느꼈던 전율은 사라졌다. 삐삐거리는 소리는 계속되었다. 악마가오리는 근처에 있었다. 대릴은 자기가 서 있는 곳에서 가장 가까운 왼쪽 터널로 들어가 안을 들여다보았다. 이 터널은 길고 어둡고 넓었다. 그는 순간 수신기를 뭉개버리고 싶었지만 참았다. 그는 수신기를 들어 올려 터널 쪽에 귀를 기울였다. 삐삐거리는 소리는 변함없었다. 한 번 울리고 난 후 3초 동안 조용하다가 작게 메아리를 치고, 다시 소리가 났다. 그는 다음 터널로 갔다. 여기서도 삐삐거리는 소리는 계속되었다. 이런 식으로 다섯 개의 터널을 더 확인했으나 변화는 없었다.

그러나 대릴이 처음 들어섰던 터널 맞은편에 있는 터널에 다다르자, 삐삐거리는 소리의 간격이 0.5초 정도 줄어들었다. 그는 텅 빈 어둠 속을 바라보았다.

"삐, 피, 포, 포."

수신기에서 계속해서 소리가 들려왔다.

대릴은 활을 들고서 그 터널 속으로 들어갔다.

다른 터널들과 마찬가지로 이 터널 또한 어둡고 축축하며 끝이 없는 것처럼 느껴졌다. 조명탄을 하나씩 떨어뜨리면서 대릴은 점점 더 깊숙이 내려갔다. 삐삐거리는 소리는 일정한 간격을 유지했다. 대릴은 바로 이 통로가 그 괴물이 바다에서 처음 올라올 때 사용한 터널이 아닐까 생각했다. 그는 갑자기 제자리에 우뚝 섰다. 아니면 혹시 저건가? 그는 또 다른 터널의 입구인 지금서 있는 터널이 갈라지는 지점에 서 있었다. 그는 수신기를 들어올렸지만 삐삐거리는 소리에는 아무런 변화가 없었다. 그는 갈라진 작은 터널을 무시하고 계속 내려갔다. 그의 발걸음은 더욱 빨라졌다. 30미터마다 조명탄을 하나씩 떨어뜨리면서 나아갔다. 그러다 터널이 두 갈래로 나뉘는 지점에 도착했다.

대릴이 왼쪽으로 향하자 삐삐거리는 신호음이 아주 조금 빨라졌다. 그는 거대한 어둠의 공간을 응시했다. 바로 이곳에 그 괴물이 숨어 있었다.

이번에 대릴은 오른쪽으로 갔다. 삐삐거리는 소리가 느려졌다. 그때 다른 소리가 들렸다. 희미한 파도 소리였다. 이쪽은 탈출 통로였다. 하지만 대릴은 탈출 통로를 그대로 내버려두고 싶지 않았다. 그는 폭약을 여러 개 꺼내고는 터널의 벽과 바닥에 조심스럽게 설치했다. 그는 폭약이 제대로 설치되었는지 확인하고 또 확인한 뒤 리모컨을 꺼냈다.

대릴은 자그마한 빨간 버튼을 잠시 동안 쳐다보다가 힘껏 눌렀다.

폭발은 마치 지진을 연상케 했다. 땅이 흔들리고 수영장 크기만 한 바위들이 벽과 천장에서 마구 떨어졌다. 몇 초 지나지 않아 자갈들이 떨어지는 희미한 소리만 이어지다 조용해졌다.

돌바닥에 엎드려 있던 대릴이 일어났다. 뭉게뭉게 피어오르는 먼지 속에서 그는 통로가 완전히 무너져 내려 파도 소리가 더는 들리지 않는 걸 확인했다. 대릴은 다시 왼쪽 통로로 돌아왔고, 수신기의 신호음은 점점 빨라지더니 이제 신호음 사이의 간격은 1.5초 정도가 되었다. 그는 폭약을 두 개 더 꺼내서 바닥 가운데에 설치했다. 만약의 경우를 위한 대비였다. 대릴은 조명탄 하나를 쏘아 올리고는 앞으로 걸어갔다.

조명탄 열 개를 더 떨어뜨렸을 때, 삐삐거리는 신호음이 빨라졌다.

대릴은 그 자리에 멈춰 서서 터널을 살피며 괴물의 흔적을 살펴보았다.

아무것도 없는 축축하고 기다란 구멍 하나만 덩그러니 있을 뿐이었다.

대릴은 더욱 빨리 내려갔다.

이제는 소리를 분명히 느낄 만큼 삐삐거리는 소리가 빨라졌다.

포식자 가오리는 아직도 보이지 않았다.

대릴은 더더욱 빨리 걸어갔다.

삐삐거리는 소리는 더욱 빨라졌다.

대릴은 사방팔방으로 몸을 비틀다시피 하며 주변을 살펴보았다. 어디에도 가오리는 보이지 않았다.

그는 여전히 빠른 속도로 걸어갔다.

삐삐거리는 소리는 이제 훨씬 빨라져 신호음 사이에 간격이 거의 없을 정도였다.

대릴은 이제 뛰고 있었다.

갑자기 그는 제자리에 멈췄다. 바로 앞에 뭔가 거대한 것이 어렴풋이 보였다.

정확히 무엇인지 윤곽이 잡히지 않았다. 대릴은 그쪽으로 조명탄을 쏘았다.

조명탄이 튕겨 돌아왔다.

대릴은 활에 화살을 하나 재고는 앞으로 걸어갔다. 삐삐거리는 소리는 이제 거의 간격이 없는 연속음으로 들렸다.

그때 반짝이는 금빛과 함께 형체가 보였다. 그것은 단단한 돌벽이었다. 터널 끝까지 온 것이다.

대릴은 돌 벽 앞에 무언가 있다는 사실을 깨달았다. 오른쪽 구석에 덩그러니 놓인 물체였다. 그가 그쪽으로 다가가자 삐삐거리는 소리는 연속해서 윙 하는 소리로 바뀌었다.

그것은 그 괴물이 아니었다.

그것은 추적 신호기가 장착된 피투성이가 된 작살이었다. 가오리가 뽑아낸 것이었다.

"이런 개자식!"

대릴은 홧김에 수신기를 바닥에 내동댕이쳐 박살을 내버렸다.

순식간에 주변은 고요해졌다. 유일하게 들리는 소리라고는 안개 낀 밤거리의 가로등처럼 터널을 밝히는 조명탄의 지지직거리는 소리뿐이었다.

그때 뭔가 다른 소리가 들렸다. 저 멀리에서 들려오는 소리였다. 펄럭이는 소리였다.

너무나 멀리 있어서 대릴은 그것을 볼 수 없었다. 하지만 그는 알고 있었다. 포식자 가오리가 지금 대릴 쪽으로 오고 있었다.

그는 깊고 고르게 숨을 쉬었다. 이제 전쟁이 시작될 터였다. 대릴 홀리스는 싸울 준비가 되어 있었다.

92

놈의 울부짖는 소리는 믿을 수 없을 정도였다. 그것은 아무 예고 없이 폭발하듯 터져서 정적을 깨뜨리며 사방으로 울려 퍼졌다.

대릴은 움찔하지도 않았다. 그는 아직 악마가오리를 뚜렷이 볼 수 없었다. 멀리서 희미한 윤곽으로만 보일 뿐이다. 하지만 놈의 울부짖는 소리를 듣자 놈을 죽이고 싶다는 생각이 더욱 강렬해졌다. 그는 앞으로 당당히 걸어갔다.

"어서 와라, 이 흉측한 괴물 녀석아."

앞으로 빠르게 날아오는 가오리의 형체가 점차 뚜렷이 보였다. 놈은 대릴이 예상한 것보다 더 높이 바닥과 천장의 중간 높이로 활공하여 날아왔다. 대릴은 제자리에 서서 화살을 여덟 발 발사했다. 화살은 빠르게, 차례대로 서로 다른 높이로 날아갔다.

괴물이 갑자기 방향을 아래로 급하게 꺾었다. 화살 세 발은 빗나갔지만 다섯 발은 놈의 얼굴에 명중했다. 하지만 아무런 효과가 없었다. 포식자 가오리는 3미터 높이에서 일정한 속도를 유지하며 날아왔다.

대릴은 멈칫했다. 놈은 여러 차례 화살을 맞았으나 으르렁거리지도, 경련을 일으키지도, 느려지지도, 빨라지지도 않았다. 놈은 아무런 반응을 보이지 않았다. 사실 대릴은 아무래도 상관없었다. 이제 그는 놈의 검은 눈동자를 볼 수 있었다.

그는 앞으로 몇 발짝 걸어가 다시 화살을 쏘았다. 이번에는 열 발을 발사했다.

열 발 모두 명중하여 가오리의 머리와 몸통에 30센티미터 가까이 깊이 들어박혔다.

악마가오리는 계속해서 날아왔다.

다음 화살을 꺼내기 위해 손을 뻗던 대릴은 조명탄의 불빛이 바람에 휘날리기라도 하듯 미약하게 움직이는 것을 보았다. 포식자는 이제 더 활공하지 않았다. 놈은 날개를 퍼덕이더니 갑자기 속도를 냈다.

대릴은 앞으로 나아가 여섯 발을 더 발사했다.

이번에는 모두 빗나갔다. 날갯짓하는 검은 형체는 갑자기 30미터 정도 높이의 천장까지 올라갔다가 고도를 낮추어 바닥 바로 위까지 떨어지더니 앞을 향해 돌진했다. 놀라울 정도의 속도였다. 놈은 다시 엄청난 속도로 대릴을 향해 똑바로 날아왔다.

대릴은 두 발을 더 쐈다. 한 줄로 날아간 두 화살은 괴물의 얼굴을 꿰뚫었다.

악마가오리는 더욱 가까이 날아왔다. 이제 대릴과의 거리는 점점 좁혀졌다. 90미터, 60미터…….

대릴은 가슴 쪽 주머니에서 무언가를 찾았다.

괴물은 계속 돌진해왔다. 이제 거리는 30미터, 15미터…….

대릴은 꼼짝도 하지 않았다. 그는 주머니에서 뭔가를 꺼냈다.

괴물은 맹렬히 돌진해 들어왔다. 거리는 9미터, 3미터, 그러다…… 괴물의 열린 입이 보이고, 무시무시한 이빨들이 빠르게 다가왔다…….

갑자기 대릴이 앞쪽 돌바닥으로 다이빙하듯 엎어지면서 동시에 위쪽으로 칼을 힘껏 휘둘렀다. 가오리의 거대한 몸뚱이가 머리 위로 날아가는 동안, 대릴은 놈의 흰 아랫배에 3미터 길이의 깊은 상처를 냈다. 찌르는 듯한 강한 통증이 대릴의 팔뚝에 전해졌다. 가오리의 몸뚱이가 지나가는 동안, 대릴은 자신의 셔츠가 온통 피로 물들고 왼쪽 어깨가 거의 없어지다시피 된 사실을 알게 되었다.

포식자 가오리는 불안정하게 막다른 벽 쪽으로 활공해 날아갔다. 놈의 배에서는 마치 작은 강처럼 피가 철철 흐르고 있었다. 갑자기 놈이 방향을 꺾어 벽에서 멀어지며 몸이 옆으로 기울더니 쿵 소리를 내며 내려앉았다.

대릴은 서른여섯 개의 화살이 박힌 채 꼼짝도 하지 않는 가오리를 물끄러미 바라보았다. 놈은 아직 눈을 뜬 채 주변의 반짝이는 금색 불빛 너머로 그를 똑바로 바라보았다. 그때 그는 놈이 숨을 쉬려고 애쓰는 소리를 들었다.

대릴은 놈을 끝장내야 했다. 그는 아픈 팔을 들어 다음 화살을 뽑았다. 그는 가오리 쪽으로 걸어갔다. 쌩! 가오리의 왼쪽 눈 바로 아래에 화살을 쐈다.

악마가오리는 움직이지 않았다. 움직이기는커녕 움찔하지도 않았다.

"세상에."

대릴은 믿을 수 없었다. 마치 아무런 느낌도 없는 것 같았다. 자기 몸속으로 화살이 들어오는 것을 놈은 전혀 느끼지 못하는 것 같았다. 제이슨이 이 괴물의 뇌에는 통증 중추가 매우 작다고 하긴 했지만 이건…… 대릴은 다음 화살을 뽑으려고 손을 뻗었다. 하지만 화살이 남아 있지 않았다.

아픔을 무릅쓰고 그는 칼을 추켜올렸다.

"네놈을 잘게 썰어주고 말겠다."

칼의 무게를 느끼며, 대릴은 가오리 쪽으로 걸어갔다. 그리고 놈에게 다른 최후의 수단은 남아 있지 않기를 빌었다.

대릴이 가까이 다가가도 놈은 움직이지 않았다.

그는 뛰기 시작했다.

여전히 가오리는 움직임이 없었다.

대릴은 전력 질주했다.

갑자기 가오리가 몸의 앞쪽을 들어 올리더니 고막이 터질 듯이 포효했다.

대릴은 멈춰 서서 놈을 쳐다보았다. 피투성이가 된 흰 배, 커다란 머리 그리고 어두운 빛에 번득이는 이빨까지.

그러다 놈의 입이 덫처럼 철컥 닫히고, 한동안 아무런 소리도 내지 않았다. 가오리의 거대한 몸뚱이는 앞부분을 2미터 정도의 높이로 세운 채 가만히 있을 뿐이었다.

그러다 매우 천천히 놈은 머리를 돌렸고, 언제나처럼 차갑고 이성적으로 보이는 놈의 검은 눈이 다시 대릴에게 초점을 맞췄다.

"맙소사."

대릴이 뒷걸음질 쳤다. 가오리에겐 아직도 무언가 최후의 수단이 남아 있었던 것이다. 아니, 아직 남아 있는 수단이 많은 것 같았다.

대릴은 손에 든 자그마한 칼을 보았다. 그는 어서 이곳을 빠져나가야 했다. 지금 당장 도망쳐야 했다. 그는 뒤돌아서 전력 질주하기 시작했다.

가오리는 공중으로 몸을 던졌다. 그러고는 돌바닥에 떨어졌다. 놈의 날개가 제대로 움직이지 않았다. 놈의 두 눈은 이제 거의 보이지 않는 대릴을 좇아 시선을 돌렸다. 그러다 서서히 감겼다.

어깨의 엄청난 고통을 참으며 엉거주춤한 자세로 뛰던 대릴이 슬쩍 뒤를 보았다. 포식자가 방금 눈을 감은 것 같은 생각이 들었지만 상관없었다. 그는 터널 바닥에 설치해둔 폭약들을 폭파해서 놈을 가둘 셈이었다. 그는 최대한 빨리 달렸다. 이제 거의 반쯤 온 상태였다.

가오리는 몸을 움찔했다. 그러고는 눈을 깜박이더니 다시 대릴에게 초점을 맞췄다. 이제는 대릴이 보였다. 가오리는 몸을 말아 앞부분을 바닥에서 떼더니, 마치 비틀거리는 비행기처럼 몸을 대각선 방향으로 기울인 채 위로 떠웠다.

대릴은 뒤를 돌아보았다. 그 괴물은 다시 날아올랐다. 몸의 균형을 잡지 못하는 것 같았지만, 어쨌든 날았다. 칼을 단단히 쥔 채 대릴은 최대한 빠르게 뛰어갔다. 이제 폭약이 있는 곳과는 불과 100여 미터 남짓한 거리에 있었다. 곧 도달할 것 같았다.

포식자 가오리는 물결치는 근육들의 움직을 제대로 맞추지 못한 채 앞뒤로 비틀거리며 날아왔다. 그러다 놈은 벽에 부딪혔고, 몸의 자세를 바로잡는 듯했다. 이제 놈은 똑바로 날았다. 갑자기 날갯짓을 하더니 놈은 앞으로 돌진해왔다.

다시 한 번 뒤돌아본 대릴은 자신의 눈을 믿을 수 없었다. 놈은 이제 정말 빠르게 움직이고 있었다.

그는 앞을 바라보았다. 폭약까지 남은 거리는 이제 30미터도 채 남지 않았다. 그는 해낼 수 있었다. 대릴은 자신이 해낼 수 있다는 것을 알고 있었다.

가오리는 더더욱 속도를 내며 대릴과의 거리를 빠르게 좁혀나갔다.

대릴은 살기 위해 가쁜 숨을 몰아쉬며, 팔을 앞뒤로 마구 흔들며 뛰었다. 칼이 손에서 미끄러져 바닥에 떨어졌다. 그래도 계속 달렸다. 폭약은 이제 15미터 앞에 있다. 12미터, 9미터, 3미터…….

그는 폭약들을 지나쳐 두 갈래 길에서 멈췄다.

악마가오리는 조명탄이 만들어내는 후광을 뚫고 더욱 가깝게 돌진해왔다. 이제는 폭약들로부터 몇 초 거리밖에 되지 않았다.

대릴이 리모컨을 잡으려고 주머니에 손을 넣었다.

리모컨이 주머니 안에 없었다.

대릴은 미친 듯이 다른 주머니들을 뒤졌다.

리모컨을 간신히 찾은 대릴은 얼른 버튼 위에 손가락을 올려놓았다.

달려들던 동물은 대릴의 얼굴을 정면으로 쏘아보더니 귀가 찢어질 듯이 으르렁거렸다.

대릴은 가오리를 정면으로 마주 보았다.

"어디 마음대로 소리 질러보시지. 넌 끝장났어."

그는 버튼을 힘껏 눌렀다.

아무 일도 일어나지 않았다.

당황한 대릴은 다시 버튼을 마구 눌러댔다. 역시나 아무 일도 일어나지 않았다.

포식자는 먹잇감에 초점을 다시 맞추며 앞으로 빠르게 날아왔다.

대릴은 도망치기 시작했다. 그는 터널 모퉁이를 돌다가 이곳에 오기 전에 그냥 지나친 갈림길의 작은 터널을 보았다. 그는 그 터널에 숨을 만한 곳이 있기를 바라며 그쪽으로 달려갔다.

마치 전투기처럼 몸을 기울여 모퉁이를 돌아간 가오리는 두 갈래로 뻗은 터널에 시선을 맞췄다.

대릴은 힘껏 달리며 어디든 숨을 장소를 찾았다. 그러다 그만 그 자리에 얼어붙고 말았다. 이곳은 막다른 길이었고, 단단한 돌벽이 끝을 막고 있었다. 그가 뒤돌아서는 순간 괴물이 달려들었다…….

대릴은 다급하게 벽을 살폈다. 어디에라도 열린 공간, 하다못해 틈새라도 있기를 바랐지만 단단한 바윗돌밖에는 아무것도 없었다.

악마가오리는 더 가까이 돌진해왔다. 고도는 조금 낮아져 있었고, 눈은 대릴을 정면으로 응시하고 있었으며, 입은 크게 벌어져 있었다.

대릴은 뒷걸음질 치며 등을 벽에 맞댔다.

가오리는 더 가까이 다가오면서, 몸을 돌바닥으로부터 1미터 위까지 기울였다.

대릴은 잔뜩 긴장한 채 마음의 준비를 했다.

가오리는 몸을 더욱 기울였다. 이제 놈은 30미터 정도 거리에 있었고, 몸은 바닥으로부터 10센티미터 정도밖에 떨어져 있지 않았다.

대릴은 주먹을 치켜들었다.

악마가오리는 몸을 더 기울이더니, 갑자기 몸을 돌바닥 위에 붙이고 마치 얼음 위를 달리는 기차처럼 매우 빠른 속도로 미끄러져나가기 시작했다. 놈은 30미터 정도를 그렇게 미끄러지더니 대릴의 신발에서 약 1미터 떨어진 곳에 멈춰 섰다.

벽에 등을 맞대고 있던 대릴은 그저 멍하게 놈을 지켜보고 있을 뿐이었다.

그 포식자는 꼼짝도 하지 않았다. 단지 그 자리에 엎드려서 눈을 뜬 채 그를 똑바로 응시할 뿐이었다.

대릴이 벽에서 떨어졌다.

놈은 움직이지 않았다.

대릴은 숨을 참고 놈의 소리를 들으려고 했다. 아무 소리도 나지 않았다. 놈의 몸은 이제 오르내리지 않았다. 대릴이 놈의 두 눈을 보니 아직도 벽을 바라보고 있었다.

그는 가오리 쪽으로 걸어갔다.

놈은 움직이지 않았다.

그는 더 가까이 다가갔다.

여전히 가오리는 움직이지 않았다.

이번에는 놈의 머리를 발로 차보았다.

조금도 움직이지 않았다. 악마가오리는 죽었다.

대릴은 바닥에 털썩 주저앉더니 고개를 젖히고 마구 웃어댔다.

"내가 계획했던 대로야."

93

"두 사람 아직 깨어 있지?"

리사와 제이슨은 놀란 얼굴로 쳐다보았다. 늦은 오후의 햇살을 받아 반짝이는 작은 무전기에서 대릴 홀리스의 목소리가 방금 들려온 것이다.

제이슨은 허둥지둥 무전기를 잡아챘다.

"대릴?"

"여기 빨리 들어오는 게 좋을걸."

"왜?"

"사후경직이 일어나기 전에 이걸 봐야 하지 않겠어?"

제이슨은 자기 귀를 의심했다.

"맙소사, 놈을 죽였단 말이야? 정말로 놈을 죽였어?"

"이젠 사람 말을 믿는 법을 배운 줄 알았는데."

제이슨은 미소를 지었다.

"어딜 가면 널 찾을 수 있지?"

"불빛만 따라와."

망할, 어디에선가 무릎을 부딪쳤던 모양이군. 커다란 중앙 동굴로 비틀거리며 가던 대릴이 생각했다. 조명탄들이 길을 비추었고, 그는 거대한 공간의 한가운데로 걸어가서는 그 자리에 털썩 주저앉았다. 대릴은 자신이 얼마나 피를 많이 흘렸는지 새삼 걱정이 되었다. 그는 아내와 가장 친한 친구를 모두 잃었고, 지금 너무나 지쳐 있었다.

얼마 지나지 않아 제이슨의 놀란 목소리가 들려왔다.

"세상에, 얼마나 넓은지 좀 봐."

리사는 놀란 얼굴로 주변을 둘러보았다.

"와."

"놀랍지, 안 그래?"

두 사람은 돌아서서 깜박이는 어둠 속에서 대릴을 찾았다. 하지만 대릴 홀리스는 보이지 않았다.

"어디에 있어?"

제이슨이 외쳤다.

"여기야. 가운데."

리사가 가리켰다.

"저기 있네요."

그들은 대릴 쪽으로 걸어갔다.

제이슨은 대릴을 내려다보며 미소를 지었다.

"결국 해냈군. 맙소사, 정말로 해내다니……."

대릴이 바닥에 누운 채 슬픈 얼굴로 끄덕였다.

"모니크와 크레이그의 복수를 해야 했어. 그리고 필의 복수도."

"그래, 당연히 복수해야지."

리사는 피범벅이 된 대릴의 셔츠를 보고는 그에게 가까이 다가갔다.

"괜찮아요?"

대릴은 아픔을 무릅쓰고 돌바닥에 다시 기댔다.

"난 괜찮아, 극성 엄마."

그녀는 좀 더 가까이 다가가 대릴을 자세히 살펴보았다.

"맙소사, 어깨 좀 봐요. 어서 의사한테 가봐야겠어요."

"됐어. 모니크 곁에도 의사가 없었잖아."

대릴은 제이슨을 돌아보았다.

"그나저나 이제부터 널 찰스 다윈이라고 불러야겠군."

제이슨은 고개를 젓다가, 바위 위에 놓인 폭약 두 개와 리모컨을 발견했다.

"남은 것들이야?"

"기념품이야. 가져가려면 가져가."

제이슨은 폭약들을 챙기다가 거대한 동굴 내부를 둘러보았다.

"그러니까 네가 놈을 정말로 죽였다는 거지?"

"놈의 시체는 저쪽에 있어. 조명탄을 따라가봐."

제이슨은 멈칫했다.

"너 정말 괜찮은 거지?"

"리사도 가봐."

그녀는 불편해 보였다. 거의 속이 메슥거릴 정도로.

"대릴, 내 생각엔 빨리 의사한테 가봐야……."

"나중에 가볼게, 알았지? 난 지금 좀 쉬어야겠어."

그는 고통스러운 듯 한숨을 쉬더니 바닥에 누웠다.

리사는 제이슨에게 고개를 끄덕여 보였고, 그들은 조명탄을 따라 터널로 들어갔다. 그러고는 둘로 나뉜 통로로 들어섰다.

그들은 저 멀리 막다른 벽 앞에 뭔가 커다란 물체가 그들 반대편에 누워 있는 것을 보았다. 그것은 움직이지 않았지만 그들이 반짝이는 금색 불빛을 따라 가까이 다가가는 동안, 리사는 놈이 아직까지 살아 있지 않을까 걱정되었다. 그녀는 걸음을 멈췄지만 제이슨은 사체로부터 1미터 가까이까지 걸어갔다. 그는 가오리가 더 이상 숨을 쉬지 않는다는 것을 알았다. 놈은 당연히 죽었어야 했다. 하지만 그래도……. 제이슨은 가오리를 찔러보려고 손을 아래로 뻗었다가 화들짝 놀라서 엉덩방아를 찧을 뻔했다.

"맙소사!"

리사 역시 깜짝 놀라서 소리쳤다.

"무슨 일이에요?"

"놈의 피부가 아직도 따뜻해."

리사가 뒷걸음질 쳤다.

"그게 무슨 말이에요?"

제이슨은 잠시 말이 없었다.

"아무 의미도 없어. 놈의 피가 아직 굳지 않았어."

그럼 그렇지. 대릴이 방금 죽였잖아.

제이슨은 다시 놈을 찔러보았다. 놈은 움직이지 않았다. 그는 포식자의 앞쪽으로 걸어갔다. 두 눈은 활짝 열려 있고, 검고 차가웠지만 이제는 생기가 없었다. 제이슨은 놈의 몸 전체를 살펴보았다. 대릴이 쏜 화살들은 놈의 왼쪽 날개, 오른쪽 날개, 몸통, 머리, 뿔, 얼굴 할 것 없이 온몸에 박혀 있었다.

"당신도 볼래?"

리사는 꺼져가는 불빛 속에서 두리번거렸다.

"아니요."

제이슨은 다시 가오리를 쳐다보고는 과학자처럼 다시 생각하기 시작했다. 대릴이 옳았다. 곧 사후경직이 일어날 것이 분명했다. 그는 놈을 해부해봐야 했다. 그것도 빨리…… 적어도 24시간 안에 해야 했다. 사체를 실험실로 가지고 가서…….

"저걸 여기서 어떻게 가지고 나가지?"

"뭐라고요?"

"우리가 이걸 어떻게 옮기느냐고?"

"모르겠어요. 맙소사, 제이슨, 먼저 대릴을 의사한테 데려다준 다음에 생각해요."

"대릴 말이야, 괜찮을 것 같아?"

"모르겠어요. 하지만 대릴의 건강이 망할 해부를 하는 것보다 더 중요해요. 대릴의 상태가 어떤지 확인해봐야겠어요……."

리사는 화난 표정으로 걸어가 버렸고, 제이슨은 그 뒤를 따라 갔다. 그녀의 말이 맞았다. 해부는 나중에라도 할 수 있는 일이 었다.

"맙소사. 대릴, 당신 정말로 괜찮은 거예요?"

리사는 대릴의 상태를 살펴보았다. 그러고는 그의 뜯겨나간 어깨를 덮고 있는 피범벅이 된 셔츠를 바라보았다.

대릴은 그녀를 서글픈 얼굴로 올려다보았다. 그의 눈에는 눈물이 고여 있었지만 미소를 지으려고 애썼다.

"난 괜찮을 거야, 극성 엄마."

리사의 눈에도 눈물이 맺혔다. 대릴 홀리스는 전혀 괜찮지 않 았다. 리사는 그의 다친 어깨를 치료할 방법이 아무것도 없다는 것을 잘 알고 있었다.

"일이 이렇게 돼서 정말로 속상해요, 대릴."

대릴은 슬픈 표정을 지었다. 그런데 저쪽에서 제이슨의 목소 리가 들렸다.

"여기까지 트럭을 끌고 올 방법이 없을까?"

대릴이 낄낄 웃었다.

"조금의 시간도 낭비하지 않는군, 안 그래?"

리사가 고개를 흔들었다.

"그래요, 절대로 안 해요."

"너희는 근사한 커플이 될 거야, 리사."

"아, 조용히 해요."

"녀석은 당신을 사랑한다고."

리사는 멈칫했다.

"제이슨이 그런 말을 했어요?"

"그럴 필요도 없었지. 당신도 마찬가지고. 극성 엄마야, 큰곰씨는 모든 걸 볼 수 있다고."

"여기까지 공수해 와야겠지!"

정말로 재미있다는 듯 대릴이 돌아보았다.

"뭘 공수해 와?!"

"저놈을 여기서 실고 나갈 트럭 말이야!"

대릴은 눈을 감아버렸다.

"저 녀석이랑 같이 살면 무지 재미있겠는걸."

리사는 마치 화가 나서 잔소리하는 어머니라도 되는 듯이 제이슨에게 걸어갔다.

"맙소사, 적당히 좀 하지 않을래요?"

"아니, 난 단지……."

"지금 연구를 하고 싶어서 몸살이 날 지경이라는 건 알겠어요. 하지만 잠깐 동안이라도 일을 끝냈다는 뿌듯함을 느끼면 안 돼요?"

"내가 좀…… 지나치게 흥분한 걸까?"

"어느 정도는요."

그는 주변을 둘러보았다.

"이곳 말이야, 정말 대단하지 않아?"

그는 바위 위에서 조명탄을 하나 집어 올리더니 다른 터널의 안쪽을 살펴보았다.

리사는 주변을 둘러보았다.

"솔직히 말하자면, 제이슨…… 여기 있으니까 좀 으스스해요. 괜찮다면 여기서 나가고 싶은데요."

그때 그녀는 제이슨이 자신의 말을 듣지 못했다는 걸 깨달았다. 그는 이미 터널 안으로 들어가고 있었다.

"리사, 여기 좀 와봐! 이것 좀 봐!"

"뭔데요?"

제이슨은 더 깊이 들어갔다.

"보여줄게!"

그녀는 마지못해 따라갔다.

"뭔데 그래요?"

그가 가리켰다.

"저것 좀 봐."

어두워서 잘 보이지 않았지만 뭔가가 바닥 한가운데에 있었다. 생긴 것이 마치…….

"저게 뭐에요?"

제이슨은 더 가까이 가더니 그것을 조명탄으로 비추었다. 그것은 마치 옆으로 던져놓은 꼭두각시처럼 불가능해 보이는 각도로 접혀 있는 사람의 유골이었다.

"여기가 그놈이 먹이를 먹던 곳인 모양이야."

리사는 갑자기 먹은 것이 올라올 것 같은 기분이 들었다.

"제이슨, 여기서 나갈래요. 지금 당장 나가요."

"잠깐만."

그는 더 안쪽으로 걸어 들어갔다.

"저것 좀 봐."

그것은 오른쪽 벽 가까이에 있었다. 이번에는 키가 2.5미터쯤 되고 커다란 삼각형 머리의 유골이었다. 제이슨은 그것이 어떤 동물의 유골인지 바로 알아차렸다. 그들은 얼마 전, 똑같은 모양에 크기만 좀 작은 유골을 본 적이 있었다.

"내 생각에 저건 곰 같아."

점점 더 불안감이 커진 리사가 제이슨 옆으로 다가섰다.

제이슨은 조명탄을 들어 희미하게 밝힌 주변 공간을 살펴보았다.

"저기 좀 봐, 더 있어. 스물다섯 개 정도는 되겠는데."

리사는 불안한 얼굴로 침을 삼켰다.

"제발, 제이슨, 난 정말 돌아가고 싶어요. 어서 가자고요."

그녀는 걸음을 떼자, 제이슨이 갑자기 그녀의 손을 꽉 잡았다.

"하느님 맙소사, 저게 대체 뭐야?"

곰 유골들 속에서 뭔가가 움직였다.

제이슨이 그쪽을 향해 조명탄을 비추었다. 그것은 즉시 움직임을 멈춘 채 눈에 띄지 않으려고 했다.

하지만 제이슨은 그것을 보았다. 그것도 아주 명확히 보았다. 갑자기 그는 할 말을 잃었다.

"뭐예요?"

리사는 그것을 보려고 했지만 제이슨이 조명탄을 내려버려서 아무것도 보이지 않았다.

"제이슨?"

그녀는 그의 어깨에 손을 올렸다.

"세상에, 왜 이렇게 떨어요? 저게 뭔데 그래요?"

멍한 표정으로 제이슨이 조명탄을 들어 올렸다.

그것은 갈매기보다 컸고, 몸무게는 9킬로그램 정도 돼 보였다. 막 태어난 새끼였다. 어쩌면 육지에 올라와서 태어난 최초의 가오리일지도 모른다. 자그마한 스텔스 폭격기처럼 생긴 가오리였다. 곰 유골 옆의 바위 위에서 녀석은 곰 뼈를 깨물고 있었다. 녀석은 겁에 질린 듯 움직이지 않았다.

리사는 가오리를 쳐다보며, 상황을 이해하려 애를 썼다.

"그러니까…… 아까 그놈이…… 새끼가 있었다는 거예요?"

제이슨은 불안한 얼굴로 주위를 돌아보았다.

"아냐, 그랬을 리가 없어."

"어째서요?"

"내가 바로 확인했어. 대릴이 죽인 놈은 수놈이야."

"그렇다면……."

"이 주변에 암놈이 있을 거야."

"어떻게 그런 일이?"

제이슨은 고개를 급히 돌려 사방을 살폈다.

"새끼를 밴 암놈이 첫 번째 놈을 따라 물 밖으로 나온 모양이야. 그리고 만일 한 놈이 나왔다면, 그 놈을 따라 떼를 지어 다른 놈들도 모두 나왔겠지. 우리가 알기로는 이 동물 목(目)은 큰 무리를 지어서 한꺼번에 알을 낳지. 그러니까……."

제이슨은 그 자리에서 얼어붙었다.

"이런, 맙소사."

저 멀리 벽 근처에 자그마한 가오리가 다섯 마리 더 누워 있었다. 그는 불안한 얼굴로 주변을 둘러보았다.

"여기서 빠져나가야겠어. 빨리 빠져나가야 돼. 지금 당장."

두 사람은 돌아서서 있는 힘을 다해 뛰었다.

94

그들은 동굴로 들어가는 입구에 멈춰 서서, 주변에 어떤 움직임이 있는지 살펴보았다. 벽, 터널 입구, 높다란 천장 등 모든 곳을 훑어보았다.

리사는 동굴이 안전해 보인다고 생각했다.

"아무것도 안 보이는데요."

제이슨이 고개를 끄덕였다.

"나도 그래. 어서 대릴을 데리고 여길 빠져나가자고."

"그래요."

하지만 그들은 둘 다 움직이지 않았다. 그들은 100여 미터 떨어진 동굴 한가운데에 누워 있는 대릴을 그냥 돌아봤을 뿐이었다.

"대릴."

제이슨이 큰 소리로 불렀다.

대릴은 움직이지 않았다.

"대릴!"

대릴은 여전히 미동조차 없었다.

리사는 눈을 가늘게 뜨고, 희미한 빛 속에서 대릴을 보려 애썼다.

"내 생각엔 잠이 든 것 같은데요."

제이슨은 거대한 공간을 다시 둘러보았지만, 보이는 것이라고는 시커먼 바위뿐이었다.

"어서 대릴을 데리고 여기를 빠……."

그가 동굴 가운데로 걸어가려고 하는데 리사가 그의 팔꿈치를 잡았다.

"제이슨, 저것 좀 봐요."

돌아보는 순간, 대릴이 죽였던 놈보다 조금 더 큰 괴물 한 마리가 소리 없이 한 터널에서 날아 나오더니, 돌바닥에 내려앉았다.

제이슨은 놈을 멍하게 바라보다 조명탄을 떨어뜨렸다.

그때 두 번째 괴물이 나왔다.

그다음 세 번째 놈이 나왔다. 그리고 네 번째 놈도.

또 다른 터널에서 가오리가 한 마리 더 나왔다. 그러더니 또 다른 터널에서 두 마리가 더 나왔다. 순식간에 날개 달린 거대한 가오리들이 모든 터널에서 차례대로 조용히 날아오더니, 돌바닥에 내려앉았다. 모두 50마리쯤 되는 가오리들은 무슨 일이 일어나는지 전혀 모르는 채 잠이 든 대릴을 에워쌌다.

하지만 악마가오리들은 대릴 홀리스를 무시한 채, 뭔가 다른 데에 집중했다. 리사는 놈들이 그녀와 제이슨을 응시하고 있다는 끔찍한 느낌이 들었다. 그 순간 한 마리가 으르렁거리는 소리를 냈다. 그 소리는 한동안 계속되다가 멈췄다. 그때 리사는 대릴이 아주 잠깐 움직이는 것을 보았다.

대릴 홀리스는 꿈을 꾸었다. 며칠 만에 처음으로 그는 어렴풋한 의식이지만 평화로움을 느꼈다. 꿈속에서 그는 화창한 여름날 모니크와 두 아이와 함께 그의 집에서 크레이그 서머스와 바비큐 요리를 하고 있었다. 그런데 그때 무슨 소리가 났다. 이상한 소리였다. 위험한 소리였다. 평생 다시는 들을 일이 없을 거라고 생각했던 소리. 대릴은 눈을 번쩍 떴다. 가오리 다섯 놈이 그를 정면으로 노려보고 있었다. 놈들과의 거리는 겨우 6미터에 불과했다.

"이런 맙소사."

얼굴 한쪽을 축축한 바위에 붙인 채 대릴은 손가락 하나 움직이지 않고 가만히 있었다.

또 다른 포식자가 으르렁거렸다. 그러자 놈들이 모두 으르렁거렸다. 그 소리는 마치 교회 오르간으로 연주하는 교향곡처럼 우렁차게 들렸다. 그리고 나서 놈들은 한 마리씩 차례대로 돌바닥에서 상체를 일으키더니 하늘로 날아올랐다. 몇 초가 지나자, 놈들은 높다란 천장 아래 여기저기를 날아다녔다.

대릴은 움직이지 않았다. 그는 바위 바닥에 붙이지 않은 한쪽 눈으로 놈들을 보면서 어떻게 여기서 빠져나갈지 궁리했다.

이 광경을 보고 있던 리사는 제이슨의 손을 너무 꽉 잡은 나머지 손가락 끝이 하얗게 변했다. 하지만 제이슨은 아무런 느낌이 들지 않았다. 그는 단지 대릴과 대릴을 내려다보는 악마가오리들을 쳐다볼 뿐이었다. 대릴은 머지않아 목숨을 잃을 것이다.

그러나 대릴 홀리스는 자신이 탈출할 것으로 믿고 있었다. 아니, 그는 확신했다. 단지 가장 가까운 터널까지만 가면 되는 일이었다. 가오리 한 마리가 갑자기 큰 소리로 으르렁거렸고, 순간 대릴은 그 자리에서 벌떡 일어나 앉았다. 그때 저 멀리 동굴 가장자리의 벽에 바짝 붙어 서 있는 제이슨과 리사를 보았다. 두 사람은 동정 어린 눈빛으로 그를 바라보았고 리사는 울고 있었다.

가오리가 다시 울부짖었다. 대릴은 벌떡 일어나서 엉거주춤한 자세로 고통을 참으며 뛰기 시작했다.

포식자는 대릴에게 시선을 고정한 채 그를 향해 급강하했다.

다급해진 대릴은 힘껏 뛰며 가까워지는 터널 입구를 바라보았다. 그는 할 수 있다고 확신했다. 그래야만⋯⋯.

터널 앞에 뭔가가 있었다. 또 다른 괴물이었다.

대릴은 그 자리에 우뚝 서서 달아날 수 있는 다른 길을 찾았다. 하지만 다른 길은 없었다. 그는 위를 올려다보았다. 끔찍한 형체가 그를 향해 떨어져 내려왔다. 다음 순간, 대릴 홀리스는 가쁜 호흡이 편해졌다. 이제는 피할 수 없다는 사실이 오히려 그를 진정시켰다. 그는 곧 아내와 가장 친한 친구를, 예상보다 훨씬 빨리 보게 될 것이다. 대릴의 얼굴이 돌처럼 굳어졌다. 그는 겁쟁이처럼 죽지 않겠다고 마음먹었다.

가오리는 아래로 속도를 더 냈다. 놈의 벌린 입은 빠른 속도로 커졌다.

대릴은 움찔하지도 않았다. 그의 몸통은 놈의 이빨에 물린 채 돌바닥에 처박히더니, 먹이가 된 여느 야생동물과 마찬가지로 그 자리에서 잡아먹히고 말았다.

"오, 맙소사."

제이슨은 차마 볼 수가 없어 고개를 돌렸다.

리사는 고개를 돌리고 싶었지만 그럴 수 없었다. 그녀는 놀라우리만치 냉정한 눈빛으로 눈앞에서 벌어지는 광경을 지켜보았다. 대릴 홀리스의 죽음을 슬퍼하는 것은 의미가 없었다. 다음 차례는 그들이었다. 물 풍선 크기만 한 침방울이 그들 앞에 떨어졌지만, 그녀는 거의 반응하지 않았다. 단지 숨을 깊게 내쉴 뿐이었다.

"제이슨…… 난 대릴처럼 죽고 싶지 않아요."

"무슨 소리야?"

그녀가 돌아보았다.

"대릴이 주고 간 폭약이 있죠?"

제이슨은 놀란 얼굴로 그녀를 바라보았다.

리사는 진지했다.

"진심이야?"

"만약 당신이 괜찮다면요."

제이슨은 불안한 얼굴로 침을 삼켰다. 그러다 조명탄을 하나 집어 들었다. 그는 검은 벽돌 모양의 폭약을 주머니에서 꺼내다 말고 리사를 바라보았다. 조명탄의 불꽃들이 그녀의 눈에서 반사되었다.

"사랑해, 리사."

그녀는 더는 아무것도 생각하지 않았다.

"나도 사랑해요."

가오리들이 으르렁거렸다. 이제 놈들은 누가 먼저 다음 먹이를 차지할지를 놓고 공중에서 다투고 있었다.

제이슨은 조명탄을 던져버리고는 폭약을 꺼내 양손에 들었다.

"오른쪽 주머니에서 리모컨 좀 꺼내줘."

리사는 리모컨을 꺼내서 폭약 위에 올려놓았다.

제이슨은 그녀의 눈을 들여다보았다.

"정말 이렇게 하고 싶은 거지?"

으르렁거리는 소리가 더 커지자 그녀는 침을 꿀꺽 삼켰다.

"그래요."

갑자기 가오리 세 마리가 급강하했다.

리사의 손이 부들부들 떨리기 시작했지만, 제이슨은 침착하게 손가락을 리모컨 버튼 위에 올려놓았다.

괴물들은 점점 가까이 다가왔다. 이제 놈들은 귀가 찢어질 정도로 시끄럽게 울부짖고 있었다.

리사는 떨고 있을 뿐만 아니라 울고 있었다. 그녀는 눈을 감았다.

한쪽 구석에서, 제이슨은 바닥 근처에 있던 가오리 한 마리가 조명탄으로부터 멀리 떨어지는 것을 보았다. 놈은 언뜻 보기에도 조명탄을 무서워하는 것처럼 보였다. 마치 대릴이 죽였던 놈이 불을 무서워한 것처럼.

가오리들은 으르렁거리면서 더 가까이 날아왔다. 놈들의 입은 벌어져 있었고 이빨은 점점 더 커졌다……

하지만 아무 일도 일어나지 않았다. 리사가 눈을 떴다. 폭약과 리모컨은 옆에 없었다. 가오리들은 날아가 버렸다. 제이슨은 조명탄을 손에 든 채 그 자리에 서 있었다.

"놈들이 이걸 무서워해."

리사는 대답할 시간이 없었다.

제이슨은 돌바닥에서 조명탄 세 개를 낚아채더니, 그녀에게 두 개를 주고는 그들이 들어왔던 터널 쪽으로 그녀를 세게 잡아끌었다. 그들은 있는 힘을 다해 뛰기 시작했다.

리사는 위를 올려다보지 않고 최대한 빨리 뛰었다.

양손에 조명탄을 하나씩 든 제이슨은 지금 이 상황을 믿을 수 없었다. 가오리들은 그들을 공격하지 않았다. 마치 그들을 놓아주려는 것처럼 보였다. 터널은 점점 더 가까워졌다. 이제 터널까지는 30미터밖에 남지 않았다. 25미터, 20미터, 10미터…….

그들은 터널 안으로 달려들었다. 악마가오리들은 더 이상 따라오지 않았다.

그들은 계속해서 뛰었다. 그러다 제이슨이 뒤를 돌아보았다. 이제 보이는 것은 어둠뿐이었다. 아무것도 따라오지 않았다.

리사는 팔다리를 흔들면서 최대한 빠르게 뛰었다. 그녀는 너무 빨리 뛰어 이내 제이슨을 앞질렀다.

제이슨은 뒤를 다시 돌아보면서 뛰는 속도를 늦추었다. 그는 놈들과의 대결이 이렇게 쉽게 끝난다는 사실이 믿기지 않았다. 뭔가 이상했다. 그는 위를 올려다보았다. 놈들이 천장에 붙어 있는 것일까? 아니면 벽에? 놈들은 어디에도 보이지 않았다.

제이슨은 다시 앞으로 고개를 돌렸다. 리사는 이제 훨씬 앞에 가 있었다. 그녀의 앞쪽에, 저 멀리 작고 밝은 빛이 점처럼 보였다. 바깥으로 나가는 출구였다. 그는 다시 뒤를 돌아보았다. 여전히 조용하고 어두운 통로뿐이었다.

리사는 힘껏 달렸다. 이제 작은 불빛은 훨씬 크게 보였다. 그리고 거리도 축구장 길이의 반밖에 남지 않았다. 거의 다 왔어. 그녀는 힘껏 뛰었다. 그녀는 대릴이 설치해놓은 폭약들을 지나치고 나서 뒤를 돌아보았다. 제이슨에게서 눈을 떼지 않은 채, 그녀는 리모컨을 꺼내 출구 쪽을 향해 뒤로 걸었다.

제이슨은 가쁜 숨을 몰아쉬며 해낼 수 있다고 마음속으로 말했다. 그는 마지막으로 한 번 더 뒤를 돌아보았다. 어둡고 텅 빈 공간뿐이었다. 그는 다시 앞으로 고개를 돌렸다.

그 순간 십여 마리의 괴물들이 어둠 속에서 뛰쳐나왔다.

"맙소사."

리사는 놀라서 뒷걸음질 쳤다. 놈들은 갑자기 나타나 어두운 공간을 가득 메웠다. 마치 파이프에서 물이 쏟아져 나오는 것 같았다.

제이슨은 가오리들이 굉장히 빨리 움직인다는 사실을 알아차렸다. 그는 빠져나갈 수 없을 것이다. 리사는 터널을 날려버려야 했다. 지금 당장.

리사는 괴물들이 제이슨의 머리 위에 있는 것을 보았다. 그녀는 뒤로 몇 걸음 걸으며, 손가락을 버튼에 올려놓은 채 누르지는 않았다. 제이슨은 아주 가까이 왔다. 거의 다 왔다. 이제 폭약들을 거의 지나쳤다. 그녀는 어둠에서 완전히 빠져나와 햇빛 속으로 들어가면서도, 눈은 제이슨에게서 떼지 않았다.

제이슨은 그녀를 마주 보았다. 그가 눈으로 무얼 말하는지 분명했다. 사랑해. 그리고 날 기다리지 마.

리사는 버튼을 눌렀다.

지진이 난 것처럼 산 전체가 흔들렸다. 거대한 동굴 입구가 무너져 내리면서 그 반동으로 리사도 튕겨나갔다. 거대한 바위들이 떨어져 내렸다. 바위가 거의 다 떨어질 때까지 동굴이 있던 자리에서 날거나 걸어 나온 것은 아무것도 없었다.

그때 그녀는 아무것도 볼 수 없었다. 검은 먼지 구름이 뭉게뭉게 피어올랐다. 리사는 그 속으로 뛰어들어 주위를 정신없이 둘러보았다. 제이슨은 트럭만 한 크기의 커다란 바위에 기대어 있었다. 그녀는 손을 뻗어 그의 손을 잡았고, 두 사람은 맑은 공기가 있는 곳으로 나왔다.

리사가 제이슨을 껴안았다.

"모든 게 끝났어요, 제이슨. 마침내 모든 게 끝났어요."

작은 돌멩이들이 떨어지는 소리를 들으며 제이슨은 저 멀리 바다를 바라보았다.

"당신은 다 끝났다고 생각해?"

그녀가 포옹을 풀며 말했다.

"그럼 아직 끝나지 않았단 말이에요?"

제이슨은 의미심장한 눈빛으로 그녀를 바라보았다.

"리사, 내 생각엔 이제부터가 시작이야."

제이슨 올드리지와 리사 바턴은 축하 인사를 받고 술잔을 부
딪치는 시끌벅적한 사람들 틈에서 벗어나 단 둘이 발코니에서
태평양 너머의 일몰을 감상했다. 그들은 석양의 아름다운 광경
을 아주 오랜만에 즐겼다. 샌디에이고에서 대릴과 모니크 홀리
스 부부, 크레이그 서머스 그리고 필 마르티노의 장례를 치른 후,
제이슨과 리사는 이 순간만을 위해 준비해왔다. 그리고 마침내
그 순간이 찾아왔다. 두 사람이 주인공이 되어 전 세계에 악마가
오리라는 새로운 동물 목(目)을 발표하는 기자 회견과 만찬회가
열렸다. 테이블로 가득 찬 연회장에는 열 사람씩 앉는 테이블마
다 하얀 식탁보와 우아한 무늬가 새겨진 스포드 자기 그릇이 놓
여 있었다. 손님들이 양고기와 구운 참치를 즐기는 동안, 제이슨
과 리사는 슬라이드 쇼로 발표할 계획이었다. 그동안의 기록, 수
많은 사진과 도표들 그리고 프린스턴대학교의 반다르 비샤커라
트니 교수와 캘리포니아대학교 버클리 캠퍼스의 마이크 코헨 교
수의 논평 역시 발표할 예정이었다. 평론가들이 이 행사를 주요
텔레비전 방송국과 신문사에 끊임없이 홍보한 덕분에, 달나라에

서도 이 행사를 알고 있다는 우스갯소리를 할 정도로 모르는 이가 없었다. 언론매체 관련 사람들을 제외하고도, 이 행사에 초청받은 250여 명의 어류학자, 해양학자 그리고 진화 생물학자 등 세계적 석학들을 모두 모아놓은 것이나 마찬가지였다. 그들은 세계 각지에서 로스앤젤레스의 남쪽에서 한 시간 거리인 이곳 라구나 비치의 멋진 바닷가 연회장으로 찾아온 것이다. 잠시 후 이들이 제이슨 올드리지와 리사 바턴을 유명 인사로 만들어줄 것이다.

"전채 요리 좀 드시겠습니까?"

턱시도에 흰 장갑을 낀, 덩치가 큰 열여덟 살의 청년이 음식이 담긴 쟁반을 내밀며 물었다. 아마 이 근처 고등학교의 미식축구 선수로 활약하는 학생 같았다.

제이슨은 쟁반을 내려다보았다.

"이게 뭔가?"

"가열해서 녹인 양파를 마늘빵에 얹고 고르곤졸라 치즈를 곁들인 겁니다."

제이슨이 청년을 다시 보았다.

"꽤 맛있어 보이는데. 자네가 골라온 건가?"

청년이 빙긋 웃었다.

"지배인이 직접 고른 겁니다."

"아니, 난 괜찮네."

"아가씨는 드실래요?"

"아, 고마워요."

리사는 하나를 입에 넣었다.

"음, 맛있네."

청년은 안으로 다시 들어갔고, 제이슨은 연회장을 쳐다보며 고개를 흔들었다.

"이거 엄청 화려한 행사가 됐네, 안 그래?"

리사가 서글픈 얼굴로 고개를 끄덕였다.

"크레이그와 대릴도 함께라면 얼마나 좋겠어요."

"그래."

제이슨은 말로 표현할 수 없는 슬픔에 한숨을 쉬었다. 그러다 그는 리사의 손에 입을 맞췄다.

"하지만 내 예쁜 약혼녀를 봐."

리사는 손가락에 낀 1캐럿짜리 다이아몬드 약혼반지를 보며 미소를 지었다. 부자나 유명 인사라면 작은 크기에 어이없는 웃음을 터뜨렸을지도 모르지만, 리사 바턴은 그 반지가 아주 마음에 들었다. 무엇보다 그 반지를 건넨 이 남자가 훨씬 더 좋았다.

"고마워요, 제이슨. 모든 게 다 고마워요."

"뭐 좀 마실까?"

"좋아요."

그들은 연회장에 들어서서, 사람들이 몰려 있는 작은 칵테일 바로 향했다. 그때…….

"실례합니다. 제이슨, 리사?"

두 사람은 동시에 돌아보았다. 그리고 순간 구역질이 날 것 같은 기분이 들었다. 언제나처럼 차가운 눈에 밋밋한 태도를 지닌 해리 애커먼이었다.

"요즘 둘 다 어떻게 지내는가?"

몇몇 기자들이 이야기 소리를 들을 수 있을 만큼 가까이에 있었지만, 두 사람은 애커먼을 향해 애써 태연한 표정을 지었다.

"당신, 왜 왔어?"

제이슨은 주변 사람들이 들을 수 있게 일부러 큰 소리로 말했다.

애커먼의 예의 바른 태도는 즉시 사라졌다.

"여기 있는 건 모두 내 소유야. 빠짐없이 다 말이야."

"대릴과 모니크의 장례식 때는 올 줄 알았는데, 해리."

제이슨은 이 말도 큰 소리로 했다.

애커먼이 눈을 끔벅였다.

"아, 그래. 소식은 들었네. 바빠서 갈 수가 없었네."

"하지만 문상 인사치례도 하지 않았더군."

애커먼은 주변의 시선을 피하려는 듯했다. 애커먼을 노려보는 제이슨의 시선은 마치 격렬한 분노로 폭발할 것 같았다. 오늘 밤의 주인공이 이토록 화를 내자 여러 기자가 눈치를 채고 몰려들었다.

"그리고 당신 말이야, 크레이그와 필의 장례식에도 오지 않았더군."

애커먼은 아무 말 없이 다른 곳을 쳐다보았다.

"당신 필 마르티노 기억하지, 안 그래, 해리?"

제이슨의 목소리가 더욱 커졌다.

애커먼의 눈은 여전히 차가웠다.

"이 기자회견은 내 것이었어야 해."

"내가 물었잖아. 당신 필 마르티노를 기억하잖아, 안 그래?"

이제는 연회장에 모인 모든 사람이 그들을 쳐다보았다.

"그래, 기억해."

애커먼을 처음 보는 사람들조차 화난 표정으로 그를 노려보기 시작했다.

"너희가 날 위해 일하는 동안 얻은 모든 발견과 거기에 관련된 모든 것은 다 내 재산이야. 계약서에도 적혀 있어. 그러니까 그것들을 전부 내놔."

"당신이 계약을 멋대로 파기할 때 당신은 이미 모든 권리를 포기한 것이나 마찬가지야. 법적으로 보장받는 일이라고 내 변호사가 일러주더군."

애커먼이 멈칫했다.

"변호사를 쓸 녀석이 아니라고 생각했는데, 제이슨."

"그래, 아니지."

제이슨이 리사를 잠시 보았다.

"하지만 내 기술 고문이 변호사를 선임해두라고 조언하더군. 이 상황이 마음에 안 들면 우리를 법정으로 끌고 가든지."

"개자식 같으니라고. 하라면 못 할 줄 알아?"

제이슨은 미소를 흘릴 뻔했다.

"그런다고? 내가 듣기로는 파산 신청을 해야 했다면서? 그리고 국세청에서 조사도 받고 있다던데? 우리를 상대로 소송할 돈이 있기나 한 거야?"

이번에는 애커먼도 반박할 수 없었다. 모두 맞는 말이었다. 그가 세운 회사들 중 하나가 여러 건의 대출에 대해 채무이행을 하지 않은 것이다. 그 손해를 메우려고 은행들은 이미 애커먼의 주식과 채권 포트폴리오들을 압류했고 라호야에 위치한 그의 저택 역시 차압당할 처지였다.

제이슨은 악수할 용기가 있으면 어디 잡고 흔들어보라는 듯이 억센 손을 내밀었다.

"그런 힘든 일을 겪으면서도 우리를 축하해주려고 찾아와줘서 고맙군그래."

애커먼은 불안한 얼굴로 제이슨의 손을 쳐다만 보았다. 리사는 애커먼의 얼굴에 대놓고 비웃음을 보냈다. 무슨 일로 웃는지 알지 못하는 사람들도 따라서 웃었다. 모욕을 당한 애커먼은 화난 얼굴로 뛰쳐나갔다.

제이슨이 손을 내려놓기도 전에, 어떤 사람이 걸어오더니 악수를 청했다.

"제이슨, 다시 만나서 반갑네."

반다르 비샤커라트니는 기분이 좋아 보였다.

"비행기를 타고 방금 도착했네. 이 빨간 애피타이저는 지금까지 먹어본 것들 중에서 최고일세."

그가 작은 접시를 하나 들어 올렸다.

"이건 내가 제대로 들었다면, '양파를 곁들인 양귀비 씨와 골파가 들어간 버터밀크 크레이프' 라는군. 맛도 환상적인 데다 나 같은 채식주의자도 즐길 수 있는 애피타이저야."

그가 잠시 리사를 보았다.

"믿을 수 있겠나? 프린스턴대학교에서도 이런 애피타이저는 대접하지 않는다네."

제이슨과 리사는 기분 좋게 웃었다. 그러자 비시가 제이슨에게 속삭였다.

"우스갯소리는 이만 하고, 진심으로 축하하네. 자네는 축하받을 자격이 충분하네. 자네를 축하하는 자리에 참석하게 되어 영광이네."

제이슨은 비시와 따뜻한 악수를 나누었다.

"그렇게 말씀해주시니 고맙습니다, 비시. 그나저나 제 동료이

자 약혼녀인 리사 바턴은 처음 보시죠?"

"약혼녀라고?"

비시가 미소를 지었다.

"만나서 반가워요, 리사. 분명 실력이 좋은 분일 테지만, 여기 이 친구를 잡은 건 대단한 실력입니다."

리사는 웃었다. 잠시 후 비시는 자리를 떴고 둘은 다시 발코니로 나갔다. 이곳은 너무나 조용했다. 석양은 조금 전보다 훨씬 더 아름다웠다.

리사는 미래의 남편을 돌아보았다.

"내가 말했던가요? 내가 당신을 얼마나 자랑스럽게 생각하는지……."

"리사, 이 모든 것은 우리 둘이…… 아니, 우리 모두가 해낸 거 잖아."

"하지만 우리 대장은 당신이었어요. 당신이 우리를 이끌었어요. 그리고 당신은 우리를 믿었어요. 당신은 이 모든 걸 누구보다도 원했고, 그리고…… 난 진심이에요. 난 당신이 자랑스러워요."

"정말 고마워."

평생 동안 어느 누구도 이런 말을 제이슨에게 해준 적이 없었다. 그는 하늘을 올려다보았다.

"이 모든 게 끝나고 나면 술 좀 마실까?"

리사는 크게 웃었다.

"그거 좋겠네요."

제이슨은 수평선을 자세히 살펴보았다. 동굴에 있던 괴물들은 죽은 지 오래였다. 주 방위군 수백 명이 레드우드 국립공원의 북쪽에 있는 산들과 수면 위아래로 통하는 모든 통로를 폭파했다. 오늘 밤의 발표를 위해 죽은 가오리 한 마리가 라구나 비치로 수송되었다. 슬라이드 프로젝터 근처에는 나일론 방수포로 덮어놓은 가오리의 사체를, 무장을 한 사내 네 명이 지키고 있었다.

제이슨은 하늘을 올려다보았지만 그 아름다움을 느끼지 못했다. 리사와 자신의 명성이 높아지는 데 대해 그는 흥분해 있긴 했지만, 그날 밤 오두막에서 크레이그 서머스가 했던 말을 생각하느라 몇 달째 머리가 아팠다. 만일 악마가오리가 100만 마리쯤 육지로 날아온다면 어떻게 될까? 아니면 수천 마리가 날아온다면? 아니면 열 마리 또는 스무 마리라도 날아온다면?

"괜찮아요?"

제이슨은 리사를 돌아다보았다.

"응."

"그런데 왜 쓸쓸한 표정을 짓고 있어요?"

"아무것도 아냐."

"이제 약혼까지 했는데 아직도 숨기는 게 있단 말이에요?"

제이슨은 웃지 않았다.

"난 걱정이 돼. 리사. 난 아직도 걱정이 된다고."

그들은 이미 이 주제로 토론을 했었다.

"그놈들이 육지로 더 올라올지도 모른다는 말이지요?"

"그래. 어쩌면 엄청나게 많은 수가 올라올지도 몰라."

"제이슨, 당신은 그런 일이 일어날 거라고 확신하는 건 아니잖아요. 아무도 그런 일이 일어날 거라고 확신할 수는 없어요."

그녀는 장난치듯 제이슨을 쿡쿡 찔렀다.

"조금 있으면 우리는 일생에서 가장 중요한 발표를 할 거예요.

그다음엔 결혼할 거잖아요. 그러니까 잠깐 동안만이라도 기분 좋은 생각만 하는 건 어때요?"

제이슨은 껄껄 웃었다. 기분 좋은 생각이라. 인생이 이토록 즐거웠던 적은 없었다.

"그래 진정해볼게."

리사가 제이슨을 바라보았다.

"괜찮은 거죠?"

"그럼, 기분이 엄청 좋아. 지금까지 이렇게 기분이 좋았던 적은 없어."

그는 진심을 말하는 듯했다. 그녀가 손목시계를 들여다보고 시간을 확인했다.

"어서 가서 시작해야겠는걸요."

제이슨은 하늘을 올려다보았다. 하늘은 이제 검은색이 되었고 달이 떠 있었다.

"당신부터 먼저 들어가."

두 사람은 안으로 들어갔다. 그리고 달은 그들이 들어가는 것을 지켜보았다. 좀 전에 그들이 발코니로 나왔을 때부터 달은 한 번도 깜박이지 않고 그들을 바라보았다. 달은 그들뿐만 아니라 모든 사람과 모든 것을 보고 있었다. 그리고 캘리포니아 해안을 따라 수백 킬로미터 북쪽에서 날고 있는 갈매기도 보고 있었다. 해가 완전히 저물어가는 때에, 갈매기는 파도가 일렁이는 바다 위를 맴돌며, 그날의 마지막 식사거리를 찾고 있었다. 갈매기는 곧 어떤 움직임을 포착하고 물속으로 뛰어들었다. 그러나 물고기라고 착각한 켈프 가닥 말고는 아무것도 찾지 못했다. 갈매기는 다시 수면으로 돌아와서 느긋하게 둥둥 떠다니며 방금 전에 태양이 가라앉은 서쪽 수평선을 바라보았다. 그러더니 몸을 다시 띄우고 해안 쪽으로 날아갔다.

갈매기는 사라지면서, 방금 전에 자신이 운 좋게도 간신히 목숨을 건졌다는 사실을 알지 못했다. 달빛이 반짝이는 수면 아래에서, 이제 갓 깨어난 악마가오리들이 그 갈매기를 주시했다. 바다에서 태어난 이놈들은 먹이 부족 현상으로 이주를 하던 중이었다. 이번에는 놈들의 목적지가 바다가 아니라 육지였다. 놈들은 그곳에 엄청난 양의 먹이가 있다는 것을 이미 포착했다. 단지 그 먹이는 갈매기도 곰도 아니었다. 놈들은 배고픔을 참았다. 그리고 조금도 움직이지 않은 채 가만히 있었다. 마치 그곳에는 놈들이 없는 것처럼 보였다. 언젠가 놈들은 정말로 이곳에 없을지 모른다. 어쩌면 아무것도 없을지 모른다. 어쩌면 늘 이곳에 있던 것들만 남아 있을지 모른다. 파도치는 바다, 불어오는 바람 그리고 달처럼. 순수하고 완전한 어둠의 끝없는 바다에 비치는 달은 아직도 지켜보고 있었다.

가오리

전 세계의 열대에서 극지방까지 널리 분포하며, 세계적으로 약 350종류가 있다. 대부분 바다에서 사나 민물에서만 사는 것도 있다. 골격은 가벼운 연골로 되어 있으며, 몸꼴은 넓고 납작하다. 꼬리는 길고 가늘며 등지느러미는 꼬리 부분 위에 있든지 아니면 전혀 없다. 입이 배 쪽에 있고, 꼬리지느러미가 작거나 없는 것이 특징이다. 비늘은 퇴화하여 부분적으로 존재하거나 전혀 없다.

전기가오리

눈이 작고 약간 돌출되어 있으며, 몸통이 거의 원형에 가깝고 꼬리부분이 두툼한 편이다. 몸통은 암적갈색으로, 검은색 무늬가 군데군데 있다. 가슴지느러미 부분의 피부 밑에 있는 기관에서 전기를 내기 때문에 전기가오리라는 이름이 붙었다. 수심 200미터 이내인 대륙붕 위의 얕은 바다에 주로 서식한다.

노랑가오리

몸이 노란빛이나 붉은색을 띤다. 몸길이는 1미터가량 된다. 위협을 느끼면 등지느러미가 변해서 생긴 꼬리가시를 들어 올려 상대를 찌른다. 날카로운 가시가 독물을 주입하는데, 노랑가오리의 가시에 찔리면 엄청난 통증을 일으키며 죽음에 이르기도 한다.

쥐가오리

가오리 중에서 가장 큰 종으로 만타 가오리라고도 부른다. 지금까지 발견된 것 중 제일 큰 것은 길이가 7.6미터, 몸무게는 2300킬로그램이나 되었다. 머리에 돌출된 두 개의 뿔을 가지고 있으며, 날개 모양으로 발달한 넓은 가슴지느러미로 마치 날아다니는 거대한 비행체를 연상케 한다. 몸 표면은 점액질로 덮여 있으며, 이빨은 아래턱에 흔적 기관으로 남아 있고, 플랑크톤과 아주 작은 물고기들을 걸러 먹고 산다. 사람들이 주변에 와도 피하지 않을 정도로 온순한 동물이다.

34 . . .　매가오리

서양에서 독수리가오리로 불리는 종이다. 사냥을 즐기는 육식종인데다 넓은 지역을 이동하는 습성 때문에 쉽게 볼 수 없다. 몸 크기는 5.2미터, 무게는 1000킬로그램까지 자란다. 세계 모든 해역과 산호초 주변에 분포한다.

색가오리

대서양, 인도양, 태평양 등 세계의 대양에 널리 분포하며, 몸길이가 4미터까지 자라는 큰 가오리이다. 어미 몸에서 부화하여 새끼로 태어나며, 대개 꼬리에 긴 독침이 있어 사람이 찔리면 엄청난 고통을 느끼게 된다.

43 . . .　수온약층

수심이 깊어짐에 따라 수온이 급격하게 감소하는 해수층. 수심 200~1000미터에 존재하며 수온이 지속적으로 감소하는 층이다. 수온약층 아래에 있는 심층수의 수온은 해저에 이르기까지 서서히 감소한다.

45 . . .　날치

가슴지느러미가 날개 모양으로 크게 뻗어 있으며, 몸길이의 70~80퍼센트를 차지한다. 몸길이는 2~3센티미터이지만 어릴 때부터 가슴지느러미를 이용하여 수면 위를 토끼처럼 껑충껑충 뛰어다닌다. 성어가 되면 비행기처럼 공중으로 날아다니며, 최대 400미터까지 날 수 있다.

57 . . .　큰점박이홍어

양쪽 큰 가슴지느러미에 뚜렷한 둥근 점이 있는 큰 홍어의 일종으로, 몸길이가 2.4미터까지 자란다. 베링 해에서 북아메리카 서해안에 이르는 해역에서 발견되며, 간조대에서 수심 800미터에 이르는 지역에 서식한다.

태평양 전기가오리

일반 가오리보다 몸체가 둥글다. 순간적으로 200볼트의 전기를 일으키는 발전 기관을 가진 대표적 해양 어류이다. 포식자로부터 자신을 보호하고 먹이를 잡으며, 탁한 물속에서 길을 찾는 데 전기를 이용한다.

74 ... **귀신고래**
몸길이는 15미터, 몸무게가 36톤까지 자라며, 평균수명은 50~60년인 회유성 고래로, 멸종 위기에 놓인 종이다. 북태평양에 두 개의 귀신고래 무리가 있는데 그중 하나가 오호츠크 해와 우리나라 동해를 오가는 작은 개체군의 한국계 귀신고래이다. 대한민국 천연기념물 126호이며, 우리나라에서는 1977년 울산 근해에서 2마리가 관측된 이후 30여 년 동안 발견되지 않았다. 사할린 근해에 150여 마리가 서식하는 것으로 알려져 있다.

78 ... **켈프**
다시마, 미역, 곰피, 모자반, 톳 등의 갈조류를 일컫는다. 해조류 중 가장 크며, 길이가 40미터나 되는 것도 있다. 중위도와 고위도 지역의 연안에 서식한다. 갈조류의 세포벽에는 알긴산이 풍부한데, 이는 아이스크림, 도료, 화장품, 의약품, 유액 등의 제조에서 유화제나 아교질로 사용되어 상업적 가치가 높다.

89 ... **그레이트 배리어 리프**
오스트레일리아 북동 해안에서 16~160킬로미터 떨어져 길이 2000킬로미터 이상, 너비 500~2000미터로 펼쳐져 있는 대보초. 수천 개의 산호초, 사주 그리고 작은 섬들로 이뤄져 있다. 물이 수정처럼 맑아 30미터 깊이까지 해양생물이 또렷이 보인다. 최소 350여 종의 산호 외에도 말미잘, 연충, 복족류, 대하, 가재, 참새우, 게 등 무수한 종류의 해양생물과 바닷새가 서식한다.

118 ... **백상아리**
백상어라고도 부르는 공격성이 강한 상어로, 가장 위험한 상어에 속한다. 몸이 유선형인 육중한 상어로, 초승달 모양의 꼬리지느러미와 톱니가 있는 7.5센티미터 길이의 삼각형 이빨을 3000개나 가진 흉포한 포식자로 알려져 있다. 식인상어일 뿐만 아니라 왕성한 식욕으로 어류, 물개, 바다거북, 조류, 바다사자 그리고 선박에서 나오는 쓰레기까지 먹어치운다. 몸길이는 평균 3.7~6미터이며 최대 11미터에 이른다. 무게는 최대 3200킬로그램이다. 백상어의 후각은 100리터의 물속에서 한 방울의 피 냄새를 맡을 정도로 예민하다.

125 ... **국립오두본협회**
미국의 조류학자이자 박물학자 존 오두본의 이름을 따서 만든 비영리 환경보호 단체이다. 본부는 워싱턴 D.C.에 있으며 미국의 30여 개 주에 지부가 있다.

129 ... **찰스 다윈**
영국의 박물학자이며 진화학자. 1836년까지 세계 각지의 지질 환경과 생물상(相)을 관찰했는데, 특히 갈라파고스제도를 탐사하면서 각 섬의 환경에 따라 다양한 모양을 가진 거북의 등껍질과 핀치 새의 부리 관찰은 다윈의 진화론에 주요한 영향을 미쳤다. 1836년 영국으로 돌아온 다윈은 20여 년 동안 방대한 자료를 정리했으며, 다른 학자들과 자연선택 이론과 진화의 개념에 관해 폭넓은 의견을 교환했다. 말레이 군도에서 표본 채집을 하던 알프레드 월러스가 자연선택에 따른 진화의 개념을 독자적으로 파악한다는 것을 알게 된 다윈은 1858년에 월러스와 함께 자신의 연구 결과를 논문으로 발표했다. 이듬해(1859년) 진화론의 기초를 확고하게 다진 계기가 된 『자연선택에 의한 종의 기원: 또는 생존경쟁에 의한 우월한 변종』을 발간했다.

153 ... **로렌치니 기관**
1678년 이탈리아의 해부학자 로렌치니가 상어의 머리 앞쪽에 난 수백 개의 구멍이 다른 생물의 전류뿐만 아니라 수압과 수온 및 지구의 자장을 감지한다는 사실을 발견했다. 이 기관은 자장의 유무와 자력선의 방향을 알 수 있는 감각세포로, 이 세포는 피부의 구멍들과 연결되어 신경세포를 거쳐 뇌에 신호를 보낸다. 살아 있는 동물은 주위의 자장을 만들기 때문에 상어는 눈과 코에 의존하지 않고도 로렌치니 기관으로 가까운 곳에 숨어 있는 먹이를 정확하게 공격한다. 다만 동물이 만드는 자장은 미세하므로 2미터 이내 가까운 거리에서만 사용한다. 상어는 로렌치니 기관 덕분에 어두운 바다나 모래

속에 숨은 먹이를 찾아낼 수 있으며, 이 기관은 1억 분의 1볼트의 아주 미세한 전류도 감지해낼 정도로 동물 세계에서 가장 성능이 우수한 전기 감지 기관이다.

소나
음파로 수중 목표의 방위 및 거리를 알아내는 장비를 뜻한다. 음향 탐지장비 혹은 청음탐지기로도 부른다. 공기 중에서 음파보다 더 빠르고 멀리 전달되는 전자파를 이용하여 공중, 지상 및 해상의 목표를 탐지하는 레이더에 대응하는 수중용 장비가 바로 소나다. 소나에 적용되는 음파는 초속 약 1500미터 되는 압력파로서, 수중에서 전달이 잘 된다. 현재까지 수중에 존재하는 여러 가지 목표물을 능동 또는 수동 방식으로 탐지하는 유일한 수단으로 목적과 용도에 따라 여러 형태의 소나가 개발되어 운용되고 있다.

202 ... **유수동물**
보통 수심 150~1500미터의 바다 모래진흙 속에 관을 만들고 그 관속에 사는 해양 저서동물. 오호츠크 해, 말레이 군도, 뉴질랜드, 노르웨이, 아프리카, 캘리포니아 근해에서 발견된다. 몸길이는 5~85센티미터 이며, 직경은 1밀리미터 정도로 매우 가늘다. 세계적으로 120여 종이 보고되었다. 입이나 소화기관이 없어서 영양분은 공생 박테리아나 표피의 큐티클 층을 통해 흡수한다.

246 ... **폐어**
몸은 약간 길고 꼬리 끝은 뾰족하다. 지느러미는 각질로 되어 있으며, 1개나 2개의 방으로 된 부레가 있다. 건조한 계절이 되면 웅덩이에 숨거나 진흙에 굴을 파고 그 속에서 휴면하는데, 그동안은 부레로 공기 호흡을 하며 견딘다. 다시 비가 많이 오는 시기가 돌아와 구멍에 물이 차면 헤엄치기 시작하여 아가미 호흡으로 돌아간다. 육상 척추동물의 폐와 물고기의 부레는 상동기관으로, 이 어류의 부레가 폐와 매우 닮은 구조로 분화하여 공기 호흡을 하므로 폐어라는 이름이 붙었다.

시조새
중생대 쥐라기 후기에 있었던 최초의 새. 독일 바이에른 지방의 석
회암층에서 발견된 화석 표본에 아케옵테릭스라 이름 붙여진 것이
다. 까마귀 정도의 크기로, 파충류의 골격을 하고 있으나 조류의 특
징을 지니고 있을 뿐만 아니라, 앞다리, 꼬리, 몸통에 전형적인 새의
깃털을 가지고 있으므로 이 둘의 중간적인 동물로 짐작된다.

분류 계급
생물을 단계적으로 분류하기 위해 편의상 정한 계급이나 단계를 말
하며 범주라고도 한다. 분류 계급은 하나의 형식적 단위로 인식되지
만 실제로 존재하는 생물의 한 무리를 일컫는다. 분류 계급은 아래
로부터 '종-속-과-목-강-문-계'로 나뉜다. 아래에서 위로 올라갈
수록 범위는 넓고 소속된 단위의 수는 적다.

종種
몸의 형태적 특성과 생활환경이 비슷하고, 상호 교배할 수 있는 자
연집단으로 구성된 생물의 무리. 다른 무리들과는 생식적으로 격리
되어 있다. 개, 고양이, 무궁화, 까치 등 우리가 흔히 부르는 생물의
이름은 종의 이름이다.

바다코끼리
유라시아와 북아메리카, 북극해에 살고 있는 바다코끼리과의 유일
한 현생 포유류. 몸체가 크고 물개처럼 생겼다. 몸이 육중하고 머리
는 둥글며, 눈이 작고 외이는 없지만 청력이 있다. 코는 짧고 넓으며
강한 바늘 같은 수염이 덮여 있다. 암수 모두 코끼리의 상아 같은 윗
송곳니가 입 아래쪽으로 자라는데, 수컷은 길이 1미터에 무게가 5.4
킬로그램까지 나간다. 바다사자나 물개처럼 뒷지느러미를 이용하
여 네 발로 걸어 다닐 수 있다.

내추럴셀렉션

2009년 8월 17일 초판 1쇄 발행
지은이 데이브 프리드먼
옮긴이 김윤택 · 김유진

펴낸이 이원중 책임편집 김재희 디자인 선은실 출력 경운출력 인쇄 · 제본 상지사
펴낸곳 지성사 출판등록일 1993년 12월 9일 등록번호 제10 - 916호
주소 (121 - 829) 서울시 마포구 상수동 337 - 4 전화 (02) 335 - 5494~5 팩스 (02) 335 - 5496
홈페이지 www.jisungsa.co.kr 블로그 blog.naver.com/jisungsabook 이메일 jisungsa@hanmail.net
편집주간 김명희 편집팀 조현경, 김재희 디자인팀 박선아, 이유나, 선은실 영업팀 권장규

ⓒ 지성사 2009

ISBN 978 - 89 - 7889 - 201 - 8 (03840)

잘못된 책은 바꾸어드립니다. 책값은 뒤표지에 있습니다.

이 도서의 국립중앙도서관 출판시도서목록(CIP)은 e-CIP 홈페이지(http://www.nl.go.kr/ecip)에서
이용하실 수 있습니다.(CIP제어번호: CIP2009002359)